Über die Autorin:
Seit der Kindheit schreibt sie kleine Geschichten und Erzählungen.
M.K.Voss lebt mit ihrer Familie in OWL(Nordrhein- Westfalen).
Es führt kein Weg nach Bordertown
Ist ihr erster veröffentlichter Roman.

M.K.VOSS

Es führt kein Weg nach Bordertown

ROMAN

ISBN 978-3-734-78083-7

Für die Familie, in Liebe

Ein paar kurze Sätze   April 2015

Liebe Leserinnen und Leser,

diese ist meine erste, veröffentlichte Geschichte. In meinem Roman
sind alle Personen frei erfunden. Die meisten Ortschaften und das
Umfeld sind im Kopf des Autors entstanden. Die Story spielt in
Amerika. Ähnlichkeiten sind zufällig.
„ Es ist nie zu spät, so zu sein, wie man gerne gewesen wäre."

Von George Eliot.

Ich wünsche Ihnen viel Freude beim Lesen!

Ihre M.K.Voss

Die Autorin ist in Lübbecke geboren und lebt heute mit ihrer Familie
in OWL.

Es führt kein Weg nach Bordertown   Vorwort

2

Eve Hill war schon seit vier Jahren mit dem erfolgreichen Polizisten aus Bloomingville verheiratet. Joshua stammte aus einer angesehenen Familie. Eve musste Kellnern, um sich ihr Studium zu finanzieren. Mit ihrem Studienfreund Carl erkundete sie einst die alte Geisterstadt „Bordertown".Als ihr alkoholkranker Vater starb, nähte sie zusätzlich Brautkleider in Kleins Salon, um über die Runden zu kommen. Anfangs konnte sie sich mit der einflussreichen Familie und den scheinheiligen Bewohnern von Bloomingville gut arrangieren. Sie nähte weiter, wie bisher, um nicht der Tristesse zu verfallen. Sie wollte unabhängig bleiben. Ein bitterer Trugschluss, den Eve lange verdrängte. Joshua entwickelte sich zunehmend zu einem brutalen Kontrollmenschen. Seine Vergangenheit verbarg einen wunden Punkt, den er immer öfter im Alkohol ertrank. Er schlug und vergewaltigte Eve. Setzte sie psychisch unter Druck. Gerade noch rechtseitig wachte sie auf und beschloss einen Schlussstrich zu ziehen. Doch Hilfe konnte sie von ihrem Umfeld nicht erwarten. Im Gegenteil, die Leute sahen weg und verleugneten die Wahrheit. Da fällte Eve eine folgenreiche Entscheidung. Sie musste dort weggehen und zwar für immer! Eine durchdachte Flucht und ein grausamer Unfall kamen gelegen!

1.Kapitel

1)

Als Eve ihre durch Nadeln zerstochene Hand, mit einer fetthaltigen Heilcreme einrieb, musste sie sich danach erst mal eine Zigarette anstecken. Der erste Zug war immer noch der beste, würde es immer bleiben. Ein flüchtiges, positives Gefühl, wie die meisten positiven Gefühle, waren sie in letzter Zeit nur noch von kurzer Dauer. Mrs. Klein hatte heute viel für sie in dem Brautmodenladen zu tun gehabt. Bis zum Mittag war Eve mit drei Anproben plus Abstecken und Umnähen, beschäftigt. Da brauchte man viel Geduld, besonders weil das lebende Objekt, nach zwei Stunden stillhalten, das Quengeln einer Zweijährigen anfing. Sie beeilten sich ja immer so gut es ging. Gar nicht leicht eine perfekte Naht zu steppen und das alberne Geschnatter der aufgeregten Brautmütter und deren Verwandtschaft zu überhören.

Natürlich gab es Sekt für alle Kunden und die es noch werden wollten. Denn in Schwips Laune griff die illustre Hochzeitsgemeinde bereitwilliger zu den teureren Stoffen und aufwendigeren Arrangements. Ja, Mrs. Klein, sie konnte alle um den Finger wickeln! Hier noch eine Borte mehr und die Schärpe voluminös und schön lang. Am besten noch mit verschleiertem Gesicht. Eve nannte es immer *Fliegengitter*. Der Blumenschmuck auf dem Kopf konnte gar nicht üppig genug ausfallen. Mrs. Klein war die perfekte Verkäuferin! Am Ende verließen die jungen Damen den Salon, wie Stoffpuppen! Aufgebrezelt und verpackt wie eine Weihnachtsgans! Die jungen Frauen neigten in angeheitertem Zustand die altbackenen Vorschläge von Mrs. Klein als super Hip anzunehmen. Sie kicherten dabei wie Schulmädchen.

Die pummelige Kundin von vorhin gab sich ganz dem Charme der Chefin hin. Sie posierte sich vor der großen Spiegelfront, als wäre sie ein hübsches Model. Die Tanten applaudierten und Eve hatte lange nicht mehr diese grausigen Achs und Ochs gehört. Wenigstens einmal im Leben, sollte es so sein. Wenn Eve nur daran dachte, wurde ihr speiübel. Die Mutter und Großmutter ließen sich völlig mitreißen und kreischten aufgeregt um die Wette. Eve hätte ihnen nicht so pompöses Zeug verkauft. Ja, Mrs. Klein war immer im Bilde und der Laden lief schon in der zweiten Generation. Kleins Brautmodenladen war in Bloomingville der Innenbegriff, des konservativen, kleinbürgerlichen Geschmacks! Und der Beweis, für Anstand und Sitte! Gerade deshalb war dieser Store so beliebt und Mrs. Klein gab sich natürlich die größte Mühe, es allen Kunden recht zu machen oder umgekehrt.

Man musste ihr allerdings zugutehalten, dass Mrs. Klein Eve damals zu sich nahm und sie wie eine Tochter behandelte. Eine Tochter, die sie selbst nie hatte. Sie brachte Eve ihre besten Tricks bei, all ihr

Wissen und sah sich mit Eve in einer perfekten Einheit. Mrs. Klein roch ihr Talent, wie die Maus den Speck. Sie machte sich die neuen Erkenntnisse zunutze, während Eve von dem guten Ansehen, das Mrs. Klein in der Stadt besaß, andersherum genauso profitierte. Der beschauliche Ort, mit 3000 Einwohnern, besaß sieben Kirchen. Bloomingville war ein bewaldetes Promenade Städtchen, das im Sommer viele Wanderer und Angeltouris anlockte. Rund um Bloomingville, gab es vier große Badeseen und Ferienanlagen, die in den Sommermonaten immer ausgebucht waren. Dann erwachte die Stadt aus dem Dornröschenschlaf, blähte sich mit tausenden Klüngel Ständen, Eisbuden und Freiluftlokalen auf. Und die Schaufensterdekoration im Brautmodenladen platzte aus den Fugen. Mrs. Klein hatte durch die Publicity sogar Kunden in Durham und Raleigh.

Eve stand auf dem Podest zum Hinterhof und genoss ihre Mittagspause in ganzen Zügen. Es war ein sonniger, leicht böiger Mittag. Aber für Mitte Mai, etwas zu kühl. Da roch man das Salz der Ostküste.

Eigentlich wollte sie aufhören zu rauchen. Aber der Ärger mit Joshua, täglich den gleichen Frust zu ertragen. Das zerrte einen langsam auf. Auch wenn Mrs. Klein, Eve für den sanftmütigen und geduldigsten Menschen hielt, den sie je kennenlernte. Bedauerte Eve es seit einer Welle selbst, dass sie stets anziehend auf Menschen wirkte, die gegensätzliche Charakterzüge besaßen. In letzter Zeit musste Eve sich immer öfter anhören, was sie doch für eine uneinsichtige, nichtsnutzige Hausfrau sei und er ständig herumprotzte, was er dagegen leistete. Joshua hatte es dank Vitamin B sogar bis zum Chief Inspector, des Durhamer Hauptpolicedepartments geschafft. Joshua Hill, mit dem Eve seit fast vier Jahren verheiratet war, entpuppte sich als Wolf im Schafspelz. Er kam aus gutem Hause und konnte ihr das nicht oft genug unter die Nase reiben Und Eve? Sie hatte nicht so viel Glück. Bevor sie Joshua kennenlernte, schloss sie mit Bestnoten am College ab und begann ein Studium für Modedesign und Werbetechnik. Doch die Alkoholsucht ihres Vaters wurde zu einer hochgradig finanziellen Belastung. Sie beendete das Studium nach sechs Semestern, mit unfertigem Abschluss, um sich den nächstbesten Job zu suchen. Ihr Bruder Thomas bestand auf eine Heimunterbringung und war nach endlosen Debatten bereit, ganze Dreiviertel des Betrages zu stemmen. Er klopfte sich selbst auf die Schulter und konnte nicht oft genug betonen, was er doch für ein Wohltäter wäre. Thomas würde aber nur so lange zahlen, bis Eve selbst einen vernünftigen Beruf ergatterte. Er nahm keine Rücksicht darauf, wie Eve es bewerkstelligte, sechshundert Dollar zusammenzukratzen.

>> Eve, es ist mir Scheissegal, wie du das anstellst! Sei froh, dass ich so kulant bin. Sonst würde der alte Sack auf der Straße leben, wo er hingehört! Peinlich genug, dass es überhaupt so kommen musste! Ich tue es eh nur, damit die Leute nicht schlecht über mich reden. Du warst schließlich sein Liebling, genau wie bei Mutter. Vielleicht kommt er noch einmal zu Verstand und überreicht dir einen Orden dafür! Eve, dann kannst du ihm ja danken, dass er nicht nur dein Leben versaut hat! << Thomas war die Sorte Bruder, auf die man getrost verzichten konnte. Seitdem er seinen Master an der Uni beendete, mutierte Thomas zu einem blasierten Riesenarschloch. Eve würde sagen, er rächte sich, was völlig idiotisch war. Nachtragend war Eve nie und sie gab sich alle Mühe, ihre schlechten Gedanken im Zaum zu halten.

Tagsüber wirbelte sie bei Mrs. Klein und abends im Inn Lokal „Storms", um die nötige Kohle aufzubringen. > Viel blieb danach nicht übrig. Nicht mal dreihundert Dollar für Kleidung und frische Lebensmitteln. Nein, ihr Leben war nie einfach, kein Traum, keine ordentliche Zukunft, nix! < Eve schnippte die Kippe wütend in den Hof, zündete sich noch eine an. Das tat sie immer, wenn sie von der Vergangenheit eingeholt wurde.

Als die Mutter starb, war sie erst 12, ihr Bruder Thomas sechzehn. Ein 27. Juni vor fünfzehn Jahren. Ein Sommertag wie aus dem Bilderbuch. Kein Wölkchen schien am Himmel. Erst nachmittags zogen die Kumulus Monster auf und die Luft flimmerte drückend aufs Gemüt. Die Mutter wollte kurz etwas im East-Center umtauschen und Eve sollte sich ein paar neue Sandalen aussuchen. Es kam alles anders.

Mom hatte eine rote Ampel übersehen und hielt den Abstand zum Vordermann nicht ein. Der alte 73er Pick-Up krachte auf der Hauptstraße mit einem LKW zusammen, der Baumstämme für das Zerspanungswerk geladen hatte. Das Dach des alten Ford knickte ein, wie eine Streichholzschachtel. Sie wurde lebendig zerquetscht. Mrs. Elster, eine direkte Nachbarin hatte es genau gesehen und rannte damals die Straße auf und ab. Erzählte es jedem, der es hören wollte. >> Wissen Sie, als sie die Tür aufstemmten, spritzte es raus. Schwallartig, als hätte sich eine Schleuse geöffnet! Riesige, schaumige Blubberblasen färbten alles dunkelrot, au je! << Das Bild aus der Presse, mit dem querstehenden Laster im Hintergrund und den Stämmen, die in alle Himmelsrichtungen gerollt waren, geisterten bis heute in Eves Kopf herum. Manchmal träumte sie nachts von diesem Tag, immer das gleiche Szenario.

Sie saß neben ihrer Mutter in dem weißen Kleintransporter. Ein Mainstream Sommersong plärrte im Radio. Sie fuhren eine ganze Weile hinter dem Laster her. Die Stämme bebten mit den Spanngurten. Diese langen Dinger aus Holz waren schlampig

9

verzurrt worden, das sah doch ein Laie! Die Enden der orangenen Gurte flatterten wild im Wind. Eve hatte ein ungutes Gefühl, bat Mom rechts ran zu fahren oder wenigstens mehr Abstand zu halten. Sie spürte, dass gleich etwas Schlimmes geschehen würde, aber ihre Mutter reagierte gereizt, schüttelte verständnislos den Kopf. Sie tat genau das Gegenteil, fuhr noch dichter auf, als müsste sie sich selbst was beweisen.> *Was ist blos los Eve? Hast du etwa Angst vor toten Bäumen? Glaubst du sie würden so ein Gefährt ohne Absicherung herumgondeln lassen? Ne, ne du bist ein Hosenschisser, wie dein Dad!* < Sie wollte gerade noch etwas wie >> *Warum bremst diese Luuschee?!* << murmeln, als der hintere Gurt mit lautem Kar wumm zerriss. Die Hinter Achse des Lasters schlenkerte. Mom bemerkte ebenfalls zu spät, das der zweite Gurt *„Zong"*, machte und das Unglück seinen Lauf nahm. Die Stämme erwachten prompt zum Leben. Rutschten hin und her, schaukelten sich auf. Als sie mit quietschenden Reifen und mit voller Wucht auffuhr, geschah es. Wie eine Speerspitze, bohrte sich einer von ihnen durch die Windschutzscheibe. Durch den Unterleib ihrer Mutter, deren Augen aus den Höhlen quollen. Ihre Mutter blickte entsetzt auf sich herunter, realisierte das ihr Leben in Bruchteilen dem Ende zueilte. Eve schrie verzweifelt, bekam gerade noch rechtseitig die Tür auf, rollte sich auf die staubige Straße. Als sie zurückblickte, erkannte sie, wie das nächste Ccochoss ihren Sitz und das gesamte Auto zerquetschte. Dann rollten die Stämme, wie riesige Mikados auf sie zu. Eve wachte jedes Mal schreiend auf.

Um ein Haar wäre sie damals mitgefahren. Der Anruf von einer aufgebrachten Schulmutter rettete ihr das Leben. Sie hatte Stress mit Jenny, dieser dummen Zicke aus der Parallelklasse. Eve diskutierte nicht und klebte ihr einfach das Kaugummi in die langen Haare, basta! Das Theater war groß, Jenny kam am nächsten Tag mit Kurzhaarfrisur und heulend zur Schule. Eve hatte Stubenarrest und Kaugummiverbot für die nächsten tausend Wochen und andere Probleme.

2

Anfangs lebte die Familie weiter, wie bisher. Der Vater ging arbeiten und abends in die Pinte, um seinen Schmerz wegzuspülen. Thomas hing mit seinen Kumpels irgendwo hinter der alten Kiesgrube ab. Kam und ging, wann er wollte. Eve hatte niemanden, bei dem sie sich ausweinen konnte, außer bei sich selbst. Sie schrubbte und wienerte das Haus. Mähte den Rasen, rupfte das Unkraut und stellte die Mülltonnen an die Straße. So sah Eves Trauerbewältigung aus. Nachdem die Beerdigung ein halbes Jahr verstrichen war, kapselte sich Dad immer weiter ab und trank sich täglich ins Koma. Er war unfähig, sich um die Kinder, oder seinen Job, als Berufschullehrer zu kümmern. Das Jugendamt wollte Eve mehrfach in eine Pflegefamilie stecken. Dad machte zwei Entziehungskuren, damit es nicht dazu kam. Mrs. Knocke, Eves Klassenlehrerin kam oft zu ihnen nach Hause, um nach dem Rechten zu sehen. Die Knockes hatten keine eigenen Kinder und so erhielt Eve die menschliche Wärme, die es zuhause nie mehr geben würde. Das Lehrerehepaar reiste mit ihr in den Ferien, in einem riesigen Wohnmobil durch die Staaten. So lernte Eve die Welt kennen. Sie wanderten durch Nationalparks und besuchten berühmte Bauwerke. Die Knockes ließen keine Möglichkeit aus, ihr eine ausgezeichnete Bildung zu ermöglichen. In New York verbrachte Eve ihr letztes Schuljahr, in einem privaten Internat. Das Leben war großartig und vielfältig, bis Mrs. Knocke an Multiples Sklerose erkrankte. Als Eve im darauffolgenden Jahr achtzehn wurde, verstarben beide, als sie in den Rockies eine Klippe hinabstürzten.

Eve kehrte daraufhin zurück, in ihr altes Zuhause. Kaum wiederzuerkennen, zugemüllt und verwildert, stand das Haus am Ende der Straße. Die Haustür war nicht abgeschlossen. Waschbären hatten den Müll durchwühlt und Berge von Wäsche und Geschirr stapelten sich in verschiedenen Räumen. Es stank zum Himmel und die Fliegen kreisten ihre Runden, was für Brummer! Eve bahnte sich den Weg zu ihrem Zimmer, das zu ihrem Erstaunen unberührt und sauber war. Genauso, wie sie es vor Zeiten verlassen hatte. Keine Spur von ihrem Vater oder Thomas. Eve brachte das Haus so gut es ging auf Vordermann, bis ihr Vater, nach einer Woche, mitten in der Nacht, lallend vor ihrer Tür stand. Eve schwor sich nicht ewig zu bleiben. Als Dad sie am nächsten Morgen umarmte, ekelte sich Eve vor ihm. Er war ein gänzlich Fremder geworden. Ein verwahrloster Mann, der aus Mülltonnen aß. Eve bewirkte durch ihre Anwesenheit, dass sich der Vater zumindest an die einfachsten Regeln hielt. Eine ganze Weile ertrug sie seine seltsamen Stimmungsschwankungen. Hauptsache er trank nicht vor ihren Augen und entsorgte seine Unterhosen im Wäschekorb und nicht vor der Haustür. Doch der Rückfall kam ohne Ankündigung. Je länger seine Delirien anhielten, desto mehr fühlte sich Eve hilflos und ausgelaugt. Es wurde zur Qual, die vollgepissten Klamotten zu waschen, die vollgekotzten Ecken zu reinigen und seine Fressorgien in der Küche wegzuputzen!

Thomas kam nur noch stundenweise zu Besuch. Er war längst bei einem neuen Kumpel eingezogen. Wenn er dann da war, rümpfte ihr Bruder die Nase, nörgelte herum und gab Eve die Schuld für Vaters Zustand. Nach einem heftigen Streit, holte Thomas seine letzten Habseligkeiten und verließ das Haus für immer. Es herrschte Eiszeit. Sie würde nie vergessen, wie verachtend ihr Bruder sie zuletzt anblickte. Eve wollte auch gehen, aber sie konnte nicht. Die Gewissensbisse waren einfach zu groß. Als sie ihn in der Berufsschule wegen seiner ständigen Krankmeldungen entließen, ging alles den Bach runter. Eve war nur wichtig, in der Uni nicht aufzufallen.

> *Guck mal, das Assimädel vom Alkilehrer! Wie die wieder rumläuft. Unsere Schmuddeleve!* < Das blieb ihr trotz allem nicht erspart. Bloomingville und die Uni in Durham waren diesbezüglich ein Pupsdorf. Da kannte jeder, jeden. Sie nähte sich zerschlissene Kleidungsstücke um und schnitt sich die Haare selbst. Solange der Strom noch nicht abgeschaltet war, ratterte ihre Nähmaschine bis spät in die Nacht. Nur Schuhe mussten erworben werden. Die gab es bei Swings Second Hand Store, in Durhams Underground-Center. Dort kauften viele Studenten ein. Eve hatte auch kein Geld für die nötigsten Reparaturen. Es reichte immer gerade so für Lebensmittel vom Sozialscheck.

Thomas hatte ein Stipendium von der Uni bekommen und rief nur noch an, um zu fragen, ob es schon Anzeichen gäbe, das Dad bald ab Nippeln würde? Eve antworte, dass er sich zum Teufel scheren sollte und legte auf. Thomas wollte mit der Situation sowieso nichts zu tun haben. Er wollte Eve nur vorrechnen, wie lange es noch dauerte, bis sie und Dad in der Gosse landeten. Thomas hatte eine Stelle als Mathematikdozent angenommen. Er wollte Heiraten und eine Familie gründen, aber mit dieser *Altlast*, wie er sich ausdrückte, konnte er es bisher vergessen und Eve war schuld, wer sonst!

3)

Sein Verhältnis zu Eve prägte seit je her Neid und Missgunst. Thomas war immer eifersüchtig auf sie. Er fand, dass seine verwöhnte Schwester durch Vaters Zustand endlich eine gerechte Strafe bekommen hatte. Sollte sich doch dort der Boden auftun und sie beide mitsamt Haus in die Tiefe reißen! Es gab eine Zeit, da sperrte Thomas seine Schwester mit Vorliebe in den dunklen Keller. Johlte, dass es dort spuke und ließ auf seinem CD Player die schaurigsten Geräusche abspielen. Dabei lachte er besonders laut, wenn Eve sich vor Angst in die Hose pinkelte. Bis die Mutter ihren Bruder live erwischte und der Hintern Hochzeit hatte. Aber auch Eve hatte es faustdick hinter den Ohren, als sie älter wurde. Sie klaute einmal seine He-Man Figuren, legte sie nackig in sein Supermanbett. Dann schrie sie laut im Garten, so dass jedes Nachbarskind es hörte. >> *Thomas fummelt mit Männerbarbiepuppen rum, kommt her und schaut euch das an! Igitt!!*<< Eine große Horde Kids aus der Siedlung folgte ihr in sein Zimmer. Er würde es nie vergessen, wie sie sich vor Lachen die Bäuche hielten. Selbst sein bester Freund, Emil gackerte wie ein dummes Huhn. In der Schule nannten sie ihn Schwulitommi und niemand kam zu seinem zehnten Geburtstag. Thomas hätte Eve am liebsten in den Brunnenschacht hinter dem Haus gestoßen. Das hätte er getan, wenn Mutter nicht wieder dazwischen gegangen wäre. Aufgehoben war nicht aufgeschoben und er heulte die halbe Nacht, weil alle so gemein zu ihm waren. Obwohl sie sich entschuldigte, verzieh Thomas ihr nur oberflächlich. Sah sie dabei auch nicht an. Denn er würde nie den alten, morschen Brunnen vergessen. Tief in seinem Inneren hatte er sich stets gewünscht, Eve wäre damals mit ihrer Mutter mitgefahren.

4)

Eve lernte Mrs. Klein bei einem Praktikum während des letzten Studiums, auf eine Stoffmuster Messe kennen und verstand sich sofort gut mit ihr. Als die Bank kam, um das Haus wegzunehmen, da hatten sie und Dad noch eine Woche, um ihre Habseligkeiten einzupacken und sich eine Bleibe zu suchen. Mrs. Klein war eine anständige Frau und besaß ein gütiges Herz. Der Rest der scheinheiligen Nachbarschaft gaffte hinter den Fenstern, bis der Möbelwagen ihre alte Straße verlassen hatte.

Seitdem war sie nie wieder dorthin zurückgekehrt. Mrs. Klein ließ Eve in ihrer unbewohnten Einliegerwohnung einziehen. Dad trampte vorerst nach Durham Out Camp, zu Onkel Henry, einem alten Veteran, aus dem Vietnamkrieg. Der bekam eine kleine Rente und verdiente sich mit irgendwelchen Gaunereien das nötige Geld zum Leben dazu. Sie hausten in einem verkommenen Trailer im Ghettoviertel, am Stadtrand. Eves Vater rutschte daraufhin weiter ab und meldete sich nur noch selten und wenn, war er sturzbetrunken.

Eve arbeitete halbtags bei Mrs. Klein im Laden, nachmittags warteten die Lesungen und abends wälzte sie sich durch die Bücher. Am Wochenende ging Eve zusätzlich im *„Storms"* arbeiten.

Viele Tanzveranstaltungen und Feiern, bei denen sie aushalf, brachten ihr zusätzliches Trinkgeld ein. Im Keller trafen sich oft die Trucker aus der Gegend, um Bier zu trinken und Billard oder Dart zu spielen. Footballspiele wurden am ersten Samstag, des Monats, auf einer Großleinwand gezeigt. Clark, der Besitzer war selbst ein großer Fan der hiesigen Mannschaft. An solchen Tagen war es sowieso immer gerammelt voll im *„Storms"*. Dann gab es ordentlich Bares und ein paar Arschgrabscher gratis. Eve besaß ein altes Schmuckkästchen ihrer Mutter. Sie nannte es Mini Safe, versteckte es unter dem Bett. Dort sparte sie sich ein kleines Sümmchen für ganz schlechte Zeiten zusammen. Als Eve mit 22 Jahren ihren Abschluss nach weiteren 2 Semestern Werbedesign abgeschlossen hatte, wurde Dad nach einem Sturz zum Pflegefall. Thomas übernahm bis dahin die Mehrkosten für das Heim. Doch Eve und er stritten sich immer aggressiver über den steigenden Betrag.

Das Verhältnis zu ihrem Bruder war derart aufgeladen, dass Eve nichts anderes übrig blieb, als bald darauf eine Vollzeitstelle bei Mrs. Klein anzunehmen und ihre Pläne für das nächste und letzte Semester abzublasen. So hatte sie das Gefühl, dass es nicht noch weiter eskalierte. Die Zuzahlung betrug weit über tausend Dollar. Sie tat es für ihren Vater. Sie konnte es verkraften, das Thomas nicht mal „Danke" sagte und sie auch nicht zu seiner Hochzeit einlud. Eve erinnerte sich noch an eine völlig irrationale Reaktion ihres Bruders. Sie traf ihn und seine Frau im Supermarkt. Obwohl die beiden Eve erkannt hatten, taten sie so, als hätte Eve eine ansteckende Krankheit. Es dauerte keine fünf Minuten und sie eilten fluchtartig aus dem Geschäft. Eve genoss auf der Bank vor dem Markt ein Eis in der Sonne und nahm es mit Humor. Kurz darauf meldete sich das Pflegeheim. Die Untersuchungsergebnisse des Vaters lagen vor und es sah ziemlich übel aus.

5)
Dad hatte Leberzirrhose im Endstadium und wartete auf ein Spenderorgan. Aber es war nicht vielversprechend. An guten Tagen war ihr Vater sehr klar im Kopf und er wünschte sich nichts sehnlicheres, als das er die Zeit noch einmal zurück drehen könnte. Wenn Eve ihren Dad dann so anblickte, wie der schmale, ausgemergelte Körper dalag, immer schneller zerfiel, war die Lebensuhr fast abgelaufen. Eve setzte sich in den bequemen Sessel, der es für Angehörige erträglicher machen sollte. Erträglich war der Anblick eines Sterbenden nie, nur Hohn. Eve war nicht der Typ, um heulend vor ihm zu hocken. Sie verwischte die Realität und kehrte im Geiste mit ihm in ihre Kindheit zurück. Er schloss seine leeren Augen und lauschte Eves Geschichten von der heilen Welt. Ob er sie wirklich verstand, konnte Eve nicht sagen. Er hing an etlichen Infusionen, Magensonde und einem Gerät das die Schmerzintension einschätzte, dann piepte ein Sensor und Vater bekam die nächste Dosis Morphium. Zwei große Monitore überwachten seinen Zustand. Oft erkannte er Eve nicht mal. Sie wachte jeden Tag, neben seinem Bett und dachte an Mom. Was wäre geschehen, wenn das alles damals nicht passiert wäre?! Wahrscheinlich säßen sie gemütlich in der alten Küche, bei Kaffee und Keksen und wären glücklich. Dann wäre alles so geblieben und das Schicksal hätte ihnen nicht so übel mitgespielt! Es trieb ihr die Tränen in die Augen, als sie an Vaters letzte Stunden am Totenbett zurückdachte. Nein, das war jetzt kein guter Zeitpunkt!

6)
Drinnen rief Mrs. Klein ihr laut zu, das sie gerade noch wegen einer Schuhkollektion rumtelefonieren müsse. Die Klumpfüße der Kundin verlangten eine Sonderanfertigung. Der Schuhmacher ging nicht ans Telefon. Mrs. Klein fluchte, dass der alte Knacker bestimmt wieder auf dem Lokus eingeschlafen war. Eve antwortete, >> No Problemo! Ich habe noch über zehn Minuten! << schob den Vorhang zum Hinterhof auseinander und trat erneut an das Geländer, um den Blick über den nahe gelegenen Park schweifen zu lassen. Dort ging eine Familie mit ihren Kindern zum Spielplatz. Die Kinder juchten

vergnügt, als der Vater sie durch die Büsche scheuchte. Wie sie kicherten und lachten. So unbeschwert wäre Eve auch gerne! Als sie die vier beobachtete, drifteten Eves Gedanken erneut ab und sie dachte an die Zeit zurück, kurz bevor sie Joshua kennenlernte.

Mrs. Klein und Eve hatten einen Termin bei der alteingesessenen Familie Hill. Das war die Zeit, als sie Joshua dort zum ersten Mal gegenüberstand und einst von seiner charismatischen Art fasziniert war. Beim ersten großen Besprechungstermin im Hause Hill, lernte Eve zunächst nur die anderen Familienmitglieder kennen. Joshuas ältere Schwester Rachel wollte heiraten und die Familie konnte es sich leisten, dass sie beide, trotz vollen Terminkalenders, persönlich bei den Hills antanzten. Gemeinsam das Brautkleid aussuchten, anpassten und Mrs. Kleins Weisheiten, durften für eine gelungene Hochzeit natürlich auch nicht fehlen. Eve erinnerte sich noch genau an den kühlen Tag. Es war Ende März. Der Pfarrer der Familie saß unten im grünen Salon. Er stimmte auf dem Klavier einige Kirchenlieder an, die er für die Trauung ausgesucht hatte. Eine edle Steintreppe führte in den erlesenen, nach Pfeifentabak duftenden Raum mit hohen Fenstern. In einem Kamin loderte das Feuer und schwere Vorhänge mit Troddeln unterstrichen das altmodische Flair. Draußen prasselte der Regen kräftig gegen die Glasscheiben und der neuste Dekorfirlefanz aus Europa und Asien ergötzte sich in gläsernen Vitrinen. Obwohl alle Kristalllüster eingeschaltet waren, wirkte es düster.
In dem mit Bärenfällen, Jagdtrophäen und weißem Teppichboden ausstaffierten Stubensalon, begrüßte Mrs. Hill beide herzlich. Sie war in der Tat eine zierliche und aufgeschlossene Frau, mittleren Alters. Ihre blauen Augen leuchteten intensiv, als sie Eve betrachtete. Es gab Kaffee und Kuchen auf Meissner Porzellan serviert und ihr Mann hielt ein langes Tischgebet. Dann kam der oberflächliche Smalltalk. Eve verstand sich gut mit Mrs. Hill. Sie hatte ihre besten Manieren herausgekramt und traf den Nagel auf dem Kopf, als sie von den Erlebnissen aus New York erzählte.
Mr. Hill tat jedoch, als wäre sie gar nicht anwesend. Er ignorierte Eve völlig, unterhielt sich nur mit Mrs. Klein und dem Pfarrer. Joseph Hill leitete mehrere Baufirmen rund um Bloomingville und auch in Durham besaß er großes Ansehen. Seine Firma verwandelte derzeit eine unansehnliche Fabrikruine, mit verwildertem Grundstück, in ein dreistöckiges Einkaufsparadies, Schwimmoase und Freizeitpark. Außerdem war er auch noch angesehener Richter und der stellvertretende Bürgermeister von Bloomingville. Mrs. Klein ließ Eve, in ihrer Nähstube alle Eckdaten des Hill Imperiums herunterrattern, bis es saß.

Als sie in einer regenfreien Stunde, allein durch den Garten streiften, versuchte Eve mit ihrer Chefin über den Großauftrag für Rachels Hochzeit und ihren Eindruck zu sprechen. Aber Mrs. Klein war diesbezüglich viel zu sehr eingenommen, als das sie auf Eves kritische Fragen, wie es denn sein könne, dass die Familie Hill halb Bloomingville besaß, aber viele Einwohner wegen steigender Mieten herumkrebsen müssten. > *Kind, mach dir nicht immer so viele Gedanken. Sie werden uns für den Aufwand fürstlich entlohnen. Das andere geht uns nichts an!* < Mrs. Klein ergänzte erbost, dass es schließlich ihr Auftrag sei, dort ihre Arbeit zu machen und nicht um über Immobilienangelegenheiten zu diskutieren!

Die Mutter rief vom Balkon, dass Rachel nun für die Anprobe bereit wäre und sie wieder hinein kommen könnten. Da betrachtete Eve die Blumentapete aus Seide und die vielen Vasen, in denen sich Tulpen und Rosen in Weiß, apricot und pink abwechselten. Mrs. Hill hatte Eve sehr genau beobachtet und betrachtete ihre Neugierde mit gewissem Wohlwollen. >> Wissen Sie was Eve? Wenn ich noch einmal heiraten würde, dann in feinstem Tüll und Seide. Meine Gäste müssten durch ein knietiefes Blütenmeer waten. Das ganze Zelt und die Streben würden nur aus Blumen und Ranken bestehen. Können Sie sich das vorstellen, Eve? << Sie blickte in Mrs. Hills leuchtende Augen und nickte schmunzelnd. Eine Blumenhochzeit, für die Rose des Hauses. Für die fehlende Eleganz der Tochter hätte Eve Blaukraut und Diestel vorgeschlagen, dazu für jeden einen Strauß Brennnesseln. Eve riss sich zusammen, um dabei nicht zu lachen. Immer diese urkomischen Gedanken zu unpassenden Momenten! Mrs. Klein puffte sie abrupt in die Rippen. >> Eve du sollst antworten, wenn du gefragt wirst! << Eve verzog ihr Gesicht zu einer breiten Grimasse. Sie hatte es so oft vor dem Spiegel geübt, es war schwer sich zu verstellen, doch irgendwann klappte der Schalter um. >> Natürlich, Mrs. Hill dafür sind wir hier. Jeder Wunsch ist uns Befehl. Schließlich ist es der schönste Tag im Leben! << Alle raunten zustimmend.

Erst als sie die Stoffmuster im Flur begutachteten, legte Mr. Hill seine prankenartige Hand auf ihre Schulter. Eve hätte fast vor Schreck ihre Tasche fallen lassen. Er sah sie mit eisgrauen Augen an. Eigentlich starrte er in Eves Gehirn, um ihre Gedanken zu lesen. Eve grauste vor seiner Aura, die alles um sich herum niederzudrücken versuchte. Mr. Hill lächelte offen, das tat er selten. Seine Lachfältchen waren kaum ausgeprägt. Eve schauderte als er sagte. >> Mrs. Klein und Sie werden sich bestimmt große Mühe geben, um meine Tochter hübsch zu machen, oder? Ich verlass mich auf Sie, Eve! Im Übrigen muss ich meinem Sohn Recht geben. Er schwärmt von ihrem Talent! Und das ich seiner Meinung bin, kommt normaler Weise nicht vor! << Er nickte zu sich selbst, lächelte wieder verkrampft und nahm Eves Nicken als Zustimmung an. Mr. Hill fuhr sich durch seine schlohweißen Haare und holte sein klingelndes Handy hervor. Das Thema war durch für ihn, bevor Eve irgendwas begreifen konnte. Der kräftige, großgewachsene Mann verabschiedete sich schnell und verschwand in einem andern Gebäudeflügel. Eve blickte ihm irritiert nach, verdrängte jedoch bald, wie unangenehm sie die Begegnung fand. Überall standen teure Vasen und antike Skulpturen im Entree. Sie mussten ihre Schuhe dem Hausdiener geben und bekamen Filzpantöffelchen in rosa. Da schüttelte sogar Mrs. Klein verschmitzt den Kopf. Sie sagte leise, als sie einen Moment unbeobachtet waren. >> Die gute Mrs. Hill ist ein Engel, aber der Rest stammt woanders her. Denk immer daran, Schultern gestreckt, Kopf geradeaus! So brav sein wie eben und immer nicken, egal was sie zu dir sagen. Und guck dir diese chinesischen „Swing Vasen" nicht so genau an, Eve! Sie zerplatzen sonst noch, hörst du! Wenn das passiert kann ich den Laden dicht machen! << Eve konnte das Kichern gerade noch Unterdrücken. Die Vorstellung war unbeschreiblich lustig, aber Eve wagte nicht, Mrs. Klein zu verbessern, nicht dort.

7)
Bis das aufwendige Brautkleid zu Mrs. Kleins Zufriedenheit fertig genäht war und sie alle Eventualitäten zusätzlich mit Nadeln abgesteckt hatte, vergingen einige Tage. Rachel, die einzige Tochter der Hills ging formal und äußerlich nach ihrem Vater. Eine verwöhnte junge Frau, Ende Zwanzig, die launisch, wählerisch und ungeduldige Charakterzüge besaß. Rachel machte bei jeder Kleinigkeit einen Aufstand. Mal stänkerte sie wegen dem Stoff für ihr Brust push Up herum, weil er nicht weich genug war. Dann hatte Rachel, die von Fressattacken geplagt war, ein wenig zu viel zugenommen, dass Mrs. Klein wieder alles auftrennen musste und es dann vor Ort umnähte. Eve schüttelte innerlich den Kopf und schwor sich, dass sie sich bei ihrer Hochzeit nicht so affig anzustellen würde. Mrs. Hill verdrehte ständig die Augen, wenn Rachel ungeduldig drohte, alles hinzuschmeißen und wie ein Kleinkind mit den Füssen aufstampfte. Kurz darauf bekam Mrs. Hills Tochter einen ausgeprägten Weinkrampf, dass Mrs. Klein und Eve eine halbstündige Pause einlegten. In dieser Zeit wurden im Salon über Tischschmuck und Büfett Auswahl entschieden. Mrs. Hill war hochgläubig, dass spiegelte sich auch in ihren Wünschen wieder. Deshalb fand es Eve auch nicht ungewöhnlich, das Mrs. Hill es ihrer einzigen Tochter so perfekt machen wollte wie möglich. Geld spielte keine Rolle. Und wenn Eve an billigen Champagner und Mineralwasser in Plastikflaschen dachte, so passte es gar nicht in den Plan. Eves Chefin konnte dagegen gar nicht genug Lob aufbringen, denn schließlich war der Kunde König. Für Eves Geschmack, mussten die

Gäste viel zu viel singen und beten, weil der älteste Sohn ebenfalls Pfarrer in der Kirche nebenan war. Bei den Damen gab es eine Hutpflicht und bei den Herren sollten alle eine schwarze Fliege tragen. Keine zu weiten Ausschnitte und grelle Töne waren absolut tabu. Mrs. Hill mochte es dezent, doch sie hatten die Rechnung ohne Rachel gemacht. Allein die Musik durfte nach aller Förmlichkeit auch rockige Klänge haben. So gab es für die Jüngeren sogar eine Disco im abgetrennten Bereich. Der Pavillon hatte die Ausmaße einer Lagerhalle. Zweihundertfünfzig Gäste wurden erwartet. Eve rechnete alle Kosten durch und bekam den Mund kaum zu.

Diese Summe nahm derart übertriebene Ausmaße an, dass Eve das Gefühl nicht loswurde, bei den Rockefellers zu sein. Der Rest der Familienmitglieder gaukelte eine faire Welt vor, denn es würde eine Spendentombola zu Gunsten der vertriebenen Familien geben, die dem Einkaufszentrum bei Durham weichen mussten. Ein Witz sondergleichen, denn die Menschen dort lebten in einem Trailer Park, in heruntergekommenen Wohnmobilen. Den meisten von ihnen hatte man gedroht, sie einzusperren oder ein Schlägertrupp vorbeizuschicken. Mittellose, arme Schweine, die ohnehin mit ihren Frauen und Kindern von der Hand in den Mund lebten. Sie waren längst weitergezogen. Niemand wollte mit der Baufirma und ihren unlauteren Methoden zu tun haben, so stand es in der Tagespresse. Rachel reichte nach dem dritten Wutanfall eine Liste mit Geschenkvorschlägen herum. Eve hatte auf der Rückfahrt zum Laden einen Lachanfall, nach dem Nächsten. >> Was will eine Rachel Hill, zukünftige Mc Marple, mit einem Eunuchenchor? Einem Himmelbett aus Schweizer Schokolade? Oder dem weißen Riesen Kaninchen im Frack? Rachel Hill hat zehn Pfund in einer Woche zugelegt und will vor dem Zelt einen Burger Wagen hinstellen lassen und ein Wettfressen veranstalten? << Mrs. Klein nickte und schwieg. Rachel und ihre Hochzeitsgesellschaft waren knallharte Snobs, die den Hals nicht voll bekamen!

Als sie die Familie Hill noch einmal kurz vor dem Hochzeitstermin aufsuchten, öffnete Joshua ihnen unvermittelt die Tür. Ihn hatte sie dort zum ersten Mal gesehen. Er stand damals im schwarzen Anzug an der Tür und seine Haare waren noch feucht vom Duschen. Eve fiel sofort auf, dass Joshua sie die ganze Zeit unverhohlen anstarrte. Er versuchte sich vergebens die Fliege zu binden. Sein Gesicht kam ihr irgendwie bekannt vor. Eve kam zuerst nicht drauf. Er stellte sich vor, seine Stimme klang angenehm. Und seine Bitte galt ausschließlich Eve, als er ihr tief in die Augen sah. >> Vermutlich bin ich zu direkt, wenn ich Sie bitte, mir kurz behilflich zu sein? << Eve nickte und Mrs. Klein fuhr sie erbost an. >> Eve wenn du nickst, bedeutet das ja! Der junge Mann hat nicht den ganzen Tag Zeit! << Ein anderes Problem wartete oben auf die beiden und Eve verkniff sich Joshua genau zu betrachten. Er roch nach teurem Aftershave und wohlriechendem Duschgel. Eve glaubte kurz die Autorität des Vaters verspürt zu haben, doch Joshuas Augen waren blau, wie die der Mutter. Ein Mann der groß, aber nicht ganz die kräftige Statur des Vaters besaß. Eve blieb cool. >> Sie müssen sich schon etwas kleiner machen, sonst wird die Fliege auch bei mir schief, Mr. Hill! << er schluckte, versuchte seine Aufregung zu verstecken, doch die unablässigen Bewegungen des Adamsapfels verrieten es Eve. >> Oh, Entschuldigung! << Mehr brachte Joshua nicht heraus. >> Vielen Dank, Miss Summer! << Als Eve die Fliege ordentlich gebunden hatte und er sich mit großen Augen im Spiegel betrachtete, ergänzte sie. >> Also, ich finde, sie sitzt perfekt. Wenn Sie mich nun endschuldigen, Mr. Hill? << Sie setzte ihr schönstes Zahnpasta Lächeln auf, was Joshua völlig aus dem Takt brachte. >> Nein, äh, ich meine ja natürlich! Bitte sagen Sie Joshua zu mir. << Eve nickte und Mrs. Klein verdrehte die Augen. >> Es sieht gut aus! Los Eve, das Nadelkissen wartet schon, vielleicht verabreichen wir heute einmal Valium anstatt Sekt!!<< Mrs. Klein und Eve folgten einer tränenaufgelösten Mrs. Hill, die oben auf dem Treppenabsatz wartete.

Was war geschehen? Rachel hatte Streit mit ihrem Ehemann in Spee. Sie bewarf ihn oben gerade mit scheppernden Gegenständen. Wütendes Geschrei war zu vernehmen und das Poltern von diversen Dekorinterieur wechselte sich ab, mit unanständigen Flüchen und Schimpftiraden. Eve spürte Joshuas Blicke in ihrem Rücken. Joshua hatte es geschafft, sie hier zu treffen, aber jetzt kam der schwierigste Teil und er hatte alles vergessen, was er zu ihr sagen wollte. Eve war nicht nur irritiert, von der chaotischen Situation oben, sondern verstand auch nicht, wieso sie bei dem Sohn eine derartige Reaktion ausgelöst hatte. Und wenn sie sich umgedreht hätte, wären Eve auch nicht diese verliebten Blicke verborgen geblieben, die er ihr an jenem Tag zuwarf.

Mrs. Klein übernahm die Kampfarena und Eve kümmerte sich um Mrs. Hill, nachdem diese Eve umarmt hatte und bitterlich weinte. Sie konnte schon immer beruhigend auf Leute einwirken und das tat sie nun auch. Mrs. Hill ergriff Eves Hand und bat sie ihr zu folgen.

Sie stiegen zusammen die Treppe hinunter und nahmen Platz im Esszimmer neben der Küche. Bald hatte sich Rachels Mutter den Frust von der Seele geredet. Eve saß gegenüber und hörte ihr einfach zu. >> Ich wünschte, ich hätte eine Tochter wie Sie, Eve. Manchmal habe ich das Gefühl, Rachel wurde in der Klinik damals vertauscht. Sie hat so gar nichts von mir geerbt. Es tut mir leid, ich wollte nicht direkt werden! << Eve hatte die ganze Zeit das Gefühl beobachtet zu werden. Vermutlich stand der Vater irgendwo hinter einer Tür und lauschte. >> Bitte machen Sie sich keinen Kopf, Mrs.

Hill. Es ist schließlich ein einschneidender Prozess im Leben. Da darf man schon mal die Nerven verlieren. << Mrs. Hill strich Eve freundschaftlich durch das Gesicht und lachte über Rachels andauernden Fauxpas. >> Nein Eve, Rachel war noch nie mit etwas zufrieden. Sie kennt keine Dankbarkeit und auch keine Grenzen. Alle ihre Partys endeten stets in Keilerei und obszön frivolen Exzessen. Das wird es diesmal nicht geben! << Mrs. Hill kicherte und führte Eve in die riesige verchromte Küche. Schloss die Tür zu und holte eine Flasche Anisschnaps aus dem Gefrierschrank. Eve verneinte dankend. Nach drei Schnapsgläschen hintereinander wurde Mrs. Hill geselliger und fand die Aufregung nur noch halb so wild! >> Wir waren im Mai auf Kreta. Europa kann ich nur empfehlen! Joseph hat davon gleich eine ganze Kiste bestellt. Wir werden noch viele Partys feiern, Eve! Wer weiß, vielleicht auch noch eine neue Hochzeit! Ich denke, Rachel muss verstehen, dass ich nicht die Chippendales einladen kann. Sie kriegt immerhin die Hasen und den Zauberer. Da hatte ich schon böse Anrufe vom Tierschutz. << Eve musste sich derbe zusammenreißen und Mrs. Hill grinste angeheitert.

Von oben war erneut ein heftiges Schluchzen zu hören und der überhitzte Bräutigam trampelte anschließend voller Wut im Bauch, die edle Teakholztreppe hinunter. Brüllte, dass er die Prostituierten von Moulin Rouge auch nicht bekäme und Rachels Benehmen zum Himmel stank! Dann schlug der schlaksige Rotbart im Knitteranzug und hochrotem Kopf die Haustüre hinter sich zu, dass die bleiverglasten Scheiben vibrierten. Kurz schüttelte Mrs. Hill wieder den Kopf und meinte leise zu Eve, als sie ihr Gebäck und Tee anbot. >> Es tut mir leid, meine Liebe, dass Mrs. Klein und Sie meine Tochter so erleben müssen! Sicher, wir sind alle aufgeregt und hoffen nur das Beste. Es wird Zeit, dass sie endlich unter die Haube kommt und dann mit diesen Flausen aufhört. Sie hätte gestern Abend nicht schon wieder sündigen sollen, dann wäre sie von Gott auch nicht bestraft worden! Und sie würde jetzt immer noch in ihr Kleid passen! Was für ein Jammer! << Eve erkannte, dass diese Neurosen ein Fall für den Seelenklempner wären. So einen extremen Fall hatte Eve wirklich noch nie erlebt. Mrs. Klein dachte nur an das Geschäft und an die goldene Regel, sich aus der Privatsphäre komplett rauszuhalten. Egal was die Menschen sich von der Seele redeten. Eve hielt sich daran und lenkte das Thema in eine andere Richtung. Sie berichtete von Kundinnen, die noch viel mehr zugenommen hatten und Mrs. Klein und sie dann nächtelang an einem Ersatzkleid nähten. Während Mrs. Hill Kaffee servieren ließ, heiterte Eve sie weiter mit dem neuesten Hochzeitstratsch aus dem Laden auf. Die Mutter lachte über Brautkleider aus Plastikflaschen und wasserlöslichen BHs aus China. Immer wieder tätschelte Mrs. Hill Eves Schulter, scherzte, was sonst gar nicht ihre Art war. >> Miss

Summer, Sie wissen wie man mit gestressten Brautmüttern umgeht. So ein schlechtes Benehmen brauche ich bei meinen beiden Söhnen nicht zu befürchten. Sie wissen es zu schätzen, dass eine gute Erziehung und ein angemessenes Verhalten anderen gegenüber unerlässlich sind. Leider kann ich es von Rachel nicht behaupten. Früher war alles einfacher. Kennen Sie meinen Sohn Joshua? Oh natürlich, Sie haben ihm eben die Fliege gebunden. Sehr ungewöhnlich, denn keiner beherrscht die Technik so perfekt, wie er. << Sie lächelte seltsam, sah Eve dabei nicht an und erzählte weiter. >> Er studiert an ihrer Uni, Kriminalistik und er hat neulich die Werbeausstellungen Ihrer Jahrgangsstufe besucht. Ihre Präsentation fand er besonders gelungen und meinte noch, Sie wären ein großes Naturtalent! <<, Eve starrte Mrs. Hill an und da fiel ihr der Groschen. Sie hatte Joshua bei der Ausstellung gesehen und sie in ein merkwürdiges Gespräch verwickelt. Er wollte sie gerne wiedersehen, hatte er mehrfach gesagt. Dann rief Carl, ihr Kommilitone laut und blickte sie hochverärgert an. Jetzt bemerkte sie, dass sie mit dem Gefühl, beobachtet zu werden, Recht behielt. Joshua stand schon die ganze Zeit hinter der Tür zum Salon und hatte alles mitgehört. Wie auf ein Stichwort, erschien er im Teezimmer des schicken Hauses, um seiner Mutter einen Handkuss zu geben. Ein großgewachsener, schmaler Mann. Gerade drei Jahre älter als Eve. Sie konnte nicht wissen, dass Joshua an dem Tag, als er sie am Infostand der Ausstellung erblickte, sich Hals über Kopf in sie verliebt hatte. Und was sich ein Hill vornahm, setzte er auch komplett um. So war die Devise, schon immer. Und er war es auch, der seine Mutter und Rachel überredete, Mrs. Kleins Brautmodensalon für die Feier zu engagieren. Er wusste, dass er dann Eve ganz nah sein konnte und es nur der geeignete Zeitpunkt kommen musste, um auf sich aufmerksam zu machen. Ihre schönen blonden Haare, die sie zu einem Zopf zusammengeflochten hatte. Ihre feine, Haut hatte schon ein wenig Farbe bekommen und ihn machten die Sommersprossen verrückt. Das alles faszinierte ihn an ihr sehr. Auch ihr wohlgeformtes Gesicht und die wunderschönen, braunen Augen. Sie glänzten, als sie ihn eben anschaute. Dabei kribbelte sein ganzer Körper, wie tausend Schmetterlinge. Sie war von Gott für ihn bestimmt worden, da war kein Zweifel! Er liebte jetzt schon ihre schlanken Finger und fragte sich, wie es sich wohl anfühlte, ihr Gesicht zu berühren und zu küssen?! Sie sollte nur für ihn da sein, dafür würde er sorgen. Und bei ihm hätte sie es auch immer gut. Ja, er liebte sie schon jetzt und ihre freundliche Art, wie sie mit den Menschen umging. Wie oft machte Joshua, nach der Uni heimlich einen Abstecher zu Mrs. Kleins Haus und beobachtete Eve, wie sie dort, bei schummrigem Licht, Bücher studierte. Er hatte auch schon über Eve recherchiert und wusste, woher sie stammte. Dass sie kaum ausging und wenig

Alkohol trank. Ihre Kleidung in Second Handläden kaufte und kein Handy besaß. Später würde er mal ein perfekter Kriminalist sein, dem nichts entging. Als Eve ihm die Hand schüttelte und er sich neben seine Mutter an den Tisch setzte, da spürte auch sie einen angenehmen Stich, wenn sich ihre Blicke zufällig begegneten. Mrs. Hill sprach weiter über die Zeremonie für die Hochzeit und bemerkte überhaupt nicht, dass Eve sich kaum auf das Gespräch konzentrierte, weil Joshua sie die ganze Zeit musterte. Eve nickte, obwohl sie nicht zugehört hatte und ihr Herz aufgeregt schlug. Sie fühlte sich sonderbar leicht, als könnte sie schweben. Joshua hatte eine ähnlich überlagernde Aura, wie sein Vater, die alles zu übertünchen schien. Anfangs empfand sie es als angenehm und doch zugleich beängstigend. Niemals konnte sie sich eine Beziehung vorstellen, in der ein Mann so wankelmütig und unzuverlässig sein dürfte, wie ihr eigener Vater, oder so hinterhältig, wie ihr Bruder. Eve erinnerte sich dann, als Mrs. Klein sie zum Nadeln abstecken rief und sie sich irgendwie erleichtert erhob. Sie wollte dieser ungewohnten Situation entkommen. Dabei berührte sie zufällig Joshuas Hand und beide zuckten zusammen, als hätten sie gemeinsam in eine Steckdose gefasst. Es war der Beginn einer innigen Romanze....

Aber alles, was danach kam, wurde zur Eintrittskarte in die Hölle! Verbitterung machte sich bei Eve breit, wie die Regenwolken ein Gewitter am Himmel ankündigten. Sie trat die Zigarette aus und erneut hörte sie Mrs. Klein drinnen schimpfen. Noch fünf Minuten Pause und Eves verhasstes Handy würde gleich klingeln. So wie jeden Tag um die Mittagszeit und wehe, sie ging nicht spätestens beim dritten Bimmeln dran!

2.Kapitel

1)

Eves Schläfen pochten heftig. Auch der Schmerz in ihrem Hinterkopf kehrte unverhohlen wieder. Die halbe Nacht hatte dort ein Eisbeutel gelegen. Mit der anderen Hand zog sie ein Blister mit Aspirin „extra" aus der Jeanstasche. Die Beule fühlte sich nicht mehr ganz so geschwollen an. Nachdem sie Mrs. Klein gestern beim Arzt absetzte, hatte Eve noch einen besonderen Termin. Mittwochs nachmittags blieb der Laden geschlossen und Eve traf sich mit der Kundin im Café „ Bernstine". Das Café hatte den Flair der alten 20 er Jahre. In dieser Zeit hätte sie auch gerne gelebt und dort holte sie sich die Kraft und Inspirationen für ihre Kollektion. Der schofelige Besitzer, Mr. le Fleur, war einst ein steifbeiniger Antiquitätenhändler aus Bordeaux. Er trug schwarze Schossanzüge und Beinkleider. Sein mottenzerfressenes, braunes Toupet hatte auch schon bessere Tage gesehen, aber seine Milchkaffees, belegten Baguettes und Croissant Snacks waren der Geheimtipp in Bloomingville. Im „Bernstine" konnte Eve in Ruhe über gewisse Umänderungsdetails diskutieren und die Damen waren meistens ihrer Meinung. Mrs. Klein ließ sie zum Glück, seit geraumer Zeit endlich ihre eigenen Hochzeitsarrangements erstellen, solange sie im Rahmen blieben. Eve besaß zudem ein absolutes Lieblingsstück. Dieses hatte den gewissen Pepp und sie konnte das knielange Blaue, mit dem gestickten Blümchenausschnitt, in diesem Monat schon viermal verkaufen. Oft kamen nun besonders junge, heiratswillige Frauen lieber zu ihr, um sich von Eve beraten zu lassen. Seitdem der Trend zu teuren Aufwartungen zurückging, hatte Kleins Braumodenladen sogar eine bunte Einweg Hochzeit, mit Plastikblumengestecken und Leihpriester im Angebot. Der achtzig jährige Pfarrer Hinrichs begnügte sich mit einer guten Flasche Fusel, als Spende. Hin und wieder tatschte er während dem „Vater unser", den üppigen Damen über den Busen. Es kam auch vor, dass er während der Zeremonie einschlief. Aber in dieser Hinsicht musste der Laden sich den neuen Wünschen beugen und sich mehr ins Zeug werfen, als früher. Die neue Kundin wollte in ungezwungener Umgebung mit Eve reden. Da es sowieso schon ein anstrengender Tag gewesen war, hatte Eve ganz vergessen, Joshua Bescheid zu sagen, dass sie später nach Hause fahren würde.

Noch während des Einkaufs, für das Abendessen, rief er sie stinkwütend an und brüllte so laut in das Handy, dass sich Fremde noch drei Regalreihen weiter zu ihr umdrehten. Kreidebleich und zitternd hatte sie aufgelegt und stumm die nötigsten Sachen in den Wagen gepackt. Eve nahm weder die Angebote noch andere Dinge wahr. Sie tauchte in einen schwarzen Tunnel ohne Ausgang. Einzig und allein trieb Eve der quälende Gedanke, was wieder geschehen würde, wenn sie gleich vor Joshua stehen musste, um sich seinen

Gemeinheiten auszusetzen. Er hatte schon wieder getrunken und sie einfach als undankbare Hure beschimpft.

Seit seiner Beförderung zum zweitobersten Inspector der Kriminalabteilung in Durham, war er kaum noch zu ertragen. Zwar waren seine Arbeitszeiten flexibel und manchmal wurde er auch nachts zu Bereitschaftseinsätzen gerufen, dann blieb er meistens den restlichen Tag im Büro und Eve hatte Ruhe vor ihm. Aber wenn es Fälle waren, die wegen der bürokratischen Hürden nicht schnell genug aufgeklärt werden konnten, machte es ihn wütend. Dann schlich er wie ein unruhiger Tiger durchs Haus und war unausstehlich. Wenn Eve sein Büro durchlüften wollte, weil es dort wie in eine Kneipe stank, dann nur, wenn sie ihn auf der Toilette sitzen hörte. Wenn es plumpste, hatte sie sich schon mäuschenmäßig verzogen. Er war zu einem Perversling mutiert, wusch sich nach dem Klo Gang selten die Hände und manchmal trug er unter dem speckigen Mantel, nicht mal eine Unterhose. Wenn der Ledersessel knatschte, wusste Eve dass sie den angebauten Gebäudeteil für die nächsten vier Stunden meiden musste. Er starrte dann in einem abgewetzten Badeumhang auf seine Unterlagen, hatte strähnige Haare und kratzte sich am ungepflegten Bart oder am Sack. Er roch aus dem Mund, dass sie kotzen könnte, obwohl sie ihn nur selten durch das Schlüsselloch beobachtete. Eve war bedient, wenn er sie dann über das Haustelefon an bimmelte. >> *Eve, ich will Essen! Eve, bring mir ein Bier! Eve, wo ist meine Uniform und das Druckerpapier?!*<<

Sie hatte sich ein ausgeklügeltes System angewöhnt. Das Essen schickte sie ihm über den Serviceschacht, sein Bier befand sich in ausreichender Menge in einem Flaschenkühlautomat, neben dem Bücherregal. Heikel wurde es, wenn es um die Uniform ging. Dann musste sie flink sein. Dazu wechselte sie nur den Kleider Diener aus. Alles hing parat und akkurat gebügelt und gestärkt im Flur neben der Badezimmertür. In dieser Zeit duschte er, rasierte sich und putzte sich die Zähne. Der dreckige Mantel lag, samt surrender Fliegen im Wäscheeimer. Nach genau drei Minuten stellte Joshua die Dusche ab, und lauschte, ob Eve sich an seinen Sachen zu schaffen machte. Anfangs überraschte er sie dabei, wie sie die Ärmel nachglättete. Dann packte Joshua sie klitschnass und splitterfasernackt und forderte sein Recht auf der Besucherpritsche. Eve hasste diese Momente und ihn. Sie hasste es, wie triebgesteuert er reagierte. Danach entwickelte sie Tricks, damit er sie in Ruhe ließ. Kicherte erwartungsvoll, als er vor kurzem aus der Dusche stürmte und laut fluchte, wie sie die Sachen so schnell und ordentlich dalassen konnte? Er rief nach ihr, aber sie war schon durch den gläsernen Flur zum Haupteingang geeilt. Da klingelte es an der Tür und sie rief zuckersüß, dass es der Briefträger sei. Joshua wollte natürlich nicht so vor Fremden auftauchen und zog sich daraufhin komplett an. Sobald er dann oben auftauchte, reichte sie ihm die Post, eingepackte Brote und Tee. Wenn er sie dann immer noch sehnsüchtig anblickte, sagte Eve dass Mrs. Klein mit einer angesehenen Kundin zu ihnen auf dem Weg wäre und jeden Augenblick da sein müsste. Er seufzte enttäuscht und Eve jubelte erleichtert, wenn sein Wagen aus der Einfahrt verschwand.

2)

Joshua hasste Querdenker und hatte deshalb ein Autoritätsproblem. Um es auf den Nenner zu bringen, Joshua Hill war bei den Kollegen nicht beliebt und das wurmte ihn zutiefst. Er versuchte anfangs, kameradschaftlich und menschlich zu bleiben. Es belastete ihn stark, wenn die Gewerkschaft mit anonymen Beschwerden auf ihn zukam und er es geradebiegen musste. Er verfluchte diese Gespräche und sah bald in jeder Ecke Spione, die nur darauf warteten, ihm eins auszuwischen. Bei öffentlichen Auftritten, begleitete Eve ihn zu Beginn regelmäßig. Sie hatte für jeden immer ein nettes Wort übrig, besonders die Älteren fuhren auf sie ab. Es waren diejenigen, die er eigentlich an seiner Seite haben wollte. Seine Leute liebten Eve, ihre besonnene, leichtfüßige Art. Seine Eve brachte es ehrlich rüber und davon würde Joshua gerne selbst profitieren. An die letzte Feier erinnerte er sich nicht so gerne.

Der Bürgermeister und der Gewerkschaftsboss unterhielten sich ausschließlich mit seiner Frau, ließen ihn völlig links liegen. Er wurde ausgegrenzt und nur nach Belanglosigkeiten gefragt. Als einige Zuhörer seine lang, einstudierte Rede ausbuhten, genehmigte sich Joshua hinter der Bühne die ersten, starken Drinks. Als sich auch noch sein schärfster Kritiker, Richter Phillips sehr lange mit Eve an der Bar unterhielt und sich am Schluss sogar noch Hochzeitstipps für seine Tochter geben ließ, da hörte für Joshua das Verständnis auf. Danach schoss er sich mit Whiskey ab, bis die Kollegen Darell und Toni ihn in den Streifenwagen hievten und Joshua nach Hause brachten. Zwei Tage lag er halbtot im Bett und brütete über den Sinn des Lebens nach.

Seitdem brauchte er die Drinks um sich täglich zu behaupten. Zuerst genügten ihm zwei Flachmänner und einer für den Tee. Joshua vertrug nicht viel und kompensierte seinen Frust im Rausch. Im Revier hatte er sich gut unter Kontrolle und mit der Zeit immer besser. Aber Zuhause flogen dann die Fetzen, wenn das Sixpack geleert war und der Wein ausgegangen war. Jedes Mal schwor er sich, es nie wieder zu tun. Wollte keinen Schaden anrichten. Hinterher tat es ihm schrecklich leid. Joshua bereute es bitter, wollte sich Hilfe suchen. Wenn er sein angerichtetes Ausmaß begriff, verdrängte er den dumpfen Wunsch, sich die Dienstwaffe an die Schläfe zu halten und abzudrücken.

Er stand in Eves Büro, mit der Knarre am Kopf und wollte seinem Leben ein Ende setzen, für immer. Er heulte, dass er ein kleines, unbedeutendes Würmchen wäre, ein nicht lebenswertes Wesen! Seine Finger zitterten, als er den Abzug drückte. Er war fertig mit sich und hörte ein lautes Klicken. Aber es löste sich kein Schuss aus seiner Waffe. Tränen rannen ihm über das Gesicht und er sank auf die Knie, die Pistole rutschte aus der Hand. Eigentlich hätte sie funktionieren müssen. Scheinbar gab es ein höheres Schicksal und Joshua starrte auf den blinkenden Anrufbeantworter. Das war es, seine Eve gehörte ihm gar nicht! Für sie gab es nur noch ihre Karriere und wenn sie weiter damit Erfolg hätte, trennte sie sich von ihm! So sicher, wie das Amen in der Kirche! Das hatte sie doch auch vorhin angedeutet, oder nicht?

Da hatte er Eve noch nicht geschlagen. Er wollte es auch nicht, nur wenn sie uneinsichtig blieb. Eves beruflicher Erfolg fiel bei Joshua von nun an in Ungnade und er begann sie auszuspionieren. Er fand heraus, dass sich auch die Herren der Schöpfung an sie wandten, um Styling Tipps zu ergattern. Manchmal stand das Telefon in Eves Heimbüro stundenlang nicht still. Sie nähte und beriet bis spät in die Nacht. Er durfte überall nur noch die zweite Geige spielen und das musste ein Ende haben, für immer! Joshua hörte ihre Bandnachrichten nun regelmäßig ab. Raste dann vor Eifersucht getrieben durch das ganze Haus. Schlug anfangs nur die Wohnzimmer Einrichtung kaputt und warf jeden Sessel einzeln aus dem Fenster. Dann lachte er schrill und irre. Bevor sie nach Hause kam, hatte er reumütig den gröbsten Schaden beseitigt und eine neue Garnitur im Möbelhaus bestellt. Sie blickte ihn nur verständnislos an und sagte nichts. Sie reagierte nicht auf sein Flehen, endlich mit ihm zu reden, nachdem sie sich stundenlang in ihrem Büro eingeschlossen hatte. Sie erschien auch nicht, als er außer sich vor Wut, ihre gesamten Blumenvasen vom Fensterbrett fegte.

An anderen Tagen schrie Joshua seinen tiefen Frust in Eves angelegten Kräuter und Steingarten hinaus. Das Unkraut wucherte überall. Sie war kaum mehr zuhause, vernachlässigte ihn, den Garten oder besser alles! Er war ein gedemütigter Mann! Alleingelassen und lächerlich gemacht! Es war falsch, wie sie sich benahm und er hatte keinen Zugang mehr zu ihr. Diese Arschlöcher flirteten mit seiner Frau, sogar wenn er daneben stand. Sie missachtete Joshua seit Wochen und der nette Mr. Nell, einunddreißig Jahre alt und Maschinenbauingenieur, versuchte ihr schon seit dem elften Anruf klarzumachen, dass er total in sie verknallt war und nicht in seine Verlobte heiraten wollte. Das reichte, Schluss aus, vorbei!!

Joshua setzte sich auf den Benzinrasenmäher und hatte die zwei Hektar in null Komma nix kurzrasiert. Danach war der Geräteschuppen dran. Alle Schaufeln, Haken, Scheren und Gartennützlichkeiten wurden sortiert, eingeölt, poliert und penibel an ihren Platz geräumt. Der Pflanztisch glänzte sauber, wie in der Werbung. Er hatte alle Spinnenweben und Blumenerde Reste beseitigt. Hier war ihr Platz, zuhause. Sturzbetrunken wartete er auf sie und versuchte es ihr auf die normale Weise klar zu machen. Joshua torkelte hinter ihr her und schrie sie an, dass sie eine Hausfrau sei und keine Hochzeitstante. Es wäre ein unmoralischer Job und sie würde das schöne Haus vernachlässigen, in dem sie mit ihm lebte. Mrs. Klein sei eine Witwe und das wäre etwas anderes. Sie bräuchte nicht zu arbeiten. Die Kollegen warfen ihm so wieso schon hinterrücks vor, er sei geizig. Keine Kollegenfrau der Chefetage arbeitete, weil ihre Männer genug verdienten. Außer, die des Büroleiters, aber der hatte den Ruf einer männlichen Pfeife! Wer wohl noch? Als Eve daraufhin stehen blieb und ihn laut auslachte, da drehte Joshua komplett durch.
Zuerst haute er Eve mehrere Backpfeifen, da lachte sie nicht mehr. Dann schubst er sie durch die Küche, dass Eve über den Zeitungsständer stolperte und der Länge nach hinflog. Erst als er sah, dass Eve ihn mit weitaufgerissenen Augen anstarrte aus der Nase blutete und zitternd flüsterte, er sollte zu sich kommen und aufhören. Da ließ Joshua geschockt von Eve ab. Sein Blut kochte, was war er doch für ein dreckiges Schwein, das hilflose Frauen schlug? Er fühlte sich gut und Scheisse zugleich. Aber das erhabene Gefühl drohte sich zu verflüchtigen! Nein, es war ihre Schuld und die ganzen Kerle tapsten durch seine Gedanken, wollten ihm seine Frau stehlen, niemals! Er schrie wie von Sinnen. >> Jetzt weißt du was dir blüht, Eve! Wenn ich dich nochmal dabei erwische, wie du fremden Typen schöne Augen machst! Dann versohle ich dir deinen Hintern, bis er glüht! Ich verfolge alles, was du tust Eve und werde dich bestrafen, wenn du mich nochmal enttäuschst! Vergiss nie wieder, wer dein Mann ist! Das ist die letzte Warnung! Ruft hier noch ein einziges Mal einer deiner Brautmoden Schwuchteln an, Eve! Dann zeige ich dir die „Hillsche" Ausgabe, wie unterwürfig eine Ehefrau zu sein hat! << Joshua griff nach der angefangenen Schnapsflasche im Wohnzimmerregal, drehte sich nicht zu Eve um und verschwand im Garten. Bloomingville, diese Kleinstadt, da kannte jeder jeden. Doch bei den ganz finsteren Geheimnissen, da hielten sich alle raus und wenn es darauf ankam, hatte niemand etwas gesehen oder gehört. Einige Nachbarn benutzten Fernrohre auf dem Balkon, um nichts gesehen zu haben!
3)

27

Eve wurde aus den Gedanken gerissen, als ihr Handy laut in Beethovens siebter Sinfonie klingelte und vibrierte. Da war er, pünktlich und immer auf der Lauer. Sie drückte zögernd den grünen Hörer. Joshuas Stimme klang verärgert und kehlig. >> Eve, wie lange muss ich immer warten, bis du endlich abnimmst? Wegen dir war ich heute Morgen schon in der Kirche und habe meine Sünden gebeichtet. Es tut mir leid! Ich bin einfach überarbeitet und hatte Hunger! Aber warum gibst du mir dauernd Gründe? Warum werde ich wegen dir ewig geprüft? Weil du nie zufrieden bist, mit dem was ich für dich tue, Eve! Du musst ja dein Ego aufpolieren. Stell dir vor, Rachel bekommt im September einen Jungen. Sie hat mich eben freudestrahlend angerufen. Sie hat gelernt, dass es nur eine Respektperson im Hause Hill gibt und das hat Frank voll durchgesetzt!! Du solltest auch zu Hause sein und wenn du nicht so uneinsichtig wärst, hätten wir auch schon Nachwuchs. Dann würde ich dir verbieten je wieder zu arbeiten! Du machst mich noch lächerlich! Wehe, du kommst heute auch wieder zu spät und das Abendbrot steht nicht auf dem Tisch! Wir müssen nachher noch zur Bibelstunde und ich werde Michael am Sonntag in der Predigt mit der Orgel begleiten. Warum sagst du nichts? <<, Joshua seufzte in den Hörer, seine Stimme hatte etwas Bedrohliches. Er klang schon wieder angetrunken und es war erst Mittag, aber Eve hörte es an den Betonungen einiger Silben heraus. Ihr prickelte es unter der Kopfhaut, so wie gestern im Supermarkt. Und kaum war sie gestern durch das eiserne Tor gefahren, da riss er die Autotür auf, zog Eve brutal aus dem gelben New Beetle, den er ihr zum zweiten Hochzeitstag geschenkt hatte und prügelte sie mit den Einkaufstüten die Stufen zum Eingang hinauf. Die Dosen in der Stofftasche trafen sie hart am Hinterkopf, dass sie bald nur noch Sterne sah. Eve taumelte in die Küche, stolperte über die beiden abgesenkten Stufen und knallte vollendens mit dem Kopf gegen den Kühlschrank. Sie musste ohnmächtig geworden sein. Als Eve aufwachte, hatte Joshua ihr mehrere Kühlkissen auf den Kopf gelegt und beobachtete sie mit wässrigem Blick. Sie lag auf dem Sofa und er saß neben ihr. Joshua hatte nebenbei den großen Flachbildschirm angeschaltet und studierte gerade die Nachrichten. Außerdem hörte er noch sein Funkgerät ab. Wieder wurde eine Frau vermisst. Er schwenkte sein Whiskeyglas, als ob es ein edler Wein wäre und sagte mehr zu sich selbst, denn zu ihr. >> Falls du mich je verlässt, bringe ich dich um, Eve! <<, daraufhin stand Joshua auf und schwankte in sein Büro. Dann tat Eve, was sie immer machte! Sie funktionierte und versuchte alles auszublenden, was geschehen war. Es nutzte nichts, wer würde ihr schon helfen wollen? Wer glaubte die Ungeheuerlichkeiten? Das war gestern, nun besann sich Eve wieder auf die Arbeit und ihre neuen Ideen mit dem Kleid. Sie wollte sich nicht mit den

Panikattacken abfinden, die sich schon wieder ankündigten. Die Hände zitterten einfach ungefragt und sie spürte eine grauenvolle Enge in ihrem Brustkorb. So, als müsste sie gleich ersticken. Ihre Beine waren schwer, wie Blei und ihr Herz raste. Es überkam sie plötzlich und seit neustem ohne Ankündigung. Eve schloss die Augen, hier fühlte sie sich sicher und es waren auch keine Menschenmengen im Laden! Nur mit Mühe gelang es Eve, sich eine einsame Insel vorzustellen, ihr geistiger Rückzugs Ort, wenn Joshua sie wieder grün und blau geschlagen hatte. Nur Palmen, Strand und Wasser. Langsam fuhr ihr Körper herunter und sie hoffte, heute Ruhe vor ihrem Mann zu haben. Es war nur diese eine Bitte, die als Mantra in ihrem Kopf trommelte.

4)

An Gott glaubte Eve schon ewig nicht mehr, aber das durfte hier niemand wissen! Joshua hatte seit einer Woche die Maltonmorde auf dem Tisch. Eine Mordserie, bei dem die Profiler schon eine bestimmte Tätergruppe ermittelt hatten, aber den Ermittlern die Zeit weglief. Das Maltonviertel lag nahe dem Eastriver in Durham. Es war eine verwahrloste Gegend. Vier junge Prostituierte wurden vor kurzem in Salzsäurebehältern gefunden und hatten sich noch nicht total aufgelöst. Jedes Mal lag der Fundort an einer anderen Stelle, auf dem verfallenen Fabrikgelände, der ehemaligen Gummireifenfirma. Die Abstände der Morde wurden immer kürzer und es gab noch keinen Tatverdächtigen zum Festnageln. Joshua hielt Eve die Fotos der halbzersetzten Leichen beim Abendessen plötzlich mit dreckigem Grinsen unter die Nase. Danach zwang er seine Frau, alles auf dem Teller aufzuessen und Gott zu danken, dass sie nicht in so einer Gegend leben müsste. Die Bilder waren so abstoßend, dass Eve hinterher das gesamte Essen erbrach. Joshua stieß sie daraufhin in die Dusche und brauste sie mit kaltem Wasser ab. Wehren konnte sie sich nicht. Schreien oder Weinen, dass tat sie nur noch heimlich. Sie ertrug es einfach und als alles vorbei war und Joshua mit einem glasigen und von Genugtuung geprägten Gesichtsausdruck das Bad verließ, schrubbte Eve alle Spuren der Misshandlung weg. Von oben vernahm sie nur, wie er sich mit einem neuen Glases Whiskey in das Musikzimmer verzog und bald, laute Opernklänge von Wagner zu hören waren. Eve wusste, das Joshua sie nun in Ruhe lassen würde. Meistens schlief er dort ein und kroch dann mitten in der Nacht ins Ehebett. Jedes Mal tat Eve schlafend und Joshua weckte sie dann auch nicht, weil Gott nur den „Seligen" Schlaf gab. Eine widerliche Alkohol Fahne wehte ihr entgegen. Das Schnarchen und Furzen ihres Mannes waren so obszön, dass sie aufstand, um sich für den Rest der Nacht auf die Gästecouch zu legen. Die Tür konnte sie nicht abschließen, weil er alle Schlüssel entfernt hatte. Joshua kontrollierte sie so engmaschig, das er

29

manchmal ihre Gedanken lesen konnte. Immerhin verbarg Eve einen einzigen Gedanken, den er nie entdecken würde. Sie hatte immer noch ihr Schmuckkästchen für Notfälle aufgehoben und es im Garten neben dem Apfelbaum vergraben. 319 Dollar waren darin. Joshua kontrollierte alles, auch ihre Ein und Ausgaben, *sollte er doch*! Immer musste sie ihn fragen, wenn sie Einkaufen ging. Er gab ihr ausschließlich nur Bargeld mit, weil Kreditkarten Teufelszeug wären, die nur verführten. Ja, Joshua hatte sich zu damals völlig verändert und war zu einem Monster mutiert!

5)

Eve sagte lapidar, dass sie natürlich pünktlich wäre. Was Joshua mit einem genügsamen Seufzen auf der anderen Hörerseite quittierte. Kollege Smith hatte plötzlich etwas Wichtiges mitzuteilen. Da würgte Joshua das Gespräch, mit den Worten ab, dass er lieber eine Pinkelpause einlegte, als mit ihr über Verfehlungen zu streiten und sie ohne Verabschiedung weg drückte. Verdammt knapp Smith! Endlich hatte sie nun vor Joshua Ruhe! Die Pause war zu Ende. Eve atmete tief durch und steckte das verfluchte Handy endgültig in die Jackentasche. Sie kehrte zu dem Kleid zurück, bei dem sie noch den Reißverschluss einnähen musste. Dabei lenkte sich Eve mit Radiogedudel ab. Seit kurzem erlaubte Mrs. Klein auch *„Hottentotten Musik"*. So nannte sie es, weil eine alte Kundin sie darauf aufmerksam gemacht hatte, dass der Brautmodendiscounter in der Vorstadt, so die jungen Dinger, ohne Kohle anlockte. Doch der Besitzer war ein alter Inder, der seine Stoffballen aus China und Vietnam importierte. Das schreckte zum Glück noch viele potenzielle Käufer ab, weil die Presse über krebshaltige Farbzusätze und Kinderarbeit berichtete. Da überwog das schlechte Gewissen und sie kehrten zu Kleins Brautmodensalon.

Eve setzte ein Maskenlächeln auf, als Mrs. Klein eine neue Kundin empfing. Der Nachmittag dümpelte träge dahin. Anrufe und die nächsten Termine eingeben. Abstecken und Umnähen, Eve hatte alles im Griff. Kurz vor Feierabend, um 17 Uhr bekam Eve noch einen Anruf.

Es war Mrs. Steward, eine verrückte, alte Schachtel. Sie hatte einen ordentlichen Spleen. Obwohl sie schon viele Jahre verwitwet und steinreich war, wollte sie eine große Hochzeit, mit einem neuen imaginären Ehemann planen. Eine Geschichte zum Schmunzeln, denn die 80 jährige, sonst noch rüstige Frau, war eigentlich top fit im Kopf. Sie ließ sich seit vielen Jahren, immer im Mai ein neues Hochzeitskleid von Kleins *BRAUTMODENSALON* anfertigen, um dann eine Hochzeit mit allem Tamtam zu zelebrieren. Selbst der Pfarrer spielte mit. Niemand wagte es bisher, ihren Verstand offen anzuzweifeln. Weil der erwartete Bräutigam sowieso nie erschien, konnte Mrs. Steward perfekt ihr schauspielerisches Talent, einer

enttäuschten Braut, zum Besten geben. Sie amüsierte sich sehr über das verblendete Lügenvolk aus Blommingvilles Oberschicht. Alle applaudierten mit Standing Ovation und sagten ihr, dass sie es besser spielte, als Rita Hayworth es je gekonnt hätte. Gab es doch hinterher, immer eine riesige, bunte Party, bei der Mrs. Steward im Mittelpunkt stand. Auch die gesamte Hill Familie ließ sich das Spektakel nie entgehen. Nur Eve wusste, wie heftig sie später über Mrs. Steward lästerten. Jeder belächelte die alte Dame hinterrücks und hoffte mit unehrlichen Gefälligkeiten, dass er so ein ganz dickes Stück vom Kuchen abbekam, wenn sie eines Tages starb! Eve traute sich bei der letzten Anprobe zu fragen, warum die alte Frau sich diesen Stress noch antäte und ob sie nicht die ganzen Arschkriecher satt hätte? Da lachte Mrs. Steward laut, wollte sich gar nicht mehr beruhigen. Ihr schmächtiger Körper bebte und zu Eves Verblüffung packte Mrs. Stewart sie kräftig am Arm und antwortete ihr mit Tränen in den Augen. >> Eve, ihre Ehrlichkeit ist bemerkenswert. Ja, ich weiß, dass alles nur ein großer Gag ist! Sehnsucht, mein Kind und Träume darf man niemals aus den Augen verlieren, egal wie alt man ist. So lange ich es kann, werde ich meine Wünsche ausleben und wer weiß, vielleicht wartet irgendwo noch ein einsamer Mann, der nicht abgeholt wurde! <<, dann drehte sie sich um und tanzte swingend durchs Zimmer. Seit diesem Tag verlangte Mrs. Steward nur noch nach Eve und sie nähte und organisierte alles allein.
6)
Mrs. Klein hatte keine Vorwände, nein sie war froh, dass sie dem Theater entkommen konnte. Mrs. Klein war eine anständige Frau und fast so gläubig, wie Eves Schwiegermutter. Jeden Sonntag betete sie zu Gott in der Kirche. Lauschte den Predigten von Michael Hill, dem ältesten Sohn der Familie und sang kräftig im Chor mit. Sie glaubte fest, das Eve ihr der Himmel geschickt hatte und ihr würde sie eines Tages auch den Laden vererben. Mit Joshua könnte Eve sich eigentlich doch glücklich schätzen. Aber sie wirkte manchmal merkwürdig abwesend und hatte dunkle Ringe unter den Augen. Die Leute tratschten, er würde Eve schlagen, aber das konnte sich Mrs. Klein nicht vorstellen. Das hätte sie doch gemerkt! Der feine Joshua Hill sang schließlich auch im Chor mit und leitete den Bibelkreis. So ein junger und achtsamer Mann, zudem noch ein hoher Beamter, wie sein Vater. Nein, das würde Gott niemals zulassen. Eve war ein Engel und lebte in dem schicken Haus, oben in der Neithman Ave. Ganz oben auf dem Hügel. Es war die teuerste Gegend in Bloomingville. Ein moderner Prachtbau im Finca Stil. In Spanien hatten die beiden die Flitterwochen verbracht. Nur schöne Fotos hatte Eve ihr gezeigt. Beide bekamen dort eine Bräune, so eine ergatterte man nur an der Riviera am Mittelmeer. Eve ließ das Haus liebevoll einrichten und legte einen Steingarten an. Sie veranstalteten

einmal im Jahr eine tolle Gartenparty, auf der nur die engsten Freunde der Hill Familie eingeladen wurden. Eve überließ nichts dem Zufall und das Haus war immer akkurat und blitzblank geputzt. Mrs. Klein wusste, dass Eve und Joshua Hill keine Putzfrau besaßen und das Anwesen weitläufig und mit hohen Mauern umzäunt war. Sicherheit wurde im Hause Hill sehr groß geschrieben. Sie fand jedoch die Kameras in fast allen Räumlichkeiten ein wenig übertrieben. Auch die Alarmanlage hörte man fast bis nach Bloomingville City. Doch wer weiß, wenn ihr verstorbener Rupert damals nicht am Bankschalter gearbeitet hätte, könnte sie sich vielleicht auch mit so was brüsten. Denn als die bewaffneten Räuber kamen, ihren Mann und die halbe Belegschaft erschossen, da erhielt sie eine hohe Abfindung. Rupert hatte sich zu Lebzeiten ein Mausoleum gewünscht und dank der vielen Spenden, besonders der Hill Familie, auch bekommen. Danach wollte Mrs. Klein weder neu heiraten noch Kinder bekommen. Sie hielt es für ihr Schicksal und fügte sich einfach. Ja, die Leute redeten, das Eve verprügelt würde, weil sie Joshua immer noch kein Kind geschenkt hatte. Ach was, jedem rutschte doch mal die Hand aus.

Es war wieder soweit und Eve machte mit Mrs. Steward einen Termin für den nächsten Tag. Sie würde den Laden morgen eher verlassen und Joshua mitteilen, dass sie wegen Mrs. Steward eben später nach Haus käme. Bei dem Gedanken, ihn nach gestern wiederzusehen und den Abend mit ihm zu verbringen, da krampfte sich ihr Magen kräftig zusammen! Es fühlte sich an, als ob sie in ein schwarzes Loch fallen würde und sie konnte sich bei dem alles beherrschenden Gedanken, wie gemein er heute vielleicht zu ihr sein würde, kaum auf den Einkauf im Center Market konzentrieren. Das Zittern wurde zu einer Geißel und sie saß in ihrem New Beetle und hatte nicht die Kraft, den Motor anzuwerfen. Am liebsten würde sie nie mehr dorthin zurückkehren!

3. Kapitel

1)

Auf dem Weg nach Hause, in die Neithman Ave 17, kroch Eve mit ihrem Beetle über den Highway, vorbei an der abgesperrten Kreuzung. Ja, hinter der Absperrung war die einzige Abfahrt in eine kleine Stadt, heute würde man es „Kaff" nennen! Die Route 66 brachte in den 20er Jahren die Wanderarbeiter mit. Als Joshua sie noch nicht ausspionierte, hielt sie dort öfters auf dem Parkplatz an. Ganz früher zog sie los und fotografierte die alten Gemäuer. Eve liebte es, wenn ihre Schritte in den leeren Straßen widerhallten. Wilde Natur und untergangene Zivilisation, die sich dort die Hände reichten. Was gab es Aufregenderes, als ein Zuschauer in der ersten Reihe zu sein? Früher in den späten 70ern fuhr noch ein Bus nach Bordertown. Der holte die Arbeiter aus Bloomingville und Umgebung ab. Damals schufteten dort über dreitausende Leute, in der alten Wäschefabrik, an der Route 66. Die Straße führte durch Bordertown, runter nach Westbridge. Die noch kleineren Orte gab es schon seit dem letzten Weltkrieg nicht mehr. Aus Westbridge kursierten einige Goldgräber Legenden über den Fluss. Damals wurden reichlich Goldnuggets gefunden. Aber der Fluss wurde durch die Fabrikabwässer derart verseucht, dass die Schürfer furchtbare Verätzungen davontrugen. Das Trinkwasser der Brunnen wurde trübe und die Bewohner erkrankten an Blauseuche und Schwindsucht. Als auch das Vieh einging, packten die Übriggebliebenen ihre Kinder und die sieben Sachen ein und verschwanden gemeinsam aus dem einst blühenden Ort. Blommingvilles Stadtväter errichteten ein Museum in Westbridge, doch dort kam man nur auf der neugebauten Interstate hin. Bordertowns Geschichte war weit gruseliger.

Die Betreiber der Fabrik zahlten unter Mindestlohn. Es kam immer wieder zu Streiks. Randale und Ausschreitungen beherrschten das Stadtbild. Die „Rümpelbude", wie sie von den Einwohnern in Bloomingville genannt wurde, hatte man Anfang der 70 er Jahre an die Asiaten verkauft. Das sorgte für landesweite Schlagzahlen und schürte große Ängste in der Belegschaft. Prompt schmissen sie die Querulanten raus und produzierten billiger und Schwarzarbeit wurde populär. Die Maschinen wurden nicht zeitgemäß gewartet. Das Gebäude erwies sich marode und die Leute schufteten als Sklaven. Die „Rümpelbude" machte ihrem Namen alle Ehre, weil sie noch mit Turbinen, aus der Jahrhundertwende betrieben wurde. Die Zeitungen waren damals voll davon, als der große Heizkessel in die Luft flog und dabei dreihundert Menschen der Spätschicht, bei lebendigem Leibe verbrannten. Dann kam ein gerichtlicher Hickhack, die damaligen Besitzer mussten Blechen und meldeten daraufhin Insolvenz an. Nachdem die Fabrik Pleite gegangen war, stand kurz darauf das letzte Förderband still. Nun verwelkte auch Bordertown, wie eine Sonntagsprimel. Eine Bar nach der anderen schloss und auch die Stundenmotels folgten hinterher. Die übriggebliebenen Einwohner wanderten in Richtung Augusta aus. In den 80ern wurde Bordertown von North Carolina zur Geisterstadt erklärt. Eve trieb es schon als Studentin immer wieder dorthin. Meistens ging sie nicht allein, weil es Gerüchte um Rockerbanden gab, die dort ihr Unwesen trieben, oder Vagabunden, die in den verlotterten Häusern pennten. Es war jedes Mal eine spannende Erfahrung, dagewesen zu sein und zu erleben, wie die Farbe der Fensterläden mehr und mehr abblätterte und es immer stärker nach Moder und alten Lackresten roch. Die Stadt lebte auf ihre Weise weiter. Auch wenn Leben, Zerfall bedeutete und die Schaufenster der Läden nicht mehr die neueste Blumenmode und Elektroartikeln an preisten. Die Zeit stand still und der Charme der 70 er blieb erhalten. Nicht überall hatten Vandalen gewütet. Es gab sogar noch ungeöffnete Lebensmittelverpackungen in einem „Mini-Price Market" und im Radiostore bevölkerte eine Rattenfamilie riesige Verstärkerboxen. Überall hopsten Hasen und Rehe durch die verlassenen Straßen. Rostige Skelette, alter Autowracks standen vereinzelt auf zu gewucherten Halteflächen. Besonders bei dem alten Mustang, mit den porösen Reifen, an der Viewstreet, wurde Eve das Gefühl nicht los, das hinter der blinden Scheibe der Geist des Besitzers lauerte. Der Putz, der Fassaden bröckelte vor sich hin und in den Arbeitersiedlungen wuchsen Bäume auf den verfaulten Balkons. Kabellose Strommasten säumten die einzigen Hauptadern der Stadt. Die Ampelanlagen warteten mit toten Augen auf neuen Verkehr, der nie mehr kommen würde. Viele Dachstühle waren nach schweren Unwettern in sich zusammengesackt und hatten ganze Häuserreihen in eine gefährliche Schieflage gebracht. Hier und da warnten Schilder mit „Durchgang verboten! Einsturzgefahr!" Sie waren die Zeitzeugen vom endgültigen Niedergang Bordertowns. Eves Studentengruppe für Kunst und Philosophie glaubte fest, dass es dort einen Zeitenstrudel gäbe. Und würden sie länger bleiben, als einen Tag, kämen die Schattenwesen aus dem Totenreich der Vergangenheit und zogen sie über die Schwelle. Dann müssten sie auf ewig dort verweilen und ein Leben in den 70er führen, für immer! Es waren die Geistergeschichten, die an Lagerfeuern erzählt wurden. Eve machte sich nichts aus Spukgestalten, schließlich hatten sie nie welche gesehen, Das mulmige Gefühl, nicht allein zu sein, konnte sie dennoch niemals verleugnen. Natürlich berichteten die Zeitungen gelegentlich von Herumtreibern, die im Motel „Sixties", mit aufgeschlitzter Kehle gefunden wurden. Das „Sixties", lag auf der Mainstreet von Bordertown, fast gegenüber vom alten Einkaufszentrum. Es hatte schon zu Lebzeiten einen schlimmen Ruf. Nach dem sechsten Leichenfund, in immer demselben, mittlerweile mit Brettern vernagelten Gebäude, sperrte man die Geisterstadt für Besucher ab. Sie wurde zur verbotenen Zone erklärt und da niemand an der Aufklärung von Pennermorden interessiert war, machte man sich auch gar nicht erst die Mühe! Zuwiderhandelnde Touristen durften zwei Tage in Blommingvilles Uraltknast verbringen.

2)

Dort herrschten die Sitten von Sherif Dale, ein fast neunzig jähriger Kriegsveteran. Wer einmal in den verstaubten Zellen des Bunkers eingesperrt war, wollte da nie wieder rein. Vier knochenharte Pritschen, plus Keramik Plumpsklos, waren der letzte Greul. Die grünen Duftsteine verbanden Moschus mit Faulgasgeruch und hatten schon ewig keine Klobürste mehr gesehen hatten. Der alte Sherif sah nicht mehr so gut. Und da konnte es passieren, dass sein trockenes Brot, manchmal Schimmelflecken hatte. Mittags gab es tranige Fischsuppe, die seine Frau Henriette zusammen mit Schlachtabfällen kochte. Das hatte zusätzlich eine abschreckende Wirkung. Der Alte kicherte dreckig, wenn er abends in die blassen Gesichter sah und Himbeertee mit Schluck austeilte. Sonst bekämen die „verweichlichten Schleicher", so nannte er die zumeist jungen Studenten, noch Alpträume von seinen Horrorgeschichten oder Durchfall

Einmal im Jahr wurde eine Stadtführung angeboten, um ein paar Dollar extra in Blommingvilles Kassen zu spülen. Als sich aber immer weniger Rucksackwanderer für Bordertowns Geschichte interessierten, wurde die Aktion eingestellt. Eve stillte ihre Abenteuerlust allein. Beim letzten Besuch wanderte sie den rissigen Asphalt entlang, vorbei an rostigen Schildern und Zäunen und ließ sich von den übrig gebliebenen Ruinen neu inspirieren. Nach einer Weile blieb sie stehen und blickte in die Stadt hinunter. In der Nähe waren klappernde Geräusche zu vernehmen. Sie folgte dem Lärm. In der nächsten Straßenbiegung schwang vor ihr, ein schiefes „ESSO" Zeichen im Wind und die Ladentür eines Kiosks vor dem ehemaligen „Sixties", schepperte gegen den aufgequollenen Holzrahmen. Ein süßlicher Geruch umwehte Eves Nase. Es war, als ob der Besitzer nur eben Pinkeln gegangen wäre. Doch als Eve geduckt, zitternd und voller, rauschartiger Neugierde, die knarrende Tür öffnete und ihr Puls dabei bis zum Hals schlug, sprang ihr ein kreischender Waschbär auf den Schoss. >>Nur ein blöder Abfallfresser und ich hätte mir fast vor Angst in die Hose gemacht!!<<, schrie Eve und warf die Tür so stark zu, dass sie tatsächlich ins Schloss rastete. Keine zehn Pferde konnten sie danach je wieder in den stinkenden Verkaufsraum locken. Sie wich auf den bröckeligen Straßenbeton zurück, ließ das Gebäude aber nicht aus den Augen. Aus dem hinteren, zerborstenen Fenster wehten die Reste, einer zerschlissenen Gardine, als stände jemand genau dahinter. Es

35

schepperte erneut fürchterlich. Plötzlich rollten verrostete Getränkedosen direkt auf ihre Füße zu. Wenn der Wind an jenem Nachmittag nicht so merkwürdig durch die alten Gemäuer gefegt wäre, dann hätte Eve auch noch andere Stadtteile von Bordertown besucht. Aber es schien sich hier etwas Unerklärliches verändert zu haben und das kribbelnde, mahnende Empfinden schwoll mit jeder Minute stärker an. Eve hatte am ganzen Körper Gänsehaut. Sie wurde das Gefühl nicht los, dass die alten Geister hinter den schwarzen Fenstern lauerten und nur auf einen günstigen Moment warteten. Der Ort strahlte negative Energie aus. Als ob eine fremde Macht hierhergekommen war und sie beobachtete. Normalerweise überlagerte sich die Faszination bei Eve bis in die Fußspitzen, aber nun überkam sie der Drang, aus Bordertown sofort zu verschwinden. Sie musste auf der Hut bleiben. Wie bei einem Stichwort, wehten Mistelkugeln an ihr vorbei und eine kühle Böe fegte über den verdorrten Sandboden. Eve hatte genug Aktion an jenem Tag. Ihre Beine übernahmen das Kommando und sie rannte, als wäre der Teufel hinter ihr hier. Vorbei an der alten, ausgebrannten Fabrikruine der Wäscherei. Ihr war plötzlich, als hörte sie tausend hallende Schritte direkt hinter sich. Fast keine Glasscheibe war damals heil geblieben und der große Brand, in der Trockenhalle, hatte nur noch die Grundmauern übrig gelassen. Hinter der nächsten Abbiegung zum Ortsausgangschild, glaubte sie Stimmen und Schreie vernommen zu haben. Auch Schwefelgeruch vermischt mit verbranntem, süßlichem Fleisch, drang ihr in die Nase. Doch Eve drehte sich erst wieder um, als sie durch das fast zugewachsene Absperrungsgitter geklettert war. Atemlos und am ganzen Körper zitternd, sah sie eine flimmernde Vatamorgana in der Ferne. Eine große Stadt mit flammendem Eingangsschild" Welcome to Bordertown! Stay here or go West, Eve!", Sie dachte an einen Streich ihrer Nerven und Wassermangel. Sie schüttelte den Kopf und schloss kurz die Augen. Als sie dann wieder hinsah, flimmerte nur die Asphaltwüste der alten Route 66.

3)

Sie saß daraufhin im Beetle und konnte nicht losfahren, so aufgewühlt war sie von den Eindrücken. Erlebnisse, die Eve Joshua nie gegenüber erwähnte. Es war, als verband Eve und Stadt ein altes Geheimnis und das ging Joshua nichts an. Dass ihr die letzte Begegnung gerade in dem Moment einfiel, musste etwas zu bedeuten haben? Sie starrte kurz in den Rückspiegel, als sie an der, mit Rosengebüschen zu gewucherten Stelle vorbeizuckelte und sich auf einmal sicher war, dass sie die letzte menschliche Seele war, die Bordertown seitdem gesehen hatte. Wie lange war das her, drei Jahre?

Hinter dem Tor blinkte etwas in der Abendsonne und das rostige Schloss, des ehemals braun gestrichenen Flügels Tores, war doch eben vor ihren Augen in den Dreck gefallen. Wieder dachte Eve an ihr überhitztes Gemüt. Sie verfolgte mit den Augen, wie das verwitterte Gittertor, von Geisterhand aufgeschoben wurde. Eve lief ein eiskalter Schauer den Rücken herunter, trat im Fluchtinstinkt aufs Gaspedal und zwang sich ungläubig nach vorne zu schauen. Gerade noch rechtzeitig. Keine zwanzig Meter vor ihrem Auto stand ein Reh mit ihrem Kitz mitten auf der Straße. Beide waren in eine Schockstarre verfallen. Eve reagierte, bremste in letzter Sekunde, bis die Reifen quietschten. Das Auto kam direkt vor dem Muttertier zum Stehen. Eve hätte es mit der Hand berühren können. Ihre Motorhaube spiegelte sich in den Augen des Tieres wieder. Da erwachte sie aus ihrer Lethargie und hupte wütend. Die beiden nickten mit dem Kopf und hopsten davon. Als Eve ihnen nachsehen wollte, waren sie einfach verschwunden. Eine Botschaft aus der Geisterstadt? Eve brüllte, es befreite den Geist. >> Danke Bordertown! Ich werde einige von euch im Nirwana wiedersehen! Oder ich habe Glück und Joshua säuft sich vorher zu Tode! Verdammte Scheiße, war das knapp! << Sie fluchte und heulte zugleich.

Eve wohnte in einer landschaftlich großartigen Gegend, doch der Schein trügte. Sie war es satt, alles! Nun wuchs dieses bittere Empfinden in ihrem Bauch erneut an und sie begriff, dass sie die Ohnmacht überwinden musste, und zwar bald! Eve hatte schon tausend Ideen und alle wieder verworfen. Die Zukunft lag woanders und das war zu weit weg. Sie haderte mit sich und überlegte, was sie tun konnte.

Die Landschaft blühte in bunten Farben, aber das nahm Eve nicht wahr. Ihr Kopf hämmerte vor Schmerzen und das enge Brustgefühl schnürte ihr die Luft zum Atmen ab. Sie hasste sich selbst, wenn das geschah. Es war die Rache, weil sie alle Ängste in sich hineinfraß. Eve verdammte ihre Schwäche und alles, was mit Joshua zu tun hatte. Ihr Auto, das Haus und besonders Bloomingville mit seinen hinterhältigen Einwohnern! Eve schluchzte laut, drehte die Musik auf, damit sie niemand weinen hörte.

Das miese Gefühl wollte nicht aufhören, so hielt sie kurz vor dem Ortseingangsschild an. Der sonnengelbe Beetle war sehr bekannt und so grüßten die Leute auf der Straße. Die dunkelgetönten Scheiben und Eves Sonnenbrille verhinderten das wahre Bild des Jammers. Es kotzte sie an, überall war die Scheinheiligkeit der Familie Hill präsent. Die Nachbarn, die damals alles gesehen hatten. Eve wurde schlecht, wenn sie an den Tag damals zurückdachte. Spätestens da hätte sich Joshua schon verlassen müssen! Sie hielt an der nächsten Haltebucht, riss die Wagentür auf, stolperte hinter

einen Baum und erbrach. Ihr Körper konnte nicht aufhören zu würgen. Sie hatte heute viel zu wenig getrunken und nichts gegessen. Das rächte sich nun. Eine ganze Weile dauerte es, bis sich der Magen beruhigte und sie wieder mit wackeligen Beinen ins Auto steigen konnte.
Natürlich wurde Eve dabei gesehen und der gute Mr. Travis vom Reisebüro steuerte schon direkt auf sie zu. Nein, nur schnell weiter! Joshua wartete und wehe, sie käme gleich wieder zu spät. Der Motor heulte auf und Eve trat erneut kräftig aufs Gas, nur fort hier! Am besten für immer! Die Tränen verschleierten die Sicht und Eve lachte hysterisch. Verlor sie gerade den Verstand? Sie konnte nicht aufhören, wie irre zu gackern. Fuhr durch eine rote Ampel, wie ihre Mom, dachte sie kurz. Nur passierte danach nichts, blos lautes Gehupe! >Vielleicht beim nächsten Mal! <, dachte sie zynisch. Wieder lachte sie dabei und blendete die Tatsache aus, das sie gerade in die schmale Straße bog und hinter den endlosen Raps Feldern, vor einem großen, grauen und gesicherten Tor anhielt.
Ein herrschaftliches Anwesen, mit einer aus Sandstein gemauerten Auffahrt wartete auf den Besitzer. Die hellen Steine hatte Joshua damals extra aus Spanien bestellt. Ein kurzer Moment überkam Eve, als sie einen winzigen Hauch von Heimeligkeit spürte. Die Villa, die sich hinter den hohen Mauern verbarg, wurde damals nach ihren gesamten Vorschlägen erbaut. Die aprikotfarbenden, geschwungenen Bögen und Säulen säumten oben die offene Terrasse. Beide entschieden sich früher gemeinsam, dass es ein Mix aus modernen Glaskubismus und mediterranen Flair werden sollte. Ein Heim, in dem sie sich beide wohlfühlen sollten. Die Hochzeitsreise verbrachten sie in einem kleinen, abgeschiedenen Dorf in Fuerteventura. Dort holte sich Eve auch die tollen Ideen für die Bepflanzung des Gartens. Der typisch, südländische Steingarten, mit dem Naturteich zum Relaxen und die gemütlichen Sitzecken, in mitten von Weinreben und Efeuranken, waren das absolute Highlight des Gartens. Auf der offenen Terrasse, mit den bodentiefen Bogenfenstern, standen Palmen in großen Kübeln. Die Tage vergingen im Flug und Joshua lobte Eve täglich. Auch wenn er von einer anstrengenden Schicht kam, war er nüchtern und gutgelaunt. Seine Augen leuchteten dann, wie ein karibischer Ozean. Wärme und tiefe Gefühle konnte sie darin erkennen. Dann liebten sie sich manchmal innig und konnten nicht genug voneinander bekommen. Doch diese Zeiten waren schon lange vorbei!
Das riesige, anthrazitfarbene Rolltor, mit den metallischen und unter Strom stehenden Piken, es mahnte den Betrachter schon jetzt zur Vorsicht. Dieses Tor, mit den goldenen Initialen J.& E. Hill, in riesigen, geschwungenen Lettern und dem Sprechapparat mit zwei Wärmebild Kameras, ließen erahnen, dass der Besitzer sehr viel

Wert auf Sicherheit legte und es sich leisten konnte. Es gab zwar eine Klingel, doch Eve brauchte nur ihre rechte Hand auf das dunkle, überdachte Pad legen, damit das Tor artig zur Seite rollte. Wie im Gefängnis, dachte sie jetzt und staunte über die simple Tatsache, dass das Elektrische System mit Sonnenkollektoren betrieben wurde. Joshua meinte damals, Gott wäre dann stolz auf ihn, weil er ökologisch handelte und so rechtfertigte, sein Hab und Gut sicher vor Eindringlingen zu schützen. Joshua glaubte, dass Gott ihm später im Himmel verzeihen würde, dass er übervorsichtig war.

Als sich die Rollen knirschend in Bewegung setzten, gewährten sie dem Betrachter freie Sicht, auf eine akkurat, flachgestutzte Hecke.

Da würde jeder unwissende Besucher darauf wetten, dass sich dort der Eingang zum Paradies befände. Ja, nichts Sichtbares deutete auf das Gegenteil hin.

Eve hielt fast panisch Ausschau nach dem dunkelblauen Luxus GM, den sich Joshua erst vor kurzem neu zugelegt hatte. Wer hart arbeitete und sich mit den schlimmsten Sündern befasste, durfte sich so ein schönes Auto gönnen. Joshua rechtfertigte sich ständig, wie gläubig er wäre und nach der Bibel lebe. Er rechtfertigte seinen Hang zum Protzen, weil er glaubte, dass Gott ihm dieses gute Leben gönne. Seine Familie und er hätten in der Vergangenheit viel für die Kirche getan. Joshua sah es als selbstverständlich an, dass er zu den elitären Gewinnern gehörte. Schließlich war die Hochzeit, für Hillsche Verhältnisse, mager ausgefallen. Eve wollte nur im engsten Kreis ehelichen. Aus der Nachbargemeinde kam der alte Pfarrer Hinrichs und traute sie in einer zweistündigen Zelebration. Nicht einmal das alberne Hinknien blieb ihr erspart! Nach der Tortur wurden die beiden in einer weißen Kutsche, wie ein Königspaar durch Bloomingville chauffiert. Die Leute warfen Blumen, Reis und jubelten laut, schwangen bunte Fähnchen und Eve war vieles ziemlich peinlich. Gefeiert wurde auf dem Anwesen, von Joshuas Eltern. Rachel tobte anfangs neidisch und mischte die Hochzeitsgesellschaft sturzbetrunken mit Stripteaseeinlagen auf, bis Frank sie an den Haaren ins mondäne Haus der Hills zog und sie wie ein kleines Kind persönlich in ihr Jugendbett steckte. Damit sie sich beruhigte, sang er ihr sogar ein Schlaflied vor!
Als Mrs. Klein, vor allen Augen in Ohnmacht fiel, zweifelte niemand mehr, das Eve ein Händchen für filigrane Näharbeiten besaß. Es war ein Traum in hellblau, mit gestickten Ärmeln und ansehnlichem Dekolleté. Eve trug eine Bernsteinkette und weiße Handschuhe. Der Stadt Figaro hatte ihre Haare schön hochgesteckt und echte Blumen eingeflochten. Doch die Krönung war die alte Mrs. Steward. Sie stieg erhaben aus ihrer Nobelkarosse und ein livrierter Diener wies ihr

einen Zweiertisch zu. Alle Blicke waren auf das gerichtet, was danach geschah. Der Diener schleppte ihren neuen Freund zum Tisch und setzte ihn neben Mrs. Steward. Was für ein unglaubliches Geglotze und aufgeregtes Gemurmel. Mrs. Steward tat, als wäre ihr neuer Freund ein echter Mensch, tätschelte sein Bein, machte anzügliche Bemerkungen. Manchen Gästen fielen die Augen aus den Höhlen. Eve amüsierte sich köstlich, aber Joshua und alle anderen fanden das Verhalten von Mrs. Steward einfach unmöglich. Niemand wagte etwas zu äußern. Eve erinnerte sich an Joshuas rotangelaufenes Haupt. Schließlich saß dort nur eine männliche Schaufensterpuppe in feinstem Zwirn. Ein jungfräulicher Jüngling mit schwarzer Perücke und rotgeschminkten Lippen. Sie verkündete angeheitert, dass er auch auf ältere Herren stände und ein Löchlein hinten am Po hätte.

4)

Erleichtert parkte Eve ihren Wagen neben dem kleinen Gartentürchen. Zum Glück war Joshua noch nicht zuhause und sie konnte durchatmen. Sie nahm den Weg durch den Garten und öffnete mit einer Magnetkarte die gepanzerte Haupt Tür, der Terrasse. Eve hasste die Kameras am Eingang. Sie stellte die Tüten auf die Kochinsel und lauschte dem Summen der Klimaanlage. Automatisch fuhren jetzt die Lamellen der Markise aus, je nach Sonneneinstrahlung. Eve hätte gern etwas Sonne auf der Terrasse, doch sie ging schon ewig nicht mehr zu dem Schaltkasten, um das zu verändern.

Nicht seit dem letzten Streit, weil Joshua die Sonne beim Zeitunglesen störte und sie nicht wusste, das er dort verweilte. Eve hatte gerade die Geschirrspülmaschine eingeräumt, als er mit wutentbranntem Gesicht vor ihr stand und sie anflapste, ob sie ihn ärgern wollte. Sie erschrak über seine Reaktion derart, dass sie vor Schreck eine Blumenvase herunterstieß. Joshua sagte nichts, sondern haute Eve mit der flachen Hand ins Gesicht, drehte sich dann mit den Worten um, kleine Sünden würde Gott sofort bestrafen und kehrte dann seelenruhig in den Garten zurück.

Ihr liefen die Tränen über das Gesicht, als sie daran zurückdachte. Dann packte sie die Lebensmittel aus und begann das Gemüse für den Auflauf zuzubereiten. Wie konnte aus dem hilfsbereiten und immer gutgelaunten Joshua, plötzlich so ein Tyrann werden? Eves Hände zitterten erneut, dass sie das Messer erst einmal zur Seite legen musste. Sie trank ein Glas Wasser und setzte sich auf den Hocker vor die Theke. Ihr Blick schweifte zum Fenster und in den verhassten Steingarten.

5)

Damals bei der Hochzeit von Rachel waren Mrs. Klein und Eve auch eingeladen. Doch Eve bekam am Vorabend einen Anruf von Thomas. Ihr Vater hatte im Heim einen Herzinfarkt erlitten und musste im

Krankenhaus stationär behandelt werden. Die Hill Familie war
sichtlich enttäuscht, das Eve nicht kommen konnte, besonders
Joshua. Er schwänzte sogar die Hauptzeremonie, nur um Eve in die
Klinik zu fahren. Da waren sie aber noch kein Paar. Trafen sich seit
Mitte Juni in regelmäßigen Abständen. Als Eve ihr Studium, Ende Juli
abbrach, hätte sie ein Singleleben vorgezogen. Der ganze Ärger mit
ihrem Bruder forderte stahlharte Nerven. Als Eve ihren Vater im
Krankenzimmer daliegen sah, hatte ihn die Krankheit fast erledigt.
Sie arrangierte sich mit der Situation. Zwei Wochen dauerte das
Martyrium. Joshua zeigte in der heiklen Phase zum Glück Feingefühl.
Er befand sich selbst im Prüfungsstress.
Zuerst versagte die Leber. Nach und nach gaben die anderen
Organe ihren Dienst auf. Im Körper von Eves Vaters sammelte sich
überall Wasser an. An einem Tag, Ende August, verspürte Eve schon
früh morgens ein dumpfes Gefühl im Bauch. Sie hatte die ganze
Nacht schon wirres Zeug geträumt und kaum drei Stunden
geschlafen. Stündlich schauten die Ärzte nach ihm und schüttelten
den Kopf, als sie das Zimmer verließen. Die Schwestern flüsterten
ungeniert, dass es sich nur noch um Stunden handele. Der Vater
stöhnte ständig und bekam keine Luft. Es wurde eine
Sauerstoffsonde befestigt und zusätzliche Infusionen gespritzt. Sie
wollten ihm einen schmerzfreien Tod ermöglichen. Eve saß eine
ganze Weile an seinem Bett und strich ihm über seine grauen Haare.
Er atmete stoßweise und unruhig. Versuchte zu sprechen, aber das
einzige was er nach etlichen Anläufen Eve zuflüsterte, war kaum
verständlich. Eves Dad hauchte leise und sah sie nicht an. Sie
musste sich stark zusammen reißen, als er ihr mitteilte, wie kalt ihm
sei und dass er spüre, wie das Leben aus dem Körper wich. Trotz der
warmen Decken, die auf ihm ruhten, wirkte er zunehmend wächsern
und verströmte bald einen seltsamen Geruch. Er krampfte Eves Hand
fest. Sie sah, wie Tränen über Vaters bleiches Gesicht liefen. Dann
wurden die Augen plötzlich matt und sein leerer Blick blieb an der
Zimmerdecke haften. Der Druck seiner Hand erschlaffte und sie
wusste nun, dass es vorbei war. Doch er war nicht gegangen, bevor
er seine Tochter nicht um Verzeihung gebeten hatte. Aber das hatte
Eve schon lange. Thomas kam herein als sie die Augen des Vaters
schloss. Sie erinnerte sich noch genau, wie sehr ihr Bruder damals
weinte und sie einfach nur still dasaß. Es war alles gesagt, sie hatte
ihren Frieden mit ihm gemacht.
6)
Der Auflauf brutzelte im Backofen und ein angenehmer Duft
durchflutete das Haus. Der Salat wartete nur noch auf die Vinaigrette,
aber Joshua war immer noch nicht da. Sie verzeichnete auch keinen
Anruf auf ihrem Handy. Eve deckte alles mit Folien ab und stellte die
Beilagen in den Kühlschrank. Sie beschloss noch schnell zu Duschen

und sich umzuziehen. Als sie unter der Regenwaldbrause stand und versuchte, sich beim Prasseln des Wassers mit Atemübungen zu entspannen. Da fiel ihr ein, wann Joshua zum allerersten Mal widerlich wurde. Nach Rachels Geburtstagsfeier, im Herbst, da begann die Verwandlung. Joshua hatte sich mit Frank betrunken und reagierte krankhaft eifersüchtig. Wenn sie so überlegte, sah er immer schon an jeder Ecke Nebenbuhler. Anfangs fand Eve es schmeichelhaft. Dann wurde es unerträglich und zwanghaft! Zwei Monate nach der Hochzeitsreise, im darauffolgenden Sommer waren sie auf einer Gartenparty von Joshuas damaligem Chef eingeladen worden. Kurz bevor Joshua einen ähnlichen Posten übernehmen sollte. Chief Oldman feierte den Beginn seines Ruhestandes und Eve traf dort ihren ehemaligen Kommilitonen, aus der alten Studienzeit wieder. Bis zu jenem Tag, hatte Eve verdrängt, dass der liebenswürdige Carl, der Sohn vom obersten Durhamer Polizeichef war. Er hatte sie oft eingeladen, bevor sie mit Joshua zusammen kam. Sie hatte seine Eltern einmal in ihrem Strandhaus besucht und wurde sofort, wie ein Familienmitglied behandelt. Die halbe Nacht saßen sie mit dem Vater am Privatstrand und beobachteten die Sterne am Himmel. Carl schlief auf der Couch, während sie im Gästezimmer übernachtete.
Sie hatte es verdrängt, alle schönen Dinge ausgeblendet. Als sie vor Carls Elternhaus, in Durham parkten, erkannte Eve, dass sie den Wald vor lauter Bäumen nicht gesehen hatte. Carl war der gutmütigste Mensch, den sie je kennenlernte. Er wusste schon damals, was er werden wollte und Carl löste seine Probleme mit Worten und nicht mit Vitamin B. Wie oft diskutierten sie leidenschaftlich und vergaßen die Zeit? Die meisten Werbeslogans stammten von ihm und ergänzten ihre Zeichnungen. Und wenn er und Eve uneins war, ärgerte er sie mit Witzen und charmanten Anspielungen. Sie konnte Carl nie lange böse sein und als sie bei einer Studentenfeier mit anderen am Strand abhingen und über politische Aktualitäten unterhielten, fragte Eve kurzum, wieso er eigentlich keine neue Partei gründete, oder wenigstens eine eigene Firma? Talent, andere zu begeistern, besaß er zur Genüge! Sie lachte dabei, hatte nicht damit gerechnet dass er aufstand und sie ungefragt packte, um sie ins Wasser zu schmeißen. Die anderen kicherten verlegen. Carl verharrte lange, mit ihr auf dem Arm, bis er antwortete. >> Weißt du Eve, es gibt zu viel Korruption dort, das verdirbt den Charakter! Mein Cousin Roger hat eine vielversprechende Geschäftsidee. Da verdiene ich lieber das Geld ehrlich. Traurig genug, dass jemand den ich gut leiden kann, auf so einen Typen reingefallen ist! << Eve wollte darauf kontern, aber Carl sah sie todernst an. Einige Augenblicke später erhellte sich sein Gesicht wieder und er lachte entschuldigend. >> Ich glaube, wir beide

könnten ein Abkühlung gebrauchen, Eve! << Das mädchenhafte Kreischen, war ihr bei seinem traurigen Gesichtsausdruck im Hals stecken geblieben. Dann rannte Carl zum Flussufer und sprang mit ihr zusammen in die Fluten. Eves Jeans und Bluse klebten am Körper und die kalte Strömung, ließ sie schlagartig stocknüchtern werden. Das kühle Nass ruinierte ihre Frisur und ließ Carl wie ein Adonis wirken. Seine Sportstunden hatten sich ausbezahlt Für einen Moment hätte sie die Affäre mit Joshua vergessen, als sie sich an seinem Körper festhielt. Es knisterte zwischen ihnen und Carl begann sie intensiv zu küssen. Eve war sich im Klaren, es fehlte nicht viel, dann hätte sich die Sache anders entwickelt. Hechtsprünge und Arschbomben unterbrachen den innigen Moment. Die anderen grölten, was das Zeug hielt. Carl ließ Eve nicht los und sie kehrten gemeinsam zum Strand zurück. Er sah sie intensiv an und wandte dann abrupt den Kopf weg. Entschuldigte sich erneut und versprach, dass es nicht noch mal vorkäme.

Sie waren das Dream Team des Kreativkurses und entwickelten im Kunstkeller der Hochschule, schräge Aktionen in der Uni. Beide verstanden sich stets blendend und Eve konnte sich nie wieder an eine Zeit erinnern, in der sie so unbeschwert war. Carl nannte es vor anderen, Seelenverwandtschaft. Eve konnte mit ihm über fast alles reden, außer über Joshua. Sie waren auch gemeinsam in Bordertown und redeten hinterher die ganze Nacht über ihre Erlebnisse. Damals waren sie mit einem befreundeten Paar aus dem Biologiekursus im Osten der Geisterstadt unterwegs, als Eve neue Fotos für eine Collage schoss. Während sie mit Conner und Lena das ehemalige Weinlokal im Einkaufzentrum erkundete, hatte Carl eine andere Idee. Er entschied sich trotz Einsturzgefahr, für die Ruine der Wäscherei. Der riesige Komplex lag zentral, oben an der Kreuzung, der Mainstreet, Ecke Marketstreet und rechts gelegen, vom Motel und Barbetrieb „Sixties". Als er wiederkehrte wirkte er verschlossen und wollte auch später nie mit Eve über seine Erfahrung in der ausgebrannten Trockenhalle sprechen. Die dunklen Ringe unter seinen Augen und der blasse Teint, hatten Eve nachdenklich werden lassen. Kurz bevor sie das letzte Mal gemeinsam Bordertown verließen, machten sie vor einem ehemaligen Café Rast. Die Reklame hing schief in den Angeln und überall hatten verkappte Spinner die Scheiben eingeworfen und das Inventar komplett zerstört. Porzellanscherben säumten die Auffahrt und die früheren Sitzbereiche. Die Vierergruppe fand mehrere, alte Schemel und nutzte eine umgedrehte Mülltonne als Tisch. Sie fotografierten sich gegenseitig am Ortsausgangsschild und Eve erinnerte sich an Carls entrückten Blick, den er ihr dabei zuwarf. Die anderen alberten auf den Bildern herum und machten irgendwelche Verrenkungen, Eve umarmte das Schild und machte ein keckes Peace-Zeichen. Danach nahm Carl ihr die Kamera aus der Hand, verstaute sie in seinem Rucksack. Er umarmte sie spontan und lange. Drückte sie derart fest an sich, dass Eve eigentlich kapieren hätte müssen, was in Carl vorging. Sein Blick war tief und direkt, aber Eve hatte zu der Zeit so viele Sorgen, wegen des Vaters im Kopf, dass sie nicht schaltete. Ihr wuchsen die Geldprobleme über den Kopf und das sollte Carl nicht mitbekommen. Das war etwas, was sie mit sich selbst ausmachen musste!

7)

Carl gründete nach dem Studium, wie Versprochen eine eigene Firma für Marketing und suchte fähige Leute. Er bot Eve das doppelte Gehalt an und flexible Arbeitszeiten, wenn sie bei ihm anfinge. Die Firma von seinem Cousin befand sich zu der Zeit noch im Durhamer Norden Aber sie hatten lange Größeres in Planung. Nur konnte sie nicht mehr aus Bloomingville fort.

Als Eve ihn bei der Feier, im darauffolgenden Sommer wiedertraf, erschrak sie, wie blind sie einst war. Er sah gut aus, groß und blond. Seine Brille hatte er mit Kontaktlinsen getauscht. Gepflegt und charmant begrüßte er sie und Joshua in seinem Elternhaus. Carl hatte sich im Wesentlichen nicht geändert, aber das Eve ihre offene Art und Unbeschwertheit verloren hatte, war ihm nicht entgangen. Eve stellte die Dusche auf sehr heiß, dampfende Wolken verteilten sich in der Kabine, bis alles beschlagen war. Sie dachte an Carl und an früher, an die Zeit bevor sie sich das Leben mit Joshua versaut hatte. Viele Werbeprojekte für die Uni haben sie Nächtelang zusammen erarbeitet und stets Bestnoten erhalten. Carl und sie harmonierten eigentlich in jeder Hinsicht. Auch als sie das Studium im Frühsommer abbrach, bot Carl ihr seine finanzielle Hilfe an und versuchte sie dauernd zum Weitermachen zu überreden. Eve wollte es aber alleine schaffen und sich nicht von Thomas und seinen Tiraden unterkriegen lassen. Eve hatte die ständigen Anschuldigungen ihres Bruders satt und fand im Juni die Lösung bei Mrs. Klein und ihrem Angebot einer Ganztagesstelle. Den Kontakt mit Carl erhielt Eve noch eine Weile aufrecht. Doch trafen sie sich immer seltener und es war stets Carl, der Eve anrief und sie einlud. Dann cancelte Eve das Date in letzter Minute, mit der Begründung, sie hätte noch Umnäh Arbeiten, die nicht warten konnten. Carl schickte Eve schöne Blumen und versuchte sie durch etliche Einfälle für sich zu gewinnen. Es hörte erst auf, als Eve sich regelmäßig mit Joshua traf.

Nie würde Eve den enttäuschten Blick vergessen, den Carl ihr zuwarf. Es glich einem Dolchstoß und war mit nichts zu vergleichen. Sie hatte ihn verraten und seine Befürchtungen bestätigt.

Doch an jenem Abend, als sie Carl wiedertraf und das Leuchten in seinen Augen sah, da wusste Eve auf einmal, was ihr eigentlich die ganze Zeit entgangen war. Carl, er wäre eigentlich der Richtige gewesen. Doch nun war es zu spät. Carl umarmte Eve damals kurz, was von Joshua kritisch beäugt wurde und sie spürte alte, tieffreundschaftliche Gefühle. Es war wie früher. Er tanzte mit ihr und fragte sie in passenden Momenten, wie Joshua es überhaupt geschafft hätte, sie zu erobern. Eve stand doch gar nicht auf blasierte Arschlöcher! Natürlich hatten alle getrunken und Joshua war bis über alle Zähne rasend vor Eifersucht, wie seine Frau es wagen könnte, sich ihm gegenüber so schamlos zu verhalten. Doch er wollte es sich nicht anmerken lassen. Eve erkannte es nur an seinem düsteren Blick und wie er sich einen Whiskey auf Eis mit abwechselndem Pfefferminzschnaps herunter kippte, als wäre es Wasser. Da merkte Eve, das Joshua in der letzten Zeit öfter nach Pfefferminz gerochen hatte und sie bis dahin nicht wahrhaben wollte, dass er heimlich trank. Einige Kollegen bemerkten Joshuas Veränderung mit Sorge. Auch Carls Vater, der sich eigentlich Samuel Winchester als Nachfolger gewünscht hatte. Er sprach nur mit Freunden hinter vorgehaltener Hand, dass Vater Joseph Hill seinen Einfluss spielen ließ. Joshua war von da an, in Durham, der zweite Chief Inspektor, neben Smith, seit Menschengedenken. Joshua wäre ein fähiger Mann, was das technische Wissen betraf, doch befand der Vater ihn zu hochnäsig. Joshua galt mit Abstand als unnahbarster Typ, dem er je begegnet war. Er befürchtete dass Joshuas Ernennung bei den Kollegen, schnell zu einem belasteten Verhältnis entwickeln könne. Hill besaß leider nicht die ausgereifte Gewandtheit eines Berufserfahrenen.
Joshua wusste genau, wie man perfekt intrigierte. Die Befürchtungen bewahrheiten sich und Joshua schloss nach der Ernennung, mehrere, Abteilungen zusammen. Er veränderte die Schichtdienstpläne. Kollegen, die Joshua für unfähig hielt, wurden zum Streifendienst verdonnert und andere bekamen neue Büros. Dafür wurde Joshua Hill ein Orden nach dem nächsten überreicht und er fühlte sich bestätigt. Viele Fotos mit prominenten Politikern hingen eingerahmt in seinem Büro und auch zu Hause.
Die Erkenntnis, dass sie auch nur zu seinen manipulierten Objekten zählte, die er je nach Laune benutzen konnte, hatte Eve hart getroffen. Sie drehte den Hahn zu, trocknete sich mit dem Badehandtuch ab und blickte aus dem Fenster. Von Joshua gab es immer noch keine Spur.
8)
Joshua grübelte kurz, wie lange es noch dauern würde, bis er an der Reihe wäre? Heute war nur eine Kasse besetzt und die alte Schnepfe dahinter, drehte jeden Cent einzeln um. Es sollten Rentnerkassen

angeschafft werden, dann gäbe es wieder ein Problem weniger. Joshua dachte an Eve und die ständigen Zankereien. Er schaffte es nicht, die Wogen wieder zu glätten und das machte ihn einfach wütend. Er liebte seine Frau zu sehr, aber er hatte die Kontrolle über sie verloren. Er führte Buch, was zuhause mehr und mehr schief lief. Es reichte ihm! Joshua zückte seinen Dienstausweis, drängelte sich bis zu der Dame mit dem Rollator vor, und legte seine Sachen auf das Band. >> Tut mir leid, ich muss heute noch viele Verbrecher fangen, also beeilen Sie sich gefälligst ein bisschen! Hier ist mein Ausweis, was macht das? << Eine zweite Kassiererin wurde angefordert um Joshua zu bedienen. Über Funk wurde auf seiner Strecke ein Unfall gemeldet. Es würde noch ein Weilchen länger dauern, bis er zu Hause wäre. Er trank eine Dose O-Saft, trommelte mit den Fingern auf dem Dach seines GMs und dachte nach. Es war die Tatsache, dass Eve sich nicht der Familienhirachie unterwerfen wollte, das machte Joshua rasend. Auch dass sie weiter bei Mrs. Klein arbeitete, passt ihm nicht! Joshua glaubte alles unter Kontrolle zu haben, außer seiner Frau. Sie war seine große Liebe, doch da gab es einen entscheidenden Haken. Seine bessere Hälfte wollte sich nicht seinen Wünschen beugen. Der Umstand, dass der Urologe damals zu ihm sagte, er hätte zu viel Stress, weshalb seine Spermien nicht so zahlreich und flink wären, wie bei normalen Männern. Das wollte er so nie hinnehmen. Und die Tatsache, dass Joshua viel zu viel Alkohol trank, machte ihn zu einem unberechenbaren Menschen. Er würde sofort aufhören, wenn es ein Baby gäbe, sofort und für immer! Er brauchte sie und sie ihn, das war das ungeschriebene Gesetz. Sie musste es endlich kapieren!
9)
Eve erinnerte sich beim trockenfönen der Haare, wieder an jenen Abend, als sie ausgelassen mit Carl tanzte und Joshua so täte, als würde es ihn gar nicht stören. Aber, als sie später nach dem Mitternachts Buffet zusammensaßen und Kaffee tranken, schien sich eine Wandlung in Joshuas Kopf vollzogen zu haben. Er antwortete Eve nur einsilbig, sah sie nicht an und seine Miene war starr. Er hatte große, glasige Augen. Eve erkannte, dass sie vor Wut flackerten und Joshuas Kiefer verkrampft mahlte, als er sie plötzlich mit brutaler Kraft am Arm packte und finster raunte. >> Eve, du hast mich heute zum letzten Mal lächerlich gemacht! Warte, bis wir im Auto sind! Hol unsere Sachen und Gnade Dir Gott, wenn wir nicht gleich nach Hause fahren! << Dann stellte Joshua seine Tasse seelenruhig auf den Unterteller und stand auf. Carl hatte es mitbekommen und sah Eve mit sorgenvoller Miene nach, als sie beide Jacken vom Flurhaken nahm. Er steckte es auch seinem Vater, dass er gerade ein sehr mieses Gefühl hatte. Chief Oldman wusste um die Gefühle seines Sohnes, aber es waren ihm und allen anderen, durch die

Übermacht der Hills die Hände gebunden. Er nickte Carl zu und rief Joshua zu sich. Er bestand darauf, dass sein Nachfolger in Spee, sich nicht mehr hinter das Steuer setzen dürfte und dass er ein Taxi rufen würde. Dann nahm er Joshua beiseite und ging mit ihm allein auf den Balkon des Hauses. Eve spürte seine tiefe Aggression und Eifersucht. Eine schleichende Vorahnung, dass er ausflippte und zuhauen könnte, machte sich breit. Carl steckte ihr derweil einen Umschlag, mit den Worten zu, >> Eve, wenn du Hilfe brauchst, ich bin jederzeit für dich da! Egal um was es geht und wann du dich entscheidest, mich zu kontaktieren. Ich werde warten! <<, und Eve schob ihn tief in ihre Jackentasche. Da würde Joshua niemals nachschauen. Sie wurde rot bei dem Gedanken, dass Carl ihr half und verneinte es innerlich. Sie wollte es allein schaffen, egal wie schlimm der Ärger wäre. Eve hatte den Brief damals ungeöffnet mit in das Schmuckkästchen gelegt und der kleine Apfelbaum würde dieses Jahr vielleicht zum ersten Mal Früchte tragen.

4. Kapitel

1)

Nach der wohltuenden Dusche, cremte Eve ihre geschundene Haut mit einer Orange-Limette Lotion ein. Sanfte Vanilleessenzen waberten durch die obere Etage, während sie sich ankleidete. Da hörte Eve draußen einen mäßig lauten Rumps in der Einfahrt. Eigentlich wurden die Parkplätze damals großzügig gepflastert, aber bei Joshuas Doppelblick und der Säufersonne im Nacken, konnte man das nicht mehr so genau sagen. Tatsächlich war er schon wieder über die neugesetzten Begrenzungspömpel gepoltert. Joshua hatte die neue Wegleuchte, samt Holzzaun umrasiert. Nun stand er laut fluchend vor seinem GM. Eine dicke Beule zierte den rechten Kotflügel, so ein Mist! Die Sonne spiegelte sich auf dem dunkelblauen Metalliclack und die Unebenheiten einer nicht viel älteren Delle schimmerten voll durch. Wie konnte ihm das hier nur passieren? Seit wann war denn die Lampe dort? Was solls, schließlich konnte es doch jedem anständigen Bürger wiederfahren! Gleich würde er es der Werkstatt melden und sich ein neues Ersatzteil montieren lassen. Er hatte sich heute so stark auf die Täter im Maltonfall konzentriert, dass er heftige Kopfschmerzen hatte und der Stau auf der Kolumbus Ave zog sich auch elendig hin.

Ja, er war ein guter Fahnder und heute durfte er bei Eve nicht versagen. Er liebte sie doch und wenn Eve nicht so stur wäre, dann müsste er sie auch nicht dauernd bestrafen! Das Haus war doch ein Traum und wie sie den Garten pflegte, so sah er seine Frau gerne. Aber warum lächelte sie nur noch so starr und sprach kaum mit ihm? Früher konnte er oft ihr herrliches Lachen von weitem hören und bekam jedes Mal eine Gänsehaut davon. Sicherlich war nur der volle Terminplan bei Mrs. Klein schuld daran! Er spuckte auf den Boden. Die paar Kröten, die Eve bei Mrs. Klein verdiente und immer noch auf ihr altes Konto tat, was für ein Witz! Er kontrollierte die Summe ständig und Eve hob nie etwas von den 12 Tausend Dollars ab. Wozu auch, denn Eve durfte vor ihm keine Geheimnisse haben! Er hatte heute Mittag versucht, die Drinks aus dem Kopf zu lassen. Bis auf zwei, klappte es auch, weil Dr. Swanton seine Leberwerte bemängelte. Der Amtsarzt untersuchte jeden Kollegen im Revier und er müsste echt mehr Sport treiben! Daraufhin trug er sich in den Lauftrainings Kurs für Donnerstags ein. Aber die Klimaanlage streikte schon den ganzen Tag und der Trottel von Hausmeister, bekam das Problem erst gegen Mittag in den Griff. Die neue Spur, die er und Smith entdeckt hatten, bewies, dass sie vorher etwas Entscheidendes übersahen. Der Verdächtige nutzte die alte Kanalisation unter der Fabrikruine. Jetzt war die Ergreifung nur noch eine Frage der Zeit. Sie hatten eine Fährte von Brotkrumen entdeckt, die sie nur noch aufsammeln mussten. Zur Feier des Tages lud Smith ihn daraufhin in deren Stammlokal ein und Joshua belohnte sich mit einem doppelten Whiskey auf Eis.

2)

Eve sah das Malheur von oben aus dem Flurfenster und bekam einen Anflug von Panik. Joshua war nicht so verärgert, wie sie zunächst dachte. Er wankte die Eingangsstufen hinauf und hatte einen Straus Rosen in der Hand. Die Alkoholfahne wehte ihr aber schon von weitem entgegen. Bevor er auf dem Treppenabsatz stand, zitterten ihre Hände nervös. Er schloss die Tür auf und starrte grinsend auf das Abendmahl Gemälde von Da Vinci. Es hing über dem Entree und signalisierte jedem Besucher, voller Demut die Schuhe auszuziehen und in Filzpuschen zu steigen. Joshua liebte diesen teuren Druck und dachte, dass er aufhören würde, je wieder einen Tropfen zu trinken, wenn Eve ihm endlich das lang ersehnte Kind schenkte. Ja, heute war so ein Tag, an dem alles möglich war. Er rief sie versucht charmant. Doch Eve entging nicht, dass Joshua angetrunkener, als gestern war.

>> Eve, wo bist du?! Ich habe etwas für dich. Es riecht hier ja nach meinem geliebten Käseauflauf und ich bin nicht mehr sauer auf dich! Hast du frisch geduscht? <<, schon stand er mit offener Krawatte vor Eve. Hielt sich mit linker Hand am Türrahmen fest und blickte sie mit sehnsuchtsvollen Augen an. Zögernd nahm Eve die Blumen entgegen und fühlte, dass Joshua mit seinem scheinheiligen Verhalten etwas ganz Bestimmtes bezweckte.

>> Joshua, ich wollte noch schnell die Waschmaschine anschalten. Bitte, das Essen ist fertig und du kannst dich ruhig schon in die Küche setzen! << Eve flehte fast, wollte an ihm vorbeihuschen. Doch er packte sie an beiden Händen, zog sie nah zu sich hin und Eve konnte seine Anwesenheit kaum ertragen. Er roch nach Schweiß und den ekelhaften Whiskeygeruch, verband sie mit Schmerzen. Eve erschrak, als sie in Joshuas Gesicht blickte. Seine Augen flackerten seltsam und er hatte blutunterlaufene, deutlich vergrößerte Pupillen. Joshua atmete bebend, seine Haare hingen wirr und sie hoffte nicht, was er wollte. Joshua deutete auf das Bett und das Eve die Rosen zur Seite legen sollte, als er einen Kalender aus dem Jackett hervorzog.

Warf das Jackett auf den Stuhl und begann sein Hemd zu öffnen. Schnaufte und war sichtlich erregt. Seine Stimme klang heiser und bestimmt. >> Eve, weißt du was für ein Tag heute ist? Der Zehnte in deiner Fruchtbarkeitsskala! Und ich will endlich ein Kind! Unser Hausarzt hat mir neulich noch versichert, dass Frauen dann bis zum 16. Tag besonders empfänglich sind und ich habe Rechte, Eve! Schwarz auf weiß, siehst du, ich achte auf alles! Du bist meine Frau und du machst, was ich sage! Ich liebe dich, Eve und wenn du mir

nicht Gehorchst, werde ich meinen Wunsch erzwingen! << Es war zwecklos zu fliehen. Er würde Eve zum Bett prügeln und sich nehmen, was vermeintlich ihm gehörte. So tat er es schon länger und beschwerte sich hinterher, das sie nie mitmachte und eine prüde, langweilige Ehefrau sei.
Manchmal küsste er sie danach und schluchzte laut, warum sie ihn nicht mehr begehrte? Rieb sich an ihren, vor Scham erstarrten Körper. Drückte sie so fest an sich, dass Eve blaue Flecken davontrug. Danach schlief er jedes Mal ein und dünstete seinen Rausch aus. Sie reagierte mechanisch, ohne Empfinden. Ihr Körper hasste sie dafür. Dreckig und wertlos fühlte sie sich, als sie sich für Joshua entkleidete. Er stolperte fast aus der Hose, als er sich auf das Ehebett warf. Dann folgte, was immer kam. Eve verkrampfte so enorm, dass sie nur noch die stechenden Schmerzen spürte und das heftige Stöhnen von Joshua ausblendete. Stattdessen konzentrierte sie sich auf das Ticken der Uhr und versuchte so, die aufkeimende Übelkeit und immer größer werdende Panik zu verdrängen. Joshua war wie ein wildes Tier. Weil er so betrunken war, dauerte es immer länger, bis er kam. Dann fühlte sich Eve einerseits erleichtert, aber ihr wundgescheuerter Unterleib trieb sie verzweifelt, sich mit dem Gedanken auseinanderzusetzten, wie benutzt und ausgebeutet sie sich fühlte. Wie eine billige Straßenhure! Nicht mehr Frau ihres elgenen Körpers zu sein, das war das schlimmste daran. Das eigene Ich, zu verleugnen, welches sie anschließend gnadenlos mit Vorwürfen überhäufte. Es war kaum zu vereinbaren, wie sie sich das, als freier Mensch gefallen lassen konnte! Warum Eve ihn nicht anzeigte und sich endlich wehrte. Fast sarkastisch kam ein Gedanke, wie sehr sie sich damals über die eiserne Bratpfanne lustig gemacht hatte! Nun stellte sie sich häufiger die Frage, welchen Klang sie vernähme, wenn Joshuas Kopf damit Bekanntschaft machte??
Er vergrub seine Hände in ihren Haaren und schniefte laut. Sie spürte sein hämmerndes Herz und ihre Haut speicherte angewidert jede Berührung, die Joshuas verschwitzter, kaum behaarter Körper hinterließ. Der Selbsthaß, der wie eine lodernde Feuerwalze, über Eves Seele hinwegrollte, war unbeschreiblich und jedes Mal riss sie ein Stück mehr mit sich. Das waren die Momente, an denen sie sich am liebsten umgebracht hätte, als es noch einmal zu erleben. Wie ein grausamer Film, den man verabscheute und doch immer wieder anschauen musste, live und als Hauptakteur.
Als er endlich schweratmend von ihr abließ und zum Glück nicht merkte, dass Eve die Tränen nur noch stumm über das Gesicht liefen, drehte er sich auf seine Seite und flüsterte, wie gut sie roch und er sie doch so sehr brauchte. Eve wusste, das Joshua gerade wieder den selbstgefälligen Ausdruck eines Siegers, aufgesetzt hatte. Doch Eve besaß keine Kraft zum Weinen. Der Klos in ihrem Hals

verhinderte es und der Schock, das es schon wieder passiert war, saß tief. Joshua deckte sich mit der dünnen Bettdecke zu, flüsterte während er gähnte, dass er später essen würde und schlief kurz darauf ein. Dabei lächelte er, wie ein Kind. Eve hasste diesen Ausdruck in seinem Gesicht!

Panisch sprang sie auf und floh mit neuer Kleidung nach unten ins Gäste Bad. Dort hörte sie niemand schreien und weinen. Das Brausegeräusch war zu laut. Sie schrubbte ihren Körper mit einem Topfkratzer auf und ab, bis die Haut ganz rot und wundgescheuert war. Dann sank sie einfach auf den Fliesen Boden und war unfähig sich zu rühren. Eine ganze Weile verharrte sie dort regungslos. Das eiskalte Wasser prasselte weiter auf Eve hernieder. Sie bibberte durchgefroren und hatte blaue Lippen. Die Erkenntnis war ernüchternd. Eve musste nach vorne blicken und sich eine neue Strategie überlegen. Es dauerte Minuten, bis sie sich im Stande fühlte, einen neuen Anlauf zu nehmen und das Grauen zu verdrängen. Das schwarze Loch in ihr würde sie, wie ein *Krebsgeschwür, eines Tages auffressen!*

Draußen im Garten, hinter dem Gewächshäuschen, dort wuchs ein kleiner Apfelbaum. Er hatte schon mehr Blüten, als letztes Jahr. Ein Apfel für jedes Kind, sagte Joshua damals.

3)

Eve hockte nun auf ihrer ehemaligen Lieblings Bank und starrte den Baum an, wagte aber nicht, an ihr Geheimnis zu denken. Auch wenn Joshua schlief, schien er telepathische Fähigkeiten zu besitzen. Doch einen positiven Gedanken konnte sich Eve nicht verkneifen.

Eve besuchte seit einem Jahr heimlich das gynäkologische Zentrum in Durham. Dort ließ sie sich anonym die Monatsspritze verabreichen und dafür nahm sie dann extra bei Mrs. Klein zwei Stunden frei. Immer nachdem Joshua sie um Zwölf Uhr Dreißig angerufen hatte, fuhr Eve in regelmäßigen Abständen dorthin. Sie holte sich ihre Verhütung ab und hoffte inständig, dass Joshua niemals dahinterkäme. Sonst würde er sie totschlagen oder für immer im Haus einsperren! Sie finanzierte den Betrag mit den Trinkgeldspenden zufriedener Kundinnen. Sie wollte von Joshua kein Kind, niemals! Das Zentrum beriet auch misshandelte Frauen und man konnte dort Abreibungen vornehmen lassen. Mrs. Klein ahnte nichts, weil Eve ihr immer vom Outlet Store für Fashiontrends, am Rande von North Durham, Muster- Proben, der neusten Stoffkollektionen mitbrachte. Der Outlet Store befand sich in unmittelbarer Nähe zum gynäkologischen Zentrum und so verband sie das eine mit dem anderen. Mrs. Klein war dankbar für jede neue Idee von Eve. Sie glaubte, dass es Eves angeborene Neugierde wäre und sie eine sehr engagierte Frau sei. Eve war in Mrs. Kleins Augen ein Genie, wenn es um neue Trends ging, aber das behielt sie für sich. Es war auch der Grund, weshalb sie Joshua, wenn er nochmals anrief, mit gutem Gewissen abwimmelte und ihm steckte, das sie Eve nur losgeschickt hätte, um neue Designs und Dekorzubehör abzuholen. Es ging schließlich um die Zukunft des Geschäftes und Eve brauchte einen freien Kopf, um in Ruhe nachdenken zu können. Alle großen Künstler, Dichter und Denker durfte man nicht bei der kreativen Arbeit stören. Sie dankte Gott, der ihr Eve geschickt haben musste und so schaffte sie es jedes Mal, den überbesorgten Ehemann zu beschwichtigen. Mrs. Klein fand Joshuas Verhalten sehr übertrieben, aber auch das behielt sie für sich.

4)
Eve schaute wieder zu dem Apfelbäumchen, wie es sich sachte im Wind wiegte. Es war ein sonniger Tag und die Vögel zwitscherten fröhlich. Bald würden die letzten Frühlingsblumen verblüht sein und die Sonnenblumen kräftig in die Höhe wachsen. Dann begann normaler Weise die aufregendste Zeit im Garten. Die Setzlinge durften draußen ins Beet und die vielen Rosen entfalteten nach und nach ihre Blüten. Aber Eve hatte schon lange kein Auge mehr für diese Schönheiten übrig. Egal, wie oft sie in den Himmel schaute, oder auf die glitzernde Wasseroberfläche des Schwimmteiches. Hier würde sie *nie* mehr abschalten können, um den Kopf frei zu kriegen. Hier war Joshuas Höllenreich. Es existierte nur noch die Angst vor dem nächsten Super Gau. Der Garten hatte seine Unschuld verloren.

5)
Sie zog den Auflauf aus dem Warmhalteofen, füllte sich etwas davon auf einen Teller. Weil Joshua noch schlief, musste sie leise sein und nicht mit dem Geschirr herumklappern. Zum Essen war ihr nicht zumute und ihr wurde übel von dem Geruch. Sie nahm ihren Teller, kratzte alles auf eine große Servierte und brachte sie gleich nach draußen. Damit sie sich nicht schon wieder erbrach, wenn sie an eben dachte, stopfte sich Eve einen Toast in den Mund und weichte ihn mit Mineralwasser auf. Mehr vertrug ihr Magen nicht.
Schon wieder hatte Eve ein Kilo abgenommen, kaschierte es mit weiten Oberteilen und lockeren Hosen. Sie schminkte sich die dunklen Ringe und die blasse Haut dezent weg und bemerkte, wie sie langsam zu einem Schatten ihrer selbst wurde. Aber wie konnte sie all dem entfliehen? Wie gerne würde Eve ein ganz neues Leben ohne Joshua beginnen. Aber nicht hier und auch nicht in Durham. Neue, üble Erinnerungen gesellten sich zu den alten und sie dachte an ihren Bruder.

6)
Zu Thomas hatte sie seit ihrer Hochzeit gar keinen Kontakt mehr. Thomas gönnte ihr den vermeintlichen Reichtum nicht und seine Frau Nina tat den Rest dafür, dass die beiden Geschwister einen endgültigen Bruch erfuhren. Eve hatte ihre Nichten nur einmal, seit

der Geburt zu Gesicht bekommen. Und als sie Nina und die Kinder das letzte Mal beim Parkspaziergang traf, war es rein zufällig und mittlerweile schon zwei Jahre her. Da tat Nina so, als sei Eve das furchtbarste Geschöpf auf Erden. Nina roch streng nach muffigen Fisch und Abfallresten, als sie sich vor Eve aufbaute. Dann schimpfte sie böse und Eve wich vor ihr zurück. Nina kicherte boshaft und entblößte schwarze Zahnstumpen. >> Ohh, Lady Hill, ich hatte vergessen den roten Teppich auszurollen! Da schaut euch die reichte Tante ganz genau an, Kinder! Von der habt ihr keine Hilfe zu erwarten! Erst lässt sie euren Vater die Zeche zahlen, heiratet dann einen reichen Meck, damit sie sich auf die faule Haut legen kann! Anstatt uns ein schönes Haus mit Garten zu schenken. Aber das hat sie ja nicht nötig, dieses Flittchen! Und so war sie schon immer! Hauptsache dir geht es gut, Eve! Wir wollen auch keine Hilfe, sonst müssen wir vor dir noch zu Kreuze kriechen! Nee, da bringe ich mich vorher um! << Nina hatte ein pickeliges Doppelkinn, trug eine schmuddelige, ausgebleichte Jogginghose und ein rosa Topp, das ihre Unförmigkeit unnötig hervorhob. Ihre Haare waren zu einem schmierigen Zopf zusammengebunden und auch die Kids hatten überall Schorfwunden, trugen dreckige Kleidung und starrten Eve mit großen, traurigen Augen an. Nina schleppte zwei Discounter Tragetaschen mit sich herum und Eve wurde das Gefühl nicht los, dass sie Pfandflaschen aus den Mülleimern sammelte. Nina drehte sich um, packte ihre beiden Mädchen rabiat am Arm und entfernte sich mit finsterer Miene. Eve war sehr erbost über die Worte. Aber was hätte sie ihr entgegnen sollen? Das sie log! Seitdem sie Nina kannte, war diese eine wahre Stinkstiefelnatur. Ninas Vater hatte eine Heizungsfirma und sie wuchs mit drei älteren Brüdern auf.
Wage konnte sich Eve erinnern, dass die jungenhafte Nina den Biologiekursus an der Uni belegte, als sie noch selbst dort studierte. Thomas lernte sie bei einer Exkursion am Grand Canyon kennen. Sie entwickelten gemeinsam ein beherrschendes Thema, das die beiden fest zusammenschweißte. Sie fühlten sich als Außenseiter, immer und überall. Schuld waren andere und besonders Thomas ließ sich von Ninas Miesepetrigkeit anstecken. Sie wollten damals dem Establishment entfliehen und nach Peru auswandern.
Joshua hatte sich damals sehr darüber aufgeregt und forderte nach einiger Zeit eine Erklärung von Thomas. Doch als er ohne Eves Anwesenheit, den Anschluss wählte, hob eine fremde Frau ab und erklärte, dass die beiden geschieden wären und sie die neue Mieterin sei. Joshua ließ nicht locker und fand heraus, dass Thomas damalige, gemeldete Adresse, zu einem billigen Motel, an der 75. Straße gehörte. Es war die Geschichte eines gestrandeten, arbeitslos gewordenen Mannes, der alles verloren hatte. Er dealte mit Chrystal und Amphvitaminen. Das Gift hatte seinen Körper schon mörderisch

53

zugesetzt. Thomas wirkte um zehn Jahre gealtert, als Joshua ihn damals besuchte. Die Drogen hatten sein gesamtes Langzeitgedächtnis ausgerottet. Als es ihm dämmerte, antwortete Thomas mit ausdruckloser Miene, dass Eve ihn niemals so sehen dürfe. *Es täte ihm alles leid, aber er könne die Zeit nicht zurückdrehen und Eve ein guter Bruder sein.* Das tat Joshua auch nicht und ließ Eve im Glauben, Thomas sei nach Kanada ausgewandert. Seine Behörde dürfe nicht nach unbescholtenen Bürgern forschen. Eve wusste nur, das Nina nach der Scheidung, vor zwei Jahren, in einem Wohnwagen an der Stadtgrenze lebte und ab und zu als Reinigungskraft im Rathaus putzte. Auch dort hatte Joshua persönlich nachgehakt und angeboten, der Familie finanziell unter die Arme zu greifen. Doch Nina schlug ihm die Tür vor der Nase zu und brüllte, dass sie keine Almosen von der reichen Eve wollte und beiden die ganze Schuld für ihr beschissenes Leben gab. Damals richtete Eve mit Joshua zwei Sparkonten ein, auf die sie regelmäßig größere Beträge einzahlten. Mit der Volljährigkeit könnten Eves Nichten dann darüber verfügen. So hoffte Eve, dass die Zwillinge sie irgendwann in einem anderen Licht sahen.

7)
Gerade als Eve auf die Sonnenuhr im Hof blinzelte, hörte sie Joshuas Stimme. Er sang laut unter der Dusche und würde gleich herunterkommen. Schnell stellte sie ihm das Essen auf einen Untersetzer und garnierte den Salat auf seinem Teller. Legte das gute Besteck auf die ordentlich gefaltete Serviette. Da stand er vor ihr, roch nach teurem Duschgel und Mundwasser. Noch immer hatte Joshua einen leicht glasigen Blick, doch seine Laune schien ungetrübt gut zu sein. Wortlos setzte er sich an die Theke und begann zu essen. Goss sich Himbeerschorle ein und studierte dabei die Hausbibel, in die zig bunte Pop up Zettelchen geklebt waren. Der Auflauf schmeckte vorzüglich.

8)
Eve hatte sich derweil schon ein graues Kleid und eine helle, hochgeknöpfte Bluse angezogen. Als sie vor dem Spiegel ihr buntes Halstuch zu Recht zupfte, schlich sich Joshua plötzlich hinter Eve und vergrub seine Nase in ihren Haaren. Sie erstarrte angewidert und vernahm immer noch eine leichte Schnapsfahne. Joshua kompensierte seinen Kater oft mit Ausrastern und Eve war gewarnt von seinem respektlosen Verhalten. Sie beobachtete ihn mit großen Augen. Joshua strich ihr sanft über die Schulter und raunte dicht neben ihrem Ohr. >> Wenn wir nicht zur Bibelstunde müssten, wüsste ich glatt, was ich jetzt mit dir täte, Eve! Denke daran, morgen nach meinem Dienst, kommt Michael mit Gladys zu uns zum Grillen. Danach werde ich dich für mich allein beanspruchen! Irgendwann musst du doch endlich schwanger werden! Heute habe ich ein ganz

besonders gutes Gefühl, dass es vielleicht geklappt hat? Siehst du das auch so? << Wie Joshua sie mit leuchtenden Augen anblickte und seine Arme auf ihren Bauch legen wollte, da drehte sich Eve schnell zu ihm um und hauchte ein leises >> Ja, Joshua, du hast dir alle Mühe gegeben! << Das sagte sie immer und Joshua nickte. Er wollte Eve küssen, dabei bückte sie sich flink und strich einen imaginären Fussel von Joshuas Knie.

Das hätte sie lassen sollen, denn er packte Eve mit beiden Armen unsanft zu sich, drückte sie gegen die Kommode und presste seinen ganzen Körper gegen ihren. Sein Gesicht war stark gerötet und er schwitzte schon wieder. Ein verschleierter Blick umgab ihn. >> Eve, was tust du da? Ich werde nie schlau aus dir. Du weißt nicht, wie scharf ich gerade bin?! Aber du verwehrst dich mir ständig! Am liebsten würde ich dir ein Tracht Prügel verabreichen, damit du es endlich lernst! Du bist so dünn geworden, Eve! Der Stress im Brautladen, nicht wahr? <<, sie schüttelte ängstlich den Kopf. Er hielt ihn daraufhin fest, sodass sie ihn direkt in die Augen blicken musste. Wieder schauderte sie, wie verzerrt Joshuas Gesichtsausdruck war. Er war kurz davor auszuflippen und sie durch die Wohnung zu prügeln. Dann fing er an, Eve wie von Sinnen zu küssen, rieb seinen Unterleib an ihr und raunte mit geschlossenen Augen. >> Nein Eve, du verführst mich jetzt nicht, weil wir gleich los müssen! Aber ab nächster Woche wirst du für immer zu Hause bleiben und wenn ich dich einsperren muss. Du wirst essen und dich um unser Haus kümmern. Ich werde deine Einwände nicht mehr dulden. Mrs. Klein wird auf dich in Zukunft verzichten müssen. Gerne kann sie herkommen und dich hier aufsuchen und natürlich darfst du einkaufen gehen. Ja vielleicht sollte ich dich mit schönen Kleidern belohnen! Eve, du machst mich wahnsinnig! << Als Joshua gerade seine Hose öffnen wollte und wie eine Dampflock schnaufte, klingelte das Haustelefon. Unten, vor dem Tor stand ein Mechaniker vom Autosalon GM Hesten, der ein Auftragsblatt in die Kamera hielt. Das war gerade noch mal gutgegangen! Eve atmete erleichtert auf, als Joshua von ihr abließ und zum Eingang eilte. Seine Hose richtete und Eve die Worte zuwarf, dass Aufgehoben nicht aufgeschoben sei! Eve zitterte und wusste, dass ihr kaum noch Zeit zum Handeln blieb. Wenn sie ihr Leben jetzt nicht änderte, dann würde sie für alle Zeiten Joshuas Sklavin bleiben. Oder sie würde sich umbringen! Im Keller hatte Joshua genug Schusswaffen eingeschlossen. Und sie kannte alle Codes. Nein, Leben und Überleben, es waren mehr die Stimmen in ihrem Bauch, die zum Weitermachen drängten. Morgen würde sie die ersten Grundsteine legen, die bisher nur als Gedankenpuzzles herum spukten. Eve hatte nun ein Ziel, es in die Realität umzusetzen. Sie riss sich zusammen, und schluckte mehrere Tabletten gegen Magen und Kopfschmerzen. Mischte sich einen Eiweißdrink, dessen

Päckchen sie sich heimlich besorgt hatte und kippte es einfach herunter. Trank hinterher ein Glas Orangensaft aus dem Bioladen und fühlte sich schnell besser.

Unten bekam der GM einen neuen Kotflügel und Joshua bezahlte alles in bar. Er hatte genug Beziehungen, um bei der Hausratversicherung angemessene Vorteile zu bekommen. So übernahm die Versicherung auch die abgeknickte Weg Lampe und er war aus allem raus. Die Hills hatten eben überall ihre Finger drin. Eve nutzte die Zeit um ihre Schlaftabletten zu rationalisieren, damit sie morgen ganz ausgeruht in den Tag starten konnte. Wenn sie es schaffte, morgen ohne das Joshua es mit bekam, den Plan durchzuziehen! Dann könnte sie es bis zum frühen Abend schaffen, bis nach Georgia zu kommen.

9)

Joshua wusste nichts von der Existenz des alten Holzhauses, das Mom damals von Tante Mary-Ann Clarence geerbt hatte. Die Tante war schon über 15 Jahre Tod und Mom wollte es nie behalten. Sie hatte es damals, als Eve fünf Jahre alt wurde, an ihre Tochter weitervererbt. Es war ein Geheimnis zwischen Eve und ihrer Mutter. Weder Dad, noch Thomas wussten von dessen Existenz. Eigentlich eine alberne Sache, aber sie und Mom erzählten sich dann Geistergeschichten und Märchen, die sich um das Haus rankten. Aber seit dem Unfall vor 13 Jahren, hatte es niemand mehr betreten. Sie war ein kleines Mädchen, als sie mit ihrer Mom, die schnuckelige, mitten im Wald gelegene Sommerresidenz, mit Bootssteg angesehen hatte. Das Haus dürfte noch intakt sein. Dennoch hatte die Tante einen urbanen Geschmack mit großem Kamin im Wohnraum. Besonders die hässlichen Hirschgeweihe spukten aus der Kindheit herum. Die Wände waren in einem grünen, braunen Blümchenlock tapeziert und die Bäder hatten babyblaue Kacheln. Und oben gab es eine Badewanne, mit goldenen Löwenfüßen, Wahnsinn! Moms Verhältnis zur Tante war sehr eng und nach ihrem Tod bekam der nette Förster, Mr. Fly den Auftrag, ein Auge auf das Haus zu werfen. Das letzte Mal hatte er sich kurz vor Dads Tod gemeldet und ihr versichert, das dort alles in Ordnung wäre. Eve glaubte fest, dass dieses Haus eine Zuflucht werden könne. Mr. Fly wohnte damals oberhalb der Hooks Ave, am Ende der alten Wald Straße. Er besaß den Haustürschlüssel und alle anderen Papiere. Zu dem Zeitpunkt war das Haus in der Neithman Ave fast Einzugs fertig und Eve wohnte noch bei Mrs. Klein. Die Telefonanlage wurde kurze Zeit später angeschlossen und Eve hatte schlicht weg vergessen, es Mr. Fly mitzuteilen.

5. Kapitel

1)

In der Kirche wurde gerade ein neues Lied für die Sonntagsmesse geprobt, als Eve und Joshua auf den Schotterparkplatz davor hielten. Die ganze Zeit hatte Eve geschwiegen und staunte mal wieder, wie Joshua sich, je näher sie der Kirche kamen, eine Sinneswandlung durchlebte. Es war, als könnte er kein Wässerchen trüben. Sein aufgesetztes Lächeln war ekelhaft und so falsch, wie die Schlange im Garten Eden. Wie er Eve, während der Fahrt über den *„Exodus"*, des ersten Buch Mose erzählte, als sei er damals live dabei gewesen und hätte Moses die Steintafeln höchst persönlich überreicht. Das Thema würde er mit den Schäflein der Gemeinde heute erörtern und sie vor den Versuchungen dieser schlechten Zeit warnen. Bruder Michael war auch anwesend und öffnete gerade die Gemeindehaustür. Kaum vierzig Bibeltreue hatten sich heute zusammengefunden, um Joshuas Worten im Gemeindehaus zu lauschen. Eve sorgte sich, ob sie ihre Gedanken so gut verbergen könne, dass Joshua es nicht schon längst wieder gerochen hätte. Er sah sie den ganzen Abend seltsam an und suchte so oft es ging Blickkontakt. Es war fast 20 Uhr, als die Lesung ein langweiliges Ende fand und alle zu Gebäck und kühlen Getränken in den kleinen Gemeindesaal eingeladen waren. Eine gesellige Unterhaltung setzte ein und der neuste Klatsch aus der Gemeinde wurde ungeniert breitgetreten. Jeder nicht Anwesende wurde durch den Kakao gezogen und sogar die alte Mrs. Steward wurde nicht verschont. Mrs. Jackels, die unten in Bloomingville den größten Blumenladen der Stadt betrieb, war das Sprachrohr der Gemeinde. Man brauchte keine Zeitung mehr zu lesen, wenn man sie traf. Sie wusste über die aktuellsten Prominews Bescheid, sowie das Neuste aus der Stadt und Umgebung. Ihr Mann hatte immer die ganzen Sportnachrichten im Kopf und sogar die neusten Wettervorhersagen für die alten Farmer. Ja, den Jackels entging nichts! Von der erneut geplanten Hochzeit, von Mrs. Steward war nun die Rede und wie schrecklich senil Mrs. Jackels, die alte Dame fand. Aber mit ihrem Spleen konnte man ja gutes Geld verdienen, dann war alles andere egal. Sie sei erst kürzlich sehr aufgetakelt im Laden erschienen und stellte die Bedingung, das Mrs. Jackels sich um die Blumendekoration kümmern müsse, weil sie dieses Mal im Stile der 40 er Jahre ehelichen wolle. Das wäre die Zeit ihrer Kindheit gewesen und sie wollte sich noch einmal dorthin zurückversetzen lassen. Fast hätte Mrs. Jackels einen Lachanfall bekommen, doch sie sagte natürlich zu. Aber es wäre ja wohl anmaßend, so altmodische Blumengebinde anzufertigen! Sie musste deswegen schon im Archivar herumstöbern, um die passenden Anregungen zu bekommen. Sie würde schon dafür Sorge tragen, dass Mrs. Steward eine duftende Märchenhochzeit für Prinzessinnen dargeboten bekäme. Dann kicherten die anderen und tuschelten, während Eve Kaffee nachgoss. Mrs. Jackels meinte, dass Mrs. Steward vermutlich schon Windeln trug und sich erst neulich bei Dr. Long ein neues Gebiss anfertigen ließ. So ein Mumpitz und der alte Friseur, der immer noch bei seiner Mutter lebte, berichtete, dass er schon einen Termin bei ihr hätte, um friedhofsblonde Haar Intensions einzuflechten. Da lachten sie alle dreckig und bäumten sich vor hysterischem Kreischen. Die Alte hatte doch nicht mehr alle Kugeln auf dem Christbaum! Als Michael den Raum betrat, schwieg der elitäre Kreis ertappt und begann emsig das schmutzige Geschirr abzuräumen. Eve half in der Küche, deckte den Kuchen mit Klarsichtfolien ab, als Joshua mit einem Stapel Gesangbücher an ihr vorbeieilte. Sofort überkam Eve ein eisiges Gefühl, als er zurückkehrte und sie am Arm fasste, um ihr mitzuteilen, dass sie mit Mrs. Jackels nach Hause fahren würde. Er wollte dableiben und die Orgel für Sonntag einstimmen, damit Michael mit dem Chor die Liedstücke proben konnte. Er strich ihr betont sanft über den Arm und lächelte sie mit glänzenden Augen an. Eve erschreckte es, welche Gedanken er schon wieder hinterherhing, doch sie war über die Tatsache erleichtert. So konnte sie ungestört die Tabletten einnehmen und wenn er käme, würde er sie nicht wecken. Denn Gott gab nur den seligen Schlaf.

2)

Mitten in der Nacht wachte Eve schweißgebadet auf, wirre Träume ließen sie aufschrecken. Konnte sich aber nur erinnern, dass Joshua sie verfolgte und an jeder Ecke lauerte. Panisch schaute sie zu ihm. Er schnarchte friedlich neben ihr und rührte sich nicht. Es war 5:20, die Sonne lugte durch den dünnen Wolkenschleier, bald klingelte sein Wecker. Er musste um 7:30 im Police Departement sein. Eve mahnte sich zur Gelassenheit, ging im Geiste alle Schritte nochmal durch. Sie durfte keine Spuren hinterlassen. Wenigstens nicht, so lange es ging. Sie hatte schon einmal diesen Mut gefasst und einen Abschiedsbrief für Mrs. Klein geschrieben. Doch als sie ihn unter den Poststapel schieben wollte, kam Joshua in den Laden gestürmt, um Eve unter einem Vorwand nach Hause zu holen. Wieder hatte Joshua getrunken, doch Mrs. Klein merkte es nicht, weil sie den Terminkalender durchstöberte. Schon im Auto wurde Joshua handgreiflich und brüllte sie immer wieder an, wieso sie nicht an ihr Handy gegangen war. Eve hatte den Akku rausgenommen, damit er sie nicht orten konnte, als sie das gynäkologische Zentrum aufsuchte. Doch das sagte sie nicht. Stattdessen beschwichtigte sie ihn mit den Worten, sie hätte es aus Versehen auf Flugzeugmodus gestellt. Dafür haute ihr Joshua eine kräftige Ohrfeige. Danach hielt er am nächst besten Wegesrand und entschuldigte sich. Er wirkte verkatert und hatte Tränen in den Augen. Er umarmte sie, drückte Eve und bat sie schluchzend um Verzeihung. Doch da fühlte Eve schon lange nichts mehr für Joshua. Dieses Gefühl war schon damals, vor genau einem Jahr restlos gestorben. Ein unvermeidlicher Prozess und jetzt empfand sie nur noch Abscheu für ihn. Joshua wollte Vergebung von ihr, doch sie schwieg und konnte ihm nicht mehr vertrauen.

3)

Joshua hatte sich durch den Alkohol zu sehr verändert, die Raserei raubte den rationalen Verstand. Immer häufiger hatte er sich nach einem gewissen Level, nicht mehr unter Kontrolle und das machte Eve Angst. Das Unglück, das ihr eigenes Drama offenbarte, geschah an einem Dienstag im März. Ein sonniger Tag kündigte sich an. Für die Jahreszeit viel zu milde und der Frühling hatte im Garten schon Einzug erhalten. Zum ersten Mal roch Eve, dass einige Blumen einen seltsamen Duft hatten und ihr übel davon wurde. Sie konnte es sich nicht erklären und dachte, dass der trockene und milde Februar schuld daran sei. Eve war schon seit Tagen, jeden Morgen schlecht gewesen und als sie am Vormittag eine leichte Blutung bei sich feststellte, dachte sie an die bevorstehende Menstruation. Sie fühlte sich zwar seit einiger Zeit müde und kraftlos, schob es aber auf die Frühjahrsmüdigkeit. Die Blumen im Steingarten mussten noch gegossen werden und das Essen für Joshua gekocht. Die Wäsche gewaschen und die Küche gewischt werden. Sie hatte noch Resturlaub und sich viel vorgenommen. Doch Eves Kreislauf rebellierte, sodass sie sich auf das bequeme Schwingsofa legte und mit einem Buch in der Hand einschlief. Sie schaffte es mittags nicht, sich vom Sofa zu quälen und schob alle Ängste beiseite.

Als Joshua schon um zwei Uhr angetrunken, nach Hause kam und sie so vorfand, rastete er unvermittelt aus. Brüllte, wie faul und nichtsnutzig sie doch wäre, nicht mal was zu essen bekäme sie hin, unfassbar! Brutal zog er sie hoch und schubste sie durch das Wohnzimmer. Mehrfach stolperte Eve und fiel auf die Knie, schrabbte sich die Arme an scharfen Kanten auf. Immer wieder flehte Eve ihn an, aufzuhören. Er musste doch begreifen, wie schlecht es ihr ging! Doch er ließ keine Einwände zu. Warf seinen teuren Wollmantel in die Ecke und öffnete die Terrassentür zum Steingarten. Wie von Sinnen schrie er die gemeinsten Dinge zu ihr und stieß sie, blind vor Raserei, mit voller Wucht die Treppen zum Steingarten hinunter. Dumpfe Schmerzen verspürte Eve und landete auf dem Bauch, zwischen den Radieschen Beeten. Überall blutete sie, besonders aus der Nase. Als sie sich umdrehte und Joshua sie erschrocken anstarrte, bemerkte Eve verschwommen, das Mrs. Winston, die sonst selten auf dem Balkon, auf dem Nachbaranwesen der Neithman Ave 19 stand, alles mitbekommen hatte. Ihr Mann gesellte sich bald ebenfalls dazu. Er war der Bankdirektor, des renommiertesten Hauses in Bloomingville. Joshua reagierte nicht, starrte sie

unvermittelt an. Eve versuchte sich allein aufzurappeln. Sterne
tanzten um sie herum und sie spürte, dass sie ohnmächtig wurde.
Seit jenem Tag im März quälten sie die urplötzlich, auftretenden
Panikattacken aus dem Nichts. Mit letzter Kraft hatte sich Eve an der
Steinmauer, über die sie eben geflogen war, hochgezogen. Eine
blutige Spur zierte nun die feine Marmorierung. Sie hatte das Gefühl,
ihr Körper versuchte etwas aufzuhalten, doch die Verletzungen waren
zu schwer. Eve spürte, wie ein großer Schwall Blut, unaufhörlich
zwischen ihren Beinen hindurch floss und ihre Sporthose hellrot
einfärbte. Dann hörte sie von weitem die Sirenen des
Krankenwagens. Nicht Joshua hatte ihn gerufen, sondern die
Winstons. Eve vernahm ihre verzweifelten Stimmen, nur noch aus
der Ferne. Erkennen konnte sie nichts, die Augenlider waren zu
schwer. Der Kopf dröhnte und sie dachte, dass sie sterben müsse.
So enorm waren die Schmerzen. Verzweifelte Wortfetzten erreichten
sie dumpf. Jemand tastete vorsichtig nach ihrer Hand, sie spürte die
Sonne auf ihrem Körper, aber er schien weit weg zu schweben. Sie
erkannte die geschockte weibliche Stimme, aber sie konnte sie nicht
zuordnen. >> Mr. Hill, es ist doch nicht ihre Schuld. Wir haben doch
gesehen, das Eve erst über die Stufen und dann über die Mauer
gestolpert ist. Machen sie sich da mal keine Sorgen, der
Krankenwagen kommt schon, da vorne! <<, es war die Stimme von
Mrs. Winston. Dann hörte Eve die Blaulichtsirene und registrierte, wie
fremde Personen sie gezielt untersuchten und auf eine Bahre hoben.
Joshua hatte einen Nervenzusammenbruch und brüllte, dass es ihm
leidtäte. Er begriff, was er getan hatte.
4)
Natürlich hatten die Hills, Eve in eine Privatklinik fliegen lassen.
Nichts von der Tragödie sollte ans Tageslicht dringen. Als Eve
benommen aufwachte, konnte sie nur hören, was sich um sie herum
abspielte. Sie hörte das Rauschen des Atemschlauchs. Ein grausiges
Nasenkribbeln kitzelte im Hals, als der Sauerstoff in ihre Lungen
blies. Das Piepen des Herzschlagmessgerätes, das gleichmäßig
ertönte, war auch neu. Sie hatte den Kopf verbunden und ihre Hüfte
war erhöht in einer Schale gelagert. Jemand hielt ihre Hand und
weinte leise.
Es war Mrs. Hill. Eine Schwingtür öffnete sich und Joshua kam mit
noch jemandem herein. Es musste der Arzt sein. Eine strenge,
dunkle Stimme war neben Eve zu vernehmen. Der Arzt war ein Typ,
der kein Blatt vor den Mund nahm. >> Ich bin Professor Marks. Mr.
Hill, wie konnten Sie es zulassen das ihre Frau mit derartigen
Kreislaufstörungen im Garten arbeitete? Wussten Sie nicht, dass Sie
in der elften Woche schwanger war? Sie können von Glück sagen,
dass sie noch lebt, aber sie hat das Kind verloren und mittlere
Quetschungen bei dem Sturz erlitten. Zum Glück nichts

Lebensbedrohliches. Aber wir mussten die Gebärmutter ausschaben, das ist nach einer Fehlgeburt einen gängige Methode. Ihre Frau hat eine Hirnschwellung von dem Treppensturz erlitten, weshalb sie auch noch nicht bei Bewusstsein ist! Aufgrund der Anordnung älterer Hämatome, kann ich nur hoffen, dass Sie keinerlei Beteiligung dabei trifft, Mr. Hill? << Joshuas lautes Schluchzten und übereifriges Kopfschütteln übertönte das Schniefen der Mutter und der Arzt suchte nun beschwichtigende Worte. >> Also gut, beruhigen Sie sich! Ihre Frau wird wieder ganz gesund und in acht Wochen wäre eine neue Befruchtung möglich, sofern Ihre Frau schon dazu bereit wäre. Mr. Hill, sie wirken sehr blass, gerade! Nehmen Sie sich diese Woche frei und am Wochenende, darf ihre Frau nach Hause. Mr. Hill haben Sie mir zugehört? << Joshua umarmte verzweifelt seine Mutter. Seine Schuldgefühle waren enorm. Die Mutter schwieg verstört, nickte ab und zu und streichelte ihrem erwachsenen Sohn über den Kopf. *Er war ja schon immer so ein zerbrechlicher Junge*, dachte sie. Doch das einzige was Joshua durch den Kopf ging, begründete die Tatsache, dass das Kind, auf das er so sehnsüchtig gewartet hatte, durch seine idiotischen Ausraster gestorben war! Er selbst hatte den Makel eines ungewollten Sohnes und Gott hatte ihn nun mit einem derben Verlust bestraft. Nie wieder sollte so was passieren und seine Mutter durfte von seiner Tat nie etwas erfahren. Mr. und Mrs. Winston hatten ja schon ausgesagt, dass sie nur gesehen hätten, wie Eve allein gestürzt sei. Sie nahmen ihn in Schutz und er würde sich noch revangieren müssen. Ja, hier hielten die Menschen zusammen und Eve, sie war schon immer ungehorsam!
Der Professor kontrollierte Eves Puls, als Joshua heiser jene Frage stellte, sich sehr zusammenriss. >> Bitte Professor, wann wird meine Frau wieder ihr Bewusstsein erlangen? Wusste Eve von der Schwangerschaft? <<, kurzes Schweigen, bis Professor Marks sich räusperte, als er antwortete. >> Mr. und Mrs. Hill, sie kann jederzeit Aufwachen. Das Gerät würde es Schwester Mary melden. Ihre Frau hat es vielleicht geahnt, aber wenn man noch nie schwanger war, können diese frühen Zeichen falsch gedeutet werden. Sie sagten mir bei der Einlieferung, dass sie von Schwindel geplagt wurde Und dass ihr übel von bestimmten Duschgels und Parfüms wäre. Mr. Hill, das sind klare Anzeichen, aber jede Frau reagiert anders. Machen Sie sich blos keine Vorwürfe deswegen! Der Verlust ist schon hart genug für sie alle! Ihre Reaktionen gefallen mir nicht, Mr. Hill! Ich überlege Sie auch hier zu behalten und gründlich durchzuchecken! << Damit hatte Joshua nicht gerechnet und schüttelte erneut den Kopf, versuchte entspannt zu lächeln. Er bestand trotzig darauf, dass ihm nichts fehlte. Der Professor nickte besorgt, verabschiedete sich kurz darauf. Es dauerte nicht lange, bis Eve fühlte, wie das Leben in sie zurückkehrte und starke Schmerzen, wellenförmig kamen und

gingen. Das war die Erklärung für das seltsame Verhalten ihres Körpers und sie konnte das unschuldige Wesen noch nicht mal beschützen. Eve hätte in jenem Augenblick am liebsten laut geschrien. Eine bittere Leere nistete sich in ihrem Kopf ein. Aber sie musste eine Weile still ausharren, damit die Geräte nicht Alarm schlugen. Eve wurde kurz darauf Zeuge, wie es im Hause Hill wirklich zuging, wenn alle Türen geschlossen waren. Mr. Hill Senior betrat das Krankenzimmer und ließ ungeniert, erschreckende Tatsachen vom Stapel. Sie alle drei ahnten nicht, das Eve jedes Wort mitbekommen hatte.

5)
Der Vater schloss die Tür und tätschelte Eves Hand bevor der kräftige, weißhaarige Mann mit seinen stahlblauen Augen auf Joshua zusteuerte und ihm drei kräftige Backpfeifen verpasste. Ein eisiger Ton untermahlte seine Wut, während Mrs. Hill nur leise wimmerte. >>Sieh dir das an! Das ist deine Schuld, Joshua! Du bist ein schlimmer Mensch, ein Bastard! Ich hätte dich in die Jesuitenschule stecken sollen! Du trinkst und glaub ja nicht, ich wüsste es nicht. Man riecht deine Fahne bis Moskau! Ich habe keinen schlagenden Trunkenbold großgezogen, Joshua! Was denkst du, wird mich das kosten, um den guten Ruf wieder herzustellen? Du wirst Buße tun, jeden Morgen zur Kirche fahren und beten, dass Eve dir verzeiht. Es ist unser Enkelkind gewesen, das durch dein Verhalten nicht mehr da ist! Mrs. Winston hat mir schon mehrfach ihre Sorgen kundgetan, dass du ständig überreagierst und alles wegen Lappalien. Was ist blos los mit dir, Junge? Wenn ich nochmal höre, dass du Eve schlägst oder betrunken bist, werde ich dir eine Tracht Prügel verabreichen, wie du sie nur einmal bekommen hast?! Erinnerst du dich noch, Joshua? Es ist mir egal, dass du fast Dreißig Jahre alt bist. Das würde ich auch tun, wenn du neunzig wärst und ich dafür extra aus dem Grab steigen muss! So habe ich dich nicht erzogen!!<< Mrs. Hill flüsterte dann mit tränen erstickter Stimme. >> Bitte, Joseph, es ist jetzt doch Strafe genug, das es kein Baby gibt! Außerdem war Joshua damals erst 16 Jahre alt. Seitdem die Eltern dieses Jungen weggezogen sind, brauchen wir uns doch vor nichts mehr zu rechtfertigen. Sie waren damals zu viert und es wurde nie Bewiesen, dass Joshua oder die anderen Jungs Schuld hatten! <<, dann weinte sie wieder leise.
Eve hatte bei der Schilderung fast vor Schreck den Alarm ausgelöst. Sie vernahm, dass das Gerät in einer höheren Frequenz piepte. Aber die drei schienen es nicht bemerkt zu haben. Eve zwang sich regelrecht still zu sein und weiter zuzuhören. Joshua setzte sich zu ihr auf das Bett und griff nach ihrer Hand, drehte sich zum Vater. Sie konnte seinen reumütigen Blick nicht sehen, spürte aber seine feuchtkalten Finger und wie nervös er war. Als der Vater daraufhin

weiterredete, entging Eve nicht, wie er krampfhaft ihre Hand massierte und weiter bemüht war, locker zu wirken. Sie fühlte, wie die alte Wut, die sie nur zu gut kannte, bei ihm aufkeimte und er nach den Worten des Vaters, abrupt aufstehen und aus dem Raum flüchten wollte. Da packte der Vater ihn erneut hoch und stieß ihn mit voller Wucht gegen die Schwingtür. Dann Buxierte der drahtige Mann seinen Sohn zurück, in die Mitte des Raumes. Joshua wehrte sich, doch der Vater schob ihn gegen die Wand, bis sein Sohn laut vor Schmerzen schrie. Dass gesamte Zimmer erzitterte bei der Wucht. Voller Enttäuschung polterte Mr. Hill Senior los. >> Du gehst nirgendwo hin, Sohn! Setz dich da auf den Stuhl, sofort! Madeline, du hältst den Mund! Joshua war schon als Eliteschüler ein herumsaufender und hinterhältiger Nichtnutz! Aber ich habe dafür gesorgt, dass er die besten Lehrstühle bekommt, um später hohe Ämter zu erlangen. Das ist also sein Dank dafür? Er wusste, dass der alte Steinbruch morsch war, Tom Grillington ein armer Schisser war, der nur dazugehören wollte. Warum mussten sie diese blöde Mutprobe mit einem Kerl wie ihm veranstalten? Wir konnten von Glück reden, dass es nur als dummer Jungenstreich mit unglücklicher Todesfolge geahndet wurde. Die Eltern von diesem Grillington haben damals ganz schön wind gemacht! Ich konnte sie einerseits verstehen! Doch ich musste Joshua und die anderen Jungs schützen und *unseren Ruf!* Nach der Beerdigung sind sie endlich weggezogen und dann war Ruhe und so soll es auch bleiben! Aber nun ist der Ruf erneut in Gefahr und warum? Für mich wirst Du bis ans Ende meiner Tage nur der elendige Sohn bleiben, der Schande über die Familie gebracht hat und wehe ich habe jetzt wieder Recht! Überleg dir genau wie du das wieder gutmachst! Du bist ein Saulus, Joshua! Sonst nix, hast du mich verstanden? <<
6)
Joshua hielt nichts mehr dort. Er sprang wutentbrannt auf. Der Vater schaffte es jedes Mal ihn vorzuführen. Aber das genügte nun! Joshua konnte dem Vater nicht in die Augen blicken, als er aus dem Krankenzimmer floh. Der Vater goss sich ein Glas Wasser aus dem Spender ein und schnupfte seine Nase. Mrs. Hill nahm nun Eves Hand und strich ihr mechanisch, mit der anderen über das Gesicht. Eve ließ eine Weile verstreichen und fing an, ihre Finger zu bewegen. Mrs. Hill hopste regelrecht vom Stuhl. >> Joseph, Eve ist erwacht. Hol die Schwester und Joshua soll sofort zurückkommen! <<
Doch Joshua war schon auf dem Weg in sein Stammlokal um sich komplett zu betrinken. Es reichte ihm! Vaters Worte waren pures Gift für sein so wieso schon kaputtes Ego! Er schaltete sein Handy aus und jetzt war ihm alles egal! Ein Taxi würde er später nehmen. Er war ein Bastard! Sein Vater hatte ihm eben wieder gesteckt, wie sehr er ihn verachtete. Immer hatte er als jüngster den Ärger ausbaden

müssen. Michael und Rachel beschuldigten ihn oft und kicherten dann boshaft hinter der Hecke, wenn er die Hosen runterlassen musste. Dann steckte er kräftig Prügel ein und Mutter kühlte ihm hinterher die blauen Flecken und den geschwollenen Hintern. Sie war sein einziger Schutz und doch konnte sie ihn nie retten, wenn Vater kam. Dann kuschte auch Mutter und hielt sich die Hände vor das Gesicht. Denn wenn sie das nicht tat, verpasste er ihr auch dicke Veilchen und stieß sie brutal durch das prachtvolle Haus. Das konnte Joshua damals mehr als einmal erleben. Er schlug sie mit einer Reitgerte und das knallte ziemlich laut. Dann brüllte er wie von Sinnen, dass er alle verachtete und am liebsten umbringen würde. Die Kinder hatten sich im Wäscheschrank versteckt und das Personal hielt sich immer raus. Erst als Vater den Alkohol aus dem Kopf ließ, wurde es besser. Aber sein Vater wollte nur zwei Kinder und er, Joshua war über. Das sagte Vater auch gerne zu ihm, wenn er mit ihm allein war und dass er gar nicht nach seiner Linie käme. Joshua fand damals nur wenige Auswege, die Gemeinheiten zu ertragen. Er spielte neben dem Sport, Kirchenorgel und hatte guten Schulnoten dank Vitamin B. Er gab selten Anlass, dem Vater weitere Angriffsflächen zu bieten.

Gemeine Sprüche klopfen, den unteren Mitschülern, das Leben mit fiesen Späßen schwer machen. Das waren die einzigen Dinge, die Joshua sich in der Schulzeit auf dem Internat rausnahm. Denn dann waren die andern stets die Verlierer und nicht er. Später, auf der High-School und auch während der Studienzeit, hing er mit seinen Kumpels, in abgesteckten Ecken ab Sie tranken Unmengen Bier mit den ausgewählten Arschkriechern. Da konnte er sein Verhalten auf den Gruppenzwang schieben. Insgeheim verfluchte er die Jungs. Willige Neulinge wurden zu beschissenen Mutproben im Steinbruch gezwungen. Später folgte der erste, billige Whiskey, den alle nachher auskotzten. Doch Joshua und Edward mopsten irgendwann den Teuren aus den Barschränken der Eltern und kippten sich am Wochenende immer öfter, einen hinter die Binde. Edward stand auf Mädchen der Mittelstufe und trieb es mit ihnen auf dem Rücksitz von seinem alten Dodge, den er von seinem Vater zum Geburtstag bekommen hatte. Edward sammelte damals schon Oldtimer und wechselte auch die Freundinnen, wie Unterwäsche. Da es meistens Minderjährige waren und der Sex auf dem Rücksitz nicht immer von beiden gewollt, hielt Joshua dann Schmiere. Für ihn kam das nicht in Frage und er fand die Sache widerlich! Denn er glaubte noch an die große Liebe und das er diese unverhofft treffen würde. Kein Mädchen auf der Schule, oder später in der Uni befand er für würdig. Er stand zu dieser Meinung, auch wenn die anderen ihn jedes Mal auslachten. Joshua hatte seine mächtige Familie im Nacken und sorgte immer für die besten Getränke. Die Kumpels ließen ihn deshalb in Ruhe und als

Edward mit Filzläusen ins Krankenhaus musste, lachte Joshua am lautesten.

7)

Erst, als er auf Eve traf, war es um ihn geschehen. Als sie plötzlich hinter dem Infotisch, für die neue Drucktechnik stand und einem Kind einen grünen Luftballon schenkte, bekam er den Mund nicht wieder zu. Er wäre fast aus den Latschen gekippt! Sie hatte ein Feuerwerk in seinem Kopf ausgelöst. Dann stand Joshua liebestrunken eine ganze Weile neben einem Plakat und beobachtete sie. Ihm war, als wäre es erst gestern gewesen. Keinen vernünftigen Gedanken konnte er damals fassen, hatte Schmetterlinge im Bauch und wurde ganz kribbelig. Er schwitzte und fror zugleich und war aufgeregt, wie ein kleiner Junge. Doch Eve hatte ihn weder bemerkt, noch zufällig in seine Richtung geschaut, so beschäftigt war sie und konnte sich kaum vor Interessenten retten. Nach dem dritten Whiskey und etlichen Kaugummis hatte er endlich den Mut besessen, sie anzusprechen.

Als er sie für sich gewinnen konnte, kam er problemlos ohne aus, trank selten. Erst als die Eifersucht sein Leben zerfraß, genügten drei Stück nicht mehr, um damit die Welt zu vergessen. Die grausame Welt, die er ertragen musste und ihm alles, was er liebte, wegnehmen wollte! Womit hatte er diese Strafe verdient?! Nur mit hartem Sport hielt er seinen Körper fit und schwor sich nach den anstrengenden Übungen jedes Mal, den Whiskey für immer aus dem Kopf zu lassen. Nie hatte Vater ihn je gelobt, egal wie er sich anstrengte! Nie war er je stolz gewesen und immer nörgelte er an ihm herum. Aber dieses Mal hatte Vater Recht, und zwar zu hundert Prozent! Er musste ein Nichts sein und würdelos, sonst hätte er Eve das alles nicht antun können, oder? Joshua zwang sich an jedes Detail bei dem Vorfall mit Tom zu denken!

Vor der Anhörung, wegen des Unfalls, drohte ihm Vater, er würde ihn totschlagen, falls er sich in Wiedersprüche verhaspeln sollte. Als sie später zuhause waren, packte Joseph ihn trotzdem und verprügelte Joshua so heftig, dass er zwei Tagen nicht laufen konnte und sein Gesicht zugeschwollen war. Vater hatte ihm zwei Zähne ausgeschlagen und ihm in jeder Hinsicht gezeigt, was er von seinem Jüngsten hielt!. Alles wegen Tom und dieser dummen Idee! Dann packte sein Vater ihn zum Schluss brutal am Schlafittchen, bis Joshua das Blut nicht nur aus der Nase lief. Der Vater steckte ihm unverhohlen, dass er damals öfter an seinem Kinderbettchen gestanden hatte. Mit der Flinte in der Hand und hätte ihm am liebsten die Rübe weggepustet. Er sei ein grauenvoller Schreihals gewesen und Vater wollte ihm das Maul stopfen, um ihn anschließend einfach hinter dem alten Schrebergartenhäuschen zu vergraben. Als er dann aber die kleinen Händchen und Füßchen betrachtete, hätte Vater die

Flinte beiseitegelegt und Gott gedankt, dass er ihn so prüfte und er Joshua leider akzeptieren müsse. Vater wollte ihm nie glauben, dass Edward, Shawn, Billy und er nichts dafür konnten. Sie waren damals nur, reiche und gelangweilte Jungs aus der ersten Footballmannschaft und die Superstars der Schule. Dass er, derjenige war, der ihnen abriet, Tom Grillington in ihren elitären Kreis aufzunehmen, interessierte nicht! Und er damals schon ahnte, dass Tom nach drei Flaschen Bier und einigen Kurzen, nicht mehr in der Lage war, um über die unebenen Mauern des alten Förderturms am Steinbruch zu balancieren. Alle waren jedoch damals zu angestachelt von Edwards Macho Getue und vielleicht hätte es Tom auch geschafft. Aber er verlor bei den letzten Metern den Halt und stürzte fast fünf Meter tief, auf den Kies. Erst wussten Sie nicht, was sie tun sollten. Dann hatte Edward die Idee, Tom im Wald zu verbuddeln. Doch keiner traute es sich zu, den blutigen und seltsam verdrehten Körper anzufassen. Toms grauenvoll zerschmettertes Gesicht, starrte sie mit trüben Augen vorwurfsvoll an. Zweifelsohne war er tot und Joshua besaß als einziger den Mut, Tom nach einer ernüchternden Stunde zu untersuchen. Er war auch derjenige, der zur Besonnenheit mahnte und seine Mutter anrief. Versucht harmlos schilderte er ihr, dass Tom allein die Idee gehabt hätte und sie den Jungen vergebens versuchten, davon abzuhalten. Noch bevor die Polizei und der Krankenwagen kamen, schworen die drei, dass es ein von Tom selbst verursachter Unfall war und keine Mutprobe. Sie wurden zu gemeinnütziger Kirchen Arbeit verdonnert und freigesprochen. Nur Vater sah es unter vier Augen anders, als wäre er selbst dabei gewesen. Aber es blieb ein Familiengeheimnis, wie so vieles andere auch. Heute saß Edward im Vorstand von mehreren, großen Gesellschaften. Shawn spekulierte an der Wall Street und Billy war nach Australien ausgewandert, um dort Chef einer bekannten Hotelkette zu werden. Dazu wäre Tom nie in der Lage gewesen. Seine Eltern waren nur kleine Brötchenbäcker mit Stipendium. Einmal im Jahr trafen sie sich in Durham, immer an einem anderen Ort, um über ihr Geheimnis zu sprechen. Es dauerte nur ein Mittagessen und jeder ging dann unvermittelt seiner Dinge. Sollte es je herauskommen, dass sie Tom damals im Suff gezwungen hatten, dann könnte der Fall neu aufgerollt werden. Damit es nicht passierte, traten sie, als sie Achtzehn Jahre alt wurden, in den Geheimbund der Loge ein und legten den Verschwiegenheitseid ab. Die Summe, die sie der Loge dafür spendeten, war nur ein symbolischer Betrag. Viel mehr hatte der schmale Ring aus Titan, den Joshua, als Zeichen der Reue und Vergebung trug, es in sich. Jedes Mitglied besaß so ein Schmuckstück. Er wurde wie ein Verlobungsring getragen und hatte bei jedem Mitglied eine andere Bedeutung. Eve hatte er gesagt, es sei ein Ring der Bruderschaft. Sie dachte an Michael und fragte nicht weiter nach. Jedes Jahr, an Toms Todestag, musste der Ring eingeschickt werden und ein winziges, farbiges Puzzleteil wurde in holographischer Form, in die Innenseite eingelasert. Ein Hologramm, das man nur unter dem Mikroskop lesen konnte. Erst nach dem 20 .zigsten Todestag von Tom, ergäben die einzelnen Schichten ein vollständiges Bild des Gründervaters der Bruchsteinmine und der Kreis wäre geschlossen. Bis dahin musste Joshua den Ring tragen und endlich zu einem guten Menschen werden!

Joshua wollte nicht mehr, das sein Vater ihn hasste und Eve, sie verabscheute ihn mit Sicherheit für seine Tat?! Er wusste nur noch nicht, wie er es anstellen sollte. Der Teufel hatte ihn geritten und ihn geblendet. Er hatte die Veränderungen bei seiner Frau bemerkt und sie falsch interpretiert, damit musste Schluss sein! Joshua glaubte, dass er wahnsinnig würde und trat das Gaspedal voll durch. Steuerte im Affenzahn auf eine Alleestraße zu. Raste an den dicken Bäumen vorbei und war zu feige, seinem Wunsch zu folgen. Er war nicht betrunken genug! Ja, Joshua war ein Bastard und hatte sein ungeborenes Kind auf dem Gewissen. Doch das Leben so zu beenden, das konnte er nicht. Er fuhr mit seinem Mustang, später hasste er das Auto und bestellte sich den GM in dunkelblaumetallic, auf einen abgelegenen Parkplatz. Er haute mit dem Kopf so lange auf das Lenkrad, bis seine Stirn aufplatzte. Sein Körper wurde von starken Krämpfen geschüttelt und er hatte wirre Gedanken. Alle hassten ihn und er war daran selbst schuld. Vater mochte Eve besonders. Vielleicht konnte er beide irgendwann überzeugen, ihm zu verzeihen. Vielleicht? Als Joshua in den Spiegel blickte, sah er in ein geschwollenes, verheultes Männergesicht. Tiefe Trauer und Versagensangst erkannte er in diesen Augen. Schlug seine Hände vor sein Gesicht und schluchzte verzweifelt. Er würde seine Seele dafür geben, wenn Eve ihm eine neue Chance gäbe. Als Joshua nach etlichen Minuten sein Handy einschaltete, konnte er die eingehenden Anrufe nicht fassen. Sein Vater hatte ihn fast zehnmal versucht anzurufen! Eve musste erwacht sein, aber er konnte nicht zu ihnen fahren, nicht jetzt! So durfte ihn niemand sehen. Joshua fühlte sich schwach und unruhig. Es dauerte über eine Stunde, bis er sein Stammlokal erreichte, sich seine Sonnenbrille aufsetzte und hineinging. Er wollte nur einen Drink, um die Nerven zu beruhigen und dann sofort zu Eve zu fahren. Doch es wurde Mitternacht, als Michael ihn aus der Kneipe holte.

8)

Die beiden Hills kümmerten sich aufrichtig um Eve und taten so, als hätte es die aufschlussreichen Gespräche nie gegeben. Sie ließen auch den Arzt kommen, damit er ihr sagte, wie es um sie stand. Eve konnte über den Verlust nicht weinen, nicht wenn andere zusahen. Trauern und sich Vorwürfe machen, das sie die Schwangerschaft nicht wahrhaben wollte. Den Verlust würde sie später ganz allein mit sich ausmachen. Doch von Joshua wollte sie niemals wieder in diese Situation gebracht werden. Tief im Inneren musste Eve lernen, ohne Selbstvorwürfe zu leben. Als Eve die Hills heiser begrüßte, verhielt sie sich, als wäre sie gerade erst zu sich gekommen, blinzelte müde. Sie blickte in zwei höchst besorgte Gesichter, als sie nach Joshua fragte. Die Augen von Vater Hill Senior flackerten kurz auf, als er den Namen hörte, riss sich aber sofort zusammen und versuchte unbeeindruckt zu bleiben. Eve konnte erkennen, dass er log, doch seine Sorge um sie selbst war nicht gespielt. Er blickte Madeline an, als er Eve mitteilte, das ihr Sohn an einer Besprechung im Präsidium teilnahm und sie ihn nicht erreichen konnten. Als der Kopfverband erneuert wurde, blickte sie um sich. Mehrere, bunte Blumensträuße standen auf einem Tisch und Mrs. Hill versuchte ihre Verzweiflung zu überspielen. Vater Hill sah gedankenverloren aus dem Fenster.

9)

6:50 Uhr, Eve war nochmals in einen unruhigen Schlaf gefallen und hatte nicht bemerkt, wie Joshua vor ihr aufgestanden war. Frisch geduscht und in Uniform auf ihrer Bettseite saß und sie eingehend betrachtete. Joshua hoffte inständig, das Eve ihm bald ein Kind schenkte, damit er seine furchtbarsten Ängste verbannen könne. Dann wollte er endlich glücklich mit Eve sein, wie einst. Wie oft er sich nach dem Desaster fragte, wann sie ihm verzieh? Eves friedliches Gesicht war engelsgleich und er würde sich heute zwingen, den Fusel aus dem Kopf zu lassen und viel Kaffee zu trinken. Schließlich kam sein Bruder Michael und dessen Frau zu Besuch und beide tranken keinen Alkohol. Das gestrige Gespräch mit seinem Bruder gab ihm Hoffnung und Michael verurteilte ihn auch nicht. Aber er musste seinem Bruder versprechen, der Versuchung endlich abzuschwören und nicht erst, wenn Eve schwanger sei. Er liebte seine Frau und wenn sie ihn je verließ, dann würde er sie finden, erschießen und dann sich selbst töten. Niemals durfte das passieren. Joshua strich über die gesicherte Pistole und nickte innerlich. Daraufhin beugte er sich über sie, küsste Eve und wünschte ihr einen schönen Tag. In der Küche schnitt er die Rosen neu an und stellte sie in frisches Wasser. Dann verlies Joshua summend das Haus. Der Tag musste einfach gut werden!

6.Kapitel
1)
Eve schreckte vom Zufallen der Tür hoch und hastete zum Fenster. Das große Tor schloss sich gerade und sie wusste, dass er endlich weggefahren war. Nun musste alles zügig laufen. Eve zog sich erst einen Hausanzug an, ging dann zum Schaltkasten für die Kameras. Sie kannte den Code, auch wenn es schon lange her war. Sofort schaltete die Anzeige, auf „Manuell Modus" um. Sie wählte das Programm für die Endlosschleife. Dabei stellte sich die Digital Uhr auf den Vortag. Gestern trug Eve zuletzt einen farbgleichen Anzug. Joshua wäre später viel zu besoffen, um Unterschiede zu erkennen. Kurz darauf ging sie wieder nach oben und packte die nötigsten Habseligkeiten in eine alte Reisetasche. Dieses hässliche Teil hatte schon ewig im Keller gelegen und Joshua würde sie nicht vermissen. Schnell frühstückte Eve und mixte sich einen neuen Eiweißdrink. Steckte sich ihren Pass und Führerschein in ein anderes Portmonee. Kleidung, die leger war, Unterwäsche und Handtücher dazu. Auch Kosmetiksachen, die sie doppelt besaß. Dinge aus der Reiseapotheke und eine große Schere packte sie ebenfalls ein. Eve atmete tief ein, als sie ihren Steingarten, in dem so viel Grauen passiert war, zum letzten Mal betrat und intensiv betrachtete. Denn hierher würde sie niemals wiederkehren, jedenfalls nicht freiwillig. Sie holte den Spaten aus dem Geräteschuppen und begann ein Loch neben dem Apfelbaum zu graben.
Die Sonne feuerte früh aus allen Rohren. Es würde ein drückend heißer Tag werden. Fast einen Meter tief war sie schon vorangekommen, als sie auf etwas Hölzernes stieß. Es dauerte noch eine Viertelstunde, bis Eve die Schatulle heraushob. Mit zittrigen Fingen öffnete sie das kleine Kästchen, mit dem verzierten Metallrand. Der schwarze Samt hatte sich nach den Jahren fast zersetzt. Aber alles andere war noch da. Die Plastikfolie, mit den 319 Dollern, der Brief von Carl. Die Besitzer Urkunde, für das Blockhaus und ein paar alte Fotos von ihrer Familie, befanden sich darinnen. Es waren Fotos aus glücklichen Kindertagen. Bilder, die auch Dad und Thomas zeigten. Doch Eve hatte keine Zeit zum Reflektieren. Sie steckte alles, die Adresse mit Wegbeschreibung und die Briefumschläge zusammen in einen gelben Stoffbeutel und dachte an die Reise nach Georgia. Der eigentliche Ort hieß Dariens End und lag direkt an der Ostküste. Eine 1000 Seelengemeinde und ein Durchfahrtsörtchen, für unzählige Sommertouristen, die oberhalb in Ferienhäuser am Meer lebten.
Bald rückte der Termin bei Mrs. Steward näher und bei ihr wollte Eve sich persönlich verabschieden. Natürlich auch bei Mrs. Klein, aber das käme einem *Verrat* gleich. Sie hatte den Abschiedsbrief schon vor einiger Zeit geschrieben und ihn damals in ihren Kittel eingenäht.

Doch weil sie wusste, das Mrs. Klein alles regelmäßig wusch, hatte sie ihn vorher in eine Kunststofffolie ein laminiert. Jetzt musste Eve sich beeilen. Legte das leere Kästchen wieder hinein, schaufelte die Erde, so schnell sie konnte darauf und bald hatte sie das Loch wieder zugeschüttet. Klugerweise hatte sie den Rasen vorher an der Stelle großflächig ausgestochen und brauchte beide Hälften nur noch ebenmäßig einzufügen. Fertig, und wer es nicht wusste, würde es nicht sehen. In einer uneinnehmbaren Ecke im Garten, zog sie sich die dreckigen Klamotten aus und ging dann in kurzer Hose und T-Shirt ins Gerätehaus, um den Spaten zu reinigen. Eve durfte keine Spuren hinterlassen und Joshua würde nie herausfinden, wohin sie gegangen war. Sie hoffte mit aller Macht, dass dieses Mal nichts schiefging. Ihr Herz raste, als sie ins Haus zurückkehrte, sich umdrehte und einen letzten Blick zum Apfelbaum und den Steingarten warf.

In diesem Moment klingelte ihr Handy! Vor Schreck ließ sie den beschmutzten Hausanzug fallen. Unzählige Erdkrümel verteilten sich auf dem sauberen Flurboden. Wer war das? Hoffentlich nicht Joshua! Sie starrte auf das Display. Es war Mrs. Klein. Was wollte sie denn schon so früh?! Eve hätte doch erst den Termin um 9 und danach wollte sie zum Outletstore fahren, das hatte Eve mit ihr doch so abgesprochen! Jede Umdisponierung konnte da zum Problem werden. Sie hob ab. >> Guten Morgen Eve,! Ich hoffe, ich störe Sie nicht? Es tut mir leid, Ihnen mitzuteilen, dass Sie heute keinen Termin bei Mrs. Steward haben! Sie ist gestern plötzlich umgefallen. Das Hausmädchen hat sie gefunden und jetzt liegt die alte Dame im Hospital auf der Intensivstation. Ein Verdacht auf Schlaganfall. Niemand weiß, ob sie das in dem Alter noch überleben wird. Eve, geht es Ihnen gut? << Die rüstige Mrs. Steward! Eve war geschockt! Die alte Frau war die einzige, die sie je verstand und ihr immer Mut machte, sich nicht unter kriegen zu lassen. Eve weihte die alte Dame in ihre Fluchtpläne ein, aber nicht direkt, wohin sie gehen wollte. Mrs. Steward lächelte damals und tätschelte Eves Wange. Sie meinte dann, dass sie auch nicht glaubte, dass Eve der Typ wäre, die der altbackenen Hill Familie, als Gebärmaschine zur Verfügung stände. Auf der letzten Hochzeit der Waltonfamilie, hatte der ganze Ort wieder sein gesamtes schleimscheißerisches Talent ausgepackt! Die Braut war fünfzehn Jahre älter als er und trug Mini! Leider konnte jeder ihre dicken Krampfadern bewundern. Da tratschte natürlich ganz Bloomingville. Eve hatte noch Mrs. Stewards Worte im Ohr, als die ihren Schwiegervater und seine Freunde vom Stadtrat belauschte. Jeder hielt sie für taub, aber das stimmte zum Glück überhaupt nicht. Mr. Hill Senior rauchte erbost Pfeife, nachdem er vergeblich versuchte, dutzende Schokoladenfinger aus der neuen weißen Hose zu reiben. Rachels Mädchen zeigten auf ihn und gackerten, wie kleine Hühner. Er hielt sie für frech und ungezogen, trotz ihrer erst drei Jahre. Er ließ stark durchblicken, was er von Franks und Rachels Erziehung hielt. Großvater Hill gefiel es nicht, dass seine Enkelinnen gänzlich nach dem Schwiegersohn kämen. Schließlich wäre Frank nur ein dummer Trottel aus reichem Hause. Er sprach von einer Armee Privatlehrer, die nötig seien, damit die beiden Kinder überhaupt den gewünschten High-School Abschluss erreichten und gesellschaftlich salonfähig würden. Michaels Frau Gladys konnte nicht schwanger werden, weil sie ohne Gebärmutter zur Welt gekommen war. So blieb nur noch der unbequeme Sohn Joshua. Vor seinen besten Freunden redete er Tacheles. Der richtige Stammhalter für das Hill Erbe musste ein Junge sein. Doch Joshua hätte nicht Acht gegeben. Weswegen es zu dem unglücklichen Sturz im Garten gekommen war. Da war für Mrs. Steward der Fall klar! Sie sagte Eve, was sie von den Hills hielt und Eve konnte damals ihre Tränen nicht zurückhalten, als sie an die Schmerzen und an das grausame Verlustgefühl zurückdachte. Mrs. Steward tröstete sie lange und meinte, dass sie irgendwann den Mut aufbringen müsste, um aus dem verfluchten Bloomingville zu verschwinden. Eve musste ihr Versprechen, sich bei ihr zu melden, wenn sie auf der sicheren Seite wäre. Eve versprach es und würde Wort halten.

2)

Nun kämpfte sie wieder mit den Tränen, es würde heute nicht nur einen Abschied geben. Eve riss sich zusammen und antworte Mrs. Klein versucht normal. >> Ja, Mrs. Klein, mir geht es gut! Ich habe vor Schreck nur eine Vase fallenlassen. Sie kennen ja meine Spinnenphobie. Das mit Mrs. Steward tut mir leid, oh nein! Sie hätte sich ihre letzten Tage mit dieser Kreuzfahrt belohnen sollen und nicht mit diesem Hochzeitsgedöns. Mrs. Klein, ich fahre gleich zum Store und bin bis zum Mittag für Sie da. Ich wollte Sie sowieso bitten, mir heute ab 12:40 Uhr freizugeben. Bei mir hat sich eine Füllung im Zahn verabschiedet und ich konnte bei Mr. Long noch einen Zwischentermin, mit Wartezeit ergattern. << Kurzes Husten und Räuspern in der Leitung und Eve hätte sich mit ihrer Schilderung fast selbst überholt. Mrs. Klein seufzte in ihrer verständnisvollen Art. >> Ach Eve, das geht schon in Ordnung. Machen Sie sich keine Gedanken um Mrs. Steward! Sie musste in ihrem Alter ja auch noch tun, als wäre sie ewige Zwanzig! Was solls! Ich weiß, wie das ist, mit Zahnschmerzen herum zu laufen. Nehmen Sie ein Aspirin, gehen nachher zu Dr. Long und wenn sie beim Outletstore vorbeikommen, können Sie mir ja vielleicht die beiden gepunkteten Stoffmuster mitbringen, Sie wissen schon welche? << Eve bejahte laut und legte auf.

Bloß keine Panik, nur eine kleine Planänderung. Sie steckte den Hausanzug in einen Müllsack, würde ihn unterwegs wegschmeißen.

Die Gartenklogs hatte sie sauber und trocken, wieder an den Platz gestellt. Jetzt wusch sie sich kurz und zog sich ordentlich an. Dann packte Eve die Reisetasche mit den Turnschuhen in den Beetle. Putzte noch schnell den Boden rein, kehrte die letzten Erdklümpchen weg. Als ob sie, wie immer zur Arbeit ging, so benahm sie sich, als sie die Kameras wieder auf Normalbetrieb schaltete. Jetzt konnte man auch wieder alles in Echtzeit sehen und Joshua würde nie erfahren, was sie in der Zwischenzeit getan hatte.

Noch einmal schaute Eve betont, freundlich in die Kamera- Linse des Flurspiegels. Holte wie gewohnt, ihre weiche Fleece- Jacke und die Handtasche mit dem fast leeren Portmonee. Dann zog sie die breite Türe fest zu. Dieses Haus würde sie nie mehr betreten!

Sie dachte noch einmal an jenen Tag zurück, als sie nach dem Krankenhaus hierhin zurückkehrte. Alles war sauber und ordentlich, fast steril und so kalt und nichtssagend wie Joshua, wenn er betrunken war. Jetzt würde er dieses Haus wohl alleine ertragen müssen. Sie schloss die Haustür zu und stieg in den gelben Wagen. Das Tor öffnete sich automatisch und rollte beiseite, wie immer. Eve fuhr langsam hinaus und dachte, dass sie das Gefängnis endlich hinter sich lassen konnte. Sie zitterte innerlich und hatte Angst vor dem Neuen. Doch die Erleichterung überwog.

3)

Als sie das Haus mit seinen hohen Mauern, immer kleiner werdend im Rückspiegel betrachtete, fühlte Eve keinen Verlust dieses goldenen Käfiglebens. Jetzt hatte sie 319 Dollar und musste sparsam sein. Wer wusste schon, wann sie neue Arbeit fand und wo? Eve drehte das Radio auf, aber ihre Gedanken waren woanders, als sie auf die Tankanzeige blickte. Die Nadel zeigte viertelvoll, das reichte nicht bis Georgia und das Auto war zu auffällig. Man würde es auf jeder Überwachungskamera schnell erkennen. Sie mochte früher diese Art von Autos, bis Joshua ihr jenen schenkte. Sie musste ihn annehmen, als Wiedergutmachung für das verlorene Kind. Ja, jetzt erinnerte sie sich an die schwelende Wut im Bauch, als er ihr das Auto mit den Worten.> *Auf einen Neuanfang zwischen dir und mir, Eve! Du hast dir doch schon so lange einen Käfer gewünscht. Ich hoffe, dass du viel Freude damit hast. Wenn wir zu dritt sind, bekommst du einen SUV. Da passt der Kinderwagen besser rein, mein Schatz*! < Dann gab Joshua Eve den Schlüssel und sie lächelte breit, als würde sie sich freuen. Sie lächelte immer, auch wenn er sie geschlagen und beleidigt hatte. Es war ihre Schutzfunktion, nicht wahnsinnig zu werden. Nach der Fehlgeburt, war ihr der Spaß an außergewöhnlichen Autos vergangen. Eve teilte eine ganze Weile die Welt in schwarz und weiß ein. Sie litt unter Depressionen und bekam Medikamente. Joshua riss sich in dieser Zeit sehr zusammen, trank fast gar nichts mehr. Ging morgens tatsächlich vor der Arbeit in die

72

Kirche und zündete dort eine Kerze an. Er schlief auch nicht mit Eve, weil sie es nicht wollte. Joshua bereute seine Taten sehr und verhielt sich betont rücksichtsvoll. Fast so ähnlich, wie zu Beginn ihrer Beziehung. Und sie dachte damals, dass er *scheinbar* daraus gelernt hätte. Aber die alten Gefühle zu Joshua kehrten nie wieder zurück!
4)
Sie bog auf den Parkplatz zum Outlet ein. Daneben war ein riesiger Discountmarkt. Eve zog sich die Kapuze der Fleece Jacke tief ins Gesicht und setzte sich eine Sonnenbrille auf. Drinnen war es kühl und der Ladenbetrieb hatte gerade erst begonnen. Laute Reklamewerbung dudelte aus den Boxen und plärrte die Tagesangebote rauf und runter, untermalt von Country Klassikern. Sie schnappte sich einen Korb, legte zwei Wasserflaschen hinein, dazu Orangensaft, billige Kekse, 6 Äpfel und Traubenzucker. Nun stand Eve vor einem Regal mit Haarfärbe Mitteln. Sie wollte keine Tönung, wenn schon, denn schon! Sie wollte sicher gehen und wählte einen mittleren Braunton zum Selbstauftragen. Schnell ging sie mit den wenigen Teilen zur Kasse. Danach hatte Eve nur noch 307 Dollar. Sie spurtete zurück zum Beetle, den sie an einer abgelegenen Seite geparkt hatte. Ohne Brille und Kapuze besuchte Eve den Outlet und grinste breit in die vielen Kameras. Schnell entschied sie sich für die gewünschten Stoffmuster, ohne Beratung und wählte ein drittes, in Baby Rosa dazu. Danach eilte Eve zurück zum Wagen. Es war kurz nach halb zehn, als sie beschloss, eine Abkürzung von der Interstate zu nehmen. Die Landschaft war von der Trockenheit sehr bräunlich und staubig. Die Hitze drückte aufs Gemüt. Sie war als einzige hier auf der alten Landstraße unterwegs. Ein Umweg, der sich serpentinenartig um die Hügel schlängelte, bevor hier die Interstate entstand. Wenn man nach der Kreuzung links abbog, führte eine unebene und staubige Piste nach Bordertown. Man konnte in der Ferne noch die ehemals weiß, angestrichenen Haltestellen, mit rostigen Geländern erkennen. Sie waren die letzten, übriggebliebenen Zeitzeugen, mit dem verwaschenen Schild, 1 Mile Pripton, 5 Miles Bordertown, 15 Westbridge, 30 Little Prott, dass es in dieser Richtung früher Zivilisation gab. Die schwarze Schrift war völlig verwittert und fast unlesbar. Die Straßen Aufsicht hatte vor mehr als zwanzig Jahren" *Stopp! No thru traffic!*", Baken aufgestellt und den Asphalt hinter den letzten Kiefernwäldchen, nach zwei Meilen durchtrennt. Eve erinnerte sich an den Bauzaun dahinter, der ungebetene Besucher fernhalten sollte. Sie fuhr an der Ausfahrt vorbei. Ein ungutes Gefühl machte sich in ihrer Brust bemerkbar. Irgendetwas stimmte hier nicht.
5)
Was war das in der Ferne? Eine dichte Staubwand hatte sich einige hundert Meter vor ihr aufgetürmt. Hier und dort blinkte etwas auf und

blendete sie. Die Luft flimmerte vor Hitze und ein Südwestwind frischte auf. Es roch nach verbranntem Öl oder ähnlichem. Sie reduzierte die Geschwindigkeit, versuchte zu begreifen, was geschehen war. Da vorne hatte ein braunes Fahrzeug einen Ahornbaum gestreift. Nein, gestreift war falsch, eher war der Wagen frontal davor geprallt und rollte weiter, trotz Plattfüßen. Unzählige Äste lagen auf der Straße. Dieses deformierte Gefährt hatte sich mindestens einmal komplett überschlagen. Blubbernde, teils schrille Motorengeräusche gab der braune Klumpen von sich. Der Fahrer hatte die Kontrolle verloren. Die Verletzten mussten sich noch im Fahrzeuginneren befinden. Eve schauderte heftig. Der braune Mustang eierte ziellos in Richtung Böschung. Eve schlug das Herz bis zum Hals, als sie zwei Silhouetten erkannte. Es musste ein heftiger Aufprall gewesen sein. Überall lagen Wrackteile verstreut auf der Straße, ein Kotflügel hing in den Gebüschen. Die Rinde des Ahorns sah ziemlich lädiert aus. Das völlig zerbeulte Fahrzeug war gerade im Begriff, den leicht abgeschrägten Hang hinunter zu schlittern und schrabbte mit lautem Getöse an mehreren Felsen entlang. Der Wagen holperte und strauchelte, bis er an einer dichteren Baumgruppe endgültig hängen blieb. Es rauchte gefährlich aus der zerdrückten Motorhaube, hinein bis in den Innenraum. Reflexartig hielt sie an, griff im Handschuhfach nach dem Verbandskasten und realisierte, dass es nicht gut aussah, dort unten. Eve hatte die Warnblinkanlage eingeschaltet, als sie das unwegsame Gelände bis zum Unfallauto hinunterkraxelte. Der Rauch wurde immer dichter, kleine Flammen züngelten nun aus dem Motorinneren. Eve hustete und zog sich den Pullover über Mund und Nase, als sie die eingedrückte Fahrertür mit voller Kraft aufstemmte. Dicker, schwarzer Qualm strömte ihr entgegen und als sie sich zwang hineinzusehen, erkannte sie, dass es um zwei leblose Erwachsene handelte. Zum Glück kein Kind im Fond. Das Auto hatte keine Airbags und überall war Blut, soviel übelriechendes Blut. Die ehemals helle Inneraumverkleidung war mit einem Grauschleier bedeckt und breiten, roten Spritzern übersät. Es zischte und knisterte, dass Eve handeln musste. Blutpfützen hatten sich im Fußraum gebildet. Die Fahrerin war kaum älter als sie selbst und der männliche Beifahrer saß völlig zusammengesackt und mit herausquellenden Augen, in seinem Sitz. Die Frontscheibe war zersplittert und zwei spitze Äste hatten sich durch den rechten Fond gebohrt. Als sie den Beifahrer genauer betrachte, erschrak sie über den grausamen Anblick. Es fehlte nicht viel und sie hätte der Fahrerin, die wie eine wächserne Puppe wirkte, auf den Schoss gekotzt. Ein langer Ast hatte den Brustkorb des Beifahrers samt Sitz durchbohrt. Wie die Mutter in ihrem Alptraum. Sein Gesicht war schon blau angelaufen. Eve versuchte beide anzusprechen, doch sie rührten sich nicht. Eve

74

tastete am Hals der Fahrerin, es gab keinen Puls. Ihr Körper wirkte seltsam verdreht, Knochensplitter ragten aus dem rechten Arm, die linke Hand hing abgeknickt am verbogenen Lenkrad. Eve verdrängte, das dort einige Sehnen und Knochensplitter heraus ragten. Außerdem war das gesamte Cockpit nach vorne gekommen und die Kunststoffteile hatten der Frau die Beine zerfetzt. So könnte Eve sie niemals allein befreien. Es gab auch keine Feuerlöscher. Verzweifelt versuchte Eve auch die Hintertür zu öffnen, doch sie klemmte und das Feuer wurde immer größer. Der Brand hatte sich fast durch den Motorraum gefressen, was konnte sie nur tun? Sie schnallte die Frau ab. Doch die war zu sehr eingeklemmt. Bei dem Versuch, sie rauszuziehen, fiel eine Tasche samt Inhalt auf das verdorrte Gras. Der Kopf der Frau knickte schlaff zur Seite. Halswirbel hatten sich seltsam verdreht. Als ob ihr Kopf sich vom Körper gelöst hätte. Da begriff sie, dass es für beide zu spät war. Spritzende Blutfontänen sickerten durch die Kopfwunden der jungen Frau, dass Eve sie schließlich schwer atmend losließ. Das Feuer griff endgültig ins Cockpit über und die züngelnden, schmorenden Geräusche waren jetzt so nah, dass die Kunststoffverkleidung schmolz. Es wurde viel zu heiß und der beißende Rauch war nicht mehr zu ertragen, ohne sich eine Kohlenstoffmonoxid Vergiftung zu holen. Eves Lungen schnürten sich beim Atmen zusammen. Sie musste aufgeben. Hilflos sah sie mit an, wie die beiden Personen in ihrem Auto verbrannten. Die knackenden, knirschenden Geräusche, das Splittern von Glas, verfolgten sie in ihren Träumen. Sie hoffte, dass sie Recht behielt, das beide nach ihrer Diagnose nicht überlebt hatten und nun qualvoll verbrannten, während sie zusah. Wie schnell alles ging! Das Laub und die Äste, um das Wrack herum, fingen schnell Feuer. Eve griff nach den Dingen, die auf dem Boden verteilt lagen. Da war auch ein Portmonee, das Eve mit zitternden Fingern aufhob. Eve musste sich rasch vom Brandherd entfernen, weil der Wind drehte und das Auto in einen Feuerball hüllte. Der Gestank wurde unerträglich. Es roch süßlich, nach verbranntem Menschenfleisch, nach Gummi, Plastik und Benzin. Der Tank könnte jeden Augenblick explodieren!
Die Rauchwolke war nun weit in den Himmel zu erkennen. Eve befand sich immer noch als einzige, am Unglücksort. Keine andere Menschenseele war hier vorbeigekommen. Verstört senkte Eve ihren Blick zu den übriggebliebenen Habseligkeiten aus der fremden Handtasche. Mit zittrigen Fingern öffnete sie das Portmonee und las den Namen der Frau auf dem Pass. „Samira Nickels". Sie kam aus New York. Das Geburtsjahr war das gleiche, wie das ihre. Nur diese Frau war im Juni geboren und sie im Dezember. Dunkle Haare, dachte Eve und nur halblang. Ein Sozialausweiß steckte dort und auch mehrere Versichertenkarten. Zwanzig Dollar, Kleingeld, irgendwelche Telefonnummern und eine Creditcard, befanden sich

ebenfalls in hinteren Fächern der ausgefransten Geldbörse. Samira arbeitete in einer Bar in Manhattan. Dann klickte es in Eves Kopf. *Es war die Lösung! Die Lösung für alle Probleme. Das Leben von Samira Nickels war nicht zu Ende, es hatte gerade neu begonnen!*

6)

Eve sah sich verstohlen um und stieg in den Beetle. Sie rief nicht die Polizei, nicht die Feuerwehr an. Eve setzte ihr Fahrzeug in Gang und gab Gas. Sie trat das Pedal durch, bis der Beetle schnaubte. Nahm den nächsten, staubigen Weg zurück zur Interstate und atmete bei offenem Fenster so tief durch, wie sie nur konnte. Alles stank nach diesem widerlichen, totbringenden Rauch und Eve hatte überall Ruß im Gesicht. Die Kleidung war von den Wunden der Frau blutverschmiert. So konnte sie sich nicht bei Mrs. Klein präsentieren und was wäre, wenn sie von der Polizei angehalten würde? Sie war doch eine Tatzeugin und dann noch so Joshua zu begegnen. Nein, auf keinen Fall! Während der Fahrt putzte Eve mit einem Schminktuch ihr Gesicht ab. An der nächsten Ausfahrt suchte sie sich ein abgelegenes Plätzchen, holte neue Kleidung aus der Tasche, größere Reinigungstücher und frisches Make Up. Sie zog sich komplett um und sprühte Deo, damit der Brandgeruch nicht mehr so deutlich auffiel. Sie hätte eigentlich duschen müssen. Dann packte Eve ihre alten Klamotten, samt Schuhe in eine Tüte und warf sie in don oohworzcn Müllcontainer, der dort für Rastende aufgestellt war. Den Hausanzug hatte Eve schon in einer Tonne im Discounter entsorgt.

Eine neue Idee schoss Eve, durch den Kopf. Ihr altes Leben war noch nicht ganz vorbei. Sie musste noch zu Mrs. Klein und danach den Beetle loswerden. Sie hatte viele dunkle und wirre Gedanken. Sie fühlte sich als Reisende mit unbekanntem Ziel.

Als Eve wieder auf die Interstate fuhr, kamen von der anderen Seite Feuerwehrkolonnen mit Blaulicht und Sirene entgegen. Polizeifahrzeuge folgten mit lautem Geheul. Da wusste Eve, wohin sie fuhren.

Sie hielt auf den Parkplatz vor dem Brautmodenladen. Beobachtete, wie Mrs. Klein gerade eine neue Kundin bediente und nicht aufsah. Höflich grüßte sie die Anwesende, wie immer und verschwand hinter dem Vorhang. Mrs. Klein hatte Stecknadeln im Mund und grummelte nur beiläufig. Schnell eilte Eve zur Ladentoilette und betrachtete sich im Spiegel. Sie sah mitgenommen aus und hatte gerötete Augen. So, als ob Joshua sie gestern wieder geschlagen hätte. Hinter der Tür hing ihr Arbeitskittel. Sie tätigte die Spülung einige Male und trennte den eingenähten Brief heraus. Schließlich wusste Eve nicht, wann sie das nächste Mal dazu käme. Schnitt die Laminierung auf, steckte das Schriftstück in die andere Seitentasche mit dem Reißverschluss. Dann verließ sie die Toilette, setzte Kaffee auf und hockte sich an die

76

Nähmaschine, um einen Saum aufzusteppen. So, wie sie es immer tat. Kurze Smalltalks mit Mrs. Klein folgten und jemand holte ein vorbestelltes Kleid ab. Andere kamen, um mit Mrs. Klein über eine Ausrichtung zu sprechen. Eve hörte nur mit halbem Ohr zu, wenn die Nachrichten im Radio gebracht wurden. Der Radiosprecher unterbrach kurz vor Mittag das laufende Programm für eine Eilmeldung. Ein Sprecher mit näselnder Stimme musste etwas Dringendes loswerden. >> Ein schlimmer Unfall hat sich heute in den Morgenstunden zwischen 9 und 10:30 ereignet. Aus noch ungeklärter Ursache ist ein dunkelbrauner Ford Mustang mit New Yorker Kennzeichen, auf dem alten State Boulevard von der Straße abgekommen. Er war mit einem Baum kollidiert und fast die Böschung hinabgestürzt. Laut Polizei konnten die Insassen den Crash bei der Geschwindigkeit nicht überlebt haben. Wegen der starken Hitzentwicklung konnten die Leichen noch nicht geborgen werden. Die kaum befahrene Straße war früher schon im Fokus schwerer Unfälle. Von den Einheimischen nur „Todesrondell" genannt. Die Feuerwehr ist mit schwerem Gerät vor Ort. Es wird versucht, ein Übergreifen der Flammen auf den benachbarten Wald zu verhindern. Bitte umfahren Sie die Unglücksstelle großräumig und befolgen Sie die Anordnungen der Polizei! Das Feuer wurde von einem Segelflieger vom Waldseeverein entdeckt. Für Hinweise zum Unfallhergang, oder Beobachtungen, die damit zusammen hängen, ist das Police Departement in Durham zuständig. Telefon .... Und nun kommen Wir zum Wetter ... <<, den Rest wollte Eve sich nicht antun. Hoffentlich hatte sie wirklich niemand dort gesehen. Joshua wusste nun Bescheid und Eve hoffte, dass sie ihn zu einer Sonderschicht verdonnerten!

Sie hatte Mrs. Klein die Stoffproben auf ihren Schreibtisch gelegt. Kurz vor dem Mittag kam die Chefin mit zwei Tassen Kaffee und setzte sich für einen, kurzen Plausch neben sie. Erst da bemerkte Mrs. Klein den seltsamen Geruch an Eves Kleidung und zog die Nase kraus. Eve staunte, dass sie nicht ein bisschen rot wurde, als sie log. Sie erklärte, dass neben dem Store eine Bratwürstchenbude gestanden hätte. Der Wind trieb den Qualm in jede kleine Ritze, schlimmer als auf dem Jahrmarkt! Dann setzte Eve die Tasse an den Mund und trank das Gebräu in einem Zug leer. Mrs. Klein betrachtete die Muster. Nickte glücklich und bediente kurz darauf einen neuen Kunden. Wie immer half Eve nach der Pause beim Abstecken und Sektnachfüllen. Kurz bevor die Mittagspause begann, meinte Mrs. Klein in Schwippslaune. >> Herrje Kind, Sie sehen ziemlich schlecht aus, machen Sie Feierabend für heute und grüßen Sie mir Dr. Long. Mrs. Steward geht es leider auch immer noch unverändert. Hoffen wir, dass sie durchkommt. Noch eins Eve, gehen sie nicht immer so spät ins Bett! Also, ich werde gleich die Post lesen, und früh

Feierabend machen, bis Morgen, meine Liebe! << Eve stellte die Nähmaschine aus, legte die Teile ordentlich übereinander und dankte Mrs. Klein mit einem gequältem Lächeln. Sie ging in den Pausenraum und wartete auf den täglichen Anruf. Pünktlich fünf nach 12 klingelte das Handy. *Ein letztes Gespräch mit ihm*, dachte sie aufmunternd, aber auch nie wieder mit Mrs. Klein gemeinsam hier arbeiten! Das einzige, was sie vermissen würde. Sie sprachen nie viel miteinander, aber beide wussten, was der andere benötigte und waren auch ohne Worte einer Meinung, zumindest was die Hochzeitsangelegenheiten betraf. Joshua wirkte aufgekratzt und schien zum ersten Mal seit langer Zeit relativ nüchtern zu sein. Mit hellwacher Stimme sagte er. >> Hallo, Eve! Freust du dich schon auf heute Abend? Ich wollte dich jetzt eigentlich zum Mittagessen abholen, aber wir haben gerade sehr viel zu tun. Du hast es sicher schon im Radio gehört. So ein Spektakel hatten wir hier ewig nicht mehr und wenn die Insassen im Mustang nicht high waren, dann würde es mich wundern! Niemand benutzt diesen verdammten State Boulevard noch. Und er ist auch nicht für Navis freigegeben. Das Feuer ist das größte Problem. Noch immer sind die Flammen nicht vollständig gelöscht. Eve, ich versuche aber pünktlich zuhause sein! Der Bote vom Feinkostladen liefert unsere Bestellung um 16:30 Uhr, dann haben wir beide noch genug Zeit für uns. Ich bin sehr ungeduldig und voller Vorfreude auf dich! Versaue mir ja nicht den Abend! << Eve zeigte ihm den Stinkefinger. Er konnte es ja nicht sehen! >> Natürlich, Joshua! Ich werde das kleine Schwarze tragen! << hauchte sie zuckersüß und war voller Verachtung. Das wird er bekommen und zwar einen ganz versauten Abend! Der nächste Schritt in die Unabhängigkeit, war zum Greifen nah. Joshua kicherte heiser und legte auf.

Eve nahm den Brief, sah sich nach Mrs. Klein um, die mit einer Kundin hinter der Ladentheke telefonierte und legte den Brief unter den Poststapel. Der vorletzte Schritt war getan und nun kam der letzte! Wann Mrs. Klein ihren Abschiedsbrief lesen würde, konnte Eve nicht wissen. Hoffentlich bekam sie keinen Herzinfarkt. Ihr letzter Blick galt Mrs. Klein. So wollte sie die emsige Frau in Erinnerung behalten. Sie winkte lächelnd und senkte den Blick.

Als Eve den Laden mit der lustigen Klingeltür verließ, hatte sie nur noch die Flucht im Kopf. Weg von hier und jetzt konnte sie auch nicht mehr zurück. Als sie rückwärtsfuhr, um mit dem Beetle zu drehen, konnte sie im Rückspiegel erkennen, wie sich Mrs. Klein ihrer Post zu widmete und den obersten Brief mit ihrem silbernen Messer zu öffnen begann. Laut fluchend gab Eve Gas und fuhr auf die Interstate in Richtung Raleigh, um dann auf der 95 Straße nach Georgia zu brausen. Doch etwas musste Eve noch tun und zwar die letzten Spuren beseitigen.

Sie fuhr mit dem Beetle in Sherham runter. Ein kleiner, abgelegener Ort, in einem hügeligen Waldgebiet, unterhalb von Durham. Dort war sie früher mit ihren Eltern oft unterwegs gewesen. Eve nahm die Simkarte aus ihrem Handy, warf das Teil aus dem Beetle. Keine Ortung mehr und jetzt kam es auf das Timing und darauf an, das nur noch wenig Superbenzin im Auto befand. Sie fuhr durch dichte Mischbewaldung, hinauf auf eine alte Lichtung.

Die führte direkt zum alten Lake, an dem Dad früher gerne geangelt hatte. Sie war in letzter Zeit schon ein paar Mal dort hingefahren, nachdem sie ihre Rundtour beim Outletstore tätigte. Es war ihr wichtig, die gute, alte Zeit wach zu halten, denn sie hatte sonst nichts mehr! Als Eve vor kurzem so dasaß, fuhr es in sie, wie ein Blitz! Dieser Gedanke fraß sich fest und sie konnte sich gut vorstellen, es hier und jetzt umzusetzen. Der alte Lake war fast zugewachsen und die kleinen Waldhütten standen leer. Hierher kamen nur noch Hase und Fuchs, um sich Gute Nacht zu sagen. Eve wusste, das der schmale Strandabschnitt verwildert war und der Lake nicht mehr zum Baden genutzt wurde.

Eve parkte den Beetle vor der steilen Senke. Hier würde er genug Speed haben, um über die abgeholzten und wurmzerfressenen Stumpen zu poltern. Sie war sich sicher, dass der Wagen, wenn er unten angekommen war, ziemlich lädiert aussehen dürfte. Eve nahm die Reisetasche aus dem Auto und warf das leere Portmonee, samt Handtasche auf den Fahrersitz. Es befanden sich noch genug Beweise in der Tasche, die Eve als Autoinsassin identifizieren würden. Sie stellte den Motor ab und ließ den Schlüssel stecken. Dann kurbelte sie am Lenkrad, bis die Räder den richtigen Winkel zur Böschung hatten. Der Beetle sollte wenigstens am Anfang geradeaus rollen. Jetzt hatte sein letztes Minütlein geschlagen. Nun kam die absolute Gewissheit, dass ihr altes Leben hier gleich ein nasses Grab fand. Eve dachte an die beiden Toten im Mustang und so stellte sie sich vor, wie Joshua ausrastete, wenn sie das Auto fänden. Dann würden sie nach einer aufgedunsenen Frauenleiche im See suchen und Eve wusste, dass der Lake viele tiefe Stellen besaß. Sie löste die Handbremse, doch der Beetle sträubte sich. Eve ließ die Fahrertür angelehnt. Drehte sich nochmals um, ob sie beobachtet wurde, konnte aber niemanden entdecken. Keine Menschenseele war seit langem hierhergekommen. Ein perfekter Ort, um Selbstmord zu begehen! Der sandige Weg war staubtrocken und nur die Reifenspuren des Beetles waren zu erkennen. Der Gang war raus, die Handbremse gelöst und Eve musste nachhelfen. Als der Wagen endlich losrollte und sehr schnell an Geschwindigkeit zulegte, bretterte er laut rumpelnd über die verrotteten Baumstümpfe. Der Auspuff riss auf halber Strecke ab und die hintere Stoßstange auch. Es knirschte und knallte, ähnlich, wie heute Morgen. Staub und Geäst wirbelte auf und der Beetle driftete, nachdem er mit voller Wucht gegen eine mindestens 30 Jahre alte Eiche geknallt war nach rechts. Ein neuer, deftiger Aufprall folgte und schallte als Echo durch den Wald. Glas splitterte und der Beetle sah nicht mehr aus, wie einer. Er hatte sich total verformt und fast alle äußeren Teile waren abgerissen. Die Fahrertür hing nur noch lose in den Angeln. Eigentlich ein trauriger Anblick, doch Eve verglich es mit Joshuas Ouvertüren beim sterbenden Schwan. Ja, genauso sollte er sich fühlen, wenn er das hier vorfand. Sie hatte sein Mitgesinge noch im Ohr und wie er den Dirigentenstab immer schwang. Eve summte laut die Melodie nach. Wie das schepperte und die Fahrerseite, des Autos immer mehr eingedrückt wurde. Längst waren alle Airbags aufgegangen. Die Frontscheibe zersplitterte nun komplett und flog durch den Wald. Dann begann sich das Auto zu überschlagen, immer und immer wieder. Die offene Autotür brach ab und verfing sich in Buchenästen. Ein Schrotthaufen in Gelb sauste durch den Wald. Und als der Beetle fast unten angekommen war, fehlte nicht mehr viel. Eve genoss jeden Aufprall auf dem Waldboden. Die Bäume wackelten und die Erde bebte leicht. Die Luft zischte, als das Wrack nach unten segelte. Wäre Eve im Auto geblieben, dann sähe sie vermutlich so matsche aus, wie die Zwei von heute Morgen. Ein letzter Dreher und die Karosserie, oder vielmehr was davon noch übrig war, titschte mit einem heftigen Klatscher auf die Wasseroberfläche des Sees auf und es spritzte in alle Richtungen. Eine riesige Fontäne ergoss sich in die Höhe, dass die Vögel, aufgeschreckt davonflogen. Aber er ging nicht ganz unter. Bis zur Hälfte versank das Wrack im Morast. Das verbeulte Dach ragte noch gut sichtbar heraus. Eve jubelte laut und schrie ihre Erleichterung heraus, tanzte dabei wild im Kreis. Dann zog sie sich die alte, rotgrüne Cappymütze ins Gesicht. Die schwüle Luft kündigte schon bald ein heftiges Gewitter an. Nun war die alte Eve tot und begraben im See!

7)

Eve entfernte sich flott vom Ort des Geschehens und holte den Kompass hervor. Sie blickte sich ein letztes Mal um und versicherte sich, dass sie der einzige Zuschauer bei der Vorstellung geblieben war. Der Bus fuhr unten im Tal. In Sherham gab es nur eine einzige Bushaltestelle. In einer Stunde käme die Linie 315 nach Norden. Sie musste sich etwas beeilen, um ihn nicht zu verpassen. Bei dem Untergrund und der tropischen Hitze war das gar nicht so einfach. Die Reisetasche wurde schwerer und Eve musste sie ständig absetzten. Sie verbat sich Gedanken an ein Zurück. Das Wort strich Sie ab jetzt aus ihrem Wortschatz und schwang die Tasche so gut es ging auf den Rücken. Der Wald wurde nach und nach lichter und die ersten Häuser erkennbar. Hier begann die kleine Siedlung von

Sherham. Die Haltestelle war nur noch Zehn Minuten entfernt, als es stark anfing zu regnen. Es donnerte so laut, das Eve sich die Ohren zuhielt. Kräftige Blitze zuckten an ihr vorbei und schlugen mit lautem *Krawumm* in den Boden. Eve war total durchnässt und fror, als sie die das kleine Bushäuschen erreichte. Nach fünf Minuten kam ein alter Bus und hielt mit rutschenden Reifen. Sie löste ein Ticket bis Raleigh, um dann am Busbahnhof in die 74 Linie einzusteigen. Es lagen nun 2 Stunden Fahrt vor ihr und sie lächelte die einzigen beiden Fahrgäste an. Am liebsten hätte sie laut gelacht und getanzt. Sie setzte sich ganz nach hinten und schaute nach draußen. Das heftige Prasseln des Regens ließ sie nach einer Weile einnicken. Sie war nun *frei wie ein Vogel*!

7.Kapitel

1)

Der Busfahrer tippte die Schlafende an, die daraufhin impulsiv hochschreckte. Sie starrte ihn mit weit aufgerissenen Augen an und versteifte sich schmerzhaft in ihrem Sitz. >> Hey, Mrs. wir sind in Raleigh, Endstation! Sie haben wohl schlecht geträumt! Ich wollte Ihnen nichts tun! Bitte steigen Sie jetzt aus und vergessen ihr Gepäck nicht! << Eve bedankte sich in ihrem „grinse breit Modus" und bemerkte, dass es draußen dunkel geworden war und immer noch regnete. Ihre Klamotten klebten, angetrocknet am Körper. Die Sonnenbrille und das durchfeuchtete Cappy hatte sie auch noch auf. Eve stieg als letztes aus und studierte die Fahrpläne an der Wand. Ihre beschlagene Uhr zeigte schon weit nach 17:30 Uhr.

Die Luft kündigte eine feuchte und kühle Nacht an, als sie zum anderen Ende des Busbahnhofes begab. Gerade noch rechtzeitig stieg sie in die Linie 74 ein. Die Atemluft roch abgestanden und der Bus war so voll besetzt, dass einige Leute im Mittelgang standen und sich an Schlaufen festhielten. Ein Geschnatter, wie auf dem Wochenmarkt und Gerüche, die zwischen Scheiß, dreckiger Wäsche und undefinierbaren Gewürzen reichten, waren gewöhnungsbedürftig. Eve setzte sich neben eine alte Frau, die einen Liebesroman las und stopfte ihre Reisetasche zwischen die anderen Gepäckstücke. Die Frau nickte Eve freundlich zu und meinte, >> Mein Name ist Estelle und ich fahre nach Georgia zu meiner alten Freundin Beth. Ich habe sie schon ewig nicht mehr gesehen und Sie? << Eve lächelte. >> Mein Name ist *Samira* und ich besuche meine Tante Mary Ann. Nett sie kennen zu lernen, Estelle. << Die alte Frau lächelte geheimnisvoll, dann widmete sie sich wieder ihrem Roman. Zum Glück ließ sie Eve in Ruhe. Ihr war gerade nicht zum Schwatzen zu mute. Die Unruhe gefiel ihr gar nicht. Dauernd hielt der Bus an und Leute stiegen ein und aus. Eve schreckte dann immer hoch, es könnte Joshua sein, der sie suchen ließ. Noch fünf Stunden bis Georgia. Da wollte sie aussteigen und sich ein abgelegenes Motel Zimmer suchen. Sie schloss erneut die Augen und versuchte sich zu entspannen.

2)

Mrs. Klein zitterte am ganzen Körper, als sie den Brief abermals las. Er war ohne Datum. >> Liebe Mrs. Klein, es tut mir so leid, dass ich Ihnen mitteilen muss, dass ich heute das letzte Mal bei Ihnen gearbeitet habe. Ich will und kann das alles nicht mehr ertragen! Es ist zu viel passiert! Die Gerüchte über Joshua und mich stimmen alle und bitte, belasten Sie sich nicht damit! Es ist nicht ihre Schuld! Sie waren immer gut zu mir und ich hatte viel Spaß bei der Arbeit. Doch ich kann so nicht weitermachen! Es gibt keinen anderen Ausweg. Verzeihen Sie mir einfach, dass ich nicht wiederkomme. Ihre Eve.<<

Mrs. Klein schluckte und sie konnte nur noch an eins denken. Eve hatte Selbstmord begangen! Sie war noch ein Kind, keine Dreißig und wollte nicht mehr leben, wie konnte das sein?! Scheinbar stimmte wirklich alles, was seit längerem getratscht wurde! Was hatte Joshua Hill ihr nur angetan? Warum ist ihr das heute nicht aufgefallen, wie schlecht es Eve ging. Doch natürlich sah sie vorhin fertig aus, richtig krank. Hätte sie mit zum Zahnarzt fahren sollen? Au weier! Sie nahm den Hörer und wählte die Telefonnummer von Joshua. Ihre Stimme klang belegt und sie schluchzte laut, als er hochverärgert abnahm. >> Eve, wo bleibst du? Glaub nicht, das Mrs. Klein dich retten kann? Egal welche Ausrede du mir auftischen wirst! Ich bin so was von wütend auf dich. Der Bote hat die Sachen vor dem Eingang abgestellt, weil du nicht hier warst. Was ist los Eve?! Mrs. Klein, was..?<< Mrs. Klein konnte nur abgehackt sprechen und schluchzte bitterlich. >> Mr. Hill, Eve ist seit 12:40 nicht mehr bei mir im Geschäft gewesen! Sie ist tot, oder wird sich umbringen, Mr. Hill! Sie hat mir einen Abschiedsbrief hinterlassen. Was haben Sie ihr blos angetan? << Joshua glaubte gerade, seinen Ohren nicht zu trauen. Erst der Unfall mit den total verkohlten Leichen, dessen Identifizierung sich hinzog, weil der Halter des Fahrzeuges nicht mit der gefundenen, männlichen Person, im Auto übereinstimmte. Die andere Person, am Steuer, war weiblich. Durch die Hitze am Brandherd hatte sich alles miteinander verschmolzen. Es würde noch Tage dauern, bis sie die Leichen zuordnen könnten.
Und dann war Eve nicht bei der Arbeit! Jetzt realisierte Joshua, was Mrs. Klein gerade zu ihm gesagt hatte. Nein, nein, das durfte sie nicht! Gehen, ohne ihn, niemals! Sie hatte doch gar keinen Grund, sich umzubringen. Oh nein, und wenn doch? Starr vor Sorge war Joshua aufgesprungen und bat Mrs. Klein den Brief vorzulesen. Alles drehte sich in seinem Kopf, als er ihre Worte vernahm. Mehr und mehr verwandelte sich die Wut in Angst. Eine eiskalte Hand griff nach seinem Herzen, schnürte die Luft zum Atmen ab. Er wählte erneut Eves Nummer, wie fast hunderte Male zuvor. Es kam immer nur die Computerstimme, die eine Nichterreichbarkeit meldete und auf die Mailbox verwies. Joshuas Gesicht hatte jegliche Farbe verloren, so fertig war er seit Eves Fehlgeburt nicht mehr gewesen. >> Mrs. Klein, ich komme zu ihnen. Gleich, ich werde eine Fahndung nach Eve rausgeben. Sie darf nicht weggehen. Ich habe nichts getan! << Er vernahm noch, wie Mrs. Klein laut weinte und auflegte. Dann wählte Joshua die Notnummer der Zentrale. Wie endlose Ewigkeiten kam es ihm vor, als die interne Vermittlung abhob. Das Geklingel und die Stimmen im Hintergrund kannte er nur zu gut. Versucht ruhig, schilderte Joshua seine Vermutung. Forderte gezielte Kontrollen an den größten Verkehrsknotenpunkten rund um Durham. Seit ein Uhr war sie fort. Fast fünf Stunden also. Eine Großfahndung nach Eve

Hill, rund um Durham und bis zur Stadtgrenze nach Raleigh wurde erteilt. Nun konnte er seine Kompetenz unter Beweis stellen. Die Beamten im Revier behandelten ihn besonnen und versuchten ihm Mut zu machen. Auch die ihn nicht mochten, reagierten betroffen, als er nach und nach seine Stimme kaum unter Kontrolle halten konnte. Joshua wollte niemals wissen, wie sich die Angehörigen in seinem Büro fühlten, wenn sie nach einer Vermisstenanzeige zu ihm geschickt wurden, weil sie die gefundene Leiche identifizieren mussten. Nun war diese grausame Angst vor so einem Ausgang latent zum Greifen nah. Nein, nix, keine Spekulationen, Eve könnte Tod sein! Sie war doch viel zu ungeschickt, sich vor ihm zu verstecken. Sie würden sie sicher schnell finden! Er ließ sich umgehend mit seinem Kollegen Smith verbinden. Auch er war sehr erschrocken über die Umstände und hielt kurz den Atem an, als Joshua die Situation erklärte. Er kannte keinen Fall, bei dem er persönlich betroffen war. Smith bekreuzigte sich und war froh nicht an Joshuas Stelle zu sein. Er versprach, sich sofort darum zu kümmern und die Sonderkommission selbst zu leiten. Joshua dankte ihm und sprach stockend. Gab Eves Profil durch, was bisher geschehen war und wie lange sie vermisst wurde. Seine Stimme wirkte äußerlich dünn und Smith wurde nun Zeuge, wie aus dem aalglatten Joshua Hill ein Nervenwrack wurde. Noch Minuten, naohdcm Smith den Hörei aus der Hand gelegt hatte, schüttelte er den Kopf.
Joshua wollte nur seine Frau finden und fasste nicht, wie seine Verzweiflung stetig zunahm. Die Gedanken flossen zäh. Er ging im Geiste alle Plätze durch, wo Eve sich versteckt haben könnte. Sie war doch nur weggelaufen, na warte! Er gab auch bei der örtlichen Radiostation eine Vermisstenanzeige auf und schwang sich dann in seinen GM. Noch nie war er so flink vom Grundstück gefahren, dass er sogar vergaß, das Haus abzuschließen. Er musste mit jemandem reden und sein Bruder Michael rettete ihn mit beruhigenden Worten, bis er bei Mrs. Klein eintraf. Joshua schluchzte unkontrolliert. Michael hatte gerade die Sonntagpredigt durchexerziert und sich eigentlich schon auf den Grillabend gefreut, als der Anruf kam. >> Joshua, es bringt jetzt nichts, durchzudrehen mein lieber Bruder! Versuch ruhig zu bleiben! Vielleicht ist es nur ein Missverständnis. Ich werde Vater anrufen. Eve wird sich nicht umbringen! Auch wenn ihr Streit hattet. Es wird alles gut! Ich bete für Eve. Ich kann mir nicht vorstellen, dass sie in die Hölle möchte. << Michael legte auf und war sich nicht sicher, ob das, was er zu Joshua sagte, selbst glaubte. Sein Bauchgefühl verriet ihm, dass etwas ganz und gar nicht gut war. Doch da blieb Michael nur die Rolle, als Seelsorger. Er hatte es schon oft genug mit Joshua besprochen. Was alles passieren könnte, wenn er nicht aufhörte zu trinken. Joshua nicht aufhörte, Eve so

extrem hinterher zu spionieren und sie in ihrer Freiheit einschränkte.
Irgendwann war das Fass voll. Doch er verkniff sich diesen
Gedanken und wählte die Nummer seiner Eltern. Gladys stand hinter
der Tür und dachte an Eve, wie schlecht sie auch vorgestern
ausgesehen hatte. Doch niemand wagte es je, das Thema
anzusprechen. Sie waren alle schuld, wenn es zutreffen sollte! Sie
hatten es alle gewusst und es nicht verhindert!
Joshua saß auf Eves Nähhocker im Brautmodenladen und las wieder
und wieder den Brief durch. Es war zweifelsohne ihre Handschrift.
Jedes einzelne Wort analysierte er bis ins letzte Detail und wurde
dennoch nicht schlau. Sein Kopf dröhnte und sein Herz raste, als er
den Brief küsste und hoffte das Geschriebene würde ihm in
Geistesblitzen antworten. Mrs. Klein wurde im Nebenraum von einer
Beamtin der Seelsorge betreut. Sie hatte einen
Nervenzusammenbruch und erzählte Joshuas Kollegen, das Eve sich
ganz normal benahm, doch seit Tagen äußerlich mitgenommen
wirkte. Joshua durfte als unmittelbar Betroffener nur Zuschauer sein
und kaute an den Nägeln, während Mrs. Klein schluchzte. Furchtbare
Gefühlsschwankungen überkamen ihn, weil ihm nicht einfallen wollte,
wohin seine Frau gefahren sein könnte. Er überlegte krampfhaft, ob
es Anzeichen gab und ob etwas heute Morgen anders war, als sonst.
Ihm fiel nichts ein, seine Gedanken überschlugen sich. Sein Geist
arbeitet auf Hochtouren, als er sich wieder in sein Auto schwang und
nach Durham raste.
Im Revier stampfte er durch die Flure und hatte das Gefühl, dass die
anderen sich in Zeitlupe bewegten. In seinem Büro schaltete er alle
Leuchten an, fuhr den Rechner hoch, fütterte ihn mit neuen Daten.
Joshua wertete im System des Zentralrechners seine Hausdaten aus.
Er zapfte seinen Heimcomputer im Keller an und sah sich alle Bilder
der letzten Tage an, nichts. Eve trug oft einen rosa Hausanzug und
diese Ökopuschen. Heute hatte Eve nur eine andere Frisur, oder
nicht? Joshua saß in seinem Bürostuhl und starrte auf die
Auswertung. Nichts, was ihn gerade stutzig machen würde. Er dachte
an seinen Whiskey, wollte seine Nerven beruhigen. Warum strafte ihn
Gott schon wieder? Er hatte weder getrunken, noch war er schlecht
zu seiner undankbaren Frau! Wo sollte sie sein? Das war doch alles
ein hirnrissiger Mist, den Eve abzog! Mitleidvolle Blicke der Kollegen
brachten ihn auch nicht weiter. Ihm war schlecht vor Sorge und ein
neues, grausames Gefühl drohte ihn zu übermannen. Eve, er liebte
sie doch so sehr. Gott hatte sie doch für ihn ausgewählt! Sie durfte
nicht sterben. Sein Telefon stand nicht mehr still. Ein Kurzstrecken
Heli stieg in die Luft. Er war mit Infrarot ausgestattet und man hatte
sich entschieden, Joshua über jede neue Eventualität zu informieren.
Das Radio gab nach den Nachrichten auch die Vermisstenmeldung
durch.

3)
Im Bus war es so laut, dass die Nachrichtenmeldungen kaum zu verstehen waren. Eve schreckte dennoch hoch und hörte ihren Namen. Verwirrt sah sie sich um. Estelle legte die Hand auf Eves Schulter. >> Ich werde gleich aussteigen, können sie mir dann das Gepäck reichen, junge Dame? Ich wünsche Ihnen noch eine schöne Weiterfahrt und grüßen Sie Ihre Tante. Es tut mir leid, ich hab es nicht so mit Namen. << Eve nickte und lächelte Estelle versuchs milde an. Fast hätte sie Eve gesagt, verbesserte sich aber schnell, als sie der Frau ihren schweren, braunen Koffer aus der Gepäckablage hinunter hievte.

Augusta, las Eve vom Schild ab, sie waren also schon komplett durch South Carolina gefahren. Die Grenze zu Georgia war nur noch eine Handbreit entfernt. Eve hatte über drei Stunden Geschlafen. Im Bus waren weniger Menschen, als zu Beginn. Sie stand auf und erschrak zutiefst, als der Bus unplanmäßig anhielt. Eine Kontrolle der Grenzpolizei stand an. Eve verspürte Panik, dass alles doch noch auffliegen könnte.

Zwei männliche Officer des Columbia Police Departments, kamen durch die Eingangstüren und leuchteten mit Taschen Lampen. Der Ältere stand fast vor Eve, als er alle aufforderte. >> Das hier ist nur eine Routinekontrolle. Bitte legen Sie ihren Ausweis oder Reisepass vor. Sie befinden sich an der Grenze zu Georgia. << Eve musste auch ihre Reisetasche herunterhieven, während Estelle mit dem Officer sprach. Eve reagierte betont still, wie sie es immer bei Joshua tat, damit er sie in Ruhe lies. Kramte den Ausweis von Samira Nickels heraus und hielt ihn dem Officer hin, während sie die Sonnenbrille auf ihr Cappy schob. >> Danke, Mrs. Nickels. Darf ich Sie auch nach dem Reiseziel fragen? << Eve nickte und antwortete, als sie betont langsam den Ausweis zurücknahm. >> Ich bin auf dem Weg nach Dublin, um meine Tante zu besuchen. << Der Officer hob seine Mütze und fuhr sich durch die Haare. >> In Ordnung, Mike der Bus ist sauber. Hier sind nur fünf aus Durham, alle männlich und niemand aus Bloomingville. << Der andere nickte und sie verließen den alten Reisebus. Als es wieder vorwärts ging, traute sich Eve, endlich tief durchzuatmen. Estelle grinste sie merkwürdig an. >> Es geht mich nichts an, aber Sie wirken, hätte Sie jemand verfolgt. Normalerweise halten sie die 74 nie an. In den letzten zwanzig Jahren haben die Bullen noch nicht einmal nach Ausweisen gefragt. Weil die wahren Schmuggler mit der Bahn reisen. Aber die Polizei ist doch ihr Freund und Helfer, oder nicht? Nutzen sie ihre Chance gut und verstecken Sie sich clever, Samira. Wer würde nach einer harmlosen Frau, wie Ihnen suchen? << Eve nickte erstaunt, wie eine Fremde sie so fix durchschauen konnte. Leise entgegnete Eve. >> Sie haben keine Ahnung wie grausam er sein kann. Ich möchte es

nie wieder erleben. Lieber sterbe ich! <<, Estelle strich Eve über die
Wange. >> Von mir wird keiner ein Sterbenswörtchen erfahren und
sollten sie kommen und mich fragen, dann weiß ich auch ihren
Namen nicht. Doch schlafen Sie nicht wieder ein! Sie sprechen in
ihren Träumen. Ich wünsche Ihnen viel Glück! << Dann hielt der Bus
in Augusta- Cityroute an. Bunte Reklameschilder erhellten die
schwarze Nacht. Es war schon weit nach 23 Uhr. Estelle stieg aus,
winkte Eve zu und verschwand in der Dunkelheit. Ein junger Mann
mit roten Wangen, setzte sich ihr Gegenüber und achtete nicht auf
sie. Er steckte sich Ohrstöpsel rein und orientalische Klänge waren
leise zu hören. Noch 70 Kilometer bis Dublin und Eve war froh, dass
der Fernsehbildschirm nicht funktionierte. Draußen wurden
Straßensperren errichtet, aber der Bus wurde durchgewunken. Eve
war sich bewusst, dass sie zur Großfahndung ausgeschrieben war.
Joshua hatte seine Mittel voll ausschöpfen können. Jetzt musste sie
noch äußerlich zu Samira Nickels werden. Sie passierten noch zwei
Kontrollstellen in Augusta, doch als es Richtung Dublin weiterging,
fuhren sie durch unbeleuchtete Ortschaften. Hinter dem Grenzgebiet
durchquerten sie langgezogene Wälder.
Im nächstgelegenen Ort stieg Eve an einer Tankstelle, mit Motel
Betrieb aus. Sah dem losfahrenden Bus hinterher. Ihr wirbelte eine
steife Brise vom Meer ins Gesicht. In einem der
heruntergekommenen Büroräume brannte noch Licht. Ein
rauchender, schmieriger Typ, namens „Fayette", unterhielt sich mit
einer Prostituierten. Als Eve mit Sonnenbrille den schmuddeligen
Eingang betrat und dann im Büro nach einem Zimmer fragte, sah er
nur kurz auf. Besoffen wie eine Haubitze und er hatte einen
wässrigen Blick wie Joshua oft, dachte Eve schaudernd. Er lallte laut.
>> Klar, Appartement 7 ist noch frei. Das macht 15 Dollar, mit
Frühstück 20 Dollar, im Voraus bitte. << Eve bezahlte 20 und doch
würde sie niemals bis zum Frühstück bleiben. Das schäbige
Appartement hatte dünne Wände und sie konnte links den Nachbarn
bei seinen Vorlieben zuhören. Eve verdrehte die Augen, stellte den
Fernseher laut und zog alle orangefarbenen Vorhänge zu. Mr.
Fayette hieß der Schmierlappen. Er wollte noch nicht mal den
Ausweis sehen.
Zuerst trank sie eine Flasche Wasser und stopfte sich ein paar Kekse
in den Mund. Das Bad hatte eine dreckige Toilette und die Dusche
war defekt. Nur das Wasser im Waschbecken funktionierte. Egal,
dachte Eve. Holte die Schere und teilte die Haare in Abschnitte.
Halblang säbelte sie Stück für Stück ab und dann mischte sie die
Farbe an. Was für eine Schweinerei. Das T-Shirt würde sie
wegschmeißen müssen. Sie nahm ein Handtuch aus der Tasche.
Das Bett war zwar sauber bezogen, aber es roch ekelhaft nach
Zigaretten und billigem Waschmittel.

Samira würde ab jetzt viele Kompromisse machen müssen. Die reiche Eve Hill gab es nicht mehr. Nebenan klirrte etwas und lautes Geschrei folgte. Ein Streit nebenan, was solls, es ging sie nix an. Auch als eine Frauenstimme um Hilfe schrie, hatte sie kein Mitleid. Eve konzentrierte sich und blickte in den fleckigen Spiegel. Jetzt sah sie fast aus, wie Samira Nickels. Die besaß auch eine schmale Nase und braune Augen, so wie Eve. Sie putzte die Spuren des Färbens weg. Steckte alles in den Müllsack und knotete die letzten Spuren von Eve Hill zusammen. Sie lugte vorsichtig aus dem Fenster. Der Container stand um die Ecke. Mit noch leicht feuchten, dunklen Haaren, tapste Eve nach draußen und schob den Deckel auf. Ein widerlicher Gestank wehte ihr entgegen. Niemand hatte es gesehen und hier waren nirgends Kameras. Auch im Appartement nicht! Eve wusste, wo sie suchen musste. Das schäbige Zimmer war karg eingerichtet. Sie legte ein Handtuch auf das Bett, legte sich angezogen darauf und schaute zum Fernseher. Nebenan war es still geworden und jemand schnarchte laut. Der Nachrichtenkanal zeigte Bilder vom Unfallort des braunen Mustangs, aus einem Helikopter heraus aufgenommen. Von oben konnte man das ganze Ausmaß des Brandes erschreckend gut zusammenfassen. Sie sah, wie zwei menschliche Überreste in schwarzen Plastiksäcken abtransportiert wurden. Dann erschrak Eve. Ein Foto von ihr selbst, wurde in Großaufnahme gezeigt. Eve Hill, stand darunter, wurde als vermisst gemeldet. Sogar das Alter gaben sie bekannt und das sie aus dem Durhamer Bezirk stammte und in Bloomingville lebte. Dann wurde ein Foto vom gelben Beetle eingeblendet und das sie vermutlich damit unterwegs sei. Sie kicherte leise und ihre Schadenfreude, wie Joshua reagierte, wenn sie den Beetle im See fanden, konnte Eve kaum verbergen. Nur nicht zu früh freuen, er war gerissen und verlogen. Kannte keine Grenzen und er würde auch noch am Ende der Welt nach ihr suchen. Sie war ihm von Gott gegeben worden, dass hätte er wohl gern! > *Natürlich, Joshua, dann hättest du mich aber anders behandeln müssen!* < Sie stellte den Fernseher, eine alte Röhrenkiste aus und schlief schnell ein.

4)

Im Hause Hill, in der Neithman Ave 17 waren alle Zimmer hell erleuchtet. Joshua saß mit seiner Mutter, Michael und der schwangeren Rachel im großen Wohnbereich und sie beratschlagten, was sie tun könnten. Sie realisierten, dass Eve nicht mehr da war. Rachel brach dauernd in Tränen aus. Das zeigte Joshua, wie nahe es allen ging. Vater Hill war auf einer Geschäftsreise in Japan und er glaubte, dass sich die Befürchtungen nicht Bewahrheiteten. Aber falls er sich irrte und es doch so wäre, hätte Gott Joshua sehr grausam bestraft. Da vernahm Joshua zum ersten Mal, dass der Vater bei seinen Worten hart um Fassung rang.

Joshua hatte schon alle Zimmer und den Garten durchsucht. Keine Anzeichen, dass Eve sich dort versteckt hielt oder sich in der nahen Umgebung befand. Es fehlte nichts. Kein einziger Koffer, keine Schminksachen, alles lag an seinem Platz. Moment, wo war die große Schere? Eve hatte sie vermutlich in der Küche benutzt und in eine andere Schublade geräumt. Er rannte in den Garten, öffnete dort den Geräteschuppen. Nichts, alles war an seinem Platz. Scheiße, wo war Eve? Seine Frau, hatte sie ihn doch verlassen? Nicht nochmal, nicht auch noch sie! Er hatte das mit dem Kind kaum verkraftet! Er schlug die Hände über dem Kopf zusammen, setzte sich auf die Steinstufen und weinte laut. Diese Gefühle hatte er noch nie verspürt. Noch nie! Was sollte er tun, ohne sie, was?! Seine Mutter konnte ihm nicht helfen, sie war mit Vater bestraft worden, was hatte er getan? Joshua kniete auf dem Boden, geschüttelt von Vorwürfen, die er sich selbst machte und gleichzeitig krümmte er sich vor der Befürchtung, sie hätte alles geplant. Wenn sie es geplant hatte, wie konnte sie das unerkannt tun? Er hatte sie doch ständig im Auge und er kontrollierte Eve. Was hätte er noch tun sollen, um so was zu verhindern? Er gab ihr ein gutes Leben und er liebte sie so sehr, dass er starke Brustschmerzen bekam, wenn er sie auf dem Bild in seinem Büro betrachtete. Jetzt fühlte er sich allein, zitterte trotz Jacke und konnte nicht mehr aufhören zu weinen. Die Mutter wollte es nicht mehr mitansehen und hatte den privaten Hausarzt angerufen. Schlafen und ausruhen, nicht solange Eve weg war. Dr. Little war ein kräftiger Mann und nicht klein. Er packte Joshua und schaffte es mit deutlichen Worten ihn ins Haus zu bewegen. Der Doktor verabreichte Joshua eine Spritze und Tabletten für die nächsten Tage. Für zwei Stunden fielen Joshua die Augen zu. Dann sprang er auf, genehmigte sich einen doppelten Whiskey und Mutter kochte Kaffee. Er durchstöberte den gesamten Keller. Doch auch hier fand er keine Anhaltspunkte, für eine Flucht oder Selbstmord. Alle Waffen waren vollzählig und lagen dort, wo er sie das letzte Mal selbst hingetan hatte. Keine Spuren, nirgends. Joshua ereilte neue Hoffnungsschimmer, dass sie ihn vielleicht irgendwie hören könnte. Er glaubte an Astralenergien und stemmte seine Arme vor das offene Kellerfenster seines Büros. Joshua schrie Eves Namen, so laut er konnte. >> Eve, wo bist du? Ich werde nie wieder sauer auf dich sein! Egal was du auch anstellst! Ich werde dich weiterarbeiten lassen, so wie du es immer wolltest! Eve, was tust du mir an? Was, Eve? Bitte komm zurück! <<
Joshua wurde von heftigen Krämpfen geschüttelt er fiel der Länge nach auf den Teppich. Es dauerte, bis er sich aufrappeln konnte, um in seinen Ledersessel hinein zu sinken. Joshua starrte auf die Nachrichten, seines Laptops. Nix neues!

8.Kapitel

1)

Die alte Armbanduhr zeigte sechs Uhr in der Frühe und Eve wurde von den ersten Sonnenstrahlen des neuen Tages geweckt. >>*Samira Nickels, hast Du gut geschlafen, kann's losgehen*? << sagte sie laut in den Raum und streckte sich. Mit diesem Namen hatte sie gestern auch den Wisch für das Zimmer unterschrieben. Sie packte ihre wenigen Habseligkeiten ein, schaute noch einmal in den Spiegel des abgerockten Apartments, bevor sie die Sperrholztür endgültig zuzog. Eine blasse Frau, mit dunklen Haaren und großen Augen lächelte verhalten und winkte zum Abschied. Auf dem Bürostuhl schnarchte Fayette wie ein alter Bär und furzte mehrfach. Er zuckte nicht ein Bisschen, als Eve den Schlüssel auf den Tresen legte. Der Raum sah bei Tageslicht noch schmuddeliger aus, als letzte Nacht. An der gräulichen Decke hingen tausend Spinnenweben. Auf den Tischen und Regalen standen dreckige Gläser und überquellende Aschenbescher. Hier hätte Eve niemals gefrühstückt. Wenn es in der Anmeldung so aussah, wie stand erst wohl die Küche zu? Dieser aufgedunsene Stinker würde sich nur an eine blonde Frau erinnern. Das hoffte Eve zumindest. Ihr Cappy hatte sie sich extratief ins Gesicht gezogen und alle Haare darunter versteckt. Auch die Sonnenbrille trug sie vorsichtshalber. Sie wollte nichts dem Zufall überlassen. Als sie in den Bus nach Dariens End einstieg, war sie gespannt, wie das Städtchen heute aussehen würde. Bunte Kindheitserinnerungen, von einer heilen Welt, kamen ihr in den Sinn. Der Bus fuhr sogar bis Brunswick und sie würde nun locker drei Stunden unterwegs sein. Die Angst, vorzeitig entdeckt zu werden, verbarg sich latent als dumpfes Pochen im Hinterkopf. Egal wie das hier ausging, sie wollte nie wieder zurück. Eve hatte viel Platz neben sich und konnte die Aussicht genießen. Da fiel ihr ein, dass sie den Brief von Carl noch nicht geöffnet hatte und das tat sie nun. >> Liebe Eve, wenn Du diesen Brief gelesen hast, gibt es kein Zurück mehr und Du bist unterwegs zu einem geheimen Ort. Bitte melde Dich, damit ich Dir helfen kann! Diese Nummer ist nur für Dich reserviert. Dein Carl   Ocean Highway 1299 Brunswick Tel. 912 265444999-17, Oldman- Falls Marketing und Web design Inc. (Evtl. hat die Firma bereits einen aktuelleren Namen, wir waren erst im Aufbau, wenn Du Dich noch erinnerst!)☺
Der Bus machte einen kurzen Haltestopp in einem verschlafenen Nest, Namens Rubintown. Da würde Eve nach einer Prepaid Card fragen, um Carl unter einer fremden Nummer zu kontaktieren. In Dariens End hatte sie vor, Mr. Fly unter einem Vorwand aufsuchen. Nicht auszudenken, wenn er längst wüsste das sie vermisst wäre und er sich dann bei der Polizei meldete? Diese Dummheit konnte sie

nicht riskieren. Falls es zu heikel sei, müsste sie weiterreisen. Zur Not per Anhalter.

Sicher hatte Carl sie längst vergessen. Es war auch schon über drei Jahre her, als er ihr den Brief zusteckte. So ein Typ, wie er, war sicher glücklich verheiratet und lebte ein erfülltes Leben. Er besaß vielleicht sogar Kinder? Eve gönnte es ihm. Sie würde sich einen unauffälligen Job suchen und beginnen, als Samira Nickels durchzustarten.

Wie war sie wohl gewesen, diese junge Frau? Hatte sie ein gutes Herz besessen? War sie kinderlieb und kam mit allen Menschen gut zurecht? Sicher auf die eine oder andere Art und Weise. Sie arbeitete ja in einem Inn Lokal. Da kam man ständig mit den unterschiedlichsten Leuten zusammen, gerade in New York. Eve hatte im *„Storms"* ausgeholfen. Da bekam man nicht selten einen Geschmack, wie die Menschen wirklich tickten. Diese neue Frau hatte die Zukunft im Blick und dass hieß, weit weg zu sein. Durham für immer hinter sich zu lassen. Nie wieder Joshua zu begegnen. Vielleicht klappte es und gäbe eine Zukunft, in der sie sich outete könne und sich scheiden ließ.

2)

Joshua saß völlig verstört am Monitor und stierte unentwegt die Videoaufnahmen seiner Frau an. Dabei fuhr er sich zwanghaft durch die Haare. Es waren die letzten Zeugnisse ihrer Existenz und er konnte es immer noch nicht glauben. Doch da gab es etwas, das war ihm gestern schon aufgefallen, aber er hatte dem keine große Beachtung geschenkt, Eves Haare. Ihr Zopf saß gestern zeitweise sehr locker, dann sofort wieder ganz fest gezogen. Er vermisste die Handbewegung, mit der sich seine Frau ihre widerspenstigen Haare bändigte. Er spulte immer wieder alles vor und zurück. Es gab eine Ungereimtheit dabei, doch was war das? Er verglich beide Tage erneut, aber sein wirrer Kopf brannte vor Ungewissheit und die Sonne war schon aufgegangen. Ab vier Uhr hielt ihn nichts mehr zu Hause. Joshua raste nach Durham und verbrachte den ganzen Morgen mit Auswertungen, aus den Kameras der kompletten Interstate. Besonders wichtig waren die Auf und Abfahrten, rund um alle Bezirke. Es lenkte seinen Herzschmerz für kurze Zeit ab. Dann kamen die Gefühle mit voller Wucht zurück und Joshua stiegen die Tränen in die Augen. Er musste sich einen großen Schluck Whiskey in die Kaffeekanne schütten, um den Tag überhaupt zu überstehen. So glaubte er zumindest. Joshua schwitzte und fror gleichzeitig, seine Hände zitterten wie Espenlaub. Es gab immer noch keine Spur von Eve. Er hatte schon eine Profilerwand aufgestellt und gleich würde er mit seinem Kollegen Smith eine Ringfahndung leiten. Nicht ganz! ihm blieb nur die Rolle des Zuschauers. Er musste sich leider zurückhalten und Smith machen lassen! Das war die Bedingung von ganz oben. Egal was geschehen würde? Er musste hautnah dabei bleiben, sehen wie sich alles Entwickelte. Als er Eves Beetle auf der Interstate wiedererkannte, glaubte er zu träumen. Da war sie, auf dem Weg zum Outlet und dem Discounter Markt. Ein großes Werbegebiet erschloss hinter dieser Ausfahrt. Von der Kameraposition konnte man sogar den Parkplatz einsehen. Da stand der Wagen, mit der Nase zur Kamera. Es war Eves Fahrzeug! Mrs. Klein hatte es ihm gestern schon geschildert, dass sie dort nur Stoffmuster holen wollte. Jetzt sah er sich die Aufnahmen genauerer an, zoomte Eve heran. Sie wirkte wie ein gehetztes Tier, als sie den Discounter verließ. Vor zwei Tagen legte er ihr 50 Dollar auf den Tisch. Der Schein pinnte seitdem am Kühlschrank. Er hielt den Film an, lockte sich auf Eves Konto ein, doch da war alles wie immer. Keine Transaktionen getätigt. Woher hatte sie also Geld, um einzukaufen?

Als er seine Erinnerungen wie ein Zeitraffer abspulte, kam der Anruf aus dem Labor. Seine aufkeimende Wut verpuffte im Keim. >> Mr. Hill, ich wollte ihnen die Ergebnisse mitteilen. Es sind Kunststofffasern am Brief gefunden worden, die zu dem Kittel ihrer Frau passen. Zu hundert Prozent positiv sind auch Schreibstil und die Fingerabdrücke. Eine Besonderheit gibt es jedoch. Ihre Frau muss den Brief schon vor längerer Zeit geschrieben haben. Die Tinte ist mindestens schon drei Monate alt und die Papierfasern weisen eine leichte Dunkelfärbung auf. << Joshuas Hände zitterten, als er die Worte notierte. Er konnte es nicht fassen! Eve hatte sich also schon länger mit solchen Gedanken auseinander gesetzt! Wieso wollte seine Frau nicht mehr leben? Joshua hätte am liebsten gerade die Zeit angehalten und an den Tag zurückgespult, an dem sie heirateten. Da liebten sich beide und nun war sie fort. Aber wo und warum? Lag sie tot unter einer Brücke, mit Maden im Gesicht und Leichenflecken übersät? Er schrie bei der Vorstellung laut auf, dass die anderen Kollegen erschrocken die Kaffeebecher fallen ließen. Nein, das durfte er nicht denken. Er war dicht dabei, wahnsinnig zu werden. Sie hatte doch alles, was sie wollte! Joshua holte sich einen neuen Becher Kaffee und widmete sich wieder den Kamerabildern von der Interstate. Überwachungsfotos vom Areal, um den Outletstore und dem Parkplatz ließ er sich ausdrucken. Sie war tatsächlich in diesem Discounter und hatte eine Papiertüte in der Hand. Warum trug sie eine Sonnenbrille? Nach dem Besuch im Outlet fuhr Eve wieder auf die Interstate in Richtung Bloomingville. Es gab leider keine durchgehenden Aufnahmen, weil etliche Kameras defekt waren, verdammt! Allerdings entdeckte er Eve nochmal mit anderer Kleidung, um viertel vor elf. Da stand der Wagen an einer Ampel, von der I102 kommend. Sie blinkte nach rechts, um auf die Spur nach Bloomingville zu kommen. Was hatte sie um die Uhrzeit da zu suchen? Und das Aufnahmegerät zeigte übertrieben schlechte Bilder! Er begriff gar nichts! Wie passte das zusammen, eine Panne? Oder war das gar nicht Eve? Das Nummernschild spiegelte sich in der Sonne und war nicht zu lesen! Joshuas Fingerspitzen kribbelten aufgeregt. Traf sie sich, etwa mit einem Kerl dort, im Niemandsland?? Joshua sprang, wie von einer Tarantel gestochen aus seinem Bürosessel auf.

Dann war da gestern noch die Sache mit dem Brand. Es war 10:40 Uhr, als ein Anruf von der Feuerwehr kam. Das Auto auf dem alten State Boulevard brannte schon eine Weile. Sie konnten froh sein, dass der Sportflieger sich so eilig meldete, sonst hätten sie einen Großbrand löschen müssen! Der alte Mustang war allein unterwegs, laut des Piloten. Niemand benutzte die Straße freiwillig mehr, außer den Schwerlastern. Die bretterten überall durch, um Gebühren zu sparen! An den Funkspruch erinnerte er sich genau, weil Joshua hier gesessen hatte, um einen Bericht über den neuen Gouverneur zu lesen.

Die Leichen, der New Yorker waren total verbrannt und könnten nur noch anhand der Gebisse identifiziert werden. Die Frau hatte eine Goldkrone im Mund. Also war es nicht Eve, oder? Heute erwarteten sie die ersten Ergebnisse. Jetzt war er hier persönlich betroffen und diese Ängste, waren mit nichts zu vergleichen. Er war so durcheinander, dass sich in seinem Kopf nichts richtig einordnen wollte. Die Herzschmerzen saßen so tief, dass sein Vater, mit den Prügelattacken von damals, nur einen Bruchteil an Seelenschmerzen hervorrief

Eve war auch nicht bei Dr. Long. Den hatte er schon angerufen und sie hatte dort auch keinen Termin, wegen Zahnschmerzen. Alles gestaltete zu diffus. Sie hatte Mrs. Klein angelogen und ihn, aber wieso nur? Als er mit ihr sprach, wirkte Eve da nicht irgendwie komisch? Sie hatte einen frechen Spruch drauf! Verdammt, das „kleine Schwarze" hatte Eve schon ewig nicht mehr für ihn angezogen und prompt regte sich etwas lange Vermisstes. So scharf, war er ewig nicht, nur passte das gerade nicht hierher! Joshua hatte schon die Stempelkarte in der Hand, um eher zu gehen. Da kam der Notruf!

Sie hätten längst einen Liebesurlaub gebraucht. Vielleicht wollte seine Frau es mit dem Spruch andeuten! Au weier, warum konnte er es nicht riechen? Joshua musste auf andere Gedanken kommen und blickte auf die Kameraeinstellungen der Autobahn. Wieder entdeckte er den Beetle, kurz nach eins auf der Interstate in Richtung Durham. Sie war da irgendwo unterwegs und nicht in dem Mustang verbrannt!! Bei der Erkenntnis jubelte er erleichtert und marschierte den Flur auf und ab. Als der Kollege seinen Lagebericht hereinreichte, sagte Joshua zu ihm, >> Hey Smith, ich werde aus dem hier nicht schlau!

93

Ist irgendwas bei der Übernachtungsrecherche herausgekommen? Eve ist hier lang gefahren, sehen Sie? Wir müssen unsere Suche rund um Durham ausweiten. Das sind die einzigen Interstate Aufnahmen, die ich von ihr habe! Danach ist sie wie vom Erdboden verschluckt. Man hätte die defekten Kameras längst austauschen müssen, dann wüsste ich jetzt, wo sie hingefahren ist! << Smith nickte zustimmend.
>> Mr. Hill, es tut mir leid. Ihre Frau hat laut den gezielten Nachforschungen auch kein Hotelzimmer gebucht. Weder in Durham, noch in Außenbezirken, rund um die anderen Ortschaften. Laut Zeugenaussagen wurde ihr Auto von einem Spaziergänger wiedererkannt, als sie in Richtung Naturschutzgebiet- West abbog. Er war sich aber nicht ganz sicher, dass es der gesuchte Wagen sei. << Joshua fluchte, dann würden sie dem auch später noch nachgegen. Aber zuerst wollte er dem Outletstore einen Besuch abstatten und selbst gezielter nachhaken!
3)
Mehrere Mannschaftswagen hielten bald auf dem Parkplatz vor dem Discounter. Joshuas Blick fiel auf das gynäkologische Zentrum. Seine Leute begannen, in Gruppen aufgeteilt, die Geschäfte und Büros unter die Lupe zu nehmen. Er überlegte, wieso sie gerade den Outletstore hier wählte und nicht den ganz großen im Nordviertel? Irgendwas sagte ihm, dass er hier wichtige Antworten finden würde. Er beschloss bei den Arztpraxen zu beginnen und legte seine Dienstmarke vor. Dann zeigte er ein Bild von Eve und wurde nach etlichen Telefonaten zum Direktor weitergeleitet. Anfangs hatte man auf den Datenschutz für Patienten hingewiesen. Als Joshua mehrfach betonte, dass es seine eigene Frau sei, die gesucht würde, da begann sich der Direktor zu räuspern und scrollte die Namen durch.
>> Mr. Hill, normalerweise darf ich keine Auskunft geben. Aber ihre Frau wird polizeilich vermisst und mir ist die Gesetzeslage bekannt. Eve Hill ist hier als Patientin eingetragen. Da ich der leitende Chefarzt bin, habe ich die Verantwortung für die gesamten Abläufe der Gynäkologie Praxis. Das bedeutet, dass ich ihnen nur bestimmte Dinge weitergeben werde! Allerdings habe ich auch meine Prinzipien und wir sprechen nur unter vier Augen! Habe ich mich da klar ausgedrückt? << Er wartete, bis Joshua, kalkleistenbleich, seinen Officer rausschickte und auf dem Beratung Stuhl, des Chefarztes Platz nahm. Der grauhaarige Arzt, wusch sich die Hände und putzte seine Brillengläser mit einem sterilen Tuch. >> Nun Mr. Hill es ist das erste Mal, dass ich eine Ausnahme mache. Sehen Sie es als ihren Vorteil, dass Sie bei der Polizei und Betroffener zugleich sind. << Der Arzt hauchte erneut auf seine Brillengläser zu und tippte dann auf der Tastatur. Nickte zustimmend. >> Ja, sie ist hier als Patientin in der Top secret Liste eingetragen. Es gibt mehrere Beweggründe,

Deshalb heißt es ja anonym. Mr. Hill, Ihre Frau war fast genau vor einem Monat hier, am 17.ten, um 13:10 Uhr. Der nächste Termin, wäre am 15.ten, nächste Woche, gleiche Uhrzeit. Die Dreimonatsspritze wäre fällig und in dem speziellen Fall werden die Kosten von der Durhamer Seelsorgestiftung übernommen. Ach, und eine Krebsvorsorge ist auch gebucht. Ich sehe ihnen an, dass Sie völlig perplex sind. Jede Frau hat einen triftigen Grund, warum sie sich speziell an unsere Praxis wendet. In Ihrem Gesicht sehe ich Verständnislosigkeit! Mich interessiert warum? << Joshua ballte die Fäuste und raufte sich in den Haaren. Er sprang total entgeistert vom Stuhl, drehte dem Arzt den Rücken zu, als er aus dem Fenster zum Parkplatz sah. Als hätte Joshua Schaum im Mund und einen ausgetrockneten Hals. So tonlos hatte seine Stimme noch nie geklungen. >> Eve hatte eine Fehlgeburt im letzten Jahr. Ein Sturz in unserem Garten war schuld. Ich hatte mir so sehr ein Kind gewünscht und gehofft, dass sie es genauso sieht. Die Ärzte haben schon längst grünes Licht gegeben. Verstehen Sie, ich war der festen Überzeugung, dass es. . Dass meine Frau auch bereit dazu wäre! Aber da habe ich mich wohl geirrt! << Joshua schüttelte fassungslos den Kopf und seine Stimme versagte.
Der Direktor war ebenfalls aufgestanden und erklärte. >> Mr. Hill manchmal ist eine Fehlgeburt ein derart tiefgreifende Belastung für eine Frau, dass es sehr lange dauern kann, bis sie ein neues Wagnis eingeht und das ist oft nicht im Interesse des Mannes. Deshalb kommen die Frauen auch zu uns, weil ihnen Zuhause das Verständnis fehlt! Ihre Reaktion unterstreicht meine These. << Joshua nickte mit düsterem Blick und geballten Fäusten. Wenn der nette Herr Doktor bloß nicht so überfreundlich lächeln würde! Eve ging also hierher, um nicht schwanger zu werden? Jetzt wurde ihm vieles klar. Er konnte sich kaum noch beherrschen. Der Direktor versuchte ihn zu besänftigen. Das war doch nicht wahr! Eve betrog ihn heimlich mit dieser Verhütung und verwehrte ihm das Kind. Und er zweifelte schon an sich. Seit dem Vorfall kam Eve hierher und damit es niemand merkte, holte Eve noch Stoffmuster für Mrs. Klein. Gerissen und hinterhältig war sie! Er konnte das alles nicht glauben. Joshua Hill vermutete dass der Arzt noch mehr brisante Informationen besaß, doch der wiegelte ab und meinte alles gesagt zu haben. Joshua versuchte cool zu bleiben, als er den Stuhl an seinen Platz schob, und die Praxis verließ. Seine Hände hatten dabei so stark gezittert, dass Joshua keine Sekunde länger dortbleiben konnte. Er verabschiedete sich tonlos und rannte wutentbrannt durch den Praxisflur. Schrie die tiefe Enttäuschung hinaus >>Verdammte Scheiße! Eve was hast du nur getan, du Luder!?<< Mehrere Mülltonnen flogen über den Gehweg. Sein Officer hieß Dirksen, ein

Schrank von einem Menschen. Doch er hatte Mühe, seinen Vorgesetzten fest zuhalten.

Es dauerte eine Weile, bis sich Joshua beruhigte. Die Nachfragen aus dem Discounter hatten ergeben, das Eve bar zahlte und nur Kleinigkeiten kaufte. Die Kameras filmten Eve, als sie vor einem Kosmetikregal stand. Dann schwang die Kamera um, weil ein Laden Dieb entdeckt wurde. Joshua setzte sich ans Steuer eines Dienstfahrzeugs und raste zurück zum Revier. Was würde er noch über Eve herausfinden? Was verbarg sie noch alles vor ihm? Wehe, wenn er sie zu fassen bekäme! Das Kind würde sie ihm nun endlich schenken! Auch wenn er sie für immer einsperren müsste! Das brachte doch alles nichts! Ein Radiosong, erinnerte ihn an glückliche Stunden. Als er vor Mrs. Kleins Haustür auf die Knie sank. Wie Eves Augen leuchteten, als er um ihre Hand anhielt. Da überkamen ihn wieder diese schlimmen Verlustgefühle und seine Augen brannten wie Feuer.

4)

Samira Nickels kaufte sich gerade eine neue Sim Card für ihr Handy und der nette Verkäufer schenkte ihr obendrein noch eine Tüte Obst für die Weiterfahrt. Er fand, die junge Frau könnte die Vitamine gut gebrauchen. Als Eve den Laden verließ, verspürte sie ein merkwürdig, flaues Gefühl. Als ob Joshua nun wüsste, dass sie kein Kind von ihm wollte! Sie konnte ein Kichern kaum unterdrücken und fühlte sich erleichtert, als sie sich zurück in den bequemen Reisebussitz fallen ließ. Ja, das war alles endlich vorbei. Sie steckte die Sim Karte und den aufgeladenen Akku in das Handy und wartete, bis es einen halbvollen Balken anzeigte. Noch eine Stunde Fahrt, bis Dariens End.

Eve zitterte ein wenig, als sie die Nummer wählte. Es klingelte ein paarmal, bis eine fröhliche Frauenstimme abhob. >> Guten Tag, Sie sind mit dem Chefbüro von Oldman-Falls Marketing und Web-Design verbunden. Mein Name ist Valerie Green. << Eve räusperte sich, hielt den Mund dicht an das Telefon. >> Entschuldigung, ist Mr. Oldman zu sprechen? <<, kurze Stille, >> Er ist gerade in einer Besprechung. Wenn ich ihm etwas ausrichten soll, benötige ich nur ihren Namen, Madam? <<, doch Eve verließ der Mut. Sie blickte sich im Bus um, niemand hatte das Gespräch mitbekommen. >> Nein, nein tut mir leid, ich habe mich wohl verwählt. <<, und legte auf. Wie konnte sie nur glauben, dass Carl ihr helfen könnte? Er hatte sie ganz sicher vergessen. Wie konnte sie nur annehmen, dass er sich noch erinnern würde, Blödsinn! Sie musste es allein schaffen. Blickte gedankenverloren aus dem Fenster, die Landschaft blühte in den schönsten Farben und bald waren sie auch nicht mehr weit vom Meer entfernt. Eve besaß noch knapp 200 Dollar und hoffte auf das Glück.

5)

Ein aufgeregter Officer kam kurz vor 11 Uhr in Joshuas Büro gestürmt. Joshua konnte es erst nicht glauben, als er es vernahm. Jedes Wort, aus der Arztpraxis, dröhnte noch in seinem Kopf. Hallte, wie ein Echo und er hatte das Gefühl, sein Hirn würde jeden Augenblick platzen. >> Mr. Hill, es gibt Neuigkeiten, was den Wagen ihrer Frau anbetrifft und alle vier Zeugen klingen sehr glaubhaft. Wir haben eben einen Anruf aus dem Ortsteil Sherham bekommen. Eine Walking Wandergruppe, aus Durham hatte sich heute Morgen im Wald verlaufen und durch Zufall haben Sie ein Autowrack, in einem abgelegen See entdeckt. Laut Zeugen Aussage hat das Fahrzeug ein gelbes Dach. Wie es aussieht, hätte der Fahrer die Kontrolle an der höchsten Stelle des Hügels verloren und musste mit etlichen Bäumen kollidiert sein. Überall lägen Fahrzeugteile herum und das Gefährt im See, dürfte nur noch ein verbeulter Schrotthaufen sein. Einige Sachen, die auf eine Frau deuten, sind am Strand angeschwemmt. Bis jetzt wurde noch kein menschlicher Körper entdeckt. Sie ist wahrscheinlich im Fahrzeug eingeklemmt. Es deutet alles darauf hin, dass es sich dabei, um das Auto von ihrer Frau handelt. Mr. Hill. Bitte, sie sehen gerade sehr blass aus! Wir haben schon ein Team losgeschickt. Mr. Hill es wäre aber besser, wenn Sie sich das nicht antun! Wenn aber doch, werden Sie die ganze Zeit von einem Seelsorger betreut. Der Oberste Inspektor von Durham hat es so entschieden. Es tut mir leid! << Joshua ließ die Kaffeetasse fallen und starrte ihn mit leeren Augen an. Dann wollte er aufstehen, seine Beine versagten und der Officer konnte ihn gerade noch auffangen und um Hilfe rufen. Joshua hatte einen Kreislaufkollaps, als der Hausnotdienst eintraf.

6)
Es war schon ein Bergungsteam an dem unwegsamen Gelände eingetroffen und zog den total zerstörten Beetle aus der schlammigen Brühe. Er war überall mit Schlick, Entengrütze und Blättern zugeschmiert Man konnte nicht ins Innere blicken. Die Ermittler hatten schon Anzüge übergestreift und Joshua wurde nicht zum Tatort gelassen. Ein Arzt saß neben ihm und er glaubte sich in einem grausamen Horrorfilm zu befinden. Eves Auto und das zerbeulte Nummernschild, das erkannte er sofort und schluckte. Wo war sie? Tasche, Portmonee, alles Sachen von ihr. Er wusste noch, das Eve die bestickte Tasche in Ibiza gekauft hatte, weil sie ihr so gut gefiel. Das war während der Hochzeitsreise! Er schrie und wimmerte laut. Seine Frau hatte all das hier besessen. Was würde er tun, falls sie gleich ihren leblosen Körper fänden? Seine hübsche Frau, wie konnte sie das nur tun? Sie hatten ihn unter Zwangsüberwachung gestellt. Er war zu labil, um nach unten gehen zu dürfen. Jetzt gab es Gewissheit. Über Funk hörte er zu, wie die Spurensucher unten am See alles zusammen trugen und er kannte diese Kommentare, wenn

sie sich sicher waren, das es keine Überlebenden gab. Die Leichenspürhundstaffel war ebenfalls im Einsatz. Die Kollegen stocherten gezielt durch das unwegsame Gelände. Die abgerissene Tür, die Frontscheibe und alles was von Eves Auto noch übrig war, verstauten sie in einem Transporter, für die Asservatenkammer. Alles wurde mit Nummern eingesprüht.> *Das konnte keiner überlebt haben!* <, hörte er dauernd und alle schüttelten die Köpfe. Sie durchkämmten den Wald und Taucher suchten im See. Der grausame Anblick war Zuviel für Joshuas Psyche. Er kollabierte erneut. Der betreuende Arzt gab ihm eine starke Spritze, dass er die Welt nur noch in bunten Farben sah und wimmerte. Dicht vor seiner Nase luden sie das abgedeckte Autowrack, mit einem Kran auf. Der Gutachter wartete schon in der Polizeiwerkstatt, um die Umstände zu ermitteln. Alle Fundstücke konnte Joshua zweifelsfrei Eve zuordnen. Dann wurde ein Crime Scene Absperrband, rund um die Absturzstelle und den See gezogen. Sie vermuteten, dass die Person im Wagen weggespült und durch den Sog nach unten gezogen worden war. Joshua überlegte ob er sich eine Kugel in den Kopf jagen sollte, als er in die enttäuschten Gesichter blickte. Selbst sein bester Mann war überzeugt, dass Eve, den Unfall niemals überlebt haben konnte. Er sollte sich damit abfinden, dass sie tot wäre, hieß es aus allen Funkapparaten. Für Joshua stand diese Option nicht zur Debatte. Doch er stand zur Schwolle, os nicht mehr zu ertragen zu können. Nichts ergab einen Sinn. Er würde definitiv den Verstand verlieren. Er verglich sich mit einer wandelnden Leiche. Egal, ob er in die Hölle käme, er wollte so nicht mehr weiter machen. Vielleicht wäre es tatsächlich besser, sich mit der Waffe ins Jenseits zu befördern. Gott hatte ihn verlassen und Eve mitgenommen. Die geübten Polizisten rochen seine dummen Gedanken und Dr. Hook hatte ihm schon vorsichtshalber die Dienstwaffe abgenommen. Joshua wurde auf dem Rückweg in eine psychiatrische Klinik zur Beobachtung gebracht und schlief dort ganze vier Tage. Danach musste er versichern, sich nicht selbst zu gefährden. Der Psychologe führte ein langes Gespräch mit ihm und empfahl Atemübungen zu machen, wenn die schrecklichen Gefühle niederrauschten. Er sollte sich selbst motivieren, tapfer zu bleiben und die Hoffnung nicht verlieren.
Erst als die Stimmung Aufheller wirkten ließen sie ihn zum Gutachter. Joshua wanderte durch die garagenartigen Hallen und betrachtete mit benebeltem Gemüt das Wrack seiner Frau. Er berührte den rostigen Lack und die nach Moder stinkenden Sitze. Die ganze Elektrik war im Arsch. Er hockte davor und heulte wie ein verdammtes Kind! Die langen Flure, die er entlangwandern musste, erinnerten ihn an die Grüne Meile bei Hinrichtungen. Ein letzter Weg zum Unvermeidlichen. In der Asservatenkammer 12, befand sich der

übriggebliebene Rest. Joshua zog Handschuhen an und öffnete Eves Portmonee. Ihr Ausweis fehlte, auch die Fahrlizenz. Es musste alles weggeschwemmt sein. Nur hartes Kleingeld befand sich im Fach mit dem Druckknopf. Alle Sachen fühlten sich aufgeweicht und schmierig an. In der Tasche fingerte er die sandigen Überreste aus. Wieder kniete er sich auf den Boden und wurde fast ohnmächtig, als sich hefige Gefühlsausbrüche ankündigten. Der Gutachter erschien und half ihm hoch. Er war ein großer Typ mit bulligen Ringerarmen. Sein Taktgefühl ließ jedoch zu wünschen übrig. Das Leben des alternden, obduzierenden Ermittlers beschränkte sich, die Umstände eines Todes zu klären und entscheidende Zusammenhänge herzustellen. Privat kümmerte er sich um seine demente Mutter. Er war jedoch exzellent in seinem Job und konnte gut kombinieren. Besonders die Gehirne hatten es ihm angetan. Da kam es schon mal vor, dass später eins fehlte. Er liebte den Geruch, wenn es mit Pfeffer, Salz und Thymian in die zerlassene Butter mit Zwiebeln hineinschwuppste. Er konnte nicht genug von dem Anblick bekommen und aß auch immer brav auf.

Der Gutachter schnäuzte sich die Nase, rückte seine dicke Brille zurecht und klemmte einen Bleistift hinter sein rechtes Ohr. >> Mr. Hill es tut mir leid, ihnen sagen zu müssen, dass ihre Frau sich einen schrecklichen Freitod ausgesucht hat. Es ist eine sehr abgelegene Stelle. Früher konnte man in dem See baden, wussten Sie das? Keine Menschenseele war seit langem dort gewesen, außer ihrer Frau und den Wandertanten. Da haben nur die Spatzen zugesehen und vielleicht die Hasen. Oje, was red ich blos. Die Reifenspuren konnten einwandfrei dem VW Beetle zugeordnet werden. Und durch den heftigen Gewitterregen, von gestern, sind leider nur die Klumpfuß- Abtreter, der fettleibigen *Rhinozerosse* nachzuweisen. Die denken auch nur ans Fressen! Walken einmal um den Teich und meinen, sie könnten danach ein halbes Schwein auf Toast verdrücken! << Joshua blickte ihn ungehalten an, machte eine Handbewegung, dass er weiterreden sollte. >> Tschuldigung, Mr. Hill, ja zu blöd. Nun gut, nach dem Wrack und dem Unfallort zu urteilen, ist Eve Hill zuerst mit dem Eichenbaum, bei mittlerer Geschwindigkeit zusammengeprallt. Das war schon heftig und zu 60 % tödlich! Dann hat sich der Wagen noch mindestens viermal überschlagen. Ihre Frau war auch nicht angeschnallt, hier sehen Sie? Der Gurt ist nicht eingerastet. Spricht für Selbstmord. Ein Wunder, das sie nicht aus dem Wagen geschleudert ist. Vermutlich hing sie an den geborstenen Plastikteilen, im Innenraum fest. Aber wenn sie bis dahin noch gelebt haben sollte, dann ist sie nach dem Aufprall auf dem Wasser ertrunken und der Sog hat sie ganz sicher nach unten gezogen. Der See ist an einigen Stellen fast hundert Meter tief. Falls wir sie dort orten können, werden wir eine Tauchglocke anfordern. Sie müssen sich mit der Tatsache abfinden, dass wenn wir sie finden, sie in einem üblen Zustand sein wird! Mr. Hill, jeder hier fühlt mit ihnen, glauben sie mir. Das hat niemand verdient. Wasserleichen sind echt widerlich, sie geben dann immer so ein explosives Geräusch von sich, wenn man sie aufschneidet. Manchmal spritzen einem die Innereien entgegen. Naja, wenn die Beweislage abgeschlossen ist, dürfen sie die Sachen von ihrer Frau mit nach Hause nehmen. << Er kratzte sich grunzend am Kopf und schlurfte aus dem Raum. Joshua würde dem Gutachter später noch die Leviten lesen. Was für ein Arschloch! Jetzt konnte er weder kontern noch denken. Er klammerte sich an den einzigen Gedanken, den er noch logisch nachvollziehen konnte. Joshua wollte nicht wahrhaben, was alle dachten. Er strich immer wieder gedankenverloren über ihr zerknittertes Foto aus dem Portmonee. Im Auto waren zwar keine Blutspuren und anhand von Haarproben und Faserspuren ließ sich Eve als Person, die zuletzt im Auto gesessen haben musste, zu 100% zuordnen. Doch noch war die Leiche nicht gefunden und solange würde er auf ein Wunder hoffen, auch wenn die Chance noch so klein wäre.

9.Kapitel
1)

Eve musste kurz vor Dariens End noch mal eingenickt sein. Als sie aufsah, erkannte sie einige Häuser am langgezogenen Oceandrive wieder. Früher leuchteten sie in bunten Farben und erinnerten an ein verträumtes Fischerdorf. Nun wirkte es trist und verlassen. Irritiert setzte sie sich gerade, um einen klaren Kopf zu bekommen. Erschreckender waren nur die Fernsehbilder. Eve richtete ihr Augenmerk auf das flimmernde TV Gerät, vor der Fahrerkabine. Die lokalen Nachrichten sendeten endlose Neuigkeiten. Doch plötzlich, blendete sie die Welt um sich aus, denn es wurden Bilder, von der Fundstelle ihres Autos gezeigt. Gebannt starrte sie auf den Schirm. Der Reporter stand mit einem dicken Mikro, Regenschirm und Gummistiefeln, live vor der Unfallkulisse des Sherhamer Waldes. Die Kamera schwenkte zum See und den Absperrbändern. Sie wurde als vermisste, blonde Frau betitelt. Die Beschreibung lief als Spruchband, zusammen mit anderen Kurzschlagzeilen unten am Bildrand. Puh, sah das Wrack schlimm aus, fast unkenntlich! In Großaufnahme konnte sie bewundern, wie die Feuerwehr ihr Auto aus dem See barg. Sie mussten es langsam und mit zwei Seilwinden herausziehen. Wie das knirschte, der verschlammte Schrotthaufen wehrte sich. Wasserpest und Seetang ließen den Beetle so richtig alt aussehen! Da hatte sie aber wirklich ganze Arbeit geleistet! Kurz darauf wurde ein Taucher interviewt. >> Es gibt noch keine Leiche, aber wenn Sie das Wrack gesehen haben, dürfte es da wohl keine Mutmaßungen geben. Wir vermuten die Person ein Stück unterhalb der zerklüfteten Felsspalte. Das ist die Stelle, an der die Strömung den stärksten Sog hat. Das Echolot konnte auch ein körperartiges Gebilde in 15 Metern anzeigen. Ich betone, die Ermittler sind noch nicht ganz sicher, ob das die Gesuchte ist, oder ein größeres Tier. Die Spürhunde haben kurz angeschlagen. Doch bis dato gibt es noch kein Ergebnis. << Eve staunte über den ramponierten Schauplatz. Da hatte sie mit ihrer Aktion echt Eindruck geschindet.
Eine neue Szenerie wurde aus dem Department Presseraum für Journalisten eingeblendet, in dem sie Joshua früher, einige Male begleitete und hinter einer Glaswand saß. Da überkam sie jedes Mal so ein Gefühl, als ob er den Leuten, mit seinen stechenden Blick, direkt in den Kopf schauen könne. Das verspürte sie gerade wieder. Später sagte er mit einem seltsamen Lächeln, das es sein Job wäre, die Schlechtigkeiten der Menschen zu erkennen, bevor sie was Dummes anstellten. Viele Journalisten waren in seinen Augen verkappte Triebtäter, die das mit ihrer Arbeit vertuschten. Doch dieses Mal würde ihm auch sein Instinkt nicht weiterhelfen, so hoffte Eve zumindest! Sie entdeckte ihn unter den herumlaufenden Beamten nirgends. Doch gefühlt war er definitiv anwesend und stierte

in die Kameras. Dieses Frostkötteln überkam sie immer, kurz bevor er austickte. Nur der alte Gutachter stand an der Seite, neben dem schwarzen Vorhang und bohrte in der Nase. Es gab noch eine Pressekonferenz zu anderen Verbrechen, rund um Durham und Hauptinspector Smith erläuterte Zusammenhänge. Die meisten Businsassen waren mit ihren Handys beschäftigt, nur wenige blickten zum Fernsehen. Smith heftete sich das Oberinspektor Schild an. Rund um die fettigen Haare lugte eine glänzende Halbglatze hervor. Er war ein Typ, mit unreiner und blasser Haut. Er schwitzte, als er um Ruhe bat. >> Die beiden Personen im verbrannten Mustang sind noch nicht identifiziert. Der richtige Halter stammt aus New York und hat sein Fahrzeug vor einer Woche, als gestohlen gemeldet. Es besteht der Verdacht, dass die beiden Toten aus dem Drogenmilieu stammen. Da aber die wichtigsten Beweismittel verbrannt sind, warten wir auf forensische Ergebnisse. Mehr kann ich zu dem Thema nicht sagen. << Dann hörte man wildes Durcheinandergemurmel der Reporter, permanentes Blitzlichtgewitter. Die Kamera schwenkte wieder zu Smith, der sich nervös die Stirn tupfte. Der hatte aber einen dicken Maulkorb verpasst bekommen! Eve blickte im Bus umher, doch niemand sah auf. Als nächstes berichtete Smith über einen Raubüberfall in einem Durhamer Waffengeschäft. Der Täter hatte den Angestellten mit mehreren Kopfschüssen umgenietet und galt als flüchtig.

2)
Der Lautsprecher des Reisebusses übertönte das laufende Interview und meldete Dariens End, als nächste Haltestation. Eve war ganz benommen von den Mitteilungen, dass sie die Busansage fast überhört hätte. Die Polizei hatte also das Auto gefunden und sie galt offiziell, als vermisst. Doch der Gesichtsausdruck von Smith genügte ihr, um die Ansicht der Beteiligten widerzuspiegeln. Die Polizei suchte eine Wasserleiche. Niemand vermutete sie in Dariens End. Mr. Fly war schon alt, mal sehen, was für eine Geschichte sie ihm auftischen konnte?
Sie würde sich auf keinen Fall als Eve vorstellen. Welcome to Darians End", zeigte ein verwittertes Holzschild. Samira Nickels stieg mit einem Mann aus und sah sich verwundert um. Schwarzer Dieselqualm blies der Bus zum Auspuff heraus und setzte seine Fahrt fort. Überall standen Häuser zum Verkauf. Die Wirtschaftskriese musste hier wohl richtig zu geschlagen haben. Die alte Silbermine hatte man vor zehn Jahren geschlossen und der einzige, noch existierende, größere Arbeitgeber, war der Saat Konzern, Morgano. Kleinere Autowerkstätten und Fischläden hatten sich an der Hauptstraße angesiedelt und mit ach und Krach überlebt. Doch besonders die Second Hand und Plunderläden fielen Eve ins Auge. Dies war eine Kleinstadt, die sich völlig gewandelt hatte. Die

Luft war erfüllt von Smog, billigem Fett und Abfallgestank. Überall sah sie Menschen, die ungepflegt und depressiv wirkten. Der Blick zum Strand ließ sie geschockt inne halten. Sie dachte an die Wellblechhütten, in den Armenvierteln der dritten Welt. So ähnlich war das Bild, das sie dort entdeckte. Dicht an dicht standen auf den verwilderten Parkplätzen große Wohnwagensiedlungen. Viele Plätze, auf denen die Trailer parkten, waren früher als Campingparzellen ausgewiesen. Ein Ort, in dem damals der Tourismus blühte. Jetzt standen die Wohnwagen bis zu den Dünen. Auf der gegenüberliegenden Seite, befand sich eine riesige Tankstelle, mit etlichen Fastfood Abteilungen und einem Casino. Kinder spielten Fußball auf sandigen, Müll verdreckten Flächen und Erwachsene saßen vor den Wohnwagen auf Campingstühlen und tranken Bier. Dahinter leuchtete die Reklame, eines großen Discounters. Ungepflegte Wege und ausgewaschene, rissige Asphaltspuren zeigten nur in eine Richtung. Man musste weg von hier, runter zur Küste und weiter nach Brunswick fahren. Eve spuckte kräftig auf den Boden und sagte laut zu sich selbst. >> *So, Schätzchen, jetzt lass dir mal was einfallen, wie du zurande kommen willst! Sieh dir doch erst mal den Rest an, bevor du weiterziehst!* << Der alte Mann aus dem Bus blickte ihr kopfschüttelnd nach. Sie lächelte und hakte das Thema Eve Hill ab.
Samira Nickels beschloss der kleinen Innenstadt einen Besuch abzustatten und um die Straßenkarten am alten Kino zu studieren. Damals gab es hier schmale Gässchen mit Nippes Lädchen, hübschen Cafés und Eisdielen. Ein altes, gemütliches Flair besaßen die kleinen Geschäfte und Souvenirläden, die sie von früher in Erinnerung hatte. Die positiven Signale stammten aus einer heilen Kinderwelt. Anders konnte sich Samira den Wandel nicht erklären! Einige Schaufenster waren sogar zugenagelt worden. Sie musste sich an alten Pappkartons und hochgestapelten Abfallsäcken, vorbeizirkeln, um in die Nebengassen zu gelangen. Spontan kam ihr ein drastischer Gedanke, hier sah es fast so aus, wie in Bordertown. Sie gab der Stadt noch zehn Jahre, dann käme nur noch ein Abriss in Frage. Uralte Gesichter lugten hinter vergilbten Gardinen zu ihr hinunter. Samira wollte sich ihre Unbehaglichkeit nicht anmerken lassen. Etliche Häuserzeilen waren völlig mit Graffitis zugeschmiert und Jungendbanden hatten ihre Zugehörigkeit und Geheimzeichen an fast jeder Hauswand hinterlassen. Samira Nickels beschloss, das Glück nicht herauszufordern. Wenn jemand sie hier umbrächte, würde das vermutlich tatsächlich kein Schwein interessieren! Mit klopfendem Herzen kehrte sie auf die Hauptstraße zurück. Samiras Euphorie bröckelte rapide, so einen Niedergang hätte sie dem Ort nie zugetraut. Sie wanderte die Mainstreet entlang und staunte über die vielen Gebäude, die weder Fenster, noch Türen besaßen. Es wehte

ein muffiger Geruch durch die alten Gemäuer. An der Kreuzung zu einer hinteren Altstadtgasse, blieb sie stehen und warf einen Blick in die ehemalige Einkaufmeile für Strandspielzeug, Badeutensilien und alles was man für einen schönen Urlaub benötigte. Hier hatte ein Brand, nur noch die Außenmauern übrig gelassen. Die verkohlten Balken waren bereits dick mit Moos und Grünspan durchsetzt. Man hatte nichts wieder aufgebaut. Verblichene Flatterbänder hingen noch vereinzelt, an einem provisorischen Zaun aus Holzlatten. Hier funktionierte weder Müllabfuhr noch die Straßenreinigung. Was für ein Kaff!

Sie sah sich nach einem Imbiss um, der vielleicht billiges Mittagessen anbot, aber Pustekuchen. Der Springbrunnen des Marktplatzes war abgestellt und zu gewuchert. Auch hier hatten fast alle Lädchen, von früher geschlossen. An der Ecke gab es nur eine alte Kneipe, vor der ein paar angetrunkene Männer, mittleren Alters saßen und sich lautstark anbrüllten. Ältere Damen mit Rollwagen schoben an ihr vorbei und niemand achtete auf die junge Frau. Hier wollte Samira auf keinen Fall ewig bleiben. Auf der gegenüberliegenden Seite hatte ein Kramladen geöffnet. Im Schaufenster entdeckte Eve, dass man dort eingeschweißte Lebensmittel und Getränke erwerben konnte. Der Magen knurrte und sie nutzte die Gelegenheit. Drinnen ratterte die Klimaanlage und es roch nach billigem Kunststoff. Ein asiatischer Besitzer lugte nur kurz von seiner Zeitung auf, bediente dann einen schwankenden Mann in Samiras Alter, der Tabak mit kleinen Münzen bezahlte. Samira nahm sich einen Korb und legte mehrere Müsliriegel, Trockenobst und Orangensaft hinein. Bezahlte mit einem kleinen Schein und verschwand mit einem hellblauen Plastikbeutel.

3)

Carl Oldman wollte gerade einen neuen Stapel Akten holen, als er in das nachdenkliche Gesicht von Valerie Green blickte. >> Hat meine Exfrau angerufen und schon wieder nach einem Scheck gefragt, oder warum sehen Sie so nachdenklich aus, Mrs. Green? Ich werde Kira später aus dem Kindergarten holen und mit ihr zum Stadtfest gehen. << Die Sekretärin schüttelte den Kopf. >> Nein Mr. Oldman, ich weiß nicht ob es wichtig für Sie ist. Aber jemand hat mich über diese, wie Sie es vor langer Zeit einmal ausgedrückt hatten" inkognito Nummer" angerufen. Die Nummer ohne Zuordnung, hier sehen Sie! Vor zirka einer Stunde rief eine Frau von einem Handy aus an. Sie klang nervös und im Hintergrund waren Fahrgeräusche, wie in einem Zug, oder Bus zu hören. Sie wollte nur Sie sprechen. Als ich ihr sagte, Sie seien in einer Besprechung und würden sich zurück melden. Da meinte sie, dass es ihr leidtäte und sie sich verwählt hätte. Bevor ich sie in der Leitung halten konnte, legte sie auf. << Carl Oldman starrte auf die Nummer und murmelte aufgeregt. >> Das ist Eve. Nur sie besitzt diese Nummer! Ich werde sofort zurückrufen. Valerie, sie

konnten das nicht wissen! Fahrende Geräusche, meinten Sie? <<
Mrs. Green nickte eifrig und Carl eilte mit großen Schritten zurück, in
sein Büro. Seine Hände zitterten, als er die Nummer eintippte und
Samiras Handy klingelte.
Vor Schreck wäre Samira das Ding fast in den Rindstein gefallen. Die
Nummer fing zwar mit 999 an, aber es war nicht die, aus dem Brief.
So beschloss sie nicht abzuheben. Wer konnte ahnen, was für
Möglichkeiten Joshuas Eliteteam noch ausprobieren würden, um sie
zu finden. Es klingelte immer wieder und fast zehn Minuten
ununterbrochen, doch sie versuchte es zu überhören. Carl fluchte,
warum sie nicht abnahm und würde es bald wieder probieren. Er
dachte an Eve und nur sie konnte es gewesen sein, nein musste! Alte
Gefühle meldeten sich und sein Herz machte einen Sprung. Warum
hatte er ihr nicht damals gesagt, was er für sie empfand.
Sie beide hatten nächtelang über Gott und die Welt geredet, nur nie
über ihre Freundschaft zueinander. Was er tief im Inneren für sie
fühlte, wenn er sie umarmte und den Geruch ihrer Haare einatmete.
Carl wurde schwindelig, wenn er an Eves Lächeln dachte. Wie
verärgert er damals über den eingebildeten Joshua Hill war. Carl
machte sich noch lange Zeit später Vorwürfe, dass er ihr nie reinen
Wein eingeschenkt hatte, dann wäre das Drama vielleicht nicht
passiert, oh Mann!
Joshua Hill galt schon immer als cholerischer Spinner und prügelte
sich gerne. Außerdem war er Mitglied in der Footballmanschaft. Carl
hatte zuvor eine andere Uni besucht und traf erst auf Eve, als diese
schon das zweite Semester besuchte. Joshua Hill war ein dünner,
großgewachsener Junge, eingebildet bis oben hin und kam von einer
renommierten Privatinstitution. In der Uni machten alle einen großen
Bogen um ihn und seine Freunde, mit den polierten Protzkarren. Er
lernte diesen selbstgefälligen Kerl zum ersten Mal im Sportkurs
kennen. Wenn man mit ihm allein zu tun hatte, versuchte er seine
Hochnäsigkeit für sich zu behalten. Hill berichtete stolz, das er
Kriminalistik studiere und er den Leichtathletikkurs für benötige
Abzeichen absolviere. Joshua Hill outete sich als blasiert, wenn er
auf seine Kumpels traf. Besonders exzessiv war es, als er seinen
eigenen Personal Trainer engagierte. Da verhielt er sich, als, gehöre
ihm die Welt! Carl hatte noch die Kommentare seiner Mitstreiter im
Ohr, als Schwulengerüchte aufkamen. Aber schwul war leider nur der
Trainer! Der Muskelboy sprang in vielen Betten herum, auch in dem,
des Sportleiters. Vor Hill benahmen sich die anderen Studenten aus
der Uni stets so, als hätten sie nichts mitbekommen. Ein gängiger
Tonus, wenn man keinen Stress wollte. Als Hill Junior eines Tages
dahinter kam, stellte er den gesamten Sportkurs in der Presse bloß.
Carl konnte sich noch an den Spikesabdruck, auf dem Hintern des
Trainers erinnern, als er vom Campus floh. Viele kicherten damals

und fanden es lustig. Carl hoffte, dass Joshua Hill es irgendwann mit barer Münze zurückbekäme. Danach suchte Junior Hill Kontakt zu Normalsterblichen, wie ihm. Er hielt ihm sogar die Tür auf und wartete geduldig. Das roch nach Bestechung! Carl bekam einen Eindruck in das abgehobene Seelenleben eines Joshua Hills und war entsetzt. Als Carl dachte, er hätte Scheiße am Schuh, weil Joshua ihn mehrfach zu seinen Partys einlud. Dann kapierte er den Sinn. Er wollte nur seine Freundschaft, wegen der Stellung des Vaters, bei der Polizei. Diese Nummer zog bei Carl nicht! Er wechselte daraufhin in die 6:30 Uhr Sportgruppe für die Frühstarter. Einmal tauchte Hill auch auf, schluckte zwei Kopfschmerztabletten, nach durchzechter Nacht. Doch Leistung sah anders aus. Hill Junior verstauchte sich beim Hürdenlauf den Fuß und landete mit einem Bauchklatscher in den Wasserbracken. Wie das spritzte und Hill zustand, als wäre er durch die Kanalisation gekrochen. Carl hatte Mühe, seine Schadenfreude zu verbergen. Danach blieb er dem Kurs fern und sein Protzauto erkannte Carl nur noch von hinten. So hätte es bleiben sollen! Der Rest von Hills Glitter Gang, studierte Wirtschaftskunde und Jura. Mr. Hill Junior machte anschließend nur noch Schlagzeilen, wenn das Semester vor dem Ende stand. Hill gab sich nur mit Bestnoten zufrieden. Wenn das nicht der Fall war, tauchte sein Vater beim Direktor auf und spendierte der Aula einfach einen neuen Farbanstrich und für die Physikräume ein Rasterelektronenmikroskop. Ein anderes Mal sponserte seine Baufirma die neuen Trikots der Footballmannschaft. Er konnte mehr als einmal in das selbstzufriedene Gesicht von Hill Senior blicken, wenn er seine Riesen Pranken auf die Schultern seines Sohnes legte und theatralisch sagte, wie stolz er auf dessen Leistungen wäre. Carl schwor sich damals schon, Durham den Rücken zu kehren, am besten mit Eve!
Er war früher auch für das Computersystem der Uni zuständig. Der heilige Gral der Uni stand im elitären Kellergewölbe, hinter dicken Schutzwänden. Carl, der Comuterfuzzi mit Brille, der immer alles zum Laufen bekam. Er erinnerte sich mit Grausen, wie die Tutoren, nach Hills Auftritt, wie aufgescheuchte Hühner nach unten stürmten. Sogar hochrangige Professoren waren darunter und sie baten ihn, er möge die Passwörter für das Zentralsystem hacken, damit sie die gespeicherten Endnoten noch verändern konnten. Es war eigentlich verboten und so wurde Carl zum Mitwisser. Die gesamten Oberschicht Snobs profitierten davon. Der Direktor belohnte ihn daraufhin mit Freikarten fürs Kino und Carl erhielt die großen Lektionen in Korruption und Arschkriecherei.
So tickte die Welt und Joshua Hills Freunde, wirkten mehr wie Untergebene, die Junior die Füße küssten, bis auf diesen Edward. Der verhielt sich grundsätzlich, wie ein kranker Psychopath. Die

106

Gruppe blieb zum Glück ausschließlich unter sich. Das hätte sich nie ändern dürfen! Aber als er Hill am Infostand, für ein neues Farbdruckverfahren entdeckte und diesen seltsamen Gesichtsausdruck bemerkte, hätte er sofort dazwischen gehen sollen. Es fand es total übertrieben, wie verbissen Joshua Hill, Eve anhimmelte. Da hätte er ihm damals schon eins auf seine versnobte Schnauze hauen sollen! Zuerst ging Eve mit ihm nur aus Höflichkeit aus. Doch der Kerl hatte es irgendwann geschafft, sie ganz für sich zu gewinnen. Wie oft er sich über dieses Gockel Verhalten aufregte und versuchte ihr klar zu machen, das Hill niemals der Richtige für sie wäre. Doch da war es schon zu spät. >> *Carl, Du wirst mir in Zukunft sehr fehlen und ich werde unsere Gespräche und dein schönes Lachen sehr vermissen! Wir hatten eine gute Zeit. Mach es besser, Carl!* << Das waren Eves Worte zum Abschied, als sie mit Joshua Hill in das Taxi einstieg. Wie unglücklich sie schon damals aussah. Erst später erfuhr Carl es durch einen Zufall, dass Joshua Eve aus Eifersucht vor den Augen des Taxifahrers unbeherrscht ohrfeigte. Eve wurde auch einige Zeit später beim Einkaufen in Bloomingville, mit blauen Augen und mit langärmligen Klamotten gesehen, obwohl es über dreißig Grad im Schatten waren. Es bildete sich eine Wand des Schweigens in Bloomingville. Seine Eltern lebten noch immer dort und er konnte bis heute nicht verstehen, warum sie sein Angebot, in das Strandhaus zu ziehen, nicht annehmen wollten. Nach der Studien Zeit musste er da sofort weg. Carl eröffnete schon kurz darauf mit seinem Cousin, Roger Falls die Zweigstelle in Brunswick. Aber Eve konnte er nie vergessen und es gab auch hier keine Frau, in die er sich je wieder so verliebt hätte. Die einzige Beziehung hieß, Eireen Laurenz. Er lernte sie bei einem Speed Dating für neue Mitarbeiter kennen. Sie passte anfangs ganz gut in die Firma. Bekam sogar die Stelle als Chefsekretärin und da kam man sich schnell näher. Doch Carl liebte sie nicht und Eireen hatte leider nie die Qualität einer Eve Summer. Kurzzeitig brachte diese Beziehung zwar neue Farbe in sein Leben und Carl dachte nur selten an Eve. Sie heirateten damals im gleichen Jahr, weil Eireen von ihm schwanger wurde. Sieben Monate später erblickte seine Tochter Kira, das Licht zur Welt. Die Tochter war ihm wie aus dem Gesicht geschnitten und damit hatte Eireen große Probleme. Seine Exfrau war früh mit Kira überfordert und versuchte sie ihm, so oft es ging aufs Auge zu drücken. Begründete es, sie wäre nicht die geduldige Mutter, die er gerne hätte. Dann nahm er seine Tochter mit ins Büro und wünschte der rum zickenden Eireen einen schönen Tag. Es blieb viel Arbeit liegen und Neueinstellung Valerie Green, griff ihm dafür unter die Arme. Bis heute konnte er sich auf seine gutmütige Sekretärin verlassen. Mrs. Green besaß immer die richtigen Beschäftigungsideen, während er die liegengebliebenen Sachen nacharbeitete. Sie war seine gute Seele und achtete auf alle nötigen Feinheiten. Carl konnte ihr vertrauen, was er von seiner Frau nicht behauptete.

Eireen begann sich abzukapseln und besuchte ständig irgendwelche Modeevents. Gab Unmengen Geld für Nonsens und Klunker aus. Bis zu einem gewissen Punkt hatte Carl auch nichts dagegen. Doch als er sie bei der Jahres Feier, mit einem seiner Mitarbeiter im Gästebett erwischte, hatte sich der Fall erledigt. Da war der Ofen aus. Nach der Scheidung heiratete Eireen einen Investmentbanker aus New York und der hasste Kinder. Also bekam Carl das volle Sorgerecht und Eireen konnte den Hals mit Abfindungsbeträgen nicht mehr vollkriegen. Die hätte gut zu Joshua Hill gepasst!

Carl betrachtete seine Telefonanlage und dachte an Eve, wählte erneut, aber vergebens. Hoffentlich war ihr nichts passiert und wo genau hielt sie sich bloß auf? Er dachte an Ortung, und hatte schon die Telefonnummer eines guten Freundes herausgesucht. Aber er traute sich nicht es zu tun, noch nicht.

4)

Samira Nickels zog sich notdürftig hinter einem verlassenen Kiosk um. Sie beobachtete, wie die zwanzig Klos, an dem Parkplatz „schöner Strandblick" frisch gereinigt wurden. Dann nutzte sie die Gelegenheit vor einer Dame, mit zweihundertfünfzig Kilo Lebendgewicht, und drängelte sich vor. Die Frau hatte keine guten Manieren und hämmerte mit der fleischigen Faust eine ganze Weile gegen die Türverriegelung. >> Ey, du olles Frauenzimmer! Mit Schönheit gewinnst du hier kein Blumenpott! Ich bin hier die Platzchefin und sag wer wann scheißen darf, kapiert? << Samira entschuldigte sich, dass sie es nicht wusste und versprach ihr einen Dollar zu geben, wenn sie sie für einen Moment in Ruhe ließe. >> Das will auch gemeint haben Miss. Immer schön ablöhnen bei Tante Cloudette! << Als Samira herauskam, blickte sie in ein Gesicht, dass sie an ihre Schwägerin Nina erinnerte. Cloudette lispelte undeutlich und grinste, wie ein Pfannkuchen, ohne Zähne. Sie streckte Samira ihre speckigen Dreckfinger entgegen, nahm den Dollar und zwinkerte ihr zu. >> Wenn de keinen Platz zum Pennen hast, kannste zu mir kommen. Der Wohnwagen mit Chromblenden, Rue de Mar, dritte Reihe von rechts, der ganz außen! Ich steh nämlich auf knackige Mädels, wie dich! Ich hoffe, du bist nicht auf Koks, Süße, dass wär nicht so gut. Mein Alter war süchtig. Fusel und Weiber, war sein Motto, verstehst Du? Jetze lebt er bei einer Tussi und einem Kerl in Wagen 73. Sie Treibens den ganzen Tag und ich sitz einsam, vor der Glotze. Hab die neusten Pornos, wennste Bedarf hast! Meine Tür steht immer für dich offen, Kleine! << Samira musste den Ekel kräftig runterschlucken, lehnte höflich ab und grinste breit, weil das die einzige Gesichtsregung war, die sie bei jeder Gelegenheit perfekt

beherrschte. Es wirkte und Cloudette zog bedröppelt von dannen. Samiras Füße kribbelten, sie sollte besser zügig weiterziehen! Sie schwang ihre Tasche auf den Rücken und wanderte in schnellen Schritten Richtung Strand. Samira trug den ältesten, ausgeleierten Sportdress, den sie irgendwann aus Versehen zu heiß gewaschen hatte. Sie wollte ihn schon x-Mal entsorgen, versteckte ihn jedoch immer wieder hinter ausrangierten Kleidungsstücken, damit Joshua ihn nicht fand. Er diente einem Zweck, dachte sie damals, wie wahr! Überall standen die ehemals gepflegten Strandhäuser, mit verwilderten Gärten, wie Mahnmale, einer untergegangenen Zivilisation am Straßenrand. „Sale House" Schilder, säumten den Weg und die meisten Verkaufswerbungen waren stark ausgeblichen. Ganze Siedlungen standen leer. Was für ein gruseliger Anblick. Dann wurde der Weg unebener und als sie nach einer ausgedehnten Pause, an der mit Möwenscheiße übersäten Promenade aufs Meer hinausblickte, überkam sie die Erkenntnis das Dariens End, seinem Namen alle Ehre machte!! Die Landstreicher und Verwahrlosten trafen sich schon zu so früher Stunde, um den Frust wegzusaufen. Müllberge trieben auf den Wellen vor der Küste. Da ging niemand mehr zum Baden hin. Der Strandabschnitt war seit vielen Jahren gesperrt. Im Sand lagen tonnenweise Bierflaschen und Scherben. Es stank nach totem Fisch, dass Samira Nickels sich würgend die Nase zuhielt. Die Menschen hatten keinen Blick mehr für die Schönheit der Natur. Sie waren hier gestrandet und vegetierten vom Sozialgeld und Gaunereien. Ein paar Mal wurde sie schon böse angesehen und eine Gruppe junger Männer, näherte sich ungeniert. Samira spürte die unguten Gedanken der Bande! Sie machte sich auf den Weg zum eigentlichen Ziel. Es lag hinter der großen Kuppe. Da hinten fing der Wald an. Die Typen waren ihr zum Glück nicht gefolgt, nachdem sie sich fast eine Stunde geduckt, im Gebüsch versteckte. Sie musste sehr aufpassen, wenn sie es allein schaffen wollte.
5)
Samira Nickels hätte sich eine Waffe aus Joshuas Schrank mitnehmen sollen. Wenn es Nacht wurde, mutierten alle zu Bestien, oder was? Grausame Vorstellung! Die reguläre Straße endete und eine staubige Huckelpiste führte ab da an, nur noch bergaufwärts. Samira schwitzte unter ihrer Kappe und rastete ein paarmal, um zu trinken. Die ersten Holzhäuser, tief im Wald sahen jedenfalls nicht einladend aus. Und sie schienen unbewohnt zu sein. Keine Menschenseele war in Sicht. Dann stand sie vor dem Haus, ihrem Haus. Niemand hatte es seit langem mehr betreten. Laub von mehreren Jahren lag verteilt auf dem Grundstück. Nur ein schmaler Fußweg, zum Eingang, war geräumt worden. Die Fenster waren blind vor Staub. Doch auf den zweiten Blick schien alles in Ordnung zu sein. Das Dach wurde vor kurzem frisch geflickt, nur die Wandfarbe

blätterte an vielen Stellen ab. Die Hängeschaukel am Eingang quietschte im seichten Wind und die Haustür hatte einen rostigen Griff. Genau gegenüber wohnte früher eine alte Frau. Nun war das schlichte Holzhaus verweist und wirkte morsch. Der Zaun rund um das Grundstück war eingefallen und Gardinen wehten in Fetzen durch die zerborstenen Scheiben. Oben, am Ende des Weges, rauchte es aus dem gemauerten Kamin. Das musste Mr. Flys Haus sein! Aufgeregt stellte Samira die schwere Tasche, vor ihrem Zaun ab, marschierte bis zum Ende des Weges und trat durch das simple Holzgatter. Samira war sichtlich nervös. Sie würde das Gespräch von der Situation abhängig machen. Betont locker läutete Samira an der Türglocke, die auch schon bessere Tage gesehen hatte. Zwei größere Hunde kündigten ihren Besuch, mit lautem Gebell an. Eine sehr alte Frau öffnete die sichere Fliegengittertür. Sie kiekste schrill und doch freundlich >> Ja, bitte? << Samira räusperte sich, >> Entschuldigen Sie die Störung, Ist Mr. Fly da? Es geht um das Haus Nummer 2. Es gehörte mal der Tante Mary Ann Clarence. Sie hatte es an Deborah Summer vererbt, bitte ich muss Ihren Mann sprechen! << Die alte Frau räusperte sich. >> Es tut mir leid, mein Mann ist schon vor zwei Jahren an seiner Arthrose gestorben. Es hatte ihn einfach dahingerafft. Ich erinnere mich an Mrs. Summer und wer sind Sie? Kommen Sie doch einfach herein. Sie haben Manieren, und sind keine Person aus den Slums von Dariens End. Das ist eine traurige Geschichte, junge Lady! Sie sind nicht von hier, nicht wahr? Das sehe ich noch auf tausend Meter! << Sie schob das Fliegengitter zur Seite und bat Samira in die altmodisch eingerichtete Stube. Sie setzte sich an einen massiven Holztisch und Mrs. Fly holte zwei Tassen und schenkte Kaffee ein. Sie hatte eine alte, rotbraune Strickjacke an und zitterte leicht, als sie den Kaffee eingoss. Ihre schlohweißen Haare wirkten ein wenig zerzaust. >> Hier sind Plätzchen mit Mandeln. Essen Sie junge Frau, Sie sehen ziemlich hungrig aus. Ich hatte schon ewig keinen fremden Besuch mehr. Und in die Stadt gehe ich nicht. Dort gibt es nichts mehr! Früher war Dariens End eine blühende Oase, aber seitdem die Wirtschaftskrise uns hier voll getroffen hat, herrscht nur noch Verwahrlosung und Kriminalität. Keine Sorge, hierher trauen sie sich nicht, weil die Schäferhunde mein Haus bewachen. Und es liegt zu weit draußen. Die Wandalen sind zu faul, wenn sie betrunken sind. Nicht mal die Polizei traut sich im Dunkeln zu den riesigen Wohnwagensiedlungen. Wie war nochmal ihr Name? << Samira aß einen Keks und genoss den zimtartigen Geschmack. >> Ich heiße Samira, Mam. Ich bin die beste Freundin von Eve Hill, ehemals Summer. Ich bin mit Eve zur Schule gegangen und wir stehen immer noch in Kontakt. Hier ist die Urkunde vom Haus Nr.2. Das Ferienhäuschen gehört Eve und sie meinte, ich dürfte es für eine Weile mieten. Ich mache eine

Staatenreise und wollte hier Rast machen. Nur für ein paar Tage, vielleicht Wochen. Eve hat mir die Papiere schon vor einiger Zeit mitgegeben. Sie meinte, ich könnte es jederzeit bewohnen und mich dort so lange aufhalten, wie nötig. Sie sagte mir, dass Sie den Schlüssel hätten und jetzt bin ich hierhergekommen. << Samira hatte kein schlechtes Gewissen, Mrs. Fly anzulügen. Die alte Frau lächelte und las die Urkunde mit ihrer Brille. Sie musste das Blatt sehr nah ans Gesicht halten. >> Samira, nicht? Natürlich dürfen Sie das Haus bewohnen. Es wird Zeit, dass jemand es benutzt. Auch wenn sie hier nur Verweilen wollen. Ich hole sofort den Schlüssel. Die Kleine Eve Summer, ich hatte schon sooo lange auf ein Lebenszeichen von ihr gewartet. Früher war sie öfters mit ihrer Mutter hier. Jeder in der Straße mochte die Mutter, mit ihrer herzlichen Art und die kleine Eve, mit ihren hübschen Zöpfen. Die Kleine wurde regelrecht verhätschelt. Mary Ann Clarence war eine stämmige Dame und schlachtete die Karnickel und Hühner noch selbst. Erst starb ihr Mann an Krebs und sie ein Jahr später an einem Herzinfarkt. Mrs. Summer erbte das Haus und bestimmte damals Eve für die Nachfolge. Daran kann ich mich noch erinnern. Ich weiß auch, dass Mrs. Summer einen Sohn, Thomas und einen nichtsnutzigen Mann zuhause sitzen hatte. Den Mann kenne ich nur vom Hörensagen. Die arme Mrs. Summer hatte es nicht leicht, aber das können sie nicht wissen, Samira. Haben sie ein Bild von Eve, wie sie jetzt aussieht? Ich besitze nur ein altes Radio, mit schlechtem Empfang. Da bekomme ich nur News aus der Umgebung von Dariens End. Aber darüber brauchen die mir nichts zu erzählen. Das Elend sehe ich jedes Mal, wenn ich einkaufen gehe. Sie wollen die Leute doch nur beruhigen. Der Fernseher ist auch schon ewig kaputt, weil der Wind die Antenne vom Dach geweht hat. Nur das Telefon mit Wählscheibe funktioniert noch tadellos. Ich habe einen netten Aufpasser, wissen Sie! Er ist ein echter Gentleman. Spencer hat mir versprochen, sich darum zu kümmern, wenn er es mit seinen Dienstzeiten vereinbaren kann. Ich bin gerade so froh, dass ich nicht mehr ganz allein hier draußen bin! Samira auch wenn es nur für ein Weilchen sein wird. Wenn Sie möchten, koche ich etwas für Sie. Mögen sie Lasagne? Ich pflanze Obst und Gemüse noch selbst an. Der Sheriff ist ein guter Mensch und wenn ich ihn nicht hätte, wäre ich auch schon längst hier weggezogen. Meine Schwester, Amanda lebt in Brunswick, wissen Sie? << Sie klopfte Samira auf die Schulter, als sie aufstand, um den Schlüssel mit rotem Band zu holen. Dann legte sie ihn Samira auf den Tisch. Die alte Mrs. Fly hatte ihr so viel erzählt, dass ihr der Kopf rauchte. Hatte Mrs. Fly nicht eben über einen Sheriff gesprochen? Ein kalter Schauer lief ihr dabei über den Rücken, aber sie durfte sich nichts anmerken lassen. >> Schade, dass Eve nicht mitgekommen ist. Ich wüsste gerne, wie sie jetzt aussieht! Ich hörte nur, dass sie einen reichen Oberinspektor

in Durham geheiratet hat? << Samira nickte, trank die nächste Tasse Kaffee und ließ sich die gereichten Waffeln schmecken.
Sie holte das Handy aus ihrer Tasche und suchte Bilder von sich, ohne Joshua. Als sie das Handy neu hatte, machte sie ein paar schöne Aufnahmen. Diese zeigte sie Mrs. Fly, die begeistert in die Hände klatschte. >> Ja, das ist Eve! Was für eine hübsche Frau sie geworden ist! << Mrs. Fly bestand darauf, zusammen mit Samira das Holzhaus zu betreten, um nach dem Rechten zu sehen. >> Mrs. Fly, ich habe Eve schon seit ein paar Wochen nicht mehr gesprochen. Sie lässt Sie aber herzlich grüßen und hat mir versichert, noch dieses Jahr hier vorbeizuschauen. Eve ist jemand, auf den man sich immer verlassen kann. Leider hat sie nur den falschen Mann geheiratet. Er ist ein schwieriger Typ. Eve ist nicht besonders glücklich mit ihm und sie haben auch keine Kinder. <<
Samira bekam einen dicken Hals, als sie an Joshua dachte und war froh, das ihr Mrs. Fly die Geschichte ohne Zweifel abzunehmen schien. Sie behielt jedoch die Urkunde und meinte, dass sie die Samira wiedergäbe, wenn sie weiterreiste. Doch sie hoffte, dass Samira eine Weile blieb und ihr Gesellschaft leistete. Sie hatte sich schon so lange nicht mehr mit jungen Menschen unterhalten, Samira war ein Segen! >> Theoretisch könnten Sie auch das Gästezimmer bei mir bewohnen, Kindchen. Aber ich kann Sie verstehen, wenn Sie Ihre Erlebnisse in Ruhe aufschreiben wollen. Das Haus strahlt Gediegenheit aus. Mein Mann hat viele Abende das gemütliche Flair des schönen Hauses genossen und auf der Terrasse Gedichte geschrieben. Kommen Sie, gehen wir und um 7 Uhr kommen Sie zu mir zum Essen! <<
Der Drehknauf der Eingangstür von Haus zwei knarrte etwas, aber drinnen war es angenehm kühl und nicht muffig. Die Holzdielenbretter waren lange nicht mehr betreten worden und die Fußabdrücke hinterließen eine dünne Staubspur, wie beim ersten Schnee. Mrs. Fly öffnete alle Fenster, und die, der schmalen Terrassentür. >> Verzeihen Sie, dass ich mich seit dem Tod meines Mannes nicht mehr so darum kümmern konnte. Wenn Sie möchten, wasche ich die Gardinen, doch ein wenig putzen und Staubwischen müssten Sie selbst. Soviel Arbeit ist das ja nicht. Ich schaffe das gerade noch bei mir selbst, Samira. Im nächsten Monat werde ich 78 Jahre alt. Das Rheuma macht mir oft zu schaffen und Sheriff Spencer Stone hat erst neulich den Kamin hier gereinigt. Ein gemütliches Haus, nicht wahr? << Samira nickte zustimmend.
Die kleinen Fenster und der Kachelofen Kamin strahlten tatsächlich ein urbanes Flair aus, das konnte sie in all den Jahren nie vergessen. Überall hingen Schaffelle an den Wänden und eine mit Laken abgedeckte, braune Sitzecke wurde gekonnt von Mrs. Fly ausgeklopft. Ein Schaukelstuhl stand in der Ecke und Bilder von der

Tante und ihrem Mann hingen an den Wänden. Samira strich über sie und da waren auch einige, die Mum als Kind zeigte und sie selbst, als Baby. Thomas saß im Laufstall, aber Dad war nirgends mit drauf. Öllampen und Trockenblumen Gestecke standen auf einem Regal. Ein winziger Flur führte in eine, kleine Küche mit echtem Gas Herd und alten Regalschränken. Dort befand sich auch der Ausgang zum herrlichen Garten. Dann gab es noch ein Bad mit Wasserboiler. Eine Dusche mit WC und großem Waschbecken. Das gesamte Bad war in babyblauen Fliesen gekachelt, sogar die Badewanne mit den Löwenfüßen stand noch da. Samira kam aus dem Staunen nicht wieder heraus. Leere Flacons standen vor dem Schminkspiegel und daneben lag ein altes Rasierpinselset. Ein eingeschweißter Handspiegel lag in der Schublade, unter dem Waschbecken. In der oberen Etage befanden sich noch zwei schnuckelige Schlafräume, wovon eines komplett leer stand. Das andere war mit weißen Laken abgedeckt und Mrs. Fly begann es für Samira abzuziehen. >> Im Kleiderschrank sind frische Sachen, junge Dame. Die habe ich erst vor drei Monaten gewaschen und gebügelt. Ich wusste ja nie, wann mal jemand von Ihrer Seite hier auftaucht und ich bin so froh, dass Sie hier sind, meine Liebe. Sie haben viele Ähnlichkeiten mit Eve. Sie hatte auch so eine herzlich, nette Art an sich, schon als kleines Kind. Vermutlich sind sie deshalb auch so gut befreundet, habe ich Recht? << Samira nickte erneut und hätte der alten Dame am liebsten die Wahrheit gebeichtet. Doch das traute sie sich nicht. Tante Mary Ann hatte viele Romane in einer alten Kiste gesammelt. Mrs. Fly fragte, seit wann sie Eve kannte. >> Eve und ich lernten uns in der Uni kennen und lebten als Kommilitonen in einer WG. Wir haben dieselben Kurse in Durham besucht, quasi das gleiche studiert und ich reise gerade durch die Staaten, um neue Ideen für ein Werbeprojekt zu sammeln. << Die Antwort löste bei Mrs. Fly ein breites Lächeln aus. >> Ja, das wollte Eve auch damals tun. Das hatte sie uns am Telefon erzählt. Eine Staatenreise, die Welt kennenlernen, aber dann lernte sie diesen Mann kennen. Mein Mann Paul konnte kein gutes Haar an diesem Hill lassen, wenn er über ihn sprach. Seit dem Tod von Paul habe ich nichts mehr von Eve gehört, zu schade! Sie wollte sich melden, wenn sie umgezogen wäre. Aber das ist jetzt fast drei Jahre her. Nun sind Sie ja hier und ich glaube, Sie haben ein ebenso gutes Wesen. Ich rieche so was! << Die stickige Luft war fast abgezogen, als Mrs. Fly ihr erklärte, wie man den Kamin anzündete. Abends würde es bitterkalt, weil der Wald die warme Luft verdrängte und sie in einer Niederung lebten. Die Berge rings herum hielten dafür die schweren Gewitter fern. Oft war es morgens erst nebelig und ab und zu hörte man die Wölfe aus dem Wald heulen. Aber sehen könne man sie nicht.

113

Als Samira allein durch das Haus wanderte, um sich alles genau einzuprägen, da fühlte sie sich ein bisschen mehr in ihrem neuen Leben angekommen. Sie holte sich einen alten Romanwälzer, setzte sich in den verwilderten Garten und lauschte dem Gezwitscher der Vögel. Kein Autolärm, nur das Rauschen des Windes, wenn er durch die Bäume fuhr. Was für eine Idylle und heute würde sie endlich wieder etwas Ordentliches essen und danach in einem sauberen Bett schlafen.

6)

Als Samira die Einrichtungsgegenstände ein wenig um dekorierte und gerade das Fenster schließen wollte, hörte sie ein schnelles Fahrzeug den Waldweg hinaufkommen. Sie kannte das Autogeräusch nur zu gut! Erschrak. Panisch starrte sie den Polizeiwagen hinterher, Police Department Brunswick. Was ging da ab? Hat Mrs. Fly. doch Lunte gerochen? Samiras Gedanken überschlugen sich. Sie dachte an Flucht, nein, nicht doch! Ihr Puls raste und sie konnte kaum atmen. Gebannt rannte sie zur Haustür und sah gerade noch, wie ein Officer mittleren Alters, mit rotgelockten Haaren, seine Mütze absetzte und das Sheriffemblem an seiner Jacke aufblitzte. Mrs. Fly stand lächelnd an der Tür, begrüßte ihn herzlich. Kurz darauf bat Mrs. Fly ihn herein.

Joshua besaß auch so einen Dienstwagen, nur keinen Jeep. Jetzt bloß Ruhe bewahren! Es gab kein Telefon, nur ihr Handy mit schlechtem Empfang. Samira beschloss, sich auf den Weg zu machen, nachdem sie sich die Haare ordentlich durchgekämmt und zu einem Zopf zusammenband. Sie zog sich eine dünne Jacke über, damit niemand ihr Schlottern bemerkte. Nur Ruhe und tief durchatmen half jetzt noch! Es nutzte nichts, sie musste herauszufinden, wie dieser Sheriff drauf war. Wenn er sie für verdächtig hielt, würde sie das sofort merken und noch heute Nacht weiterreisen. Aber „Keep cool"! Was sollte denn passieren? Schließlich besaß sie Samiras Pass.

Natürlich konnte keine Schminke dieser Welt, ihre Tortur einfach wegtünchen. Aber Reisende waren immer rastlose Zeitgenossen. Sie hatte schließlich ein Ziel vor Augen! Doch Samira bekam Schweißausbrüche, als sie an dem Polizeifahrzeug vorbei ging. Wie sehr sie sich zwingen musste, locker zu wirken und ihr strahlendes Lächeln zu zeigen. Mrs. Fly öffnete die Tür, noch bevor sie die Glocke läuten konnte. >> Samira, schön dass Sie da sind, der Sheriff war hier zufällig in der Nähe. Der Schlachter hatte ein paar günstige Angebote und dann denkt er immer an mich. << Sie trat ein, reichte ihre Jacke, während Mrs. Fly, Samira ins Wohnzimmer schob. Der Tisch war für drei Personen gedeckt und der Mann in schwarzer Uniform stand auf und streckte Samira höflich die Hand entgegen. Er hatte eine angenehme Ausstrahlung und war ein sportlich, hochgewachsener Mittdreißiger und nicht mittleren Alters, wie sie zuerst angenommen hatte. Er wirkte autoritär und Samira konnte sich gut vorstellen, das sich Mrs. Fly in seiner Anwesenheit sicher fühlte. Der Sheriff hatte graue Augen und musterte Samira mit einem typischen, durchdringenden Polizeiblick. Fast, wie Joshua, aber der Blick hatte nichts Anklagendes. Er wirkte eher erheitert und aufgeschlossen. Der Mann in Uniform lächelte freundlich und Samira spürte, dass er keine Vorurteile gegen sie hatte und auch keinen Verdacht verbarg. Waldmeisterschorle stellte Mrs. Fly auf den Tisch und die Lasagne duftete köstlich. Sheriff Spencer Stone hatte eine dunkle Stimme und fuhr sich oft durch seine Haare. Dabei leuchteten seine Wangen, wenn er Samira intensiv betrachtete. Mrs. Fly begann ein lockeres Gespräch über den neusten Tratsch aus Brunswick und bat daraufhin, das Samira sich vorstellte. Samira hatte so etwas erwartet und erzählte von ihrem Road Trip. Erwähnte die Freundschaft mit Eve nur kurz und vermied den Namen Hill auszusprechen. Spencer hörte sehr interessiert zu und nickte neugierig. Sie spürte, dass alle Augen auf ihr ruhten und musste aufpassen, nicht zu sehr ins Detail zu gehen. Nach der Lasagne hatte Mrs. Fly noch einen Zitronenkuchen gebacken, den sie jetzt auf Tellern servierte. Der Sheriff staunte, wie viel Samira verdrückte. >> Sie haben wirklich eine lange Reise hinter sich, Samira und Mrs. Fly ist eine gute Köchin. Aber ich staune doch, wie viel Sie verdrücken können! in Dariens End hat vor einem Monat die letzte Imbissgaststätte geschlossen. Früher lebte der Ort vom Tourismus. Leider gibt es in Dariens End nur noch wenige Ecken, die ich empfehlen könnte. Die Hilfsgelder für die Bevölkerung versickern im Boden ohne positiven Effekt. Ich engagiere mich in der Jugendarbeit, aber die hohe Arbeitslosigkeit macht es nicht einfacher. Man darf nur nicht die Hoffnung verlieren! Sie sind ganz schön mutig, Samira so eine Reise ganz allein zu wagen. Wenn Sie etwas benötigen, oder auch mal einen Fahrdienst in Anspruch nehmen möchten, ich tue es gerne. Ich komme aus Woulington und Dariens End hier gehört gerade noch in meinen Zuständigkeitsbereich. << Er griff beherzt zu einem neuen Stück Kuchen und Mrs. Fly setzte sich neben Samira. >> Spencer, so ein netter, hilfsbereiter Mensch wie Sie, hat immer noch keine Frau gefunden. Das erstaunt mich doch sehr. Neulich bin ich mit dem Fahrrad zum Discounter gefahren, da habe ich ihre Mutter getroffen. Sie meinte, Sie sollten mal öfter ausgehen und sich amüsieren. In Brunswick hat doch gerade so ein neuer, wie sagt man heute? Ein Club aufgemacht. << Der Sheriff errötete stark und lächelte verlegen. >> Nun Mrs. Fly., die wenigen jungen Leute gehen nach Brunswick. Und den Club, den Sie meinen, gehört einem Jachtclubbesitzer. Da könnte ich nur reiche Ladys abschleppen, nicht so mein Ding, sorry! << Samira und Mrs. Fly kichern über die

Schamesröte in seinem Gesicht. Der Sheriff fuhr sich durch die Haare und blickte Samira direkt an, seine Augen schimmerten verlegen.>> Ich geben Ihnen ein paar Eckdaten und hebe natürlich die schönsten Plätze hervor.<< Dabei zwinkerte er spitzbübisch. Sie lächelte ungezwungen.>>, Samira, falls sie gedenken ein wenig länger zu bleiben. Also Der Altersdurchschnitt in Woulington liegt bei 49,6 %. Da gibt es zu viele unverheiratete Männer. Darauf stehen sie sicher nicht!<< Samira schüttelt den Kopf und grinst.>> Hier in Dariens End ist es ein fliegender Wechsel mit Urlaub hinter schwedischen Gardinen.<< Mrs. Fly nickte.>> Da tun mir nur die Kinder leid.>> Das Kino haben sie erst kürzlich in die Grundschulaula verlegt. Wenn Sie Gruselfilme und Vampirgeschichten mögen? Der Platz der Befreiung in Dariens End ist abgelegen. Der Besuch in meiner Begleitung halte ich für ein Minimum an Sicherheit. Erst in Brunswick wird's richtig nett. Ich habe damals den Absprung verpasst, auch mein Kollege Harry Jakobs lebt als Single. Wenn Sie sich ein paar Taler dazuverdienen wollen, Samira. Arbeit bekommt man nur im Krankenhaus und bei den Pflegediensten. Na gut, im Betonwerk wird noch ordentlich gemischt! Das wäre nichts für ihre zarten Frauenhände. In Brunswick City, da werden für die Sommersaison noch Servicekräfte gesucht. Auch Oldman- Falls sucht noch Personal für einfache Bürotätigkeiten. Ich kenne den Chef persönlich. Sein Vater war ein hohes Tier beim Kriminal Kommissariat in Durham, North Carolina. Der Mann ihrer Freundin Eve, hat den Posten damals übernommen. Früher gehörten Jahrzehnte lange Erfahrung zu solch einem Amt. Aber er soll ein Genie auf dem Gebiet sein! << *Ja*, dachte Samira. *Ein Genie auf dem Gebiet, wie man heimlich Whiskey trinkt und dann seine Frau verprügelt!* Aber sie zuckte die Achseln und schwieg. Mrs. Fly meinte es gut und Samira hatte schon lange nicht mehr so nette Menschen um sich gehabt, die ehrlich zu ihr waren.
Der Sheriff bekam über Funk eine Eilmeldung. Eine Horde Jugendlicher randalierte im Discount Markt und mehrere Streifenwagen waren schon vor Ort. Er verabschiedete sich besonders freundlich bei Samira, setzte seine Mütze gekonnt auf. dann verneigte er sich vor Mrs. Fly und verließ das Haus. Aber er konnte nicht gehen, ohne noch einmal tief in Samiras braune Augen gesehen zu haben. Er erschauderte und es fühlte sich gut an, dass er hoffte, sie würde viel länger bleiben, als Mrs. Fly meinte. Auf dem Weg zum Discounter wurde Spencer Stone bewusst, dass er dieses flaue Gefühl schon ewig nicht mehr verspürt hatte. Schon lange wünschte er sich neue Farbe in seinem Leben. Spencer hatte verdrängt, dass es noch anderes gab, als seine Polizeiarbeit und dann am Wochenende den Angelverein zu unterstützen, oder die Feuerwehr. Diese Frau besaß das gewisse Etwas und wirkte

116

dennoch unglaublich geheimnisvoll. Oft erinnerten ihn ihre scheuen Blicke an jemanden, der erfolgreich vor etwas geflohen war. Und ihm wurde klar, je mehr er über Samira nachdachte, desto neugieriger wurde er! Ihm war aufgefallen, dass sie öfters sein Sheriff Emblem ängstlich betrachtete. Könnte das was zu bedeuten haben? Nein, das Emblem flößte vielen Respekt ein, nicht mehr! Vielleicht war sie eine gesuchte Verbrecherin? Auch das verneinte er vehement. Ihre Aura strahlte positive Energie aus. Der Gedanke an ihre Figur, den sinnlichen Mund, die Augen. Stopp, durchatmen! Er kam nur langsam runter. Das musste ein Fingerzeig sein! Bald würde er ihr einen freundlichen Besuch abstatten, um sie in ungezwungener Umgebung besser kennenzulernen. Spencer Stone war auch nicht entgangen, dass ihre Haare nicht Naturbraun sein konnten. Seine Mutter hatte in Woulington einen Friseursalon und er wusste, dass Frauen gerne ihre Haarfarben wechselten. Er mochte diese geheimnisvolle Frau sehr und wenn sie in Schwierigkeiten wäre, dann würde er sehen, was er für sie tun könnte. Zu blöde, dass er ihren Nachnamen nicht erfragt hatte Der nächste Funkspruch holte ihn vollends in die Realität und und die Routine kehrte zurück in sein Leben. Nach einer Stunde verhaftete der Sheriff drei angetrunkene 15 Jährige. Diese Jungs hatten sich schon früh ihr Leben selbst versaut. Noch eine Auffälligkeit und sie erhielten Jugendarrest im Boot Camp.

10.Kapitel

1)

Carl schlief in jener Nacht erst spät ein. Bis um drei in der Frühe versuchte er Eves Handy zu erreichen. Er konnte nicht ahnen, dass sie es komplett aus hatte, als sie bei Mrs. Fly zu Abend aß. Er konnte nicht ahnen, dass Eve danach ihr Handy erst Mal gar nicht mehr hochfuhr, weil die Angst zu groß war, dass die eingehenden Anrufe nur von einem stammen konnten. Und diesen Namen wollte sie in ihrem Leben nie mehr hören! Sie war noch zu sehr damit befasst, die Gradwanderung zwischen Eve Hill und Samira Nickels zu verdauen. So lange es ging, wollte sie sich mit der neuen Identität schützen. Sie durfte nicht leichtsinnig werden, es wäre fatal, Joshua zu unterschätzen.

Doch Carl ließ es keine Ruhe. Seine Tochter Kira schlief in der letzten Nacht mit Daumen im Mund. Das hatte seit dem letzten Treffen mit Eireen nicht mehr getan. Kira fragte ihn sogar gefragt, wer die Frau wäre, über die er so verzweifelt sei? Sie konnte es doch gar nicht wissen, oder hatten Kinder andere Antennen?

2)

Joshua Hill trommelte ungeduldig mit den Fingern auf seinem Schreibtisch herum. Trotz diverser Beruhigungsmedikamente und Rundumaufsicht des Polizei Arztes, schlief er höchstens zwei Stunden und dann träumte er von Eve. Wie er sie ganz alleine suchte und nicht wahrhaben wollte, sie könnte tot sei. Der Whiskey fehlte ihm! Aber gerade jetzt, stand er so unter Kontrolle, dass er sich keine Patzer leisten dürfe. Denn nur wenn er einigermaßen stabil blieb, könnte er an weiteren Ermittlungen teilhaben. Die Hunde Staffel hatte nichts gebracht, die Tauchglocke, die angefordert wurde, hatte auch nichts ergeben. Sie konnten im trüben See nichts orten, was menschlicher Natur war. Zwei leere Ölfässer und einen aufgequollenen Hirschbock hatten sie geborgen. Sonst schien der See sauber. Seit einer Woche suchten sie schon nach der Leiche. Die Bewohner aus Sherham hatten auch nichts bemerkt und es wäre auch nicht aufgefallen, wenn diese Wandergruppe sich nicht dort verlaufen hätte. Dann würde Eve noch heute mit Beetle gesucht. Er stellte sich die Frage, ob sie ihn nicht doch austrickste? Wieso hatte sie Mrs. Klein angelogen? Warum fand man das Portmonee, aber nicht ihren Ausweis und die Fahrerlizenz? Die Versichertenkarte fehlte ebenfalls und auch das Handy blieb unauffindbar. Sie hatten das Wrack auf den Kopf gestellt und nichts gefunden. Keine Blutspuren! Sie hätten an der Frontscheiben sein müssen, auch nach dem großen Gewitter noch. Kein Blut, keine Leiche, nichts! Natürlich, es konnten die besonderen Umstände sein, warum sie Eve nicht finden konnten. Aber sein Fahnder Spürsinn ließ ihn nicht in Ruhe. Joshua zermarterte sich den Kopf, sah sich nochmal alle

118

Kamerasequenzen an und da fiel ihm bei der Hausüberwachung plötzlich etwas Entscheidendes auf. Nicht die Bilder, die er sich immer wieder anschaute, machten ihn stutzig. Vielmehr gab die Datenauswertung den entscheidenden Hinweis. Am Tattag hatte jemand die Hauselektrik im Schaltkasten verstellt. Die Datenkurve zeigte eine Kausalität an, etwas was nicht sein konnte. Schließlich kontrollierte er die Auswertungen jeden 20.ten eines Monats. Von genau 7:43 Uhr bis 9:37 Uhr, sind alle Überwachungsdaten identisch mit denen vom Vortag überspielt. Das Optimierung Menü, wies in diesem Zeitfenster totale Übereinstimmung auf. Die Frequenzen passten, wie die Faust aufs Auge! Eve kannte den Code und wusste, wie man damit umging. Sie war es damals, die diese Idee zu einem intelligenten Haus hatte. Eve konnte dieses komplizierte Programm bedienen, das wusste er genau. Aber wenn er sie bat, die Markise auszufahren, stellte sie sich total unfähig an. Das war es, ein Fingerzeig!

Er sprang aufgeregt aus dem Stuhl und notierte die Zahlen an die Profilerwand. Er zitterte stark! Das tat er immer, wenn er eine richtige Spur verfolgte. Ein *„Popo Meter"*, würde der Rennfahrer sagen. Seine Sinne waren jetzt hellwach. Was tat Eve in dieser Zeit, in diesen fast zwei Stunden?! Sie tat Dinge, die er nicht sehen sollte! Sie musste die Flucht akribisch geplant haben! Woher hatte sie das Geld dafür? Gleich würde er mit seinem Team zu seinem Haus fahren und es nochmal gezielt auf den Kopf stellen. Eve lebte und hatte ihn verlassen. Schlau war sie vorgegangen, aber er würde sie finden, egal wo sie sich versteckte! Joshuas Augen tränten, wie konnte sie ihm das nur antun? Ihn einfach allein lassen! Wer war der neue Kerl? Er hatte schon Mrs. Klein danach gefragt, ob sie öfter Herrenbesuch im Laden bekäme und ob es Ungewöhnlichkeiten gäbe. Mrs. Klein besaß sein Vertrauen, sie würde nie lügen. Aber auch bei ihr hatte sich Eve stets unauffällig verhalten. Und nach der Arbeit gab es fast keine Momente, in denen Joshua sie nicht kontrollierte. Außerdem musste Eve sich mit der Person, die ihr zur Flucht verholfen hatte, immer vor oder nach diesem Praxisbesuch getroffen haben! Das wäre die einzige Möglichkeit, die in Betracht käme. Fast jede Nacht war er weinend eingeschlafen, aber jetzt fiel es ihm wie Schuppen von den Augen. Eve hatte ihm die ganze Zeit etwas vorgespielt und ihn dann im passenden Moment verlassen!! Sie war schuld, dass er so fertig war. Es sollte ihm eine Lehre sein, nicht besser auf sie geachtet zu haben. Er würde sie nie wieder so zurichten, auch wenn seine Fäuste am liebsten gerade alles kurz und klein schlagen wollten. Nein, das durfte nicht sein. Nun musste er harte Geschütze auffahren, wenn er erst ihre Spur hätte. Sie zurückholen und zwingen, ihm zu verzeihen. Doch vorher brauchte sie eine Abreibung. Müsste lernen, was es bedeutet, seine Ehefrau zu sein. Er würde sie spüren lassen, was er die ganze Zeit durchmachte. Sie hatte doch keine Chance, es ohne Hilfe zu schaffen! Wer war ihr Helfer? Er wollte nach der Razzia noch mal zum Westend fahren. An diesem Ort vermutete er alle Antworten auf seine Fragen. Wenn es sein müsste, würde er dort jeden Stein umdrehen! Sie brauchte ihn und er sie! Etwas anderes könnte Joshua Hill niemals akzeptieren.

3)
Als er unten in der Gerichtsmedizin mit dem alten Gutachter Herrold, sprechen wollte, traf er auf seinen Lieblings Mitarbeiter Johnson, jung und dynamisch. Er untersuchte gerade die entnommenen Organe eines alten Mannes. Sein Kittel war blutverschmiert und er hing über die Chromschalen gebeugt, als Joshua sich ein Leichenpflaster aufklebte. Robin hob die Hand zum Gruß. >> Hey Chef, ich komme gleich zu Ihnen. Sie glauben gar nicht, wie viele Leberzirrhose Fälle ich in letzter Zeit hatte. Der letzte Winter war einfach zu milde für das Säufergesocks. Falls Sie Herrold suchen? Er ist nicht da! Sein Onkel ist letzte Nacht gestorben. Da muss er sich um alles kümmern. Er hat mich und Clark aber eingeweiht, Moment. << Joshua nickte und blieb der Leichenhalle fern. Er stellte sich vor, Eve würde in einem dieser Rollschränke liegen, mit Zettel am großen Zeh. Es drehte ihm den Magen um und er schaffte es gerade noch rechtzeitig auf die Mitarbeitertoilette. Würde er das je miterleben müssen? Joshua wischte sich mit einem Papiertuch den Mund ab, spülte und musste sich zusammenreißen. Nein, sie war nur weggelaufen, weil er sie schlug, wenn er getrunken hatte. Das bekam er doch in Griff, oder? Er war ein Hill, wie konnte Eve es wagen? Robin wartete mit einem Kaffee in der Hand im Büro, als Joshua eintrat. >> Robin ich stehe unter großem Stress! Herrold ist mir sowieso keine Hilfe, aber Sie vielleicht! Kommen Sie, gehen wir in die 12 und Sie sagen mir, was Sie denken. << Er wollte seine These von ihm hören. Beide standen vor dem Beetlewrack und den aufgereihten, durchnummerierten Gegenständen. Joshua gelang es, cool zu bleiben. >> Robin, stellen Sie sich folgendes Szenario vor. Meine Frau hat alles perfekt geplant! Sie wollte mich verlassen, da bin ich mir absolut sicher! Schauen Sie mich nicht so ungläubig an! Sie hat die Videoaufzeichnung in unserem Haus manipuliert. Die Beweise habe ich, sehen Sie hier! << Er steckte die Aufnahmebänder in den Apparat und schob den Speicherchip in den PC. Spulte bis zu den Stellen vor und zurück und Robin Johnson nickte erstaunt. >> Sagen Sie, wie würden Sie vorgehen, um einen Selbstmord vorzutäuschen und wüssten, dass ihr Ehepartner ein Ermittler bei der Polizei ist? Niemand wird Eve jemals tot in diesem Wald, oder See finden! Weil sie abgehauen ist und es von langer Hand geplant hat, aber nicht mit mir! Ich hole mir meine Frau zurück und wir werden ganz von vorn anfangen. Eve hat versucht, mich auszutricksen! Sie werden noch an meine Worte

denken, wenn ich sie aufgespürt habe! << Johnson kratzte sich nachdenklich an seinem Bart und dann antwortete er mit Bedacht. >> Mr. Hill, Sie kennen ihre Frau besser als jeder andere hier. Wenn ich angenommener Weise einen Selbstmord vortäuschen wollte, um Sie zu überzeugen, dass ich mich umgebracht habe, dann müsste ich viele Faktoren berücksichtigen. Ja, Mr. Hill dann würde ich auch einen Ort wählen, der so abgelegen ist, wie der in Sherham. Die Lichtung und der See sind ganz perfekt für so eine Aktion. Die Leiche muss aufgrund der gegebenen Umstände auch nicht gefunden werden. Falls wir sie nicht finden, wird sie in einem Jahr, ab Fundorttag des Autos, für tot erklärt. In diesem Fall mit oder ohne Leiche. Aber das wissen Sie selbst am besten. Wenn man es genau nimmt, gibt es ein paar Merkwürdigkeiten. Kein Blut, keine Leiche! Natürlich spielen auch Zufälle eine Rolle. Ihre Frau war nicht angeschnallt, was eher für einen Erdbodenfund sprechen würde, den es nicht gibt. Mr. Hill, an ihrer These könnte was Wahres dran sein! Werden Sie jetzt aber nicht zu euphorisch!! Etwas hätte ich noch bedacht und mir vorher diverse Papiere besorgt. Ein neue Identität quasi. Das wäre, wenn ich an ihre Frau denke, nicht so einfach. Denn auch wenn sie heimlich in dieser Praxis war, dort kann man so was nicht erwerben. Aber wissen Sie was, ich lasse meine Beziehungen spielen und heute Nachmittag habe ich Informationen, ob sie in einer anderen Behörde, oder sonst wo aufgetaucht ist. Andernfalls müsste ihre Frau einen Helfer gehabt haben. Jemand mit Beziehungen im Fälscher und Schleuser Milieu. Vertrauen Sie mir, ich werde schweigen. Es bleibt unter uns! <<
Joshua klopfte Johnson auf die Schulter. Er hätte ihn am liebsten umarmt, wenn der nicht immer noch seinen blutigen Kittel getragen hätte. Bald bekäme er seine geliebte Frau wieder, dieses geschickte Aas! Sie hatte ihn tatsächlich völlig lächerlich gemacht! Nicht mit ihm! Smith durfte jetzt alle wichtigen Ermittlungen leiten, weil sie ihn für zu angeschlagen hielten. Zu Hause würde er sich vor der Durchsuchungsaktion erst mal zwei doppelte Whiskeys gönnen. Danach benötigte Eve einen neuen Kleiderschrank.
3)
Samira Nickels schlief die ersten Tage aus und erwachte erst gegen Mittag. Dann putzte sie das Haus und half der alten Dame beim Hausputz. Sie erntete Kartoffeln in Mrs. Flys Garten und lernte, wie man Erdbeermarmelade einkochte. An den nächsten Abenden blieb sie sehr lange bei der alten Frau und spielte Karten. Samiras Handy vibrierte in regelmäßigen Abständen, aber sie ging nicht ran. Es war stets dieselbe Nummer, die sie nicht kannte. Wieder zeigte die Vorwahl eine 912, als sie es im Kellerraum auflud, doch Samira wollte nichts riskieren.

Der Sheriff meldete sich auch täglich telefonisch bei Mrs. Fly. Er hatte aber zu viel zu tun und konnte nicht vorbeikommen, was er sehr bedauerte. Samira schwelgte mit Mrs. Fly in vergessenen Kindheitserinnerungen. Sie erfuhr eine ganze Menge über ihre eigene Mutter und bestaunte alte Kinderbilder, in der die ehemaligen Nachbarn des Waldweges, zu sehen waren. Niemand lebte mehr von den alten Herrschaften, außer Mrs. Fly. Sie kochte täglich für Samira und versprach ihr bei der Jobsuche zu helfen. Als sie am nächsten Abend, an der mit Schamottesteinen umrandeten Feuerstelle, im Garten saßen und Mrs. Fly gehacktes Holz mit Bioabfall gemischt nachkippte, da schwieg die alte Frau lange und schaute zum klaren Nachthimmel hinauf.

Samira hatte sich schon eine Liste gemacht, wo sie sich bewerben wollte und wenn es nur ein Job im Café wäre. Hauptsache sie käme über die Runden. Sie kannte die neusten Nachrichtenmeldungen über sich selbst nicht und hatte die alte Welt verdrängt. Hier draußen vergaß man die Schnelllebigkeit der Zeit und so konnte Samira Nickels endlich einen geistigen Abstand zur Vergangenheit aufbauen. Mrs. Fly hatte zwar oft Radio an, doch hörte sie nur den Oldie Sender. Dann vernahm Samira, wie Mrs. Fly begeistert mitsummte.

Am Montagmorgen drehte sich Samira, startklar im Spiegel. Sie wollte mit Mrs. Fly im Bus nach Brunswick zu fahren, als der Streifenwagen vom Sheriff mit Sirenenanschlag und rutschenden Reifen vor ihrem Haus hielt. Spencer Stone hatte eine weibliche Verstärkung mitgebracht. In Samiras Kopf überschlugen sich die Gedanken, wussten sie beide etwa Bescheid? Wartete Joshua irgendwo? Sie bekam kaum Luft und die alte Panik stieg in ihr auf. Sie dachte an Flucht, doch wohin so schnell?

Eine freundliche Stimme der afrikanischen Polizistin nahm Samira wahr, während der Sheriff schon hinten an der Terrasse stand und in die Küche lugte. >> Sind sie zu Hause, Samira?? Bitte öffnen Sie die Tür. Wir müssen Ihnen einige Fragen über Eve Hill stellen! << *Ach du Schande!* Samira schaltete in den funktionier Modus und öffnete die Tür. >> Ich bin Samira Nickels, was ist mit Eve? Hier draußen bekommt man nichts mit! <<, der Sheriff kam sofort um die Ecke geeilt und lächelte seltsam. >> Hallo, Samira! Das ist Officer Fielding. Sie ist heute meine Verstärkung. Bitte entschuldigen Sie die Störung. Wir möchten nur ein paar Dinge über Eve Hill von Ihnen erfahren. Dazu müssen wir Sie leider mit auf das Revier zur Hauptzentrale in Brunswick mitnehmen. Steigen Sie ein, wenn Sie soweit sind. Ich bringe Sie später wieder zurück. Ich hörte, dass Sie in Brunswick nach einem Job suchen wollen und fahre Sie überall hin, wenn Sie möchten! Mrs. Fly nehme ich auch mit, sie wollte heute ihre Schwester besuchen. << Samira schloss die Tür. Holte die alte Handtasche aus dem Kellerschrank, legte die Papiere von Eve in den

Flurschrank und hoffte nicht, dass Samira Nickels als gesucht galt. Ihr Herz schlug bis zum Hals und ihre Hände zitterten. Samira benötigte zwei Anläufe, die Tür abzuschließen. Mrs. Fly winkte fröhlich, als sie die Straße hinunterkam und grüßte die Polizisten mit Handschlag. Sagte laut, wie schön sie es fände, das Melanie mal wieder mit fuhr. Melanie hieß also die Verstärkung.

4)

Die ganze Fahrt über, musste Samira hinten im Streifenwagen, festangeschnallt verweilen. Sie hatte Mühe, ihre neu anrollenden Panikattacken zu unterdrücken. Die hügelige Strecke, von dicht besiedelten Kiefernwäldern hin zu der felsigen Steilküste zum Highway konnte sie sich nicht merken. Spencer Stone beobachtete sie eingehend im Spiegel und war gespannt auf Samira Nickels Zeugenaussage. Sie wirkte viel zu angespannt, das irritierte ihn. Doch er wollte sie später zum Essen einladen. Er hatte sich das gründlich überlegt. Letzte Nacht hatte er von Samira geträumt. Sie gingen beide am Strand spazieren und in einem günstigen Augenblick küsste Spencer sie. Völlig verschwitzt wachte er auf und konnte seitdem an nichts anderes mehr denken. Melanie hatte er als Verstärkung mitgenommen, damit es nicht auffiel, wie nervös er war. Samira krallte sich unbewusst an ihrer Jacke fest, bis ihre Knochen weiß durchschienen. Mrs. Fly legte beschwichtigend ihre Hände darüber und zwinkerte ihr beruhigend zu. Dann plauderte sie mit den beiden Beamten durch das Gitternetz. Sie lachten ungezwungen, während Samira ihre Angstzustände unterdrückte. Mrs. Fly wurde direkt an einer Seitenstraße, in der Nähe einer der schicksten Seniorenresidenzen in Brunswick herausgelassen. Sie winkte ihnen zum Abschied hinterher.

Die Hauptzentrale des Brunswicker Police Departments lag mitten in der City. Es war ein beängstigend großer Komplex und stammte aus den 80er und 90er Jahren. Reges Treiben, der zurückkehrenden Einsatzfahrzeugen, ließen Samira einschüchternd nachblicken. Es war ein Zustand, den sie für immer vermeiden wollte. Doch. der Horror hatte längst alle Glieder erfasst. Sie hielt nach Joshuas Auto Ausschau, konnte es aber nicht entdecken. Zu viele, dunkel gekleidete Officer liefen hier herum. Am Eingang wurde ihr die Tür aufgehalten. Niemand schien sie richtig wahrzunehmen. Nein, das würde alles drinnen passieren, wenn sie ihr Handschellen anlegten und zu Joshua brachten, au je! Überall waren diese Kameras und Leute saßen in einer Wartezone für Anzeigenaufnahme. Sie versuchte nicht an ihre Ängste zu denken und sie würde schreien, wenn Joshua gleich vor ihr stände! Da drinnen war keine Flucht mehr möglich!

Mehrere Gefangene wurden tatsächlich in Handschellen neben ihr abgeführt. Officer Fielding ging vor und sie stiegen in einen Fahrstuhl.

Dann durchquerten sie graue Flure. Überall Stimmen, Telefongeläute und Türengeklapper. Ein Schild an der Wand wies zu den Verhör und Besprechungsräumen. Kaffeedunst und abgestandene Luft durchzog den nächsten Flur. Beklemmende Platzängste überfielen Samira in drastischer Form und schnürten die Luft zum Atmen ab. Schwindelig und benommen betrat sie das Büro, der Hauptkommissarin von Brunswick. Fahles Licht und keine Fenster. Wie schlimm konnte es noch werden? Ein Schreibtisch thronte in der Ecke und mitten im Raum befand sich ein schlichter Holztisch. Vier harte Stühle, für Intensivverhöre, waren mit dem Boden verschraubt. Ein Bildprojektor summte leise. Vorher musste Samira noch ihren falschen Ausweis zeigen und ihre Tasche abgeben. Der Sheriff brachte sie kurz darauf wieder mit. Er behielt sie jedoch bei sich und hatte eine Fahndungsliste unter den Arm geklemmt. Eine grauhaarige, klugdreinblickende Endfünfzigerin, bat sie Platz zu nehmen. Samira zwang sich, bloß nicht ohnmächtig zu werden >> Danke Melanie, Sie können jetzt gehen. Spencer, wir werden Mrs. Nickels auf den Zahn fühlen. Mrs. Nickels, geht es ihnen nicht gut? << Samira bat um ein Glas Wasser und schüttelte den Kopf. >> Natürlich. Spencer bringt Ihnen etwas. Also, mein Name ist Inspektor Wheeley. Ich bin Oberkommissarin des Kriminaldezernates in Brunswick. Sheriff Stone kennen Sie ja schon. Wir wollen nur, dass Sie uns vielleicht einige Fragen beantworten können, Mrs. Nickels. Wir haben Sie überprüft und es ist alles in Ordnung. Sie sind in New York vor kurzem zwei Mal zu schnell gefahren und haben die Knöllchen nicht bezahlt. Sie sollten diese zeitnah begleichen, sonst wird es teuer! << Samira nickte benommen, böse Vorahnungen schoben sich in ihren Verstand. Alle waren viel zu freundlich, das könnte ihr zum Verhängnis werden! >> Mrs. Nickels, wie lange sind Sie mit Eve Hill befreundet und wann haben Sie mit ihr zuletzt gesprochen? << Samira nickte und bekundete, dass es schon einige Wochen her wäre. Sie konnte kaum klar denken, in diesem Verhörraum! Bevor Die Kommissarin notierte sich die Aussage und fuhr in ernstem Ton fort. >> Mrs. Nickels, schauen Sie nicht die Nachrichten? >> Samira schüttelte den Kopf. >> Sie erklärte ohne Umschweife, was ihrer besten Freundin wiederfahren war. >> Hatte Eve Hill, beim letzten Treffen vielleicht Probleme, Depressionen, oder eine Verhaltensänderung gezeigt?? Können Sie mir etwas dazu sagen? << Samira atmete tief durch und dachte dass ein wenig Wahrheit nicht schaden konnte. Doch musste sie aufpassen, wo die Grenze des Glaubwürdigen verlief. Der Sheriff klang besorgt. Er machte eine beschwichtigende Geste, als er die Flasche aufdrehte und eingoss. >> Samira, es ist verständlich, dass sie geschockt sind! Sie sagten neulich, dass Sie sie seit der Uni kennen. Bislang habe ich das nicht überprüft. << Samira hatte die gleiche Farbe, wie Spencer Stones

Garagentor, nämlich Kalkweiß. Die arme Frau wusste nichts von der Sache, so erschrocken, wie sie wirkte. Oder doch? Nein, er glaubte dass ihre Städtereise ein langgehegter Wunsch war oder doch was? Samiras Augen besaßen jedoch ein seltsames, unruhiges Flackern und sie verhielt sich, wie ein verängstigtes Reh. Es war mehr, als nur der Schock! Die Frauen mussten ein außerordentliches Verhältnis zueinander gehabt haben!
Sie knetete nervös ihre Finger und er konnte sich keinen Reim darauf machen. Diese paar Strafzetteln lösten solche Reaktionen definitiv nicht aus! Sherriff Stone und war froh, dass sie keine Beziehung hatte oder gar verheiratet war. Aber Samiras Körpersprache war sehr eindeutig, auch wenn sie es ständig zu kaschieren versuchte. So verhielten sich misshandelte Frauen, wenn sie im Revier konkrete Angaben zum Geschehen machten. Er konnte die Aussage kaum erwarten! Sheriff Stone wollte die Schilderung hören und ihr in die Augen sehen. Der Sheriff, verließ die Beobachtungsscheibe und kehrte in den Verhörraum zurück.
Inspektor Wheeley zeigte Samira, die kerzengerade dasaß, die Filmaufnahmen von der Unfallstelle und Fotos des Wracks. Auch Gegenstände, die sie gefunden hatten und eine Kopie des Briefes. Dann wurde Joshua kurz eingeblendet. Er hielt ein Foto aus dem Portmonee hoch und wirkte total verloren! Samira sprang vor Schreck vom Stuhl, hielt sich den Mund zu, damit sie nicht laut schrie. Sie starrte entgeistert auf den Mann, mit seinem stechenden Blick. Sie wollte ihn nie wiedersehen und nun blickte er sie anklagend an. Bedauernswert, wenn sie es nicht besser wüsste!. Dieser Anblick, auf den eingeblendeten Sequenzen, ließen Samiras Gesichtszüge vollkommen entgleiten.
Wie ein verstörtes Kind, begann sie zu zittern. >> Bleiben Sie ruhig, Samira. Es ist schon gut. Das nimmt Sie sehr mit und das sehen wir. Es tut mir leid Mrs. Nickels, wir versuchen nur ein bisschen Licht in die Sache zu bringen? Kennen Sie Eves Mann? Sheriff schalten sie den Projektor ab! Mrs. Nickels Reaktion ist eindeutig! Sie hat den Ehemann erkannt. << In Samiras Kopf tanzten die schrecklichen Bilder. Alles drehte sich wie wild. Inspektor Wheeley bekam Samira gerade zu fassen, bevor sie vom Stuhl rutschte. Sie drückte ihr ein neues Wasserglas in die Hand und bat Spencer, die Anhörung weiterzuführen. Sheriff Stone setzte sich auf den Stuhl, von Mrs. Wheeley. Dann sah er in Samiras tiefbraune Augen und verlor sich fast darin. Für einen Moment überlagerte das Gefühl, vor ihm säßen zwei Frauen in einer Person. Warum hatte er diese Eingebung? Inspector Wheeleys Handy klingelte ihn aus den Gedanken. >> Spencer, es ist der Kindergarten. Ich ruf gleich zurück. Glaubst du wir schaffen das Thema in zehn Minuten? << er nickte und schauderte.

Er hatte eine Frau vor sich sitzen, die ihnen nun Grausamkeiten schildern würde.

Die Klimaanlage blies Frischluft in die Zelle. Der Sheriff ließ die Tür offen stehen und es dauerte eine Weile, bis Samira sich gefangen hatte. Sie durfte nicht schwach werden. Freiheit bedeutete, Samira Nickels zu bleiben! Erst zögernd, dann immer bestimmter, schilderte sie eine Sicht auf das Leben von Eve Hill. So, wie sie es gerade vertreten konnte. Es waren harte Fakten und die Worte sprudelten nur so aus ihrem Mund, während sie auf ihre gefalteten Hände starrte. Samira erklärte, sie hätte mit Eve zum letzten Mal vor einem Monat gesprochen. Dann erzählte sie eine schlimme Geschichte von einem Mann, der seine Frau ständig misshandelte. Bildlich ging sie stark ins Detail, auch das es das ganze Dorf wusste. Aber alle taten so, als wäre es normal. Sie gingen sonntags brav in die Kirche und zeigten mit Fingern auf andere, wie Mrs. Steward. Keiner stand ihr bei, weil die Familie des Mannes viele mächtige Freunde besaß. Sie wollte auch kein neues Kind, nachdem sie es durch Misshandlungen verloren hatte. Diese Eve Hill sprach manchmal von einem neuen Leben. Es bot sich nur nie die Chance, von dort wegzugehen. So einfach war es nicht. Sie hätte ihr sonst geholfen. Die Beziehungen, die der Mann hatte, reichten sehr weit. Samira war sich bewusst, dass ihr Eves Schicksal eigentlich zu Nahe ging. Da wollte sie nie wieder drüber reden und nun saß sie hier! Sie weinte fast und durchlebte die unbeschreiblichen Schmerzen und Gefühle nochmals durch. Samira wäre am liebsten aufgestanden und hätte schreiend den Verhörraum verlassen. Aber sie kratzte gerade rechtzeitig die Kurve, bevor die Sache drohte, aus dem Ruder zu laufen.

Geschockt starrten Inspektor Wheeley und Sheriff Stone, Samira an und schüttelten mit den Köpfen. Als Samira schwieg, um Luft zu holen, fand die Oberkommissarin als erstes die Worte wieder. >> Samira, das erklärt ihre Reaktion in vollstem Umfang. Eve Hill ist bisher noch nicht gefunden worden. Niemand geht davon aus, dass sie weggelaufen ist. Doch Fremdverschulden durch den Ehemann wird ausgeschlossen. Gab es wirklich niemanden, der ihr sonst helfen konnte? << Samira putzte sich Tränen der Wut weg und ihre Stimme klang rau und düster. >> Leider nein! Mr. Hill ließ seine Frau nirgends allein. Welche Chance hatte sie, fragen sie mich?! Oder fragen Sie sich selbst. Mit Eve konnte man sich nur mit seinem Einverständnis treffen. Er hat allen Begegnungen stets beigewohnt. Was glauben Sie, hätte ich tun sollen?? Es tut mir Leid für Eve! Niemand wünscht anderen so ein Horrorleben. Ich kann Ihnen nicht mehr dazu sagen. Ich möchte bitte gehen, wenn Sie keine Fragen haben! Wird meine Aussage nach Durham weitergegeben, dann möchte ich von meinem Schweigerecht Gebrauch machen! << Die Ermittlerin antwortete spontan. >> Nein, Mrs. Nickels. Erst wenn die

126

Leiche von ihrer Freundin gefunden wird. Dann würden wir nochmal auf Sie zukommen. << Inspektor Wheeley machte einen dicken, grünen Haken hinter Samiras Aussage und klappte die Mappe zu. Sheriff Stone schwieg nachdenklich und begleitete Samira aus dem Revier. Der Sheriff hielt Samira die Tür auf, schwang sich gekonnt auf den Fahrersitz und betrachtete sie eingehend. Sie blickte einfach aus dem Fenster, während er vergeblich nach klaren Worten suchte. >> Ich hoffe, dass wir ihre Freundin lebendig erwischen, Samira! Da muss man sich schämen, wenn ein so hoher Beamter, sein Amt derart missbraucht. Wenn es soweit ist, werde ich mich persönlich dafür einsetzen, dass der Fall genau untersucht wird. Unser aller Ruf ist durch solche schwarzen Schafe in Gefahr. Ich werde es Mrs. Fly erst sagen, wenn die Durhamer Eve Hill definitiv ermittelt haben. Was halten Sie davon, wenn ich sie zu Oldman- Falls, am Ocean Highway fahre? Das ist die größte Werbe und Marketing Firma, in der Gegend. Dort melden Sie sich einfach bei der Information. Der Chef ist sehr nett und kann sicher jemanden, wie Sie gebrauchen. Hier ist meine Nummer. Rufen Sie mich einfach an. Ich habe ab eins frei und würde mich freuen, wenn Sie später mit mir etwas essen gehen würden. Ich kenne da ein schönes Restaurant am Strand. <<
Samira setzte die Sonnenbrille auf, holte das Cappy aus der Tasche. Sie fand den Kontrast zu Bloomingville unglaublich. Die Sonne strahlte die düsteren Wolken weg. Der Name der Firma kam Samira bekannt vor. Aber die Situation von eben, hing ihr stark nach. Hier waren alle so nett, hilfsbereit und ihr war auch nicht entgangen, dass Spencer Stone diese Einladung nicht leichtgefallen war. Er versuchte es zu verbergen. Doch sein Blick sprach für sich und er hatte ehrliche, graue Augen. Eine gewisse Attraktivität war nicht zu leugnen. Er war es sich aber nicht wirklich bewusst und kein Typ, der herumprahlte. Sie lächelte und sagte zu. Was sollte falsch daran sein? Sie war schließlich Samira Nickels und gegen die lag nichts vor, außer zwei unbezahlten Knöllchen in New York!
5)
Als Samira den Rest des steilen Fußweges hinaufging, verweilte sie sich kurz auf einer Bank, sah zum Meer und den rauschenden Wellen. Sie ließ die Bilder Revue passieren. Joshua Hill würde bekommen, was er verdiente. Er hatte psychisch und physisch stärker abgebaut, als es für möglich gehalten hätte. Mit Grausen erinnerte sie sich an das geläuterte Gesicht, das er nach der Fehlgeburt aufsetzte und sie auf Knien um Verzeihung bat. Ganz am Anfang der Beziehung hätte sie ihn einfach in den Arm genommen. Die Wahrheit über die Brutalität des Vaters, ahnte sie früher schon. Mochte sie gar seine Verletzlichkeit, die er nur ihr zeigte? Bei ihr konnte er zu Beginn ganz er selbst sein. Da war die Beziehung noch gut und sie redeten viel. Wieso musste er sich so

verändern, verdammt! Sie wollte nicht mehr darüber nachdenken!
Nun war sie allein und die Vergangenheit schwappte über. Sie brach
an den Felsen, wie die Wellen unten am Strand. Joshua trank
anfangs nur bei Partys. Zuerst wurde er lustig und witzelte herum.
Doch dann kam der Punkt, an dem seine Schwermütigkeit
durchschlug und er vor sich hinstarrte. Seine Stimmung kippte, wie
bei einem An und Ausschalter. Es begann mit Beleidigungen, dann
wurde er irgendwann handgreiflich und es gab kleine Rangeleien.
Joshua entschuldigte sich hinterher und gelobte Besserung.
Eifersucht und Verlustängste plagten ihn in immer größeren
Ausmaßen und ein Teufelskreis setzte sich in Bewegung. Eine
dunkle Welt öffnete sich für Joshua Hill, zu der Eve keinen Zutritt
mehr hatte. Da hoffte sie nur noch auf bessere Zeiten!

11.Kapitell

1)

Samira Nickels stand bald vor einem schicken Glasgebäude, mit vielen Büroetagen und Fertigungshallen. Ein weitläufiger Großbau, der vermutlich über 1000 Mitarbeiter beschäftigte. In grünen und blauen Lettern stand dort „Oldman-Falls Marketing und Web-Design Inc.". Ein blauer Pfeil wies den Weg zur Information und dem Eingangsbereich. Das Firmengebäude lag an einem felsigen Hang, mit Weitblick zum Meer. Die Wellen peitschen kräftig gegen die Bucht und es klang herrlich erfrischend. Die Sonne schien warm und Samira konnte sich nicht vorstellen, dass Carl ihr gerade jetzt über den Weg laufen könnte. Vielleicht würde er sie gar nicht erkennen. Eine Mrs. Schwarz stand hinter Monitoren und etlichen Tastaturen, Telefonen und Aktenbergen. Erst, als Samira sich räusperte, nahm sie überhaupt Notiz von ihr. >> Ja bitte? Was kann ich denn für Sie tun? << Samira, schob die Brille lässig auf die Haare. >> Entschuldigen Sie die Störung, ich heiße Samira Nickels. Man sagte mir, dass bei Ihnen noch Hilfskräfte für Bürotätigkeiten gesucht werden und ich mich hier melden könne. << Mrs. Schwarz, eine grauhaarige, quirlige Frau, lächelte höflich, als sie Samira anblickte. >> Kennen Sie sich denn mit dem Thema, Webdesign aus? Haben Sie in dem Bereich schon gearbeitet? Wenn ja, dann füllen sie bitte alle diese Bögen aus und begeben sich zu Mrs. Green in die dritte Etage. Dort hilft man Ihnen weiter. << Sie überreichte Samira etliche Blätter, zwei Eignungsbögen für Testzeichnungen, die sie von der Uni kannte und zeigte zum Lift. >> Ach, und wenn Sie zudem gut mit kleinen Kindern umgehen können, sind Sie hier goldrichtig! << Samira lächelte verwirrt.

Die Klimaanlage ratterte laut vor sich hin. Hatten die Nachrichten nicht von einem heißen Tag gesprochen? Die Büros in der dritten Etage wirkten genauso offen, wie sie es ihnen zu Unizeiten gefallen hätte. Sie staunte nicht schlecht! Carl hatte es tatsächlich umgesetzt. Jedes Stockwerk besaß einen anderen, mediterranen Anstrich. Hier bekam man gleich ein positives Gefühl, auch wenn sie den Job hier nicht kriegen sollte. Sie hätte die Farben genauso gewählt. Samira setzte sich vor das Büro von Mrs. Green, die in einem Telefonat vertieft war und füllte sachgemäß die Unterlagen aus. Sie trug alle Daten von Samira Nickels ein, aber kein Bankkonto. Sie kreuzte Barcheckauszahlung an und gab lediglich ihre Adresse in Dariens End an. Falls noch Zeugnisse verlangt würden oder Bildungsnachweise, dann musste sie die Sachbearbeiter mit Umzugskapriolen hinhalten und später nachreichen. Bei der Telefonnummer dachte sie an Mrs. Fly, aber die konnte sie erst später um Erlaubnis fragen. In der Uni in Durham käme sie vermutlich an Kopien heran, aber es war noch zu heikel, sich dort zu

melden. Und sie wusste auch nicht, wie sie reagieren würde, wenn Carl dahinterkäme, dass sie sich in seinem Betrieb bewarb. Eigentlich wollte sie inkognito bleiben und warten, bis die Luft rein wäre. Sie dachte an all das Idyllische, dass sie hier schon zu Gesicht bekommen hatte, als plötzlich jemand an ihrer Schulter rüttelte. Ein kleines, blondgelocktes Mädchen hielt ihr einen Mal Block hin. >> Bitte, kannst du mir einen Delfin malen? Mrs. Green ist zu untalentiert! << Samira grinste über das kecke Verhalten, des Kindes. >> Na klar, aber nicht, das Mrs. Green dann traurig ist. << Die Dame hinter der Glastür und verneinte laut. >> Kein Problem, kommen Sie doch dann einfach herein, wenn Sie die Unterlagen fertig haben. << Samira dankte, nahm den Block und malte einen Delfin im Meer und noch eine lustige Seepferdchen Familie dazu. Die Kleine jauchzte vergnügt. >> Wie heißt Du? Ich bin Kira und schon fast groß. Bald jedenfalls! << Samira lachte über die Ungezwungenheit des Kindes. >> Ich bin Samira, nett Dich zu treffen, fast große Kira. << Sie klatschte in ihre kleinen Hände und ließ Samira danach in Ruhe. Es blieb genug Zeit, die gesamten Fragebögen auszufüllen. Samira wunderte sich, dass sie die Lösungen alle noch im Kopf hatte. Nach zehn Minuten betrat sie Mrs. Greens gemütliches Büro mit eingerichteter Spielecke. Das Mädchen turnte an Samira vorbei und wedelte mit dem Bild. >> Sie heißt Samira! Schau dir den Delfin an. Das muss Ich gleich Daddy zeigen. Danke Samira! Bleibst du hier, wenn Daddy dich einstellt und malst mit mir? << Samira hob den Daumen, bis Kira kreischte und jubelnd in ein anderes Bürozimmer stürmte. Samira übergab Mrs. Green die Unterlagen, blickte in freundliche Augen und dachte an das kleine Mädchen. *Gab es hier etwa einen Betriebskindergarten?*
>> Setzen Sie sich doch, Mrs. Nickels. Wie ich erkenne, haben Sie in Durham studiert? Dann liefern Sie mir bitte die Unterlagen noch nach! Sie haben in einer Schneiderei gearbeitet und suchen jetzt etwas Festes? Mhm, ihre Zeichnungen zeigen, dass sie sich in unserem Metier auskennen? Mr. Oldman ist leider nicht im Haus, aber ich werde versuchen, ihn telefonisch zu erreichen. Das ist ja interessant! Sie stammen aus New York und wohnen in Dariens End? << Samira nickte, antwortete, das es sich um ein geerbtes Haus handelte. Doch sie wollte dort nicht ewig bleiben. Mrs. Green schien zu wissen, was gemeint war. Sie wendete sich erneut den Unterlagen zu. >> Sie scheinen sehr talentiert, Mrs. Nickels und Kira mag Sie auf Anhieb! Sie spricht normalerweise keine fremden Menschen an. Ich denke, wir könnten Sie hier probeweise einsetzen. Ich versuche mal Mr. Oldman zu erreichen, Augenblick. << Bevor Samira protestieren konnte, wählte sie mehrere Nummern, bis sich eine dunkle Männerstimme mit. >> Oldman! <<, meldete. >> Mr. Oldman, ich weiß das Sie einen Termin haben. Aber hier sitzt gerade eine junge

Frau, Samira Nickels, in meinem Büro. Sie hat in Durham studiert und ich denke, dass sie vielleicht die Qualitäten in dem Bereich hat, die Sie schon länger suchen. Bei den Testzeichnungen hat sie präzise gearbeitet und ihre Vorgaben fehlerlos erfüllt. << Samira erkannte Carls Stimme sofort wieder und spürte, wie neugierig er nachhakte, *wie früher* dachte sie. Er redete selbstsicher. Das hatte Carl in der Studienzeit immer vor dem Spiegel geprobt. Sie durfte immer dabei sein und konnte ein Kichern schlecht unterdrücken. Carl bekam dann rote Flecken und warf die Sofakissen nach ihr. Doch das Üben hatte geholfen. Mrs. Green hielt den Hörer zur Seite. >> Mrs. Nickels ab halb drei wäre heute der Vorstellungstermin, passt es Ihnen? Sie haben hier leider keine Telefonnummer eingetragen. Es wäre von Vorteil, wenn sie sich schnell ein Handy zulegen. << Samira nickte und versprach es. Die Sekretärin schrieb den Termin auf eine Karte und heftete die Unterlagen ab. Während Samira sich mit einem mulmigen Gefühl verabschiedete, unterhielt sich Mrs. Green weiter mit Carl Oldman, über irgendeine Drucktechnikmesse in Brunswick. Die junge Frau verabschiedete sich und Mrs. Green winkte ihr nach. Samira stieg bereits in den Fahrstuhl, als sie Carl Oldman von der Begegnung mit Kira erzählte. Er antwortete nicht, ein seltsames Empfinden regte sich in seinem Magen. Das konnte nicht allein an der Werbepräsentation, der neusten Smokerprodukte auf der Messe liegen. Es war mehr so eine Art Vorahnung und Hoffnung. Der Hunger war verflogen, als er sein Handy ungelenk aus der Tasche zog.
Er fuhr gerade auf den Parkplatz vor dem Eingang, als eine dunkelhaarige Frau mit Sonnenbrille an ihm vorbeihuschte. Dabei verlor sie ihren Schal. Er war perplex, denn er erkannte ihre Art sich zu Bewegen. Aber wie passte das zusammen?? Zu spät rief er ihr hinterher. Das musste diese Frau sein, wie hieß sie, Samira sowieso? >> Hallo Mrs., Sie haben ihre Stola verloren! Der Wind ist heute recht kräftig! << Doch Samira hörte ihn nicht. Sie war darauf bedacht, nicht über die Rasensteine zu stolpern. Als sie zu Spencer Stone in den Streifenwagen stieg, konnte es Carl kaum glauben. Kira zog ihm am Arm und als er wieder hinsah, war die Frau verschwunden. >> Daddy hier schau! Das hat Samira für mich gemalt. Wirst du sie einstellen? << Carl hob seine dreijährige Tochter hoch. Das seltsame Kribbeln in der Magengrube breitete sich weiter aus, als er das Bild betrachtete. Nur eine Person, die er kannte, konnte so gut Tiere zeichnen.
Kira hielt die orangefarbene Stola und umarmte ihren Daddy fest, als beide zum Eingang schlenderten. Carl würde sich gleich umziehen und er wollte nachher so perfekt aussehen, wie möglich. Er aß mit Kira in der Kantine und bekam kaum etwas herunter. Sie war es, ganz sicher. Carl wippte ungeduldig mit den Füßen. Wenn sie nicht

widerkäme würde er vor Sorge definitiv verrückt. Um sich abzulenken, hielt er Smalltalk mit den Mitarbeitern. Aber seine Gedanken schweiften immer wieder zurück, zu der geheimnisvollen Samira. Als er die Stola gedankenverloren betrachtete, entdeckte er eingestickte Initialen. E.& H.

2)

Sheriff Stone setzte rückwärts und wirkte sichtlich aufgeregt. Er hatte sich sportlich gekleidet und seine neuste Jeans angezogen. Er wollte bei Samira einen guten Eindruck hinterlassen. Spencer räusperte sich und sah sie direkt an. Samira war nicht mehr so angespannt, wie vorhin. Sie nickte ihm zu und drehte sich zum geöffneten Fenster. Samira war mit den Gedanken bei dem Gespräch von eben. Wenn sich alles beruhigte, würde sie in die Stadt fahren, um eine Staffel zu kaufen. Samira Nickels sah sich nach Feierabend, am Strand sitzen und malen. Ja genau, dies würde sie gerne tun, wenn sie von Joshua nichts mehr zu befürchten hätte.

Sie fuhren ein ganzes Stück den Highway entlang, vorbei an traumhaften Stränden und Hotels. Ein verträumter Landstrich zeigte all seine Schönheit. Hier konnte ihr Leben nur besser werden! >> Samira, darf ich Fragen, wie das Vorstellungsgespräch gelaufen ist? Der Chef hat ein gutes Herz. Er wird sicher Verständnis für Ihren Trip haben! << Samira nickte und blickte in die grauen, verträumten Augen von Spencer Stone. >> Um halb drei ist der Tormin. Ich habe den Besitzer noch nicht getroffen. Aber ich bin gespannt, ob sie mich gebrauchen können. Kennen sie das kleine Mädchen, Kira? << Er bejahte es und bog gemächlich in eine Seitenstraße, die hinunter zum großen Strand führte. Kleine Cafés und Restaurants waren gut besucht. Gerade hatte die Mittagszeit begonnen. >> Samira, ich hoffe, dass Sie sehr lange hier sein werden und drücke Ihnen gleich die Daumen. Kira ist die Tochter von Mr. Oldman. Er und sein Cousin haben vor ein paar Jahren die Firma aufgebaut. Das war ein voller Erfolg und brachte neue Arbeitsplätze hier in die Gegend. Er hatte eine Frau, Eireen. Das ist die Mutter der Kleinen. Sie ist jetzt mit einem reichen Wallstreet Kerl vermählt. Mr. Oldman kümmert sich ganz allein und zahlt trotzdem noch Unterhalt. Tschuldigung, ich wollte gar nicht ins Detail gehen! Es ist eine traurige Sache, aber nicht halb so tragisch, wie die Geschichte ihrer Freundin aus Bloomingville. Vielleicht wechseln wir einfach das Thema Samira. Da vorn ist mein Lieblingsrestaurant. Es heißt „Brodys" und hat eine gute Küche, auch vegetarisch, wenn Sie mögen? Kommen Sie! << Samira war ziemlich erstaunt, dass Carl wirklich verheiratet war, kam es doch für ihn früher nie in Betracht. Andersherum gesehen, was hatte sie denn erwartet?

Das schöne Flair des Restaurants lenkte Samiras Gedanken auf den Ausblick zum weiten Meer und den Möwen, die einem Fischkutter hinterherjagten. Sie vergaß alle Probleme für den Moment und genoss die warme Sommerbrise. Sie setzten sich an einen, der vierer Tische, über die große Sonnen Schirme, einer bekannten Kola Marke gespannt waren. Das Restaurant machte einen rustikalen, freundlichen Eindruck und das Publikum wirkte zufrieden. Am großen Strand weiter hinten, sonnten sich viele Urlauber und Kinder bauten Sandburgen. Mehrere Kioske verkauften Eis und Sonnenmilch. Eine wunderschöne Kulisse, dachte Samira und hatte trotzdem Angst vor dem Moment, das jedes noch so breite Lächeln nicht ausreichen würde, falls ihre Tarnung auffiel. Dieser Makel würde sie noch lange begleiten. Hier war alles gut. Nichts wirkte überladen oder aufgesetzt. Samira konnte sich gut vorstellen, hier zu bleiben. Aber ohne Job wäre sie aufgeschmissen.

Samira und der Sheriff setzten sich in den Schatten .Er zog Gentleman mäßig den Stuhl für sie zurück. Es war eine nette Geste und Samira errötete leicht. Sie bestellten beide Apfelschorle und Spencer Stone nahm noch einen Espresso dazu. Beide entschieden sich für den angepriesenen Salat als Vorspeise und Samira wählte für sich eine vegetarische Gemüsepfanne. Der Sheriff konnte sich für das Steak mit Pellkartoffeln begeistern. Dabei strich er sein hellgraues Hemd glatt. Die schwarze Jeans unterstrich seine Sportlichkeit. Sie unterhielten sich zwanglos. Spencer brachte Samira mit seiner angenehmen Art dazu, sich wie zuhause zu fühlen, erstaunlich! Er brachte sie zum Lachen, bis die Tränen kamen. Der Sheriff kannte viele Witze und erzählte von unglaublichen Einsätzen. Sein Humor war Balsam für Samiras Seele und sie hätte fast vergessen, dass auch er ein Gesetzeshüter war. Ein Polizist, der gerade nicht in einer Uniform steckte. Es war nur die Jacke, die ordentlich über dem freien Stuhl hing. Hier, in dieser wunderschönen Umgebung, verblasste die Angst.

Der Restaurantbesitzer bediente sie persönlich und unterhielt sich nach dem Abräumen angeregt mit dem Sherriff. In seinem Kiosk, auf der Südseite des Strandes, wurde neulich nachts eingebrochen und die Diebe entwendeten Schnaps und Süßigkeiten und Klopapier. Spencer antwortete amüsiert. >> Also, Ernest das sind bestimmt wieder unsere Halunken aus der Uni, wie immer! Die langhaarigen Zausel kiffen bis zum Umfallen und kommen dann auf die dollsten Klöpse. Unsere Teams sind bereits in Alarmbereitschaft. Am Freitag, um Sieben Uhr, im Pressesaal, findet wieder unsere alljährliche Präventionsveranstaltung statt. Die Saison hat erst begonnen, mein Freund! Das Problem soll nicht noch in Schießereien ausarten! Niemand möchte Zustände wie in Dariens End. << Ernest nickte zerknirscht. >> Spencer, du kannst auf mich zählen, das weißt du? Dann sollte ich vielleicht in Zukunft meine Schwiegermutter ins Schaufenster stellen? Und nur noch den Billigen Fusel ? Das kriegen die Typen in dem Zustand doch eh nicht mehr auf den Schirm! Zum Glück haben sie mir nicht das Lokal zerdeppert! << Da lachten sie beide. Als er bezahlen wollte, meinte der Restaurantbesitzer. >> Bring die nette Dame ruhig öfter mit. Viel zu selten sieht man dich in weiblicher Begleitung! Steht dir sehr gut! << Spencer Stone errötete sehr und vermied den Blick zu Samira. Das würde er nur zu gerne, doch er glaubte nicht, dass sie die gleichen Dinge empfand, wie er. Samira bedankte sich und bestand darauf, das Eis auszugeben. Sie beschlossen, noch ein Stück über die Strandpromenade zu spazieren. Sie erwischte sich immer wieder, dass sie verstohlen zu Spencer sah und dann ängstlich das Sheriffemblem, seiner lässig übergehängten Jacke angaffte. Sie gingen die Promenade noch ein Stück weiter. Samira wusste nun, dass Spencer Schokoladen und Himbeereis am liebsten mochte und Joshua Eis hasste. Die beiden hatten überhaupt keine Ähnlichkeiten! Der Beruf war das einzige, was die beiden verband und diese Tatsache empfand Samira als Herausforderung. Sie suchte Sicherheit und Spencer könnte diese geben. Es war ein beruhigendes Gefühl, wenn er sie wie zufällig am Arm berührte. Mehr wollte Samira sich nicht eingestehen. Es war eine seltsame Situation, als Spencer Stone, Samira beherzt an den Schultern packte und sie in einem geschickten Dreh an sich zog. Zwei Fahrradfahrer fuhren viel zu schnell. Samira hatte sie zu spät wahrgenommen. Eine heftige Gefühlsexplosion löste diese Berührung bei Spencer aus, das er völlig vergaß, die Rowdys anzuhalten und zu ermahnen. Braune Augen blickten in tiefe Graue und auch Samira konnte das, was sie empfand, nicht einordnen. Viel zu früh, dachte sie und es durfte nicht sein, nicht jetzt. Er würde sie hassen, wenn er die Wahrheit wüsste und wenn er sie wüsste, müsste er sie sicher verhaften. Eine ganze Weile standen sie so da und sahen sich einfach nur an. Bis Spencer sich nervös durch die Haare fuhr. Sie verbarg etwas, doch das war ihm egal. Heiser sagte er zu Samira. >> Ich leite in unserem Revier den Sportverein und veranstalte Karatekurse für Anfänger und Fortgeschrittene. Habe in Washington, Raketentechnik studiert und mich später auf Schusswaffen und Sprengstoffe spezialisiert. Bei ungeklärten Mordfällen, bei denen die Tötungswaffe nicht einwandfrei zugeordnet werden kann, rufen sie mich an. Es ist mein Fachgebiet, Samira. Meine letzte Beziehung ist fast zwei Jahre her. Sie studierte damals Kunst und ich kenne das große Militärmuseum in Durham. Ich weiß gerade nicht, warum ich das alles erzähle. Ich werde dieses Jahr 31 Jahre alt und habe wohl die Contenance verloren! Bitte entschuldigen Sie. << Samira hatte Schmetterlinge im Bauch, wenn sie in Spencers Gesicht blickte. Seine feinen Züge und die geschmeidige Körperhaltung passten sehr gut zu seiner großgewachsenen Statur. Sie mochte auch seine rötlichen Haare, die an den Spitzen

ausgeblichen waren. Die Locken kräuselten sich bei der Wärme und er hatte trotz seiner hellen Haut einen roten, sinnlichen Mund. Sie wollte ihn eigentlich gar nicht so genau betrachten. Doch er tat das gleiche und wie nah sie voreinander standen, dass Spencer es nicht unterdrücken konnte, Samira immer näher zu sich zu ziehen. Er wollte ihr Gesicht berühren. Die Situation raubte beiden die Sinne. Doch als Samira sein Deo tief einatmete, musste sie den Kreis durchbrechen. Alles an Spencer gefiel ihr. Sie hätte sich fast vergessen und ihn einfach geküsst. >> Spencer, ich mag Sie auch! Aber ich muss mich erst von einem Beziehungsaus erholen. Deshalb habe ich diese Städtereise begonnen. Ich brauchte einfach einen Tapetenwechsel. Hier ist alles so friedlich und die Menschen wirken ausgeglichener, als in New York. Meine Freundin Eve hat sich vielleicht umgebracht. Das muss ich erst verdauen und mein Vorstellungsgespräch wartet. Sie sind der Sheriff und ich bin eine Fremde. <<
Samira hatte das Gefühlkarussell tatsächlich durchbrochen. Spencer blickte ertappt zu Boden und entschuldigte sich leise. Versuchte sich nichts anmerken zu lassen. >> Ja, Sie haben recht, Ihr Vorstellungstermin. Kommen Sie, Samira gehen wir. Mrs. Fly wird sich auch sicher bald melden, dann bringe ich sie später beide nach Hause. << Er lächelte betreten und tupfte sich mit einem Tuch den Schweiß von der Stirn. Schweigend gingen sie zurück zum Wagen und Samira wehten die dunklen Haare durchs Gesicht. Sie hatte einen magischen Moment zerstört.
Spencer wurde von vielen Leuten gegrüßt, man konnte spüren, wie beliebte er war. Die Menschen mochten seine herzliche Art und die Ehrlichkeit, scheinbar genauso wie Samira. Er hatte stets ein offenes Ohr für die Probleme der anderen. Fast hätte er eben Samira vor all diesen Leuten geküsst und es wäre ihm vollkommen egal gewesen, was sie von ihm dachten. Er war eine öffentliche Person und privat unterwegs. Spencer Stone hatte das Gefühl, neben Samira zu schweben. Welcher Typ hatte sie bloß so verärgert?
Als er vor dem Parkplatz von Oldman –Falls hielt, hatten sie beide kaum gesprochen. Doch als Samira aussteigen wollte, konnte Spencer nicht an sich halten und griff kurz nach ihrer Hand. Sie ließ seine Hand auch nicht los und wieder meldete sein Körper den Ausnahmezustand. Etwas, was er ewig nicht so empfunden hatte. Als sich ihre Blicke trafen, hätte er sich fast erneut vergessen. >> Ich wünsche dir viel Erfolg und melde dich bei mir! << Mehr brachte Spencer nicht heraus. Samira lächelte dankend und zog langsam ihre Hand zurück. Als sie die Treppen hinaufging, fragte sie sich, warum es ihr gerade jetzt passierte. Sie konnte eine starke Schulter gut gebrauchen, aber sie wollte es allein schaffen, bis die Ermittler in Durham Eve Hill für tot erklärten. Neu verlieben, das durfte nicht sein!

Carl konnte ihr damals auch nicht helfen, weil sie dachte, dass es ihr *verdammtes* Schicksal wäre, mit Joshua zu leben!
3)
Carl Oldman wartete schon ungeduldig auf die Frau, mit der er ein ganz besonderes Gespräch führen wollte. Er studierte ihre Bewerbungsbögen immer wieder von neuem durch und musste seine Neugierde zügeln. Kira lenkte ihren Vater mit einem Ratespiel ab, doch Carl war nicht bei der Sache, verwechselte Mäuse mit Elefanten.
Es war zwanzig nach zwei, als Samira in den Fahrstuhl stieg, um in den dritten Stock zu gelangen. Sie war ziemlich aufgeregt, besuchte die Toiletten auf der gegenüberliegenden Seite vom Ausgang. Ließ kaltes Wasser über ihre Hände laufen und zupfte die Kleidung glatt. Samira Nickels sollte gleich einen überzeugenden Auftritt haben. Sie atmete ein letztes Mal tief durch, um kurz darauf an Mrs. Greens Bürotür zu klopfen. >> Mrs. Nickels kommen Sie einfach herein. << Mrs. Green hielt ihr die Tür auf und Samira blickte zuerst zum Kind, das sie breit anlächelte. Dann versank sie in einem tiefblauen Augenpaar, lange nicht gesehen und es brannte wie tausend Nadelstiche. Für einen Moment katapultierte sich Samira, bei seinem Anblick, an die Abschiedsfeier von einst zurück. Nur saß dort jetzt ein Mann ohne Brille und in einem unverschämt teuren Anzug. Er trug seine blonden Haare dezent gestylt und kurz. Keine strubbeligen Flusen, wie früher. Und er hatte auch keine pickelige Haut mehr. Samira erkannte, dass dieser Carl nicht mehr viel, mit dem schusseligen Studenten von einst gemeinsam hatte. Jedenfalls Äußerlich war Carl Oldman erwachsen geworden. Sicher besaß jemand, wie er auch eine anspruchsvolle Freundin! Er ließ nicht durchblicken, ob er sie erkannte. Carl Oldman hatte sich ganz zu diesem gewieften Geschäftsmann gemausert. Und wieso war ihr die Ähnlichkeit von Kira und ihm nicht vorhin schon aufgefallen? Sie geriet an den Punkt, an dem sie am liebsten umgekehrt wäre und den Rückzug angetreten hätte. Jeder x- beliebige Kellner Job wäre Samira lieber, als diese Situation hier. Die Luft war zum Schneiden gespannt.
Carl erhob sich wortlos und zeigte auf den Stuhl vor dem Schreibtisch. Ein kühler Händedruck zwischen ihnen, machte Carls Distanziertheit deutlich. Samira wollte eigentlich aufstehen und gehen, als Mrs. Green einen Knopf drückte und eine weibliche Stimme ertönte. >> Ja, Mrs. Green? <<, >> Miss Yong, würden Sie bitte sofort hoch kommen und mit Kira auf den Spielplatz gehen. Wir haben hier ein Vorstellungsgespräch. Bitte keine Anrufe und dergleichen. Mrs. Schwarz weiß Bescheid. Dringendes nur an Mr. Falls. <<, lautes Bejahen auf der anderen Seite der Leitung, dann legte Mrs. Green auf. Kira sprang von ihrem Kinderstühlchen auf und

rief. >> Das ist Samira! Muss Sie auch diese blöden Fragen beantworten, Daddy? Ich will hierbleiben! << Carl Oldman wirkte für einen Augenblick verwirrt, räusperte sich und da war die warme Stimme, die Samira lange nicht mehr vernommen hatte. >> Nein, Kira. Das geht nicht! Du tust mir einen großen Gefallen, wenn du gleich ohne Theater zu machen, mitgehst. Warte, wir klären das vor der Tür nochmal. << Die Kleine wollte etwas erwidern, aber Carl hatte sie auf den Arm genommen und verließ mit seiner Tochter den Raum. Carl Oldman räusperte sich erneut, als er zurückkehrte und Samira mit einer Handgeste bat, doch an dem großen Konferenztisch Platz zu nehmen. Vor ihm lagen ihre Unterlagen, die er mit Markierungen versehen hatte. Das schneidige Verhalten wirkte abgesprochen und Samira musste ihre Nervosität im Zaum halten. Wahrscheinlich liefen sie alle hier immer so schnieke herum, dachte sie und kam sich fast schäbig vor. Bisher lief es nicht nach ihrer Vorstellung! Samira vermisste diese lockere Art von früher. Wie konnte sie auch nur denken, dass sich Carl nie verändern würde, echt naiv! Sie saß dem höchsten Vorgesetzten gegenüber. Der rümpfte die Nase und verzog keine Miene. Schließlich war sie nur ein kleines Licht, das unter falschem Namen einen Job suchte. Nur nicht den Mut verlieren! Samira setzte sich mit geraden Schultern hin und legte die Hände offen auf den Tisch. Sie traute sich nicht, Carl direkt anzusehen. Der Hals schnürte sich zu und sie konnte nichts dagegen tun. Sie spürte, wie er sie permanent musterte. Kira krakelte im Flur, als eine nervöse Frauenstimme sie zu beruhigen versuchte. Im Fahrstuhl schrie die Kleine nach Carl und wie dumm sie Mrs. Yong fand. Sie schrie und tobte noch eine Weile, bis Stille einkehrte. Carl Oldman war perplex vom Verhalten seiner Tochter, das er seiner Sekretärin ein Zeichen gab, das Gespräch zu beginnen. Mrs. Greens Stimme war so freundlich, wie heute Morgen. >> Mr. Oldman und ich haben es vorhin diskutiert, das ich Sie kurz vorstellen darf. Zurzeit müssen wir schauen, ob wir sie gebrauchen können! Ihr Name ist Samira Nickels, fünfundzwanzig, ledig. Sie haben sich heute Vormittag bei uns um eine Stelle, für einfache Verwaltungstätigkeiten beworben. Mrs. Nickels, ist es richtig, dass Sie vorher in New York lebten und dort sowohl als Kellnerin, als auch in einer Schneiderei, laut ihrer Aussage tätig waren? Jetzt wohnen sie in Dariens End und wir würden gerne noch mehr über Sie erfahren. So einiges passt nicht ganz zusammen, Mrs. Nickels. << Carl nickte und griff sich die Unterlagen, beäugte sie mit kritischen Blick. Nichts ließ darauf schließen, dass er Eve in Samira wiedererkannte. Seine Stimme war sachlich und kühl. >> Ich bin Mr. Oldman und es ist in unserer Firma gängig, potenzielle Bewerber nach ihrer Qualifikation zu beurteilen. Bitte antworten Sie auf diese Fragen und erklären uns, warum Sie sich bei uns für eine Stelle bewerben wollen, obwohl die Unterlagen

137

unvollständig sind und Sie auf mich keinen vorbereiteten Eindruck machen? << Samira wäre am liebsten im Boden versunken. Die Supergaufragen, die sie absolut vermeiden wollte. Samira rang nach Worten. Mrs. Green verteilte derweil Getränke und setzte sich wieder. Beide sahen Samira mit dem typischen Personalausmusterungsblick an. Die Situation schien außer Kontrolle, das Schiff hatte den Kurs verloren. Samira schloss für einen Moment die Augen. Ihre Stimme klang schüchtern, fast brüchig. Es konnte schlimmer nicht sein. >> Entschuldigung, da liegt ein Missverständnis vor. Ich suche einen einfachen Bürojob und keine hochqualifizierte Mastertätigkeit! Das habe ich unten am Empfang gesagt und auf dem Anmeldeformular angekreuzt. Ich stamme aus New York, habe dort in den letzten drei Jahren in verschiedenen Bereichen gearbeitet. Unter anderem als Näherin in einem kleinen, handwirtschaftlichen Betrieb. Aus finanziellen Gründen habe ich nebenbei im „Chief Inn", als Servicekraft arbeiten müssen. Studiert habe ich aber in Durham, Modedesign und Marketing für Farbdruckverfahren im Textilbereich. Wir haben damals an den Verfeinerungen von Druckvorlagen experimentiert und Workshops zu dem Thema veranstaltet. Ich habe in der Uni ausschließlich mit der neusten Drucktechnik gearbeitet. Es sind persönliche Gründe, warum ich heute in Dariens End wohne. Man hatte mir Sie als Arbeitgeber empfohlen. Auch wenn das Studium schon einige Jahre her ist, habe ich mich stets bemüht, mein Wissen auf dem aktuellsten Stand zu halten. Ich würde Ihnen alle Zeugnisse aus der Universität nachreichen. Es tut mir leid, wenn ich unprofessionell herüberkomme, es ist nicht meine Art. << Mr. Oldman nickte reserviert und blickte angespannt zu Mrs. Green. Die Atmosphäre erinnerte Samira an die Eiszeit. Carl machte eine übertriebene Handbewegung und drehte ihre Unterlagen auf den Kopf, nichtbestanden! Es war die eindeutige Geste, dass er sich gegen eine Einstellung endschieden hatte. Samiras Gedanken überschlugen sich. Dann musste sie hier raus und würde nie wieder herkommen, um sich derart zu blamieren. Mrs. Green signalisierte lediglich Enttäuschung. Sie lächelte auch nicht mehr so freundlich, wie zu Beginn des Gespräches. Samira kannte Carls Reaktion von früher, wenn er sich mit fremden Menschen unterhielt und sie, als völlig planlose und fachliche Nieten einstufte. >> Mrs. Nickels, warum wollen Sie denn einen schlechteren Job? Ich meine, Sie haben das studiert, obwohl der Nachweis noch fehlt! Aber ihre Lösungen auf den Tests waren brillant. Sie haben genäht und gekellnert, sicher nicht das, was jetzt für eine Einstellung bei uns sprechen würde. Mrs. Green, ich weiß nicht, wie Sie es sehen, aber ich benötige dafür Bedenkzeit! << Bevor die Sekretärin antwortete, überkam Samira die altbekannte Panik. Die Wände drohten sie zu erdrücken, dann dachte sie fataler Weise an Joshua. Alles kam hoch und sie musste aus der

Situation raus, für immer! Heute Morgen gab es schon genug Stress! Samira Nickels erhob sich abrupt, so dass der Stuhl ein Stück nach hinten rutschte und mit einem metallischen Geräusch gegen das Tischbein stieß. Sie wurde zu jener fremden Frau, diesem Fluchttier, das nie wieder zurückwollte und das auch heute Morgen die Situation im Polizeirevier in letzter Minute rettete. >> Es tut mir leid, dass ich ihre Zeit unnötig in Anspruch genommen habe. Mr. Oldman, Mrs. Green. Bitte vergessen sie meine Bewerbung! Ich denke genau wie sie, dass ich nicht die Richtige für ihre Ansprüche bin! Ich wünsche noch einen schönen Tag! <<

4)

Samira griff nach ihrer Tasche, verließ fluchtartig das Büro und hatte den Knopf zum Lift schon gedrückt, als ihr Carl schnellen Schrittes nacheilte. Außer, das sein Gesicht einen entgeisterten Ausdruck hatte, wollte sie seine Stimmungslage nicht näher einordnen. >> Samira Nickels, warten Sie bitte! Bleiben Sie stehen! Bitte kommen Sie mit in mein Büro! Sie dürfen jetzt auf keinen Fall gehen! << Samira atmete tief durch, was sollte das? Sie hörte das Klingeln des Fahrstuhles und trat hinein. Bevor sie das Erdgeschoss drücken konnte, hatte Carl einen Schlüssel in das Schloss gesteckt, drehte ihn und es ging aufwärts, anstatt nach unten. Er hatte ihre Blätter in einer Mappe unter den Arm geklemmt und seine Stimme klang stark erleichtert, den verärgerten Unterton konnte er nicht unterdrücken. >> Warum hast du nicht abgenommen, Eve! Als ich dich zig Mal anwählte, kam kein Feedback von dir. Ich habe mir große Sorgen gemacht! Du hast hier angerufen und ich war nicht da. Ich war nie da, wenn du mich gebraucht hast, verdammt! Ich weiß, was passiert ist! Wir sprechen in meinem Büro! Eve, du hast meinen Brief gelesen und ich habe mich eben schlecht verhalten. Du hast die Einstellungstests damals mit mir entwickelt, weißt du noch? << Samira brauchte einen Moment, um zu begreifen, wie ihr geschah. Er vermied es, sie zu berühren, obwohl Carl sie am liebsten fest umarmt hätte. Doch diese Frau war nicht mehr die Eve, die er von früher kannte. Sie lächelte nicht und wirkte wie ein Schatten, der das Licht mied. Ihre dunklen Haare untermalten die traurigen Augen. Doch sie stand wirklich vor ihm und er hatte fast nicht mehr daran geglaubt. Samira wusste nicht, was sie jetzt erwartete. Es war zu verwirrend. Carl blieb dicht hinter ihr und dirigierte sie durch den Flur. Ihm wäre, als könnte sie noch mal weglaufen. Das dürfte er nicht zulassen! Er hatte oft mit dem Gedanken gespielt, sie aus dem Laden, in dem sie Brautkleider nähte, einfach zu entführen. Doch mit der Zeit verließ ihn der Mut. Joshua Hill war nach der letzten Ernennung, eine große Nummer geworden. Vorwürfe plagten ihn seit je her. Carl zog eine Karte durch die Türvorrichtung, an der mit filigraner Schrift, „Direktor Oldman", stand. Schon befand sich Samira in einer loftähnlichen Suite, in der obersten Etage, mit atemberaubendem Ausblick zum Strand. Alles war hier in einem edlen Chic eingerichtet und überall standen lackierte, schwarze Vasen mit Dekorblumen vor den Fenstern. Eine schwarze Sitzecke mit einem riesigen Flachbildschirm und einem niedrigen Tisch, luden zum Relaxen ein. Er bat sie auf dem einladenden Zweisitzer, Platz zu nehmen und drückte ihr ein weiches Kissen in die Hand. Das mochte sie immer und er hatte es nicht vergessen. Eine Regalwand dahinter, ließ ein modernes Bürozimmer erahnen. In einem weiteren Flur Gang mit Schiebetür, musste es noch ein Schlafzimmer, Küche und Bad geben. Er überließ schon früher beim Wohnungseinrichten nichts dem Zufall. Sie sah sich um, während Carl sich seine Krawatte löste und die oberen Knöpfe seines weißen Hemdes öffnete. Es war stickig hier oben, wohl eher vor Aufregung. Er wollte die alte Eve zurück und dafür musste er das verlorene Vertrauen neu aufbauen. Samira steckte der Kloss ganz oben im Hals. Carl setzte sich genau gegenüber, auf den Sessel und legte die Mappe zugeklappt auf den Tisch. Er überlegte, wie er am besten anfangen sollte. Immer wieder versagte seine Stimme bei ihrem Anblick. Die blonden Haare standen ihr definitiv besser. Aber alles andere an ihr brachte seine Hormone rasant durcheinander. Er fuhr sich mit dem Handrücken über die Stirn. Wie fremd er seine eigene Stimme fand. Jetzt ging es ums Ganze, mit allem Drum und Dran. Er musste Eve retten und Joshua in die Schranken weisen. Er fuhr sich nochmals über den Mund und nickte dann, als er tief ausholte. >> Also, zuerst gibst du mir dein Handy und dann hörst du mir genau zu. << Sie holte es heraus und er legte seins daneben, wählte die Nummer und Samiras Handy klingelte. Sie verstand. >> Sag jetzt nichts Eve! Ich bin so erleichtert, dass du hier bist! Mrs. Green weiß nur, das ich schon ewig auf diesen Anruf gewartet habe! Deswegen auch das ablehnende Verhalten. Ich wollte sicher gehen, dass du es wirklich bist! Als der Sheriff mich fragte, ob ich noch einen Bürojob für eine junge Frau hätte, die eine Städtereise macht, da wurde ich sehr hellhörig. Er nannte Dariens End als Wohnort und ich hoffte fest, dass er dich, mit der jungen Frau meinte. Ich erinnere mich an dein Geheimnis, das du mir damals in einer feucht fröhlichen Partynacht verraten hast. Dann habe ich die Nachrichten verfolgt und mir blieb vor Schreck fast das Herz stehen, als ich den Unfallbericht anschaute. Sheriff Stone ist ein guter Freund und ich hatte nach einer verlorenen Wette noch was gut bei ihm. Eve, was hast du bloß durchgemacht? Natürlich ist dir der Job, in meinem Team sicher. Mrs. Green hat meinen Auftrag, schon alles in die Wege zu leiten. Morgen früh fängst du bei uns unter dem Namen Samira Nickels an. Je mehr ich aber von dir erfahre, desto besser kann ich dir helfen. Denn eines ist sicher, Hill ist wie ein Bluthund und wird niemals aufgeben. Er wird seine Stellung für alle nötigen

Informationsquellen missbrauchen. Wenn er herausfindet dass du lobst, dann werden wir gewappnet sein und ihm Paroli bieten. Ich habe mich schon einige Male mit dem Sheriff über geheime Identitätsprogramme unterhalten. Ich habe damals versprochen, dir zu helfen und das werde jetzt auch tun! << Samira war sprachlos! Wie sehr sie ihn all die Jahre vermisste. Es konnte ihr nicht bewusster sein. Sie zitterte und ließ sich von Carl in den Arm nehmen. Er roch nach old spike und Handlotion. Ein Duft, den sie schon früher besonders mochte und nie vergessen hatte. Carl strahlte über das ganze Gesicht, als er Eve an sich drückte und alle alten Gefühle von damals durchschossen. Er liebte ihren Geruch, auch wenn sie nun teure Parfums benutzte. Er spürte Eves Zerbrechlichkeit und auch ihre neue Zuversicht. Der einzige, der über seine Gefühle zu Eve Bescheid wusste und sich sicher war, dass sie eines Tages auftauche, war sein Cousin Roger. Carl ließ sie nicht los, dieses Fliegengewicht. Eve atmete tief ein und die schluckte laut. Dann begann sie ihm die ganze Geschichte zu erzählen. Ohne Stottern. Sie spürte nicht, dass sie dabei weinte und er ihren Kopf an seine Schulter drückte. Der Knoten platzte, je mehr Details sie loswurde. Eve war bereit sich zu stellen, wenn Joshua käme. Carl strich ihr über den Kopf, reichte Tücher, damit Eve sich schnäuzen konnte. Er war sichtlich bewegt, dass er damals schon das Dilemma geahnt hatte. Carl schluckte hart, um Eves Worte ertragen zu können. Seine Seele brannte und sein Groll auf Joshua wuchs. Als sie ihm von dem Tag der Flucht erzählte und wie sie auf dem State Boulevard nur frische Luft tanken wollte, um ihre Gedanken zu ordnen, da kam ihr der Unfall mit dem braunen Mustang sehr passend. Sie bedauerte es zwar, dass sie keinen der beiden retten konnte. Es war Schicksal! Aber als sie dann das Portmonee der Frau aufhob, war genau das der Eintritt, in ihr neues Leben. Carl nickte und schmiegte seinen Kopf dicht an Eves. Er spürte, wie traumatisiert sie war. Sein Hals war trocken, als er sie anblickte, wie sie ohne Regung weitersprach. Carl wollte diesen Horrormonolog ganz zu Ende hören. Wie sie ihm schilderte, dass sie den See vorher schon oft angefahren hatte und der Gedanke es zu tun, immer lebendiger wurde. Als sie dem Beetle beim Versinken zusah, spürte sie diese unglaubliche Befreiung. Kurz blitzte ein hämisches Grinsen in Eves Gesicht auf, dass Carl die Nackenhaare hochstanden. Joshua Hill durfte nie wieder eine Gelegenheit bekommen. Kluge Strategien waren gefragt. Er telefonierte viel mit seinem Vater aus Bloomingville. Aber der wich in den letzten Jahren aus und verharmloste alle Gerüchte.

Jetzt konnte er ihr nicht sagen, dass er sie schon damals über alles liebte und es nie mit Joshua zulassen wollte. Wie hilflos er zusehen musste, wenn der alte Schleimbeutel sie umgarnte und geschickt seine Trümpfe ausspielte. Wenn Carl das alles vorher gewusst hätte, wäre er mit Eve zu seinem Cousin Roger Falls viel eher abgehauen und untergetaucht. Carl hätte ihr dann endlich seine Gefühle gebeichtet und das Desaster wäre nie passiert. Eve schwieg nun und blickte in Carls versteinertes Gesicht. >> Carl, ich werde so lange Samira Nickels heißen, bis sie die verbrannte Frau identifiziert haben. Dann muss ich mir einen neuen Namen suchen oder es gibt noch eine andere Lösung für mich. Niemals werde ich zu ihm zurückgehen, eher sterbe ich! Du hast echt eine süße Tochter. Es muss aufregend sein, aufrichtig geliebt zu werden! << Heiser und rau klang Carls Stimme. >>Eve, du hast keine Ahnung, wie sehr ich etwas von dir hören möchte! Eine Tochter liebt ihren Vater besonders und umgekehrt ist das auch so! Alleinerziehend zu sein, ist eine Herausforderung! Kira hat dich sehr ins Herz geschlossen, ungewöhnlich, denn so kenne ich meine Tochter nicht. Es muss ein Omen sein! Denn die Frau, die man schon ewig begehrt, die liebt man mit allen Sinnen und unendlich tief. Obwohl wir gemeinsam einen einfacheren Weg beschreiten konnten, bist du durch die Hölle gegangen! Wir werden über alles reden, auch über Eireen. Doch du musst bereit dafür sein! Versprich mir etwas! Nur für mich, wie damals, in der Uni! << Sie versuchte Carls Worte zu begreifen. >> Willst du mir etwas damit andeuten? Ich verspreche dir alles, aber verpetz mich nirgends! << er lachte kehlig. >> Niemals, Eve! Eher verstecken wir uns in Rogers Bunker. Nein, es gibt Gesetze, die dir helfen! << Dabei ergriff er ihre Hände und drückte sie ganz fest. Eireens Trennung hatte ihn lange nicht so mitgenommen, wie das hier. Ihm war bewusst, wie sehr Eve für ihn das bedeutete, was er als große Liebe bezeichnete. Eve hatte Mühe, Carl zu folgen. Sie nickte andächtig und staunte über Carls eindringliche Worte. Seine Augen glänzten silbrig. >> Ich möchte, dass du dir von mir und Sheriff Stone helfen lässt. Du hattest mehr Glück als Verstand! Sie haben dich schon verhört! Stell Dir vor, diese Samira Nickels wäre eine gesuchte Verbrecherin gewesen, dann säßest du jetzt im Frauengefängnis! Und sie hätten dich längst enttarnt. Verspreche mir jetzt und hier, dass du ab sofort nichts mehr allein wagst, oder nochmal wegläufst, Eve! Ich möchte dich nicht noch mal verlieren. Das mit Joshua muss ein Ende haben. Er muss dafür zur Rechenschaft gezogen werden! Wir leben in einem freien Land und das wird er bald respektieren müssen! Eve, ich verlange, das du zwei goldene Regeln, so nenne ich sie, einhältst. Akzeptiere die erste, als würde dein Leben davon abhängen und für die Zweite, musst du deinen Schweinehund überwinden!! Also, zu eins! Geh immer an das neue Handy, wenn es klingelt! Hier sind alle Nummern eingespeichert, vor denen du dich nicht fürchten musst. Sollte wiedererwarten jemand Fremdes dran sein, rufst du mich oder Spencer sofort an. Zweitens! Du wirst, sobald

du dich in der Lage fühlst, Spencer Stone alles erzählen! Jedes Detail! Denn er ist der Schlüssel zu deiner Freiheit! << Sie schmiegte sich an Carl und war total überwältigt. Seine Gefühle fuhren rasant Achterbahn, als er ihren warmen Körper durch die dünne Bluse spürte. >> Versprich es Eve, ich möchte nicht noch mal versagen, das sagte ich dir schon mal! Ich möchte dass du noch etwas weißt. Spencer Stone ist das absolute Gegenteil von Joshua. Entscheidend bei ihm ist die Tatsache, dass er mit Joshua und seinem Dezernat auf Augenhöhe verhandeln kann. Er kennt eine ganze Armada, wichtiger Leute in Washington. Vor ein paar Jahren haben sie ihm einen wesentlich erfolgreicheren Posten angeboten. So einen, von dem ein Joshua Hill nur träumen könnte! Die Regierung ist stolz auf seine Verdienste. Aber du wirst nie erleben, dass er damit angibt. Spencer fungierte als Sicherheitskoordinator bei Veranstaltungen, von hochrangigen Politikern. Wäre mein Freund den Empfehlungen gefolgt, hätten sie ihn schon ins Weiße Hauses degradiert! Das lehnte er ab und viele waren enttäuscht darüber. Spencer wollte einfach nicht aus Brunswick weg. Hier hatte er alle seine Freunde und seine Familie. << Eve versprach es musste und trank den Eistee in einem Zug leer. Carl goss ihr nach und dachte daran, sie zu überreden, da zu bleiben. Doch ihm war bewusst, dass es viel zu früh sein könnte!
>>Du wirst eine zweite Chance bekommen, Eve! Ich schicke dir morgen früh einen Wagen, der dich abholt. Fertige eine parallele Akte für Eve Hill an, damit du hier auch in Georgia bleiben kannst. Das ist wichtig, falls es hart auf hart kommt. Die originalen Dokumente bringst du morgen mit, damit ich sie kopieren kann. << Die alte Eve nickte, mehr konnte sie nicht erwidern. Sonst hätte sie wieder heulen müssen. Sie lehnte sich an die Terrassentür und blickte hinaus aufs Meer, atmete die frische Seeluft ein und der dicke Kloss schwoll langsam ab. >> Carl, ich werde dir meinen Ausweis und die Papiere morgen mitbringen. Mehr Dank kriege ich gerade nicht heraus. Es war heute ein zu schräger Tag! << Er nickte, konnte sich von ihrem Anblick nicht lösen. Seine Wangen schimmerten. Carl trat auf Eve zu, umarmte sie erneut. Er sog ihren vertrauten Geruch ein letztes Mal für diesen Tag ein, schloss die Augen und versuchte seine Gefühlsausbrüche zu bremsen. Es gelang so eben, aber lange würde er nicht mehr warten, dieses Mal nicht! Carl hätte am liebsten Luftsprünge gemacht, dass sie seinen Vorschlag angenommen hatte. Carl Oldman zwang sich sehr, Eve loszulassen, weil er dieses Mal alles richtig machen wollte. Es war ein Wunder, dass sie ihn trotz allem und nach der langen Zeit, so dicht an sich heranließ. Das sprach für sich. Wenn er ihr nun sagte, dass er sie schon immer liebte, wäre sie verschreckt zurückgerudert. Er fuhr ihr sachte durch die dunklen Haare und flüsterte ihr ins Ohr. >> Ich muss Dir noch so

viele Dinge sagen, Eve. Ich würde mir aber die Zunge verbrennen. Fast habe ich schon wieder das Gefühl, zu spät zukommen. Du wirst ab jetzt den Profis das Feld überlassen. Und nun, Mrs. Nickels, hoffe ich auf eine erfolgreiche Zusammenarbeit mit Ihnen. Unten bekommen Sie einen Firmenausweis und wir sehen uns Morgen, um 9:30 Uhr. << Carl löste endgültig seine Umarmung von Eve und würde sie nach all dem, nie wieder gehen lassen. Aber er musste nun bestimmt und rational handeln.

Carl öffnete die Tür und fuhr mit ihr bis unten zum Eingang. Mrs. Schwarz hatte den Ausweis schon fertig. Er lag auf dem Tresen. Viele Mitarbeiter gingen in den Feierabend und verabschiedeten sich freundlich bei Mr. Oldman. Samira nahm den Ausweis entgegen und lächelte Carl zum Abschied an. >> Grüßen Sie ihre süße Tochter, Mr. Oldman, auf Widersehen, bis Morgen. << Samira drehte sich nicht um, als sie das Gebäude verließ. Aber sie wusste, Carl war da und hatte sie nie aufgegeben! Es wäre wohl der Beweis für die tiefste Freundschaft, die es je in ihrem Leben gegeben hatte! Schon seltsam, wie vertraut sie eben miteinander umgingen, obwohl so viel Zeit verstrichen war. Endlich hatte sie einen Job!

5)

Das Fahrzeug vom Sheriff stand im Schatten geparkt und er lächelte verschmitzt, als er in Samiras glänzende Augen sah. Er versuchte seine neuen Gefühle, mit vermeintlicher Lockerheit zu kaschieren. Deutete auf den Rücksitz und da entdeckte Samira Mrs. Fly, die schon vorne Platz genommen hatte und ebenfalls lächelte. Seine Aufregung verriet ihn, als er zu Samira sagte, während er ihr die Tür aufhielt. >> Hey Mrs. Nickels, schön Sie wiederzusehen! Sie wirken zufrieden. Etwas sagt mir, dass Sie die Stelle haben! Das sollte ein wenig gefeiert werden, oder? << Samira nickte erleichtert und stieg hinter Mrs. Fly ein. Sie tätschelte Samiras Hand und wirkte zuversichtlich. >> Dann bleibst du hoffentlich sehr viel länger bei mir, in der alten Waldstraße! Und zur Feier des Tages, koche ich uns ein schönes Frikassee, dazu gibt es selbstgemachten Gurkensalat. Der Wackelpudding, den ich gestern Abend noch gekocht habe, wird im Keller sicher fest geworden sein. Spencer, Sie sind natürlich herzlich eingeladen. Irgendwie muss ich mich ja mal für die Fahrerei revanchieren! << Dann lachte sie und schaute zum Sheriff. Er räusperte sich nervös. Grinste zustimmend, vermied es jedoch, Samira im Rückspiegel zu betrachten. >> Ich glaube, dass wäre eine gute Idee. Ich helfe Ihnen dabei, Mrs. Fly. << antwortete Samira. Während der ganzen Fahrt war sie halbwegs befreit von ihren Ängsten. Sie genoss den Fahrtwind und Mrs. Fly erzählte von dem FKK Urlaub ihrer Schwester und deren Begegnungen mit alten, runzligen Knackern. Samira Nickels und Spencer Stone kicherten um die Wette.

12.Kapitel
1)
Samira trug die großen Tüten nach dem Einkauf, im Discountzentrum von Dariens End hinein. Spencer hielt die knarrende Haustür auf und übernahm die Sprudelkisten. In seinem eigenen, Haus in Woulington wartete niemand. Nur sein Hund Dexter und der hörte schon mehr auf seine Mutter, die nebenan wohnte, als auf ihn. Er freute sich auf den bevorstehenden Abend, auch wenn er sich heimlich eingestand, dass er sich am liebsten mit Samira allein verabredet hätte. Bei Vollmond wäre er mit ihr herumgefahren und hätte ihr die schönsten Ecken von Dariens End gezeigt. Am großen Freiheitsdenkmal trieb sich das Gesindel nicht herum. Dazu musste man einige hundert Meter Steigung auf sich nehmen. Aber die Aussicht über die Klippen entlohnte jede Mühe. Dariens End wirkte von der Brüstung aus, wie eine verträumte Miniaturstadt und das Meer schimmerte in den schönsten Farben der untergehenden Sonne. Eine Flasche Wein hatte er vorhin noch besorgt und sie im Handschuhfach verstaut. Eigentlich nicht seine Art, aber er fühlte sich von der geheimnisvollen und smarten Frau derart angezogen, dass er den restlichen Nachmittag, an nichts anderes mehr denken konnte. Nun blieb ihm die Rolle des Beobachters und vielleicht ergab sich ja die eine oder andere Situation, um an die Gespräche von mittags anzuknüpfen. Möglicherweise entwickelte sich nochmal ein derartiger, magischer Moment und den würde er sich nicht durchkreuzen lassen!
In der Küche machte sich Mrs. Fly sofort an die Arbeit. Zuerst packte sie mit Samira die Lebensmittel aus und verteilte dann die Aufgaben zum Gemüseschnippeln. Spencer und Samira reichten die Seife und wuschen sich die Hände. Die schmale Küche war viel zu eng für drei Personen. Aber Mrs. Fly bestand darauf, dass sie ihr beide halfen, damit das Essen pünktlich auf dem Tisch stände. Spencer ließ einige Male das Schälmesser fallen, entschuldigte sich zerknirscht, dass er ein Grobmotoriker wäre und noch üben müsse. Samira grinste verstohlen, meinte scherzhaft, dass er vermutlich am Grill eine vorteilhaftere Figur machen würde. Sie schmunzelte über seine komische Art und spürte seine tiefen Blicke, die er ihr zuwarf, als sie Mrs. Fly den Backofen aufhielt. das Fleisch schmorte im Römertopf und so blieb noch ein bisschen Zeit für ein Schwätzchen. Mrs. Fly lud die beiden in ihre Stube ein, um selbstgebrannte Magenschnäpschen zu verteilen. Das Radio dudelte die Top Ten der 60er Jahre. Spencer lächelte verstohlen, als Samira die alten Schwarzweißfotos an Mrs. Flys Wand betrachtete. Sie erkannte sich wieder. Ein kleines Mädchen, sitzend in einem Kinderwagen und mit Rassel in der Hand. Ihre blonden Löckchen standen zu allen Seiten ab. Die Leute hielten sie für einen Engel. Sie bemerkte nicht, dass der Sheriff dicht hinter ihr stand und kurz davor war, Samira zu umarmen. >> Es sind

145

hübsche Fotos. Kaum zu glauben, dass die Flys auch mal jung gewesen sind, nicht? Und dieses süße Baby, das Sie schon die ganze Zeit anstarren, ist Eve Hill, damals Summer. Tanzen Sie, Samira? Dann würde ich sie gerne zu unserem Stadtfest in zwei Wochen einladen! Es kommen immer viele Leute aus allen Himmelsrichtungen zu uns nach Woulington. Dort wird jedes Jahr eine urige, kleine Kirmes aufgebaut. Würde mich sehr freuen, wenn Sie es einrichten könnten. Ich habe zwar Bereitschaftsdienst, aber dann lernen Sie meinen Bruder Chuck und meine Mutter kennen. Er ist in Brunswick Feuerwehrchef. Wir zünden zum Fest Ende, immer ein riesiges Feuerwerk an. << Spencers Augen hatten in dem gemütlichen Licht der Petroleumlampen einen glänzenden Schein. Samira drohte sich in dem Blick zu verlieren. Es erinnerte sie an die Reaktion von Carl. Sie hatte etwas bei den Männern ausgelöst, das sie nicht wahrhaben wollte! Sie fand, dass sich Spencer wie ein wahrer Gentleman benahm. Aber hinter der Fassade loderte Leidenschaft und Verlangen. Erst als Mrs. Fly nach Unterstützung rief, riss Samira sich aus den Gedanken los. Der Sheriff antwortete kaum hörbar, dass sie gleich da wären. Dabei blieb sein Blick entschlossen auf Samira haften. >> Ich komme gerne Spencer. Ich war schon ewig nicht mehr tanzen und auch nicht auf der Kirmes. << Er lächelte seltsam und nickte. Samira stand auf und folgte verwirrt in die Küche. Mrs. Fly holte zwei Zwiebeln aus dem Garten, Gewürze, Öl und Essig. >> Spencer, wenn Sie so lieb wären, das Salat Dressing zu zubereiten, das können Sie doch perfekt. >>, Spencer schaute auf seine Hände und rümpfte die Nase, als Mrs. Fly sich umdrehte. Wer wollte einen Mann küssen, der nach Zwiebelfinger muffelte, was solls! >> Na klar Mrs. Fly, nichts leichter, als das. Bin im *Nu* fertig! << Schnell garnierte Mrs. Fly das Frikassee mit Kräutern und schob es auf die unterste Roste. So flott konnte es Samira nicht nachvollziehen, wie Mrs. Fly in ihrem Alter noch herumwirbelte. Das Reiswasser köchelte und sie schüttete Samira und sich einen neuen Hörnerwhiskey ein. Dann zog sie Samira zu sich hin und musste etwas Wichtiges loswerden, dass Spencer definitiv nicht mitbekommen sollte.
>> Kind, ich weiß wer du bist. Ich habe dich nicht nur an den braunen Augen wiedererkannt. Auch wenn deine Haare momentan dunkel sind. So ist es doch deine besonnene Art, wie du mit den Menschen umgehst. Das war mir sofort aufgefallen, als du bei mir neulich vor der Tür standst. Mich kann keiner täuschen, Eve! Ich weiß es sicher, dass nur du es nur selbst sein kannst. Du bist geflohen, vor dem grauenvollen Ehemann in Durham, nicht wahr? Paul hat mich damals vorgewarnt, als er ihn in der Zeitung sah. Er sagte, dieser Joshua Hill besitzt den bösen Blick und du kannst nichts dafür! >>

Samira hatte das Gefühl, die Zeit stände still und Mrs. Fly hätte ihr der Fußboden unter ihren Füssen weggezogen. Sie schluckte laut und Mrs. Fly reichte Eve ein Taschentuch für die Tränen, die jetzt einfach nicht aufhören wollten, zu fließen. Heute war der Tag der Offenbarungen und er war scheinbar noch nicht zu Ende! Sie schwieg. >> Eve, ich wusste es schon, als du durch diese Tür tratst und sollte er kommen, dieser Halunke, da kann er sein blaues Wunder erleben! Da kann er seine Beine in die Hand nehmen, wenn ich ihn mit der Flinte vom Hof jage. Und solltest du sehr in Schwierigkeiten sein, wirst du hier genug Hilfe erfahren! Eve, du glaubst nicht, wie gern er dich hat, oder? Ich kenne Spencer schon sehr lange und habe ihn in meiner Gegenwart noch nie so euphorisch erlebt. So sind die Männer, wenn es um sie geschehen ist. Du scheinst ihn auch zu mögen! Es wird Zeit, dass du ihm die Wahrheit sagst. Denn dein Ehemann wird bald nach dir suchen! << Eve nickte, sie musste jetzt tapfer sein und ehrlich. Auch wenn Spencer sie nicht mehr mit dem Arsch anschauen würde oder sie in den Knast steckte! Carl hatte doch auch davon gesprochen, dass er eine große Hilfe sein würde! Doch er war auch mit Carl befreundet. Sie hatte große Angst davor! Aber besser hier und jetzt, als irgendwann, wenn es vielleicht zu spät wäre!.

Spencer wusch sich die Hände und trat in die Stube. Er merkte sofort, dass die gute Stimmung verflogen war. Er schob die Dressing Schale auf die Anrichte. Mrs. Fly sprach in ruhigem Ton. >> Spencer, du kannst den Krug ruhig dahinstellen! Samira hat dir etwas zu sagen und es wird vermutlich ein sehr intensives Gespräch. Nehmt einfach die gute Stube in Beschlag und schließt die Tür. Ich kümmere mich derweil ums Essen. << Spencer nickte, dachte an Zwiebeln. Ihr Aroma war genial, aber sie zu schneiden der Horror. Während er sich im gelb gekachelten Bad erneut die Hände wusch, verstand er seine Gleichung mit Samira. Sie war keine Zwiebel, aber genauso vielschichtig. Warum hatte sie geweint? Was war ihr Geheimnis, dass er jetzt erfahren sollte? Samira war eben so zerbrechlich wie vorhin im Revier.

Sie starrte zum Garten hinaus, als er die Tür hinter sich zuschloss. Als er zum ersten Mal seinen Arm um sie legte, durchfuhr ihn ein unglaubliches Kribbeln, das er bis in die Fußspitzen spürte. Sein Instinkt sagte ihm, dass Samira furchtbare Sachen durchgemacht hatte. Doch egal, was es auch sein würde, seine Gefühle zu ihr konnte er entweder leugnen, noch abstellen.

2)

Beide hockten sich auf den flauschigen, regenbogenfarbenen Häkelteppich und Spencer Stone hielt einen Abstand zu ihr, damit ihm seine Gedanken keinen Streich spielen konnten. >> Samira, was möchtest du mir sagen? Du kannst mir alles sagen. Ich habe die

Sheriffjacke im Auto liegen. Bin ganz privat hier. Egal, was du mir jetzt auch erzählst, ich werde es akzeptieren und ich werde dir helfen! << Dann fuhr er sich nervös durch die Haare und Samira schnäuzte in ihr Taschen Tuch, als sie zu sprechen begann. Erst stockend, dann überschlugen sich ihre Worte fast, als sie den Teppich fixierte. >> Ich bin nicht Samira Nickels, Spencer! Mein Name ist Eve Hill. << Dann brach der Rest der Geschichte einfach aus ihr heraus. Klar und ehrlich, wie es schon längst hätte sein sollen! << Eve schluchzte laut, als sie die Bilder des Unfalls vor ihrem geistigen Auge abspulte. << Sheriff Stone setzte seine Fahnder Miene auf. Sein Gehirn arbeite auf Hochtouren. Nun wurde ihm alles nur allzu deutlich klar. Die Frau, in die er bis über beide Ohren verschossen war, hatte ihm gerade gebeichtet, dass sie die gesuchte Ehefrau des Kollegen aus Durham war. Als ob er es geahnt hätte, dass sie keine Weltreisende Touristin sein konnte. Spencer musste sich sammeln. Es war ihm noch nie schwerer gefallen. Er hatte sein Herz an diese Frau verloren. Das Auszublenden war unmöglich! Jetzt war sein Fachverstand gefragt und Spencer schwor sich in diesem Moment, das zitternde, Häufchen Elend auf keinen Fall im Stich zu lassen! Verdammt, welche Gedanken ihm durch den Kopf schossen! Der Betrag, der Suchaktion würde noch nicht mal im Buch der Steuerverschwender auftauchen! Vielleicht wäre sie nicht erkannt worden, hätte einfach geschwiegen, zumindest für ein paar Wochen! Vielleicht würden sie dann schon das Bett teilen und er wäre nicht aus allen Wolken gefallen, Scheiße! Nein, sie war eine ehrliche Haut und suchte Hilfe. Musste er sich gerade in diese Frau verknallen, die er vermutlich nie haben konnte? Seine Stimme klang zuerst reserviert und enttäuscht, dann fing sich Spencer den Umständen entsprechend. >> Eve Hill, das ist also dein Geheimnis. Ich hätte es schon eher erkennen müssen. Was du vorhin im Revier berichtet hast, konntest du nur deshalb so gut wiedergeben, weil du es am eigenen Leib widerfahren hast, oh Mann! Und jetzt verstehe ich auch Mrs. Flys Worte, als sie heute Nachmittag sagte, dass sie dich schon lange kennt. Carl Oldman, weiß er auch Bescheid? <<
Eve nickte und erzählte ihm von der Studienzeit, die sie gemeinsam verbrachten, bis Joshua kam und sie eine falsche Entscheidung traf. Sie verschwieg auch nicht, dass Carl ihr geraten hatte, sich ihm anzuvertrauen. Nur Mrs. Fly war schneller! Spencer nickte und notierte sich Stichworte auf einem Notizblock. Dann holte er sein Handy aus der Hemdtasche. Eve griff ihn panisch am Arm >> Ich werde nie mehr zu ihm zurückkehren, eher sterbe ich oder haue erneut ab! Ich hätte nicht gedacht, das Mrs. Fly mich so schnell durchschaut und niemand sollte Joshua unterschätzen! Du wirst ihn doch wohl nicht anrufen?! << Spencer schüttelte vehement den Kopf und strich mit seiner Hand über ihre verkrampften Schultern. >> Nein,

Eve! Ich werde gleich nur andere Leute anrufen müssen. Du hast es bis hier geschafft, nun schaffst du den Rest auch. Es wird etwas steiniger, dafür legal. Ich werde auch nicht in Durham anrufen. Wirst du mir das Glauben?! Ich habe zudem heute Morgen genug Grausamkeiten gehört. Ich möchte betonen, dass Eve Hill bei mir in Sicherheit ist! Verstehst du? Es gibt unter gewissen Voraussetzungen ein Zeugen Schutzprogramm. Es könnte dann sein, dass du dich an einen neuen Namen gewöhnen musst. Ich bin jetzt am Zug und muss verhindern, dass dieser Mann deine Zukunft nochmal durchkreuzt! <<
In Eves Kopf überschlugen sich die Gedanken. Ihr war, als könnte sie es noch nicht so recht glauben, was Spencer eben zu ihr sagte. Jetzt war sie enttarnt! Konnte das gutgehen?
Spencer begab sich auf eine Gradwanderung zwischen aufreibenden Gefühlen und den nüchternen Tatsachen, eines gewissenhaften Ermittlers. Die schlimmsten Misshandlungen konnte Eve detailgetreu wiedergeben und Spencer ertrug kaum ihr schmerzverzerrtes Gesicht. Es gab keine Entschuldigung, für diese in Polizeiuniform steckende Zeitbombe. Ihm ging Eves Reaktion so nah, wie er es nie für möglich gehalten hätte. Eve erklärte Dinge, die Spencer so abscheulich fand, dass er aufstand, um das Fenster zum Garten zu öffnen. Wie gerne wäre er postum nach Durham geflogen und hätte Joshua Hill persönlich die Leviten gelesen. Natürlich gehörte seine persönliche Meinung nicht hierher. Dieses Ethos verstieß gegen alle Richtlinien. Aber der Drecksack musste dafür eine gerechte Strafe bekommen. Der Sheriff drehte sich nach einer Bedenkzeit zu Eve, verlor sich in ihren dunklen Augen und würde alles darum geben, die Zeit zurückzudrehen. Dann hätte er vor der Anhörung Bescheid gewusst. Seine Termine von Phil, seinem zweitbesten Mann leiten lassen und Eve Hill, alias Samira Nickels, die Aussage erspart.
>> Eve, du bist eine starke und einzigartige Frau. So jemanden wie dich, habe ich noch nie kennengelernt! Kein Geschworener wird dir vorwerfen, dass du die Personen im Mustang nicht retten wolltest. Laut Autopsie Bericht waren die Insassen bereits nach dem ersten Crash Mausetot! Eve, zieh dir diesen Schuh nie an. Ich habe schon vor Tagen die Akten aus Durham gelesen. Und du bist zu den Menschen geflohen, die deinen richtigen Namen kennen. Also haben dir der Pass und die anderen Papiere von einer toten Frau, nur bedingt genutzt. Mach dir keine Vorwürfe! Der sie sich machen sollte, wirkte vorhin schon relativ dünnhäutig! <<
Spencer konnte ihren Blick nicht ertragen, musste sie jetzt einfach drücken und umarmen. Ja, er war in eine verheiratete Frau verliebt und Mrs. Fly hatte mit allem Recht, was ihm über Eve sagte. Er musste nun zielstrebig sein, die entsprechenden Stellen kontaktieren und zwar gleich noch. Einige ranghohe Regierungsbeamte anrufen und es mussten jetzt viele Schalter umgelegt werden. Dinge

besonderer Art genehmigt sein, bevor Durham die Identität der verbrannten Leichen überbracht werden dürfe. Er würde die Gutachterin und Frauenbeauftragte der Bundespolizei, Georgine Davis anrufen, damit sie ein psychiatrisches Protokoll von Eves Erlebnissen anfertigte. Dann würde Eve eine neue Identität von ganz oben bekommen. Durham hätte null Zugriff, alle Informationsriegel würden zugeschoben. Die Regierungsämter standen über den regionalen Behörden, das war nie anders. Schon morgen müsste sie die Scheidung einreichen und das könnte bei der eindeutigen Lage ein Eilverfahren nach sich ziehen. Joshua Hill würde nach den Schilderungen von Eve, ebenfalls ein Gutachten benötigen und nur die Regierung dürfe den Gutachter in seinem Fall bestimmen. Er musste es schaffen, Joshua Hill alle Zügel aus der Hand zu nehmen und auch in Bloomingville würde eine Ermittlung wegen unterlassener Hilfeleistung eingeleitet. Man musste den Leuten ihre Möglichkeiten vor Augen führen. Jetzt galt es keine Zeit zu verlieren! Alles würde dann von Washington D.C. koordiniert. North Carolinas Behörden stellten Beamte dafür zur Verfügung und diese leiteten eigenständig die Untersuchung. Er musste nun in Erfahrung bringen, in wie weit Hill seine Macht ausspielen konnte. Spencer hatte seinen Spielplan fertig im Kopf und das Match konnte beginnen. Genie und Wahnsinn waren nicht weit voneinander entfernt. Doch bei Joshua Hill hatte der Wahnsinn schon die Oberhand gewonnen und er musste sehen, wie weit er für ihn eine Suspendierung herausholen konnte. Auch der Alkoholkonsum musste genau unter die Lupe genommen werden!

Das alles beschloss Spencer Stone, während er Eve fest an sich drückte. Die Wärme und den anziehenden Geruch dieser Frau tief im inneren speicherte. Noch nie hatte er solche Gefühle für eine weibliche Person verspürt. Und sie hatte es verdient, endlich glücklich zu leben und frei zu sein. Wie gut er sich fühlte, als sie ihn auch zögernd umarmte und er ihren Herzschlag spürte. Beide schwiegen und standen fast eine Viertelstunde so da. Mrs. Fly lächelte und nickte erleichtert. Sie goss sich noch einen ein und war stolz auf Eve.

Spencer traute sich nicht, Eve zu küssen, als er ihre Arme langsam von seinen Schultern nahm. Das hätte sich nicht gehört, auch wenn jede Zelle seines Körpers protestierte. Sie hatte ihre Geschichte heute schon zum x-ten Mal erzählen müssen. Normalerweise zeigten Menschen, die so traumatische Dinge über Jahre hin erlebten, schwere psychische Verhaltensänderungen. Doch bei Eve spürte er Stolz und Tapferkeit. Doch wenn er sich irrte, machte er mit einem Kuss einen großen Fehler. Sie hatte genug Leid erfahren und er war auch nur ein Mann. Spencer räusperte sich, als er in Eves Augen blickte. Sie sah ihn dankbar an und ein liebevoller Gesichtsausdruck ließ Spencers Gefühlswelt durcheinanderwirbeln. Ihre Signale waren eindeutig auf Gefühle programmiert. Er hätte sie genau jetzt küssen müssen, verdammt! Hochrot blickte er zu Boden und räusperte sich verlegen. Seine Mutter hatte ihn zu gut erzogen. Die Stimme war zu einem heiseren Bellen geschrumpft.

>> Eve, ich muss gehen! Ihr werdet mich beim Essen entschuldigen müssen! Ich habe noch viele Anrufe zu tätigen. Werde gleich zum Revier fahren und eine Reihe von Dingen in Gang setzen. Das einzige, was ich von dir benötige, Eve sind Unterschriften und dein original Ausweis. Den scanne ich ein und schicke die Daten zur Zentrale. Im Dienstwagen habe ich auch Vordrucke für Verfügungen. Die unterschreibst du mir gleich. Damit wird unter anderem die ärztliche Schweigepflicht aufgehoben. Und morgen wird dich unsere Frauenbeauftragte, Mrs. Davis besuchen. Sie schreibt Gutachten für Ehefrauen, die von ihren Männern im gehobenen Polizeidienst, misshandelt werden. Ihr wirst du alle Dinge, die du mit ihm erlebt hast, so ausführlich zu schildern, wie du es bei mir getan hast. Keine Sorge, Eve sie geht mit dem Thema ganz behutsam um und versteht ihr Handwerk so präzise, wie niemand sonst! Den Text für alle nötigen Informationen trage ich nachträglich im Revier ein und dein Exmann wird schmerzlich erleben, wie der Gegenwind allmählich zum Tornado wird. Zum ersten Mal in seiner Karriere wird er nun erfahren, wie ihm das Zepter aus der Hand genommen wird. Und es könnte sein, dass er dann so lange eine Zwangspause einlegen darf, bis er sich erfolgreich einem Antiaggressionstraining und einer Entziehungskur unterzogen hat. Dauert oft viele Monate und er wäre auch nicht der erste, mit diesem Problem. Wenn du mit Mrs. Davis gesprochen hast, wird sie dir eine, zeitlich begrenzte, neue Identität ermöglichen. Keine Polizeibehörde kann diese Daten abfragen, nur Regierungsbehörden hätten Zugriff. Dann kannst du hier unbescholten Leben und Arbeiten. Das ist doch ein Anfang, oder? <<

Mrs. Fly hatte sehr genau zugehört, begleitete Eve zum Haus, Nummer zwei. Sie wartete an der Tür, bis Eve im Keller ihre alte Handtasche holte. Sie lächelte ihr aufmunternd zu, als Eve, Spencer die Papiere überreichte. Es dauerte einen Moment, bis der Sheriff alles zusammensortiert hatte. Schließlich gehörte so was nicht zu seinem alltäglichen Job. Als er ihren Pass in das mobile Lesegerät schob und auf Freigabe drückte, gab es für Eve kein Zurück mehr. Es war bereits das vierte Mal, dass er das geheime Programm startete. Zuerst meldete sich Spencer in Washington. Machte seine Aussage, nachdem er verschieden Codes eingegeben hatte, um eindeutige Erkennungsmerkmale zu senden und die richtigen Stellen zu kontaktieren. Dann wartete er auf Anweisungen. Ein hochrangiger Beamter, Marshall Walter Christensen, meldete sich in der Leitung.

>> Hey Sheriff Spencer Stone, lange nichts mehr von dir gehört, mein

Junge! Hast du eine NoID Angelegenheit für mich? << Spencer erklärte den Sachverhalt und erhielt vom Marshall die erwünschten Zusagen. Akademiefreundschaften zahlten sich aus. Das hatte der Sheriff nie vergessen und ein Smalltalk konnte nicht schaden. >> Na, wenn du von den Strandrockern in Brunswick genug hast, komm endlich her und leite unseren Verein! Solange warten die auf dich Spence! Ich habe ein paar Angebote vom Militär bekommen, mal sehen! So, mein Lieber, nun kommt der gemütliche Teil. Ich bin involviert und das Thema ist durch. Gute Neuigkeiten sind eben reingeflattert. Die Sache wird als interne Angelegenheit behandelt und die Akte nach Abschluss versiegelt. Das gesonderte Verfahren tritt ab jetzt in Kraft und obliegt Professorin Davis. Wie folgt, wird Eve Hill, geborene Summer aus dem System genommen und zwar um null Uhr, Mittelamerikanischer Zeit. Die Klientin muss morgen, vor zwölf Uhr, mit der Professorin persönlich sprechen, dann ist Code grün garantiert. Davis wird Mrs. Hill mehrere Möglichkeiten anbieten. Auch Durham wird sein blaues Wunder erleben, was diesen Hill anbelangt! Der hat drei Sterne und glaubt er wäre unsterblich! Manchmal müssen diese Kerle auf den Boden zurückgeholt werden, dazu sind wir da. Ich hab ihn im Fernsehen gesehen. Noch zwei Wochen und er ist reif für die Anstalt, denke an meine Worte! Er ist nicht so zäh wie wir beide, Spencer! Pass auf, zuerst muss der Fall an der alten Route 66 abgeschlossen sein. Dann können wir es in Durham auch passend darstellen. Beides hat miteinander nichts zu tun und es geht bei dem Unfall mit den Verbrannten, nur um den genutzten Pass, richtig? << Spencer stimmte zu und hatte mit Walter Christensen den richtigen Ansprechpartner. >> Junge, so einen schweren Fall hatten wir ewig nicht! <<
Sie wünschten sich gegenseitig einen schönen Abend und dass sie in Verbindung blieben. >> Spencer, denk daran, dass meistens nur die Arschlöcher die tollsten Frauen ergattern! Das muss wohl Murphys Law sein, das coole Typen wie wir immer leer ausgehen. Ich werde meine Kontakte bezüglich Eve Hill spielen lassen. Vielleicht bist du am Ende ein glücklicher Gewinner! Spencer halt die Ohren Steif, Junge! << ,>> Du auch Walter. Grüß deinen Hund von mir! Dexter wartet immer noch auf ein Date! << Walter lachte und legte auf.
3)
Spencer telefonierte mit Brunswick und wies seine Abteilung an, alle bekannten Daten von dem Unfall in Durham, mit den zwei Verbrannten zusammen zu tragen. Er sprach von anonymen Beweisen und einem gefundenen Ausweis, in einem Müllcontainer in Dublin. Die Beweise genügten um in New York, Department IV, Mordkommission einzuschalten.
Mrs. Wheeley erledigte im Büro Schreibarbeit und hatte gegen eine ablenkende Besprechung nichts dagegen. Spencer Stone war ein

Stratege und koordinierte das gesamte Brunswicker Department so, dass er die zuständigen Ermittler zu einer Kommunikation Einheit bilden konnte. Mrs. Davis Stimme besaß einen verrauchten Nachhall, als sie abhob. In Washington klingelten daraufhin mehrere Telefone. Sein Kontaktmann aus dem Pentagon begrüßte ihn aufrichtig und sie hatten einen regen Informationsaustausch. Er versprach im Herbst ein Seminar dort abzuhalten, um die neuentwickelten Prototypen für Flugsicherungen an den Terminals zu demonstrieren. Nacktscanner waren schon wieder out. Beim Durchqueren der Schleusen bekämen die Durchleuchteten einen Gürtel um den Bauch, der alle wichtigen Körperdaten sendete und Auffälligkeiten in einer Farbskala anzeigte. Wer dies ablehnte, müsste sich komplett entkleiden und sich einer Total Untersuchung unterziehen. Die Herren vom Pentagon rieben sich schon die Hände und Spencer erreichte, dass ab Morgen in Durham unangemeldeter Besuch erschien. Auch in Bloomingville würden Regierungsfahnder das Umfeld befragen und Joshua Hill nicht über die Gründe dieser Aktion in Kenntnis setzen. Spencer ließ sich erläutern, dass die Leichen noch nicht identifiziert wären und immer noch, im Leichenschauhaus in Durham verweilten. New York wollte eine Konferenzschaltung. Die Verbindungen bauten sich gerade auf. Spencer lächelte siegesbewusst. Seine Schneidezähne blinzelten in der untergehenden Sonne. Er wusste genau, wie man agierte.

Er war froh über die Botschaft, dass Eve Hill unter seinem Schutz bleiben durfte. Und die Tatsache, wie es weiterging, würde bis zum Ergebnis von Eves Gutachten unter Verschluss gehalten. Gleich im Revier gäbe es aufklärende Details. Die Inspektorin wartete nur auf den Sheriff. Der Gutachter Simmons würde sich sehr bald Joshua Hill annehmen und er war ein gewitzter Fuchs. Er hatte schon oft bei hochrangigeren Beamten, schwarze Schafe aufgedeckt. Spencer grinste breit und kehrte nach einer halben Stunde, mit den Unterlagen ins Haus zurück.

Sie unterschrieb diverse Schriftstücke, mit Eve Hill und war ergriffen, was ein eigentlich fremder Mensch bereit war, für sie zu tun. >> Deinen Ausweis gebe ich dir wieder, Eve. Hier kannst du sehen, dass die Person zu dem Bild in meinem Computer passt. Ich muss dich aber bitten, mir alle Papiere von Samira Nickels auszuhändigen. << Eve holte ihre Tasche von der Garderobe und überreicht ihm die Dokumente. Auch das Portmonee, das Samira Nickels gehörte. >> Spencer, werde ich irgendwann angeklagt, weil ich den Unfall nicht gemeldet habe und weil ich unter dem Namen einer Toten gelebt habe? << Spencer schüttelte den Kopf. >> Das ist unwahrscheinlich. Ich sagte dir ja schon, wenn du im Zeugenschutz bist, existierst du nur als grauer Schatten. Doch sollte es hinterher zu irgendeiner Anschuldigung kommen, ist eine Anwaltskanzlei für dich reserviert.

Schlimmstenfalls könnten Einsatzkosten für deinen gestellten Selbstmord anfallen, glaube ich aber auch nicht. Mach dir keine Sorgen, ich hätte genauso gehandelt, Eve! << Spencer strich ihr sanft über das Gesicht. Hill hatte diese Frau niemals verdient! Mrs. Fly überreichte Spencer ein Lunchpaket an der Tür. Sie redeten noch kurz, als sich Eve in der Küche auf den Stuhl sinken ließ und ihren Blick zu den ersten Strahlen, des aufgehenden Mondes richtete.

4)

Joshua Hill trank gerade seinen siebten Whiskey und torkelte durch das komplett verwüstete Haus. Seine Leute hatten ganze Arbeit geleistet. Doch außer einem alten, leeren Kästchen, das neben dem Apfelbaum verbuddelt war, hatten sie nichts gefunden. Nichts und wieder nichts, was auf Eves Flucht hindeutete. Im Gegenteil, man versuchte ihm schonend beizubringen, dass seine Frau wahrscheinlich nicht mehr lebe und er aufhören solle, sich mit Fluchtwahnvorstellungen zu befassen. Sie unterstrichen unablässig, wie schwer die Situation für alle Beteiligten wäre. Die beliebte Eve Hill wirkte stets hilfsbereit. Michael hatte schon einen Fürbitte Gottesdienst abgehalten und für Eve viele Kerzen angezündet. Joshua blätterte gerade in den Hochzeitfotoalben und weinte wie ein Kind, als er das hübsche Paar betrachtete. >> Da war die Welt noch in Ordnung! Eve, wo bist Duuuu????<<, flüsterte er heiser. Erschöpft sank er mit dem Album auf den Boden. Der Alkohol hatte ihn müde gemacht. Joshua Hill schlief mit dem Album auf dem Bauch ein. Er träumte von Eve und einem Kind, mit dunklen Locken. Kirmesmusik schallte aus Lautsprechern. Sie befanden sich auf einer bunten Wiese. Der Kleine drehte sich zu Joshua um und zeigte in die Richtung, von der die Musik und Popcorn Geruch kam. Joshua erschrak, der Junge hatte seine Augen und Eves zartes Gesicht. Plötzlich standen sie mitten auf einem alten Kirmesplatz. Ein Clown ließ Luftballons fliegen und rief ihm zu. >> Das wäre ihr Preis gewesen, Mr. Hill! << Dann lachte er schrill. Joshua wollte weglaufen, aber sein Körper steckte bis zur Hüfte im Morast.

Joshua geisterte wie ein Gespenst durch das Revier und hielt sich nicht mehr an Arbeitszeiten. Er kam und ging, wie es ihm passte. Die Schnapsfahne und seine ungepflegte Erscheinung konnte man schon von weitem riechen. Deshalb hatte sein Kollege Smith auch abgewiegelt, ihn bei der erneuten Razzia am Westend Discounterparadies mitzunehmen. Er deckte Joshua, so gut er konnte und wusste, wenn eine höhere Behörde Wind von der Sache bekäme, gäbe es richtig Ärger. Emanuel Smith hatte ohnehin das Gefühl, das seinem Vorgesetzten, das Ruder völlig aus der Hand gelaufen war. Hill hielt das Revier mit wirren Verschwörungstheorien auf Trab und war der festen Überzeugung, dass seine Frau ihn nur verlassen hätte, um es ihm heimzuzahlen. Manchmal stürmte Joshua dann ins Büro und kritzelte irgendein Zeug an seine Profilerwand, die keinen Sinn ergab. Johnson stand neulich auch in seiner Tür und wollte Joshua wegen des Verdachtes auf den vorgetäuschten Unfall sprechen. Sicher, es war seltsam, dass Hills Frau immer noch nicht aufgefunden wurde. Doch vielleicht hatte sie auch hinten gesessen und war mit der Scheibe gleichzeitig herausgeschleudert und verweste an einer unzugänglichen Stelle im Wald oder tief im See. Der Chief sollte sich besser damit abfinden und sich zu gegebener Zeit eine neue Perle suchen. Sie hatten alle Eventualitäten miteinberechnet, mit einer Überlebenschance gen null. Schließlich war er seit 15 Jahren dabei und hatte schon genug Selbstmorde bearbeitet. Hills Frau würde irgendwann aufgedunsen auftauchen und dann wäre das Thema erledigt. Klar, er konnte die Trauer verstehen, wenn er eine Frau hätte, die er liebte. Doch die hatte ihn schon vor zehn Jahren verlassen und seitdem lebte er mit seinen Katzen zusammen und ging ab und zu in ein Etablissement. Das konnte er nur weiter empfehlen!

5)

Es war schon spät, als der erste Anruf kam. Der entnervte Smith konnte Joshua nicht erreichen. Sie hatten in einer der nichtgeleerten Mülltonnen, an der Interstate, einen pinkfarbenen Hausanzug gefunden und in einem anderen Abfalleimer, 15 Meilen hinter Durham, in Richtung Bloomingville, wurde eine blutverschmierte und mit Ruß verdreckte Bluse, samt Hose und Sneakers entdeckt. Das Labor hatte zuvor von einer höheren Dienststelle, aus New York ein Verbot erhalten, die Bluse und die anderen Dinge genauer zu untersuchen. Nur dass es sich um Menschenblut handelte, hatte man notieren dürfen. Doch sie durften nicht weiterrecherchieren. Was war da los? Es gab eine Nachrichten sperre! Weshalb blos? Doch der Hausanzug konnte eindeutig Eve Hill zugeordnet werden. Gab es noch ein anderes Verbrechen? War es gar Mord, bei Mrs. Hill? Das Blut stammte nicht von ihr und nicht von Joshua, den er vorsichtshalber auch überprüfen ließ. Das Blut war zweifelsohne dennoch menschlicher Natur und er war nicht mehr befugt, weiter zu ermitteln! Wann kam eine Erklärung? Gab es vielleicht eine Verbindung zu dem Unfall mit den verbrannten Personen? Eigentlich ausgeschlossen. Ein Gedanke blieb in Smiths Kopf haften. Eve Hill konnte genauso gut entführt worden sein. Der oder die Täter brachten sie hinterher einfach um und versenkten das Auto mit der Leiche im See von Sherham. Sie wären doch gar nicht so fix drauf gekommen, wenn die Frauengruppe die Fundstelle nicht durch einen dummen Zufall entdeckt hätte. Es liefen genug geistesgestörte Triebtäter rum! Auf die galt es nun das Augenmerk zu richten! Warum war ihm der Gedanke nicht schon eher gekommen? Mit Joshua brauchte er gar nicht erst darüber sprechen. Aber warum nun diese Geheimniskrämerei? Smith grübelte eine ganze Weile weiter. Kurz darauf klingelte sein Diensttelefon. Es war eine Nummer aus New York, Kriminaldezernat 2. Er wurde verbunden und ein Chiefinspektor der Sonderkommission vom Dezernat IV war am Apparat. >> Chiefinspektor Smith, schön dass ich sie um diese späte Uhrzeit antreffe. Mein Name ist Nottingham, Kriminalermittler und ich mache es kurz. Es geht um die verunfallten Personen, aus ihrem abgelegen Bezirk. Sie wurden beide identifiziert. Die Leichen werden morgen früh, mit den Beweis-Unterlagen überführt. Unsere Leute kümmern sich dann mit den Bundesbehörden zusammen um weiteres Vorgehen. Weiter Ermittlungen obliegen den Behörden in Washington D.C. Es laufen vermutlich Ermittlungsverfahren von Regierungsseite, in die wir uns nicht einmischen dürfen. Die sitzen bekanntlich am längeren Hebel. << Smith war erstaunt über die Tatsache, aber konnte es nicht lassen, zu fragen. >> Das ist ja allerhand! Doch gestatten Sie mir eine Frage? Bitte, es geht um meinen Kollegen, dessen Frau Selbstmord begangen haben soll. Ist sie eine, der verbrannten Personen? << Er berichtete, was sie heute entdeckt hatten und dass er sich keinen Reim auf die Sache machen konnte. Es war eine längere Stille am anderen Ende zu hören. >> Wenn Sie die Ergebnisse der Kleideranalyse, für den Sportdress haben, faxen Sie es mir bitte. Und um auf den Punkt zu kommen. Nein, ihre Frage ist negativ. Ich kann Ihnen auch nichts weiter dazu sagen. Die Bundesbehörden ermitteln im Fall New York in alle Richtungen. Auf Wiederhören, Mr. Smith. << Smith runzelte die Stirn. Wie die Bundesbehörden? Hatte er irgendwas nicht mitbekommen? Er wählte einige hochrangige Leute an, um sein Wissen aufzufrischen. Aber keiner wusste, was gespielt wurde. Er könne sich auf externen Besuch in den nächsten Tagen einstellen. Das war die einzige Info, die er von dem Mitarbeiter der Behörde erhielt. Na klasse! Er ließ einen Wagen schicken, um Joshua zu holen. Doch Joshua Hill hatte sich ins Koma gesoffen und lag immer noch auf dem flauschigen Teppich im Wohnzimmer. Schnarchte seinen Rausch aus. Laute Opernmusik dröhnte durch das hellerleuchtete Haus. Joshua träumte von einer Wiese mit duftenden Blumen und da stand Eve mitten im Feld und winkte. Er wollte zu ihr hinlaufen, doch je mehr er sich anstrengte, zu ihr zu gelangen, stellte er enttäuscht fest, dass er sich keinen Meter vorwärtsbewegte.

13.Kapitel
1)
Eve schlief die letzte Nacht im kleinen Gästeraum von Mrs. Fly. Die alte Dame bereitete gerade das Frühstück zu, als Eves Handy klingelte. Carl war am Apparat. Gut gelaunt sagte er. >> Guten Morgen Eve, schön deine Stimme zu hören!? << Ihr ging es ähnlich. Obwohl es ein fremdes Zimmer war, konnte sie erstmals angstfrei durchschlafen. Sie entgegnete, dass sie sich bald auf den Weg mache und den Bus um 8:15 Uhr nähme. >> Nein, auf keinen Fall, Mrs. Green wird dich abholen. Sie wohnt in Woulington und macht einen Abstecher nach Dariens End. Das ist absolut o.k., solange du kein Auto hast. Um 9 Uhr ist sie bei dir. Ich habe auch schon mit dem Sheriff gesprochen. Ich hoffe du bist gleich bereit, dein eigenes Büro zu bewundern. Und es kommt Besuch, um Punkt elf Uhr. Eine Gutachterin, namens Professorin Davis aus Washington hat gestern Abend noch auf den Anrufbeantworter gesprochen. Auf Spencer Stone ist Verlass! Er hat mir die Vollmacht zugefaxt. Dort willigst du ein, dass die Anwaltskanzlei Hudson& Tudors das Scheidungsverfahren einleiten darf. Ihr Hauptsitz ist in Raleigh, Peterson Street 2015. Mrs. Hudson persönlich wird dich vertreten, sie ist ein Ass in ihrem Metier. Sie hat mich damals bei Eireen auch vertreten. Das Anschreiben für deinen Mann ist aufgesetzt und geht noch heute raus. Stell dir das blos vor! Der Sheriff spielt auf Tempo. Ein Bote wird es Joshua Hill persönlich überreichen. Entschuldige, dass ich rede wie ein Wasserfall. << Eve konnte nichts erwidern war derart überwältigt von Carls Neuigkeiten, dass sie das Telefon fallen ließ. Carl wirkte gelöst und sagte sogar „Aua!". Eves Hände zitterten, als sie den Hörer aufhob. Joshuas Wutausbrüche würde man vermutlich bis hierher hören, wenn er von dem Coup erführe, dass sie lebte! gemischte Gefühle überkamen sie. Carl äußerte besonderen Schutz. Sie konnte nur hoffen!
Mrs. Fly zog selbstgebackene Brötchen aus dem Backofen, doch Eve bekam kaum einen Bissen hinunter. Carls Nachricht war wie eine Bombe eingeschlagen. Mrs. Fly tröstete sie gut es ging und schlug einen geistigen Tapetenwechsel vor. Klamotten Shoppen müsste sie tatsächlich dringend. Mary Ann Clarence hatte zwar einige Blümchenstolen und Tücher in der Glasvitrine dekoriert. Da konnten die Motten nicht rein. Als Eve die Tür aufschloss, stach ihr alter Parfümgeruch in die Nase. Den mit den bunten Sommerblumen band sie um ihre Hüfte. Dieselte sich mit ihrem Lieblingsduft ein und befand ihr Äußeres für angemessen. Die 70 er Jahre waren wieder modern. In ihre Fluchttasche hatte sie das Nötigste eingepackt. Die Sachen musste sie sowieso zig Mal um kombinieren, damit es nicht auffiel. Pünktlich um 9 Uhr hupte Mrs. Green vor dem Haus und parkte mit einem dunkelgrünen Ford vor dem Haus Nr.2.

2)

Carl wartete vor dem Eingang, als könnte er es immer noch nicht
glauben, dass sie wirklich auf seiner Seite angekommen war. Mit
Mrs. Green hatte Eve die ganze Fahrt über die Projekte der Firma
gesprochen. Eve erfuhr, dass sie ein Büro in der dritten Etage
bekommen würde. Mrs. Schwarz redete sie mit „unsere Neue" an,
reichte ihr mehrere Akten und einen Schlüssel.
Carl trug heute einen dunklen Anzug, keine Krawatte und sein
italienisches Hemd ließ er am Hals offenstehen. Ein neuer, heißer
Tag wurde erwartet. Eve schüttelte allen die Hand, dann fuhren sie
im gläsernen Fahrstuhl nach oben. Eve betrachtete ihren alten
Kommilitonen von der Seite. Carl Oldman besaß als Student eine
lange Lulatschfigur. Wie ein endloser Strich in der Landschaft. Davon
war nun kaum noch etwas übriggeblieben. Sein breites Lächeln
steckte an. Mrs. Green verschwand mit flinken Schritten in ihrem
Büro. Carl und Eve standen einen Augenblick später, in dem frisch
gestrichenen und hell eingerichteten Arbeitszimmer. Es befand sich
am Ende des Ganges. Das Büro hatte einen großen Schreibtisch,
einen gemütlichen Chefsessel und einer Konferenzecke mit
Pendelleuchten. Der Raum strahlte ein beruhigendes Flair aus.
Pflanzengewächse schmückten die Regale und das Fenster. Sie
konnte sogar ein eigenes WC, mit Mini Bad nutzen. Wow! Hier würde
sie viele, kreative Ideen ausbrüten! >> Eve, ich wollte den
Gesichtsausdruck genießen, wenn ich dir das alles zeige. Zum ersten
Mal entdecke ich, dass Augen leuchten können!? << Sie drehte sich
zu ihm. Die Überraschung war gelungen. >> Es fühlt sich gut an, hier
zu sein! Es sind allerdings ein paar Jahre vergangen. Vertraust du
noch meinen alten Fähigkeiten aus früheren Tagen, Carl? << Er
nickte und wollte seinen Arm um ihre Taille legen, ließ es jedoch
bleiben. Nachdenklich blickte er zum Fenster. Sie direkt anzusehen,
hätte ihm jeden Atem geraubt. Ihre Reaktion auf seine Annäherung
sollte locker rüberkommen. Aber er spürte alte Hürden. Nur konnte
der Nebenbuhler dieses Mal nicht Hill heißen. Er brauchte frische
Luft, versuchte die aufkeimenden Gefühle zu verdrängen. >> Es gibt
keinen Grund, an den Fähigkeiten zu Zweifeln! Schließlich habe ich
darauf gewartet, dich endlich widerzusehen. Ich wünsche mir, dass
du von nun an, an eine positive Zukunft denkst. Vielleicht erlaubst du,
dass Kira hier ab und an spielen darf. << Eve war einverstanden. Der
kleine Wirbelwind hatte sie gestern schon um den Finger gewickelt.
Carl zeigte ihr das Projekt, an dem sein Team arbeitete. Es lenkte
seine Befürchtungen für einen Moment ab. Eve konnte sich vieles
Vorstellen. Sie holte einen Bleistift, veränderte seine
handgezeichneten Skizzen. Dann pinnte sie ihre Vorschläge mit
Reißzwecken an die Wand. Carl schüttelte amüsiert den Kopf. >> Ja
genau das meine ich. Du rundest meine Ideen ab und das hat sich

nicht geändert! << Ein Zeichentisch, davon konnte Eve zu Unizeiten höchstens träumen. Damals wechselten sie sich mit zwei anderen Studentengruppen ab. Nun konnte sie mit modernsten Mitteln arbeiten. Eve folgte ihm anschließend zu den Gruppenräumen. Carl stellte sie bei den Teamkollegen als ausgewählte Neueinstellung vor. Mrs. Nickels wurde freundlich begrüßt. Die Stimmung in der dritten Etage hinterließ bei Eve einen angenehmen Vorgeschmack. Sein Cousin Roger war in allen Angelegenheiten eingeweiht. Er hielt beiden die Tür auf und deutete auf den verwinkelten Anbau. Sie verbanden die Büros damals über eine interne Holztreppe. Eve erinnerte sich sofort an den stämmigen Cousin, der langsam ergraute. Carl und er ähnelten sich in vielen Gesichtszügen und der Art sich auszudrücken. Zehn Jahre trennten die beiden voneinander, das hatte Carl ihr damals gesagt. Rogers besaß eine herzliche Art, der man sich schlecht entziehen konnte. >> Also, Fräulein Nickels, wenn Sie eine richtig gute Führung durch den Palast wollen! Ich bin jederzeit bereit! Sie haben meine Empfehlung!! Ach Carl, bring mir bitte doch nachher die Quartalszahlen von Mrs. Peters mit. Der Kaffee geht aufs Haus! <<
Er grinste verschmitzt. Carl versprach es, verdrehte die Augen, als sein Handy klingelte. Im Flur vor Eves neuem Büro hielt Carl inne. Seine blauen Augen strahlten eine Sehnsucht aus, die er nicht kontrollieren konnte. Sie hatte seine intensiven Gesichtszüge längst bemerkt. Er lächelte, wie früher und auch wieder nicht. Eve schloss die Tür auf und beide gingen hinein. Carl fuhr sich vermeintlich lässig durch die Haare. Das ließ ihn besonders jugendlich aussehen, wie damals, dachte sie amüsiert. Eve empfand tiefe Freundschaft zu ihm, als sie sich auf die schwarzen Schwingstühle am Konferenztisch niederließen. Carl griff nach Eves Hand und fühlte, dass sie nach Geborgenheit suchte. Sie sprachen zwanglos über die alte Zeit in Durham. Dann schweifte Carl ab >> Eve, ich habe dir damals den Brief gegeben, weil ich immer gehofft habe, dass du Joshua verlässt! Hier bist du endlich und wirst dich wiederentdecken. Spencer spricht von der tapferen Frau, die nicht nur er bewundert. Eve, es könnte sein, dass wir uns hier alle noch an einen anderen Namen gewöhnen müssen. Die Personalabteilung und einige Mitarbeiter mussten schon eine Schweigepflichtserklärung unterschreiben. Roger und ich haben uns für dich eine unbedeutende Scheidungsgeschichte ausgedacht. So bleibt das Gerede im Rahmen und keiner wird denken, dass du aus dem Himmel gefallen bist! Der Sheriff hat deine Vorfahren in Deutschland lokalisiert, vielleicht möchtest du seinen Bericht lesen? Bitte entschuldige mich für ein paar Stunden. Rogers Sekretärin ist krank. Wir sehen uns, ich komme später zurück und hoffe, dass wir zusammen zu Mittag essen! << Eve strahlte über das ganze Gesicht. Fast hätte sie Carl zu sich gezogen und wäre mit ihm durch das Büro

getanzt. Doch da hatte Carl den Raum schon verlassen. Als die Tür ins Schloss fiel und er in den Fahrstuhl einstieg, erinnerte sich Carl wieder an Spencers Worte von heute Morgen. Seine Gefühle zu Eve würde er nicht mehr lange leugnen können. Seine Mine erstarrte. Zum Glück konnte niemand sehen, wie verzweifelt er war.> *Carl, so eine Frau, wie Eve Hill läuft einem nur einmal im Leben über den Weg! Man muss die Chance ergreifen. Du würdest das genauso machen! Ein kleiner Schneeball wird als Lawine über Eves Mann hinwegrollen und was dann noch von ihm übrig ist, wird lange brauchen um sich zu erholen. Falls es jemals möglich sein wird.* < Carl war sich sicher, das Spencer einen großen Teil seines Repertoires ausschöpfte. Und zwar nur für sie! Bedeutete ihm Eve am Ende mehr, dass hoffte er nicht! Aber falls es so wäre, würde er wieder den Kürzeren ziehen? Es war zu früh, um darüber nachzudenken. Er hatte schließlich Kira als Trumpf und wünschte sich nichts Sehnlicheres, als eine glückliche, Familie zu haben. Und zwar mit der Frau, die er schon ewig liebte.

2)

10:45 Uhr, Eves Telefon klingelte. Ihr wurde mitgeteilt, dass eine Dame, Professor Davis einen Termin bei ihr habe und an der Info wartete. >> Danke, Mrs. Schwarz, bitte schicken Sie sie einfach hoch. << Sie hörte gerade, wie Mrs. Schwarz sagte, dass es die 311, In der dritten Etage sei. Eve setzte Kaffee auf und stellte Kekse und Mineralwasser auf den Konferenztisch. Kurz darauf klopfte es und Eve bat eine rothaarige, Enddreißigerin, mit keckem Bobschnitt und greller Designerbrille im Hosenanzug herein. Sie nahmen am Konferenztisch Platz, nachdem sie sich freundlich begrüßten. Professor Davis stellte sich vor und ihrem scharfen Blick entging nichts.

Sie wählte schwarzen Kaffee, holte ihre Aktentasche und begann zuerst ein lockeres Gespräch mit Eve. Ab und an notierte sie sich Dinge, die scheinbar belanglos waren. >> Mrs. Hill, ihr Büro ist sehr geschmackvoll eingerichtet. Hier werden Sie definitiv auf andere Gedanken kommen. Aber deswegen bin ich ja nicht hier. Ich möchte Sie bitten, mir zu erzählen, wie Sie ihren Mann, Joshua Hill kennengelernt haben. Wann seine Verwandlung begann und ich möchte Sie auch bitten, mir alle unrühmlichen Details zu nennen. Lassen Sie nichts aus, erzählen mir alles haarklein. Das schaffen Sie schon! Aber bevor Sie beginnen, habe ich diverse Geheimberichte von der Privatklinik aus Bloomingville ausgewertet und mitgebracht. << Sie öffnete mehre blaue Akten und zusammengeheftete Schmierzettel vor Eve aus. >> Sie waren dort mehrfach zur Behandlung, infolge einiger Stürze. So steht es im offiziellen Bericht. Es gibt aber noch einen anderen. In dem ist die Rede von äußerlichen Gewalteinwirkungen, mit stumpfen Gegenständen.

Verursacht durch den Ehemann Joshua Hill, im unzurechnungsfähigen Zustand. Es gibt genügend Beweise, dass ihr Mann Sie mehrfach geschlagen und gestoßen hat. Dazu gehören Treppenstürze, Beckenquetschungen, oder Hämatome und Prellungen von den verschiedensten Misshandlungen. Die Fachbegriffe stehen praktisch auf jeder Seite hier. Es liest sich wie eine, verzeihen Sie den Ausdruck, „Horrorgeschichte", aus dem Gruselkabinett. Der Arzt, der es mit mir besprach, wirkte erleichtert, dass die Sache endlich ans Tageslicht käme. Ihr Kind wäre ein Junge geworden und Sie waren bereits in der 12. Woche. Es gibt Ultraschallbilder, wie der Fötus versucht, sich gegen den absaugenden Schlauch zu wehren. Die Plazenta hatte sich bei Ihrer Einlieferung, nicht komplett gelöst. Mit bestimmten Medikamenten hätte man den Verlust des Kindes stoppen können. Doch die diensthabenden Ärzte waren mehr darauf bedacht, das Einwirken ihres Ehemannes zu vertuschen. << Eve wurde übel, als sie die Farbultraschallbilder betrachtete. Ihr Baby hatte schon Hände und Füße besessen. Ein richtiger Mensch, mit allem was dazugehörte. Zum ersten Mal, seid der Flucht rissen bei Eve die alten Wunden auf. Es war schon früher kaum zu ertragen. Die echten Fotos vor sich zu sehen, ging an die Substanz. Sie hatte Mühe, nicht loszuheulen. Warum die Ärzte nicht das Kind retten wollten, war typisch Hill. Joshuas Ruf hatte Vorrang vor einem Menschenleben. Sie nickte traurig und erzählte der Professorin die verdrängten Erlebnisse. Sie verschwieg nichts.
Fast zwei Stunden lang dauerte das Martyrium. Eve, weinte zwischendurch heftig, weil sie eigentlich vergessen wollte. Nur noch einmal durchstehen, das war Mrs. Devis Devise. Die Professorin nutzte jede Möglichkeit, Eves die verborgene Ängste aus der Kindheit zu entlocken. Vorwürfe und Schuldgefühle, wegen des Vaters, gaben Eve den Antrieb, Joshua Hill nicht eher verlassen zu haben. Nun hatte sie verstanden, dass der Tag gekommen war, die Mauer zu durchbrechen und nach vorn zu sehen. Typen, wie Eve waren erstaunlich zäh und das rettete sie vor Selbstmord. Mrs. Davis sprach aus eigener Erfahrung, wenn sie den geschundenen Frauen erklärte, dass ein dunkler Streifen, auf der Seele üble Narben hinterließ. Sie verblassten irgendwann. Das Gutachten bestand am Ende aus zehn Seiten, die mit Rotstift untermalt waren. Die Professorin bat Eve um einen neuen, starken Kaffee und starrte mit ihr eine Weile aus dem Fenster, bevor sie fortfuhr. Als sie sich erneut hinsetzten, sagte Professor Davis.
>> Eine Mrs. Winston hat ausgesagt, das sie öfters auf dem Balkon gestanden hätte, und ihren Mann bei seinen Verfehlungen genau beobachten konnte. Sie hat diese Zeugenaussage unterschrieben und ist bereit, in einem möglichen Prozess auszusagen. Zurzeit wird

eine Mrs. Klein befragt und auch einige, der anderen Bewohner aus Bloomingville. Mrs. Hill, sind Sie bereit mir in ein neues Kapitel zu folgen? << Eve nickte und Mrs. Davis fuhr sich durch die Haare, als sie eine schwarze Mappe aus ihrem Koffer zog und aufklappte. >> Gut, hiermit nehme ich Sie, Eve Hill hochoffiziell in das interne Zeugenschutzprogamm auf. Bis zum Ende des Scheidungsprozesses bleiben ihre Anschrift und die Identität geheim. Auch danach, falls es weiterhin nötig sein sollte. Der Name „Melinda Sommer", gehört nun zu ihrem neuen Leben, wie die Luft zum Atmen. Der Schriftverkehr mit ihrem Mann wird nur über das Anwaltsbüro in Raleigh geführt. Raleigh ist für sie beide ein neutraler Ort für Absprachen. Dort gibt es die einzige Kontaktmöglichkeit für Mr. Hill und seinen Anwälten. Keine Polizeibehörde in ganz Amerika kennt ihren Aufenthaltsort. Sie existieren für unsere Behörden nur in Washington D.C. unter diesem Namen. Hier sind ihr neuer vorläufiger Ausweis, die Krankenkassenversicherung bei Oldman-Falls, ihre neue Sozialversicherungsnummer, sowie die Fahrerlizenz für gängige PKW. Ich sende ihrer Firma nun alle beglaubigten Kopien aus der Uni zu. Diejenigen, die Sie unter dem Namen, Samira Nickels kennen, werden Sie jetzt Mrs. Sommer nennen müssen. Wir haben alle Personen, die hier mit Ihnen in Kontakt getreten sind, einen Eid zur Verschwiegenheit ablegen lassen. Ihre Unioriginalunterlagen sind schon konfisziert und werden von unserem Institut verwaltet. Auch ihr Konto wurde gesperrt und der Betrag auf dieses hier, mit ihrem neuen Namen überwiesen. Ihr Mann hat nirgendswo Zugriff. Carl Oldman hat für Sie ein Konto über die Firma eröffnet. Ihnen wird mitgeteilt, sobald alle Daten um getragen sind, danach bekommen sie die Postfachnummer. Der endgültige Pass wird in Kürze an die Oldman-Falls Adresse gesendet. Das sind nur Datenformalien, Mrs. Sommer! Es ist bereits von oben abgesegnet worden. Sie sind laut Pass, drei Monate älter. Unterschreiben sie hier! <<
Als es erledigt war, sendete Mrs. Davis die unterschriebenen Formblätter über einen Intranet Zugang mit Staats Logo, zu einem digitalen Portal. Die Antwort kam prompt. Grüne Ladebalken signalisierten den Erfolg. Mrs. Davis lächelte erleichtert und erklärte einem frischgebackenen ID Flüchtling, die weitere Vorgehensweise. Die Abhandlung der Scheidung wäre der nächste Schritt. Dann musste abgewartet werden, wie sich die Gegenseite entwickelte. Eins war klar, es gab kein Zurück mehr und im Normalfall begegneten sich die ehemaligen Partner nur beim Gerichtsurteil und danach nie wieder. Eves Faxgerät sprang an und die Auftragsannahme von Rechtsanwältin Hudson wurde ausgedruckt. Beim Überfliegen der Blätter war das Gutachten der Professorin in Kurzform angeheftet, sowie ein Antrag für ein Scheidungseilverfahren wegen häuslicher Gewalt. Professor Davis verabschiedete sich und dankte ihr für das

Gespräch. Dann geleitete Eve sie zum Fahrstuhl. Bevor Mrs. Davis einstieg, drehte sie sich um und sagte abschließende Worte. >> Mrs. Sommer, Sie können froh sein, dass Sie da oben so mächtigen Freunde haben. Den Rest werden Sie auch noch schaffen, Auf Wiedersehen. << Als Eve ins Büro zurückkehrte, öffnete sie Fenster und Türen, damit die frische Meeresluft den Mief der dunklen Vergangenheit hinausblies. Sie überlegte, wann sich wohl Spencer bei ihr meldete. Wie verwirrend. Gestern war sie Samira Nickels, dann wieder Eve Hill und nun Melinda Sommer, wie verrückt!

3)

Sturmklingeln im Hause Joshua Hill. Vor der Tür standen zwei Regierungsbeamte aus North Carolina, Joshuas Vater im schwarzen Anzug und Chief Smith, der jetzt auch die kommissarische Leitung im Dezernat innehatte. Von höchster Stelle angeordnet. Als Joshua völlig verkatert an den Türsprechfunk Apparat torkelte, ahnte er, dass etwas geschehen sein musste. Sie hatten Eve gefunden, was sollte das sonst alles hier?! Seine raue Stimme verriet ihn und sein Vater, war der erste, der zur Tür hereinstürmte. Das Chaos im Haus war nicht zu übersehen und die leeren Whiskyflaschen ebenso wenig. Der Vater schob seinen, verwahrlosten Sohn ins Bad und Buxierte ihn mit lautem Geschrei unter die Dusche. Die drei anderen sahen sich um, auch Smith hatte das Haus noch nie so chaotisch erlebt. Da fehlte die weibliche Hand. Doyle und Fanklin von der Regierungsbehörde verzogen keine Miene und wichen Smiths Fragen geschickt aus, indem sie auf Geheimakten verwiesen und sie nur Hinweisen nachgingen.

Joshua schrie unter der eisigen Brause und der Vater brüllte. >> Ja, Joshua, sehe zu das du nüchtern wirst. Es kommt heute auf dich ein großes Stück Arbeit zu! Was Glaubst du, weshalb diese Leute hier sind? Du bist zu weit gegangen, Sohn! Sie haben Sachen von Eve im Müll gefunden. Aber keiner will uns etwas sagen. Die Verbrannten sind identifiziert worden, doch die Namen bleiben geheim. Was wird hier gespielt? Meine Kontakte, als Richter reichen da nicht mehr aus, das gab es noch nie! Noch nie! Derjenige, der das alles in Gang gesetzt hat, arbeitet irgendwo in Washington, Joshua! Verstehst du?! Also, was hast du mit Eve gemacht? << Die Augen des Vater waren so zornig, als wollte er Joshua die Gurgel umdrehen. Joshua zitterte, Tränen liefen ihm über das Gesicht, er konnte es nicht verhindern. Schluchzend griff er nach der Hand des Vaters. >> Ich habe Eve nichts getan, Vater. Sie ist weggelaufen und hat mich allein gelassen. Bitte sag mir jetzt nicht, dass Sie tot ist. Dann würde ich mich erschießen. Ist sie tot, sag's mir, Vater? <<

Joshua war völlig am Boden zerstört. Er hasste sich und seine Verfassung, andererseits gab er Eve die Schuld für das Versagen. Wenn sie ihn nicht verlassen hätte, dann wäre er auch nicht so ein

163

Nervenwrack. Ab jetzt würde nur noch gut zu ihr sein, sie nie wieder schlagen, nur sie musste zurückkehren. Der Vater schwieg knurrend. So kamen sie nicht weiter. Er holte große Handtücher, saubere Unterwäsche, Strümpfe, die gebügelte Uniform und einen Rasierer. Dann packte er seinen Sohn am Arm. >> Was für ein Trauerspiel mit dir Joshua,! Glaubst du nicht, dass ich auch stark darin interessiert sein könnte, das Eve noch lebt? Alle Gerüchte stimmen wahrscheinlich und du hast wieder zugeschlagen! Jetzt bekommst du die Quittung dafür! Deine Mutter geht nur noch mit Beruhigungspillen aus dem Haus! Und wir möchten, dass dieses Drama endlich endet! Ich hatte dir damals schon geraten, ein Antiagressionstrainig zu machen! Eine anständige Tracht Prügel würde dir guttun, nicht wahr? Hast du auch mal an deine Mutter gedacht, wie sehr sie dich immer beschützt hat? Nein, da ertränkst du lieber deine Wahnvorstellungen im Alkohol. Sehe zu, das du gleich Passabel für den obersten Kriminalleiter Higgens aussiehst! Der kommt extra aus Washington D. C. und hat einen Gutachter, Namens Simmons im Gepäck! Der Typ ist bekannt für seine gnadenlosen Gutachten. Bei ihm wirst du keine Bonuspunkte bekommen und er lässt sich nicht bestechen. Unser Ruf steht auf dem Spiel! Aber ich weiß nicht was geschehen ist! <<
Vater Hill behandelte Joshua, wie ein Kleinkind. Nichts anderes war er In seinen Augen. Joshua musste endlich zur Vornunft kommen! Sonst steckten sie ihn noch in die Irrenanstalt! Niemals dürfe das geschehen! Nein, er war nur ein gedemütigter Vater, der wieder die Kohlen aus dem Feuer holen musste! >> Joshua, hör auf zu wimmern! Reiß dich am Riemen! In erster Line kommen diese Schnüffler, wenn eine interne Razzia wegen grobem Fehlverhaltens ansteht! Ich wüsste sonst nicht, warum sie dich ausquetschen wollen? Spricht wohl eher dafür, dass jemand auch über deine Alkohohleskapaden geplaudert hat. Sie werden dich in die Mangel nehmen und eure Abteilung auf den Kopf stellen und ich bin Machtlos, verstehst du?! Dieses Mal kann ich das Ruder nicht rumreißen! JOSHUA, hör auf zu heulen! Alles, ist streng geheim und wird über Washington gesteuert, damit sind wir raus!! Oder hast Du noch etwas anderes zu verbergen? Beichte deine Sünden, Sohn! Bist du nochmal zum Mörder geworden? Dann sag es mir JETZT!!? << Er schüttelte seinen Sohn wie von Sinnen. Joshuas Hände zitterten. Er stand vor einem Kreislaufzusammenbruch. Der Vater ließ von ihm ab. Joshua sank auf den Rasierhocker neben dem Rasiertisch. Der Senior hatte ebenfalls seit Tagen dicke Ränder unter den Augen, als er Joshua gekonnt rasierte und die Krawatte band. Er ächzte laut, als er seinem betrunkenen Sohn die Schuhe putzte und ihm das Mundwasser reichte. So konnte er ihn nicht ziehen lassen. Der Sohn war ein Schandfleck von Mensch, so wie er zustand. Da half nur die

harte Entzugstour! Er packte ihn, zwang Joshua einen Liter Wasser
auf Ex zu trinken und danach alles in die Toilette zu kotzen. Es
dauerte eine Weile, bis sich der Zustand besserte. Der Sohn
schluckte zwei starke Aspirin und blickte mit leeren Augen in den
Spiegel. Joseph wollte nichts riskieren, organisierte über Smith ein
neues Hemd, und eine saubere Garnitur. Dann musste Joshua
nochmals den Mund ausspülen. Die Krawatte wurde extrastraff
gezogen und dann wankte ein deprimierter Joshua Hill mit Smith, der
ihn stützte, zum Dienstwagen. Sie fuhren im Konvoi nach Durham.
4)
Bevor sie im Revier eintrafen, wurden die Leichen der verbrannten
Personen in Zinksärgen, samt abgedecktem Mustang abtransportiert.
Johnson sah mit gemischten Gefühlen hinterher. Er kratzte sich am
Kopf und musste schon Rede und Antwort wegen der Alkoholismus
Vermutungen seines Chefs stehen. Die Washingtoner Ermittler waren
wortkarg, als sie sich das Wrack von Eve Hill anschauten. Sie
wiegelten ihn mit seinen Fragen ab. So erfuhr er einzig, dass Durham
nicht mehr Zuständig sei. Doyle und Franklin hatten akkurat Meldung
gemacht und durchsuchten nun die Büroräume der unteren Etagen.
Higgins war auf dem Weg zum Sherhamer Wald, um die Fundstelle
zu dokumentieren.
Als Joshua Hill in sein Büro trat, stand ein älterer Mann vor der
Profilerwand und studierte sie eingehend. Er sah nicht auf, als
Joshua an der Tür stand und fragte, was er dort täte. >> Setzen Sie
sich einfach, Mr. Hill. Mein Name ist Professor Henry Simmons. Ich
bin gekommen, um Ihnen ein paar wichtige Fragen zu stellen. <<
Dann drehte er sich um. Ein grauhaariger Mann mit spitzem Bart,
einer schmalen Brille und stechenden, dunklen Augen deutete ihm
an, sich auf dem Stuhl nieder zu lassen. Er trug keine Polizeiuniform.
Er legte nur seine Marke auf den Tisch und meinte lapidar, dass er
Gutachter für Staatsangelegenheiten wäre. >> Sie haben nichts zu
befürchten, Mr. Hill, wenn sie kooperieren. Aber Sie wirken gerade,
wie ein Waldschrat im Karnevalskostüm. Wo bleibt die Haltung?!
Beantworten Sie meine Fragen wahrheitsgemäß und dann sind wir
schon ein ganzes Stück weiter. Sie sehen sehr mitgenommen aus,
Mr. Hill! Woran liegt das? << Simmons hatte einen aufgeklappten
Laptop und Block vor sich liegen. Joshuas Sekretärin stellte Kaffee
und Mineralwasser auf den Tisch. Joshua fuhr sich mehrfach durch
seine schwarzen Haare, die dann wirr abstanden. Die Stimme drohte
zu versagen. Heiser begann er zu sprechen. Er war nur ein Schatten
vor diesem Mann aus Washington und heute hatte er sich einen
besonders schlechten Tag ausgewählt. Seine Stimme bebte und ihm
wurde kotzübel. Er schluckte den bitteren Brocken hinunter. >> Meine
Frau ist weggelaufen, doch meine Leute vermuten, dass sie sich
umgebracht hat. Aber sie lebt! Ich bin mir sicher, dass es so ist! Ich

träume von ihr und bin krank vor Sorge. Wir hatten nicht mal Streit. Was wollen Sie von mir, Professor? << Keine sichtbare Reaktion vom Gutachter, der ihn bat ‚weiterzusprechen. >> Sie haben Eves Sachen im Mülleimer gefunden, doch ich war gestern nicht erreichbar. Niemand sagt mir, was gespielt wird. Warum darf ich es nicht wissen? << Er schluchzte und Simmons ergriff in ruhigem Ton das Wort. >> Nun es haben sich Dinge ergeben, die der Interessenwahrung dienen. Sie bekommen gleich eine Injektion gegen die Herzschmerzen. Doch zuvor werde ich ihnen Blut abnehmen. Mr. Hill, ich stelle Ihnen nun viele Fragen. Sie antworten ohne Gegenfrage und belügen mich nicht. Sollten Sie es dennoch tun, könnte ich es davon abhängig machen, ob sie Ihre Polizeilaufbahn so weiterführen können! Haben Sie das verstanden? Keine Lügen und Herumgedruckse! << Joshua wusste nicht, was ihn erwartete und nickte trotzig. Simmons legte ihm das Venenband an, tastete nach der günstigsten Stelle für die Nadel. Der Professor beäugte die weiße, ungesunde Haut und war gespannt auf das Ergebnis. Kurz darauf erschien Franklin und holte das Käschen mit vier Röhrchen ab.

Joshua ging es nach der, vom Professor verabreichten Aufbau Spritze, erheblich besser und er musste über seine berufliche Laufbahn sprechen. Besonders über die Maltonmorde und dann flechtete der Professor immer mehr private Details ein. Joshua merkte es zuerst nicht. Geschickt entlockte der Gutachter ihm, wie sehr Joshua dem Vater gefallen wollte und nie ein Wort der Anerkennung erlangte. Während seine Frau Eve, von dem Senior in den höchsten Tönen gelobt wurde. Joshuas Vater hielt seinem gekränkten Sohn gerne vor, wie sehr er Eve respektierte und ihn als fünftes Rad am Wagen betitelte. Alle mochten die neue Frau an seiner Seite, doch für Joshua änderte sich nichts. Der Gutachter hatte begriffen, dass Joshua eifersüchtig auf seine eigene Frau war. Nicht wegen eines befürchteten Nebenbuhlers, wie Hill es darstellte, sondern weil die eigene Familie ihm nie eine Chance gab. Ob er Recht behielt, würde sich noch herausstellen. >> Mr. Hill, warum glauben Sie, dass ihre Frau noch lebt? << Joshua schluckte, salzige Tränen liefen ihm unentwegt über das Gesicht. Er weinte leise und schwieg zunächst, dann bekundete er seine Vermutungen mit seinem Spürsinn und dass es keine Leiche gäbe. Er meinte, dass er zwar keine eindeutigen Beweise hätte, nur Hinweise! Doch die Kollegen belächelten seine Vermutungen und unterstützten ihn nicht. Professor Simmons setzte eine nachdenkliche Miene auf und meinte dann. >> Mr. Hill sie reden um den heißen Brei herum. Hören Sie auf damit! Ich spreche hier über zwei Paar Schuhe. Ihre Arbeit ist tadellos, laut ihrer Akte. Sie haben nur ein paar Beschwerden, unzufriedener Mitarbeiter. Aber das kennen wir ja alle. Wir können es nicht jedem Recht machen, oder, Mr. Hill? Aber zu Hause, da haben sie ein anderes Gesicht gezeigt! << Er knallte die Mappe auf den Tisch und wurde deutlich! >> Mr. Hill, haben Sie ihre Frau geschlagen, oder sonst wie misshandelt? Sollten Sie jetzt lügen, sind Sie ab sofort suspendiert, ist Ihnen das Klar?!<< Joshua schüttelte den Kopf und reagierte verstockt, als Franklin eintrat und mehre Blätter reichte. Kurzes Schweigen, dann Gemurmel. Joshua spürte, wie sich der Wind gegen ihn drehte. Simmons nickte und stand auf, ging zu der Profiler Wand. >> Mr. Hill, reißen Sie sich jetzt zusammen und erklären Sie mir das! Sie haben also nie Gewalt angewendet und ihre Frau musste dann wohl sehr glücklich gewesen sein, oder? Aber war sie es denn, zufrieden und glücklich? Oder wollte sie sich vielleicht nicht mehr Ihren Grausamkeiten aussetzten! Mr. Hill, antworten Sie! << Joshua stotterte und versuchte, verzweifelt den Spruch zu erklären, den der Professor mit dem Finger umrundete und dann die Worte laut wiederholte, dass Eve ihm von Gott geschickt worden war. Dabei sah er Joshua ausdruckslos an und fragte ihn, in welchem Jahrhundert sie gerade lebten? Als Joshuas Faxgerät sich einschaltete, nickte der Professor kurz. >> Bleiben Sie sitzen und denken über ihre Lebenseinstellung nach! Ich nehme das Fax an! << Simmons räusperte sich verhalten, holte noch eine zweite Mappe heraus, die er jedoch zugeklappt ließ. >> Trinken Sie am besten noch einen Kaffee und essen etwas. Die Flüssigernährung hat sie dünn werden lassen, Mr. Hill! Nehmen sie den Schokoriegel und dann hören Sie mir einfach nur zu. Ihre Psyche ist in einem wahrhaft desolaten Zustand! Warum weinen sie schon wieder? Müssen wir eine Pause machen? << Joshuas Finger zitterten unkontrolliert, dass Simmons ihm den Riegel aufreißen musste. Der Professor hatte sich Joshua Hills Gegenwehr schwieriger vorgestellt. Aber die Endphase stand bevor und die Wahrheit konnte aus Scheintoten, unberechenbare Geschöpfe zaubern. >> Zuviel Gefühlsduselei hilft hier nicht weiter!! Geradehinsetzen, Mr. Hill! Vermissen Sie ihre Frau wirklich so sehr? Würden Sie ihr auf der Stelle bedingungslos vergeben? Stellen Sie sich vor, sie käme gleich um die Ecke? Sie nicken grimmig und ich glaube ihnen nicht! Ihre Haltung spricht eine andere Sprache! Meine Empfehlung wird eine Einweisung sein. Mr. Hill, Sie können nicht beides. Sie geloben einerseits, sich zu bessern und sind andererseits extrem aggressiv, wenn ich Eve Hill ins Spiel bringe! Jede Pore ihres angespannten Körpers deutet auf körperliche Züchtigung hin! Habe ich Recht? << Joshua zitterte und schwitzte. Er bekam kein Wort heraus. Stattdessen faltete er die Hände und starrte zur Zimmerdecke. Auf dem Tisch hatte sich schon ein Tränenmeer ausgebreitet und Professor Simmons legte ihm einen Stapel neue Taschentücher hin. Dann hakte er Antworten ab und zwinkerte Joshua zu. >> Nun für Reue ist es nie zu spät! Doch es gibt zu viel

Ungeklärtes bei Ihnen! Dazu werde ich folgenden Entschluss mitteilen. Auf Grund der Beweise, die ich gegen Sie in der Hand habe, kommen Sie um ein Disziplinarverfahren nicht herum. Die einzige Möglichkeit dieses zurückzuhalten wäre, Sie lassen sich in der Reha und Entzugsklink für Polizeibeamte in Falcon, auf Brie Eiland behandeln und zwar umgehend! Danken Sie ihrem Vater für diese Chance. Sie haben mich eben angelogen, als sie aussagten, nicht gegen ihre Frau handgreiflich geworden zu sein. Ich habe aber zu ihrem Bedauern genug schriftliche Beweise von verschiedenen Zeugen, über etliche Verfehlungen! Mr. Hill, ich habe die ärztlichen Berichte aus der Privat Klinik gelesen, in die ihre Frau jedes Mal gebracht wurde. Dort durften immer nur involvierte Ärzte, Diagnosen zu Ihren Gunsten stellen. Ja, Mr. Hill, doch Sie sehen, alles kommt irgendwann raus! Ihr derzeitiger Alkoholrestwert beträgt sogar jetzt noch 1,53 Promille. Es ist ein Wert, der mir deutlich sagt, dass Sie akut abhängig sind. << Joshua konnte nicht mehr ruhig auf dem Stuhl sitzen. Er sprang wütend auf, rannte zu seiner Profilerwand. Riss wutenbrannt alle Indizien ab. Dann brüllte er, wie jemand das Recht besäße, gegen ihn Mobil zu machen! Ob es ja wohl nicht reiche, dass er seine Frau vermisse. Er trommelte mit den Fäusten gegen den Rauputz, bis die Knöchel blutig wurden. Der Verstand setzte aus. Joshua schrie und randalierte so laut, das Professor Simmons Verstärkung rief. Joshua schwang sich über den Schreibtisch, ließ sich in seinen Sessel gleiten und fauchte den Professor böse an. >> Ich bin kein Alkoholiker! Niemand sagt einem Hill, was er zu tun hat. Auch kein Quacksalber, wie Sie! Sie dürfen doch gar nicht die Klinikakten einsehen! Es herrscht Datenschutz und das gilt auch für Euch da oben! << Der Vater erschien in hochrotem Kopf mit Smith. Sie schoben den schweren Tisch beiseite, packten Joshua und beförderten ihn wieder an den alten Platz zurück. Unbeeindruckt von Joshuas Verhalten öffnete der Professor nun die dritte Mappe und schaute in die Runde. >> Danke, die Herren, für die Unterstützung! Mr. Hill, Sie haben ein überaus großes Aggressionspotenzial, das ich gerade sehr gut aus Ihnen herauslocken konnte. Sie sind ab heute vom Dienst suspendiert und werden sich, dem eben genannten polizeiinternen Hilfsprogramm gegen Drogensucht unterziehen. So lange übernimmt ihr Kollege Smith alle Bereiche und es wird jemand anderes Ihren Posten besetzen. Soweit müssen Sie sich damit abfinden. Bleiben Sie ruhig, Mr. Hill, sonst lasse ich den Doktor mit der Jacke kommen! Ich hoffe für Sie, dass Sie sich heute Morgen die Ohren gewaschen haben, weil ich mich nicht gerne wiederhole. Der Beamtenstatus verlangt eine gewisse Immunität. Doch in ihrem Fall, Mr. Hill, traf man die Entscheidung, diese aufzuheben. Ihre Frau ist in unsere Entscheidung nicht eingebunden. Allerdings hat Sie gestern die Aufhebung der ärztlichen Schweigepflicht unterschrieben. Ich habe hier das Gutachten in Kopie Form, von meiner geschätzten Kollegin Professor Davis, gerade frisch hereingekommen. Ihnen sicherlich ein Begriff! << Für einen kurzen Moment herrschte totale Stille. Dann schrie Joshua auf und kippte von unfassbarer Gewissheit geläutert, vom Stuhl. Smith und der Vater starrten sich gegenseitig an. Joshua und der Senior rangen um Fassung.

Eve lebte und hatte die Schweigepflicht gelöst, gegen Joshuas Willen?! Der Vater war starr vor Sorge, was nun folgte und Smith goss sich ungeniert Kaffee nach. Einer musste ja normal bleiben! Joshua wollte wieder aufspringen, spürte seine Füße aber nicht und ihm war, als würde er ins Bodenlose fallen. Eine tonnenschwere Last fiel von seinen Schultern und er wünschte sich gerade nicht sehnlicher, seine Frau um Verzeihung zu bitten. Aber warum war sie nicht hier? Er schluchzte verzweifelt ihren Namen, das Mr. Hill Senior seinen Arm auf Joshuas Schulter legte und kaum selbst glauben konnte, was er gerade vernahm. >> Sie lebt, Eve lebt, Vater hast du gehört?! Wo ist sie, Professor? Hab ich es doch gewusst. Ich würde ihr nie so was antun, ich liebe sie! << Der Professor nickte Smith zu. >> Mr. Smith, bitte warten Sie ab jetzt vor der Tür. Es wird nun zu einem Aufklärungsgespräch kommen. Da Mr. Hill der Betroffene ist und es um formale Dinge geht, dulde ich nur den Vater als Beistand hier. Es wäre aber von Vorteil, wenn Sie mir Doktor Brown und zwei Wachleute vorbeischicken, dringend! << Dann wandte sich der Professor unbeirrt zu seiner Akte und ihm entging nicht, wie zwei schockierte Augenpaare ihn erwartungsvoll anstierten.

>> Ich spreche zu ihnen beiden und sage es ihnen kurz und schmerzlos! Eve Hill ist gesund und munter. Sie wird nicht zu Ihnen zurückkommen! Das ist eine Tatsache, die Sie akzeptieren sollten! Das Gutachten der Kollegin, ist eindeutig zu Gunsten ihrer Frau ausgefallen und meines zu Ungunsten von Ihnen. Der Staat sieht für diesen Fall, Amnestie vor und glauben Sie beide, es ist in diesem Fall unumgänglich. Er bietet für betroffenen Angehörigen einen besonderen Schutz. Es ist ein Wunder, das ihrer Frau die Flucht nach einer so langen Zeit gelungen ist und sie schnell die richtigen Stellen kontaktieren konnte. Eve Hill existiert als Person mit einer neuen Identität. Hier, Mr. Joshua Hill sind die eingereichten Scheidungspapiere, die eben für Sie abgegeben wurden. Ihre Kontaktadresse zu den Vorladungen steht auf dem Briefkopf. Unterschreiben Sie mir das bitte. Sie sollten sich alsbald auch einen Anwalt für Familienrecht besorgen. Haben sie einen Ehevertrag? << Joshua benötigte mehrere Anläufe, Eves Unterschrift als real zu akzeptieren. Scheidungseinleitung stand auf der ersten Seite der Vorlage. Er hielt es für einen schlechten Scherz, wollte keines der Angaben wahr haben und rastete unvermittelt aus. Das Wort Scheidung und Trennung, brachte sein Fass zum Überkochen. Noch

bevor der Professor und der Vater eingreifen konnten, zerriss er das Papier, schrie und schlug um sich. Nahm einen Stuhl und feuerte ihn gegen die Glasscheibe seines Büros. Laut scheppernd ging sie zu Bruch. >> Das werde ich niemals akzeptieren! Wo ist meine Frau? Das darf sie nicht! Sie hat alles vorgetäuscht, mich zum Narren gehalten, wie heißt der Kerl! << Sie konnten Joshua Hill nur durch die rasche Fixierung von Smith, der ihn flink zu Boden drückte und ihm Handschellen anlegte, außer Gefecht setzen. Doktor Brown verpasste ihm eine Beruhigungsspritze. Grauenvolle Szenen aus den Abgründen, einer menschlichen Seele spielten sich ab. Joshua schrie, wie besessen und versuchte sich verzweifelt zu befreien. Drei Mann vom Security packten zu. Der Professor dachte daran, wie Vater Hill eben fast die Augen aus den Höhlen gefallen waren und schnappte sich seine Akten. Sie wechselten mit den Unterlagen in den sicheren Verhörraum 7, mit Panzerglas.
Auch Vater Hill wirkte zunehmend verzweifelter. Er konnte Joshuas Anblick nicht ertragen und verließ den Raum zum großen Balkon. Was hatte er bei Joshua bloß falsch gemacht? Nun kam ihm in den Sinn, dass er seinen Sohn noch nie verstand. Seit Joshua geboren wurde, machte Joseph das zarte Gemüt seines Sohnes, mit dem sensiblen Wesen und messerscharfen Verstand zu schaffen. Er kam nicht nach ihm, sondern komplett nach seiner Mutter. Joseph empfand es als Schwäche und kein Mann hatte in seinen Augen so einen Charakter. Da kam für ihn nur eins in Frage, Joshua benötigte als Kind die harte Hand, bevor er vielleicht schwul geworden wäre! Es war ihm zu suspekt. Hätte er sich damit einfach nur mal befassen müssen? Er brauchte dringend Rat, sofort! Joseph Hill setzte sich auf eine Bank, atmete tief durch und blickte in die Ferne. Alles befand sich im Ausnahmezustand! Joshua hatte ihm alles verdorben und er musste es wieder retten! Eine Schachtel „camel", polterte aus dem regengeschützten Automaten. Er steckte sich seit zwanzig Jahren die erste Zigarette an und hatte bald seinen besten Advokaten am Apparat. >> Sie verzichtet auf ihren Pflichtteil, Joseph. Das bedeutet Eilverfahren und wenn überhaupt zwei Millionen Dollar. Sie will einfach weg von deinem Sohn und der Staat erleichtert ihr den Ausstieg. Wenn ich es richtig verstanden habe, handelt es sich um eine Geheimakte. Ich werde mich umgehend mit der Kanzlei in Raleigh in Verbindung setzen und Akteneinsicht fordern. <<
5)
Professor Simmons hatte eine heftige Reaktion erwartet. Doch Hill glich einer tickenden Zeitbombe, die irgendwann ohnehin explodiert wäre. Er verschnaufte mit einem Kaffee und wartete, bis das Sedativum bei Joshua Wirkung zeigte. Dann erläuterte er Details aus den internen Arztberichten und zeigte auch Joshua die Fotos der Fehlgeburt, woraufhin der käsebleich zusammensackte und

wimmerte. Nun hatte Simmons freie Bahn. Die Hill Dynastie musste einen herben Rückschlag einstecken. Wann mochte dieser Typ einmal ein ordentlicher Kerl gewesen sein? Der Professor kratzte sich nachdenklich am Kinn. Joshua Hill hatte seine Chance und sie nicht genutzt. >> Mr. Hill es sind schreckliche Dinge, durch ihr Zutun passiert und sie müssen verstehen, dass sie ihre Frau wirklich verloren haben. Das zu verarbeiten, werden Sie in der Therapie lernen. Ihre Frau hat das Martyrium lange ertragen und ihr steht es nun zu, ein Leben, ohne Sie zu führen. Sie ist frei und Mr. Hill es ist egal, was sie auch versuchen! Nichts wird sich an der Tatsache ändern, dass sie beide nun getrennte Wege gehen werden. << Der Professor legte ihm neue Kopien unter die Nase, die Joshua zitternd unterschrieb.

Hill Junior legte den Kugelschreiber zur Seite und faltete seine Hände. Versuchte sich unter Kontrolle zu halten, als er leise sagte. >> Bitte, eine Frage habe ich noch! Wie hat sie es geschafft, dass sie ranghohe Mitarbeiter beauftragen konnte? Eve kannte doch niemanden! Sie war doch immer unter meiner Kontrolle. Ich brauche sie und sie mich! Sie darf nicht ohne mich leben. Aber was kann ich schon tun? << Joshua verzog sein Gesicht zu einer düsteren Grimasse, weinte leise und schlug sich die Hände vor das Gesicht. Simmons schüttelte den Kopf. >> Mr. Hill, Sie sind ein schwerer Fall!! Sie werden es von mir nicht erfahren, wo sie sich befindet und wie es geschafft hat. Blicken Sie nach vorne Mr. Hill! Es gibt immer Möglichkeiten, sich mit ihr auszusprechen. Doch dafür müssten Sie die Therapie begonnen haben. Ihre Schizophrenie ist bemerkenswert. Ich werde veranlassen, dass sie das Therapiezentrum noch heute kennenlernen, sonst wird das nichts! Sie sind trotz Alkoholrestwert voll Zurechnungsfähig. Bei mir gibt es nur hopp oder topp. Entweder Sie werden jetzt clean und entwickeln Strategien, ihr Leben in den Griff zu bekommen, oder ich sehe schwarz für Sie! Ihr Vater telefoniert derzeit um eine Flugerlaubnis seines Firmen Helis. Wenn sie Einsicht geloben, werden wir sehen, wie es weitergeht! <<

Joshua nickte müde und würde wohl alles unterschreiben. Er saß in Handschellen nach vorn gebeugt auf dem Stuhl. Er musste sich einen Plan auszudenken, um sie alle auszutricksen. *Dann wäre er an der Reihe. Er wollte Eve suchen und wenn es das letzte sei, was er tun würde!* Der Professor sah seine Arbeit getan und verabschiedete sich höflich. Doch innerlich war er alles andere, als zufrieden. Joshua Hill blieb eine harte, uneinsichtige Nuss. Da käme noch viel Arbeit auf die Ärzte in Falcon zu. So ausgerastet war schon lange niemand mehr, wenn er ein Gutachten anfertigte. Diese Frau hatte im letzten Augenblick die Kurve gekratzt, im allerletzten!!

Spencer Stone, das war ein Ermittler genau nach seinem Geschmack und von ihm könnte sich so manch eingebildeter Mitarbeiter eine dicke Scheibe abschneiden. Er verhielt sich selbstlos und war sofort bereit, sich dieser Frau anzunehmen. Menschen wie er waren in seinen Augen die echten Helden der Freiheit und des Patriotismus. Er würde sich persönlich bei ihm bedanken, wenn alles vorbei wäre. Nur wenn Hill wieder ganz gesund wäre, dürfe er den Polizeidienst fortführen, sonst bliebe er eine Gefahr für sich und andere. Joshua Hill besaß zwar gutes Fachwissen und konnte perfekt kombinieren, aber als Mensch war er eine Katastrophe. Und der Vater gestaltete sich als eigentliche Wurzel allen Übels. Das dürfte Simmons bei seinen Ausführungen nie vergessen! Aber wo wäre er selbst gelandet, wenn er sich nicht für die negativen Eigenschaften der menschlichen Psyche interessieren würde? Dann wäre er Kindergärtner geworden. Die Hills waren das beste Beispiel, dass die Grenzen zwischen Gut und Böse, fließend waren.
Der Professor verließ das Revier in Begleitung von Oberinspektor Higgins. Doktor Brown und Joshua saßen einfach schweigend da. Hill Junior beschloss sich, vorerst zu fügen. Er würde sich Mühe geben und gesundwerden. Dann, wenn niemand mehr daran glaubte, käme die bittere Rache. Na Warte, er würde kommen und sie finden! Sie würden für immer Zusammensein. Auch wenn er sie deshalb töten und ausstopfen müsste! Sein hässliches Grinsen wirkte fratzenhaft. Aber nun war er ruhig, ganz ruhig. Denn er wusste, was er wollte. Der Heli nach Brie Eiland wartete bald und Doc Brown begleitete ihn dorthin.

14.Kapitel

1)

Ein paar Tage später erhielt Eve Hill die Nachricht, dass ihr Gatte sich im Polizeikrankenhaus Falcon, auf Brie Eiland einliefern lassen hatte. Die Rechtsanwältin Hudson kontaktierte Eve kurz vor der Mittagspause im Büro. Freundlich und direkt merkte sie an, falls es zu einem Gesprächsbedarf kommen sollte, dann nur in ihrem Beisein. Eve stimmte zu und ließ sich ihre Rechte erklären, während der Hausmeister an ihre Bürotür das Schild „Mrs. Sommer" schraubte. Auch als sie Mrs. Schwarz unten beim Essen in der Kantine traf, wurde sie so angesprochen. Jeder verhielt sich so, als ob es nie anders gewesen wäre.

Nur vereinzelt spekulierten die Mitarbeiter über die Namensänderung. Mrs. Green ergriff Partei und sagte, dass es nicht ungewöhnlich wäre, den Mädchennamen und einen zweiten Vornamen zu wechseln. Nach einer Scheidung musste jeder sich schließlich neu erfinden. Die meisten stimmten zu und Eve atmete auf. Carl schickte ihr eine Nachricht, in der er sich entschuldigte, und das Mittagessen mit einer anderen Überraschung nachholen wollte. Er fragte, ob sie mit ihm und Kira am Nachmittag den Strand besuchen mochte? Der Zoo hätte Inventur und Eve musste nach drei Erholungstagen im Bett, endlich an die frische Luft. Sie dachte an das kleine Mädchen und sagte zu. Spencer hatte sich bei ihr nur kurz gemeldet und sich nach ihrem Befinden erkundigt. Wenn er sie besucht hätte, wäre ein Kuss das mindeste gewesen, was er von ihr erwartete. Doch es gehörte sich nicht und Spencer packte seinen Schreibtisch mit Arbeit voll, um es zu verdrängen. Sie würde sich überlegen müssen, wie sie es ihm dankte. Eve besaß kein Strandoutfit. Da würde sie sich später in einer der schnuckeligen Strandboutiquen einen neuen Bikini kaufen. Eventuell den Karierten, den sie bereits im Schaufenster entdeckt hatte. Joshua hasste Bikinis. Da durfte sie nur im hochgeschlossenen Badeanzug schwimmen gehen.

Spencer Stone saß in seinem Büro in Brunswick und las die Kurzform des Gutachtens von Joshua Hill. Mit Professor Simmons hatte er schon oft gesprochen und auch wenn der jemand war, den so schnell nichts beeindruckte, so konnte er jetzt heraushören, wie ausufernd sich Simmons Vormittag gestaltete. Spencer staunte über den Alkoholpegel und dachte an Eve. Unruhig rutschte er auf seinem Bürostuhl herum. Er war nicht mehr er selbst, seitdem er sie kannte. Es war ihm unheimlich, wie schnell sich seine Gefühle für diese Frau entwickelten. Er kannte durch den Professor nun das gesamte Ausmaß der Tortur. Sie konnte darauf hoffen, von ihm aufgefangen zu werden. Gedankenverloren schlürfte er seinen Milchkaffee und überlegte sich eine Strategie.

2)

Feierabend für Mrs. Sommer und der gesamten Belegschaft. Mrs. Green bot ihr an, sie morgen wieder mitzunehmen. Eve nickte dankbar und würde sich bald nach einem gebrauchten Auto umsehen. Carl stand unten mit Kira in der Lobby. Als sie Eve entdeckte, rief sie laut Samira und dann Melinda. Sie lachte dabei, als Carl sie streng ansah. Eve bückte sich zu der Kleinen und nahm sie anschließend auf den Arm. Carl hätte diesen Augenblick am liebsten festgehalten. Seine Exfrau mied stets solche Begegnungen. Eve setzte das Kind wieder runter und ging auf Carl zu. Er räusperte sich, als sich Kira zwischen sie stellte. >> Daddy ich nenne sie einfach Melamira! << Carl nickte zustimmend und öffnete die Cabrio Tür seines Mercedes. >> Melamira, es wäre mir eine Ehre, Sie mit an den Strand nehmen zu dürfen. << Eve kicherte bei dem Namen und stieg ein. Sie bemerkte, dass Carl an alles gedacht hatte. Er wedelte mit einer Reservierung für die Strandpromenade. Sie schlugen das Lager in der Nähe eines Spielplatzes auf und Eve fand sogar einen schicken Bikini. Carl wollte ihn bezahlen, aber Eve wiegelte ab. Sagte, er hätte schon genug für sie getan. Am weitläufigen Strand, hinter den Dünen bauten sie mit Kira eine Sandburg, aßen Eis und gingen baden. Sie kreischten, wenn die großen Wellen kamen. Eve fühlte sich wohl. Und ihr entging auch nicht, dass Carl sie intensiv betrachtete, wenn Kira ihn nicht ablenkte. Er hatte einen Korb mit Obst und Kuchen einpacken lassen. Sie setzten sich unter den Schirm und alberten herum. Als Kira begann mit Sand zu werfen, endschieden sie, den Spielplatz aufzusuchen. Da Carl wollte die Initiative ergreifen und sie setzten sich ein wenig Abseits auf eine Bank neben dem Sandkasten. Der Spielplatz besaß eine weitläufige Spielwiese. Überall wuselten Kinder herum. Während Kira begann, sich mit Klettern und Rutschen zu beschäftigen, überlegte Carl, wie er seine Überzeugungsoffensive beginnen sollte. Eve hatte sich ein T-Shirt übergezogen und sich mit Sonnenmilch eingerieben. Es fiel farblich auf, das sie noch nicht so lange hier war. Carl rückte näher, als sich ein Pärchen mit Säugling, auf der anderen Seite der Bank niederließ. Er schob Eves dunkle Haare aus dem Gesicht und konnte sich kaum beherrschen, sie nicht zu küssen. Eve ließ gedankenverloren den Sand durch ihre Finger gleiten während er nach richtigen Worten suchte. >> Kira spielt und wir haben einen Moment für uns? Danke, dass du hier bist, Eve! Ich hoffe, dass ich nicht zu direkt bin, wenn ich mir wünsche, dich öfters in meiner Nähe zu haben. Weißt du, als ich mich damals von meiner Exfrau trennte, bin ich erst in ein tiefes Loch gefallen. Sie hat es mir nicht einfach gemacht. Sie log beim Scheidungsprozess, dass ich sie geschlagen hätte, als ich sie mit dem anderen im Bett erwischte. Ich habe sie nie angefasst, aber die Behauptung tat weh. Kira gab mir die Kraft, das alles durchzustehen und ich war mir lange nicht sicher, dass ich mich jemals wieder in eine andere Frau verlieben könnte. Aber die Frau meines Lebens war immer eine andere. << Dabei sah er Eve direkt an. Sie versuchte sich Eireen vorzustellen, wie Carl sie beschrieb. Als sie ihm antworten wollte, bekam sie im Augenwinkel mit, wie ein größerer Junge, Kira vom Klettergerüst stoßen wollte. Sie sprang auf und fing sie im letzten Moment auf. Eve landete mit ihr auf dem Sandboden. Kira weinte vor Schreck, während Carl sich den Jungen griff und zur Rede stellte. Kein Erwachsener fühlte sich verantwortlich. Der Junge zeigte auf die Bar, ein Stück weiter hinten. Dort sei der Vater mit einem Freund. >> Echt unverantwortlich! Hast du nicht gelernt, auf Kleinere Rücksicht zu nehmen? << Eve klopfte verärgert den Sand aus Kiras Kleidung. Carl überlegte, den Vater zu suchen. Schließlich hatte sein Sohn die Situation unbewusst versaut, als er Eve sagen wollte, was er schon immer für sie empfand. Er glaubte, es sehr bald tun zu müssen, weil er befürchtete, dass jemand anderes sich auch Chancen ausmalte.

3)

Seitdem Eve angekommen war, bemerkte Carl bei Spencer eine deutliche Veränderung. Dieser Blick und das Hufenscharren, als er das letzte Mal über Eve sprach. Carl kannte es von sich. Es begann jedes Mal mit Herzklopfen, wenn er Eve auch nur ansah.

Sie kaufte Kira ein neues Eis, als sie den Spielplatz verließen. Eine steife Brise zog auf und kündigte Wetteränderung an. Am Strand flitzten die ersten Leute ihren weggewehten Sachen hinterher. Eve kicherte darüber und half Carl beim Zusammenbinden des Schirmes. Seine hellblauen Augen spiegelten sich in den auftürmenden Wolken. Eve war nicht entgangen, wie gut ihm die Bräune stand und der Kontrast zu seinen blonden Haaren ausfiel. Wie attraktiv Carl in dem übergezogenen Hemd wirkte. Sie entdeckte Lachfältchen, die ihn sympathisch machten. Er berührte sie am Arm und sie kicherten ausgelassen über die Situation, mit dem störrischen Sonnenschirm. Kira zählte ihre Puppen und packte sie in eine Tasche. Eve und Carl trugen die Sachen gemeinsam zum Auto. Carl fiel auf, das alle sie für eine Familie hielten. Kira bestand darauf, dass Eve sich nach hinten setzte. Carl stellte den Korb auf die Beifahrerseite. Eine neue Chance musste abgepasst werden.

Das Cabrio Dach fuhr automatisch zu, als die ersten Tropfen kamen. Ein kurzer Platzregen reinigte die Luft. Bald fuhren sie durch Dariens End, vorbei an den Wohntrailern. Die Menschen hatten sich unter die Planen und Bushäuschen gezwängt. Große Gruppen grölten und prosteten sich zu, während eine angetrunkene Frauengruppe sich im Schlamm prügelte. Er hatte die Küstenstadt nicht so verwahrlost im Gedächtnis. Am liebsten wäre er umgekehrt und hätte Eve ungefragt mitgenommen. Als er die Waldstraße hinaufholperte, war Kira eingeschlafen und der Regen hatte sich verzogen. Eve musste sich ebenfalls ein Gähnen unterdrücken. Der Tag neigte sich dem Abend und die Zeit flog dahin. Mrs. Fly schien noch nicht zu Hause zu sein. Eve schloss das alte Eisentor auf und schob es mit voller Kraft beiseite. Carl parkte direkt vor dem urigen Holzhaus und bestand darauf, sie ins Haus zu begleiten. Er wollte nach dem Rechten sehen. Mit Blick auf Kira, hoffte Carl auf den nächsten magischen Zeitpunkt. Ein Zettel klebte an der Eingangstür. Mrs. Fly wollte, das Eve sich bei ihr meldete. Sie hatte ein paar frische Lebensmittel für sie mitgebracht. Carl verließ der Mut abermals, als er die alte Frau, in ihrem Garten beim Tomatenpflücken entdeckte und sie ihnen mit ausgestreckten Armen zuwinkte. >> Also, dann werde ich jetzt wohl fahren. Es war schön mit dir, nur viel zu kurz! Kira schläft und ich muss auch ein paar Dinge einkaufen. Allerdings in Brunswick und mit Blick auf die Zukunft von Dariens End kann ich dir nur anbieten, dort eine Wohnung zu mieten. Ich werde gehen und vermisse dich jetzt schon! << Eve nickte, verstand aber Carls Ansage nicht ganz. Früher war alles einfacher. Sie konnte ihn zwanglos umarmen und empfand nur Freundschaft. Jetzt spürte sie ganz deutlich, dass da doch mehr war. Sie konnte ihm nicht mal einen Freundschaftskuss geben, denn genau das war es, was sie am liebsten getan hätte. Carl war kurz davor, alles auf eine Karte zu setzen. Aber er wusste, dass die alte Frau sich besonders gut mit Spencer verstand. Das stieß ihm bitter auf. sie las seine Gedanken. Das war zu verwirrend. Eve gab ihm zögernd die Hand und schüttelte sie. Beide fanden es völlig albern. >> Carl, ich vermisse dich auch. Aber ich muss erst zu mir selbst finden. Wir kennen uns so viele Jahre und auch wieder nicht. Was sich da entwickelt, kann ich nicht einordnen. << Er unterbrach Eve. >> Ja, ich weiß, was du sagen willst. Ist schon gut. Ich werde jetzt fahren, grüß deine Nachbarin. Sie ist im Garten. << Dann drehte er sich um, setzte seine Sonnenbrille auf und stieg in seinen Wagen. Eine Staub Verwirbelung in der Ferne zeugte vom kurzen Besuch in der alten Waldstraße.

4)
Sie hatte kurz mit Mrs. Fly über den Tag gesprochen, die Lebensmittel abgeholt und würde sich mit einem Käsesandwich und Tomatensalat belohnen, als ihr Handy klingelte. Sie stöberte die alte Wochenzeitung von Mrs. Fly durch und kramte dabei die sandige Badetasche durch. Unter etlichen Handtüchern hielt es sich versteckt. Ein aufregendes Gefühl durchströmte Eve. Aber es war nicht Carl. Spencer Stone wirkte aufgekratzt. Er entschuldigte sich, nicht eher angerufen zu haben. >> Hi Eve, ich würde dich jetzt nur zu gerne sehen! Aber ich suche nach Ausreden, es nicht zu tun. Möchtest du dass ich komme? << Eve atmete tief durch und versuchte einen klaren Kopf zu behalten. Sie antwortete, dass sie ihn gerne treffen würde. Sie bedankte sich für sein Engagement und wollte ihm nicht

vorenthalten, dass sie mit Carl und Kira den Nachmittag am Strand verbracht hatte. Spencer räusperte sich nervös. Sie hörte Entsetzen >> Ach so ist das! Carl ist mutiger, als ich annahm. Es läuft bisher nach Plan und du schuldest mir nichts, Eve! Ich hätte von Carl nicht erwartet, dass er es faustdick hinter den Ohren hat. Würdest du es mir sagen, wenn sich zwischen Carl und dir etwas entwickelt? << Eve ließ verschreckt die Gabel fallen. >> Ich denke, dafür kennen wir uns zu lange! Es würde sich spontan entwickeln. Spencer, wenn du vorbeikommen möchtest, würde ich mich sehr freuen! << Er klang enttäuscht. Entschuldigte sich für die Direktheit. Schnell schob er nach, dass er noch Büro Kram erledigen müsse und verabschiedete sich knapp. Sie legte irritiert auf. Lehnte sich nachdenklich gegen den Türrahmen und verstand die Welt nicht. Als Spencer die rote Taste gedrückt hatte, feuerte er den neuen Bericht wütend in die Ecke. Fluchte laut. Das Verhör mit den Stranddieben dauerte eindeutig zu lange! Da deutete er seinem Freund an, dass er jemanden kennengelernt hatte und dann das! Carl erntete seine Lorbeeren. Das konnte nicht wahr sein! Er hob die zerknickte Mappe auf, als das Telefon erneut klingelte. Es war Carl.

5)

Die beiden Männer waren kurz darauf in einer lauten und deutlichen Anschuldigung verstrickt. Bei beiden herrschte dicke Luft. Spencer schlug seine Tür mit dem Fuß zu. Selten hatte man ihn derart aggressiv sprechen hören. Auch Carl wollte unbedingt herausfinden, wie weit er Eve an den Sheriff verloren hatte. Spencer wurde konkret und warf ihm vor, die Abwerbung zeitlich ausgenutzt zu haben. Carl widersprach eindringlich. Begründete den Vorteil, sich länger zu kennen. Spencer schlug vor, sich zum offenen Gespräch unten auf dem Parkplatz zu treffen, so ginge das nicht! Carl grübelte bereits den ganzen Abend darüber nach, wie er sich outen sollte. Dieses Mal wollte er nicht den Kürzeren ziehen. Als er Spencers Stimme vernahm, erkannte Carl, dass ihre Freundschaft bereit einen Riss besaß. Es musste unter Freunden gelöst werden und das ging nur im offenen Gespräch. Spencer hatte Kaffee besorgt und wartete im Dienstwagen auf ihn. Eine angespannte, drückende Atmosphäre überlagerte die Begegnung. Angespannt setzte sich Carl zu Spencer ins Auto. Böse funkelnde Augen verrieten den Gemütszustand des Sheriffs. Er versuchte definitiv auszuloten, wie Carl zu Eve stand. Den verbissenen, zynischen Typen neben sich erkannte er kaum wieder. Spencer reichte ihm den Becher. >> Carl, wie lange kennen wir uns? Dass du davon ausgehst, dass ich für den Rest meines Lebens ein Singlemensch bleiben will? <<, Carl antwortete, dass es fast vier Jahre seien und sie sich damals auf Anhieb sympathisch gewesen wären. Doch nun wäre er sich da nicht mehr sicher. >> Genau Carl, so habe ich das auch noch im Kopf. Etwas sagt mir, dass wir ein Problem haben! << Carl nippte am Kaffee und nickte zornig. >> Das Problem ist keins Spencer! Ich habe damals versagt. Das passiert mir nicht wieder! << Der Sheriff begriff die Situation und hasste sich dafür. >> Verdammt, wie lange bist du schon in sie verliebt und hast es ihr nicht gesagt? << Carl tippte nervös mit dem Finger gegen den Becher. >> Spencer, ich habe Eve damals auf einer Studentenparty kennengelernt. Ich war ein feiger Idiot und dachte immer, sie würde nie das Gleiche empfinden. Sie sah in mir nur einen guten Freund, doch für mich war sie das Universum. Ich habe es ihr nie gesagt. Dann kam Joshua Hill und meine Chancen sanken gegen null. Ich dachte, ich könnte sie vergessen, aber das war ein Trugschluss. Die zweite Chance werde ich mir von niemandem vermasseln lassen! Was du für Eve getan hast, rechne ich dir hoch, mein Freund! Ich konnte ihr damals nicht helfen, weil sie es nicht zuließ. Doch die Schonzeit ist vorbei! << Spencer nickte und betrachtete Carl nüchtern. >> Ich kann deine Befürchtungen gut verstehen, Carl! Jetzt bin ich dir im Weg zu Eve, denkst du? << Carl nickte verkrampft. Er ertrug es schwer, Spencers Worte zu akzeptieren. Carl knurrte wie ein wildes Tier als er vernahm, dass der Sheriff genauso in Eve verliebt war. Der Sheriff bestand darauf, dass auch er deutliche Signale von Eve empfangen hatte. Seine Hände zitterten, als er in Carls wütendes Gesicht blickte. Er sah Carl an, dass ihr Gespräch kurz vor einer handgreiflichen Auseinandersetzung stand. Carl würde jedes Mittel in Betracht ziehen, um Eve für sich zu gewinnen und jedes weitere Wort, könnte definitiv die Freundschaft der beiden zerstören. Schweigend starrten sie in Dunkelheit, bis Spencer eine folgenschwere Entscheidung traf. Er kannte den Ausgang der Wahl nicht und fand sowieso alles zu früh. Was Joshua Hill betraf, hatte die Regenerationsphase, bei Eve erst eingesetzt. Niemand konnte voraussehen, mit welch unfairen Tricks die Gegenseite noch spielen könnte. >> Mein Freund, ich denke du solltest es Eve einfach sagen. Falls sie sich für dich entscheidet, werde ich euch nicht im Weg stehen. Ich habe meine Beziehungen nicht nur für Eve spielen lassen, Carl! Es ging mir auch darum, die Vetternwirtschaft in den eigenen Reihen aufzudecken! << Diese Worte wollten nicht aus dem Mund. Spencer stieg mit dickem Kloss aus und wandte sich von Carl ab. Noch nie waren ihm diese Dinge so schwer gefallen. Noch nie war er so frustriert.

Warum sollte er Carl den Vortritt lassen, wenn der es schon eine halbe Ewigkeit nicht gewagt hatte? Carl kannte schon viel länger das Destaster und er selbst suchte endlich auch sein Glück. Spencer Stone war ein aufrichtiger Mensch, der sich gut in andere hineinversetzten konnte, ihnen versuchte immer irgendwie zu helfen. Doch wem war geholfen, wenn er sich mit Carl wegen einer Frau stritt und Eve beiden, am Ende den Laufpass gäbe? Carl stieg ebenfalls aus und lehnte sich neben den Sheriff, der in die Ferne starrte. >> Spencer, ich weiß nicht was ich dazu sagen soll. Aber ich glaube, sie hat mich vorhin zum ersten Mal neu wahrgenommen. Sie hat mich als Mann gesehen und nicht als Kumpel. Wenn Eve sich aber tatsächlich in dich verguckt haben sollte, dann werde ich dieses Mal um sie kämpfen! << Der Sheriff nickte mit zugekniffenem Mund und verglich ihn mit dem verliebten Gockel aus Nachbars Garten. Er schwor sich, immer für Eve da zu sein. Sie brauchte mehr Zeit, auch wenn Carl und er sich etwas anderes wünschten! Carl klopfte Spencer freundschaftlich auf die Schulter. >> Ich möchte dich als Freund nicht verlieren Spencer! <<, Spencer grummelte und trat einen Stein gegen die Mülltonnen. >> Das lässt sich nicht gänzlich vermeiden. Vergeigst du es, bin ich an der Reihe! Vergiss das nie, Carl! Dann darfst du kämpfen! << Er spuckte auf den Boden und Carl nickte. Die Sorge saß tief, dass ihm schon wieder jemand ins Handwerk pfuschen wollte! Er stieg in den Mercedes und entschied sich, seinen Sportwagen einmal genauer auf dem Highway auszutesten.

Spencer Stone konnte sich nicht mehr konzentrieren und beschloss nach dem nächsten Bericht, Feierabend zu stempeln und mit Dexter eine Nachtwanderung zu machen. Carls verbissenes Streben nach Perfektion, konnte er noch nie verstehen, bis eben.

Carl saß an diesem Abend, vor Kiras Bett und grübelte verzweifelt. Er hatte aus seinem Wagen das Maximum herausgeholt und mit quietschenden Reifen an jeder Ampel beschleunigt. Doch die Wut im Bauch wollte nicht mehr verrauchen.

15.Kapitel

1)

Als der Wecker klingelte, war die Sonne schon aufgegangen und ein Käuzchen rief im Wald. Verschlafen setzte Eve, Wasser für Instantkaffee auf. Sie beschloss heute nach der Arbeit, vielleicht nach Brunswick City zu fahren. Der Bus hielt direkt vor dem modernen Einkaufszentrum. Schließlich hatte sie fast dreizehntausend Dollar auf dem Konto und da sollte doch wohl das eine oder andere Kleidungstück drin sein, oder? > *Mrs. Sommer, das haben sie sich verdient! Es wird Zeit, dass der alte Kleiderschrank nicht nur aus Mottenkugeln besteht!* < Sie kicherte unbefangen und blickte auf Mrs. Flys rauchenden Schornstein. Sie kochte Marmelade ein, das sagte sie ja gestern.

Kurz, nach dem Müslifrühstück stattete sie der alten Dame einen Besuch ab, bis Mrs. Green um die Ecke bog. Mrs. Fly reichte ihr zwei Gläschen. >> Hier, Eve nimm es mit zur Arbeit. Spencer hat Konkurrenz bekommen! << Eve schüttelte den Kopf. >> Wieso glaubst du das? Ich kenne Carl seit der Studien Zeit. Wir sind nur befreundet. << Sie wollte sich geradezu Mrs. Green drehen als Mrs. Fly leise antwortete. >> Eve, dann bist du leider blind und taub in dieser Hinsicht! Spencer wird warten können. Aber wenn das so ist, dann solltest du Mr. Oldman nicht länger warten lassen! << Eve schwieg betreten, weil die alte Frau ihr schon wieder zuvor gekommen war. Sie stieg nachdenklich in Mrs. Greens Auto und blickte in ein fragendes Gesicht.

Carls Sekretärin versprach, an der nächsten Bäckerei zu halten, als sie die warme Marmelade beäugte. Das gäbe ein leckeres Frühstück. Auf dem Weg zur Firma, kamen sie an verschiedenen Autohändlern vorbei. >> Melinda, Sie sollten sich mal mit Mr. Falls unterhalten. Dessen Sohn handelt mit Gebrauchten. << Nach einer Weile fügte Mrs. Green hinzu. >> Privates geht mich nichts an, Melinda. Das du genau weißt, wie Mr. Oldman tickt, ist mir auch nicht entgangen. Doch wir haben gleich Stress, weil das Projekt hinterherhinkt! Das Meeting wegen der Farbauswahl wird sich nicht einfach gestalten. Der Slogan steht auch noch nicht fest. Au weier, das gibt heute Theater! << Eve sprang in die Bäckerei und besorgte zwei große Tüten gemischte Auswahl. Sie reichte das Wechselgeld, als Mrs. Green fortfuhr. >> Mr. Oldman muss eine Laus über die Leber gelaufen sein. Er hat mich heute früh um sieben angerufen. Es ist selten, dass er so ungehalten reagiert. Vielleicht ist Kira krank. Er war sehr kurz angebunden und verärgert. Ich konnte ihm mit nichts beruhigen. Bitte sieh dir die Beispiele an und sag was du denkst! Ist was Brauchbares dabei? << Eve studierte die Entwürfe durch. >> Die sind gut, vielleicht fällt mir noch mehr dazu ein. << Mrs. Green steuerte den Wagen auf einen der vorderen Parkplätze.

2)

Stickige, drückende Luft breitete sich in den oberen Büro Etagen aus.
Die Klimaanlage ratterte unentwegt und man konnte riechen, dass
ein Unwetter über dem Meer aufzog. Der Flat Screen blendete
tonlose Nachrichten über den Kanal. Eine Menschengruppe hatte
sich davor versammelt und es gab eine Hurrikane Warnung an der
Ostküste, bloß nicht! Eve setzte sich neben Mrs. Green und studierte
das Thema, über das gleich gesprochen werden sollte. Roger
schäkerte mit seiner Assistentin herum. Carls Team unterhielt sich
zwanglos über die mitgebrachten Muster. Eve einigte sich mit Mrs.
Green und den anderen, auf orange-rote und gelb-grüne Farbtöne.
Sogar der Slogan, der neuen Duftunterwäsche, für Damen und
Herren, nahm Konturen an. Doch, als Carl Oldman den Raum betrat,
war es mit der Lockerheit vorbei. Sie schwiegen betreten und starrten
das schwarze Loch an, das nach dem letzten Stuhl griff. Er trug eine
schwarze Jeans und ein graues Hemd. Eve hatte das Gefühl, ein
Student von einst säße dort und müsste erklären, dass er die Prüfung
vergeigt hatte. Strähnige Haare standen unfrisiert in alle Richtungen.
Seine Augenringe kaschierte er hinter verdunkelten Brillengläsern.
Knapp grüßte er die Runde, kratzte sich am unrasierten Bartschatten
und hielt ein liebloses Einführungsgespräch. Mit gereizter Stimme
und drängenden Appellen beschuldigte er sein Team, nicht effizient
zu sein. Es gab kein Papierrascheln oder Flüstern. Die Konkurrenz
machte sich schon eigene Ideen und schlief nie. Das betonte Carl
mehr als einmal. Eve fiel auf, das er bedacht war, sie nicht
anzusehen. Roger unterbrach seinen Cousin und mahnte ihn, nicht
so streng zu sein. Er verwies auf das Wetter, das einigen scheinbar
nicht gut bekäme. Als Antwort zuckten die ersten Blitze am Himmel.
Carl ignorierte es und bat ungeduldig um konkrete Beiträge. Eine
Sekretärin verteilte Mineralwasser und O-Saft. >> Wenn Sie keine
Vorschläge für mich haben, dann verlieren wir den Auftrag an die
Miners Agentur, Leute! Mrs. Green, ist es zu viel verlangt, mir nach
einer Woche Bedenkzeit und Absprache mit Roger ein vernünftiges
Konzept vorzulegen?!<< Er knallte seine Akten auf den Tisch und
warf seinem Cousin verärgerte Blicke zu. Roger erhob sich
unvermittelt und erläuterte seine Meinung. Mrs. Green stellte sich
daneben und versuchte, die Wogen zu glätten. Sie konnte sich nicht
erinnern, wann ihr Chef jemals in dieser unrühmlichen Verfassung
dagestanden hätte. Selbst, als er dahinterkam, das Eireen ihn betrog,
versuchte er Haltung zu bewahren. Beide zeigten entwickelte
Portfolios herum, erläuterten Ideen zum Slogan. Eve stellte derweil
den Projektor in Position. Sie zuckte zusammen, als der nächste Blitz
in der Nähe einschlug. Carl folgte ihr mit grimmigem Blick, hüstelte
gekränkt. Spencers Worte gingen ihm nicht mehr aus dem Kopf. >>
Carl, sie sendet eindeutige Signale aus! Natürlich du Arschloch!<<

Carl raunte frustriert, als er sich die Vorlagen betrachtete Unvermittelt drehte Carl sich in die zu seinen verunsicherten Mitarbeitern. Carl konnte die Enttäuschung, dass Eve auch Spencer gegenüber Gefühle besaß, kaum verbergen. Er haute mit der Faust auf den Tisch und fegte die Vorschläge auf den Boden. >> Ihr habt nur Müllideen! Das ist doch nicht euer Ernst! Die Farbe ist in Ordnung, doch der Slogan stammt vermutlich von unserer neuen Kollegin, oder? Sonst würde es keiner von euch wagen, mir diese Scheiße unterzujubeln! Mrs. Sommer, ich habe Sie nicht eingestellt, um den Projektor zu bedienen. Was machen Sie da? Vielleicht erklären Sie mir die Präsentation! << Roger schwieg und schüttelte ungläubig den Kopf. Das nächste Donnergrollen ließ das Gebäude erschüttern. Carls Handbewegung war lapidar und unfreundlich. >> Wenn uns Mrs. Sommer ihren Standpunkt mitgeteilt hat, gibt es Frühstück. Also bitte, hier wird es weder Reinregnen noch hat jemand der Blitz getroffen?!<< Eve fand Carl provozierend und ärgerte sich über sein überhebliches Benehmen. Sie schwieg, bis Carl ihr eine andere Frage stellte. Sie, fühlte sich peinlich berührt. >> Mrs. Sommer, wann hat sich eigentlich der Sheriff bei Ihnen gemeldet? Hat er Sie heute schon angerufen?? << Eve fiel vor Schreck die Kinnlade herunter. Das ging zu weit! Der Slogan war genial!? Sein Blick verriet nichts. Mrs. Green lächelte sie entschuldigend an. Carl trieb es weiter auf die Spitze >> Mrs. Sommer, es ist doch nur eine simple, einfache Frage! Antworten Sie mit ja oder nein! << Roger bat die Sekretärin das Fenster zu schließen, weil es angefangen hatte zu stürmen. Es schüttete wie aus Eimern, bis Hagelkörner die Fensterscheiben bombardierten. Die letzten Sonnenhungrigen verließen den Strand. Eve sah aus dem Fenster, ihr Körper kribbelte. Sie stand unter Strom und durfte nicht vor den anderen ausfallend werde, zu schade! >> Ach, Mr. Oldman, der Sheriff hat sich noch gestern Abend telefonisch gemeldet. Er lässt Sie grüßen und wollte Sie zum Brunch einladen! Aber nur, wenn Sie ihre schlechte Laune abstellen! << Einige kicherten und staunten über die freche Reaktion von der lieben Mrs. Sommer. Carls Kiefer mahlten angespannt. Er sprang verärgert auf und lehnte sich gegen den Türrahmen. Seine versteinerte Mine verbarg einen brodelnden Vulkan. Wieder donnerte es ohrenbetäubend laut und Eve nahm unbeeindruckt den Zeige Stab. Sie erklärte den anderen, dass sie die Farbtöne, Baby blau und Rose für Unterwäsche, mit 24 h Duftversprechen für Düffel Produkte zu lasch fand. Sie sagte, während sie Carl missachtete, dass nur kräftige Farben in Frage kämen, damit der Kunde sich mit dem Duft identifizierte. Die Leute achteten besonders gerne auf kräftige Farben. Die waren nun mal Rot, Orange, Gelb und Grün. Jeder sollte den Sinn sofort verstehen. Das verlange nach einem Spruch, wie" Sieben neue Düffel, verscheuchen das tägliche Gemüffel!".

182

Carl hielt es nicht mehr aus, er musste jetzt mit Eve reden. Sie hatte gut gekontert! Wie früher, dachte Carl und sein Herz schlug ihm bis zum Hals. Er war nicht mehr er selbst. Nachdem auch Roger laut Beifall klatschte und Carl auf die Schulter klopfte, bat Carl ums Wort. >> Also schön Mrs. Sommer, Sie und ihre Einfälle haben mich überzeugt! Kann ich mit Ihnen bitte jetzt sprechen und zwar unter vier Augen! Allein, Mrs. Sommer, sofort! Der Rest frühstückt! << Eve legte den Zeigestab zur Seite. Was würde jetzt kommen, wollte er sie rauswerfen? Hatte er etwa mit Spencer geredet? Sie sagte es ihm doch gestern, dass sie Zeit brauchte. Eve holte ihre Tasche und sah in die Augen einer besorgten Mrs. Green. Sie zog die Schultern unwissend hoch und folgte Carl, durch die Tür. Das würde wohl kein leises Gespräch werden, umrahmt von Donnergrollen. Hochrot ging Carl vor, bis zu seinem Büro, in der obersten Etage. Er zog die Karte durch die Vorrichtung.

3)

Wieder schlug der Blitz irgendwo ein, dass die Erde bebte. Als sie beide in seinem Büro waren, schloss er hinter sich ab. Er setzte seine Brille wütend ab, dass ihm einzelne Haarsträhnen ins Gesicht fielen. Eve trat erschrocken zurück. >> Carl, was ist nur los mit dir? Es war peinlich! << Er schüttelte den Kopf. >> Das ist mir scheißegal, Eve! Welche Chance habe ich noch, wenn ich sie jetzt nicht ergreife? << Dann packte er sie mit beiden Armen und zog sie fest zu sich hin. Bevor sie reagieren konnte, küsste er Eve stürmisch auf den Mund und atmete schwer. Seine Augen hatte er kurz geschlossen und ein entspanntes Lächeln umgab sein Gesicht. Sie fühlte Carls Sehnsucht nur zu deutlich und erwiderte seinen Kuss. Ein stechendes, irres Empfinden durchfuhr sie dabei und als sie Carl umarmte, verstand sie ihn. Er liebte Eve, tat es schon immer und jetzt begriff sie ihr eigenes Verhalten. Ihr Verstand wollte nicht wahrhaben, was ihr Körper längst wusste. Sie liebte ihn auch und genauso intensiv! Sie konnte von dem Gefühl nicht genug bekommen. Fuhr ihm zärtlich durch sein Gesicht, seine Augen schimmerten und leuchteten hellblau. Carl roch angenehm nach teurem Duschgel und beide verharrten engumschlungen mitten im Raum. Der Bann hatten sie gebrochen! Carl war außer sich im Gefühlschaos, raunte aufgeregt. >> Eve, ich wollte es dir schon so lange sagen. Ich liebe Dich, habe ich schon immer, seit wir uns kennen. Die ganze Zeit gab es immer nur dich! Ich musste es jetzt und hier loswerden. Ich hätte es eben am liebsten vor allen laut in den Raum geschrien! Die Gewissheit, ob ich bei dir auf eine Chance hoffen kann! Ich wollte schon immer wissen, wie gut du schmeckst. Wie oft ich mir vorgestellt habe, was wohl passiert, wenn ich dich einfach überrumple und küsse. Wenn ich dir sage, was ich schon immer sagen wollte? Du hast meine Erwartungen völlig übertroffen! << Da lag das Glück eigentlich immer parat, doch Eve konnte es lange nicht finden. Ihre Empfindungen für Carl erreichten Höhenflüge, mischten sich mit alten Erlebnissen, dessen Reaktionen sie endlich mehr und mehr begriff. >> Ich war blind und taub, hat Mrs. Fly heute Morgen zu mir gesagt. Carl hat sie Recht? << Er nickte und fuhr Eve sanft mit den Daumen über ihre Schläfen. Blickte sie an, wie eine zerbrechliche, unbezahlbare Vase und sie berührte seine kleine Narbe über dem linken Auge.

Er war damals nach einem Stromausfall in der Uni gegen eine Plakatwand gerannt. Es blutete heftig, dass sie Carl ins Krankenhaus begleitete. Eve blieb die ganze Nacht bei ihm, hielt seine Hand. Als sie ihn zum Abschied fest umarmte und er sie nicht loslassen wollte, da hätte die Sache längst klar sein müssen. Nun war es endlich raus. Eng umarmt standen sie vor dem großen Fenster und blickten gedankenverloren auf das aufgewühlte Meer. Langsam beruhigte es sich wieder und der Himmel klarte auf. Das Unwetter zog weiter und die Sonne schien vereinzelt durch die Wolken.

>> Ich musste dich aus der Reserve locken! Für mich ist damals eine Welt zusammengebrochen, als du zu Joshua gingst. Jetzt habe ich den Mumm besessen um mich endlich outen können! Eve, ich hoffe so sehr, dass das es zwischen uns etwas werden könnte! Und ich habe deine Reaktion eben deutlich gespürt. Bitte sag mir, was du fühlst! << Wild küssten sich beide und vergaßen kurz, wo sie waren. Atemlos hauchte Eve. >> Carl ich empfinde sehr tiefe Gefühle für dich. Es ist nicht nur Liebe, es ist mehr! All die Jahre war es vermutlich auch schon in mir drinnen. Wieso haben wir uns sonst immer so gut verstanden? Warum, wenn es nur Freundschaft war?! Du warst immer da, Carl! Ich habe es nicht wahrhaben wollen. Vielleicht sollte es so sein. Jetzt erst, verstehst Du?!<< Carl schüttelte den Kopf, konnte nicht glauben, dass er sich endlich getraut hatte und das Ergebnis so positiv war. Er hatte sich selbst bewiesen, dass seine Gefühle ihn nie angelogen hatten und Eve ihn endlich erhörte. >> Wir beide schaffen das gemeinsam mit Kira. Bist Du dabei? << Sie nickte und er küsste sie wieder stürmisch, leidenschaftlich. Er musste sich stark zusammenreißen, die schwüle Luft, ließen ihn an Dinge denken, die er hier noch nie gemacht hatte. Eve ging es ähnlich. Doch das würden sie an einem romantischen Abend genießen.

Eve hatte Carl schon viele Male, nach dem Duschen nur mit einem Handtuch bekleidet, betrachtet. Seine sportliche Figur besaß kein Gramm Fett und er roch immer nach erfrischenden Essenzen. Da konnte Eve nicht anders reagieren und musste in der Gruppenumkleide besonders genau hinschauen. Sie wurde immer rot, weil Carl sie herausforderte. Ob sie nicht anderes zu tun hätte, als halbnackten Männern hinterher zu starren. Da hätte sie eine Einzelkabine aufsuchen müssen und warten, dass er hinterherkäme.

Sie besuchten gemeinsam in der Uni die vielen Fitness Angebote, spielten manchmal Squash zusammen oder Tennis. Jetzt fragte sie sich, was wohl passiert wäre, wenn sie damals schon diesem neugierigen Gefühl nachgegangen wäre? Sein Blick wurde seltsam dunkel, wenn Carl im duschfeuchten Handtuch zu ihr driftete und mit den Augen taxierte? Sie drehte sich schnell um, nahm ihre Tasche und verließ fluchtartig die Umkleide.
Es dauerte eine ganze Weile, bis sie sich voneinander lösen konnten. Es war zu fantastisch, als Carl es sich in seinen kühnsten Träumen vorstellen wollte. Auch Eve brauchte diesen Moment, um ganz sicher zu sein, dass sie damals auf den Falschen setzte und bitter enttäuscht wurde. Das Carl ihr Jackpot war, nun sah sie es deutlich. Beide rückten ihre Kleidung gegenseitig zurecht. Die Kollegen sollten es nicht sofort wissen. Das würde nur nach Affäre riechen.
Eve war gedanklich beim gestrigen Strandausflug. Als sie Carl im Hemd und Badehose bewunderte, war der Drang sehr intensiv, dass sie ihm am liebsten mit ihrer Hand über seine Brust gefahren wäre. Es sich wie kleine, elektrische Funken anfühlte, wenn sie sich wie zufällig berührten und Carl es auch gemerkt haben musste, weil er Eve dann sehr gefühlvoll betrachtete. Doch Eve ließ sich einfach von Joshua blenden, weil er sie mit interessanten Events lockte und seine Familie sich alle Mühe mit ihr gab. Hochrangige Leute waren oft bei den Hills zu Besuch und Joshua hatte zu Beginn eine charmante Art an sich, der Eve nicht wiederstehen konnte. Wie Carl dann immer die Augen verdrehte, wenn Joshua auch nur in der Nähe war.
Eve setzte Carl die Brille wieder auf die Nase. Es sollte nicht auffallen, dass sich zwischen ihnen gerade etwas stark veränderte. Carl konnte trotzdem nicht an sich halten und umarmte Eve erneut fest und innig. >> Ich wollte mich nur vergewissern, dass ich nicht träume, Eve! Es war eine lange Nacht für mich. Ich saß an Kiras Bett und während sie friedlich schlief, habe mit mir gerungen, heute reinen Tisch zu machen. Puh, es ist gerade nochmal gutgegangen! Melinda Sommer, begleiten Sie mich zurück zum Team und frühstücken mit mir? << Eve grinste Carl offen an. >> Erst wenn du mir sagst, was geschehen wäre, wenn ich nur einmal in der Umkleide stehen geblieben wäre? << Er ließ seine Hände abrupt sinken. Kurz hatte Eve das Gefühl, dass er über sie herfallen wollte. Er fuhr mit beiden Händen über ihren Busen, weiter bis zu ihrem Po und raunte. Hatte er etwa die gleichen Gedanken? Eve legte ihre Hände um seine Hüfte und betrachtete ihn im Spiegel. Sein Blick wurde so dunkel, wie nie zuvor. Carl leckte sich nervös über die Lippen. Er suchte nach Auswegen. >>Willst du wirklich wissen, was ich getan hätte? Soll ich dir zeigen wie feucht meine Träume oft waren und wie unerfüllt? << Sie schüttelte knallrot den Kopf. Er atmete schwer und drückte sie fest an sich. Eve fuhr ihm über den Rücken und fühlte lange

aufgestaute Wünsche. Carl schloss die Augen, Eve keuchte bei dem nächsten, harten Kuss. Er ließ sie plötzlich los. >> Wenn du mich noch einmal so anmachst, verlassen wir mein Büro nie wieder! Heute Abend, wenn Kira schläft, dann kosten wir jede Sekunde aus. Die Verantwortung, nicht aufzufallen! Verdammt, wir müssen vernünftig bleiben! << Sie küsste ihn auf die Wange und ließ ihn los. Carls ausgebeulte Hose war nicht zu übersehen, als er auf ihr Dekolleté starrte. Eve liebte diesen Typen, der die Kontrolle nicht verlieren wollte. Das erste Mal sollte in schöner Umgebung stattfinden. Sie ließen die Finger von einander und tranken Eistee aus dem Spender. Carl schnaufte immer noch, als er seine Bürotür im Flur zuschloss. Die finsteren Gedanken hatten sich völlig aufgelöst. Als sie zu den anderen zurückkehrten, lächelten beide. Sie schaffte es, durch ihren schüchternen Blick, bei den Mitarbeitern kein Aufsehen zu erregen und wedelte mit den bunten Duftkissen. Nur Roger sah sie lange an, stand auf und bat Carl, ihm in den Nebenraum zu folgen. Mrs. Green schüttete Kaffee ein, stellte Brötchen hin. >> Melinda, ihr Vorschlag wurde angenommen und die Marmelade ist köstlich. Ich hoffe Sie konnten sich mit Mr. Oldman einigen. << Eve lächelte und nickte. Ja das konnte sie.

Carl setzte sich nach einem intensiven Gespräch mit seinem Cousin genau neben Eve und ließ sich auch Kaffee und Brötchen reichen, während Roger sich dazugesellte, um mit ihr über ein gebrauchtes Auto zu sprechen. Carl und Eves Knie berührten sich unter dem Tisch, aber sie ließen sich außer einem Lächeln, nichts anmerken. Doch Roger entging nichts. Er gönnte seinem Cousin das endlich erreichte Ziel.

4)

Nach dem Meeting erhielt Eve genug Ablenkung, mit der Gestaltung des Werbeplakates. In der Mittagspause meldete sie sich im Revier bei Spencer. Der Sheriff lud sie daraufhin spontan zum Pizzaessen ein. Er wartete schon auf dem Firmenparkplatz. Seine Begrüßung blieb freundlich, aber unterkühlt. Eve hatte Carl nichts von dem Treffen mit Spencer erzählt. Sie wollte es allein klären. Als Spencer Stone vor dem Restaurant am Ocean Drive, an einer Felsenbucht anhielt, flimmerte die Hitze wieder kräftig. >> Also Eve, was möchtest du mir sagen? Ich weiß, dass Carl und du, dass ihr Euch schon sehr lange kennt. Also hat er sich endlich getraut, dir seine Gefühle zu beichten? << Eve sah in zwei enttäuschte, graue Augen. Spencer wirkte nachdenklich. >> Weißt du, wenn er nicht ein sehr enger Freund von mir wäre, dann hätte ich dem Kompromiss niemals zugestimmt. Egal was passiert und wie intensiv Carls Gefühle sind. Ich werde immer für dich da sein. Denn die schwierige Phase mit Joshua kommt erst noch. Er ist ein cholerischer, unberechenbarer Typ. Seine Probleme mit dem Alkohol und den Aggressionen schleppt er schon länger mit sich herum. Viel länger, als ihr euch kennt. << Eve sah den Sherif erstaunt an und blickte in ein ernstes Gesicht, dass mit Schweißperlen übersäht war. Seine Körpersprache verriet ihn, wie unglücklich er war. Er hatte sehr gehofft, dass Carl mit seiner Offenheit nicht erfolgreich gewesen wäre. Eve verspürte ein tiefes Kribbeln, wenn sie an Carl dachte. Doch für Spencer empfand sie ebenfalls mehr, als Freundschaft. Es war völlig vertrackt und sie hoffte, dass es niemals zu einem dieser schwachen Momente käme, den Eve hinterher bereute. Dass die Männer wegen ihr, die langjährige Freundschaft aufs Spiel gesetzt hatten, war Eve allzu bewusst. >> Spencer im Moment ist alles so, wie du es sagst. Aber ich werde mich erst richtig festlegen können, wenn die Sache mit Joshua durchgestanden ist. Es wird für mich und Joshua kein Zurück mehr geben. Auch wenn er seine Therapien und Sonstiges erfolgreich und beendet. Mrs. Fly ist eine weise Frau und sie hat bisher mit Vielem Recht gehabt. << Spencers Gesicht leuchtete rot. Er schob seine Sonnenbrille auf den Kopf. Eve konnte nicht anders, auch wenn sie es besser wüsste, fuhr mit der Hand über sein Gesicht und Spencer rückte näher, räusperte sich und hielt ihre Hand fest. >> Eve, bitte, tue das nicht! Ich sagte dir doch, ich bin immer da, wenn du mich brauchst. Ich werde dich sonst küssen, hier und jetzt. Doch was für ein Freund wäre ich, wenn ich Carl in den Rücken falle? << Spencer nahm Eves Hand in seine beiden, küsste sie auf den Handrücken und sagte heiser. >> Eve, mach es mir nicht noch schwerer! Ich kann sehr gut nachvollziehen, wie Carl sich damals gefühlt haben muss. Lass uns einfach gute Freunde bleiben! Komm, hier gibt es die beste Pizza am Oceanside. << Eve nickte und sie stiegen aus.

Italienische Fähnchen flatterten unter einem riesigen Ventilator. Es war gerappelt voll, in dem gemütlichen Eckrestaurant. Sizilianische Klänge dudelten leise aus mehreren Lautsprechern. Eve bestellte Wasser mit Zitrone und eine Pizza mit Scampis. Spencers Polizeiuniform fiel allen anwesenden sofort auf und er nickte freundlich in die Runde. Mediterrane Kräuter ließen eine gute Küche erahnen und der Besitzer hatte einen lustigen Akzent. Auch einige Mitarbeiter, aus der Firma von Oldman –Falls verbrachten hier ihre Mittagszeit. Sie winkten Eve zu. Der Sheriff hielt so viel Abstand, wie nötig, obwohl ihm völlig andere Dinge durch den Kopf jagten. Es war so schwer zu akzeptieren, dass Carl das Rennen gemacht hatte. Er dachte an sie, wie ihr Ex sie verprügelte und sie das Kind verloren hatte. Er kannte alle Einzelheiten aus den Berichten. Spencer würde nie die Hoffnung aufgeben, denn diese Frau brauchte weiterhin seinen Schutz und nicht nur Carls. Es war noch nicht ganz zu spät, wenn er in Eves braune Augen schaute. Er musste sich derart zusammennehmen, die duftende Calzone wurde zur Nebensächlichkeit. Eigentlich bekam er keinen Bissen herunter. Eve dachte an Carl und doch konnte sie nicht leugnen, dass sie sich fühlte, als hätte sie Spencer verraten. Sein verzehrender Blick, wenn er Eve anschaute und seine künstlich, lockere Haltung während des Essens, sprachen sie doch eine ganz eindeutige Sprache. Sie fragte sich, was die beiden Männer abgemacht hatten. Doch das traute sie sich nicht. Sie wollte nicht noch tiefer in der Wunde rühren. Eve und Spencer unterhielten sich darüber, dass der erste Anhörungstermin, vermutlich in Falcon auf Brie-Eiland stattfände und es Sache der Anwältin wäre, dorthin zu fliegen. Spencer vermied es, Eve tief in die Augen zu schauen. Diese bescheuerte Gefühlsduselei kratzte an der Substanz. Spencer würde sich heute Abend beim Bowling einen bisschen betrinken. Normaler Weise nicht sein Ding, doch die Möglichkeit, das Eve sich irgendwann zu seinen Gunsten entschied, lag deutlich in der Luft, nur nicht gerade!

5)

Beim Abschied auf dem Parkplatz von Oldman –Falls, stand Carl oben in seinem Büro am Fenster und schaute grübelnd in eine andere Richtung. Eve hatte ihn entdeckt, als er scheinbar unbeeindruckt ein Telefonat annahm. Sie gab Spencer nur kurz die Hand und bedankte sich. Er nickte Eve zu, lächelte gezwungen und wondote flink den Wagen. Noch bevor Eve den Eingang zu Oldman-Falls erreichte, stürme Carl durch die Tür und starrte sie grimmig an. Carl trug seine Enttäuschung offen zur Schau und bat, dass sie sich in seinem Auto unterhielten. Nur kurz, wie er es nannte.

Sie setzten sich in Carls Mercedes und er knallte die Tür zu. Schaltete die Klimaanlage an und seine Frage war von dunkler Vorahnung geprägt. Ohne Umschweife kam er zur Sache und wollte wissen, warum sie sich mit Spencer getroffen hatte. Eve dachte an heute Vormittag und wie Carl sie mit seinen Bekundungen überrumpelte. >> Zuerst Carl, bevor du jetzt ärgerlich wirst, sage ich dir Folgendes! Weder brauchst du eifersüchtig zu sein, noch habe ich irgendwas zu verbergen. Doch ich fand es nur fair, Spencer Stone meine Entscheidung mitzuteilen. Und ich weiß auch nicht, was ihr beide abgesprochen habt?! Aber ich habe dir vorhin mein Wort gegeben, Carl! << Er schaute Eve mit offenem Mund an, dann beugte er sich zu Eve und nahm ihre Hand in seinen Schoss. >> Ist schon gut Eve! Es sind alte Verhaltensmuster. Tut mir leid, ich bin tatsächlich eifersüchtig. Du fährst mit ihm Essen und sagst mir vorher nichts. Ich habe ein Mail-Fach in deinem PC eingerichtet. So können wir während der Arbeit kommunizieren. Ich glaube nicht, dass ich dir sagen muss was Spencer Stone und ich ausgemacht haben. Das kannst du dir sicher denken!? Bist du böse auf mich? << Eve schüttelte den Kopf, sie musste sich erst daran gewöhnen. Carl spielte nun eine neue Rolle in ihrem Leben und sie mussten beide noch vieles lernen. Sie umarmten sich, Carl vergrub sein Gesicht in Eves Haare und sagte leise. >> Es ist mir völlig egal, was meine Mitarbeiter, wegen uns denken. Aber es geht mir um deine Sicherheit. Ich möchte, dass du mir einfach das nächste Mal sagst, wo du hingehst. Ich hole dich um 15:00 Uhr ab. Danach fahren wir zum Kindergarten und dann zu Rogers Sohn Steve. Du bekommst ein eigenes Auto und ich werde es bezahlen, keine Wiederrede! Sechseinhalb Jahre habe ich mich zurückgehalten und jetzt verstehe ich die Welt nicht mehr! << Sie kicherte über Carls rote Flecken im Gesicht. Wie damals, als sie im Fluss badeten. Seine Augen leuchteten, hektisch, aber sie küssten sich nicht.

16.Kapitel

1)

Joshua Hill saß in seinem Einzelzimmer mit Kameravollüberwachung und beim Toilettengang kam immer ein Pfleger mit. Er trug einen dunkelblauen Anstaltsanzug zum Knöpfen und durfte weder Gürtel noch Schmuck tragen. Allein sein Titanring ließen sie ihm. Er hatte stark abgenommen und die Medikamente gegen den Turkey hinterließen schwere Nebenwirkungen. Seine Depressionen waren sehr ausgeprägt und die Psychopharmaka ließen ihn stumpf und betäubt vor sich hinstarren. Er konnte nur mit Mühe normale Gedanken fassen und sich konzentrieren.

Teilnahmslos ließ er die Gruppentherapien und die Geschichten der anderen zehn Patienten über sich ergehen. Sein Zimmernachbar sah in Joshua Hill seinen Seelenkumpan, der in dem gleichen Dilemma steckte, wie er einst. George Sartow arbeitete als Kriminalkommissar in Utah und war im Dienst betrunken Auto gefahren. Sartow übersah rote Ampeln und kollidierte mit einem Baum. Bis zu jenem Tag verprügelte er auch regelmäßig seine Frau und hatte ein Verhältnis mit der Sekretärin. Schlimmer ging nimmer, sagten die Leute hinter vorgehaltener Hand. Doch seine Therapie lief schon seit einem Jahr erfolgreich. Seit dieser Zeit war er trockengeworden und Mitglied bei den Anonymen Alkoholikern. Die Leitung sah in ihm ein Vorbild und Musterbeispiel für den Erfolg im Falcon Hospital. Er erlangte sein Gleichgewicht mit Yoga und Antiagressionstrainig. Besonders der Streetworking Lehrgang in den Ghettovierteln von New York half ihm, ein neuer Mensch zu werden. Man musste die Welt mit anderen Augen sehen, sich positive Ziele stecken und die Fortschritte kamen von selbst. Nur eines schaffte Sartow nicht, dass seine Frau ihm verzieh. Es war eben der unentschuldbarste Mist, den man sich nur antun konnte, sagte er zu Joshua.

Der dachte sofort an Eve. Seine verhassten Gefühle teilten sich auf. Zuerst verspürte Joshua Erleichterung, dass sie lebte. Dann folgte Verbitterung, warum er die Flucht nicht verhindern konnte. Seitdem er der Alkohol nicht mehr sein Leben dominierte, spielten ihm die Nerven böse Streiche. Er versank in depressiven Phasen, dann bekam auch Sartow keinen Zugang zu ihm. Sie lebte irgendwo da draußen und ließ ihn hier allein. Realitätsverdrehungen vermischten sich mit klaren Momenten. Die Ärzte lobten seine Leberwerte und sagten ihm, hätte er so weiter gemacht. Dann gäben sie ihm noch ein Jahr und er sähe weiße Mäuse! Seine Frau war einfach weggelaufen und hatte ihn zum Narren gehalten. Jetzt musste er hierher gehen und war ein lächerlicher Niemand. >> Ein Niemand. Ein Zombie, Eve, komm zurück, bitte! Komm her und wir fangen ganz vorne an. Ich fühle deine Schmerzen! Es tut so weh, Eve!!! << schrie er und haute mit dem Kopf gegen die Wand. Immer wieder, bis ein Pfleger Team

hineineilte, ein Gemisch aus Antidepressiva und Beruhigungsmittel injizierte. Das hellbraun gestrichene Zimmer besaß äußerst karge Eigenschaften, deshalb starrte er zur Decke und zählte rosa Elefanten. Sie schwebten durch den Raum. Es gab weder Vorhänge, noch Sitz Möbel. Nur ein Bett, das an der Wand angeschraubt war. Kissen und Matratze waren eins und die dünne Decke hatte keinen Bezug. Selbstmordsichere Rundumbewachung. Gegessen wurde in einem Gruppenraum in der Etage, damit die Patienten den menschlichen Kontakt nicht verloren. Das Besteck bestand aus einem einzigen Blechlöffel, Pappbecher und Plastikteller. Hofgang gab es nach dem Frühstück, um die Vitamin D Produktion anzukurbeln. Sartow fuhr jeden Tag mit Patient Hill, im Rollstuhl durch den umzäunten Park. Von weitem beobachteten sie die Blaue Gruppe bei den Morgendlichen Aufwärmübungen auf dem Aschenplatz. Es herrschte ein gewisser Drill, für diejenigen, die kurz vor der Entlassung standen. Sie nutzen Trimmpfade und Hindernis Parcours, um die alte Geschmeidigkeit zurückzuerlangen. Psychische Testungen folgten am Nachmittag. Ein Punktesystem führte von Rot, Orange, Gelb und Grün, dann zu Blau.
Der Anzug von Joshua hatte ein rotes Emblem an der Schulter. Die Neulinge waren meistens im desolaten Zustand und durften in der ersten Phase kein Besuch empfangen. Erst wenn man genug Heilpunkte besaß, entschieden zwei unabhängige Psychiater, wann die Resozialisierung beginnen konnte. Joshua verfluchte sich und seine Situation. Sartow versprach ihm, dass er nach zwei Wochen vielleicht in die orange Gruppe wechseln könnte, wenn er sich endlich einen Ruck gäbe. Orange bedeutete Besuch Empfang. Dazu musste er freiwillig an den Spieleabenden und Gesprächstherapien teilnehmen und sich einbringen. Die Gruppen waren geschlechterspezifisch getrennt. Der Frauenanteil blieb verschwindend gering. Nur die blaue Gruppe wurde nach bestandenen Sozialprüfungen in die einfache Polizeiarbeit integriert. Die Blauen Patienten wurden schrittweise in ihr altes Leben entlassen. Die Rückfallquote lag unter 10%. Sartow hatte schon den grünen Punkt erreicht und versuchte unermüdlich Joshua aufzumuntern. Noch einen Monat und er würde in das blaue Team aufsteigen. Sartow hielt es für seine Pflicht, sich für Typen wie Joshua einzusetzen. Typen, wie auch er einer war.
Es gab eine Toilette im Zimmer, wie im Gefängnis und die Fenster waren aus Sicherheitsglas. Joshua nahm nicht genügend Flüssigkeit zu sich und sein Körper rächte sich mit Kreislaufzusammenbrüchen. Sie verabreichten dem Patienten komprimierte Infusionen. Danach musste er sich heftig erbrechen. Eine Anfangsreaktion des Organismus auf den Alkoholentzug. Joshua quälten andauernde Suizidgedanken, in denen er in Eves Armen starb und George

Sartow fühlte mit ihm. Er hatte bei den Pflegern ein offenes Ohr, das verhinderte Schlimmeres. Sartows Frau reichte nach der Einlieferung die Scheidung ein. Aber sie besuchte ihn trotzdem mehrfach in Falcon. Es linderte die schlimmsten Gedanken und das war Sartows Ziel. Etliche Paartherapien hatten sie hier absolviert. Joshua musste lernen, sein neues Leben zu akzeptieren. Dann würde er die Trennung auch besser verkraften. Wie lebendig Joshua in klaren Momenten von ihr berichtete, als wäre sie nur im Nebenraum und würde gleich auftauchen. Sartow glaubte ihm, dass er seine Frau liebte, aber sein Kollege verwechselte Liebe mit Bedingungslosigkeit und Kontrolle. Ganz gleich, jeder hatte eine neue Chance verdient, auch Hill.

Sartow war als Kind von seinem Onkel missbraucht worden, weshalb er es nicht verwunden hatte, dass seine Mutter ihm nie glaubte und ihn davor beschützen wollte. Das verdrängte Sartow, bis der Alkohol ihn einnahm, um es zu vergessen. Bei der Hypnose kam alles ans Tageslicht und sein inzwischen verstorbener Onkel konnte nicht mehr belangt werden. George Sartow dachte, dass Joshua Ähnliches in seiner Jugend widerfahren war. In klaren Momenten erzählte Joshua George, wie lieblos er als Kind aufwuchs und er mit Eve nie über solche Schwächen sprechen konnte. Bei Eve fühlte er sich sicher und fand viel Verständnis, aber er konnte es nicht ertragen, wie sie von seiner Familie in den Himmel gehoben wurde. Jetzt würde alles dran setzten, sich mit allen zu versöhnen. Eve sollte zu einem geläuterten, Mann zurückkommen. Versöhnung und Frieden, mehr verlangte Joshua nicht und weinte dabei bitterlich.

Das wäre ein guter Ansatz, lobte George ihn an jenem Tag. Demnächst hätte Joshua einen Termin bei Professor Lorenz. Mit ihm wollte er endlich offen über seine Aggressionen sprechen. Die Medikamente würden für diese Zeit drastisch reduziert und Joshua saß auf seinem angeschraubten Stuhl und starrte in den endlosen Flur. Er erinnerte sich an früher. An einen Tag im Sommer. Er hatte Eve bei Mrs. Klein abgeholt. Es war der Tag, als er Eve bei seinen Eltern als hoch offizielle Freundin vorstellte. Rachel stürmte zur Tür, umarmte Eve überschwänglich und Michael lobte ihn, dass er sich richtig entschieden hätte. Seine Mutter hatte ganz feuchte Augen. Sie schwärmte von Eve sowieso schon in den höchsten Tönen. Weil Eve sie jedes Mal aufmunterte, wenn Rachel wieder Theater wegen des Hochzeitskleides veranstaltete. Sein Vater schnäuzte zu seinem Erstaunen die Nase und wischte sich über die Augen Er umarmte seine Eve innig. So was hatte er noch nie gesehen. Sein Vater zeigte nie Gefühle, nur bei ihr. >> Eve, Sie sind hier immer herzlich Willkommen und ein Schmuckstück für Joshua! <<, dann wandte er sich nach einer Weile zu ihm, als er allein im Entree stand und sagte jene Worte, in strengem Ton und da war der Vater wieder ganz der

Alte. >> Eve ist eine Frau, die genau in unsere Familie passt, wenn ich einen zuverlässigen Sohn hätte! Ihre Art ist besonnen, Sohn, schneide dir eine Scheibe davon ab. Du hast nicht halb so viel Herz und Mut, wie sie. Sehe zu, dass du sie nicht verlierst! << Daraufhin ließ er Joshua stehen, hakte Eve im Salon unter und führte sie persönlich zu Tisch. Da wiegte aber noch die Freude, dass seine Familie zu Eve stand und ihn zu einer schnellen Hochzeit überredete. Besonders sein Vater war emsig in die Vorbereitungen mit eingebunden. Dem Vater konnte es nicht pompös genug sein, nur Eve wollte es schlicht haben und sein Vater gab ihr nach! Unglaublich, niemand konnte Vater überreden, wenn der sich etwas in den Kopf setzte. Doch Eve schaffte das.
Er konnte sich noch genau an das Eheversprechen erinnern, wie Eve ihn verliebt anschaute und sie beide den Text nachsprachen.> *Für immer, in guten Zeiten, wie in Schlechten!* <
Eve hatte einen Blümchenkranz auf dem Kopf und ihre blonden Haare waren hübsch geflochten. Überhaupt sah sie umwerfend aus und er liebte sie so sehr. Sie sorgte auch dafür, dass Joshua in seinem Anzug und der blauen Krawatte blendend aussah. Eve hatte sie genau nach seiner Augenfarbe ausgesucht und mit Mrs. Klein so gefärbt, dass sie fast leuchtete. Die ganze Belegschaft des Reviers war eingeladen. Eve bestand darauf, dass alle vorbeikommen sollten, um sich Kuchen und Kaffee abzuholen. Er musste im Revier viel umdisponieren. Aber da machte es ihm nichts aus. Manchmal trank er zwar den einen oder anderen Whiskey, weil das neue Hausgrundstück und die Skizzen zum Neubau, zusätzlich Stressten. Eve übernahm das Treffen mit dem Architekten und diskutierte mit ihm über das Telefon die Entscheidungen. Schon immer bewunderte er Eves Kreativität. Wie konnte das alles nur so ausarten, Scheiße?! Ohne sie fühlte er sich als halber Mensch und das war bis heute so geblieben.

17.Kapitel

1)

Nach dem Tennistournier, mit einem befreundeten Bauunternehmer, stand Carl lange unter der Dusche. Die Ideen für das alte Strandhaus lenkten die Situation mit Eve ab. Nur kurz, denn heute Abend würde er sich definitiv vergessen und alles geben. Ihre Brüste fühlten sich hart und fest an. Genau richtig und sie war scharf auf ihn. Er fuhr mit der Hand über die knallrot pochende Stelle. So geschwollen fühlte der sich sonst nie an. Erst sachte, dann immer fester und schneller rieb er die Vorhaut auf und ab. Er stöhnte vor Verlangen, als sich der Orgasmus ankündigte. Die aufgestaute Fontäne entlud sich in alle Richtungen und Carl unterdrückte ein animalisches Seufzen. Die kurze Befriedigung mit der Hand war bitter nötig. Das dampfende Wasser kühlte sein Gemüt leider viel zu kurz. Nach dem Abtrocknen und einem Blick auf seine Genitalien, wäre er bereit für Runde zwei. Nun könnte er erst Recht als Handtuchständer anheuern. Er dachte an Beerdigungen, das muffige Museum, das er mit Eireen besucht hatte und sein bestes Stück stellte auf Normalbetrieb. Die schwüle Luft war wirklich unerträglich. Er regte sich gerade noch rechtzeitig ab, als zwei andere Männer in den Duschraum traten. Seine Kontaktlinsen ließen einen klaren Blick zu. Und er betrachtete die Männer eingehend. Sie alberten in der umkleide herum. Dabei verlor einer seine Brille, sie landete vor Carls Füssen. *„ Denk an Brillen und Harmlosigkeiten, Junge!"* Carl hob sie auf und reichte sie dem dankenden Besitzer. Schnell verließ Carl die Duschräume, um auf andere Gedanken zu kommen. Was hatte seine Stylistin mit dem Brillenträger gemeinsam. Er schauderte. Sie wollten schnellen, heißen Sex. Bah, jetzt reicht's aber! Francine stylte mit ihrem Team die Redner der großen Fachwelt und somit auch ihn. Carl war dank ihres Modegeschmacks bei den Zuhörern sehr gut angekommen, dass er nur noch Francine für sein Haute Couture beauftragte. Der elegante, italienische Stil war genau nach seinem Geschmack, bis heute. Seine Konkurrenten nannten ihn smart und Eingebildet, was solls! Die Ausstellung war damals in New York und da hatte er begriffen, dass viele Frauen auf seinen Typ abfuhren. Francine ließ auch nie eine Gelegenheit aus, um ihn anzuflirten. Selbst als er mir Eireen verheiratet war und sie von ihrer Untreue wusste, legte sich Francine so richtig ins Zeug. Fast hätte sie es geschafft, ihn zu verführen. Damals, war er am Boden zerstört weil die Gerüchte über Eves ominösen Sturz im Garten nicht abebben wollten. Hauptsächlich jedoch, weil er an jenem Tag, Eireen und Claude aus der Personalabteilung auf dem Konferenz Tisch, in eindeutiger Pose erwischte. Er packte Francine beherzt und schob sie von sich. Sagte ihr höflich aber direkt, dass er definitiv eine andere Frau begehrte und das schon seit vielen Jahren. Sie entschuldigte sich mit hochrotem

Kopf und knöpfte sich die Bluse schnell zu. Manchmal traf sie sich mit
Roger. Der schwärmte von ihren akrobatischen Stellungen. Carl hielt
sich einfach raus. Obwohl es Ihm quer ging, dass Roger es mit der
Treue nicht so genau nahm.

2)

Eve saß in ihrem Büro und studierte gerade Unterwäschemodels für
die neue Kampagne, als das Telefon läutete. >> Guten Tag ,Mrs.
Sommer. Hier ist Mrs. Hudson. Ich muss ihnen leider mitteilen, dass
ein unangenehmer Termin für Freitag ansteht. Ich fliege mit einem
Privatjet nach Brie Eiland. Der Treffpunkt ist um 14:00 Uhr, am Pines
Airport. Es gefällt mir gar nicht, dass Crownfield das Besuchsrecht für
die Gegenseite aushebeln will. Er gehört zu der Sorte, die über
Leichen gehen, damit sie den Prozess gewinnen. Sie begründen es
mit dem schlechten Gesundheitszustand des Mandanten. Habe
schon Eileinspruch eingereicht, könnte jedoch knapp werden.
Crownfield will durchsetzen, dass Sie mitkommen sollen. Sie
brauchen nichts zu befürchten Mrs. Sommer. Kanzlei Crownfield will
durchsetzen, dass es erst zu einem Trennungsjahr kommt. Das
wurde schon revidiert, Mrs. Sommer! Noch mehr Quälerei brauchen
Sie nicht! << Sie räusperte sich kurz, als Eve laut protestierte. Die
Männermodells lächelten Sie an und sie umkreiste einen hellhaarigen
Schweden und einen dunkelhäutigen Schwarzafrikaner. Der Kontrast
war außerordentlich und so würde sie auch die Damen auswählen.
Die Farben sollten Sprechen. Nun begann das Theater schon viel
eher, als Eve es sich erhoffte.
>> Mrs. Hudson, ich bin dagegen, überhaupt mit Joshua zu sprechen
oder ihn zu sehen. Ich glaube, er ist zurzeit immer noch
unberechenbar. Bitte ich möchte nicht mal in einem Raum mit ihm
sein! << Mrs. Hudson nickte zustimmend. >> Ich kann Sie bestens
verstehen, doch Crownfield nutzt jegliche Gesetztes Lücken aus. Der
Staatsanwalt wird den Mittelweg wählen, da Sie eine NoID Person
sind. Sie müssen nicht mit ihrem Mann sprechen, jedoch leider
anwesend sein, Mrs. Sommer. Die wollen den guten Willen sehen.
Crownfield ist gerissen und wird sich geschickte Schachzüge
überlegen. Doch so ist er im Hintertreffen. Also informieren Sie ihren
Chef, dass Sie vorsorglich frei bekommen, bis Freitag! << Als sie
auflegte, empfand Eve eben diese überlagernde Enge in der Brust.
Hoffentlich konnte Mrs. Hudson ihre Anwesenheit in Brie Eiland noch
verhindern! Warum machte Joshua das? Was wollte er erreichen?
Sie lehnte sich zurück und schaute aus dem Fenster. Der Himmel
bewölkte sich und die Luft wurde zunehmend stickiger.

3)

Eve konnte das flaue Gefühl im Magen schlecht ignorieren. Es fraß
sich wie ein Moloch durch die aufkeimende Hoffnung. Die Freude auf
Carls Date geriet in den Hintergrund. Natürlich versuchten die Hills es

wieder mit allen Mitteln! Unfreiwillig erinnerte sie sich an den Tag, als Joshua sie von der Uni abholte, mit ihr und Rachel in den Edelstore „Secrets" fuhr. Sie trug anschließend von oben bis unten die neuste Kreation. Joshua strahlte wie ein Weihnachtsbaum, als er sie bewunderte. Abends ging es zu einer Gartenparty bei seinem Freund Edward. Der lebte auf einem großen Anwesen. Luxus pur und er wurde von etlichen Frauen in knappen Bikinis umgarnt. Dabei fand sie Edward völlig unsympathisch, potthässlich und dumm. Seine Freundin Samantha, war nur eine von vielen und diente als Alibi für seine Eltern. Sagte er jedenfalls zu Joshua und sie lachten beide dreckig. Als sie allein das Gelände erkundete, weil Joshua zum Smalltalk festgehalten wurde, da stand der unheimliche Edward plötzlich hinter ihr an einer der Bars im Karibikflair und baggerte sie unverhohlen an. Sie blieb ruhig und drehte sich zu ihm um. Edward hatte hellbraune, kurze Haare und einen verschleierten Blick. Er war kräftig gebaut, doch sie tat, als hätte sie es nicht bemerkt. Angetrunken quasselte er los und Eve erkannte Drogenkonsum. Weiße Krümel klebten an seiner Nase, bis er einen dicken Klumpen Rotz herausnieste. >> Tschuldigung, meine Pferdeallergie. << Er lachte affig. Dann legte er ihr seinen Arm auf die Schulter und sprach sehr direkt. >> Ich beneide Joshua. Er behält Recht, dass ihn die Liebe unverhofft trifft. Eve Summer, du bist nicht wie die anderen, du biot beoondero. Ein Mädchen aus der Unterschicht ist Joshua Hill ins Netz gegangen! Da wäre ich auch gerne der Prinz! << Er kicherte, schlug sich auf die Schenkel. Eve widerte die Geste an, ließ es sich nicht anmerken. >> Es gibt eben Dinge, die kann man mit Geld nicht kaufen. Aber tröste dich einfach. Was willst du mit einer Frau, wenn du viele haben kannst? << Eve grinste frech und Edward schaute nachdenklich, dann erwiderte er zögernd. >> Ja, Eve, doch ich hab die Dumpfbacken schon alle durch. Ich werde Samantha heiraten müssen, sonst enterben mich meine Eltern. Manchmal wünschte ich mir, dass ich auch so jemanden kennenlerne, wie dich. << Er wollte sie erneut umarmen, doch Joshua stand wütend hinter ihm. Stellte sich beschützend dazwischen, zog Eve zur Seite und küsste sie innig. Sie konnte Erstaunen und Neid in den Augen des anderen entdecken. Da war sie so dankbar, dass Joshua die Situation gerettet hatte.

4)
Carl betrat ihr Büro und er lächelte breit. >> Bist du bereit Eve? << Sie nickte betreten und erzählte ihm von dem Anruf der Anwältin. Als sie gemeinsam die Firma verließen und in Carls Auto stiegen, umarmte er sie fest und küsste sie kurz und stürmisch. >> Wir waren uns im Klaren, dass die Hills nicht kampflos aufgeben. Sie betteln förmlich um Beachtung. Spencer hat mich eben angerufen und mir versichert, dich auf Brie Eiland zu beschützen. Joshua wird vieles

versuchen, damit müssen wir rechnen. Ich wünschte, es bliebe dir
erspart! Ich dachte auch nicht, das Crownfield
Scheidungsangelegenheiten in selnem Repertoire hat. Gemeinsam
packen wir das, Ok? << Sie nickte und ihr grauste trotzdem. Noch
zwei Tage bis dahin. Carl wollte, das Eve mit ihm glücklich würde und
schob eine CD in den Player. Musik, die sie früher immer in der Uni
hörten.
Kira kam ihnen schon am Zaun entgegengeflitzt und rief ganz laut. >>
Melamira holt mich ab! << Eve und Carl lachten darüber, als die
Kindergärtnerin Carl um ein kurzes Gespräch unter vier Augen bat.
Eve ließ sich derweil den Kindergarten von Kira zeigen. Lernte einige
Spielfreunde kennen und Kira zeigte ihr, welche Wörter sie schon
lesen konnte.
>> Mr. Oldman, Kira ist ganz versessen auf die Frau, die sie immer
Melamira nennt. Ihr fehlt besonders die Mutterrolle zuhause. Ihre
Tochter ist viel weiter, als die meisten Kinder hier. Sie könnte schon
diesen Herbst die erste Klasse, der Union Private besuchen. Wäre
das auch in ihrem Sinne, Mr. Oldman?? << Carl kratzte sich am Kinn,
das er sich vorhin frisch rasierte hatte, dachte er an die Zukunft mit
Eve. >> Mrs. Fitch, meine Freundin heißt Melinda und ich weiß, dass
Eireen nicht gut mit Kira umgegangen ist. Melinda gibt mir neue
Hoffnung. Ich denke, Kira braucht Gehirn Futter und wir werden es
versuchen. Mrs. Yong kann sie nur zu den vereinbarten Zeiten
betreuen! Rechnen sie mit zwei Personen beim nächsten
Elternabend! << Er lächelte und deutete auf Eve, die mit Kira auf sie
zu geschlendert kam. Mrs. Fitch versprach sich um die Anmeldung zu
kümmern. Mr. Oldman und seine Tochter wirkten glücklich. Sie
wünschte den dreien einen schönen Tag. Die neue Freundin hätte
auch Kiras Mutter sein können. Vielleicht hörte dann die ständige
Schmachterei, unzähliger Singlemütter auf!
5)
Eve entschied sich für einen Ford in Anthrazit-metallic. Vier Jahre alt
und er hatte genug unter der Haube, falls sie erneut vor Joshua
fliehen müsse. Die dunkle Innenausstattung besaß sogar eine
Kindersitzvorrichtung. Rogers Sohn, Erik bediente sie persönlich und
zeigte auf den halben Fuhrpark, der in ordentlichem Zustand sei. Carl
bemängelte die Farbe und schwarze Innenausstattung. Doch Eve
wollte nicht auffallen, nirgends. Kira bediente die bunten Knöpfe, bis
die Alarmanlage hupte und das Radio nur noch auf maximale
Lautstärke lief. Carl reagierte ungehalten und hätte seiner Tochter am
liebsten die Leviten gelesen. Als Carl sie genervt anschnallte, um zu
dritt eine Probefahrt zu starten, drohte er mit Eisentzug, das wirkte.
Eve ahnte, dass ihm die Sache mit Joshua, bitter aufstieß und drohte,
den Abend zu ruinieren. Sie würde heute definitiv nicht in Stimmung
sein. Carl kannte die Gegend und fuhr am Strand entlang. Danach

testete er den Highway, um nach Brunswick City zurückzufahren. Sie machten einen Stopp an der Eisdiele und zurück durfte Eve zeigen, was in dem neuen Auto steckte. Der Fahrtwind wehte ihnen durch die Haare, und sie kicherten über ihre zerzausten Frisuren, als Kira eine Frage stellte, >> Daddy, wann zieht Melamira zu uns? Du schaust doch immer ihre Bilder an und dann möchtest du sie immer anrufen. Traust dich aber nicht. Sie bringt mich bestimmt gerne ins Bett. << Carl schluckte sprachlos über die forsche Art und spürte wie das Blut zu Kopf stieg. Eve grinste und tat unschuldig, als hätte sie sich auf den Verkehr konzentriert und gar nicht zugehört. Er sah erst verstohlen zu Eve, dann drehte er sich zu Kira. >> Das sind aber viele Wünsche, Kira. Dazu muss uns Melinda aber erst einmal besuchen, oder? << Die Kleine grinste schelmisch. Natürlich war Eve gespannt auf das Zuhause der beiden. Sie hatte in letzter Zeit viele Erledigungen machen müssen und war abends so groggy von neuen Eindrücken, das sie Carls Aufwartungen von ihrer Stimmung abhängig machte. Am Wochenende hatte sich Mrs. Green zum Shopping angeboten. >> Also Carl, das klang ja wie eine Einladung? Ich hatte ihren Puppenfreundinnen schon versprochen, mit ihnen Tee zu trinken. << Carl küsste sie erleichtert auf die Wange und Kira jubelte laut.

Als sie zum Autohaus zurückfuhren, machte Rogers Sohn, Eve einen guton Preis. Der Schwarze Ford wechselte den Besitzer. Carl bezahlte ihn. Ein Kennzeichen aus Brunswick wurde montlert und die Versicherung konnte als Firmenzugang verbucht werden. Wenn sie sich ein letztes Mal mit Joshua in Raleigh träfe, käme sie mit der Anwältin.

6)

Kira wollte bei Eve mitfahren und als sie hinter Carl hinterherkurvten, erzählte sie über die Erlebnisse aus dem Kindergarten, schwang dann aber wieder zu den Fragen von eben. Daddy hatte ihr versprochen diese hässliche Schwimminsel, mit Palme zu kaufen, wenn sie ihm versprach, in Melindas Anwesenheit lieb zu sein und keine peinlichen Fragen zu stellen. Eve antwortete milde lächelnd, dass ihre Fragen doch ganz normal wären und Kira ihr ruhig alles erzählen könne. So erfuhr Eve, dass Kiras Daddy immer leuchtende Augen hatte, wenn er über sie sprach. Etliche Biegungen und Straßenkreuzungen später, flüsterte Kira, dass sie es niemanden erzählen dürfe. Eve verschloss ihren Mund und versprach, wie ein Grab zu schweigen. Kiras Vater verweilte in der letzten Nacht an ihrem Bett, während die Kleine so tat, als ob sie schliefe. Sie fragte Eve, warum Erwachsene weinten, wenn sie gar nicht traurig sein dürften? Als der Wecker klingelte, half die Haushälterin ihr beim Ankleiden und ihr Vater zog sich ihre Bettdecke über den Kopf. Daddy neulich sogar vor dem Spiegel gestanden hätte und seine

Worte ständig wiederholte, die er zu Melinda sagen würde. Dann wollte Kira wissen, warum ihr Vater so erbost über den Sheriff wäre? Zuletzt wollte Kira wissen, ob Eve ihren Daddy auch so lieb hätte, weil es das wäre, was ihr Daddy sich am sehnlichsten wünschte. Eve wurde rot, ihr Herz schlug fast bis zum Hals, als sie die Worte aus diesem Kindermund hörte. Sie konnte es kaum begreifen, dass die kleine Kira gerade Carls Seelenleben offenbarte. Eve antwortete, dass auch Erwachsene Menschen weinten, wenn sie traurig seien, es aber nicht so offensichtlich täten, wie Kinder. Manchmal gab es eben Gründe, die die Menschen traurig stimmten. Sie sagte betont fröhlich, dass sie Kiras Vater sogar sehr lieb hätte und Kira sich keine Sorgen wegen letzter Nacht machen solle.

Das Kind gab sich mit Eves Antworten zufrieden und begann die Autos, die ihnen entgegenkamen zu zählen. Die Gegend wurde abgelegener und noble Siedlungen ließen sich hinter hohen Mauern erahnen. Der Mercedes bog in eine hell gepflasterte Gasse, links und rechts erstreckten sich große Anwesen. Man konnte am Ende der Gasse den Wald sehen, als sie vor einem doppelflügeligen Metalltor standen. Die Toreinfahrt gestaltete ein braun-roter Farbzauber aus gepflasterten Steinen. Der Weg führte zu einem Schotterparkplatz mit gelben Kieseln. Der stolze Besitzer besaß sogar einen separaten Pferdestall. Dort lebten zwei alte Turnierpferde, die Gerry und Sina hießen. Kira erklärte, dass sie nur noch zum einfachen Reiten taugten und kicherte. Der Tierarzt käme jede Woche und brachte das Diätfutter und Medikamente mit. Eve parkte links neben dem Mercedes und stand vor einer Metallskulptur, die eine Weltkugel aus Kleeblättern darstellte. Der vordere Garten erblühte märchenhaft schön. Rosenranken geleiteten den Besucher zu einem Haus im Avantgarde Stil. Es erinnerte sie an die ersten Zeichnungen, die Carl von seinem Traumanwesen skizzierte und sie um Vorschläge bat. Die großen, bodentiefen Fenstern und schlichten Holzelemente hatte sie eingezeichnet. Lamellenjalousien waren an den großen Glasfronten angebracht. Ein schwarzes Pultdach, mit versetzten Dachschrägen, verband sich nahtlos mit dem Garagenanbau. Die grauen Bullaugenfenster in der oberen Etage sahen futuristisch aus und die Klinkersteinfassade wechselte sich ab, mit einem ökologischen Wandanstrich. Die äußere Gestaltung ließ das Objekt gemütlich erscheinen und bevor Eve die anderen Metallskulpturen, die am Haupt Eingang eingehender betrachten konnte, hielt ihr Carl die Autotür auf.

Sehr penibel registrierte er Eves Reaktionen und hoffte inständig, dass ihr gefiel, was sie zu sehen bekam. Er führte sie durch den Garten zum Hintereingang. Dort thronten Buchsbäume, die zu meterhohen Tierskulptieren gestutzt waren. Blühende Blumen Beete waren umrandet von weißen Kalksteinen. Rasenflächen wechselten sich mit Rinden Mulch bedeckten Ebenen ab. Hinter einer Buchenhecke verbarg sich die versteckte Sitzecke, die zum stillen Verweilen einlud und von einer Bruchstein Mauer umgeben war. Efeuranken und Bambussträucher führten zu einem Brunnen. Zwei große Metallhände hielten eine Chromkugel, die sich um die eigene Achse drehte und oben kleine Wasserfontänen herausplätscherten. Der Brunnen war in weißem Kies eingebettet und der Steinplattenweg dorthin, wurde von altmodischen Metalllampen, aus der Jugendstilzeit beleuchtet. Der Haupteingang befand sich auf der rechten Hausseite. Ein Geländer brachte den Besucher zu einer breiten Glastür, mit länglichem Griff aus schwarzem Diamantglas. Neben der Eingangstür stand eine Holzbank, die von hohen Steinvasen mit Buchsbaumkugeln umgeben war. Das Anwesen war definitiv nicht kleiner, als ihr altes Zuhause, nur nicht seelenlos. Carl hatte sich ganz seinem eigenen Geschmack hingegeben, aber das gefiel Eve. Eine Terrasse erstreckte sich nach oben und war uneinsehbar. Dort befand sich ein umzäunter Pool in Schleifenform und Carl hatte auch einen Whirlpool in das Holzlaminat einbetten lassen. Kira besaß eine Spielwiese mit Rutsche, Sandkasten und Klettergerüst. Schöne Kübelpflanzen standen neben den Stützsäulen und ein riesiger Sonnenschirm machte das Ambiente vollkommen. Carl konnte die Augen nicht von Eve lassen, versuchte ihre Gedanken zu analysieren. Er musste wissen, ob sie hier gemeinsam mit Kira leben könnte und glücklich wäre? Carl öffnete die große Terrassentür mit einer Fernbedienung und entriegelte den Alarm. Er führte Eve in das das offene Wohnzimmer, das in weißen, hellbraunen und abwechselnden, dunkelbraunen Rauputz gestrichen war. Die Inneneinrichtung passte genau zu den Wandfarbtönen und strahlte eine gewisse Behaglichkeit aus. Die große, dunkelbraune Sitzlandschaft, mit weichen Kissen und Nackenpolstern, animierten zum Relaxen. Überall lagen, flauschige Teppiche und Läufer auf dem dunklen Parkett. Spielsachen von Kira guckten aus Kisten. Der gemauerte Steinkamin wirkte urig und die Rundleuchten würden vermutlich alles in einem angenehmen Schein erstrahlen lassen. Er legte seinen Arm um Eves Taille und führte sie in die Küche. Eine weiße Küche mit Holzgriffen und passenden Ablagen. Sie hatte eine breite Durchreiche und keine Theke. Die Küche war in Abstellbereiche und Arbeitsinseln aufgeteilt. Kochgeschirr hing an gespannten Metallschnüren mit dicken Haken um den Herd und einer Edelstahlspüle. Carl mochte es praktisch und einladend. Eve setzte sich an den Tisch und bewunderte eine ultramoderne, eingebaute Kaffeemaschine mit Wählfunktion und einen Kühlschrank, der Eiswürfel und Mineralwasser produzierte. Kira wich nicht von Eves Seite und hampelte mit einer Stoffpuppe herum. Auch sie fand es spannend, wie Melamira alles mit großen Augen betrachtete? Unten befanden sich noch zwei Schlafräume, ein Gäste Bad und ein Büro. Das Wohnzimmer hatte hohe Deckenbalken, die zum gesamten Eindruck perfekt passten. Auch die hellen Regale mit futuristischen Vasen wirkten harmonisch zum Rest des Raumes. Der Flat Screen war hinter einer ausfahrbaren Wand versteckt. Eine geschwungene Holztreppe führte in die obere Etage. Da entdeckte Eve, das Carl auf dem Garagendach einen Balkon mit vielfältigen Pflanzen und Kräutern pflegte und eine Schwingschaukel sanft im Wind wehte. Im Obergeschoss hatte Carl sich damals besondere Raumaufteilung vorgestellt. Eve setzte sich gedanklich in einen, dieser futuristischen Sitzmöbel und könnte dort unbeschwert die Seele baumeln lassen. Carls Schlafzimmer, befand sich auf der linken Seite, das im rustikalen Stil eingerichtet war. Ein großes Bad, mit Sonnenfenstern, verband das Schlafzimmer mit dem Kinderzimmer. Ein offener Flur, mit Glasüberdachung, führte zu einem begehbaren Kleiderschrank. Eve staunte über tadellose Ordnung und das dunkle Flair des Ankleideraums passte nicht gänzlich zu ihm, oder doch? Bevor Sie darüber nachdenken konnte, zeigte Kira stolz ihr Reich. Ein großes Zimmer mit zartrosa Tapete und Himmelbett. Viele Kuscheltiere thronten in den Regalen und sie besaß sogar eine Rutsche in ihrem Zimmer und ein Fischaquarium.

Carl schloss die nächste Tür auf und meinte, sie würde nur als Abstellraum benutzt. Alle Möbel in dem Raum waren mit weißen Laken abgedeckt und es hatte einen Durchgang zu einem separaten Bad und einem gläsernen Aufgang zur Dachterrasse. Das riesige Badezimmer besaß eine quadratische, im Marmorboden eingelassene Poolbadewanne in dunkelrotem Mosaik. Die Auswahlfunktion ließ keine Wünsche übrig. Mit mondäner Wasserfalldusche und schwarzem WC und gläsernen Waschschalen, übertraf dieser Raum Eves Vorstellung von Luxus. Carl wartete, bis. Kira einen Ball die Treppe herunterhüpfen ließ. Sie sollte die Worte nicht hören. Er stand dicht hinter Eve, dass sie seinen aufgeregten Atem spürte. >> Das war Eireens Lieblingszimmer. Als wir uns räumlich trennten, lagerte sie ihre Sachen in dem Gästezimmer. Das Bad habe ich seitdem nicht mehr betreten. Gefällt es dir? << Er machte einen gequälten Eindruck, als sie den Kopf schüttelte. >> Was hast du hier erlebt, Carl? >> Sie folgte ihm in den Flur. Kira spielte mit der Fernbedienung und zappte die Kinderkanäle durch. Eve setzte sich auf den vorderen Schwingsessel in Carls Schlafzimmer. Er griff sich an die Stirn und erzählte, wie er Eireen und den Gärtner in einem zehn Kubikmeter Schaumbad beim Liebesspiel unterbrach. Seitdem kämen nur noch die Reinigungsleute und putzten Staub. Eve war nicht entgangen, wie verwaist die unbenutzten Räume wirkten. Carl haderte mit sich. >> Ich bin kein Schlappschwanz, Eve! Sie wollte dieses Wannensystem, seit wir damals in Thailand Urlaub machten. Verdammt, ich bringe Kira zu Roger. Sie wohnen um die Ecke. Wenn du willst, lasse ich Wasser ein und wir entweihen es! << Sie schwang sich auf Carls Schoss, drückte ihn an sich. Er genoss ihren Duft, bekam kein Wort raus. >> Nein Carl, das machen wir später. Zuerst nehmen wir die Dusche, dann das WC und zum Schluss die Wanne. << Er stöhnte leise. >> Oh Mann ich bin geneigt dein Angebot anzunehmen. << Seine Stimme zitterte, als er in Eve verträumte Augen sah. Sie glänzten, wie damals. Am liebsten wünschte er sich, dass sie heute hierblieb und den restlichen Abend mit ihm verbrachte. Er hatte Eve noch so viel zu sagen, aber nicht in dieser aufgeladen Atmosphäre. Sie fuhr über sein Hemd, durch seine Haare und zog daran. Er hielt es nicht länger aus, griff in ihre Frisur, drückte seine Lippen auf ihre und erhob sich mit ihr aus dem Schwingstuhl auf den flauschien Teppich. Er verschloss beide Türen und flüsterte zwischen heißen Küssen. >> Hier gibt es kein Entrinnen Jetzt wirst du erleben, was ich damals mit dir gemacht hätte. Willst du sehen, was unter dem Handtuch ist? << Sie nickte mit glänzenden Wangen, als sie begann die Bluse aufzuknöpfen. Er leckte sich über die Lippen, jede Bewegung steigerte sein Verlangen. Er liebte sie, wollte anfassen und das pochende, lodernde Feuer rauslassen. Ihre Brustwarzen schimmerten und wie hart sie wurden, als er daran saugte. Eve stöhnte lüstern und bewegte sich unter ihm. Der Stoff rieb sein Glied, dass er das Gefühl hatte, es würde in der Hose platzen. Er entledigte sich des Hemdes und zog ein Kondom aus der Kommode. >> Zieh dich aus. Ich will dich nackt sehen! Ich weiß nicht, ob ich das so lange aushalte! << Seine Hände zitterten, als er seine Hose, öffnete. Der Verschluss ratschte und die feuchte Eichel bohrte sich durch den Rand der Boxershorts. >>Wow, Carl, so groß? << Bevor er etwas sagen konnte, hatte sie die Hose abgestreift, schob ihren Slip zur Seite, dass er freie Sicht auf ihre nasse Schamlippen hatte. Dick geschwollen und rosa, wie eine große Pflaume, so hatte er sie in seinen Träumen gesehen. Er spreizte ihre Beine und küsste ihre Schenkel, schob zwei Finger über die Vulva und raunte verzückt, wie bereit sie sei. Eve bebte und knetet ihre Brüste. Er versenkte die Finger in ihr und spürte seine dicken Schwanzspitze an ihren Knien. Sie biss sich auf die Zunge, dachte an früher. Wenn er so emsig bliebe, ließ der erste der Orgasmus nicht mehr lange auf sich warten. >> Carl ich komme gleich, wenn du weiter so reibst. << er keuchte, >> Ja, du hast geile Titten und eine megaheiße Möse, Eve. Ich will dich! << dann streckte er sein Becken in ihre Richtung und konnte es kaum erwarten, bis sie das Kondom darüber stülpte. Bevor er reagieren konnte, setzte sie sich langsam auf Carls pulsierenden Penis und bewegte sich mit ihm langsam auf seinem Schoss. Es fühlte sich großartig eng an und saugte ihn aus. Eve stöhnte im

Rhythmus mit Carl. Flüsterte wie steif er sei. Sie liebte es hart und heftig. Carl spürte wie seine Eier zu Fußbällen schwollen und drückte kräftig gegen Eves Becken. Er drang tiefer ein und sah Sterne, als er einen überfälligen Orgasmus erlebte. Einen, der seinen ganzen Körper nachbeben ließ. Er schrie, >>Eve ich komme! <<, dabei warf sie ihren Kopf in den Nacken und japste nach Luft. Sie kam kurz darauf in starken Wellen, die sie versuchte zu unterdrücken. >> Lass es raus. Schrei deinen Frust in diesen Fick. So reine Gefühle hatte ich noch nie! << Ergriffen über ihren offenen Mund und ihren zuckenden Leib, hatte Carl nie wieder vor, seinen nicht erschlafften Schwanz aus ihr zu ziehen. Ihr Orgasmus war eine Augenweide und inspirierte ihn zum weiterzumachen. Es machte ihn an, wie er es sich in seinen kühnsten Gedanken nicht ausmalen könnte. Gerade noch rechtzeitig fing er Eve auf und drückte sie an seine schweißnassen Oberkörper. Das Kondom zeigte halbvoll und sein Glied ragte wieder steif nach oben. Eve Küsste ihn und sie verschnauften eng umschlungen. >> Ich liebe dich so sehr Eve! All die Jahre hat sich das aufgestaut. Ich will schon wieder! << Sie genoss den Nachhall und wisperte heiser. >> Wo Carl, gleich hier? Nein, denk an deine Tochter. << Als sie sich erhob packte er ihre Pobacken und drückte sein Gesicht in die dunklen Löckchen und saugte an den Lippen, bis Eve erneut lustvoll aufstöhnte. Von Kira war nichts zu hören. Wisperte erregt, dass sie das Puppentheater schaute und sich nie ablenken ließ. >> Wir haben alle Zeit der Welt, Carl!<< Er hielt sie noch fester.>> Und wenn nicht? Ich brauche dich, habe so viele Jahre gewartet und bin gerade überirdisch glücklich! << Sie windete sich nach seiner Zunge, die in ihr tropfendes Loch stieß. Er knetete mit seinen Händen ihre Backen. Das Kondom hatte er auf ein Handtuch geschnipst. Sie roch nach mehr und er liebte diesen Duft. Sie blickten sich verschleiert an. Seine blauen Augen waren dunkel und nichts konnte Carl stoppen. >> Leg dich auf das Bett. Ich will nochmal sehen, wenn du kommst! Ich masturbiere und du siehst wie ich komme, wenn ich an dich gedacht habe. << Sie gehorchte und legte sich auf den Rücken. Die Laken waren kühl und die Oberdecke rau. Er saugte an ihren Brüsten, die sehr empfindlich schmerzten. Es zog bis in den Unterleib. Sie stöhnte laut und umschloss mit der rechten Hand seinen Hoden. Carl bewegte sein Becken in ihre Richtung. >> Fass sie an, massiere mich! << Es fühlte sich glitschig und geschwollen.an. Sie hatte schon ewig keinen heißen Sex mehr. Er zuckte stark, bei ihrer Berührung. Stöhnte lüstern und animierte sie weiter zu kneten. Er und schob ihre Hand weg. >> Carl, du bist unersättlich! << Er lächelte nicht, schloss die Augen. Sie hatten sich mit Tränen gefüllt. Er ließ von ihr ab, umgriff sein steinhartes Glied und masturbierte schnell und kräftig, dann blickte er Eve verständnislos an. Mit erstickter Stimme und zornig sagte Carl. >>

Das habe ich getan. Jedes Mal, wenn du mich im Handtuch gesehen hast, habe ich das hier getan. Sieh dich an, wie es dich anmacht. << Er keuchte, befand sich in einem Ausnahmezustand. Sein Unterleib kam mit den Bewegungen kaum noch hinterher. Und Carl bewegte sich schnell. Eve bleckte die Lippen, ließ vor Carl drei Finger im gleichen Rhythmus in ihre Scheide gleiten. Er jauchzte, bei dem Anblick und weinte leise. Sie verstand. Es war seine Befreiung. Sie spielte mit wilden Gedanken und kam erneut heftig und laut. Carl folgte mit einer Fontäne, seines wild zuckenden Gliedes. Es schimmerte Purpurn und wund als er sich über Eve beugte. Sie küsste sich innig, während sie beide um die Wette schnauften.
Eve saß auf der Toilette und konnte kaum Wasserlassen, so geschwollen war sie noch nie. Es klopfte und Kira fragte nach Eis und hatte Hunger. Carl hatte sich frisch umgezogen und die Fenster geöffnet. >> Schatz, ich warte mit Kira unten auf dich. >> Eve staunte, wie konnte er so flink sein? Sie duschte kurz und beäugte interessiert die Knutschflecke auf ihren Brüsten. Sie benutzte Carls Zahnbürste, zog ein weißes T-Shirt von ihm über und die Hose ohne Slip an. Sie fühlte sich befriedigt und müde. Aber sie wollte später nach Darians End zurück fahren. Carl hatte eben seine verletzliche Seite gezeigt und vor ihr geweint. Das war unglaublich intim. Aber es ging alles zu schnell gerade. Eve dachte an Mrs. Fly und wollte nicht das Kira sie doch noch überraschte!
Sie wurde freudig empfangen, die Kleine umarmte Melamlra und rollte die Kisten aus der Versenkung. Carl strahlte und grinste breit, als er ihre Konturen durch das T-Shirt anstarrte. Er drehte sich zu Kira und deutete auf die Küche. Er wollte, dass Eve ihm nachher ihre Ängste offenbarte und ihn nochmal liebte. Es belastete ihn sehr, dass er nicht damals schon den Mut besessen hatte, Eve die Wahrheit zu sagen. Sie strich über den glatten Marmorboden und es fühlte sich warm an. Fußbodenheizung, dass hatten auch die Bäder in Joshuas Haus. Sie fuhr gedankenverloren über die Maserungen. Wenn Eve an ihr altes Zuhause dachte, fühlte sie diese Leere in sich. Carl holte sie aus den Gedanken und sagte laut, dass die leerstehenden Räume bald mit Lebendigkeit, einer Mrs. Sommer gefüllt werden sollten. Dann feierten sie eine Megaparty. Kira jubelte, Eve lächelte und folgte seinem Blick. Das war es, was Carl sehen wollte.
Carl hatte erneut das Bedürfnis Eve fest an sich zu drücken und ihr zu signalisieren, dass es ihm sehr ernst war. >> Eve, ich möchte, dass du dich hier irgendwann wohlfühlst. Für mich und Kira ginge ein Traum in Erfüllung. << Sie nickte abwesend, Carl zog sie hoch, schaute ihr tief in die Augen. >> Eve, denke nicht mehr an gestern. Du hast hier ein ganz neues Leben. Morgen wird dich meine Stilberaterin, Francine in der Firma besuchen. Sie hat ein Händchen für gute Klamotten und wenn du magst, geht sie mit dir in diese

Edelboutiquen shoppen. << Eve schüttelte den Kopf. >> Carl, du hast mir ein Auto gekauft, das ich dir zurückbezahlen werde, sobald ich genug Geld verdient habe. Doch die Klamotten werde ich selber bezahlen. Bitte, du hast schon so viel für mich getan, das kann ich unmöglich annehmen! Nein, Carl, ich muss lernen, allein auf beiden Beinen zu stehen. << Eve blickte in ein enttäuschtes und ernstes Gesicht. Carl wirkte nachdenklich und ihm war bewusst, dass er sie nur ganz für sich und Kira gewinnen konnte, wenn er ihr die größtmögliche Freiheit zugestand. Er machte eine beschwichtigende Geste. >> Das Auto ist ein Geschenk, keine Diskussion deswegen. Natürlich darfst du selbst einkaufen gehen, aber ich wollte nur helfen und vielleicht schaust du dir ihre Vorschläge wenigstens an, können wir uns so einigen? <<

Eve stimmte zähneknirschend zu, nachdem Kira, Francine als dumme Nuss betitelte, die nach Fusel roch. Carl verbesserte, dass es Edelparfüm wäre und sie lachten. Eve und Kira schnitten Tomaten und Gurken für den Salat, während Carl die Baguettes in den Grillbackofen schob. Bald hatten sie zusammen alles nett angerichtet und setzten sich auf die braunen Lederstühle an den schweren Teakholztisch. Eve dekorierte die Brote mit Kräutergesichtern und Kira kicherte dabei. Das Kind rutschte nah an Eve heran und schmiegte sich an die Schulter, während sie genüsslich ihr Baguette verspeiste und Tomaten aufspießte. Carl hätte alles am liebsten so festgehalten. Holte den Fotoapparat und knipste, was das Zeug hielt. Eve warf ihm das Geschirrhandtuch vor die Linse und Kira kreischte vergnügt auf, jagte ihren Vater lachend durch die Etage. Eve sah ihnen lächelnd nach und hatte gemischte Gefühle dabei. Sie dachte daran, ob sie auch mit ihrem Sohn so herumgetobt hätte, wenn sie ihn geboren hätte? Sie begann die Spülmaschine einzuräumen, lenkte sich ab, alte Angewohnheiten halt. Als Carl nach Luft ringend in der Tür stand, deutete er ihren Gesichtsausdruck anders. >> Eve, du wirst hier weder Arbeiten müssen noch sonst was. Ich habe Personal und das kommt dreimal in der Woche. Mrs. Events schmeißt hier alles, nach zwei Tagen, in die Waschmaschine. Die steht unten im Keller. Sie bewohnt das Bügelzimmer mit Teeküche. Nur der Garten ist Tabuzone für meine Reinigungscrew. Wenn dir danach ist, gestalte das Haus um. Mach es so, wie es dir gefällt! Oh Eve, warum bist du gerade so nachdenklich? << Eve schwieg und würde es Carl irgendwann erklären. Sie antwortete, dass sie ständig an Freitag denke, und einen stillen Moment benötigte. Carl warf ihr einen aufmunternden Blick zu und meinte, dass er jetzt Kira baden wollte und sie dann rufen würde. Carl dachte an die intime Zweisamkeit von eben. So lange musste er warten, bis sie zusammenfanden. Ein besseres Timing konnte es nicht geben. Er hoffte inständig, dass er den letzten Bann brechen könnte. Wenn die Scheidung über den Tisch wäre, dann würde er sie nur zu gerne selbst heiraten. Sie konnten sich derart ungezwungen Lieben, dass er noch wahnsinnig würde.

7)

Gedankenverloren schaute Eve aus dem Fenster, studierte eingehend die Küche. Die hellen Fronten gefielen ihr und die Pinnwand am Kühlschrank spiegelte den vollen Terminkalender der Familie Oldman wieder. Sie begab sie sich ins Wohnzimmer und entdeckte Bilder von unbekannten Künstlern. Sie hingen überall an den Wänden. Viele Fotos von Kira, lachten sie an, als sie noch ganz klein war. Es gab sogar Schwarzweiß Portraits von Carl mit Kira auf dem Arm, aber nicht eins von Eireen. Eve sah nach draußen und hörte ein Wiehern. > *Stimmt, die beiden Pferde. Hatten wohl auch Hunger!?* < Der Ausgang zur Terrasse ließ den Betrachter mit weitläufigem Blick in die Ferne schweifen. Besonders schön war der Sonnenuntergang hinter dem Wald und die Pferdekoppel erstrahlte in einem goldenen Licht. Nur kurz zeigte sich das Schauspiel, weil sich am Horizont ein übles Gewitter zusammen braute. Eve zückte das Handy, meldete sich bei Mrs. Fly, wie versprochen. Sie vernahm, dass die alte Frau Gurken einlegte und bester Laune war. Eve verabschiedete sich höflich und strich über den Rauputz an den Wänden. Er fühlte sich angenehm an. Sie bemerkte nicht, dass Carl schon eine Weile hinter ihr stand und sie still betrachtete. Seine Gefühle fuhren Achterbahn und er räusperte sich leise. >> Kira liegt schon im Bett und das Unwetter kommt vom Meer. So ist das, wenn man an der Küste wohnt. Es wird heute Nacht schütten wie aus Eimern, aber Morgen lachte die Sonne wieder. Komm mit nach oben. Kira wartet auf dich und auf die Gute Nacht Geschichte. << Eves Nähe elektrisierte ihn derart, dass Carl große Mühe hatte sich zu konzentrieren. Sie setzten sich zu Kira auf das Bett und Eve las eine Geschichte nach der nächsten vor. Doch Kira konnte nicht genug bekommen und wollte noch mehr hören. Carl reichte es zunehmend und sagte in strengem Ton, dass alle Kinder jetzt schlafen müssten und wenn nicht, gäbe es Morgen kein schönes Wetter und damit auch kein Eis. Das wirkte, Kira legte sich sofort hin und gähnte laut. Eve ließ die Tür angelehnt, als sie den Raum verließen.

Beide gingen leise die Holztreppe mit den geschwungenen Griffen nach unten und hielten Händchen. Carl zündete einige Kerzen im Wohnzimmer an und holte eine weiche Wolldecke, zum Wohlfühlen. Am liebsten hätte er jetzt eine Flasche Wein geöffnet, aber Eve wollte nicht hier bleiben, obwohl das Unwetter schon kräftig brodelte. Sie kuschelten sich eng aneinander und schwelgten in alten Unianekdoten. >> Weißt du noch, als die gute Mrs. Black bei uns Technik lehrte und alle sie wegen ihrer Leibesfülle für

Bewegungsresistent hielten? << Eve grinste und rückte noch näher an Carl heran. >> Ja, sie naschte die ganze Zeit immer diese Weichgummis unter dem Pult und kam kaum aus ihrem Stuhl heraus. Ihre dicken Finger sahen aus wie lebende Speck Würstchen. << Carl kicherte, Eves Geruch machte ihn erneut wuschig. Sie so nah neben sich zu haben, hier und jetzt, die Wölbungen ihres Busen in seinem Shirt erzeugten erregende Gedanken. Die Nippel waren hart, das törnte an. Trug sie einen Slip? Dann lenkte er sich im letzten Moment mit weiteren Erinnerungen ab. Carls Stimme klang heiser. >> Eve, sie hat doch auch immer diese komischen Nüsse gegessen? Erinnerst Du Dich noch an den Tag? Örkels Vater verkaufte damals Zubehör für Amphibien und wir mischten die Nüsse mit getrockneten Heuschrecken. Wie das Aussah, als die Krabbelviecher aus ihrem Mund guckten! << Eve hatte schon Bauchschmerzen vom Lachen. >> Ja, ich weiß noch, wie sie grünlich anlief und dann wie ein geölter Blitz den Raum verließ! Der Stuhl klebte noch an ihrem Hintern, als sie schreiend durch den Flur galoppierte. Danach hatten wir den Rest des Tages frei! Das war das letzte Semester vor der Prüfung. << Carl kicherte wie ein Teenager und küsste Eve auf die Haare. Sie waren danach alle zum Bowling gegangen und beim Rückweg fing es stark auch an zu regnen. Carl und Eve stellten sich pläddernass unter das Dach eines Bushäuschens. Er legte seine Regenjacke um die bibbernde Eve und sie rückten sehr dicht zusammen. So nah, das er jede Kontur ihres Körpers spüren konnte, wie gerade. Wenn Eve damals schon gewusst hätte, wie sehr er sie begehrte. Er hatte sich kaum unter Kontrolle, als er ihre Wärme spürte. Oder als sie beim Sport waren und er immer hinterher Duschen ging. Eve ekelte sich jedoch sehr vor den versifften Abflusssieben und ging immer durchgeschwitzt nachhause. Eve spürte seinen Oberkörper und seine unglaubliche Wärme in ihrem Rücken und wusste, wenn sie nicht bald nach Hause fuhr, dann hätten seine forschen Finger Erfolg. Den Reisverschluss ihrer Hose hatte er schon bis zur Hälfte geöffnet und tastete hinein. Er streichelte mit zwei Fingern ihre Scheide, schob die Hand tiefer und massierte ihre Schamlippen. Sofort schwollen sie dick und feucht an. Das Gefühl was unbeschreiblich aufregend. Sie stöhnte auf, öffnete ihre Hose ganz und fuhr ihrerseits über Carl Schritt. Er hatte eine riesige Latte und kaute an ihrem Ohrläppchen. >> Hör nicht auf, Eve. Pack ihn aus. Je länger du wartest, desto härter werde ich dich ficken. << Er schnurrte wie eine Katze, als sie seine Hose aufknöpfte. Er trug nichts darunter und sein Penis ragte wie eine eins, entgegen. Eve beugte sich über ihn und begann an der Eichel lüstern zu schlecken. Er lehnte sich zurück und genoss die heftigen Gefühle. Saugte fest und schob ihn in den Mund. Bis zum Anschlag nahm sie Carls Glied in sich auf. Der riesig geschwollene Schwanz zuckte erregt und sie streichelte seine Eier. >> Nimm sie in den Mund. << Sie bekam Hitzewallungen und ihre Scheide verlangte nach Erlösung. Sie schob die Hose mit dem Fuß auf den Boden und schob das Shirt über die straffen Brüste. Carl streichelte sie und küsste sie sanft. >> Carl nimm mich von hinten, das macht mich echt an! << Er raunte entzückt. Seiner Latte glänzte wie eine Speckschwarte und triefte. Er erhob sich mit verschleiertem Blick um ein neues Kondom zu besorgen. Als er zurückkehrte hatte sich Eve des Shirts entledigt und streichelte sich selbst zwischen den Beinen, stöhnte und streckte ihm das Becken entgegen. Steckte den Finge in seinen Mund, damit er ihren Saft schmeckte. >> Du bist köstlich. Gleich bekommst du meinen Schwanz! >> Carl Verstand drohte erneut, sich zu versagen. Seine Augen loderten wild und zügellos. Eve hockte sich vor ihn und streckte ihm ihre geschwollene Scheide entgegen. Er kniete dicht hinter ihr und fuhr mit dem Glied über die empfindlichen Lippen und die Klitoris. Eve raunte lüstern und flehte, das Ding zu versenken. Carl kicherte heiser und stieß mit heftigen Stößen hinein, das Eve nach vorn kippte. Er zog sie zu sich und stieß wieder zu. Wie tief er in ihr war und wie ausgefüllte sein Schwanz in ihrem Inneren rieb. Er ritt sie hart und ausdauernd, keuchte laut und sie verfielen erneut in einen gemeinsamen Rhythmus. Immer schneller. Ihre Brüste schaukelten im Takt, bis Carl sie massierte und animalische Geräusche von sich gab. Die Eier klatschten bei jeden gehaltvollen Hieb gegen ihre Schenkel. Sie waren beide wie von Sinnen und in absoluter Extase. Carl steigerte seine Bewegungen und die Stöße wurden immer härter, fast schmerzhaft. Er brüllte >> Ja, das ist gut. Bück dich noch ein Stück nach vorn, dann tut es nicht so weh. << Eves Wellengang übermannte sie in heftigen Zuckungen, die bei Carl das gleiche übersteigerte Gefühl des Glücksrausches auslöste. Eves Scheide presste ihn fast aus, dass er laut stöhnend kam und sie seinen Erguss deutlich in sich verspürte. Sie verharrten still, bis es nachließ. Carl zog sich langsam aus Eves Scheide, griff zur Decke und rollte sie über beide. Er legte sich neben Eve auf das weiche Kissen. Sie betrachtete sein bestes Stück. Es war immer noch leicht geschwollen und die milchige Flüssigkeit tropfte auf ein Handtuch. Sie schauten sich lange in die Augen. Reine Ehrlichkeit und Liebe sah Eve in seine Auen. Sie fühlte genauso und er strich ihr sanft über die Scheide und küsste ihre Brüste mit dem Mund. >> Wir hätten das alles längst haben können, Eve. du und ich gehören zusammen. Bleib bei mir heute Nacht! << Sie schmiegte sich an ihn und schlief erschöpft ein. Carl rührte sich nicht und hoffte, das Kira nicht durch das Gewitter geweckt würde. Sein laut pochendes Herz schlug nur für diese Frau. Sie rochen wieder nach Körperflüssigkeiten. Aber noch eine Nummer in der nächsten Stunde, würde Kühlkissen und breitbeiniges Laufen nach sich ziehen. Er fuhr über Eves Brust und über ihren Bauch, doch sie schlief tief und fest.

Carl wohnte damals in einer WG, mit zwei anderen Jungs. Sie wollten ins Kino, Carl hatte gerade frisch geduscht und sein nasser Oberkörper perlte noch. Da konnte sie ihren Blick auch nicht von ihm lösen. Er erwischte ihre seltsamen Gedanken, und wie erregte sie damals war. Doch er war zu feige und fühlte sich nicht würdig. Wie töricht er die Ansicht nun fand. Wahrscheinlich hätten sie seine braune Blümchenbettwäsche zerwühlt und zärtlichen Sex gehabt. Aber er warf ihr nur ein frisches Handtuch entgegen und fragte sie frech, ob sie ihn abrubbeln wollte. Eve stand tatsächlich auf und tupfte Carls Oberkörper sanft ab. Sie hatte es genossen, wie er sie dabei anblickte. Sie genoss es, wie seine Brustwarzen anschwollen und er Gänsehaut bekam. Seine Augen begannen zu lodern, wie wildes Feuer und er hielt das Handtuch und ihre Hände fest. Eine Weile standen sie so voreinander und Carls Stimme klang dunkel und rau. >> Eve, was machst du mit mir? Möchtest du nicht ins Kino? << Eve entschuldigte sich verwirrt. Er konnte sich kaum konzentrieren. Den ganzen Abend hatte er nur noch Sex im Kopf. Das Grollen des Gewitters klang sehr bedrohlich. Noch ein Weilchen länger unter der Decke und er würde sie nach oben in sein Bett tragen. Kira schlief fest. Eves eigene Stimme klang seltsam fremd, als sie nach dem nächsten Knall erwachte. >> Carl, wie spät ist es? << >>Fast neun. Du hast über eine Stunde geträumt, von mir? << Carls Stimme besaß einen enttäuschten Unterton. Er wollte, dass sie blieb. Eve spürte seine Verzweiflung. >> Ich liebe dich Carl und ich erinnere mich auch an viele Anzeichen von dir. Aber ich muss jetzt gehen. Am Wochenende, wenn der Horrorfreitag vorüber ist, dann bleibe ich hier, wenn du nichts Besseres Vorhast!? Es tut mir leid! << Er schloss die Augen, >> Nein du musst nicht gehen, nie wieder!!<<, erwiderte er leise. Sie stand auf, griff nach den Kleidungsstücken und schloss die Tür der schlichten Gästetoilette ab. Er bewunderte ihre nackte Figur und bekam einen trockenen Mund. Als sie fertiggekleidet, mit Jacke in der Hand zum Ausgang schritt, folgte ihr Carl durch den Flur. Er wollte etwas erwidern, sie aufhalten. Aber seine Stimme versagte und der Mut verließ ihn. Sie sagte eben, dass sie ihn liebte! Wahnsinn! Ja, er liebte Eve aber viel länger und unendlich tief. Doch sie benötigten Zeit, damit die neue Beziehung reifen konnte. Er holte ihre Tasche, hielt sie dann am Arm, drehte sie zu sich um und küsste sie fest, atemlos und heiser brachte er es heraus. >> Es braucht dir nichts leidzutun. Wir hatten einen verrückten Abend! Ich liebe dich so sehr und es steckt schon so lange in mir, Eve! Das Unwetter wird ziemlich stark und zwanzig Kilometer sind weit. Bitte melde Dich, sobald du in Dariens End bist! << Sie versprach es. Carl drückte Eve ein letztes Mal an sich und sie spürte seinen verschwitzten Oberkörper. Ja, sie hätte nicht eine Sekunde länger zögern dürfen. Carl brachte sie mit Schirm zu ihrem neuen Auto. Wartete, bis sie durch das geöffnete Tor hindurch gefahren war und winkte ihr gedankenverloren hinterher. Dann flitzte Carl ins Haus, um seine verängstigte Tochter zu trösten.

8)

Eine freundliche Stimme besaß ihr Navi und dirigierte den Weg nach Dariens End. Es war sehr dunkel, sie stellte leise Radiomusik an. Ruhige Klänge und es begann nun mittelstark zu regnen. Ihr neuer Wagen fuhr sich gut und hatte immerhin zwei Jahre Garantie. Ihre Gedanken schweiften zu Carl und dem Haus. Seinen lange verborgenen Gefühlen zu ihr und wie sehr sich beide schon damals begehrten, sie es aber nie wahr haben wollte. Sie dachte an Kira, wie sehr sie an Eve hing und das in der kurzen Zeit. Dann dachte sie plötzlich an Mrs. Klein, hoffte, dass sie nicht allzu verärgert auf sie sei und ihr irgendwann verzieh. Das Gewitter erhellte den Abendhimmel und als sie das alte Tor vor ihrem Haus zur Seite schob, war sie müde, alle Knochen schmerzten. Sie würde wie ein Stein ins Bett fallen. Eve kochte sich noch einen Johanniskrauttee und wählte Carls Nummer. Beim ersten Klingeln hob er ab. >> Eve, bist du angekommen? Geht es dir gut? << Sie gab Entwarnung, gähnte laut. Sie wollte wissen, ob Kira wieder eingeschlafen war. Carl bejahte und meinte, dass er heute in seinem wollüstigen Bett schliefe und von ihr träumen wolle. Sie redeten noch eine Weile. Keiner konnte auflegen. Sie kamen sich beide wie Teenager vor, die zum ersten Mal verliebt waren. Doch als Kira im Hintergrund rief, hatte Carl keine andere Chance. Eve zog sich um, krabbelte in ihr Bett. Es dauerte nicht lange, bis sie eingeschlafen war.

18.Kapitel

1)

Eve kam frisch geduscht aus dem alten Bad, trällerte den Radiosong der Beatles mit. Sie schlang sich ein Handtuch um den Kopf und trug den flauschigen Bademantel, den Mrs. Fly gewaschen hatte. Sie tanzte durch den Flur zur Küche. Ein sonniger Morgen schien in die Fenster und der Tag konnte nicht besser beginnen. Ein Kuckuck rief im Wald. Sie wollte Kaffeewasser aufsetzen, als ein schneller Wagen die Auffahrt hochfuhr. Er blieb rutschend vor ihrem Tor stehen. Der Regen hatte den Boden letzte Nacht ordentlich aufgeweicht. Das rostige Gatter wurde aufgeschoben und sie erkannte Carl, der in seinem schwarzen Cabrio direkt vor dem Haus parkte. Er trug ein weißes, hochgekrempeltes Hemd, dunkelbraune, modische Hose und passende Leinenschuhe. Um seinen Hals wehte ein Paisley Tuch. Als er ausstieg, verspürte Eve neue Gefühlswallungen, als sie ihn eingehend betrachte. Wie lässig er die Sonnenbrille in seine Hemdtasche steckte und nach einem großen Frühstückskorb griff. Zum Schluss packte er ein eingerolltes Etwas oben drauf. Pfeifend schlenderte Carl zielsicher zum Eingang und bimmelte an einer altmodischen Glocke. Konnte er Gedanken lesen, dass sie sich auf duftende Brötchen freute? Sie hatte einen Bärenhunger, das gab es schon länger nicht! >> Augenblick! << Sie hatte völlig verdrängt, dass sie noch nicht fertig angekleidet war. >> Ich zieh mich nur kurz an, Carl! << Sie wollte die Treppe hinaufstürmen. >>Ich hatte damals nur ein dünnes Handtuch um die Hüften! Egal, was du trägst, du wirst hinreißend aussehen, Eve! << Sie kicherte verlegen und öffnete, im weißen Bademantel die Tür. Er blinzelte süffisant und umarmte sie stürmisch. >> Wusste ich es doch! Hey Schöne, ich konnte nicht mehr schlafen. Habe Kira bereites um halb in den Kindergarten gebracht. Nun hoffe ich auf ein entspanntes Frühstück mit dir. Wir fahren einfach später ins Büro. Zeigst du mir dein Haus, oder lässt du mich stehen? << Sie küssten sich sanft auf der Schwelle. Sie lächelte und deutete, einzutreten. Hinter seinem Rücken hielt er es verborgen. Sie tat, als hätte sie es nicht bemerkt. >> Ich decke den Tisch und setzte Kaffeewasser auf. Fühl dich wie zuhause! Ach die Zeitung. << Als sie das Wochenblatt von der Fußmatte aufhob, konnte Carl kurz ihre nackten Brüste im weiten Ausschnitt des Bademantels ausmachen. Das genügte, um die Sinne zu wecken. Sexuelle Begierde erwachte ungefragt. Er wollte es eigentlich unterdrücken, nur reden und genießen. Aber in ihrer Nähe war er Sklave seiner explosiven Gefühle. Sobald er Eve auch nur ansah, konnte er sich kaum beherrschen. Carl war süchtig nach ihr und sie nach ihm. Sechs einsame Jahre stauten ganz schön Dampf auf. Er schloss die Tür, stellte den Korb auf den Tisch und wickelte einen großen Strauß rosaroter Rosen aus. Sie liebte diese Blumen und den Duft. Eves

Augen leuchteten und sie küsste ihn dankend auf den Mund. Dann bückte sie sich, um eine Vase aus der unteren Schublade zu holen. Ihr war sein Blick nicht entgangen und wie dunkel er geworden war. Noch versuchte Carl cool zu bleiben. >> Möchtest du erst frühstücken? Ist alles frisch zusammengestellt. << Er lächelte frech, rupfte zwei Erdbeeren und drehte sich zu Eve. >> Ich weiß nicht recht? Du siehst echt zum Anbeißen aus. Lass uns etwas versuchen! Mach den Mund auf. >> Sie gehorchte, als er ihr die süße Frucht in den Mund schob. Dann küsste er sie leidenschaftlich mit der Zunge und sie schmeckten gemeinsam den Saft in ihrem Mund. >> Mhm, köstlich noch eine, komm! << Sie öffnete den Mund und spürte, wie ihr Unterleib sich dabei erregt, zusammen zog. Die Erdbeere wanderte in seinen Mund. Als ihre Zunge, die kühle Beere in seinen Mund berührte, steigerte das berauschende Empfinden. Mit der Frucht in seinem Mund zu spielen, war betörend und trieben Lustgefühle in morgenfeuchte Höhen. Woher kam das bloß? Eve atmete stockend und die Röte verriet sie. Carls Augen besaßen wieder diesen verschleierten Blick. >> Der Mantel steht dir Eve! Du erinnerst mich an eine Situation von früher. Als du mich zu einer Party abholen wolltest und viel zu früh vor der Tür standst. Ich öffnete im Bademantel. Kam gerade sauber aus der Dusche. Du sahst so sexy aus und ich war ganz nackt unter dem bisschen Stoff. Stand ganz dicht hinter dir, als ich das Zimmer aufschloss. Kannst du dich erinnern, Eve? << Er dirigierte sie zur Essecke und bleckte seine Zähne. >> Du hattest eine Latte, Carl und rochst nach mehr. Ich habe deine Gedanken gelesen. << Er kicherte heiser. >> Ja, das stimmt. Ich hoffte, dass du sie nicht bemerkt hättest, weil du dich damals schon mit Hill getroffen hast. Sag mir, was wäre passiert, wenn ich diesen Mantel ausgezogen und nackt vor dir posiert hätte? << Beiden keuchten bei der Vorstellung. >> Ich glaube, dann hätten wir es heftig krachen lassen! Ich habe ihn deutlich im Rücken gefühlte und war eine Handbreit davon entfernt, deinen Ständer anzufassen. << Er schnaufte, presste sie an sich. >> So wie gerade? Wäre eine kleine Geste von mir entscheidend gewesen und du hättest nie was mit ihm angefangen? << Sie nickte, sah ihm an, wie es in Carl arbeitete. Seine Wangen glühten und er war erregt bis in alle Fingerspitzen. >> Ich denke, dass du dir zu viele Gedanken machst. Wahrscheinlich wären wir glücklich zusammen und hätten Kinder wie Kira. << Sein Kiefer bebte und er küsste Eve wie von Sinnen. >> Das glaube ich auch und verfluche den Tag, an dem ich mich nicht genug Mumm besaß. Oh Eve! << Er deutete auf den Bademantel. >>. Komm her, wir essen später! << Er küsste ihr Dekolleté und fuhr mit der Hand in den Ausschnitt. Streichelte sanft ihre Brüste und massierte ihre Warzen. Sie stöhnte, als er den Knoten öffnete. Eves Busen drückte in voller Pracht gegen seine Brust. Er saugte an ihren Nippeln, bis

Eve aufbegehrte und lustvoll die Hüften kreiste. >> Carl du hättest nur deinen Mantel ausziehen müssen. Ich war schon immer scharf darauf, deinen Schwanz zu sehen! << Carl raunte und drückte seinen harten Unterleib gegen ihren Scharm. Sie spürte, dass nur der Stoff seiner Hose zwischen ihnen war. >> Dann zeige ich dir, was ich an jenem Abend nur zu gerne erlebt hätte. << Sie schloss die Augen, als er mit der Hand die Seiten des Mantels beiseiteschob, um freie Sicht zu haben. Zuerst streichelte er genüsslich ihren Nabel und liebkoste die wohlriechende Haut. Mit den Fingern taste er langsam tiefer, über ihre Schamhaare, pustete gegen ihre Klitoris und suchte mit zwei Fingern den Eingang in ihre Scheide. Schob sie sachte hinein und hinaus. Stimulierte sie gekonnt. Es gefiel ihm sehr, wie sie sich hingab und stetig feuchter wurde. >> Wow nass und bereit, so war ich damals auch! << Sie wimmerte lüstern. Dann hockte er sich vor sie und küsste intensiv ihre Scheide, leckte mit der Erdbeerzunge sanft über ihre Lippen Spreizte sie auseinander und saugte sanft mit dem Mund an der zuckenden Vulva. Carl liebte es, sie mit seiner Zunge in den Wahnsinn zu treiben. Sie betrachte ihren entblößten Körper im Spiegelschrank der alten Küche. Sie war heiß, ihre Brüste geschwollen. Sie betrachtete das verruchte Geschehen, wie Carl vor ihr kniete und es ihr besorgte. Die altehrwürdige Tante wäre vor Schamesröte im Boden versunken. Er streichelte ihre Schamlippen, während seine Zunge die Tiefe in Eves Scheide erkundete. Carl stieß so zügellos in sie hinein, wie es seine Zunge zuließ. >> Mhm Köstlich!<<. Die schmatzende Laute und Carls verzehrender Blick ließ sie heftig zittern. Carl öffnete die ersten Knöpfe seiner Hose. Die Shorts verrutschten nach unten und die Spitze seines Gliedes ragte kerzengerade raus. >> Genauso scharf war ich damals, leckst du mich noch härter? <<Sie lächelte lasziv und bückte sich hinunter. Fuhr mit den Fingern über die glänzende Vorhaut, während er sein Hemd aufzippte, die Manschettenknöpfe neben die Spüle legte. Sie berührte mit der Zunge die pulsierende Eichel und küsste seinen Bauchnabel. Carl lehnte sich gegen einen Stuhl und streckte ihr sein Becken entgegen. Sie hatte ihn im Griff, auf dieses Gefühl wollte Carl nie mehr verzichten. Eve saugte heftig, bis die Designershorts dem Druck des Schwanzes komplett nachgaben. >> Es ist so irre! Ich bin dir hörig! << Sie hauchte Zustimmung und nahm seinen Penis in beide Hände, versenkte ihn in ihrem Mund. Auf und ab. Er sollte nicht zu kurz kommen! Carl genoss es und gab gurgelnde Laute von sich. In seinen verzweifelten Träumen verzerrte er sich nach dem Wunsch dieser Erfahrung. Die Realität übertrumpfte seine Vorstellungen. Er tropfte schon und würde es nicht mehr lange zurückhalten können. Als sie mit der Hand seine Hoden streichelte und küsste, blockte Carl ab. Er zitterte unkontrolliert. >> Eve, ich kann mich kaum noch beherrschen. Bin machtlos, hoffnungslos ausgeliefert. << Sie erhob sich und küsste seine Brustwarzen. >> Ich staune, wie empfindlich du bist, Carl! << Eves zitterte ebenfalls hocherregt, als sie mit dem Mantel an der Tischkante hängen blieb. Das flauschige Teil rutschte über ihre Schultern und sank zu Boden. Sie lächelte entschuldigend. Carls streifte Socken und Schuhe ab. Carls Glied leuchtete purpurn war stark angeschwollen. Sein Gesicht besaß den Ausdruck eines wollüstigen Stieres. Er packte Eve unvermittelt und betrachtete sie splitternackt. >> Du bist so schön, Eve. Ich will dich hier und jetzt. Verzehre mich und kann in deiner Gegenwart nicht mehr an mich halten! << Wild vor Extase begann er ihren Körper von oben bis unten zu küssen. Ihre Brustwarzen schmerzten überreizt, ihr ganzer Körper prickelte und Eve schnaubte. >> Ich träumte, wir hätten in der Umkleide gefickt, bis uns hören und sehen vergangen wäre, Carl. Das wolltest du doch hören? << Er presste seinen erhitzten Leib gegen sie und knurrte lüstern. >> Das holen wir nach, Süße Eve! In meinem Pool, wenn Kira schläft! << Carl schob die Teller und Brötchenkorb zur Seite, griff zum Marmeladenglas und einem Löffel. Eve legte sich auf den knarrenden Tisch, wie kühl er sich anfühlte und hart. Carl beugte sich über sie, fuhr mit der Hand über ihre Brüste raunte lüstern und schob ihre Beine auseinander. Dann kleckste er das klebrige Zeugs auf ihre Schamlippen und Klitoris. Eve kicherte, bei dem seltsamen Gefühl und forderte seine ungenierte Zungo. Er bearbeitete mit den Daumen die geschwollene Vulva und heizte die Ekstase weiter an, als er die Marmelade auf ihrer Scheide genüsslich einsaugte. Sie wand sich, hin und her, er sollte weitermachen. Carl lachte rau. >> Gleiches Recht für alle. Jetzt bist du dran Eve. Mein Schwanz will auch probieren und geleckt werden! << Er atmete bereits schnell und hektisch, so fantastisch war es. Eve träufelte ein wenig klebrige Masse auf seine Eichel und begann kräftig an ihm zu saugen. Auf und ab, Carl war von Sinnen. Drückte ihren Kopf auf sein Glied, bis es Eve weit in den Hals ragte. Sie musste ein Würgen unterdrücken, doch sie saugte immer gieriger und stärker. Leckte dann abwechselnd die Schwanzspitze, bis er erneut zuckte. Mit dem Mund sog sie seine Hoden ein und knetete sie in ihrem Mund, bis er juchzte und die Augen verdrehte. Diese Empfindungen konnten nicht von dieser Welt sein. Er und warf winselnd den Kopf in den Nacken. Carls hektischer Atem verriet, dass er seinen Höhepunkt bald erreichen würde. >> Das Kondom Eve, sonst spritze ich vorher ab!? << Sie riss die Tüte mit den Zähnen auf und rollte es über sein pochendes Stück. Carl packte Eve, legte sich stöhnend mit ihr auf den alten Teppich vor den Hirschgeweihen. >> Du hast mich so heiß gemacht, der Sex wird kurz und heavy. Wir werden Sterne sehen und die Glasäugigen Flohpelze an der Wand, klatschen Grüße aus Nirvana. << Eve kicherte und ließ sich Rückwärts auf den Flokati sinken, winkte mit den Fingern. Er ließ sich nicht lange bitten, küsste ihre Oberschenkel und Brüste. Als Carl seine Lippen auf Eves Mund legte, versank er ihn, wie in warme Butter. Murmelte unverständliche Laute, als er sich in ihrer Enge bewegte. Sie nahm ihn auf und führte den Takt an. So feucht wie sie war, würde sie bald kommen. Er steigerte sein Tempo, stieß kräftig zu, immer wieder. Wenige Minuten ohne Unterlass. Eve spürte kein reineres Gefühl, als diese perfekte Einheit. Das stetige Reiben, tief in ihrer Scheide, war bisher mit keiner Steigerung vergleichbar. Niemals zuvor war sie derart aufgeladen und kurz davor und gleichzeitig dahinter. Er schraubte sich tiefer hinein und trieb das Tempo bis zur Höchstform. Seine Hoden knallten laut gegen ihren Po. Sie blickten sich tief in die Augen, genossen ihre lustverzerrten Gesichter. Eves Gefühle explodierten unkontrolliert in einem gigantischen Feuerwerk. Wellen durchzuckten ihren Körper und Lustschreie hallten durchs Haus. Es war Befreiung pur! Carl folgte mit hefigen Zuckungen. Er hatte schon lange nicht mehr so einen intensiven Orgasmus. Sein überhitzter Körper bäumte sich auf. Carl brüllte die Erlösung so laut hinaus, dass die Vögel auf der Terrassen laut kreischend davonflogen. Was für eine heiße Nummer. Er war noch nie mit einer Frau so ausdauernd gewesen. Er liebte Eve und sie ihn. Deshalb konnten sie sich das geben was sie beide brauchten. Als er ihn vorsichtig herauszog, staunte er über den starken Erguss. Er presste seinen schwitzenden Körper gegen ihren und küsste sie dankbar und atemlos. Sie japsten, wie nach einem Marathon. Kaum fand er deutliche Worte, da setzte sich Eve auf und brach in Tränen aus. >> Oh nein, nicht weinen? Wir haben uns geliebt Eve. Ich hätte nie etwas gemacht, was du nicht wolltest, oder doch? << Sie schüttelte den Kopf. Er hockte sich atemlos hinter sie und schlang seine Arme um ihren Körper. Sie schluchzte lange, ihr Körper verharrte in einem Weinkrampf. Carl strich ihr sanft über die feuchten Haare und glaubte, dass ihre hefigen Liebesspiele, etwas Verborgens gelöst hatten. War das ihr Weg nach draußen? Heilsame Liebe rettete seine Eve! Sie war frei vor ihm. Er wollte sicherstellen, dass er nichts missverstanden hatte. Er wollte niemals mehr etwas missverstehen! Carl hielt sie in seinen Armen und schwieg. Sie zeigte Gefühle und begann sich auf ihn einzulassen. Ihre durchschwitzten Leiber hatte die Symbiose längst bestätigt. Eve schmiegte sich an ihn und küsste seinen Oberarm. >> Jag die Dämonen davon, Eve! Für uns ist die Zukunft reserviert, ganz sicher! << Sie nickte und schniefte in sein Tuch, das aus der Hosentasche, am Stuhl lugte. Langsam ebbte das miese Gefühl ab. Eve atmete tief ein und aus, wie es ihr Mrs. Davis gezeigt hatte. Sie fühlte sich bei Carl geborgen. Eine andere Botschaft brauchte sie nicht. >> Bei dir kann ich mich treiben lassen, Carl. Jede gute Erfahrung bringt meine alte Welt ins Wanken, verdammt! Es übertrifft mein Verständnis, wie blind ich war. Wir haben immer über alles geredet und uns gegenseitig getröstet! Es war schon immer mehr zwischen uns! Ich hätte auf mein Herz hören sollen. << Sie wimmerte von Gefühlen überwältigt. Carl küsste sie auf die Haare und hatte heftige Gänsehaut. Seiner Stimme bewegte Aussetzer, als er Eve sanft wiegte. >> Du hast es raus, meine große Liebe! Ich war damals feige und hatte Angst, dass du den Spargel Tarzan ablehnen würdest! Nun loten wir neue Grenzen aus, die nur wir beide feststecken können. Ich begehre dich unglaublich stark und werde dir immer geben, was du von mir erwartest. Von mir hast niemals Grausamkeiten zu befürchten, niemals! << Er sah ihr fest in ihre wunderschönen Augen und liebte ihren dankbaren Gesichtsausdruck. Carl besaß genug Vertrauen für sie beide und das sagte er ihr. Sie verweilten nackt und innig aneinandergeschmiegt, bis sie sich aufsetzte und ein Sofakissen angelte. Sie legten sich engumschlungen auf den dicken Teppich. >> Ich werde mir Mühe geben, dir zu folgen, Carl. Verlange jedoch nicht zu viel, auf einmal! << Er nickte und küsste sie auf die Stirn. Carl flüsterte heiser „Ok!" und Eve strich über seine beginnende Gänsehaut. Sah, dass er schauderte. Sie spürte, wie bereit ihre Körper für eine neue Runde waren, doch auch er musste sein wundes Kapitel beichten. Es holte ihn zusehends ein, dass er es nicht verhindern konnte. >>.Carl du wirkst traurig. Gibt es etwas, dass ich dringend wissen sollte? << Carls Körper bebte bei ihrer Stimme. Er presste Eve an sich und zitterte unkontrolliert. Das Gefühl sie wieder zu verlieren, brannte in seinem Herz. Drohte ihn mitzureißen. >> Erinnerst du dich an unsere letzte Umarmung, in Bordertown? Du hast mich fragend angesehen und ich konnte es dir nicht sagen? << Sie erinnerte sich an den letzten Besuch. Carl schluckte, es gab kein Zurück vor Eve. >> Ich hatte große Angst um dich Carl. Warum bist du in die verwunschene Wäscherei gegangen?? Du rochst nach kaltem Ruß aus der alten Ruine und wirktest unglaublich verloren! << Er stockte bei ihren Worten, die Gänsehaut breitete sich weiter aus. Carls gequälter Blick ließ Eve aufhorchen. >> Halt mich fest, so wie ich dich für immer festhalten werde! Du sollst nie wieder Angst um mich haben. Willst du es wirklich wissen?! << Sie streichelte seine eiskalten Hände und nickte. Ließ ihn all ihre tiefen Gefühle spüren. Endlich atmete er ruhiger. Eve erinnerte sich an seine düstere Aura, den entrückten Gesichtsausdruck. Er krächzte heiser und ließ seinem Schmerz freien Lauf. >> Damals war alles anders. Ich befand mich im Gefühlschaos und setzte alles auf eine Karte. Ich hatte meine beste Freundin beim Knutschen mit Hill erwischt. War unendlich verzweifelt, weil ich ihr nicht sagen konnte, wie sehr ich sie begehrte. << Er stockte wieder und schluckte. Tränen füllten seine Augen. Er zitterte unnatürlich, atmete ruppig. >> Schon gut. Eve! Ich habe das alles vor vielen Jahren verdrängt. << Eve konnte die tiefe Verletzlichkeit und

starke Herzschmerzen, deutlich spüren. Unbeirrt fuhr er fort. >> Es spukt in der alten Ruine. Das ist so wahr, wie ein neuer Morgen! Falls man sich dort aufhält, wenn die Sonne durch das letzte Fenster scheint, dann sollte man wegrennen, nie zurückblicken, richtig? << Sie erinnerte sich an Mrs. Kleins Worte, als sie sich über alte Bordertown Legenden unterhielten. Trotz des warmen Tages fühlte sich Carls Körper eisig an. Das gab es doch gar nicht! >> Die Alten sprachen von Todesschatten! Oh Carl! Was hast du dort gemacht? << Er schloss die Augen, schwallartige Tränen rannen über sein Gesicht. Carls Mund zuckte. >> Ich wollte nicht mehr leben, Eve! Ohne dich hatte mein Leben keinen Sinn. << Eve starrte ihn entgeistert an. Das hatte er nicht gesagt?! Er hielt ihre Hand fest und flehte heiser, nicht loszulassen. >> Verzeih mir diese Dummheit! Ich musste es wissen, als ich die eingestürzten Balken betrachtete. Sie ragten bis in den Keller und die Geschossdecke war zur Hälfte heruntergebrochen. Die kraftvollen Zahnräder der alten Turbine glommen in der untergehenden Sonne. Das wird nie wieder jemand behaupten können! Es ist der letzte warme Moment, bevor es endgültig aus ist. << Er weinte und lachte gleichzeitig. Eve umfasste mit beiden Händen sein Gesicht. >> Carl, sag mir, das du Scherze machst! Du hast nicht den Tod herausgefordert! << Er schluckte, als er Eves Panik in der Stimme vernahm. Seine blauen Augen glänzten fiebrig. Carl sprach vom plötzlich einsetzenden Geruch der Verwesung, je mehr er sich dem Loch näherte. Steinbrösel rieselten ins Nichts, bis die Erde zitterte. >> Kein Scherz, Eve! Stimmen in meinem Kopf mahnten, stehen zu bleiben. Sie wisperten, zurückzukehren. Doch die Düsterkeit zog mich magisch runter. Ich wusste nicht mehr, was ich tun sollte! Plötzlich tauchte vor mir wabernder Nebel auf. Körperlose Wesen, die wie schwarze Tinte in einem Wasserglas herumwirbelten. << Er schlug die Hände vor das Gesicht und schluchzte, versuchte zu sprechen. Unzusammenhängende Wortfetzen ergaben keinen Sinn. Carls Körper zuckte unkontrolliert. Dicke Tränen liefen erneut über sein Gesicht, während er sich fest an sie klammerte. Eve hatte noch nie einen Mann so weinen sehen, so verzweifelt!
Sie erinnerte sich lange nicht an den ersten Kuss mit Joshua. Nun hatte sie es klar vor Augen. Damals feuerte sie mit anderen den Sport Kurs an. Die besten Sprinter sollten ausgezeichnet werden und Joshua meldete sich im letzten Moment an. Ihn dort zutreffen, war eigentlich nicht geplant. Er wurde sogar nach Carl dritter und erhielt eine Bronze Medaille. Joshua nutzte die Gelegenheit auf dem Podium, packte Eve unvermittelt und küsste sie vor allen Anwesenden. Sie erinnerte sich wieder an Carls entgeistertes Gesicht, hatte es dicht vor Augen. Carl liebte sie und war verraten worden. Eve konnte seine Reaktion nur nie richtig einordnen, wenn

sie an die seltsame Umarmung an der Mainstreet zurückdachte. Sie hielt die Luft an, griff nach einer Decke und hüllte sie beide ein. Carl zitterte wie Espenlaub. Sie strich ihm über die Haare und konnte ihn nicht ausweinen lassen. >> Du wirst dich niemals wegen mir umbringen, hörst du!!<< Sie fühlte Wahrheit und kuschelte sich an Carls Brust, bis er sich gefangen hatte. >> Sechs lange Jahre musste ich auf diesen Moment warten Eve! Liebe mich, so wie ich bin und hör mir zu! << Sie nickte ergriffen und fühlte sein donnerndes Herz. >> Schwarze Löcher waberten umher, bildeten Augen und Münder. Es waren schmerzverzerrte Fratzen. Ich hatte noch nie so große Panik. Sie wisperten mit grässlichen Lauten direkt neben meinem Ohr. Ihre Gesichter klagten an, zeigten nach Bloomingville. Ich hatte Todesangst, Eve! Als ob ich kaltes Eisen einatme. Mein Körper erstarrte, ich glaubte zu ersticken. Musste mich hinknien und wurde von toten Fingern in die Tiefe gestoßen. Sie kicherten triumphierend. Es war ein endloser Fall, bis grelles Licht näher kam. Es konnte nicht sein, als ich auf einer staubigen Wiese ins Gras fiel. Doch es war alles real, so wie du es bist. In der Ferne bauten Siedler an einem Wasserdamm. Ich traf auf Indianer hinter dem großen Hügel. Wie farbenfroh sie aussahen! Sie beobachteten den Bau der Wäschefabrik und hatten in der Nähe ihr Lager aufgeschlagen. Nach einer Weile luden sie mich ein, mitzukommen. Die Ältesten berieten in der Nacht und rauchten Pfeife. Sie lauschten den Beschwörungssprüchen, des Schamanen. Ein anderer trommelte monoton auf der Pauke. Die Lider des Schamanen zuckten, als er seine weißen Augen öffnete. Sprach von unrühmlicher Zukunft für die Bleichgesichter. Der Geist der Rachsucht und Gier wäre auf dem Weg. Brächte erst Segen, später den Tod. Dann zeigte er mit einem Skalp auf mich. Sprach in einem Singsang. Die anderen stierten dem Rauch der Pfeife nach. Ich zog daran. Es schmeckte würzig und anregend, meine Lunge brannte. Der heilige Typ meinte, ich sei ein Nachkomme des verunglückten James Oldman, eine gute Seele. Dabei lächelte er und alle stimmten zu. Mahnte, ich solle mich gedulden können, bis meine Zeit käme. Die Natur entschied niemals falsch. Der Vorteil des anderen wäre die Unschuld. Dann warf er glühende Kohlen in die Höhe und fing sie mit einem Holzgefäß auf. Sie zischten und der Schamane murmelte, dass Glück und Unglück dicht beieinander lägen. Sein Gesicht verzog sich zu einer schmerzverzerrten Grimasse. Reine Gefühle überleben Unheil, darum würde meine Zeit noch kommen! Vor drei Monden wäre die Gelegenheit verstrichen, um den Bann zu brechen. Verdammt es war der Abend, vor der Abschiedsparty. Elf Schritte nach hinten und sieben in die Waagerechte. Ich spürte plötzlich, wie der Boden unter meinen Füssen bebte und ich wieder am Rand des Lochs kniete. Die Indianer Silhouetten und das wärmende Feuer verschwanden aus dem Blickfeld. Benommen vom Pfeifengeschmack, befolgte ich den Rat. Hielt mich mit letzter Kraft am Haken der Mauer fest, als alles in Schieflage geriet. Das gesamte Bodenstück, samt Turbine stürzte mit Getöse in den Abgrund. Nur eine Sekunde später und wäre ich abgeschmiert! << Carl schluckte bitter. Eve massierte seine Hände und Schultern. Sie hatte das Beben als Hauseinsturz im mittleren Teil der Vergnügungsmeile vermutet. Dort züngelten die Jugendlichen öfter. Er musste ihre Körperwärme annehmen und zu ihr zurückkehren. >> Carl du bist nicht in Bordertown! Wir sind zusammen, nur das zählt! Du bist der Sieger und der Schamane hatte Recht! Sie haben immer Recht! Sollte es einen Fluch geben, will ich, dass er jetzt aufhört! << Carl blinzelte, öffnete den Mund. >> Dann küss mich, Eve! Und verzeih mir die Tat! Ich war ein lebensmüder Idiot! << Sie liebte seine Ehrlichkeit. Die Lippen schmeckten bitter. Carl besaß eiskalte Wangen und blassen Teint. Seine Kreislaufprobleme waren die Folge eines Schocks. Eve durfte den magischen Kontakt nicht unterbrechen. >> Carl denk an Kira und an die alte Eve Summer. Sie warten auf dich im Jetzt! << Er seufzte tief, verharrte in ihrer Umarmung. Dann schlug er die geschwollenen Augen auf. Sie erblickte viele Fragen und tiefe Liebe. Er wischte die Tränen weg und rappelte sich mit ihrer Hilfe auf. >> Ja, der weise Mann hatte Recht. Doch Hill und Unschuld, wo ist da die Logik?! << Sie brauchte einen Moment, es zu begreifen, während Carl seine versteiften Glieder bewegte. Er trank eine ganze Flasche Wasser leer und wankte unsicher durch das Zimmer. Sie folgte ihm zur sonnendurchfluteten Terrassentür. Eve lehnte sich an seine Schulter und Carl legte seinen Arm um sie. Nie wieder loslassen. >> Joshua und ich waren Jungfrauen. Er war stolz auf das Geheimnis. << Carl seufzte erstaunt und küsste Eve auf die Haare. >> Wer hätte das gedacht? In Bordertown verläuft eine Grenze zu den Untoten, Eve. Sie warten auf uns und schlafen nie! << Sie deutete auf das Badezimmer oben. >> Es ist genug gegruselt, Mr. Oldman! Sieh uns an! Wie viele reale Beweise benötigst du noch? Manchmal kapieren wir erst etwas, wenn es fast zu spät ist. Oben sind saubere Handtücher und warmes Wasser, Carl! Kaffee und Frühstück warten auf dich!!<< Er grinste, klatschte Eve auf den Hintern, griff nach den Kleidungsstücken. >> Das lasse ich genauso stehen. Du findest deine Zahnbürste in meinem Mund! << Während Carl in die erste Etage verschwand, zog Eve nachdenklich den Bademantel über und steckte neues Holz in den Boiler Ofen. Als Carl unter der Dusche summte, besorgte Eve saubere Unterwäsche, das helle Sommerkleid und machte sich im winzigen Gäste Bad fertig. Sie frühstückten ausgiebig und diskutierten über das neue Computerprogramm der Firma.

Mit keinem Wort erwähnte Carl je wieder das seltsame Erlebnis. Eve räumte das Geschirr in die Spüle, drehte das Marmeladenglas zu und neckte ihn mit dem abgeleckten Löffel. >> Eve ich mag dein Haus, deine komische Goldfuß Badewanne, zu genial. Du raubst mir alle Sinne und das wird nie aufhören! Leckst du nur noch einmal am Löffel werde ich uns für heute krank melden und wir holen ein paar süße Stunden nach. Ein Anruf bei Roger! << Sie schüttelte den Kopf, packte den Rest in den Korb und stellte den Aufschnitt in den Kühlschrank. >> Ich möchte nicht auffallen, Carl. Außerdem hatte ich Mrs. Green versprochen, sie nachher zu den Eastcoast Malls zu begleiten. << Carl murrte enttäuscht, doch Schutz und Unsichtbarkeit gingen vor. Die klimatisierten Shopping Paradise würde sie genießen und auf andere Gedanken kommen. Er versprach, mit Kira um sechs Uhr am Ausgang zu warten.

2)

Der Vormittag gestaltete sich zähflüssig. Carl verwechselte die Erklärungen zu den neuen Designtools, bis niemand mehr durchstieg. Er entschuldigte sich bei den Anwesenden und schob es auf die drückende Luft. In Wahrheit genügte ein Blick zu Eve und er verspürte heftige Schmetterlinge im Bauch. Etliche Wasserflaschen kreisten und laute Rülpser trugen zur allgemeinen Belustigung bei. Carl wedelte mit Eves Tageszeitung und grinste wie ein Honigkuchenpferd. Die Hitze schlug unerträglich aufs Gemüt. Die Mitarbeiter wippten mit den Stühlen und die Handventilatoren rotierten. Roger sah auf die Uhr und bat seinen Cousin zu einem kurzen Gespräch vor die Tür. Dann holte er auch Eve dazu. >> Mrs. Sommer können Sie kurz mitkommen? Ach und Mrs. Green, der Hausmeister möchte bitte die Klimaanlage höher stellen. << Es wurde fleißig über ein freien Nachmittag diskutiert. Roger lotste Eve ins Nebenbüro. Carl lehnte nachdenklich vor dem geöffneten Fenstern. Die Luft stand still. Roger schloss die Tür. >> Ich schicke die Belegschaft nach Hause und euch beide am liebsten in den Urlaub. Das Thermometer rattert gerade Extratouren, genau wie du, Cousin! Carl so geht das nicht mehr weiter! Sie rätseln schon, wie intensiv das Techtelmechtel ist. Mrs. Green beschwichtigt zwar und hält die Gerüchte im Zaum. Ich versetze Melinda in Flashs Team. Da wird sie in das neue Betriebssystem eingearbeitet und die Belegschaft gibt Ruhe. Das Gerede muss verschwinden! Es geht nicht, dass jemand eine Affäre rumposaunt. Es ist viel zu früh, Carl! << Eve entschuldigte sich und war einverstanden, nur Carl haderte. >> Je eher ich dazu offen stehe, desto weniger wird geredet. Eve ist nicht Eireen. Und die Scheidung gegen Hill läuft auf vollen Touren. << Roger packte seinen Cousin am Arm. >> Natürlich, ist sie das nicht! Doch du benimmst dich gerade, wie ein verknallter Pennäler! Dabei haben wir das alles durchgesprochen. Es bestehen ein paar

winzige Probleme! Vergiss nicht das NoID Programm und schon gar nicht diese grässliche Familie Hill. Es muss erst durch sein, Junge! Dann heiratest du sie und ihr werdet bis an euer Lebensende glücklich. Nicole meint, wir sollen uns nicht zu sicher fühlen und wann höre ich mal auf meine Frau? << Carl kratzte sich nachdenklich am Kinn, drehte sich zu Eve und da war er wieder, der alles verschlingende Blick und endlose Sehnsucht. >> Ich verschwinde im anderen Team. Roger hat Recht, niemand sollte die Hills unterschätzen. Im Gegenzug packe ich die Sachen und übernachte ab heute in deinem Gästezimmer? << Carl grinste unverhohlen und fühlte sich großartig. Er küsste Eve auf die Wange und flüsterte>> Schlafen wirst du allerdings nur in meinem Bett! << Dann drehte er sich zu Roger und bemühte sich um Abstand. >> Ich werde Nicole ein Dankesschreiben überreichen! Melinda geht zu Flash! Wie beruhigend, dass er schwul ist! Liebster Cousin, wenn ich dich nicht hätte! << Roger lächelte verkrampft und klopfte Carl auf die Schulter.
3)
Um zwei Uhr saßen Mrs. Green und Melinda Sommer im blauen Ford Focus und suchten einen Parkplatz in der Tiefgarage. Eve staunte über die unzähligen Geschäfte im East Mall Shoppingcenter, das sich über fünf Etagen erstreckte. Die beiden Frauen plauderten über modische Geschmäcker und trugen vollgepackte Neuerwerbungen, bis nichts mehr ging. Nach zwei Stunden Dauergestöber verschnauften die beiden in einem gemütlichen Café. Eve probierte zum ersten Mal *Frankfurter Kranz* und Mrs. Green entschied sich für eine *Schwarzwälder Kirschtorte* mit Sahne. Das Café warb mit „*German Bakery*". Eve erzählte von einer erlebnisreichen Frankreichreise. *Germany* wollten sie damals zur Weihnachtszeit bereisen, doch ihre Schwägerin gebar Zwillinge. Damit hatte sich das Thema erledigt und wurde leider nie nachgeholt. Mrs. Green hing an ihren Lippen und staunte über Eves Europakenntnisse. Sie vermutete bei Mr. Oldman und Melinda eine lang verhinderte Liebesgeschichte und schniefte ergriffen in die Servierte. >> Ich konnte nur ahnen, was los war, als diese Nummer in meinem Display auftauchte. Mr. Oldmans latent anwesende Melancholie war danach wie weggeblasen. Ich habe ihn erlebt, als er Eireen kennenlernte. Es war, als müsste er eine Verzweiflungstat begehen. Das Kind hält ihn am Leben, Melinda! So einfach ist das. Mach ein Happy End daraus! Es wird Zeit! >> Eve dankte bewegt für die Offenheit. Dann erzählte Mrs. Green von ihrem Exmann, den sie kinderlos verließ. Sie bereute die Scheidung bis heute nicht. Eve stand der Schlamassel noch bevor und wenn man vom Teufel sprach, war der bekanntlich nicht weit! Das Summen in ihrer Handtasche überhörte sie zunächst. Als Mrs. Green zur Toilette ging, riskierte Eve einen Blick auf die Nachrichten.

Es waren sieben Anrufe von ihrer Rechtsanwältin. Nervöses Zittern konnte nicht Gutes bedeuten. Sie drückte sie auf Rückruf.

Nun war endlich diese Leere verschwunden. Durch Carl bekam sie Abstand von der Vergangenheit. Auch sein Geständnis hatte sie tiefbewegt. Doch als Mrs. Hudson abnahm und zu sprechen begann, wurde Eve aus den Träumen gerissen. Alle Alarmglocken schrillten.

4

>> Mrs. Hill. Bitte entschuldigen Sie die Störung! Ich muss etwas Schreckliches mitteilen! Hören Sie mir genau zu! Joshua Hill hat versucht, Selbstmord zu begehen. Er hat sich mit einem Skalpell die Pulsadern aufgeschnitten und ziemlich viel Blut verloren! << Eve schnaubte entsetzt und wurde mit einem Mal seltsam unruhig. Sie dachte an ihn, wie tief er gefallen sein musste. Sie fühlte sich beklommen, hielt es für einen seiner Tricks. Versucht beherrscht fragte sie, wie das passieren konnte? >> Mr. Hill hatte heute einen Termin bei seinem Therapeuten. Dort öffnete er unbemerkt den Medizinschrank, um sich das Messer zu besorgen. Er wird zwar Dauerüberwacht, seitdem er in der Anstalt ist. Doch es war gerade Schichtwechsel und erst, als die Pfleger die blutgetränkte Zudecke in seinem Bett bemerkten, da mussten sie schnell handeln. Er war nicht ansprechbar und schon untertemperiert. Seit der Notoperation liegt er auf der Intensivstation. Zustand weiter kritisch! << Eve stockte der Atem, als sie daraufhin von Mrs. Hudson vernahm, was bei solch tragischen Ereignissen von den engsten Angehörigen abverlangt wurde. Das alte Grausen kroch aus der Versenkung und nahm Besitz von ihrem Körper. Wie durch Watte vernahm sie Mrs. Hudsons weitere Instruktionen. >> Ich habe schon mit dem Sheriff telefoniert. In einer Stunde steht ein Helikopter auf dem Landeplatz für uns bereit. Die Statuten verlangen Anwesenheitspflicht von der Gegnerischen Partei. Er ist nicht bei Bewusstsein, Sie haben nichts zu befürchten. Es steht Ihnen frei, sich kooperativ zu zeigen. Doch je humaner wir reagieren, desto leichter wird ihnen die Trennung gemacht, verstehen Sie? Es ist eine Formalie und ich wünschte, dass wir uns unter anderen Umständen träfen. Es tut mir leid. Ich warte im Revier auf Sie! << Eve war, als ob sich alles im Kreis drehte. Joshua stellte durch den versuchten Selbstmord ihre Welt erneut auf den Kopf! Begann nun ein Spießrutenlauf?

5

Eve fühlte sich wie ein gehetztes Tier. War kurz davor abzulehnen. Sie war nicht bereit, eingefangen zu werden. Mrs. Hudson versicherte zwar ihre Unantastbarkeit. Doch Eve hatte ungute Vorahnungen. Schließlich lebte sie seit über einem Monat als freier Mensch. Sie war nicht mehr die alte Eve Hill und das würde sie nie wieder sein. Hielt die Luft an und schloss die Augen, was sollte noch passieren? Nach endlosen Minuten Stille, versprach sie, in dreißig Minuten am

Brunswicker Revier zu sein. Als Mrs. Hudson auflegte, hatte ihr Zug bereits Verspätung. Vor Gericht und auf hoher See war alles möglich. Starke Nerven, Augen zu und durch, dass hatte der Staatsanwalt geraten.

6

Eve versuchte, alte Panik und Sorge zu verdrängen. Was wäre, wenn seine Tat die einzige Wahl darstellte, nur um sie zu sehen? War er im Wahn zu weit gegangen? Joshua hatte nichts zu verlieren! Bloß nicht darüber nachdenken! Sie überlegte, es abzublasen, dann dauerte es eben länger! Was sollte sie Carl sagen? Mit zittrigen Fingern wählte sie seine Nummer. Er hatte gerade Kira aus dem Kindergarten geholt und reagierte bestürzt, zeigte kein Verständnis. Sie konnte seinen Groll deutlich vernehmen. Carl fluchte innerlich und konnte ihr nicht sagen, dass er Hillsches Verhalten noch nie logisch fand! Verdammt, Roger hatte ihn vorgewarnt! Er würde mit Kira zu seinem Cousin fahren und weiteres Vorgehen besprechen. Er konnte nicht eingreifen! Das war genau die Situation, die er für immer vermeiden wollte.

Als Mrs. Green zurück zum Tisch kehrte, erzählte Eve von unguten Neuigkeiten. >> Ach du gequirlte Scheiße! Ich bringe dich da hin, Melinda! Wähle etwas Schönes aus den Tüten, das puscht das Ego! Von mir wirst du nie hören, dass es mir Leid tut. Jeder Kerl soll das kriegen was er verdient! << Eve hatte sich schnell entschieden und steuerte in eine Familienkabine. Sie band ihre Haare zu einem unscheinbaren Zopf und knöpfte die Bluse bis oben. Schwarze Jeans und eine graue Strickweste ergänzten sich perfekt. Als sie in den Spiegel blickte, gefiel ihr das Outfit im Angesicht dessen, was ihr nun in Brie Eiland möglicherweise bevorstand. Sie mahnte sich nicht so sarkastisch zu sein! Als sie auf den Parkplatz zum Revier bogen, wartete Spencer bereits mit besorgter Miene. Die flimmernde Hitze bestärkte ihre Ängste. Spencer Stone begrüßte die gestresste Anwältin. Mrs. Hudsons Wangen leuchteten rot, als sie sich Eve vorstellte. Eine dunkelhaarige, gepflegte Frau, Anfang Vierzig. Sie besaß Erfahrung und Scharfsinn, doch genügte das?

Mrs. Green versprach, Melindas Einkauf bei Mrs. Fly abzugeben. Sie wünschte einen guten Flug und verschwand mit quietschenden Reifen. Melinda sollte nicht sehen, wie sehr das ihre eigene, zerstörte Ehe wiederspiegelte! Herztod nach einer Sex Orgie! Kein großer Verlust!

7

Rechts auf dem Landeplatz thronte der schwarze Polizei Heli. Der Pilot wartete schon an seinem Platz, alle waren startbereit. Spencer nutzte die allgemeine Unruhe, um die Lage zwischen ihr und Carl abzuchecken. Mrs. Hudson versuchte es mit Durchhalteparolen und blickte Eve aufmunternd an. Der Sheriff schüttelte Mrs. Sommers

Hand besonders lange und beantwortete sich die Frage nach dem Beziehung Status selbst. Der silbrige Schein in seinen Augen verrieten seine Gedanken. Ihm war bewusst, dass Carl das Rennen gewonnen hatte, aber er war jetzt hier. Der Sheriff würde Eve so gut es ging vor dem Anwalt Crownfield und dem Vater beschützen. Eve wusste nicht, dass der Vater bereits seit den frühen Morgenstunden in Brie Eiland verweilte. Er richtete den Schlips seiner Uniform und bat beide Damen in den Heli einzusteigen. Ein Pilotenteam grüßte höflich und wies an, sich anzuschnallen. Sie erhielten vom Tower grünes Licht, für den dreißigminütigen Flug. Mrs. Hudson setzte sich Eve gegenüber. Spencer nahm hinter den Piloten Platz und diskutierte oberflächlich über ein Footballspiel. Er brauchte Abstand. Es fiel ihm deutlich schwerer, die Frau, die er nicht haben konnte, zu betreuen. Der Sheriff erinnerte sich nach gezielter Recherche wieder an eine Pressekonferenz. Hill war ein Grünschnabel und durfte schweigend neben dem Polizei Präsidenten sitzen. Spencer konnte sich an den selbstgefälligen, Blick erinnern, den Hill ihm bei einer Einführungsrede zuwarf. Alle applaudierten laut und der Präsident lobte Hill als Musterschüler, der eine große Karriere vor sich hätte. Beim Mittagessen erlebte er den Präsidenten jedoch von einer anderen Seite. Man hatte ihm mit Versetzung gedroht, wenn er Widerstand gegen die Bevorteilung äußere. Hill besaß damals schon besorgniserregende Züge, die nicht in eine Polizeiuniform gehörten. Eve starrte in die gewitterankündigenden Wolkenformationen. Die Lichter der Stadt verschwanden und Mrs. Hudson durchbrach die Stille mit beschwichtigenden Worten. Sie versuchte sich damit selbst zu beruhigen. >> Mrs. Sommer, wir haben das Recht auf unserer Seite. Entspannen Sie sich und wenn wir gleich dort hineingehen, versuchen Sie an ihre Freiheit zu denken. Lassen Sie sich nicht aus der Ruhe bringen und denken sich an unser Gespräch. Egal was Sie für ein Theaterstück präsentiert bekommen. Wir werden versuchen, abzuschmettern, was die Gegenseite für Geschütze auffährt. Wir kriegen das hin! << Eve dachte an den Einfluss der Hill Familie. Das flaue Magengefühl wich keinen Millimeter. >> Mrs. Hudson, ich hoffe Sie wissen, worauf Sie sich mit denen Einlassen. Ein Hill bekommt immer, was er will! Das ist eine Kampfansage. Ich werde nie wieder umkehren, denken Sie an meine Worte!! <<

Es klang trotzig und alles war besser als Angst. Sie hatte befürchtet, falls das mächtigste Mitglied der Familie anwesend sein würde, dann führten die Hills etwas Großes im Schilde. Damit sie zu Joshua zurückzukehrt, würde ihnen jedes Mittel recht sein. Doch das behielt sie für sich. Mrs. Hudson nickte beschwichtigend.

8

Abraham Crownfield blätterte in seiner Anwaltsmappe und studierte seine unterstrichenen Auszüge und Paragraphen, die er im

Sozialgesetzbuch herausgesucht hatte. Es taten sich gerade neue Möglichkeiten auf und er wäre nicht so erfolgreich, wenn er nicht Auswege wüsste. Und jetzt stand es schon eins zu eins. Seine verehrte Kollegin Hudson würde hier gleich mit ihrer Mandantin auftrumpfen und sie dürfte eine Tragödie, biblischen Ausmaßes miterleben. Hudson war eine knallharte, emotionslose Person, die keine Widersprüche duldete. Er hatte schon vieles über die Anwältin gehört. Die Studenten verehrten diese Frau, weil sie sich ungeschminkt mit grausamen Schicksalen auseinandersetzte. Sie veranstaltete Seminare für Kollegen und erfreute sich wachsender Beliebtheit. Aber alles konnte nicht verdrängt werden, oder ausgeblendet, und darauf setzte Crownfield. Dieser Fall gehörte zweifelsohne in diese Kategorie. Er war schon lange mit Joseph Hill befreundet und es berührte ihn persönlich, wie sein alter Freund litt. Der gute Joseph hatte verstanden, dass es fünf vor zwölf war. Das eigene Fleisch und Blut benötige die dargereichte Hand des Familienoberhauptes und das hatte ihm Joseph eindringlich versprochen.

Joseph fühlte sich mitschuldig am Zustand seines Sohnes und würde die Unglaublichkeit rückgängig machen. Eve musste Joshua verzeihen. Sie war seiner Meinung nach nur weggelaufen, weil er als Vater nicht einsehen wollte, dass Joshua sich zu einem Monster entwickelt hatte. Er hätte längst einschreiten müssen und ihn schon nach dem ersten Vorfall in eine Entzugsklinik stecken! Dann wäre sein Enkelkind, das er sich so sehr von den beiden wünschte, niemals gestorben! Er dankte Gott für die Erkenntnis und betete, mit Tränen in den Augen. Sein Sohn würde sich definitiv ohne Eve nie wieder erholen. Sie war sprichwörtlich der Sinn in Joshuas Leben. Niemals würde er einer Scheidung den Segen geben. Joseph schluchzte laut. Er hatte zu seinem Erstaunen festgestellt, das Joshua wirklich auf sein Herz hörte. Er ließ sich von seinem Ziel, Eve zu erobern, nicht abbringen und Joseph erkannte, dass sein Sohn in jeder Hinsicht ein echter Hill war. Nun drohte alles, zu Staub zu zerfallen.

Der Vater erinnerte sich auch an den Tag, als Joshua mit Eve zum ersten Mal vor der Tür stand und er völlig perplex reagierte. Seine Eltern wollten ihn aus dem Haus werfen, nachdem er mit einer jungen Frau, aus der Uni anbandelte. Joseph Hill war unglücklich verliebt. Eve besaß erschreckt viele Ähnlichkeiten zu seiner eigenen Geschichte. Seine Mutter war es, die ihm Madeline aufzwang und er gab am Ende nach, dachte lange an Suizid und ersäufte seinen Liebeskummer. Hätte er die Architektur nicht für sich entdeckt, nicht auszudenken was geschehen wäre! Eve stand für ihn als Synonym für Stärke und Durchsetzungsvermögen. Doch damals war er nicht stolz auf Joshua. Er war absolut neidisch auf ihn. Joshua musste sich fast umbringen, bis er es als Vater kapierte. Es durfte zu keiner Scheidung kommen, basta!

9

Der Vater starrte in den verdunkelten Abendhimmel, das Unwetter kam aus Richtung Brunswick. Das berichtete der Nachrichtenkanal am großen Flat Screen neben der Eingangstür. Sie warteten im Büro des Leiters. Eine Ablenktaktik hatte Anwalt Crownfield schon ausgearbeitet. Das Büro von Dr. Bach war eintönig und unmodern. Viele Angehörige von Insassen hatten dort auf den durchgesessenen Veloursesseln verweilt. Es roch nach altem Linoleum und menschlichen Ausdünstungen, die aus den Polstern nie mehr entweichen würden! Falcon wurde von einer Fundation finanziert und galt als Topadresse, mit exzellentem Ruf. Die Rückfallquote lag bei fünf Prozent.

Hervorragende Therapieansätze und engagiertes Personal waren der Schlüssel zur Genesung von erkrankten Staatsbediensteten. Dr. Bach war ein Mann des alten Schlages und er besaß viele Beziehungen, die Joseph und sein Anwalt gerne in Anspruch nahmen. Er benötigte gerade sieben Anrufe, um Anhaltspunkte über den Verbleib der Ehefrau heraus zubekommen.

Dr. Bach verbrachte seinen Angelurlaub, als er von dem berühmten Patienten und dem Desaster erfuhr. Professor Lorenz hatte kurz den Raum verlassen, um Unterlagen abzugleichen. Alle Schränke waren stets verschlossen. Niemand konnte ahnen, dass Joshua in dem Zustand trickreich wäre. Er benutzte eine Haarnadel und eine simple Büroklammer und öffnete den Medikamentenschrank. Als Lorenz wiederkehrte, bemerkte er eine Veränderung des Patienten. Der wirkte euphorisch und faselte etwas von Bestimmung, sodass der Professor beschloss die Sitzung abzubrechen. Nichts deutete auf die Tragödie. Joshua Hill nahm auch am Abendbrot im Speiseraum teil. Der Pfleger berichtete, dass er sich normal verhielt. Das bedeutete, entsprechend vollgepumpt mit Beruhigungsmitteln. Hill verhielt sich still. Er trank Tee aus einer Schnabeltasse und aß kleingeschnittene Bagelkäsehäppchen. Hinterher wurde er zurück auf sein Zimmer begleitet. Der diensthabende Betreuer warf einen letzten Blick in alle Zimmer, bevor er den Schichtwechsel einläutete. Bei der Visite saß Joshua auf seinem Bett und hielt ein Buch in der Hand. Es gab keine sichtbaren Anzeichen. Doch Joshua hatte das Buch genommen, um seinen Selbstmordversuch so lange es ging, zu vertuschen. Seine Hände mussten gezittert haben, als er das Skalpell ansetzte und er hatte auch nicht sofort den Dreh raus. Eine schmerzhafte Tortur fügte er sich zu und als das Blut endlich in Strömen floss, legte er sich in sein Bett und wartete auf den Tod. Das alles rekonstruierten Chirurgen. Vier Pfleger und ein Arzt, der zufällig im Besprechungsraum anwesend war, reagierten entsetzt. Sie banden

Joshua Hills Arme mit Druckverbänden ab. Kochsalzinfusionen und Kreislaufstabilisationsmedikamente wurden in Abständen gespritzt. Es dauerte eine Weile, bis der Patient stabil genug war, um in den OP gerollt zu werden. Als Dr. Bach eintraf, setzte er sich umgehend mit dem Vater in Verbindung und bot ihm jede nur erdenkliche Hilfe an. Am Telefon ließ er sich vom Leid der Eltern mitreißen. Joseph Hill hatte sich emotional kaum unter Kontrolle. So kannte er den sonst so resoluten Freund überhaupt nicht wieder. Hill Senior wirkte wie ein gebrochener Mann. Er organisierte den Flug und versicherte, intensive Versorgung des Sohnes. Noch nie hatte es jemand geschafft, sich unter seiner Leitung das Leben zu nehmen. Er brüstete sich stets damit. Aber jetzt konnte sich nicht ganz sicher sein, dass er weiterhin Recht behielt. Er wusste genau, dass es genügte, nur die Rechtsanwältin hier her zu beordern. Doch befand sich diese Situation in einer rechtlichen Grauzone und er bestand auf das zusätzliche Erscheinen von Eve Hill. Das war genau im Sinne des Vaters. Aus seiner Zeit beim Geheimdienst wusste Dr. Bach sehr präzise, dass Mrs. Hill, wenn sie erst mal hier wäre, einer effektiven Gehirnwäsche unterzogen werden könne. Je nachdem, wie kooperativ sich die Rechtsanwältin zeigte. Nur wenn sie geschickt agierten und Mrs. Hill mit dem leidenden, zweifelsohne, grausamen Anblick des Mannes konfrontierten, dann wäre der Rest ein Kinderspiel. Und so schmiedeten sie einen Plan.

10

Joseph Hill hatte nach der Genesung besonderes im Sinn. Joshua sollte in seiner Baufirma in den Aufsichtsrat aufsteigen. Dann hätte der Vater ihn unter Kontrolle und könnte Eve gezielter beschützen. Trontaro, sein Detektiv und Preston, der neue Ermittler griffen einen Busfahrer auf, der glaubte, dass eine dunkelhaarige Frau sehr lange in seinem Bus gesessen hätte. Sie war in Dublin an der Interstate zugestiegen, wirkte angespannt und verschüchtert. Er schüttelte erst den Kopf, als sie ihm ein richtiges Foto von Eve zeigten. Dann, als sie ihm das Phantombild von der veränderten Eve unter die Nase hielten, nickte er aufgeregt. Der Bus fuhr bis Brunswick Church City und hielt an unzähligen Vorküsten Kaffs an der 95. Straße. Doch er glaubte zu wissen, dass die Frau und ein Fahrgast in Dariens End ausgestiegen waren. Dariens End war eigentlich für viele zur mentalen Endstation geworden. Wer dort hinging, wohnte in den Wohnwagensiedlungen rund um den Ort und vegetierte zu gedröhnt bis zum Exodus. Er schnappte nach Luft, als er daran dachte. Dort herrschte nackte Gewalt und so eine Frau konnte sich da wohl kaum verstecken. Es könnte aber auch sein, dass sie in einer der nächsten Ortschaften ausgestiegen war. In Ferry zum Beispiel! Da gab es ein Museum und viele Fischfabriken, die Tierfutter aus den Abfällen produzierten. Oder in Cleargable, auch so eine Kleinstadt mit rauem

Küstencharme. Doch bis Brunswick war sie nicht gefahren, das wusste er noch genau. Die verwaschene Kleidung musste einst teuer gewesen sein!
Wie heftig Joseph Hill aufschreien musste. Er konnte es nicht glauben, was wollte Eve in Georgia? Überhaupt, zum Teufel, was wollte sie da? Es gab keine lebenden Verwandten mehr. Er ließ seine Beziehungen spielen. Nur sehr entfernte Verwandten von Eve Summer lebten hinter der Grenze, in Augusta. Sie versicherten, dass sie Eve seit der Kindheit nicht gesehen hätten. Er verstand gar nichts mehr. In Dariens End existierte vor langer Zeit einmal eine Tante, doch die war schon viel zu lange tot, als das es einen Sinne ergäbe. Die anderen Orte spuckten bei der Recherche gar nichts aus.
Joseph Hill vergrub seinen Kopf in den Händen. Niemand sollte seinen Kummer sehen, auch weil Joshua immer noch nicht zu Bewusstsein gekommen war. Niemand wusste, wann das sein würde. Sein Sohn hatte fast die Hälfte seines Blutes verloren und war dem Tod gerade noch von der Schippe gesprungen. Der Anblick war unerträglich und die kritische Phase galt noch immer nicht als überwunden. Dr. Bach forderte frischen Kaffeenachschub an, als Joseph Hill draußen blinkende Lichter entdeckte und Rotoren Geräusche unüberhörbar wurden. Das musste der Heli aus Washington sein! Wo zum Teufel versteckten sie Eve und wer half ihr dabei?
11
Eve hatte fast den ganzen Flug über geschwiegen, nur mit Spencer Stone einige verstohlene Blicke ausgetauscht. Mrs. Hudson pflügte in dicken Wälzern herum und machte sich Notizen, notierte Dinge auf Popup Zetteln. Tippte in ihren Lap Top herum und ihr Gesichtsausdruck ließ zu wünschen übrig. Eve hoffte bis zuletzt, dass sie Joshua nicht persönlich begegnen müsse. Dann landete der Heli auf einem der sieben Halteplätze, hinter hohen Mauern und beleuchteten Gitterfenstern. Sie konnte „Falcon-Brie Hospital" lesen. Eine Festung auf einer Insel, gebaut aus weißen Kalkstein. Entstanden war das imposante Gebäude im letzten Drittel des 19. Jahrhunderts und wurde einst als Sanatorium für reiche Geschäftsleute errichtet. Hier gab es auch die berühmten Kneippkuren, die aus Europa stammten.
Ein riesiger Park lag hinter dem, mit Stacheldraht umgebenen Anwesen. Sie konnte Übungsplätze und viele Anbauten auf dem umzäunten Gelände ausmachen. Blaugekleidete Gruppen rannten im Stechschritt auf der Aschenbahn. Kein schöner Ort, an dem sie freiwillig verweilen würde. Hierher kamen diejenigen, bei denen das Fass übergelaufen war. Mrs. Hudson hatte ihr erklärt, dass es Einstufungen gab und dementsprechend auch die Zusammenlegungen waren. Joshua ein besonders schauriger Fall

wäre und diese Patienten in der fünften Etage des G-Traktes betreut würden. Wachleute standen am Eingang und ein Empfangsteam von Polizisten begrüßten die Ankömmlinge. Sie unterhielten sich in einem Kasernenbefehlston. Salutierten, als sie mit Sheriff Stone redeten. Eine geheime Codesprache wurde benutzt, damit Außenstehende nur Bahnhof verstanden. Es war Absicht und Spencer warnte sie schon vor, dass sie durchsucht würden. Auch mit Nackt Scannern und Abtasten anfreunden müssten. Handtaschen wurden abgenommen und Mrs. Hudson musste ihr Handy abgeben. Alles war hermetisch abgeriegelt. Spencer Stone wurde erlaubt das Protokoll zu führen. Abgestandene Luft und kalte Beleuchtung in ockergestrichenen Fluren, drückten die maue Stimmung noch weiter herunter. Es gab null Informationen und sie wurden zum Schweigen angehalten. Im Fahrstuhl nach oben musterten sie die Wachleute eingehend. Totale Überwachung, wie bei den Hills zuhause. Hier müsste sich Joshua doch eigentlich wohl fühlen! Sie sah an sich herunter und vermied direkten Augenkontakt. Wie musste sie wohl auf die anderen wirken, mit ihrem dünnen Mantel, der dunklen Jeans und Sneakers, als ob sie selbst dringend therapiert werden müsste? Spencer Stones Nerven waren zum Zerreißen gespannt. Eve entdeckte eine pulsierende Ader an seinem Hals. Der Sheriff bereute seine Wahl, sie dabei zu haben. Die ganze Sache mit Carl hatte ihn derart belastet, dass er in Eves Anwesenheit nicht klar nachdenken konnte. Mrs. Hudson warf ihr versucht milde Blicke zu. Ihre eisblauen Augen verrieten jedoch beunruhigendes Flackern, ein Spiegelbild? Als der Fahrstuhl mit lauten Pingen in der fünften Etage anhielt, ging ein Beamter voraus. Spencer Stone blieb hinter Eve, die Mrs. Hudson den Vortritt ließ. Etliche Büroräume und Hinweisschilder deuteten auf unzählige Ebenen und unterteilte Trakte hin. Man konnte definitiv auf ein weitverzweigtes Wegenetz schließen. In der Fünf waren dicke Gs auf alle Türen geklebt. Wieder mussten sie Sicherheitsschleusen durchqueren. Das triste Licht erweckte ein anwachsendes Gefühl, beklommenen Enge. Eve kannte es schon von damals und ein Kloss drückte auf der Brust.> Blos nicht Ohnmächtig werden! <, murmelte sie wortlos. Als sie vor einem Flur mit Bürotüren hielten, wurde die Vermutung Gewissheit, Ziel erreicht.

12

Der erste Beamte klopfte und ein grauhaariger, kleingewachsener Mann, im Arzt Kittel und rot leuchtenden Wangen öffnete. Dr. Bach stand auf dem Namensschild. >> Guten Abend, bitte treten sie ein. Wie schön, dass wir komplett sind!<<. << Eve traute ihren Augen kaum. Dort hinten, am großen Fenster stand der Vater, Senior Hill mit einem fremden Anzugträger. Er hatte rotverquollene Augen und starrte Eve vernichtend an. Spencer Stone merkte sofort, was geschehen war. Er hatte den Einfluss des Vaters völlig unterschätzt.

Dr. Bach bat alle ruhig zu bleiben und sich in Anbetracht der heiklen Lage zu setzen. Ein Pfleger brachte frischen Kaffee und Gebäck. Eve setzte sich neben Mrs. Hudson und konnte sich nicht vom Blick, des anklagenden Vaters lösen. Er setzte ein Haifischgrinsen auf und breitet seine Arme aus. Statt väterlicher Wärme, sprühte er fast über vor höllischer Kälte. Hill Senior wählte den Stuhl gegenüber von Eve und seufzte. Die Anwälte setzten sich jeweils links von den Mandanten. Spencer und der andere Beamte durften am Nebentisch Platz nehmen. Sie blickte sich um. Stechpalmen mit Tonkieseln, vertrockneten in braunen Kübeln neben der Trennwand. Das grauenvolle Schweigen tickte im Takt der großen Wanduhr. Genug Zeit um Ziele auszuloten. Nach fünf Minuten mit überlegener Körpersprache von Senior und Crownfield, wurde die Situation von einem Anruf unterbrochen. Dr. Bach hob mit nervösem Blick ab. >> Der Patient ist wach und ansprechbar. Ich verstehe, nur die Angehörigen, es ist sonst zu viel Stress. Zum Glück, er ist erwacht! Teilen Sie dem Patienten mit, dass der Vater und dessen Ehefrau gleich herunterkommen, danke! <<, und knallte den Hörer laut auf die Gabel.
Dr. Bach mahnte zur Vernunft, als Mrs. Hudson sich weigerte, Eve auch nur eine Minute allein zu lassen. Crownfield grinste abfällig und warf dem Vater einen genügsamen Blick zu. Spencer Stone legte ebenfalls ein Veto ein. Der Anstaltsleiter nickte dem Sheriff zu und sagte dann. >> Sheriff Stone ich bin mir der Brisanz bewusst. Aber das Leben des Patienten geht in dem Fall vor. Sie kennen doch die Statuten. Sie wissen genau, wie Mrs. Hudson und Mr. Crownfield, dass nur die engsten Verwandten den erst Besuch wahrnehmen dürfen. Die Menschenwürde hat Priorität. << Sheriff Stone konterte. >> Ja, es ist richtig Dr. Bach, aber Mrs. Hill möchte ihren Mann nicht sehen! Es war abgesprochen, dass sie ihren Mann, wenn überhaupt, nur in Begleitung ihrer Rechtsverteidigerin und hinter einer Glaswand träfe. << Dr. Bach stöhnte laut auf, >> Sie haben ihre Hausaufgaben wie immer gemacht, Sheriff Stone und Washington war sehr bestürzt, als Sie den Posten ablehnten. Also gut, Mrs. Hudson darf Mrs. Hill zur Intensivstation begleiten. Doch in einer Intensivstation gibt es keine Glasabtrennung. Ihre Befürchtungen sind unrealistisch, Sheriff Stone! << Spencer nickte zerknirscht. Er war sich bewusst, dass hier und jetzt seine Befehlsgewalt endete und er Eve nicht weiter beschützen konnte, bis sie zurückkäme. Es war eine linke Nummer und er hätte es besser wissen müssen, um Paragraph 17 anzuwenden. Das hätte jedoch einige Formalien nach sich gezogen und es rannte ihm vorhin einfach die Zeit davon. Eve war auf sich allein gestellt und wirkte unter der Beobachtung des Vaters zunehmend zerbrechlicher. Er konnte die Gefühle nicht verhindern, die dieses Verhalten bei ihm auslösten, als die Tür hinter ihm ins

230

Schloss fiel. Es durfte niemals auffallen, wie beschissen er sich fühlte. Um die Konsequenz neu zu bewerten, begann Spencer Stone ein lapidares Gespräch mit den diensthabenden Kollegen. Crownfield outete sich als blasiertes Arschloch und gab seinen Standpunkt zum Besten, was er von der NoID Sache hielt. Spencer blieb äußerlich gefasst, obwohl er dem Anwalt am liebsten einen kräftigen Tritt verpasst hätte.

13

Eve begriff allzu deutlich, dass sie nach Hills Pfeife tanzen musste, um dieses Malheur zu überstehen. Enge und Panik verstärkten sich und Eve strengte sich an, die mahnenden Worte von Mrs. Hudson nicht zu vergessen. Sie fürchtete sich zunehmend vor dem Unvermeidlichen. Besonders drastisch steigerte sich das Gefühl der Hilflosigkeit, als Dr. Bach angab, dass sie in seiner Behörde seien und sich den Gegebenheiten anpassen müssten. Er lächelte gediegen und Vater Hill nickte bestätigend. Eve fühlte sich hintergangen und zu den Angstgefühlen gesellten sich neue Schwindelattacken. In Etage F wurde ihr schwarz vor Augen, sodass eine Pause nötig wurde.

Mrs. Hudson wirkte verloren, als sie sich zu Eve hinunterbückte. Überfreundlich fragte Dr. Bach, ob alles in Ordnung wäre? Beide Frauen nickten kurz und Vater Hill rieb sich kräftig die Hände. Mrs. Hudson schwor sich mit einer Beschwerdewelle gegen die Anstalt vor zu gehen. Es steckte Absicht dahinter, durch die Katakomben zu irren, anstatt den Fahrstuhl zu nehmen. Die Anspannung steigerte sich ins unerträgliche und Mrs. Hudson verfluchte das Verhalten des Vaters. Er rückte absichtlich immer näher an Eve heran. Es war die reinste Psycho Folter, wie er sie mit den Augen traktierte. Seine Körpersprache verhieß nichts Gutes.

Dann geschah das, wovor Spencer vehement gewarnt hatte, Eve verlor sich in alten Gewohnheiten, verleumdete die Unterlegenheit. Sie ertrug es einfach nur. Joseph Hill nutzte den Augenblick, packte Eve kurzer Hand am Arm und zerrte sie entschlossen in die entgegengesetzte Richtung, weg von allen anderen. Ein flinkes Wiesel hätte nicht schneller agieren können. Er schnaufte, als er Eve über die Schulter warf und im Sauseschritt in einen schlecht beleuchteten Gang einbog. Joseph ignorierte Mrs. Hudsons erboste Schreie. Eve bekam kein Wort heraus. Ihr Hals war zugeschnürt und ihr Körper gehorchte nicht. Als der Senior den Abstand angemessen empfand, blieb er stehen und setzte Eve mit einem unsanften Ruck ab. Drehte sich zu den schattenhaften Personen und brüllte. >> Mrs. Hudson, dass sie ein Herz aus Stein haben, ist keine Neuheit. Ich muss mit Eve jetzt sprechen und Sie werden mich nicht hindern! Niemand wagt das! Sie ist meine Schwiegertochter und es steht mir zu. Auch wenn Sie mich danach verklagen. Das Leben meines

Sohnes ist mir heiliger! Es ist so viel schiefgelaufen und Eve wird mir genau zuhören! Und Sie werden schweigen und auf besseres Wetter warten! <<

Die Ärzte und Dr. Bach versperrten einer fluchenden Mrs. Hudson den Weg. Eve fühlte sich ohnmächtig. Der schlimmste, anzunehmende Gau entwickelte seine volle Kraft. Wieder konnte sie nichts tun, musste alles hinnehmen. Spürte den Triumpf, den er empfand. Er war viel zu stark für Gegenwehr. Wohin auch fliehen? Sie taumelte und musste sich erneut festhalten. Der Vater stützte sie und half ihr auf einen Stuhl neben dem Wasserspender zum Trakt D. Zapfte einen Becher und hielt ihn Eve hin. Dann nahm er einen anderen Stuhl und setzte sich direkt vor sie. Der bullige Mann machte keinen Hehl aus seiner deutlichen Pose. Vater Hill legte beide Hände beschwichtigend auf Eves Schultern und musterte sie mit anklagendem Gesichtsausdruck. Weinen konnte sie nicht, sprechen auch nicht. Sie sah in zwei stechende Augen und war förmlich erstarrt von dem Blick und dem unglaublichen Verhalten. Sie hatte alle gewarnt, die Hill Familie zu unterschätzen. Todernst und ohne zu zögern begann er zu reden, während Mrs. Hudson schon an finstere Konsequenzen dachte. Doch jetzt stand es 2:1 für ihn und Joshua. Damit hatte sie nicht gerechnet.

>> Eve, sieh mich an. Wie hast du das alles nur geschafft? Wie konntest du bloß alle so zum Narren halten? Deine Maskerade ist schauderhaft! Was fällt dir ein, mich so bloß zu stellen?! Ich war wirklich überzeugt von dir und dann bist du nicht einfach weggerannt, nein! Du hast den Pass einer toten Frau benutzt. Vermutlich inspiriert von dem schrecklichen Unfall. Kurz darauf hieltest du alle zum Narren! Jetzt geisterst du als elender Schatten herum. Sieh dich nur an, Eve! Doch so schlau warst du nicht, denn du hast die Rechnung ohne mich gemacht! Joshua weiß noch nichts davon, dass wir die Spur bis zu einem Ort in Georgia nachverfolgen konnten. Was hast du in Gottes Namen in diesen verlotterten Fischerdörfern zu suchen? << Eve glaubte, nicht richtig gehört zu haben! Wie hatte er das herausgefunden? Sie schüttelte nur den Kopf, aber ihre Körpersprache hatte dem Vater längst signalisiert, dass er Recht behielt. Mrs. Hudson brüllte laut, dass es Unrecht wäre, die Mandantin so in die Enge zu treiben! Eve sollte nicht antworten. Unbeirrt fuhr der Vater fort. >> Eve, trink aus! Ich will, dass du Joshua verzeihst! Egal was zwischen euch gewesen ist. Schließlich habe ich ihm vergeben und er wird sich ändern. Eve sieh mich an und sag mir wie du es mit dir vereinbaren konntest, den beiden am State Boulevard beim Sterben zuzusehen? Was war das für ein Gefühl, nicht helfen zu können? << Eve schluchzte, als sie an den Moment dachte. Flüsterte in ein Taschentuch, dass Joseph ihr hinhielt. >> Es war das Schlimmste Gefühl, nach dem Verlust meines Kindes! << es

klang fast trotzig. Vater Hill strich ihr durch das Gesicht und antwortete milde, >> Ja Eve, genau, dass denke ich auch. Es ist das schlimmste Gefühl, eines Vaters, wenn sein geliebtes Kind im Sterben liegt. Und nur, weil seine große Liebe einfach reißausgenommen hat. Sie ist ein dummer Teenager! Joshua hat genug Strafe erhalten, meinst du nicht auch? Ihr bekommt eine zweite Chance und die Familie unterstützt euch bei der Bewältigung der Probleme. Er braucht dich so sehr und wird dir nie mehr wehtun! Das verspreche ich! Nur gib ihm eine Chance, Eve! << Ehrfürchtig redete der Vater weiter auf sie ein und verwies auf glückliche Zeiten. Erinnerte sie an die schönen Momente und die vierwöchige Reise durch Europa. So würde es wieder sein, wenn sie nicht mehr weglief. Alle vermissten sie in Bloomingville und hofften, dass sie zur Besinnung käme. >> Die arme Mrs. Klein hat schlimme Nervenzusammenbrüche erlitten und ist arbeitsunfähig. Kannst du mit der Gewissheit leben? Joshua versprach mir, die Therapie durchzuhalten, wenn du zurückkommst! Aber sein Herz blutet! Es wird keine Scheidung geben, schließlich gabst auch du einst vor Gott ein Versprechen ab! Ich weiß, dass du nie egoistisch warst, Eve! Kehr um und rede mit uns! <<

Er nahm Eves erstarrte Hände in seine und wollte sie umarmen, als Mrs. Hudson den schmächtigen, jüngeren Arzt kräftig in die Kniekehlen trat und lossprintete. Sie durchbrach die Mauerei des Vaters und stellte sich schützend vor Eve. >> Mr. Hill, ich denke es reicht! Sie hatten ihren Auftritt und das Gutachten beinhaltet genug Gräueltaten, um ihren Sohn für immer von Eve fernzuhalten. Er hat sie stark misshandelt und jetzt kommen Sie und wollen Eve erneut manipulieren? Hier geht es um mehr, Mr. Hill! << Joseph trat einen Schritt zurück, baute sich kerzengrade auf und sagte heiser. >> Ein Hill gibt niemals auf und er bekommt stets was er verlangt. Denken Sie an meine Worte und nehmen sich vor mir in Acht! Stirbt mein Sohn, dann sollten Sie sich warm anziehen! << Der Senior nickte beschwörend und kehrte darauf hin zu den anderen. Der Jüngere rieb sich mit verzerrtem Gesicht das Bein. Eve zitterte und signalisierte ihrer Anwältin, dass er von Dariens End und den Küstendörfern wusste, und nah dran war, sie auszumachen. Mrs. Hudsons Stimme besaß einen makabren Unterton. >> Mrs. Hill es ist eine grottige Show, die hier abgezogen wird. So was habe ich noch nie erlebt. Wir konnten nicht ahnen, dass diese Leute zu allem fähig sind! Es ist unheimlich! Versuchen Sie, seine Worte auszublenden, Eve! Wenn wir gleich auf ihren Mann treffen, müssen wir das Ganze so kurz wie möglich gestalten. << Eve nickte und fühlte sich angezählt. War die ganze Welt doch zu klein, um den Hills zu entkommen? Das Schlimmste stand bevor.

14

Sie folgten den Ärzten und Dr. Bach, der die breiten Schleusentüren aufhielt. Sie mussten durch eine Sterilisationsrampe schreiten. Sterilliumtröpfchen pöffkerten aus Düsen und vernebelten die Sicht. Vater Hill hielt nun Abstand, doch es fehlte nur noch ein Fünkchen Glück, dann glaubte er an die logische Konsequenz, des Comebacks. Wie bei einer Quarantänemission, mussten sie ihre Schuhe ausziehen und in weiße Kopfhauben und Plastikschlappen schlüpfen. Dr. Bach erklärte, dass es drei Intensivpatienten gäbe. Nur bei Hill brannten rote Lampen über der Schiebetür.

Der Wandmonitor meldete piepsende Warnungen, als sie eintraten. Der Raum wirkte noch steriler, als der Weg dorthin. Die Apparate pingten laut und ein Atemgerät gab rasselnde Töne von sich. Eve erschrak, als sie die Person im breiten Bett liegen sah. Angeschlossen an unzähligen Schläuchen und Kabeln. Wie ein Häufchen Elend lag der ausgemergelte Körper dar. Er war kaum wieder zu erkennen. Sie verharrte ein Stück vom Bett entfernt und musste sich mit aller Kraft zwingen, Übelkeit zu unterdrücken. Sie glaubte sich im falschen Film und stellte entsetzt fest, dass sie den schwachen Mann fasziniert anstarrte. Ein „Gut gegen Böse Krieg", wütete in Eves Kopf. Warnte, das Mitgefühl nicht zuzulassen! Sie sollte stolz sein, ihn so weit gebracht zu haben. Nein, verdammt! Was für eine Lüge! Engelchen und Teufelchen gaben sich die Klinke in die Hand. > Wegen dir, sieht er so aus, Eve! Wenn er stirbt, bist du schuld! <, > Nein, Eve, er ist selbst schuld und die Flucht war das Einzige, was du tun konntest! < Eve schüttelte sich, ein eiskalter Schauer jagte den nächsten.

Die Arme des Mannes, der wenig mit dem Joshua gemeinsam hatte, den sie einst verließ, waren bis zur Beuge einbandagiert. An der rechten Hand saß ein Pulsmesser. Vater Hill weinte bitterlich und rückte dicht an seinen Sohn heran. Dr. Bach maß Fieber und schickte seine Kollegen hinaus. Mrs. Hudson hielt sich angespannt zurück. Sie hasste solche Situationen, sie waren nicht zu kontrollieren! Vielleicht krepierte der Schweinehund vor aller Augen, dann hätte Eve Ruhe. Dieser Fall sprengte ohnehin schon jede Vorstellungskraft. Joshua lag unrasiert dar. Die Haare hingen wirr und ungepflegt auf dem Kissen. Dunkle Lider verrieten die dickgeschwollenen Augen. Das totenbleiche Antlitz ließ einen Schluss zu. Dieser Mensch hatte sich eigentlich aufgegeben. Die Mundwinkel zuckten und Tränen liefen aus den geschlossenen Augen, beider Männer. Der Vater küsste seinen Sohn und flüsterte, wie leid ihm die Sache täte. Strich über das matte Haar. Wieder lief Joshua ein Schwall dicker Tränen über das Gesicht. Eve konnte den Anblick kaum ertragen, wollte nur noch raus. Mrs. Hudson hielt sie am Arm und schob sie näher zum Bett. >> Bitte Eve, Sie müssen da durch! Das eine mal noch! << Wie in Trance griff Eve zu einem Hocker auf der anderen Seite, an der

Infusionsbeutel hingen und setzte sich. Sie starrte auf sein Gesicht und wünschte, das alles wäre nie passiert! Joshuas Antennen registrierten Eves Gedanken, das konnte er schon früher. Er öffnete ungläubig die glasigen Augen und fixierte sie mit tiefer Verwunderung. Der sonst tosende, grüne Ozean in seinem Blick war verschwunden. Er blinzelte, als wäre Eve reine Einbildung. Vater Hill tupfte sich nach einem ergreifenden Weinkrampf die Tränen und raunte seinem Sohn mit rauer Stimme zu, während Joshua Eve dabei nicht aus den Augen ließ. Was für ein Scheißgefühl und es verursachte hefige Bauchschmerzen! Eve verlor sich in dem immer klarer werdenden Blick ihres Mannes. >> Junge, sie ist hier, sie ist wirklich hier und jetzt Eve, sag etwas! Verzeih ihm endlich und schau meinen Sohn nicht an, als ob er ein Außerirdischer wäre! << Vater Hill blieb energisch. Joshua räusperte sich, versuchte seine Arme zu bewegen, doch es fiel ihm schwer. Joseph stand auf, ergriff Eves Hand, drückte sie auf Joshuas. Er zuckte merklich zusammen. Eve erging es genauso. Mit diesen Händen hatte er sie einst halbtotgeschlagen. Der Körper, zu dem sie gehörten reagierte umgehend. Joshua bäumte sich auf, das Leben kehrte kraftvoll zurück. Zuerst vernahm sie seine Stimme dünn und faserig, dann bestimmter und er raunte bei Eves Anblick. Der alte Joshua, ein kluger Stratege, lugte hinter der geschwächten Fassade hervor und machte es sich zu Eigen. Sie konnte ihr Mitleid kaum noch verbergen. Joshua kombinierte und die Chancen stiegen. Eves Selbstzweifel würden sie zu ihm zurückbringen und sofort setzte er ihr damit kräftig zu. Joshua spürte, wie sie förmlich vor ihm dahinschmolz. >> Eve, du bist hier! Ich habe nicht mehr daran geglaubt! Dunkle Haare stehen dir auch! Eve, du bist auch so blass und schmal! Es ist wegen mir, nicht wahr? Ich habe schlimme Dinge getan, aber ohne dich zu leben, das kann ich nicht. Sieh mich an! Ich bin ein Wrack, so wie dein Beetle. Alles, was ich schlimmes getan habe, werde ich wieder gutmachen. Ich habe verstanden! Komm zurück. Wir kaufen uns ein anderes Haus, fangen ganz von vorne an! Verlass mich nicht! Ich wusste immer, dass du lebst! Du hast du mich in der Hand. Ich gehöre dir, für immer! Blas die Scheidung ab! << Seine Stimme versagte und sein Brustkorb bebte, der Puls stieg und Dr. Bach signalisierte, das die Aufregung nicht gut wäre. Doch Joshua wollte eine Antwort von Eve. Der Arzt und der Vater warfen der Anwältin abschätzige Blicke zu. Sie störte bei der feindlichen Übernahme sehr! Vater Hill streichelte Joshuas Gesicht und flüsterte, dass er sich beruhigen sollte. Joshua konnte sich nicht beruhigen und zitterte heftig. Er wollte von Eve die Bestätigung, dass sie noch etwas für ihn empfand. Sein Verstand konnte nicht klarer sein. Joshua spürte die volle Gefühlsregung seines lädierten Körpers. Dr. Bach träufelte Medikamente in den Infusionsbeutel. Vater Hill schluchzte

leise, konnte die starken Gefühlsschwankungen nicht abschalten, als er die beiden gemeinsam betrachtete. Genauso hatte er sich das vorgestellt! Eve und sein Sohn, vereint in diesem Raum. Es waren emotionale Gewissensbisse, die Eve nicht verhindern konnte. Sie hatte es geschafft, diesen Mann in seine Schranken zu weisen und ihn damit fast zerstört. Doch das Gleiche tat er zuvor mit ihr. Sie waren Quitt und doch stiegen die alten Gefühle wieder hoch. Gefühle bevor das alles begann. Warum setzten diese ihr so zu? Eve konnte keinen klaren Gedanken fassen und ihr eigenes Verhalten kaum glauben. Joshua hatte nur noch Augen für Eve und drückte ihre Hand, obwohl seine Arme schmerzten und wie Feuer brannten. Eve rückte nah an ihn heran und erkannte, dass seine blutunterlaufenden Augen einen deutlichen Hoffnungsschimmer ausstrahlten. Dieser Augenblick, wie damals! Das wollte sie ihm nicht nehmen. Er krächzte mit unkontrollierter Stimme, schluchzte immer wieder und sie bekam einen neuen Anflug von warmen Gefühlsausbrüchen. Das war der Dreh, den er früher gezielt einsetzte, um ihr Herz zu gewinnen. Eve konnte nicht anders, als sich in Joshuas stätig feuchter werdende Augen zu vergessen. >> Eve, unser Baby, wäre ein Junge geworden und er hätte überlebt! Auch durch meine dumme Tat, hätte er es geschafft. Doch die Ärzte waren angewiesen, alles zu vertuschen. Hätte ich das Ausmaß zuvor erahnt, wäre mir mein Ruf egal gewesen, verstehst du?! << Er schluchzte erneut kräftig und bat sie noch näher zu kommen. Nur wenige Zentimeter trennten Eves Gesicht von seinem. Joshua roch nach Vertrautem. Mrs. Hudson stand wie angewurzelt da, durfte nicht eingreifen. Diese Eindrücke gingen an jede Substanz, die sie später mit einem Drink wegspülen müsste. Ob ein Scotch genügte? Sicher nicht! Sie war zur Untätigkeit verdammt, denn noch nie waren die Gegner Trickreicher! Eve lief Gefahr, eine Rückkehr in Erwägung zu ziehen. Mrs. Hudson erkannte das Leuchten in den Augen der Ehefrauen, kurz bevor sie zurückruderten. Die Hills spielten eine perfekte Inszenierung. Die Überzeugungstaktik ging auf.
Vater Hill zerfloss im Selbstmitleid und. Joshua bat Eve, sein Gesicht zu berühren. Mit zittriger Hand ertastete sie seine Stirn. Sie fühlte sich matt und verschwitzt an. Eve sollte seine Worte mit Ehrlichkeit verbinden. Er schloss seine eingefallenen Augen dabei für einen kurzen Moment und atmete tief durch. Eve dachte dabei sofort an früher. Als sie ihn liebte und ihn gerne anfasste. Es gab eine Zeit, da konnten sie nicht genug von einander bekommen, so empfand sie gerade wieder. Das löste tief in ihrem Inneren ein totales Gefühlschaos aus. Sagte mit belegter Stimme. >> Warum hast du das getan Joshua? Hättest dich immer anvertrauen können, dann, wäre das nie passiert! << Der dicke Kloss im Hals löste sich. Alle Ängste fielen ab, flossen dahin. Sie weinte hemmungslos, drückte

ihren Kopf gegen seinen und strich ihm mit beiden Händen über sein Gesicht. >> Tue das nie wieder, versprich mir das und wir werden eine Lösung finden, Joshua! << Sie schnäuzte in ein Tuch und wollte ihre Tränen auf seinem Gesicht abtupfen. Er raunte bewegt. >> Nein, nicht Eve, mein Engel! Ich mag den salzigen Geschmack deiner Tränen, weil sie echt sind. Du bist fortgelaufen und doch sitzt du jetzt hier, bei mir. Eve, warum kannst du nicht einem törichten Mann seine Fehler verzeihen? Ich gebe dir mein Wort, dich zu Ehren und gesund zu werden! Alkohol und alles was damit begann, gehören der Vergangenheit an und zwar für immer! Du möchtest einen liebevollen Mann, auf den man zählen kann. Das habe ich Vater versprochen! Eve, fühl mein Herz! << Sie fuhr zögernd mit der Hand unter seine Bettdecke. Die Haut auf seiner Brust fühlte sich heiß und feucht an. Das Herz darunter schlug kräftig und schnell. Die Atmung beschleunigte sich. Dr. Bach schüttelte den Kopf. >> Ein Mann ein Wort! Worauf warten Sie, Mrs. Hill? Ihr Mann hat mehrere Fremdblutspenden in seinem Körper und wird nie wieder derselbe sein. Nur die Arme benötigen Liebe und Pflege, das könnten Sie übernehmen. Ich verschreibe Salzbäder, gegen die Narbenbildung. Eine intensive Reha wird folgen. Dann erhalten sie ihn wie neu zurück! << Der Anstaltsleiter nickte dem Vater zu und verließ den Raum.

Sein Sohn hustete aufgeregt, der Vater hob das Kissen an und lagerte Joshuas Oberkörper in eine angenehmere Position. Er lächelte in sich hinein und hoffte, das Eve einen heftigen, moralischen Kampf austrug. Vielleicht sogar den Heftigsten, das Ziel vor Augen! Niemand dürfe die Gefühle leugnen, nicht mal diese Rechtsverdreherin. Fürs erste hatten sie Eve weichgekocht. Es ging nicht um Fairness, das ging es nie! Satz und Sieg, das Hillsche Prinzip stand immer vornweg, auch jetzt. Es galt als Primärziel, der Rest wäre nicht von Bedeutung! Joshua und Eve mussten manches tiefe Tal durchschreiten. Kein Problem, dass nicht zu meistern wäre. Eve war von Gott geschickt, um mit Joshua zu leben. Sie gehörten einfach zusammen, niemand durfte das je ändern, das schwor er sich.

Joshua lächelte mühsam. Doch das Blitzen in seinen Augen war erwacht und er versuchte nach ihrer anderen Hand zu angeln, zog sie dicht zu sich und sah gebannt in ihre braunen Augen. Tiefe, ehrliche Blicke tauschten sie aus. Eve steckte tief im Zwiespalt und spielte mit dem Gedanken ihre Blockade aufzugeben. Joshua nutzte diese Gunst und flüsterte heiser. >> Eve, küss mich bitte, hier und jetzt, damit ich auch später den Geschmack deiner Lippen auf meinen spüre! Damit ich wieder gesund werde und dann werden wir beide alles besser machen! Bitte, ich wünsche es mir so sehr! << Eve konnte nicht anders, küsste ihn kurz auf seinen trockenen Mund. Sie schmeckten süß und bitter zugleich. Joshua hielt inne und versank im eigenen Gefühlschaos. Wann hatte Eve ihn das letzte Mal freiwillig geküsst? Er liebte sie, wie am ersten Tag und wollte das aufregende Gefühl weiterspüren. Sein Körper reagierte, wie ein Ertrinkender. >> Nochmal, Eve, küss mich weiter, bitte! Wie weich deine Lippen sind. Ich fühle so viel mehr! << Je länger sich ihre Lippen berührten, desto mehr erwachte er zum Leben. Seine Finger umschlungen ihre Hände und er fühlte ein lange nicht dagewesenes Feuerwerk explodieren. Der Alkohol hatte ihn blind für all die schönen Empfindungen gemacht. Er würde seine Eve zurückfordern und es dürfte ihm auch ganz gelingen, natürlich mit Vaters Hilfe. Endlich konnte Joshua sich als vollkommen fühlen und das genoss er in allen Zügen.

Als Eve sich erhob, war sie völlig verwirrt! Sie zog es tatsächlich in Erwägung, mit Joshua neu anzufangen. Aber jede harmlos wirkende Geste, brachte alte Gräueltaten ins Gedächtnis. Sie mahnten, nicht leichtsinnig zu werden. Eve schwebte in einer rosa Seifenblase und wollte nicht aufwachen. Alte Erinnerungen trafen wie Nadelstiche, zerstörten die neue Scheinwelt. Seine Entgleisungen waren zu sehr eingebrannt. Er bat, dass sie bei ihm blieb, bis er eingeschlafen sei. Joshua hielt Eves Hand fest. Er hatte die Rechtsanwältin im Augenwinkel beobachtet. Zweifelsohne weinte Eve, weil sie mit sich haderte. Die Rechtsanwältin würde es nun zu spüren bekommen, dass sie ihre Hausaufgaben nicht gemacht hatte. Es wäre nur eine Frage der Mittel, wann Eve ihm wieder ganz gehörte. Niemand konnte hier noch bestreiten, dass sie keine tiefen Gefühle mehr für einander besaßen. Dr. Bach spritzte ein zusätzliches Sedativum. Nach fünf Minuten fielen Joshuas Augen zu. Er atmete leise. Nur die rötlich glänzenden Wangen zeugten von der hoffnungsvollen Audienz mit Eve. Joseph bildete sich das nicht ein. Sein Sohn würde nun bis zuletzt kämpfen. Der Vater sah Eve direkt an und sprach dann jene Worte voller Emotionen. >> Jetzt weißt du es, wie sehr er dich liebt und du solltest über den erlesenen Schatten springen. Besteht eine ungehorsame Mrs. Hill weiterhin auf Scheidung, wird ein heftiger Sturm aufziehen! Vergiss niemals, dass ich noch lange nicht alle Trümpfe ausgespielt habe! Du wirst zu Joshua zurückkehren und das ist keine bitte! Wir werden dich finden! Ich hoffe, ich habe mich klar ausgedrückt. << Bevor sie antworten konnte, erhob sich Joseph schnaubend, küsste seinen Sohn auf die Stirn und verließ erhobenen Hauptes die Station. Ratlos blickte Eve zu Mrs. Hudson. Sie war einerseits mit den Nerven total blank, aber das alles sollte für Nothing gewesen sein? Niemals! Leider konnte sie nicht leugnen, dass immer noch alte Gefühle im Spiel waren. Doch die große Liebe, wie sie einst dachte, spürte sie nicht mehr. Es war hart, dass zu begreifen, doch Eve musste entschlossen für ihre Unabhängigkeit weiterkämpfen?

15

Joshua war im Moment kein Gegner, aber unterschätzen sollte ihn niemand. Der Vater definierte seine Machtansprüche klar und Drohungen galten bei den Hills immer als Allerheilmittel. Rechtsanwältin Hudson hatte sich wieder unter Kontrolle und musste dringend Aufklärungsarbeit leisten! Eve dürfe sich nicht noch mal einschüchtern lassen. Sie musste eine Wiederholung vom Wahnsinn in Zukunft unterbinden. Sonst könnte man nicht garantieren, dass Eve Hill irgendwann tot im Wald läge oder den Rest ihres Lebens in einer Irren Anstalt verbrachte! Das sagte sie eindringlich zu einer nachdenklichen Mrs. Hill, als sie sich auf dem Weg, zurück zum Heli machten.

Spencer Stone erlebte den Vater so selbstgefällig, das es nur einen Schluss zuließ. Er befürchtete das Schlimmste für Eve. Als er sie dann etwas später um die Ecke biegen sah, machte sie einen verstörten Eindruck. Mrs. Hudson gestikulierte, dass es nicht schlimmer hätte kommen können. Später im Heli gab sie Spencer zu verstehen, das die Hills, was das Theatralische anging, maximale Aufmerksamkeit genossen hätten. Doch auch sie konnte nicht leugnen, dass die Gefühle aller Hills verständlicherweise gewaltig mit ihnen durchgegangen waren. Die Situation konnte sich für Eve nicht aufreibender entwickeln. Sie hatten auf den psychologischen Effekt gesetzt. Es war allerdings unübersehbar, dass Joshua Hill von seiner Frau augenscheinlich besessen war. Sowas hätte sie noch nie erlebt! Eve saß blass und zerstreut auf ihren Platz, starrte mit leerem Blick in den unwetterdurchzogenen Abendhimmel. Spencer Stone kam eine Idee, er musste dringend mit Carl sprechen.

Sie war unfähig, die Tragweite der Situation zu begreifen. Ihre Gefühlswelt driftete so durcheinander, dass sie eine Versöhnung in Erwägung zog, wenn bestimmte Voraussetzungen gegeben wären. Andererseits hielt sie das Thema für erledigt und musste endlich verdaut werden. Doch schon der Gedanke an Mrs. Klein ließ erahnen, welch ein Aussaß ihre Flucht nach sich gezogen hatte. Was wäre, wenn Joshua sich wirklich nach einer Therapie ändern würde? Nein zu unrealistisch und doch hatte sie es sich eben sehr gewünscht. Eben waren sie wieder wie ein Team. Doch da gab es den schwarzen Fleck in ihrer Seele und der hatte sich nicht verändert. Er trommelte unerbittlich, nie mehr an eine Rückkehr zu denken. Sich niemals von vermeintlicher Schwäche blenden zu lassen. Der Vater drohte mit Sanktionen und doch besaß sie keine Furcht vor ihm. Sie war schon einmal durch die Hölle gegangen. Die Hölle, die im Begriff war, sie erneut in die Tiefe zu ziehen. Alles drehte sich, verband sich zu wirren Ungereimtheiten. Nichts hatte mehr irgendeine Ordnung. Unten war oben. Eve wirbelte schwerelos durch das Universum, vorbei an allen Planeten, immer weiter und tiefer ins All. Sie verließ die Milchstraße und dann wurde es dunkel.

19.Kapitel

1)

Eve vernahm leise Radiomusik, als sie die Augen aufschlug. War sie eben nicht noch im Heli? Die Augenlider waren schwer. Immer wieder verschwamm die unbekannte Umgebung. Sie hatte einen Filmriss und erinnerte sich nicht, wie sie in diesen abgedunkelten Raum gekommen war. Eve versuchte den feinen Geruch der Bettlaken einzuordnen. Was war geschehen? Alles wirbelte in ihrem Kopf herum. Joshua, die Intensivstation, sein Suizidversuch und die Drohungen von Joseph. Die Gedanken wollten sich einfach nicht sortieren lassen. Sie empfand Mitleid und Angst zugleich. Doch das Schlimmste waren die Schuldgefühle um Joshuas Zustand. Ein inniges Gefühl, das sie vorhin ganz deutlich spürte, einfach unpassend. Es war der alte Charme, dem sie einst erlag. Der Grund, weshalb es damals überhaupt zwischen ihnen funkte. Doch die verdrängte Realität ließ nicht lange auf sich warten. Verscheuchte jegliche positiven Erinnerungen, Haute durch, bis in die Fußspitzen. Die Gemeinheiten, Misshandlungen und seine Alkoholsucht. Wie ein glühendes Eisen legte sich eine neue Blockade um ihr Herz und drohte alle neuempfundenen Gefühle endgültig zu verbrennen. Sie schloss die Augen, bittere Tränen der Erkenntnis tropften auf das weiße Kissen. Eve war noch lange bereit für eine neue Beziehung. Die Seele konnte nicht gänzlich repariert werden, wenn auch ihr Körper etwas anderes behauptete. Ihre Arme umschlangen die Beine. Kein Mensch sollte sie so zerstört sehen! Eve weinte leise, es konnte nicht klarer sein! Sie wollte zu Joshua Hill niemals zurück. In der Ferne vernahm sie dumpfe Stimmen, konnte sie lange nicht einordnen.

Ein Sturm zog auf, wenn sie nicht zurückkehrte. Nein, sie durfte niemals weich werden. Joshua würde auch ohne sie gesund und sie hatte seine Repressalien lange genug ertragen. Was wäre, wenn er sich resozialisierte, aber sich in ein paar Jahren doch alles wiederholte? Wenn er Eve wieder bevormundete? Wem würde sie etwas beweisen, sich? Wohl kaum. Nein! Egal, wie schrecklich emotional die Erfahrungen vorhin waren. Sie dachte an eine freie Zukunft, ohne die gesamte Hill Familie. Nein, sie würde nie wieder zurückgehen. Sollte Vater Hill doch alle Höllengeister heraufbeschwören! Wenn es nicht anders zu lösen wäre, müsste sie eben wieder weglaufen und sich woanders verstecken.

2)

Die Stimmen wurden deutlicher. Eve erkannte Carl und Spencer, die ein Baseballspiel im Fernsehen bejubelten. Vorsichtig zog sie die Lamellen am Fenster hoch. Erleichtert betrachtete sie die Engelskulptur mit Vogelbrunnen, vor ihrem Fenster. Allerlei Piepmätze badeten ihr Gefieder und hatten keine Berührungsängste.

Immer noch benommen rappelte Eve sich auf, blickte umher. Eine rahmenlose Uhr mit schwarzen Ziffern, tickte an der Wand gegenüber. Immer noch früher Abend? Nein, Eve hatte zwanzig Stunden geschlafen! Langsam kapierte sie, dass sie im Polizei Heli ohnmächtig geworden sein musste, oder etwas in der Art. Man hatte sie in eine dünne Decke gehüllt und vollbekleidet abgelegt. Lediglich ihre Stiefelletten standen ordentlich neben dem Stuhl, genauso ihre Jacke. Dann bemerkte sie ein Pflaster an ihrem linken Arm. Ein Stich, Spritze, sie konnte sich an nichts mehr erinnern.

Eve zog ihre Stiefel an und bemühte sich nicht zu wanken, als sie das Zimmer verließ und den gedimmten Lampen in den hinteren Teil des Hauses folgte.

Sie erkannte den Durchgang und die roten Läufer sofort wieder. Es war also keine Halluzination und der Marmorboden glänzte hell. Sie stieß die angelehnte Küchentür auf und blickte in zwei erwartungsvolle Augenpaare. Carl reagierte zuerst, erhob sich und umarmte Eve. Fest drückte er sie an sich und hoffte nicht, dass die Hillsche Gehirnwäsche zu großen Schaden angerichtet hatte. Seinen kritischen Gesichtsausdruck kannte Eve von früher, wenn Joshua alberne Herzchen Gedichte auf ihr Handy schickte. Carls blaue Augen blinzelten enttäuscht, denn er deutete ihre Reaktion richtig. Das Hillsche Horrorkabinett hatten sich eingebrannt. Eve verdaute einen Schock und benötigte Zeit. Spencer nickte sanft, schob seinen Hocker beiseite und deutete darauf. Er setzte sich auf die andere Seite und musterte Eve eingehend. Für Eve war das alles im Moment nicht wichtig. Weder dass sie Carl erneut vertrösten müsste, noch dass Spencers Wangen seltsam rot glänzten. Ein verführerischer Geruch, heißen Kaffees durchströmte die Küche und sie verspürte Appetit. Belegte Brötchen standen abgedeckt auf dem Tisch. Carl holte Teller und stellte ihr einen großen Pott Kaffee hin. Er konnte seine Augen nicht abwenden. Spencer räusperte sich, während Carl sich gegen die Schubladenfront lehnte. Verdammt, er hatte Eve erneut verloren! Seine größte Angst war eingetreten und er erinnerte ihn an die letzten Worte des Cherokee Mannes, die bisher keinen Sinn ergaben. > Es führt kein Weg nach Bordertown, wenn du nicht selbst gehst! < Er wollte ihre bedingungslose Liebe genauso erzwingen, wie Hill einst. Aber manchmal reichte es nicht und man musste weiterkämpfen. Das würde Carl tun! Er würde es für sie beide tun! Spencer wollte keine Zeit verlieren.

Eine Weile schwiegen die drei, kauten an den Stullen, bis Spencer auf sein blinkendes Handy deutete. Das war das verabredete Zeichen. Der Sheriff bat Eve, ihm in Carls Büro zu folgen. Es handelte sich um den letzten Feinschliff im NoID Programm. Seine Miene versteinerte ließ den Cop aus ihm sprechen.

>> Mrs. Sommer, Sie hatten gestern Abend einen erheblichen Nervenzusammenbruch. Wir hielten es für die beste Idee, Sie nach der Behandlung hierher zu bringen. Wir hoffen, dass Ihnen die Entscheidung leichter fällt, wenn Sie sich in einer halbwegs bekannten Umgebung wiederfinden. << Dann senkte Spencer betrübt seinen Blick. Es machte ihm mehr als zuvor aus, sie in Carls Umarmung zu sehen. Miese Gefühle lähmten ihn für den Moment. Carl stierte derweil unglücklich aus dem Fenster und drückte Eve fest an sich!

Spencer wählte eine Nummer im Diensttelefon. Als es tutete, reichte er ihr das Gerät. >> Eve, als Gesetzeshüter muss ich neutral bleiben. Das hier liegt nicht mehr in meiner Entscheidungsgewalt. Die letzten Meter schaffst du allein! << Eve nickte und überlegte nicht, es musste sein!? Sie grüßte eine energische Mrs. Hudson. >> Mrs. Hill, wie schön, dass Sie sich nach der Schlafkur ein wenig erholen konnten. Man hört es an ihrer Stimme. Die beiden Herren haben noch nicht mit Ihnen darüber gesprochen, oder? <<

Eve verneinte und Carl kratzte sich nachdenklich am Kinn, während Spencer eine CD in seinen Laptop schob. >> Ich habe noch einen Kollegen hinzugezogen, weil Mr. Hill Senior mit allen Wassern gewaschen ist. Er wird mich vermutlich bei den Verhandlungen für Befangen erklären lassen. Dr. Tudor wird Sie mitvertreten und er ist in allen Fragen involviert. Ihr Mann hat mich heute Vormittag um elf in der Kanzlei kontaktiert. Er klang für jemanden, der einen Suizid hinter sich hatte, ziemlich vital. Joshua Hill wirkte euphorisch und das ließ meine Alarmglocken schrillen! Eve, Sie wurden im Helikopter ohnmächtig, weshalb wir in Augusta notlanden mussten und der Arzt Sie eigentlich dabehalten wollte. Wir haben dann überlegt, wie wir am besten helfen könnten und welche Umgebung jetzt die Geeignete wäre! Sicher nicht, die eines Krankenhauses. Also ließen wir Ihnen ein Schlafmittel verabreichen und haben Sie zum Haus von Mr. Oldman gebracht. Was Sie brauchen, ist Zeit, um sich endlich auch in jeder Gefühlslage von Mr. Hill zu trennen! Genauso wie sie es mir heute früh gesagt haben. In der Tat sprach nicht ihr Herz, sondern Mr. Hills Wunschvorstellung aus ihrem Mund. Manipulation ist das Zauberwort, auf das von beiden Hills gesetzt wurde und Dr. Bach ist ein Schweinehund „par exellance"! Ich habe vorhin mit einem Vermittler der Bundesbehörde und Dr. Tudor eine Konferenzverhandlung geführt. Eine Eilentscheidung musste her. Ihr Mann wollte für nächste Woche schon einen Termin vereinbaren, um Sie zu sehen. Er möchte Sie zu einer Ehe Therapie überreden und falls sie das Angebot annehmen, sind Sie aus dem Identitätsschutzprogramm raus, Eve. Das ist der Fakt. Ich denke, dass es die Taktik von Hills Anwalt ist. Er möchte Sie so schnell, wie möglich überrumpeln und eine Kehrtwende zu erreichen. Ich habe es schon mit der Begründung abgelehnt, dass sie sich in einer Notsituation befunden haben und es auch nicht nach geltenden NoID Bestimmungen abllef. Sie können ihren Mann erst wiedersehen, wenn er die grüne Stufe absolviert hat. Dann als geheilt gilt, wenn alle Psychologischen Tests bestanden sind. Damit beweist er, dass er arbeitstauglich ist und dem Alkohol abgeschworen hat. Doch bis dahin, wäre die Eilscheidung durch. Ganz gleich, was die Gegenseite sich jetzt noch einfallen lässt. Das Haus in Dariens End wurde enttarnt, leider! Sie bekommen eine Wohnung, nahe ihrem Arbeitsplatz in Brunswick und einen Officer, der Sie bewacht. Eve, es ist jetzt Ihre Entscheidung? Sind Sie sich im Klaren, dass Sie Joshua Hill erst wieder treffen werden, wenn Sie geschieden sind? Er kann nicht aus der Anstalt raus, es sei denn er hätte einen eigenen 24 h Physiater und auch einen Pfleger, der ihn rund um die Uhr betreut. Ihre Entscheidung fehlt! <<

3)

Eve blickte zu Carl, der verzweifelt seine Hände knetete und sie flehend ansah. Der Sheriff fuhr sich nervös durch seine rotblonden Haare. Die beiden Männer hofften nicht jene fehlgeleiteten Worte aus Eves Mund zu hören. Sie überlegte, dachte an den weinenden Joshua, die Situation, die ihr vorhin ein Stich ins Herz gerammt hatte und sie bis ins tiefste Mark erschütterte. Als sie sich eingestehen musste, dass sie für ihn trotz allem noch Gefühle besaß. Doch jetzt konnte sie es nicht klarer Definieren! Joshua verdiente eine neue Chance. Aber nicht von ihr! Sie wollte keinen neuen Qualen ertragen, nie mehr! Sie atmete tief durch. Ein neuer Lebensabschnitt hieß sie willkommen. Nein, sie wollte nicht zurück, niemals und unterstrich es deutlich.

Carl atmete scharf ein. Die Luft stand still.
>> Dann Mrs. Sommer, herzlich Willkommen in der Welt von NoID. Sie sind nun völlig Unsichtbar für alles, was die Hills anbetrifft und ich werde Dr. Tudor nun die Verhandlungen führen lassen. Sollte Joshua Hill sich nochmal zu so einer Tat hinreißen lassen, dann wird Dr. Tudor allein dorthin reisen, ohne Sie. Also, Eve köpfen Sie eine große Flasche und feiern Sie ihr neues Leben! Sie bekommen Bescheid, wenn Sie die durchgesetzte Scheidung unterschreiben müssen. In dem Fall stehen einige Termine im Familiengericht Durham an, allerdings jeweils getrennt. Sie werden sich eigens beim Urteilspruch wiedersehen. Mit Ihrer jetzigen Einwilligung, übergeben wir den Ermittlern der Bundesbehörden die Gewalt über ihre neue Identität. Alle betreffenden Entscheidungen fällen ab dato Leute, die mit Paragraph 17 vertraut sind. Mrs. Sommer, Ihre Zustimmung wurde aufgezeichnet. Damit ist der gesamte Weg frei. Haben Sie noch Fragen? << Eve verneinte. So sollte es sein!

Nach dem Gespräch rauchte Eve der Kopf, die seltsamen Bestimmungen musste sie erst verarbeiten. Carl konnte sich kaum beherrschen, nicht laut loszujubeln. Im Geiste durchstöberte er schon seinen Weinkeller. Er hatte einen guten Champagner im Auge. Das Hotel war gebucht und besaß einen uneinnehmbaren Strandabschnitt.

Sherif Stone bedachte ihn mit neidvollen Blicken. Er wollte sich aber niemals ganz geschlagen geben. Wenn Carl wüsste, was geschehen war, als Eve vorhin ohnmächtig dar lag. Da war er es, der Eve Mund zu Mund beatmete und sie in seinen Armen in die Klinik trug. Als Mrs. Hudson ihren Schock im Wartesaal verdaute und er, Spencer selbstverständlich bei ihr blieb, bevor der Arzt den Notfallraum betrat. Da flüsterte er ihr ins Ohr, was er für sie empfand und sie nie vergessen könnte. Und falls Carl es vergeigte, er sich nicht mehr zurückhalten würde. Sie hatte ihn kurz angeblinzelt und er deutete das schmale Lächeln auf ihrem blassen Gesicht, als Zustimmung. Ob sie sich daran erinnerte? Das hoffte er sehr. Doch nun musste er ihr grob erklären was Paragraph 17 bedeutete.

4)

Das Faxgerät von Carl meldete Datenempfang und Spencer zog mehrere Unterlagen und Verfügungen aus dem Fach. Oben rechts befand sich das Staaten Logo und darunter stand der Name Melinda Sommer, samt Adresse in Brunswick. Ihr neues Geburtsdatum, Geburtsort und Ausbildungen. Fantasienamen der Eltern und ein Lebenslauf, der von vorn bis hinten erfunden war. Pass und Führerscheinlizenznummer und auch eine Sozialversicherung, samt Krankenkassen Nummer über Oldman - Falls, lag dabei. >> Melinda, ich muss mich auch noch an den Namen gewöhnen. Also Paragraph 17. des NoID wird nur in solchen Ausnahmefällen genehmigt und katapultiert die betroffene Person für eine gewisse Zeit lang, in eine unsichtbare Person. Die Betreffende heißt solange Melinda Sommer, wie die Instanzen es für nötig befinden. Sie stehen von nun an unter dessen Schutz. Sie sind ab heute eine Person, die in keinem polizeilichen Register, oder Stadtarchiv geführt wird. Es ist im Moment so, als ob Sie nie existiert hätten. Ihre Uni und die Abschlüsse aller Schulen werden ersetzt. Die Wohnadresse ist eine Briefkastenfirma in Brunswick. Nur Sie, der neue Kollege und ich kennen die Bezeichnung. Der Besitzer ihres Autos ist ein Agent. Sollte der RA der Hills die Adresse trotzdem ausfindig machen, dann wird er nur ein leerstehendes Bürogebäude vorfinden. Jeder Arzt, Krankenhaus etc. wird Sie unter dem Namen Sommer und nur privatversichert behandeln. Sollten Sie angehalten werden, gibt es keinen Statusvermerk in ihrem Pass. << Er grinste und Eve verstand.

Sie war nun eine Person ohne Vorstrafen, mit dem gleichen Uniabschluss und niemand würde sie finden, auch der Detektiv nicht. Die Daten waren so geheim, dass sie ab jetzt durch jedes Mauseloch passte. Sollte sie von den Hills dennoch aufgespürt und entführt werden, dann schützte ein Implantat im linken Oberarm. Sie sah ungläubig zu Spencer. >> Ein Chip, in meinem Körper? Dann bin ich mit GPS verbunden, überall? Ein blinkender Punkt auf der Landkarte? Wo bleibt da meine Freiheit? << Er nickte besonnen und erklärte ihr, das sei die gängigste Art. Der Scan Code wäre nötig, falls sie bei der Statusabfrage, nicht den erlaubten Radius einhielt. Wenn sie gekidnappt würde, gäbe es die Möglichkeit, Melinda Sommer überall zu lokalisieren. Falls es zu einem Kidnapping käme, stünde ein Einsatz bevor. Solange Codewort „White Roses" übertragen würde, wäre alles ok. Doch die kleinste Unregelmäßigkeit bedürfte einer Kontrolle. Außerhalb von Georgia befände sie sich im „Black Door" Gebiet und benötigte eine Reiseerlaubnis.

Eve nickte geschockt und fragte, ob der Chip in ihrem Arm auch noch mehr auslesen könne? Spencer bemühte sich um Neutralität. >> Es wäre Datenmissbrauch. Die Technik ist natürlich in der Lage, aber versuche sie auszublenden. Mir ist schon klar, was du denkst. Die Abhängigkeit von deinem Mann hat ein neues Gesicht bekommen. Das ist eine andere Art der Überwachung. Aber diese ist nur zu deinem Schutz. Wir treffen unten an der Straßenkreuzung gleich ein Fahrzeug der Behörde. Dort steigst du ein und fährst zu einem unbekannten Treffpunkt. Unterwegs bekommst du die Implantation. Eine winzige Kanüle wird ins weiche Oberarmgewebe gesetzt. Sie werden alles Weitere mir Ihnen klären. Ich kenne keinen von denen und so muss es bleiben. Melinda Sommer, würden Sie hier noch unterschreiben? Dann werde ich jetzt telefonieren und grünes Licht geben. Du unterliegst nun der Schweigepflicht des Paragraphen und bei Verhören hätten deine Aussagen nur mit Anwesenheit eines Zuständigen für §17 Gültigkeit. << Spencer stand daraufhin auf und verließ das Büro. Er telefonierte auf der Terrasse.

Carl trug ein gestreiftes Hemd über der schwarzen Stoffhose. Seine Haare standen in alle Richtungen und er grübelte gedankenverloren. Während Eve im Gästebett schlummerte, hatte der Sheriff ihm vieles geschildert, was sich in Falcon ereignete. Er musste stark sein und Eve für sich gewinnen und das zu 100%. Kira wäre der einzige Trumpf, den er geschickt einsetzen konnte. Roger hatte ihn gewarnt, dass Rückschläge dazugehörten. Am Ende könnte Eve vielleicht ein Singleleben vorziehen, auch damit musste Carl sich abfinden. In der Firma hatte er eine Schulung für Melinda Sommer eingetragen. Flashs Team arbeitete an einem Auftrag für das staatliche Museum. Außen Einsätze brächten Eve definitiv auf andere Gedanken. Er musste Spencer unter Eid versprechen, sein Stillschweigen nie zu brechen. Carl verachtete Joshua für seine abgezogene Nummer. Dazu durfte es nie wieder kommen!

5)

Sheriff Stone kehrte durch die Terrassentür ins Wohnzimmer und Carl verließ mit aufregenden Gedanken die Küche. Er wollte Eve mit etwas ganz besonderem überraschen. Ihr sollte es in Zukunft an nichts fehlen, schließlich hatte er durch sein Gemeinschaftsimperium schon ein nicht unbeträchtliches Vermögen verdient. Er würde sich selbst niemals als reich bezeichnen. Gerade verhandelte er mit Roger über eine Fusion mit einer Großdruckerei in Brunswick. Sie hatten bereits etliche Projekte mit namhaften IT Branchen verwirklicht und das Auftragsbuch platzte aus allen Nähten. Wenn der nächste Deal über dem Tisch wäre, würde er das große Strandhaus für seine Damen erwerben.

Unten, an der Straßenkreuzung hielt ein grauer Lieferwagen mit bulligem Aussehen und schwarz getönten Scheiben. Spencer deutete Eve, mitzukommen.

Ein schwarzgekleideter Anzugträger öffnete die hintere Tür und bat einzusteigen. Sie fühlte sich wie in einem spannenden Krimi. Die vier Sitze der Limo waren durch eine schwarze Scheibe getrennt. Eve dachte sich zunächst nichts dabei, das Spencer nicht miteingestiegen war. Ach ja, nur sie durfte mitfahren, so war das! Dabei konnte sie den verzweifelten Ausdruck in Spencers Augen nicht sehen.

Der Sheriff bemerkte zu spät, das Fahrzeuge der Behörde ausschließlich schwarz waren, nie Dunkelgrau, verdammt!!

20.Kapitel

1)

Der SUV gestaltete sich von innen als außerordentliches Luxusexemplar. Nur schemenhaft erkannte sie die Landschaft durch die dicken Scheiben. Eve verschlug es die Worte. Sie fühlte sich mitten wie in einem Thriller. Die Spannung stieg, warum ließen sich die Agenten so lange Zeit? Doch das Gesicht, das sie dann erblickte, als sich die schwarze Scheibe herunter senkte, wollte sie eigentlich nie wiedersehen.

Vater Hill saß im weißen Anzug, direkt gegenüber, rauchte eine seiner Siegeszigarren, so nannte er es und blies schwarz-blaue, stinkende Wölkchen in die Luft. Ein tiefes, grolliges Lachen entfuhr ihm, als er die Dunstabzugstaste drückte und Eve mit eisgrauen Augen unvermittelt anstarrte. Kalter Schweiß strömte aus allen Poren. Tiefste Ängste, die verdrängt galten, tauchten mit einem Schlag wieder auf. Lähmende Gedanken, eines nie endenden Irrweges fraßen sich durch sämtliche Sinne. Eve war zu keiner Reaktion fähig. Was ging hier ab? Sie atmete flach und panisch, dass sie vom Zigarrengeruch fast kotzen musste. Sie konnte nichts tun, als Joseph voller Entsetzen anzuglotzen. Eve hatte Mühe, nicht wahnsinnig zu werden.

Vater Hill drückte die Zigarre aus und öffnete das Fenster zum Chauffeur. >> Eduard, du solltest den Bleifuß betätigen, wir haben Verfolger! << wieder kicherte er, Eduard antwortete, wie ein Soldat. Ein großer Typ, den Eve an fiese Bösewichte erinnerte. Die Limousine nahm an Fahrt auf. Eve wurde regelrecht in ihren Sitz gepresst. Der Detektiv musste sie ausspioniert haben und nun besaß sie noch nicht einmal diesen Ortungschip! Vater Joseph mimte perfekt den weisen Paten. Als er seine gepflegten Prankenhände ineinander faltete, konnte Eve kaum an sich halten. >> Du hast mich entführt, gegen meinen Willen. Die Scheidung ist eingereicht, lieber Joseph! Ihr leidet unter Verständnisproblemen! Ich werde niemals zu Joshua zurückkehren! << Hill Senior lachte kehlig und nickte arrogant. >> Ahh, glaubst du Eve, ja? Du unterschätzt meine Fähigkeiten und auch deine kleine Anwältin tut dies! Wir haben eben den günstigsten Moment abgewartet. Es gibt immer ein Vöglein, das plaudert, nicht wahr? Dieser Sheriff ist mit Oldmans befreundet, das war sein Fehler. Ich habe auch Freunde in Washington, Eve! Wir wussten, dass dich jemand holen kommt. Trontaro hat gut recherchiert und eben hatten wir einfach Glück! So ist das Leben! << Der Wagen raste und schleuderte hin und her, als Eve zwei näherkommende Polizeisirenen vernahm.

>> Wo bringst du mich hin Joseph? << schrie Eve, als sie feststellte, das der Anschnallgurt keinen Millimeter nachgab und sich nirgends Türöffner befanden. Gefangen, wie ein Tier im Käfig! Vater Hill

grinste breit und öffnete eine Wasserflasche, Eve schüttelte den Kopf, als er sie ihr reichte. >> Ich will Antworten! Wo bringt ihr mich hin? Nach Bloomingville? << Der Vater kicherte böse und prostete ihr zu. >> Nein, Eve, das wäre zu dumm! Der Heli wartet an einem abgelegenen Ort, dann filzen wir dich. Man weiß ja nie! Das übernimmt Liana, dein neuer Bodyguard. Und sie macht ihre Sache gut, das kannst du mir glauben. Nun, dein Verhalten ist grotesk und würdelos! Wir fliegen nach Hause, in Joshuas neue Wohnung. Alle warten dort auf dich und du wirst Joshua verzeihen und sollte deine törichte Scheidung nicht aufgehoben werden, heiratet ihr zwei neu. Dann, wenn du deine alte Identität zurückbekommst! Kein Hill ist je geschieden worden und so wird es bleiben! Wie heißt du jetzt, Eve? Los sag es mir! << Eve wollte ihm den Stinkefinger zeigen, ließ es beim Schnaufen und wütenden Blicken. >> Ich besitze viele Namen, nenn mich Satan! Und den Rest kannst du dir in den Arsch schieben! << Josephs Miene verfinsterte sich, doch seine Stimme blieb sanft. >> Wie du willst, Eve! Hörst du die Sirenen noch, nein? Ich auch nicht. Sie wissen nicht, wo du bist. Es gab eine Zeit, da warst du meine liebste Schwiegertochter. Aber jetzt glaube ich fast, Joshua hätte dir viel bessere Manieren beibringen müssen. Er liebt dich und du hurst mit Carl Oldman herum. Das könnte dir so passen! Du wirst diesen Kerl nie wiedersehen, das schwöre ich, so lange ich lebe! Du bist ein undankbares Flittchen, in dem ich mich schwer geirrt habe! << Eve trat gegen die Bar, dass die Gläser darin klirrten. >> Carl hat mit der Sache nichts zu tun. Es ist mein Leben und wenn, hast du mir gar nichts vorzuschreiben, Joseph! Joshua hätte Schauspieler werden sollen! << Er schnallte sich unvermittelt ab und haute Eve eine kräftige Backpfeife, dass ihr Kopf zur Seite flog, brüllte >> Es reicht jetzt! Du tust mir sehr weh und das dulde ich nicht länger! Ehebruch oder nicht! Eve, du wirst das Haus nicht mehr verlassen. Joshua weiß nichts von Oldman und das wird er von mir auch nicht erfahren. Es würde ihm das Herz zerreißen! Bis du unser Enkelkind austrägst und dich wieder benehmen kannst, darfst du dich über eine Rundumbewachung freuen! << Eve schluchzte und schwieg, das waren die schlimmsten Nachrichten! So stellte sie sich das Todesurteil bei Gericht vor. Was sollte sie noch zu diesem Grobian sagen? Sie starrte durch das trübe Glas und versuchte sich darauf zu konzentrieren, wohin sie fuhren. Die Schnellstraße von Brunswick hatten sie längst hinter sich gelassen. Sie schlängelten sich durch irgendwelche abgelegenen Waldwege und Pisten.
Rotoren Geräusche drangen näher und der Wagen hielt rutschend an. Zwei Leute stiegen vorn aus, dann wurde die Tür für den Vater geöffnet. Sie flüsterten Kommandos, die Eve nicht verstehen sollte. Als nächstes stieß eine schwarzhaarige, grimmige Muskel Lady, Eves Autotür auf. Grelles Licht blendete ihre Augen. >> Aussteigen,

Schätzchen! Hände nach oben und Beine auseinander. Mach schon und wehe ich muss nachhelfen! << Eve stieg aus und spuckte ihr vor die Springerstiefel. >> Na, macht so ein Sklaventreiberjob Spaß? Schlägst du mich sonst, wenn ich nicht brav gehorche, pah! << Liana packte Eve und drückte sie gegen das kühle Metall des Wagens. >> Schön, du willst die harte Tour. Ich schlage niemanden, sondern beschütze ihn, verstanden? << Eve fluchte, was sie denn für eine Beschützerin wäre? Sie passte zu den Hills, denn Brutalitäten, da kannten die sich ja aus. Liana schrie auf, als Eve ihr kräftig auf den linken Fuß trat und dann mit voller Wucht gegen das rechte Knie. >> Bezahlen dich die Hills auch gut, oder musst du durch die Betten hüpfen? << Liana ließ sie mit schmerverzerrtem Gesicht los, um sie kurz darauf mit den Händen zu fixieren. Eve kicherte herablassend, dass Eduard und der Vater ihr zuriefen, sich zu beeilen! Die Bullen hätten Wind vom Standort bekommen. Liana antwortete nicht, sondern riss Eve unsanft die Hausschlüssel aus der Hose. Dann japste sie atemlos. >> Sie ist sauber Boss! Madam Hill wäre dann soweit! << Eduard, ein kahlköpfiger Hühne, mit ekelhaften Tränensäcken und Schlagstock am Gürtel, reichte ihr einen schwarzen Überzug. >> Hier, mach schon! Du wirst doch wohl mit diesem Leichtgewicht fertig, Lil! Mach hinne, der Pilot meinte, sie könnten wegen der noch den Luftraum sperren! << Eve rammte mit dem Ellenbogen unter das Kinn von Liana, dass diese erneut aufheulte und sie komplett losließ.
Eve nahm die Beine in die Hand und floh ziellos über das endlose Stoppelfeld, doch Eduard folgte ihr sofort im Eiltempo. Die Sirenen waren ganz leise zu hören. Doch bevor sie sich versah, holte der Typ sie ein, warf sie zu Boden und verdrehte ihr die Arme auf dem Rücken. Er zurrte die Kabelbänder um Eves Handgelenke besonders fest. So dass jede Bewegung ins Fleisch schnitt. Dann stülpte er der heftig wehrenden Eve, mit geübten Fingern, die schwarze Haube über den Kopf. Eduard warf sie über der Schulter, kehrte stampfend zum Heli zurück, stieg ein und stieß sie in einen kühlen Ledersitz. Jemand trennte ihr die Kabelbänder durch und riss ihre Arme nach vorn. Sie bekam Hand und Fußschellen angelegt. >> Ihr perversen Schweine! << schrie Eve, die stechenden Schmerzen waren unglaublich. Zwei Stimmen säuselten dicht neben ihrem Ohr. >> Wir wollen doch nicht, dass dein Mann denkt, wir hätten dich misshandelt! Wenn du mich fragst, ich hätte die Bänder umgelassen. Als Antwort, für deine nette Gegenwehr eben! Aber Mr. Hill hat hier das Sagen! << Dann klickte Liana, Eve mit einem Dreipunktgurt fest. Die Rotoren und Maschinengeräusche übertönten die meisten Gespräche. So konnte Eve unter der Haube nur Schatten wahrnehmen und fragte sich, ob sie auch noch Betonschuhe bekäme? Sie versuchte die Gesprächsfetzten der anderen

einzuordnen. Nach den Stimmen zu urteilen, zählte sie vier Personen und den Piloten. Joshua war nicht in der Nähe und sie schwor sich, die nächste Gelegenheit zur Flucht zu nutzen. Wo ging es hin? Sie flogen zu einer Wohnung. Die Hills besaßen etliche Lofts und Penthäuser in Durham. Liana setzte sich wieder neben Eve und sagte. >> Mach den Mund auf und trink das! Wenn nicht, macht es Eduard. Los! << Eve wollte wissen, was für Drogen ihr gegeben würden? >> Keine Sorge, ich bin ausgebildete Krankenpflegerin, Eve Hill. Entspann dich. Es ist Wasser mit Himbeersirup, runter damit! << Eve dachte an den Kahlkopf und schauderte. Sie öffnete zögernd den Mund und es schmeckte widerlich.

2)

Eve erwachte in einem Autositz, immer noch angeschnallt und mit Handschellen gefesselt. Man hatte ihr die Maske abgenommen. Benommen betrachtete sie die Einfahrt zu einem Glaskomplex. Wo war Sie? Der Pförtner winkte durch und sie saß mit Eduard allein in diesem Gefährt. Eve versuchte sich zu orientieren, bevor sie in die Tiefgarage hineintauchten. Sie mussten irgendwo in Durham sein und das neugebaute Viertel war riesig.

Ein großes Garagentor öffnete sich und der schwarze Mercedes rollte hindurch. Hier befanden sich die Privat Parkplätze für Bewohner. War sie im Nordviertel? Vielleicht! Noch ein Wagen folgte ihnen und das Tor schloss sich dahinter. Viele Protzautos parkten hier und als Eduard den Motor abschaltete, öffnete Liana die Tür und Eve blickte in zwei entschlossene Augenpaare. >> Los aussteigen und wenn du zicken machst, werden wir wohl nie Freunde! << Sie wollte Eve abschnallen, als die ihr mit den Handschellen ins Gesicht schlug. >> Du hast mir gar nichts zu befehlen! Du stinkst aus dem Mund, wie Rattenscheiße und hast einen IQ, wie ein Toastbrot. Wer will denn mit So was befreundet sein? << Liana seufzte genervt, rieb sich das schmerzende Kinn und blickte zu Eduard. Er grinste verhohlen und nickte Liana zu, ruhig zu bleiben. Eve spürte ihren Groll sehr deutlich und zeigte ihr den Stinkefinger. Doch die Bodyguard Frau war ein Profi und versuchte sich nichts anmerken zulassen, wie sehr sie der versnobben Lady am liebsten die Leviten gelesen hätte. Nein, sie würden definitiv keine Freundinnen.

Sie schnallte Eve ab und sagte in ruhigem Ton, dass sie aussteigen müsse. Eve tat es, was blieb ihr übrig? Sie rieb sich die Handgelenke. Die roten Striemen brannten, wie Feuer, als sie mit Joseph in den Lift nach oben stiegen. Es roch überall nach frischer Farbe und neuen Fußböden. Das Gebäude hatte über dreißig Stockwerke. Hauptsächlich Büros, soweit Eve das überblicken konnte. Doch die oberen zehn Etagen, beinhalteten eindeutig Apartments und Wohnungen. Der Vater beachtete Eve nicht, redete nur mit seinem Bodyguard. Als im 23.ten die Lift Tür aufschob, erwartete die vier ein langgezogener Flur mit riesigen Glasfronten. An den Betonpfeilern standen Kübel, mit meterhohen Pflanzen. Eine traumhafte Aussicht erstrahlte vor ihnen. Doch Eve hatte keinen Blick dafür. Der Sonnenuntergang tauchte die Häuserschluchten in ein rötliches Licht. Eine doppelflügelige, weiße Tür öffnete sich, als Eduard den Code eingab.

Sie traten in einen hellerleuchteten Vorraum und Madeline Hill eilte ihnen mit dem Hausmädchen und leuchtenden Wangen entgegen. Sie strahlte Eve an und umarmte sie überschwänglich. >> Oh, da bist du ja endlich, Eve! Joshua ist dabei, sich anzukleiden! Kommt mit in die gute Stube. Joseph, du hast sie gefunden. Mein Kind, was hast du bloß angestellt? Warum hast du uns so viel Ärger bereitet? << Sie schluchzte und wurde für den Moment ohnmächtig. Joseph fing sie auf und stützte seine Frau und hielt ihr Riechsalz unter die Nase. Die beiden Bodyguards nickten daraufhin und zogen sich in einen, der etlichen Nebenräume zurück. Eve hatte das Gefühl, erneut brechen zu müssen. Sie wurde durch die mondänen Räume, noblem Interieur und hohen Decken gelotst. Überall lagen die feinsten Teppiche auf geschliffenen Steinböden. Weiße Türen gingen rechts und links ab. Sie kamen an einer offenen Küche vorbei, in der das Hausmädchen Muffins drapierte und andere Snacks herrichtete. Es wurde draußen allmählich dunkel und die Lichter der angrenzenden Skylines strahlten Weitläufigkeit aus. Eve hatte noch immer nicht ganz raus, in welchem Teil von Durham sie versteckt wurde. Das Schlafmittel forderte seinen Tribut und logische Zusammenhänge verhielten sich wie Bleiplatten.

Der Vater schloss die Tür zum Salon auf, in der eine Tafel gedeckt war. Mrs. Hill Senior entschuldigte den Schwächeanfall, als sie Eves Hand umklammerte und in den Raum deutete. Eve reagierte erschrocken, als sie erkannte, wer neben dem schicken Kamin saß. Sie stöhnte vor Schmerzen, als hätte ihr jemand kräftig in den Magen getreten.

Es war Mrs. Klein, in einem geblümten Kleid und verheultem Gesicht. Sie musste etliche Kilos abgenommen haben. Madelines Stimme untermalte die abstrakte Situation. >> Ja Kind, du hast uns in Angst und Schrecken versetzt. Nun wird alles wieder gut! Nicht wahr, Joseph? << Seine Augen leuchteten kalt und wanderten von seiner Frau zu Eve. >> Natürlich Maddy! Eve wirkt angeschlagen. Wahrscheinlich bereut sie ihre Tat. Gott hat sie zurückgebracht, siehst du? Wir werden nun ganz besonders auf sie aufpassen, nicht wahr, Mrs. Klein? << Eves alte Chefin erhob sich vom Sessel, eilte zu ihrer Lieblingsmitarbeiterin und umarmte sie fest. Mrs. Kleins Stimme klang dünn und sie zitterte. >> Ich dachte du bist tot, Eve! Mach das nie wieder, niemals. Du warst immer, wie eine Tochter für mich! <<

Eve umarmte Mrs. Klein und spürte einen Kloss im Hals. Der Magen rebellierte und Eve konnte es nicht verhindern. Der Rotz lief aus der Nase, ihre Augen brannten wie Feuer. Nur einen Augenblick länger und sie wäre weinend zusammengebrochen. Ihre Chefin war die einzige, bei der sie die Notlüge bereute und sich die Schuld an ihrer schlechten Verfassung gab. Sie weinte, ohne es kontrollieren zu können und drückte Mrs. Klein an sich. Die Arbeit im Brautmodenladen war ihr einziger Lichtblick und der Grund, warum Eve die schreckliche Situation überhaupt so lange ertrug. Eve dachte, dass es nicht aufreibender werden könne, als die Tür erneut aufging und Michael mit Rachel eintrat. Mrs. Klein zog sich zurück und bat um einen starken Kaffee, während Eve sich erneut sammeln musste. Sie blickte in die anklagenden Gesichter zweier Menschen, die sie am liebsten zum Teufel jagen würden, aber nicht durften. Michael betrachtete sie missbilligend und schüttelte den Kopf, dann zitierte er aus der Bibel und zeigte auf Eve. >> Denn sie wissen nicht, was sie tun. So sprach der Herr und verteilte die zehn Gebote, die du ab jetzt gewissenhaft befolgen wirst. Einen Tod vorzutäuschen ist ein schreckliches Sakrileg und noch größer ist die Sünde, den Mann zu verlassen, dem du zugesprochen wurdest. Mein Bruder ist dem Tod geweiht! Wenn du nicht umkehrst, dann bist du auf ewig verflucht!!<< Er sah sie hasserfüllt an, machte einen großen Bogen und setzte sich zu Mrs. Klein. Der nächste Auftritt kam von Rachel, die hochschwanger und grell geschminkt auf sie zutrat. Rachel blickte angewidert auf die dunklen Haare und deutete darauf. >> Du kannst froh sein, dass wir dich zurücknehmen, denn deine prekäre Herkunft hat dich entlarvt Eve! Übe dich in Demut und bete zu Gott, dass er dir die Sünden der Verschandelung vergibt! << Dann drehte sie sich zu Michael und setzte sich neben ihn. Eve fühlte sich deplazierter, denn je und dachte an einen nie mehr endenden Alptraum. Sie alle hier reagierten, wie seelenlose Puppen, an langen Fäden. Sie hatten sie ausgeschlossen und das sollte sie nun spüren. Als Isabelle, das Hausmädchen knicksend eintrat und darum bat, den Tisch zu decken, machte Madeline eine schnöde Handbewegung. >> Gleich, du dummes Ding, wir warten auf Joshua! << Es klang, als würde Gott persönlich zum Abendessen erwartet.

3)
Vater Hill schob Eve aus dem Zimmer, zurück in den hellen Flur. Sie war wie erstarrt, als sich eine, mit goldrandverzierte Rundbogentür öffnete. Joshua saß, mit edlen Hemd und Hose gekleidet, in einem modernen Rollstuhl, duftete nach dem Rasierwasser, das Eve so verabscheute und ein hagerer Typ im Arztkittel rollte ihn aus dem Zimmer. Joshuas Augen strahlten nur Eve an und sie erkannte sehr deutlich, dass die Gebrechlichkeit nicht gespielt war. Joshua Hill mutierte in ihrer Abwesenheit zu einem körperlichen Wrack, während sie mit der psychischen Folgen kämpfte. Nun ging das Theater von

246

vorne los! Sorgenfalten umgarnten seine Augen und machten ihn um viele Jahre älter. Seine schwarzen Haare waren mit grauen Strähnen durchzogen. Sie musste sich zwingen, das Mitleid nicht heranzulassen. Denn er würde sich vollkommen erholen, davon war Eve überzeugt. Joshua schluckte, als er direkt vor ihr anhielt und ihr seine Hand ausstreckte. Die dicken Armverbände waren nicht zu übersehen. >> Hi, Eve! Das ist Professor Rantic. Er betreut mich hier. Ich sehe schlimm aus, nicht? Du hast gesiegt! Du hast mich fertiggemacht und wir sind quitt. Fangen wir beide nun ein neues Leben an? Du und ich!! Ich wechsle demnächst in den Aufsichtsrat von Hill Companies und beende meine Polizeikarriere. Alles nur für dich! Ich werde nie mehr trinken und du wirst nie mehr weglaufen. Was sagst du? << Alle Augen waren auf sie gerichtet und der Doktor mit schlechtem Englisch bat, den Patienten zu schonen. >> Du hast was vergessen Joshua! Ich wollte nicht mehr zu dir zurück, nie wieder! Mein Leben mit dir war die Hölle! Bitte, ich will das alles hier nicht! Ich möchte gehen und frei sein! << Eve schwankte unsicher, dass der Vater sie unsanft in die Rippen stieß. >> Das kannst du vergessen Eve! Er ist dein Mann und jetzt benimm dich gefälligst, wie es sich für eine Hill gehört! Wir werden zusammen essen und du hilfst Joshua, sich wieder wie ein Mensch zu fühlen. Das fängt mit dem reichen des Brotes an! << Eve ekelte sich, Joshuas Hände zu berühren. Sie hätte am liebsten laut geschrien. >> Das habt ihr ja fein eingefädelt. Nur weil ihr Hills seid, könnt ihr euch alles erlauben. Ihr besticht einfach jeden und schon rollt der Rubel. Es ist illegal, dass ihr mich hier festhaltet! Lasst mich gehen! << Eve flehte und Joseph packte sie beiseite. >> Hör zu! Ich sage dir es jetzt ein letztes Mal! Es ist mir gleich, was du denkst, Eve! Du bist auch eine Hill, vergiss das nicht! Du solltest besser kooperieren, sonst wird dich der Professor auch behandeln, wenn du verstehst, was ich meine! Niemand wird dich hier finden. Das Gebäude ist ein Hochsicherheitstrakt. Also Eve, du hilfst meinem Sohn, gesund und glücklich zu werden, dann können wir über vieles reden. Solltest du dich weigern, dann gibt es auch dafür die eine Lösung. Es liegt bei dir! << Er wischte sich über den Mund und seine Augen schimmerten unnatürlich wild.

Eve nickte eingeschüchtert. Sie musste mit den Wölfen mitheulen, oder würde gefressen! Der unheimliche Doktor grinste düster. Er besaß ein Gebiss aus reinem Gold, furchtbar! Ein Doktor Frankenstein, der zum Leben erwacht war. Die Mutter übernahm nun Joshuas Rollstuhl und fuhr ihn in den Salon. Sie alle umgarnten ihn, wie einen König. Joseph machte eine unwirsche Handbewegung, damit Eve der Mutter half. Sie sah keinen Ausweg, hiergegen war das Gefängnis ein Kindergarten! Eve konnte sich keinen Reim machen. Wenn die Hills sie so sehr verabscheuten und ihr die Schuld

247

für alles gaben! Warum ließen sie sie dann nicht gehen? War es einfach nur Rache, oder wollten sie Eve in den Wahnsinn treiben? Ihr eine Gehirnwäsche von Doktor Rantic verordneten, bis sie sabbernd in der Ecke hockte und teilnahmslos ins Leere starrte?

Joshua deutete Eve an, sich neben ihn zu setzen. Der andere Platz blieb unbesetzt. Mrs. Klein war die einzige, die mit ihr ein zwangloses Gespräch führte und sie aufmunterte. Die anderen beobachteten sie nur mit Argusaugen. Joshua versuchte immer wieder, ihre Hand zu greifen. Eve zog sie anfangs weg, doch als er sie auf den Tisch drückte, blickten alle auf die beiden und Eve hielt die Luft an. Leise sagte er zu Eve>> Du bist hier in der Höhle des Löwen, nur ich gebe die Befehle. Wenn ich möchte, dass sie dich zerfleischen, werden sie es mit Vorliebe tun. Reiche mir nun den Strohhalm für den Tee und schneide mir das Brot in mundgerechte Stücke. << Eve dachte an alte Gewohnheiten. Sie gehorchte schweigend und die Mutter warf ihr einen milden Blick zu. Joshua aß und trank, bis Eve ihm die Servierte reichte. >> Tupfe mir den Mund ab, das kann ich noch nicht selbst. << Während sie das tat, blickte Joshua sie ganz genau an. Wieder dachte Eve an damals und daran, wie er sie immer ansah, bevor sie sich liebten. Sie musste wegschauen und an Carl denken. Auch an Spencer und an ihre Reaktion, als sie in den falschen Wagen gestiegen war. Joshuas Gesicht war das letzte, was sie je wieder so nah vor sich sehen wollte und doch besaß es eine gewisse Faszination, ihn so zugerichtet zu betrachten.

>> Warum siehst du mir nicht in die Augen, Eve? Denkst du vielleicht gerade an einen anderen? Habe ich Recht? Antworte! << Eve schüttelte trotzig den Kopf. Joshua raunte Worte zu seinem Vater, der gegenüber saß und sein Handy zückte. Er verlangte nach Liana. Kurz darauf klopfte es und das Hausmädchen meldete sie an. Vater Hill stand auf und verkündete laut. >> So Eve, Liana wird dich in dein Zimmer begleiten. Dort wirst du so lange bleiben, wie es nötig ist. Geh uns nun aus den Augen. Gute Nacht! << Sie erhob sich, würdigte niemanden eines Blickes, bis Mrs. Klein ebenfalls aufstand und bat, sich von ihr verabschieden zu dürfen. Im Flur wartete Liana ungeduldig. Mrs. Klein zog ihre ehemalige Mitarbeiterin zu einem der großen Fenster. Während sie Eve tröstend umarmte, steckte sie ihr einen Zettel zu und zwinkerte dabei. Dann verabschiedete sie sich mit den Worten, dass sie bald wiederkäme, um mit ihr über die neuste Brautmode zu sprechen. Liana fragte ungeduldig, ob sie nun bald fertig wären? Mrs. Klein nickte überfreundlich und kehrte daraufhin in den Salon zurück.

Liana zog die Gefangene am Arm, um sie zu einer abgelegenen Tür, am Ende des Flures zu geleiten. >> So Madame Hill, hier ist ihr neues Reich! Wenn sie mich fragen, eine Kellerzelle mit Stroh hätte absolut genügt. << Eve antwortete daraufhin, ob sie neidisch wäre?

Und ob es sich lohne, hier für die paar Kröten den Bückling zu machen? Liana sagte nichts und schloss das exquisite Apartment mit Skyline Rundumblick auf. Kontrollierte die Fenster und ließ Eve danach wortlos eintreten. Von außen hörte man, wie die Tür verriegelt wurde. Eve war nun eine Gefangene in einer Luxussuite. Eine unerreichbare Rapunzel und die Mitglieder der Hexenfamilie besaßen die besten Zaubertricks.

Auf dem Küchentresen stand ein riesiger Strauß roter Rosen. Eine Karte steckte dazwischen. Eve zog sie heraus und las. Es war Joshuas Schrift. Seine sonst zu schnörkelige Schrift wirkte verkrampft. " Herzlich Willkommen, meine geliebte Eve!" >Pah! < Sie schnipste die Karte auf den Boden, als ob sie sich die Finger verbrannt hätte. In ihrem Kopf regte sich Widerstand. > Lass die Manipulation nie zu! Er wird sich nicht ändern! Suche nach Schwachstellen im System. < Sie müsse aber Mitspielen, bis es einen neuen Fingerzeig gäbe. Nochmal eine zündende Idee und dann wäre sie erneut auf und davon! Eve musste sich an diese Hoffnung krallen. Sie schaute sich um. Hier gab es alles, was reiche Ehefrauen wünschten. Die schwarzweiße Holzküche, der neusten Generation, passte hervorragend zum Stil der Suite. Sie durfte sich auch über ein gut gefülltes Bücherregal freuen, doch hier gab es weder Fernsehen noch Telefon. Nur die Anschlüsse waren vorhanden. Das Bad hatte ein italienisches Design, mit schwarzen Fliesen. Im Wohnzimmer roch es nach Politur und der weitläufige Blick war kaum zu bezahlen. Eines der hinteren Gebäude besaß eine rotleuchtende Ziffernuhr. So wusste Eve, das es kurz nach zehn Uhr war. Man hatte den gesamten Wohnberiech offen gestaltet und mit der Küche verbunden. Doch Eve hätte das Wohnzimmer nie so eingerichtet. Sie mochte die Stoffmöbel und Teakholzschränke von der aktuellsten Möbelmesse nicht. Die halbrunde Stehlampe wirkte einzig gemütlich. Im Schlafzimmer durfte sie ein Boxspringbett nutzen, das mit weichen Kissen ausgestattet war und sie besaß einen komplett gefüllten Ankleideraum. Hier war sie also und versuchte zu begreifen, wieso sie nicht später mit Spencer das Haus verlassen konnte! Das hier endete in einer Sackgasse. Dann schüttelte sich Eve mit Weinkrämpfen auf dem Bett, bis sie irgendwann völlig entkräftet einschlief.

21.Kapitel

1)

Von Alpträumen geplagt, wachte Eve früh am Morgen auf und glaubte anfangs, sie befände sich in ihrem Haus, in Dariens End. Sie träumte, sie hätte mit der Wohnwagen Bekanntschaft, Cloudette die Nacht durchzecht und sich dann um die Benutzung des Klohäuschens geprügelt. Ach du Schande! Sie blinzelte, die Turmuhr kannte sie doch! Nord Durham, die alte Kathedrale schlug samstags und sonntags immer zur vollen Stunde. Sie fiel aus dem zerwühlten Bett auf den Boden. Nun war sie wach und erkannte das volle Ausmaß der Lage. Sie erinnerte sich an Mrs. Klein, ein Traum? Der Zettel in ihrer Hosentasche. Sie spürte ihn und dachte an Kamerabeobachtung. Auch im Bad? Sie setze sich auf die weiße Toilettenbrille und faltete ihn auseinander. Ungläubig las sie die filigranen Worte.

„ Liebe Eve, ich wünschte, ich hätte dir eher helfen können. Man hat mir die Wahrheit über die Hills gesagt! Im 22 .Stock, direkt unter dir, wohnt Mrs. Jones, eine Architektin, die seinerzeit am diesem Teil des Hauses mitgewirkte. Ich habe jüngst ein Kleid für ihre Tochter genäht und in Erfahrung gebracht, dass immer dienstags, elf Uhr, die Müllschächte geleert und vor Ort recycelt werden. In der 3.ten Etage steht die Anlage, samt Notausgang. Diese Müllklappe ist in keiner Ftage abgeschlossen. Ich komme bald zu Besuch und werde dich aufheitern." Deine Mrs. Klein

Eve jubelte leise, doch dann fiel ihr der Code ein. Den kannte sie nicht und hier kam sie nur raus, wenn die Hills sie ließen. Eve zerriss den Zettel, spülte ihn runter und behielt die Worte im Kopf. Sie testete gerade den Kaffeeautomaten mit Milchaufschäumer, als Liana, erst die Barrieren entfernte und dann die Tür aufschloss. Eine gedrillte Soldatin hätte es nicht anders gemacht. Ganz in schwarz gekleidet, trug Liana ihre langen Haare zu einem strengen Zopf. Als sie ungefragt eintrat, hatte Eve sich schon lange geduscht und ihre von Joshua ausgesuchte Garderobe durchstöbert. Natürlich gab es nur hochanständige Unterwäsche, lange Nachthemden und sechs Badeanzüge zur Auswahl. Typisch Joshua! >> Was verschafft mir die Ehre, Soldat? Ist jemand gestorben, oder der Krieg ausgebrochen, vielleicht die Russen?? << Liana lächelte schief. Blickte so pikiert drein, wie gestern. >> Er schickt mich. Mr. Hill möchte Sie sehen. Und wenn Sie sich querstellen, wird er hier erscheinen und den Doktor mitbringen! << Eve dachte an Josephs finstere Worte, zog sich Leinensneaker an und folgte Liana in den Flur. Da war der Chromkasten mit Griff. Wenn ein dicker Sack da durch rutschen konnte? Schnell drehte sie sich nach vorn. Überall entdeckte sie Kameras. Wie eine Gefangene wurde sie von Eduard angestarrt.

Hatte der nicht gestern auch so widerliche Tränensäcke? Eve
schüttelte sich innerlich. Sie wurde in den Salon geführt.

2)

Dort saß Joshua im Hausanzug und frühstückte im Rollstuhl. Weder
der Doktor, noch die anderen Hills waren in Sichtweite. Er blickte
nicht auf, blätterte in der Tageszeitung weiter, als er begann zu
sprechen. >> Setz dich Eve. Du siehst gut aus. Ich habe die Sachen
ausgewählt und du wirst nur das tragen was ich möchte. Du hast
etwas gut zu machen. Schlag mir bitte das Ei auf und gieß mir Kaffee
nach. Die anderen sind nicht hier. Wir können vernünftig und wie
Erwachsene miteinander reden, oder? << Eve blickte unsicher zu
Eduard der sich nicht von der Stelle bewegte. >> Das nennst du
vernünftig, Joshua? Ich bin gegen meinen freien Willen hier. Das hat
nichts mit Erwachsensein zu tun. Es ist schlichtweg kindisch und naiv
und nennt sich Freiheitsberaubung! << Joshua deutete Eduard zu. >>
Holen Sie mir Isabelle. Eve, du gewöhnst dich besser daran. Man hat
mir mehrfach mitgeteilt, wie uneinsichtig und undamenhaft du dich
gestern aufgeführt hast. Ich sitze im Rollstuhl und du willst dich nicht
versöhnen! << Eve sprang wütend auf, es hielt sie hier nichts. >> Ja
genau, ich werde mich deinem Sklavenverein nicht beugen und wenn
du denkst, Doktor Frankenstein ändert an der Chose was? Vergiss
es, Joshua! Du bist an deiner Alkoholsucht selber schuld und ich will
dass alles nicht mehr mitmachen! Die Prügel und die ganze Scheiße
mit der Fehlgeburt! Es hat mir gereicht für tausend Jahre mit dir!
Warum kapierst du das nicht! << Sie heulte außer sich vor Frust.
Isabelle versuchte unbeteiligt zu wirken, goss Kaffee nach und pellte
das Ei. Joshua nickte und reagierte äußerlich gelassen auf Eves
Ausraster. Legte die Zeitung beiseite und strafte Eve mit einem Blick,
den sie nur zu gut von ihm kannte. >> Weißt du Eve, ich habe mich
geändert, nachdem du mich verlassen hast. Aber du machst mir
Vorhaltungen, was alles gewesen ist. Ich wünschte, du würdest mich
einfach umarmen und mir verzeihen. Ich bereue meine Taten sehr
und fühle mich genauso schlecht, wenn ich daran denke, wie alt mein
Sohn heute wäre. Doch du hast uns keine neue Chance gegeben. Du
bist in dieses Zentrum gefahren und hast sie alle belogen. Solange
ich körperlich nicht fit bin, wirst du dich mit Eduard und Liana
abfinden müssen und basta! << Eve setzt sich nicht wieder. Wo hatte
der sich geändert? Er war genauso egoistisch wie früher. >> Ja,
Joshua, damit du mich wieder schlagen kannst! Und diese Soldaten
Tussi ist auch nötig, oder was? Habt ihr so viel Angst vor mir? <<
Joshuas Gesicht färbte sich rötlich und seine Halsader schwoll stark
an. >> Eve, es reicht jetzt! Der Arzt sagt, ich soll mich nicht aufregen
und ich versichere dir, dass ich dich nie mehr schlagen werde. Du
bist diejenige, die Handgreiflich gegen das Personal geworden ist.
Liana ist nur zu deinem Selbstschutz und du willst mich nicht

verstehen. Die Familie möchte uns beide glücklich sehen. Du stößt sie vor den Kopf. Und ich habe dich immer gesagt, läufst du mir weg, werde ich dich finden und zurückholen! Behaupte nicht, ich hätte dich nicht gewarnt! Du verstecktest dich in diesem Kaff, bekamst Hilfe von hochrangigen Beamten und jetzt bist du trotzdem hier und nicht in Brunswick. Ich wünschte mir, wir könnten über all das Vergangene normal sprechen und es dann vergessen. Doch ich komme zu der Einsicht, wie stur diese neue Frau ist, für die du dich hältst. Gehe mir aus den Augen! Hau ab! Liana begleite meine Frau in ihre Suite! << Liana wollte gerade zufassen, als Eve ihr freiwillig folgte, um Joshua zu entkommen. Sie konnte es nicht. Sie hatte verlernt, es nur zu ertragen und sich zu fügen.

3)

Eve wurde erneut eingesperrt und donnerte eine Vase knapp an Lianas Kopf vorbei. Sie lachte irre, als sie in die riesigen Augen und das entsetzte Gesicht blickte. Liana schrie auf und knallte die Tür zu. Eve kringelte sich auf dem Boden vor Lachen, bis der verfluchte Anfall vorbei war. Sie brauchte etwas zum Auspowern und Runterfahren. In der fünften Etage war ein Sportcenter, das hatte sie gestern kurz wahrgenommen. Doch dort würde Joshua sie niemals hinlassen. Wer rastet der rostet. Und so begann Eve mit Liegestütze, dann Kniebeugen. Anschließend schmetterte sie den Massageball gegen die Fingangstür. Als das auch nicht half, heulte sie wie ein Schlosshund über sich selbst. Was für eine Misere!

Joshua schlug die Hände über dem Kopf zusammen. Seine Verzweiflung, Eve in dieser selbstbewussten Frau wiederzufinden, war grenzenlos und schmerzte tief. Dass es nicht leicht würde, das hatte der Doktor ihm ja schon gesagt und er brauche Geduld.

Er teilte seine Verlustängste unwissend mit Carl, der in Spencers Büro saß. Carl unterstützte das Such Team bei der Hinweisauswertung in Durham. Schließlich hatte er dort studiert und kannte sich aus. Spencer Stone machte sich große Vorwürfe, diese Falle nicht vorher gerochen zu haben. Ihm war sehr bewusst, dass die Hills Eve clever versteckt hatten. Die Anstalt entließ Joshua Hill fataler Weise mit der Option, dass Professor Rantic ihn unentgeltlich betreute. Damit hatten die Hills alle Auflagen erfüllt. Zu dumm, doch wer käme schon auf sowas? Diese verzwickte Sache! Der Arzt lebte mit Hill und zwei Privatangestellten, in dessen inoffizieller Residenz und verpflichtete sich zum Stillschweigen. Ein linker Zug, genehmigt vom Hauptbüro, in Falcon Brie Eiland. Dieses war schon der zweite Vorfall, von Amtsbeeinflussung dritter. Endlich wurden umfangreiche Untersuchungen angeordnet, da es nun um eine vermisste Person ging, die unter dem NoID Reglement stand. Es war ein Skandal, in dem sich der diensthabende Arzt hatte schmieren lassen! Dieses Mal könnte sich der gute Dr. Bach mit einer Suspendierung anfreunden.

Doch auch der Anwalt der Hills verhielt sich übertrieben unwissend. Dr. Tudor hat ihn schon gewarnt, fänden sie Eve tot auf, würde auch er persönlich zur Verantwortung gezogen. Es gab in dieser Sache noch zu viele Grauzonen. Carl blätterte systematisch alle Gebäudepläne und Grundstücke durch, die von „Hills Company", jemals erschlossen und bebaut wurden. Was für eine Sisyphusarbeit, doch wie sollte er sonst den Tag überstehen?

4)

Joshua staunte nicht schlecht, wie schnell Eve alle Kameras in der Suite entdeckte. Nun blieb seine Sicht schwarz und es würde auch nicht viel nutzen, neue anzubringen. Sie musste zu ihm zurückkommen und das bedeutete, Vertrauen schaffen und nicht noch mehr Misstrauen. Aber wie? Sie war selbstsicher und taff geworden. Mit Härte kam er nicht weiter, doch etwas musste passieren? Professor Rantic hatte eine Idee.

Nach einer Woche Einzelhaft, da dürfte sich vieles ändern. So schwer es auch sei. Eve hatte die Wahl, mit Liana zu kommunizieren. Das lehnte sie jedoch kategorisch ab. Sie begann Selbstgespräche zu führen und Liana hatte einen schweren Stand. Auch mit dem Professor wollte Eve nicht reden. Sie wollte niemanden sehen oder hören.

Eve träumte jede Nacht von der Flucht, die oft im Tod endete. Der Code fing mit fünf an. Doch als sie dann durch die Müllklappe rutschen wollte, packte sie einer der Hills am Fuß und zog sie zurück. Einmal träumte sie, sie stände mit geladener Knarre vor Liana und drückte ab. Alle waren hinterher tot, nur Joshua nicht. Er schien immun zu sein. Er wankte ihr, wie ein Zombie entgegen. Schreiend wachte sie hinterher auf und dachte er säße im Wohnzimmer. Teilweise hatte sie das Gefühl, nicht allein in der Wohnung zu sein und hörte Stimmen. Aus der Toilette und auch aus dem Abflussrohr, sogar aus Küchenspüle. Ein anderes Mal wanderten die Gebäude draußen auf sie zu, als sie vor der Glasfassade stand. Sie schrie und hatte Todesangst, weil sie glaubte, erdrückt zu werden. Sie schloss die Augen und zählte bis zehn, danach war alles wieder normal.

Jeder eingesperrte Tag mehr, brachte Eves Psyche dem Lagerkoller entgegen. Die Realität verschwamm zusehends und sie fühlte sich verloren und kraftlos. Sie wollte stark sein und sich nie wieder unterkriegen lassen, doch es spukte definitiv in dieser Suite und die Geister wurden jeden Tag frecher.

Es dauerte dennoch vier lange Wochen, bis sie es in der Wohnung nicht mehr aushielt und laut gegen die Ausgangstür trommelte. Sie hatte das Gefühl zu ersticken, wenn niemand käme. Sie hatte panische Ängste und kreischte bei jedem Luftzug. Sie fror besonders nachts, wenn die Einsamkeit am größten war. Der Gebäudeklotz ließ keine menschlichen Laute durchdringen. Auch keinen Straßenlärm.

Sie befand sich in einem geräuschlosen Cocoon. Manchmal glaubte sie, im Flur Schritte zu vernehmen, aber das konnten auch die Geister aus der Klimaanlage sein.

Die Nahrungsmittelvorräte reichten bis nächstes Jahr, das hatte sie schon errechnet. Eve kannten jeden Winkel dieser verdammten Suite, die sie das Hillsche Turmzimmer nannte. Sie hatte mehrfach die Idee, die Bude unter Wasser zu setzten und auf der Luftmatratze auf Hilfe zu warten. Aber was wäre, wenn man sie doch vergessen hätte? Mehrfach haute sie mit dem Barhocker gegen die Glasfassade, doch diese war bruchsicher und gab keinen Millimeter nach. Sie übte so lange, bis die Stuhlbeine abbrachen. Nur die Klimaanlage summte Tag und Nacht. Es gab keine Musik und die Selbstgespräche endeten am Schluss in Tränenausbrüchen. Die Gitter der Belüftungsschächte waren breit genug. Aber Eve hatte schon alles versucht, sie aufzubrechen, vergebens. Nun saß sie seit einer Stunde mit gepackten Reisetasche vor der Tür und schluchzte, dass sie in ihrem Leben noch nie so fertig gewesen wäre. Sollten sie sie doch alle beschimpfen und herumkommandieren! Hauptsache, sie sagten irgendetwas!

Eve hämmerte gegen die Tür und lauschte. Nichts, keine menschlichen Regungen. >> Hey Liana, altes Haus, wo bist du? << Nichts, Stille. Sie wartete ein Weilchen. >> Hey ich bin friedlich, macht auf! Sagt doch was, bitte!!<< Da polterte eine Glastür in die Raste und Liana brummte unhöflich, was sie wolle. Doch in Eves Ohren klang es wie Musik. >> Nein, ich werde nicht beleidigend, nur aufmachen. Egal was geschieht. Erschießt mich einfach, aber lasst mich hier nicht mehr länger drin! Ich will nur Menschen sehen! Bitte ich tue nichts! << Liana wirkte unsicher. >> Ok, beruhigen Sie sich. Ede, frag was wir machen sollen? Sie bekommt einen Kollaps, so wie sich das anhört! << Schritte kamen näher und endlich knarrte das Riegelschloss. Die Klinke bewegte sich. Die Tür wurde vorsichtig aufgeschoben und Eve blinzelte in drei besorgte Augenpaare. Wer waren denn die? Waren das Menschen? Sie kippte nach hinten und wurde ohnmächtig.

Als sie wieder zu sich kam, lag sie in einem fremden Bett. Sie erkannte weder den Raum, noch wusste sie, wie sie dort hingekommen war. Der vertraute Geruch ließ sie hochschrecken. Es war Joshuas Zimmer. Sie lag in seinem Bett. Bevor sie aufstehen konnte, versagten ihre Beine und sie sank in seine Kissen zurück. Eve heulte vor Angst, als die Tür aufging und Joshua mit dem Arzt hereinkam. Wie hieß er noch Franky? Joshua legte sich zu ihr auf das Bett. Er wirkte besorgt. Saß er nicht in einem, was? Rollstuhl? Eve blickte ihn starr vor Angst an und der Doktor sagte in einem schlechten Englisch. >> Mrs. Hill, da sind Sie ja wieder. Sie brauchen frische Luft. Gehen gleich mit Mann Schwimmen und sehen andere

Menschen. << Dann entfernte er sich dezent und schloss die Tür. Sofort schrie Eve, dass er sie auflassen sollte. Sie zitterte und glaubte sie wäre wieder in ihrer Suite. Joshua hielt sie an den Armen fest. << Eve sieh mich an. Alles ist gut. Weißt du wer ich bin? << Eve nickte vorsichtig und verband das Gesicht mit der gesamten Grausamkeit des Lebens, oder doch nicht? >> Wo bin ich? In Bloomingville? << Joshua rückte näher und strich ihr mit der linken Hand durch die Haare. >> Nein, wir sind im Norge Tower. Die gesamte Etage ist unser Zuhause, Eve. Wir feiern hier unsere Versöhnung, weißt du das nicht? >> Sie schüttelte verwirrt den Kopf. >> Ich heiße Samira Nickels und komme aus New York. << Joshuas Augen flackerten triumphierend. Vier Wochen mit Halluzinogenen zu leben war schon heftig für Eve und grenzwertig. Doch er hatte sie am Ende zurück, der Professor war echt jeden Cent wert! >> Ok Samira, wie weit ging deine Affäre mit Carl Oldman, als du in Brunswick warst? << Sie schüttelte den Kopf. >> .Er ist ein Freund aus Unizeiten. Das ist keine Affäre. << Sie spürte, wie er sie unangenehm mit den Augen fixierte. Sie kapierte nicht, warum er solche Dinge fragte. Joshua hätte es zu gern geglaubt, wenigstens für den Moment. Sie war so benebelt, dass sie ihm alles sagen würde. >> Hör zu Samira, ich denke dass du untreu warst. Es tut weh, weil ich weiß, dass es stimmt. Doch das ist Schnee von gestern! Sag mir dass du mich liebst! << Eve runzelte die Stirn. >> Warum? << Joshua wusste, dass die Wirkung im Laufe der nächsten Tage nachlassen würde und musste sein Ziel erreichen. >> Sag es einfach. Ich bin dein Mann. Ich liebe dich, Eve und du liebst mich auch, sag es einfach. Komm schon! << Sie zögerte und konnte Joshua nicht einordnen. >> Ich liebe dich! Was bedeutet die Frage? << Er antwortete nicht, nahm seine Hände und beugte sich über sie, um sie fest zu küssen. Er war nach den Worten sehr bereit für die nächste Stufe, denn es gab Nachholbedarf. Carl Oldman hatte ihr bei der Flucht geholfen und das würde er ihm noch heimzahlen. Eve hatte in ihrem Wahn nie von ihm gesprochen. Dennoch blinzelte sie bei der Frage betreten zur Zimmerdecke. Nur kurz, doch es genügte, dass Joshua kurz davor war, vor Eifersucht auszurasten. Er musste für sich entscheiden, ob er weitere Fluchtdetails aus Samiras Leben hören wollte, bevor Eve klar im Kopf wäre, oder seinen langersehnten Traum ausleben und zwar jetzt? Sie gab seinen fordernden Küssen nach und umarmte seinen immer noch schmächtigen Körper. Würde sie das tun, wenn sie etwas für Oldman empfände? Sein Verstand bejahte es, sein Körper würde sich mit einer umgehenden Gutmachung zufriedengeben. Die Entscheidung war getroffen. >> Oh mein Engel, ich brauche deine Bestätigung, wie sehr du mich liebst! << Eve fühlte seinen vertrauten Atem, der schneller wurde und sein Gesicht ganz nah über ihrem. Sie hatte keine Angst, Einsamkeit, die

255

Geister, alles weg. Er ließ sie zögernd los, stand auf und schloss die Zimmertür ab. Joshua lächelte sie mit glänzenden Augen an, die sie an türkisfarbenes Meer erinnerten. Dann knöpfte er sein Hemd auf, zog es aus. Die Arme hatten nur noch einen dünnen Verband und Eve kam nicht in den Sinn, warum er sie so merkwürdig anblickte, aber sein Blick gefiel ihr. Sie fühlte sich zu ihm hingezogen. Er hatte etwas Gefährliches und Dunkles an sich. Eve schob die anschwellenden Warnglocken in ihrem Kopf beiseite. Seine Stimme klang wie süßer Honig, was war daran schlimm? >> Berühre mich und hab keine Angst. << Eve tat es, während er ihre Bluse aufknöpfte, sie sanft am Hals saugte. Er machte sie mit seinem Körperkontakt willenlos. Dann öffnete er Eves BH und war völlig neben der Spur. Seine schöne Frau gehörte ganz ihm und er würde sich langsam gehen lassen. Es war unglaublich, wie sehr er sie begehrte. Nun konnte Joshua seine Lust ohne Reue befriedigen. Eve empfand es erregend, wie seine Hose an ihrer rieb. >> Hilf mir, mein Engel, öffne den Gürtel. Zieh mich aus. << Er zitterte stark, als er ihre Hand in seinem Schritt spürte. Ihre Brüste zu berühren, wie lange musste er darauf verzichten? Und nun zog er ihre Hose samt Slip über ihre Hüfte und streifte sie ganz ab. Mit seinen Füßen trat er auch seine Hose, samt Shorts vom Bett. Wann waren sie beide das letzte Mal so innig? Wie lange hatte er darauf gewartet, dass sie ihn so annahm, wie früher. Joshua genoss den Anblick, zwei schwitzender, williger Leiber und so nackt wie Gott sie schuf. Sie lächelte erstaunt, als sie ihn dort massierte. Er würde kommen, bevor sie angefangen hätten. Sein immer noch geschwächter Körper drängte zur Eile und er konnte sich kaum erinnern, je so aufgeladen zu sein. Joshua hielt seine Ungeduld kaum aus. Eve räkelte sich, als er sie zwischen den Beinen küsste, wie gut das roch und schmeckte. >> Magst du das? Wie lange das her ist! << Sie nickte und er schob ihre Beine sanft auseinander. Joshua wollte jede Sekunde davon genießen und Eve sollte sich ebenfalls großartig fühlen. Sie stöhnte leise, als er ruckartig eindrang und sich langsam in ihr bewegte. Sie spürte, wie aufregend Geschwollen sie war. Wie stark der Druck wurde, sobald sich Joshua tief eintauchte und gierige Laute von sich gab. Er verlagerte sein Becken und bewegte sich schneller und rhythmischer. Dann verlor Joshua die Kontrolle über seinen Körper, er konnte einfach nicht aufhören, immer schneller zuzustoßen. Joshua überholte sich fast selbst und seine Lunge brannte dabei, wie Feuer. Eve folgte ihm und es verband beide zu einer magischen Einheit. Joshua schnaufte laut, der Schweiß rann in Strömen. Er raunte außer sich, wie sehr er sie liebte und erstarrte dann, als er heftig kam. Es war ein grandioses Gefühl und die Explosionen in seinem Kopf hatte er so sehr vermisst. Auch Eve spürte deutlich seine Zuckungen, tief im Inneren. Sie staunte, wie sehr sie diese Erfahrung verdrängt hatte.

Es waren alte Gefühle von damals und die liebten diesen Mann. Ihr Körper bäumte sich in erlösenden Wellen auf. Sie weinte leise, verstand den Zwiespalt in sich nicht, denn sie fühlte sich seltsam befreit und doch betrogen. Joshua küsste ihre Tränen weg und liebte sie für diese Hingabe. Es war wie früher und so sollte es in ihrem Gedächtnis bleiben. Er zog sich zögernd aus ihr heraus und es klebte sehr. Doch sein Samen in ihr war der größte Triumph überhaupt. Es dauerte eine Weile, bis beide zu Atem kamen und Eve sich an ihn schmiegte und einfach einschlief. Joshua deckte sie beide mit einer dünnen Decke zu. Er hatte sie in die Knie gezwungen und wenn sie wieder ganz klar im Kopf wäre, gäbe es kein Zurück mehr. Seine Eve hatte gedacht, sie wäre ganz allein, doch das war sie nie. Das hätte er gar nicht zugelassen. Der Doktor bewachte das Experiment sehr gewissenhaft. Professor Rantics Datenkurve über Eves körperlichen Gesamtzustand wies eine bewundernswerte Zähheit auf, doch am Ende hatten sie Eve in allem überlistet. Sein Entzug dauerte nun schon lange genug, dass er entschlossen war, es zu schaffen. Joshua drehte sich vorsichtig zu seiner Frau um. Ihr friedliches Gesicht hatte einen engelhaften Ausdruck. So sollte es für immer bleiben. Joshua hatte Mühe seine erneut aufflammenden Gelüste zu bändigen. Er schloss die Augen. Nun wäre sie willig, da gab es keinen Zweifel. Sobald alles in geordneten Bahnen verliefe, heiratete er sie eben nochmal und eine Weltreise stand ganz oben auf seiner Wunschliste.

22.Kapitel
1)
Eve wachte plötzlich und unvermittelt auf. Sie hatte geträumt, sie
wäre ins endlose gefallen. Ihre Augenlider flackerten wild. Sie konnte
nirgendswo Halt finden. Eine starke Kraft katapultierte sie ins Leben
zurück. Als sie mit den Augen blinzelte, sah sie sich erneut irritiert um
sich. Sie war allein, aber nebenan, summte jemand unter der
Dusche. Eve tastete an sich hinunter, spürte, dass sie hüllenlos und
unter einer weichen Decke geschlummert hatte. Etwas Klebriges
fühlte sie zwischen den Beinen. Oh nein, war das kein Traum?
Langsam kehrte jegliche Erinnerung wieder. Sie setze sich abrupt auf
und blickte um sich. Das Zimmer, mit seinen Brauntönen wirkte sehr
vertraut! Hier war sie doch schon mal? Der intensive Geruch, sein
Stil, Joshua! Sie hatte mit ihm geschlafen. Und das Ganze ohne
darüber Nachzudenken, ohne Reue. Sie dachte an Carl und
schluckte. Nun müsste sie hierbleiben, auf Gedeih und Verderb!
Nein, sie hatte Carl mit ihrem Mann betrogen. War das bei einem
Scheidungsverfahren hinderlich? Oder musste ihre Forderung zur
Eiltrennung nun gestoppt werden? Nein, dafür war es zum Glück zu
spät, Hoffentlich! Und wäre sie bei vollem Bewusstsein gewesen,
hätte sie es wohl niemals zugelassen. Wie sich das anhörte, das
würde ihr niemand glauben! So bescheuert konnte sie doch nicht
sein?! Eve erinnerte sich an die grauenhafte Suite und das sie dort
gefangen war. Da wollte sie nie wieder hinein, nie wieder! Etwas war
dort geschehen? Mit ihr! Man hatte sie irgendwie manipuliert und das
Alleinsein gab dabei den Rest. Sie war sehr lange Zeit nicht mehr sie
selbst, doch das schützte vor Strafe nicht. Eve roch an der
Flüssigkeit, kein Blut. Angewidert griff sie nach einem Kosmetiktuch
auf der Kommode. Definitiv Sperma! Soviel auch noch und sie
verhütete nicht. Seit sie geflohen war, hatte sie es ganz vergessen.
Die letzte Regel war noch nicht mal zwei Wochen her.
Was sollte sie tun, wie reagieren? Was hatte sie ihm in ihrem
Zustand verraten? Eve wusste es nicht mehr so genau. Aber wenn
sie sich ahnungslos verhielt und so täte, als wäre sie geläutert
zurückgekehrt, dann würde sie eine geeignete Chance finden, oder?
Es klopfte an der Tür, Eve zog sich einen weißen Bademantel mit
Hillschen Initialen über und öffnete. Isabell stand vor ihr. Sie rückte
ihr Häubchen zurecht und wirkte peinlich berührt. >> Ehm, Mrs. Hill,
das Diner ist angerichtet. Gebackene Ente mit Orangensoße und
Pilzragout. Eis Sorbet zum Nachtisch und Sie haben Besuch von
ihrer Schwiegermutter. << Eve nickte, sie würde in zehn Minuten
kommen und schon verschwand Isabelle. Eve schloss die Tür und
überlegte, wieso das Hausmädchen sie so seltsam ansah? Hatte sie
vorhin zu laut gestöhnt? Nee, Eve war immer schon der stillere Typ,
also, was dann? Moment, nicht nur das Häubchen saß schief, auch

das Make Up war ganz verschmiert. Und sie hatte ein wenig nach Männerparfüm gerochen! Eve fiel nur Eduard ein und sie schüttelte sich. Pfui, Pfui! Als sie nach ihren verstreuten Kleidungsstücken griff, schwang die andere Tür zum separaten Bad auf und Joshua stand dort in weißem Hemd und grauer Hose, frischrasiert und breit lächelnd vor ihr. >> Ja, so gefällst du mir Eve! Du hast fast zwei Stunden geschlafen und ich habe dabei zugesehen! Es war wie damals! << Er umarmte sie und küsste Eve. Sie musste sich zwingen, ihm nicht eine zu Scheuern und stellte sich vor, sie wären gerade in den Flitterwochen angekommen. Ein Zauberwort, das wirkte. So ähnlich gestaltete sich das hier und ein positives Gefühl durchfuhr sie. >> Joshua, ich habe Isabelle gesagt, dass wir gleich da sind. << Er lächelte noch breiter, wirbelte sie herum und beide landeten auf dem Bett.

>> Eve, meine Liebe, wir hatten eben die schönsten Momente seit ewigen Zeiten. Ich hoffte, dass du so reagierst. Und ich bin stolz auf uns beide! Dusche dich und deine Kleidung befindet sich in deinem Ruhezimmer, gleich neben meinem. Komm mit! << Er griff nach ihrer Hand und führte sie in ein großes Zimmer. Ihre selbstgemalten Bilder aus Bloomingville hingen dort. Der Ausblick auf die Skyline lag auf der Südseite. Ein schöner Park, mit prachtvollen Bäumen und Fußwegen lud zum Verweilen ein. Das Gemach besaß einen Ankleideraum, in edlem Interieur und großem Bad. Eve deutete nach unten. >> Ja Engel, wenn du möchtest, besuchen wir nach dem Essen das Center und danach den Park. Im Fünfzehnten hat Dad ein Schwimmbad mit Solewasser einbauen lassen. Bevor ich dich allein lasse, werde ich nochmals deutlich. Du gehörst mir und nur mir, Eve! Liana begleitet dich rund um die Uhr. Wenn du dich frei bewegen möchtest, gewöhnst du dich an sie. Ich werde kein Risiko mehr eingehen. Du warst vorhin so hingebungsvoll, dass ich dir die Sache mit Samira Nickels in weiten Teilen vergeben werde. Doch mir fehlen noch mehr Beweise, dass wir wieder ein Team sind! << Joshua kicherte siegesbewusst, als Eve bei dem Namen zusammenzuckte. >> Mein NoID Name, ich habe ihn dir verraten? << Joshua nickte. >> Ich weiß wer das ist und das du dich in Dariens End versteckst. Oh, Mein Engel, aber solltest du doch untreu gewesen sein, werde ich Oldman ruinieren, bis nichts mehr übrig von ihm ist! Denk darüber nach. Je länger du mit der Beichte wartest, desto stärker werde ich mein Recht einfordern. Ich hoffe meine Befürchtungen bewahrheiten sich nicht!! << Sein drohender Blick ließ Eve zusammenfahren. Der alte Joshua war nicht verschwunden. Er hatte sich nur geschickt versteckt. Erst dachte Eve, er würde sie erneut bedrängen, doch dann machte er eine beschwichtigende Handbewegung und verwies auf ein Gespräch mit dem Doktor. Er verließ ihr neues Zimmer und bat das Essen nicht kalt werden zu lassen.

Als Eve unter der Dusche stand und an all die Mühen dachte, die sich am Ende nicht ausgezahlt hatten, kamen ihr die Tränen. Wie klein doch die Welt war. Wohin hätte sie gehen sollen? Nach England? Sie verfluchte die Drogen, die sie ihr gegeben haben mussten. Nun hatte sie sich und ihre Retter bitter enttäuscht. Aber Joshua vertraute ihr ein bisschen und sie brauchte frische Luft, um nachzudenken. Die 45 er Magnum lag eben nicht mehr auf seinem Nachtisch. Wozu war sie überhaupt dort? Hatte er vor sie zu erschießen, falls sie sich vorhin gewehrt hätte? Oder war das auch nur Einbildung?

2)

Eve trat in den Salon und Madeline erhob sich, während Joshua ihr den Stuhl nach hinten zog. Sie lächelte kühl und erklärte, dass Joseph und die anderen diversen Verpflichtungen nachgingen und sie nicht begrüßen könnten. Als die Mutter Wein zum Diner wünschte, fuhr Joshua sie an. >> Mutter du säufst wie ein Loch! Eve ist wieder hier und es gibt kein Grund sich zu grämen! Man möchte meinen, wir hätten die Rollen getauscht! In meinem Hause ist es tabu und ich möchte, dass du es respektierst! << Sie nickte betreten und Isabelle brachte Tee und Wasser mit Sirup. Das Essen schmeckte vorzüglich und Eve schwieg, wie früher. Sie lauschte Joshuas Erklärungen, wie er es nannte, zum Thema „ Entwicklungen." >> Eve ist bereit, mit mir zu leben, Mutter! Nicht wahr Engel? << Eve nickte, zog ein starres Lächeln auf, bei dem sie dachte, es nie wieder aufsetzen zu müssen und fuhr Joshua dabei vorsichtig über die verheilenden Arme. Er nickte ihr zu und fuhr fort. >> Es gibt keine Zweifel, die ich nicht ausräumen konnte und wir werden draußen in den Park gehen. Unauffällig gekleidet tut uns die frische Luft sicher gut. Eduard und Liana werden unsere Augen und Ohren sein. << Die Mutter seufzte erleichtert und begann daraufhin zu weinen. Eve erhob sich, um sie zu trösten. >> Oh Eve, schön dass es noch Wunder gibt! Doch ich muss euch etwas sagen. Rachel hat seit gestern starke Wehen und es sieht nicht gut aus. Das Baby liegt im Sterben, sagen die Ärzte. << Joshua schwieg und Eve reichte ihr ein Taschentuch. Sie hatte das Essen kaum angerührt und spürte, wie die Mutter in sich zusammen sank. Als Joshua aufstand, um den Professor zu holen, schluchzte sie leise. >> Eve wir werden alle dafür bezahlen. Mrs. Steward hatte diesen Schlaganfall, weißt du das noch? Eigentlich konnte sie gar nicht mehr sprechen. Doch als ich sie allein vor vier Tagen besuchte, da hatte ich schon so ein komisches Gefühl. Ich saß eine ganze Weile neben ihrem Bett. Plötzlich röchelte sie und starrte mich mit trüben Augen an. Sie sagte mit fremder Stimme zu mir, dass die Zeit bald kommen wird und Bloomingville dem Untergang geweiht wäre. Sie sah mich an, als hätte sie den Leibhaftigen gesehen. Dann verdrehte sie die Pupillen, bis nur noch das Weiße zu sehen war und ihr knorriger Körper verkrampfte sich

unnatürlich. Sie hatte überall diese hässlichen Flecken. Sie kicherte und gurgelte, was für ein Horror. Ich bin schreiend rausgerannt und habe mich nicht mehr umgedreht. Dennoch werde ich bis heute das Gefühl nicht los, dass sie es wusste, alles! Es war furchtbar! Seitdem liegt sie im Koma, Eve. Und weißt du was in jener gleichen Nacht geschah? Unsere schöne Kirche brannte bis auf die Grundmauern nieder. Es liegt ein Fluch über uns. Aber du bist wieder da und Joseph meint, vielleicht hört es dann auf. Geh nicht weg, Eve! Nie mehr! << Eve drückte die zitternde Mutter. Sie tat ihr aufrichtig leid, aber sie sah sich als Zeitreisende mit einem Ziel. Und das war nicht die Rückkehr nach Bloomingville. Joshuas finstere Stimme unterbrach Madelines Geschichte. >> Mutter, es reicht jetzt mit deinen Ammenmärchen! Du bringst mich in Verlegenheit! Gleich willst du uns wieder weiß machen, dass das verbeulte Ortseingangsschild der alten Geisterstadt ein Zeichen wäre! Weil Mrs. Steward einst in Bordetown geboren wurde und der letzte Nachkomme des Wäschereibesitzers ist. Ihre Familie bekam damals eine ordentliche Abfindung, was soll das Theater jetzt noch? Es sind alles Wahnvorstellungen im Delirium! Ihr fehlt doch da oben schon länger ein dickes Schräubchen! Mutter beruhige dich! << Professor Rantic stützte die Mutter bis zum großen Sofa und legte ihr ein kühles Tuch auf die Stirn. Joshua zog Eve zu sich, als müsste er sie beschützen und blickte sie ernst an. >> Du glaubst doch diesen Blödsinn nicht, oder? Mrs. Steward ist die letzte ihrer Art und wird so lange sie lebt, für Wirbel und Munkeleien sorgen. Mutter sollte lieber beten, dass Rachels Baby nicht stirbt und dass die Zwillinge gesund bleiben, als sich mit diesem Mist zu befassen! Sie werden die Kirche wieder aufbauen. Und wir werden zusammen dort singen! Schluss jetzt mit dem Thema! <<
Der Doktor gab Joshuas Mutter eine Spritze und Eduard begleitete sie in das Gästezimmer, dass sie mit Joseph zurzeit bewohnte. Eve war entsetzt über Joshuas Kaltschnäuzigkeit. So benahm er sich immer, wenn er das bekommen hatte, was er wollte! Sie musste es wohl noch eine Weile hinnehmen, bis sich eine sichere Gelegenheit bot. Sie beherrschte das kalte Lächeln wieder bestens und Joshua merkte nichts, hoffentlich.
Eve probierte die neuen, wasserdichten Sportschuhe an, setze eine Sonnenbrille auf und band sich ein Tuch in ihre Haare, als er mit zwei grauen Regenfleecejacken vor ihr stand. Joshua hatte seine Cop Brille aufgesetzt und schwang einen Regenschirm. >> Eve bevor wir nach draußen gehen, muss ich es wissen! Wie hast du herausgefunden, wo Carl Oldman lebt? Nach Brunswick zu gehen, war kein Zufall, Eve! Empfindest du etwas für ihn, sag's mir! << Eve blieb fast das Herz stehen. Sie spürte den Groll und da war auch seine unterdrückte Wut wieder. Sie drehte sich zu ihm um, reagierte

umgehend, indem sie ihn zu ihrem Bett zog und ihn darauf schubste. >> Möchtest du wissen, was ich für dich empfinde? Das war doch deine eigentliche Frage? << Joshua riss sich die Brille vom Gesicht und sein Blick loderte rasend und erregt zugleich. Sie küsste ihn und setzte sich auf seine Beine. Er mochte diese Reaktion, dass wusste Eve. >> Joshua ich habe seine Adresse im Telefonbuch entdeckt, weil ich einen Job suchte. Er hat eine Tochter und eine Exfrau. Reicht das als Antwort? Ich habe keine Ahnung was er sonst noch macht! << Er stöhnte und zog sie zu sich. >> Das hoffe ich für dich. Wenn du mich noch einmal küsst, werden wir heute das Bett nicht mehr verlassen, Eve. Dass versichere ich dir! << Eve erhob sich und entgegnete, dass sie trotz Regenwetter, den Park entdecken wollte. Joshua dachte an ihren Zustand und das es ihnen nur guttun konnte. Der Doktor hat von Festigung gesprochen, wenn sie zusammen Dinge unternahmen, die nicht in der Wohnung stattfänden. Und er musste lernen, die Vergangenheit ruhen zu lassen. Sie besaßen beide sehr dunkle Flecken auf ihren Westen. Nur ein Neuanfang konnte alles retten!

3)

Es nieselte leicht, als sie unten ins Freie traten. Eve tanzte vor Freude. Prägte sich alle Details ein. Der Pförtner winkte ihnen zu und sie versuchte nicht an die grimmig, dreinblickende Nachhut zu denken. Joshua umarmte Eve und sie wirkten wie ein frisch verliebtes Paar. Der Park besaß weitläufige Wege, Hundewiesen und Spielplätze. Ein Trimmpfad wurde mit Pfeilen gekennzeichnet. Eve studierte die Wanderkarten und beobachtete entgegenkommenden Jogger. Unter einer Baumgruppe gab es noch genügend trockene Plätzchen auf den Bänken. Dort saß eine alte Dame und las ein Buch. Als sie aufblickte, erschrak Eve. Es war Mrs. Fly. Sie lächelte Eve an, zwinkerte und drehte sich wieder zu ihrem Buch. Eve dachte, dass es nicht sein konnte und es wahrscheinlich noch alte Nachwirkungen sein mussten. Sie blickte kurz zu Joshua, der die Baumbepflanzungen zählte und erklärte, dass alle Bäume aus einer Spende seiner Familie stammten. Als er sich zu ihr drehen wollte, klingelte sein Handy. Er grunzte genervt und zog Eve ein Stück weiter. >> Ich muss da ran, sorry, mein Engel! << Als Eve zurück blickte, war die alte Dame verschwunden. Nur Einbildung? >Also suchen sie mich vielleicht, doch? < Als Joshua seine Frau während des Telefonates düster anblickte, ließ es ihre Alarmglocken erneut schrillen. >> Was soll das heißen? Das Verfahren stagniert? Meine Frau ist verschwunden und Sie besitzen die Frechheit mir zu unterstellen, dass sie von uns entführt sein könnte? Ich kenne die Meinung der Gegenseite. Sie wollen mir weißmachen, wenn Eve in zwei Wochen nicht wieder auftaucht, die Eilscheidung, acht Wochen vorgezogen werden könnte? Was soll ich sagen, ich werde es akzeptieren müssen. In die Kanzlei? Ok ich werde meinen Vater mitbringen. << Dann legte er auf und lächelte entspannt. Joshua schwieg und Eve traute sich nicht zu fragen, was das bedeutete. Sie gingen noch ein Stück, bis zur Mitte des Parks. Dort standen mehrere überdachte Bänke. Er setzte sich, zog sie auf seinen Schoss und sagte, während er seine Nase in ihre feuchten Haare steckte. >> Hier ist es trocken, Eve und ich fühle mich so gut, wie lange nicht! Ich bin glücklich, dank dir! Und nun geht alles noch viel schneller, als ich es erhoffte. Es wird eine spektakuläre Versöhnungsfeier geben. Du magst den Park, das gefällt mir!? Doch ich möchte nicht, dass du dich erkältest und ich muss den Anwalt treffen. Nur reine Formalitäten. Liana bringt dich zurück in unsere Wohnung. << Eve antwortete nicht, die alten Gewohnheiten kehrten also doch zurück. Kurz darauf telefonierte Joshua mit Eduard. Nach zehn Minuten, parkten zwei schwarze Autos am Seitenstreifen, der Nord Park Ave. Joshua verhielt sich überrieben selbstbewusst und euphorisch. Er hielt Eve die Wagentür auf, nickte Liana zu und stieg dann in das andere Fahrzeug.

Das Durhamer Architektenviertel konnte sich sehen lassen, die Prachtbauten spiegelten sich in den Autofenstern. Joshua hoffte sehr, dass seine wunderbare Aktion Früchte trüge. Dann schob Eve nächstes Jahr einen Kinderwagen durch den Park. Er wollte ihr alles bieten und wiedergutmachen. Doch dieser Carl Oldman ging ihm nicht mehr aus dem Kopf. War es tatsächlich Zufall, dass sie seine Firma ausfindig machte? Schließlich konnte er den begabten Schlaumeier, mit seiner dicken Brille nie leiden. Das beruhte auf Gegenseitigkeit und er war froh, als Oldman nach dem Studium aus Bloomingville wegzog. Als sie aber damals seinen Einstand in Oldman Seniors Villa feierten, konnte jeder Dummbeutel mitansehen, wie dieser Carl seine Frau öffentlich anhimmelte. In der Studienzeit waren die beiden zwar unzertrennlich, aber nie ein Paar. Hatte er Eve vielleicht den Floh ins Ohr gesetzt, dieser Feigling? Nach all den Jahren? Joshua brannte der Kopf. Aber ihre Aussage vorhin, war eindeutig zu seinen Gunsten. Da hätte sie niemals lügen können. Ob als Eve oder Samira, sie hätte es ehrlich gestanden. Und seine Frau konnte schon immer schlecht lügen. Sie besaßen beide damals kaum sexuelle Erfahrungen und Eve war für Joshua wie eine Offenbarung. Also warum tobte dann diese Debatte in seinem Kopf?

Liana beobachtete Eve, als diese ihre durchnässten Haare mit einem Tuch aus dem Handschuhfach trocken rubbelte. Dann fragte sie Eve, als sie in die Tiefgarage bogen, ob sie die Freiheit genossen hätte? >> Natürlich, Sie nicht? Das bisschen Regen, Sie sind doch nicht aus Zucker, Liana, oder? << Sie schüttelte den Kopf>> Nein, darum geht es nicht. Dieser Sheriff hat ihre Fährte gerochen. Ich habe da so meine Informationen. Aber ich wollte sie beide eben nicht stören. Sie sind ein harmonisches Paar, viele Leute haben sich zu ihnen umgedreht. Es steht mir nicht zu es zu sagen, aber Mr. Hill hat wirklich alles getan, um sie umzustimmen. Er ist vier Wochen durch die Hölle gegangen, um Sie zurückzugewinnen. Ich finde, sie sollten dem Spuk ein Ende bereiten und die Hatz abblasen. << Eve glaubte ihren Ohren nicht zu trauen. >> Also Liana, Sie wissen gar nichts! Mein Mann ist kein Heiliger. Er hat mich früher fast totgeschlagen, und ist durch die Sucht zu einem selbstherrlichen, widerlichen Kerl geworden. Ich wollte mich dem nicht länger aussetzen, aber das müssen Sie nicht verstehen! Die Familie hat nur weggeschaut? Alle taten es und hätte er mich im Rausch getötet, wäre auch das vertuscht worden. Bei den Hills zählt nur der Ruf! Erwarten, Sie, dass ich mich Ihnen anvertraue, Liana, dann sind sie schief gewickelt! << Liana entschuldigte sich, wirkte betreten. >> Ich wusste nicht, das es so schlimm ist. Mir wurde dieser Vertrag angeboten, um Sie zu beschützen, wenn wir Sie gefunden haben. Das ist mein Job, der Rest geht mich nichts an. Die reichen Leute finden sich mit ihrem Schicksal ab, aber nicht Sie, Mrs. Hill. Und ich dachte ihr Mann wäre das Opfer. <<

Bevor Eve antworten konnte flog die Eingangstür auf und Madeline stürmte tränenüberströmt in Eves Arme, gefolgt von einem völlig überforderten Professor. >> Eve, Mrs. Steward hat sich mit dem Beatmungsschlauch stranguliert und Rachel hatte kurz danach eine Totgeburt. Sie hatte grauenvolle Schmerzen und nach vier Stunden haben alle nur noch geweint. Auch die Hebamme. Das Kind war schon bläulich angelaufen und die Haut löst sich bereits ab! Sie überlegen, ihr die Gebärmutter ganz zu entfernen. << Eve wollte das nicht im Flur diskutieren und bat Liana dabei zu helfen, Joshuas Mutter bis in den Salon zu begleiten. Isabelle zeigte Eve, wie der Kamin befeuert wurde und sie tranken viele Tassen Beruhigungstee, bis Madeline sich an Eve lehnte und in stillen Momenten einnickte. Nach einer Weile kam die Mutter zu sich und steckte sich einen Keks nach dem anderen in den Mund. Sie redete, als ob nichts gewesen wäre. >> Eve ich habe immer an dich geglaubt, Kind! Joshua war stets mein Liebling. Ein zartes Wesen, das Joseph erst seit der Sache mit dir akzeptiert. Ich darf darüber eigentlich nicht sprechen. Aber Michaels Frau Gladys hat auch die Scheidung eingereicht. Weil er seit vielen Jahren ein Verhältnis mit der Küsterin hat. So viele Skandale bei uns und Joseph kann diese Löcher nicht mehr stopfen. Es wird Zeit das wir auch zu unseren Fehlern stehen. Wärst du nicht wiedergekommen, Eve, hätte ich es sogar akzeptiert. Rachels Gene sind schlecht und Frank trägt auch nicht dazu bei, dass es besser wird. <<

Dann räusperte sie sich laut, dass es Privatangelegenheiten der Familie wären und das Personal nicht so lange Ohren benötigte.

Liana nickte Isabelle zu, die einen Staubfächer schwang, den Raum zu verlassen. Die Schwiegermutter schwelgte in Selbstzweifeln und weinte bitterlich. >> Was ist denn Madeline? Wein doch nicht schon wieder! << Sie drückte Eve und nickte. >> Du hast recht. Joshua ist so böse geworden, weil er als Kind oft verprügelt wurde und ich mir so hilflos vorkam. Und als ob das nicht schlimm genug wäre, trank Joseph ebenso viel Alkohol und gab mir und den Kindern die Schuld, für sein Versagen. Er machte aus Mücken, Elefanten, aber da sag ich nichts Neues. Er ließ es an mir oder den Kindern aus, jedes Mal! Alle hatten blaue Flecken, manchmal blaue Augen und Gehirnerschütterungen. Wie oft habe ich mit gepackten Koffern bei meiner Mutter vor der Tür gestanden. Ein paar Tage durften wir bleiben, dann schickten sie meinem Mann eine Kiste Whiskey und du kannst dir den Rest vorstellen, oder? << Eve nickte und Madeline blickte ins Leere, redete unbeirrt weiter. >> Ich habe mir immer so eine Schwiegertochter, wie dich gewünscht, das weißt du? Aber auch Joshua besitzt Joseps Gene, auch wenn er äußerlich nach mir kommt. Er ist ein Junge im Herzen, aber der Mann in ihm könnte Joseph nicht ähnlicher sein. Eve, nehme die Codekarte, merke dir die Ziffern 5329 und das Geld für alle Fälle. Los steck es weg! Und wenn du denkst, ihn erneut verlassen zu müssen, dann tue es! Unsere Familie hat genug Unheil angerichtet und wenn sie keine Nachkommen hat, dann ist es ebenso. << Eve war sprachlos, verstaute die Karte und den eingerollten Schein tief in der Hosentasche. Da war sie, die neue Tür zur Freiheit! Eve küsste die Mutter dankbar auf die Wange. Hoffnung keimte auf, als Eve ein Holzscheit nachlegte.

4)

Die Tür wurde von Eduard geöffnet und zuerst trat Michael ein, der tiefe Ränder unter den Augen hatte. Joseph folgte, dessen eisgraue Augen müde und abgekämpft bei Eve haften blieben. Joshua trug zwei rosa Plastiktaschen herein. Er hatte für alle Chinesisch bestellt und verteilte mit Isabelle die Schälchen. Der neuakzeptierte Sohn war bestens gelaunt und ließ das bei jeder Gelegenheit durchblicken. Er nannte es aufheitern und erklärte, wie gestärkt er durch seine Erfahrungen geworden sei. Michael schniefte neben der Mutter und blickte zu Boden. Joseph nickte und sagte, dass wenigstens eine gute Nachricht dabei wäre. Der Vater setze sich in den bequemen Sessel und Michael suchte verzweifelt nach Worten. >> Wollt ihr das neuste Schauermärchen hören? Ich werde die ganze Nacht für Rachel und Frank beten. Die Schwester, die die Säuglingsstation betreute, hatte zuvor Dienst bei den Komapatienten. Und zwar genau bei Mrs. Steward. Die alte Frau lag im Sterben und die Schwester sprach von Tagesgeschäft. Doch weil Mrs. Steward keine Verwandten hatte, hielt sie die Totenwache. Sie berichtete von einer

seltsamen Stimmung im Zimmer, als ob sich da noch jemand mit im Raum befände. Mrs. Steward stöhnte und sagte, das der Tod heute seine Runden drehe. Sie flüsterte vom Untergang der alten Hill Dynastie. Sie wiederholte es sieben Mal. Dann schwieg sie und die Schwester verließ nur kurz den Raum, um Unterlagen zu holen. Als sie wiederkam, ach du meine Güte! Mrs. Steward starrte sie mit hervorquellenden Augen an. Der Schlauch war zweimal eng um ihren Hals gewickelt. So fest, dass der Arzt ihn losschneiden musste. Ein grauenvoller Anblick und die Videoaufzeichnungen zeigten den Beweis, dass Mrs. Steward es sich selbst zugefügt hatte. <<
Er zitterte und verkippte seine Cola auf dem weißen Berberteppich. Eve holte Tücher und tupfte das Gröbste weg. Josep räusperte sich, übernahm das Wort. >> Michael, reiß dich zusammen! Wir sind doch nicht im Horrorfilm! Hört zu! Das wir Eve wieder in unserer Mitte haben, ist ein Segen. Es wird ein neuer Hill geboren, davon bin ich überzeugt. Die Scheidung wird bei derzeitigen Stand im November durch sein und dann werden die zwei in Frankreich neu heiraten. Ich habe schon alles eingespielt. Madeline, du zerdrückst uns Eve noch! Kümmere dich lieber um Michael! Eve wird die Familienehre retten und wenn das das letzte ist, woran ich nach dem ganzen Unfug glaube. Das Baby von Rachel wird am nächsten Dienstag auf dem Sternenfriedhof beerdigt, zeitgleich mit der verrückten Mrs. Steward. Das passt mir auch nicht. Die Kapelle muss erst wieder neuerbaut werden, welch ein Jammer! Joshua, morgen früh ist unsere Vorstandsitzung, um neun. Und ich möchte euch noch etwas sagen, ich verzeihe Eve die Eselei. Wir sind alles Sünder! Wir werden uns nun in Demut üben, denn Gott sagt, es ist jetzt Zeit zum Trauern. Wir beten für den kleinen Constantin und werden jegliche Freuden meiden, bis der Kleine unter der Erde ist. Lasst uns alle nun hinknien und beten! << Sie hockten sich in einen runden Kreis, die Bibel in der Mitte. Nach einer Stunde verließ Joseph den Salon, um schlafen zu gehen.
Michael schluchzte verzweifelt und angetrunken, als sie sich nach den Gebeten aufsetzten. Das erste große Unwetter des Jahres trommelte draußen gegen die Fenster. Eve konnte Michael gerade noch abstützen, bevor er mit dem Oberkörper auf ihrem Schoss landete. Eve erlebte eine Hill Familie am Boden zerstört. Mitleid fühlte Eve nur für die weiblichen Hill Mitglieder. Sie holte den Doktor, nachdem Joshua für ein Telefonat in sein Büro gegangen war. Sie durfte ihm bei der Untersuchung assistieren und dachte an Lady Frankenstein. Eduard besorgte das Bettzeug, nachdem Michael eine Schlafdröhnung verpasst bekam. Die Mutter entschied, dass er bei Joshua im Bett schlafen sollte. >> Joshua, sehe es pragmatisch. Es ist deine Pflicht, sich um deinen Bruder zu kümmern. Ich möchte nichts riskieren und es herrscht ohnehin bis Dienstagabend

Keuschheit, auch für dich! Eve schläft neben an und wacht mit dir. <<
Joshua fügte sich, nickte grimmig und zog Eve zur Seite. Bevor sie
ablehnen konnte, bat er sie um ein Gespräch in ihrem neuen Zimmer.
>> Eve ich möchte, dass wir morgen beide schwimmen gehen. Durch
das Salzwasser werden kaum Narben bleiben. Ich bin fast ganz
gesund und scheiße auf Rachels Forderung. Wir haben so viel
nachzuholen! Sie hat den größten Trottel geheiratet und gönnt mir
mein Glück nicht! << Er umarmte sie fest, Eve hatte gemischte
Gefühle. >> Warum sollte sie so denken Joshua? Sie hat gerade
ganz andere Probleme. Wir respektieren es und nach Dienstag
bleiben wir den ganzen Tag im Bett, oder wo du sein möchtest. << Er
packte sie fester und küsste Eve ungestüm. >> Nein, so lange halte
ich das nicht aus, Engel. Ich will dich und am besten, wenn Micheal
schläft. Aber du hast Recht, du solltest dir am Mittwoch nichts
vornehmen! << Er strich Eve über den Po und konnte sich kaum
beherrschen. >> Joshua denk an Rachel und das arme Baby! <<
Diese Worte holten ihn in die Realität zurück, nur seine glänzenden
Augen spiegelten seine Gedanken wieder. Er räusperte sich. >> Eve,
ich bin neuverliebt, nimm es mir doch nicht übel! Stell dir vor, Vater
hatte seinen Notar dabei und ich habe alle Formalitäten für eine
Firmenbeteiligung unterschrieben. Küss mich ein letztes Mal, Eve,
damit ich von dir träumen kann! << Sie tat es und es schmeckte nach
mehr. Schon wieder dieser Verrat!

5)
Eve lag in ihrem Bett und versuchte sich mit einem Buch abzulenken.
Sie konnte sich nicht konzentrieren. Sie dachte an die Begegnung im
Park. Mrs. Fly zwinkerte zu ihr. Diese Regung würde sie nie
vergessen, als Eve in ihrer Stube saß und die Wahrheit über sich
anvertraute. Es war einfach ein Tick von ihr und sie dachte an
Spencer, der nebenan in der Küche das Dressing vorbereitete. Und
nun? Eve löschte das Licht, starrte zur Decke. Es musste aufhören,
sie durfte sich nicht abfinden. Die Mutter hatte Recht, was Joshua
anbetraf. Sie besaß die Codekarte und hatte den Schein gut
versteckt. Der Plan nahm langsam Gestalt an. Dieses Mal wollte sie
unauffällig verschwinden, ohne Tamtam. Sie konnte Carl nicht noch
einmal betrügen und vermisste die kleine Kira. Eve könnte es auch
nicht ewig verbergen, dass sie Joshua nicht liebte. Sie schlief mit
dem Gedanken ein, dass Madeline trotz allem, immer Aufrichtig zu ihr
war. Mrs. Klein hatte ihr auch verziehen und das war die Hauptsache.

23.Kapitel
1)
Nachdem die Sonne den Frühnebel vertrieb, kündigte sich ein
drückend heißer Tag an. Eve hatte schon frisch geduscht und
hochgeschlossen gekleidet. Sie war mit einem erwartungsvollen
Gefühl aufgewacht. Joshua und Michael schnarchten in der letzten
Nacht derart laut, um die Wette, dass im Park eigentlich keine Bäume
mehr stehen dürften. Nun hörte man nebenan Stimmen und Schritte.
Joshua musste gleich zu diesem Sitzungstermin. In der Zeit konnte
sie ungestört an neuen Ideen weiterstricken. Sie wusste, dass sich
die Räumlichkeiten des Vorstandes in der Glennstreet, gegenüber
des Parks befanden. Der Ort war nur zehn Blocks von hier entfernt.
Aber sie musste sich ins Gedächtnis rufen, das Joshua seinen
Kontrollspürsinn auf Hochbetrieb schalten würde. Eve durfte nie
vergessen, dass er in seinen besten Zeiten, zu gerne ihre Gedanken
las. Auch im alkoholisierten Zustand!
Joshua hatte sich sehr in Schale geworfen. Tommy, der Hausfrisör
schlenderte in einem knallgelben Jeansanzug und Dandy Frisur,
samt dezentem Lidschatten zum Cabrio. Eve erkannte ihn sofort
wieder. Er würde vermutlich einen Ohnmachtsanfall bekommen,
wenn er ihre Selbstgefärbten begutachtete. Er war ein schräger Kerl
und hatte coole Tipps für jeden Anlass. Joshua trug seinen neusten
Anzug, einer italienische Marke mit Platinmanschetten und schwor
auf den Schneider. Der Designer war neulich zu Besuch in Durham.
Er öffnete die Tür zu Eves Gemach und blickte sie lange an. Als sie
sich zu ihm umdrehte, leuchteten seine Augen fast Türkis. Er duftete
gut, als er näher kam und der Anzug roch neu. Eve trug eine
hellblaue Long Bluse, mit hohem Kragen, Jeans und schwarze
Leinenschuhe. Sie riss sich zusammen, setzte ihr starres Lächeln auf
und hoffte, ihren Mann heute das letzte Mal ausgeliefert zu sein. >>
Guten Morgen, Joshua! Ich hoffe ihr hattet genug Platz im Bett? <<
Joshua drückte sie an sich und küsste seine Frau lange und intensiv.
>> Den wünsche ich dir auch, liebe Eve. Meine Nacht war turbulent,
aber du strahlst so, wie ich es mag! Und wir haben keine Zeit, um die
Tür zu schließen. Es gibt Frühstück und Michael ist heute Nacht
dreimal aus dem Bett gefallen! Vermisst du Tommy? Du hast ihm
nachgesehen! Morgen hat er mir versprochen, sich um dich zu
kümmern, mein Engel! << Er lachte und wurde plötzlich rot und
verlegen. >> Eve, wir können uns doch alles sagen, oder? << Sie
nickte>> Natürlich! Hat dein Bruder fantasiert? << Joshua schüttelte
den Kopf. >> Viel schlimmer! Als ich selig schlief und von dir träumte,
weckte er mich kurz darauf auf und nannte mich Esmeralda. Stell dir
vor, er hatte sich splitternackt ausgezogen und rieb seinen steifen
Schniedel an meinem Rücken! Das reichte mir für den Rest der
Nacht. Er durfte bei meinen Eltern einziehen. Eve, ich brauchte

danach frische Luft und habe mich in den Wintergarten gesetzt.
Konnte dich beobachten, du sahst so friedlich aus. Ich liebe dich
dafür! << Eve kicherte bei der Vorstellung und als sie beide den
Salon betraten, saß die Familie schon am Tisch.
Eve konnte es sich nicht verkneifen, Michael schelmisch zu mustern.
Er vermied es und starrte auf den Tisch. Als dann der Vater ihn noch
zusätzlich mit einem bösen Blick strafte, meinte Joshua lapidar. >>
Isabelle, meine Frau möchte auch Kaffee! Heute sind Sie aber nicht
von der schnellen Truppe, oder? Und du Michael, du bist ein
angesehener Pfarrer! Leitest die größte Gemeinde in Bloomingville
und machst hinterrücks so einen Schweinkram, Pfui sag ich nur! <<
Madeline verschluckte sich am Tee und Eve musste sich auf die
Zunge beißen, um nicht laut zu lachen. Das Thema wurde
gewechselt und der Vater besprach mit dem Sohn, was sie heute bis
16 Uhr vorhätten. >> Joshua wir inspizieren den Park, meine Gräten
müssen mal wieder geölt werden! Später könnte Eduard uns in die
Poliklinik chauffieren. << Joshua nickte bedächtig. Eve erhielt den
Eindruck, das schmächtige Abbild des Vaters, war nun zum
Lieblingssohn aufgestiegen. Aber hinter der Familienfassade brodelte
es gewaltig. Michaels finstere Miene war nicht zu übersehen. Alle
schwiegen, die Wurst und Käsebeilagen des Büfetts wurden mit
frischen Brötchen herumgereicht. Eve schlug sich ein Ei auf und
Madeline erzählte, dass Mrs. Klein heute Vormittag vorbeischauen
wollte.
Dann klingelte das Haustelefon und Isabelle mit schwarzem
Häubchen und Beerdigungsmiene reichte dem Vater den Hörer.
Rachel ging es sehr schlecht. Sie hatte letzte Nacht einen Blutsturz
erlitten. Er sah betroffen in die Runde. >> Ja wenn das so ist, wird
meine Frau, mein Sohn Michael und meine Schwägerin gleich
vorbeikommen. Nein, Ich und Joshua haben Geschäftstermine, die
ich nicht aufschieben kann, ich bedaure. << Er legte auf und seufzte
tief. >> Sie haben Rachel Notoperiert und die Gebärmutter entfernt.
Sonst wäre sie verblutet. Verdammt, was ist da los? Ihr fahrt hin und
heitert sie auf. Wenn es sein muss, den ganzen Tag! Los, Joshua wir
machen uns sofort auf den Weg und beenden die Sitzung bis drei. <<
Der Vater erhob sich und packte Joshua am Arm. Es sollte das letzte
Mal sein, dass er Eve umarmte. Er küsste sie sanft auf die Stirn und
Eve würde seinen Gesichtsausdruck positiv im Gedächtnis behalten.
Er sah sie sehnsüchtig an und grinste charismatisch. Ein
jugendliches Verhalten, dessen Charme Eve damals völlig erlag. Ein
heißer Schmerz durchzuckte sie und Eve musste die Augen
schließen. >> Alles ok, Engel? << Sie nickte rasch, Zweifel keimten
auf. War es richtig, es erneut zu wagen? Joshua schien ihre innere
Zwietracht nicht zu bemerken. Es stand gerade sechzig zu vierzig,
dass sie ihr Vorhaben abblies. Er küsste ihre rechte Hand, holte dann

leise summend seine Aktentasche aus dem Büro und hatte schon den Auszugknopf gedrückt. Joseph küsste seine Frau ebenfalls, doch die hatte nur einen abfälligen Blick für ihren Mann übrig.

2)

Eve holte eine größere Lammledertasche und meinte, dass sie für Rachel vielleicht unterwegs etwas Aufheiterndes kauften. Madeline hielt es für eine gute Idee. Eve packte die Sonnenbrille und zwei kleine Flaschen Mineralwasser aus dem Kühlautomaten hinein. Zusätzlich verstaute sie auch einen Keksmüslivorrat und vier Äpfel darin. Ihr Geheimnis verwahrte sie hinter dem Reisverschluss ihrer Brusttasche. Dann folgte sie Liana, die vor der Tür mit Michael und der Mutter auf sie wartete.

Der Megakomplex der Durhamer Poliklinik, lag in der Nähe zur Interstate. Die riesige Klinik war eine zentrale Anlaufstelle für alle umliegenden Ortschaften. Mit einer Stunde Fußweg hatte man das Einkaufszentrum des Eastend Viertels erreicht. Dort könnte sie dann in einen Bus Richtung Süden steigen. Während die Mutter mit ihr hinten Platz nahm und sich ein großes Glas Whiskey aus der Bar eingoss, lehnte Eve dankend ab. Ihr wurde schon von dem Geruch übel, während Michael sich die ganze Flasche geben ließ und bis zur Hälfte auf Ex leerte. Dann ein lautes „Amen" rülpste und alle mit wässrigem Blick angrinste. Eve ließ sich von der Geste nicht beeindrucken. Sie überlegte beim Anblick der reifen Getreidefelder, wann ihr Stündlein schlagen könnte? Einen Notruf beim Sheriff absetzen und sich dann verstecken. Madeline und Eve stiegen vor dem Blumencenter aus. Während Eve zwei Bücher in einem Kiosk kaufte, lugte Madeline in einen Modestore. >> Ach alles nur billig Kram aus China! Wusstest du das sie das Zeug von Kindern anfertigen lassen und die Stoffe aus unseren Plastikflaschen hergestellt werden, unfassbar! Wo ist die gute, alte Handarbeit geblieben? << Eve erinnerte sich an einige Dokus darüber. >> Es läuft vieles falsch in dieser Welt. Solange eine Lobby daran viel Geld verdient, wird sich nichts ändern! Wir können uns zum Glück aussuchen, was wir anziehen, aber viele andere nicht! << Madeline pflichtete ihr bei und sie betraten den Blumenshop. Ein typisch, süßfauliger Geruch wehte ihnen entgegen und die Auswahl ließ zu wünschen übrig. Sie wählten einen großen Strauß, bunter Sommerblumen. Eve griff nach einer schönen Genesungskarte, mit Marienkäfern und Schmetterlingen. Viel Farbe und ein netter Spruch könnte Rachel sicher etwas aufheitern! Als sie zum schwarzen Mercedes zurückkehrten, lehnte Michael mit Zigarette und Whiskeyflasche an der offenen Autotür. Liana fragte, ob sie die Toilette im Center kurz aufsuchen könne. >> Sorry, ich bin gleich zurück, Mrs. Hill. Ich hab gestern wohl was Falsches gegessen. << Eve nickte entspannt und Madeline antwortete, dass sie noch

Übelkeitstabletten in ihrer Tasche hätte. Eve dachte nicht an ihre unruhigen Beine, es wäre gerade sicher ein geeigneter Zeitpunkt Aber das konnte auch Täuschen! Madeline warf ihre Seidenstola um den Hals und marschierte zurück in das Center. Sie bestellte für alle ein Kaffee to go und Donuts in einem Drive in.

Eve stand nun mit Michael allein am Auto, als er seine wulstige Hand um sie legte und deutlich angetrunken sagte. >> Schön, das wir uns auch mal allein unterhalten können, Schwägerin. >> Sie wich vor seiner ungepflegten Erscheinung und dem öligen Schweißgeruch zurück, aber er war schneller. >> Eve was ist los, ich tue dir doch nichts? Meine Kirche ist abgebrannt und meine Frau ist auch weg, da kann ich mich doch wohl ein bisschen betrinken, oder? Meine Schwester kann keinen Jungen mehr bekommen und du willst nicht! <<

Eve stieß ihn beiseite und würgte. Das gab es doch gar nicht! >> Michael ich kann für dein Destaster nichts. Ich fand Gladys immer sympathisch. Aber wenn du anders Gepolt bist, ist das deine Sache, Michael. << Er schnaubte und blickte seiner Mutter nach. Sie war noch nicht an der Reihe. >> Ja, Eve ich geh auch in den Puff, nur damit du das weißt! Ich würde auch mit dir ins Bett gehen, weil ich schon immer scharf auf dich war! Ich bin auch nur ein Mensch! Genauso wie Rachel. Sie hatte eine Affäre mit unserem Notar. Und das Kind, das sie verloren hat, ist von ihm gewesen! Wir zahlen manchmal einen hohen Preis. Treue ist in unseren Kreisen eine Rarität! Nur Joshua konnte dich nicht vergessen! Er ist besessen von dem Gedanken, er könnte dich wieder verlieren. Er wird dich abknallen, wie einen räudigen Hund! Er hat es zu mir gesagt und das solltest du nie vergessen! << Eve schluckte und konterte. >> Dann seid ihr beide nicht für die Kirche geeignet und du bist ein alter, notgeiler Hurenbock! << Die Mutter gab ihrem Sohn ein kräftige Backpfeife, das Michael sabbernd in den Graben stolperte. >> Michael, es reicht! Steige sofort ins Auto! Hier nimm den Becher und gib die Flasche her! << Madeline hatte alles gehört. Er gehorchte wütend und pfefferte die Schnapsflasche auf den Weg vor dem Parkplatz. Als Liana zurückkehrte, wischte sie sich den Mund und trug eine Tüte aus der Apotheke am Handgelenk. Sie fühlte sich etwas besser und es konnte weitergehen. Während sie auf der Interstate zum Krankenhaus abbogen, sprach niemand ein Wort. Jeder hing seinen Gedanken nach. Madeline schwor sich, Michael die Leviten zu lesen, sobald sie allein wären.

3)

Rachel hatte stark an Gewicht verloren. Ihr eingefallenes Gesicht wirkte um Jahre gealtert. Jeder konnte sehen, dass sie dem Tod knapp von der Schippe gesprungen war. Als die drei das Einzelzimmer im Privatpatientenbereich betraten, schlug sie ihre

Augen nur mit Mühe auf. Sie war an vielen Schläuchen und piepsenden Apparaturen angeschlossen. Infusionsbeutel hingen an einer Seite des Bettes. Wundwasser und Urinbehälter baumelten mit Sicht Schutz vor dem Bett. Rachel war bei Bewusstsein und lächelte sie müde an. Michael und die Mutter schluchzten laut. Beide wären am liebsten schreiend rausgerannt. Rachel wirkte im Bett mit den vielen Apparaturen verloren, fast wie ein kleines Mädchen, eine zerbrechliche Puppe. >> Hi, hört doch auf zu weinen. Ich lebe ja noch! Und Eve schön dass du hier bist! << Ihre Stimme klang dünn und matt. Der Anblick konnte Eve nicht erschrecken, sie dachte an ihre Fehlgeburt von damals. Rachel würde es schaffen, genau, wie sie selbst! Eve setzte sich zu ihr auf das breite Bett. Rachels Arme waren dünn und wächsern. Die Adern schienen durch. Mit bloßen Augen konnte man den Puls ablesen. Eve drückte Rachels Hand und sprach ihr Mut zu. Madeline verglich ihre Tochter mit Joshuas Zustand, nach seinem Selbstmordversuch und ertrank in einem Nervenzusammenbruch. Eve rief die Schwester. Sie brachte zwei „Valium" Kapseln und eine Vase für die Blumen. Rachel freute sich über die Bücher und sie wollte, das Eve sich wieder neben sie setzte. Michael hielt die Situation nicht aus und verließ das Krankenzimmer nach fünfzehn Minuten. Er besorgte sich eine neue Flasche Bourbon, in dem kleinen Laden und verzog sich auf den Besucherbalkon. Im Moment benötigte er selbst einen Seelsorger. Eve erzählte ihr vom Besuch im Park, und von lustigen Dingen. Da bekam Rachel glänzende Augen. >> Eve weißt du noch, als ich mir das Schokoladenhimmelbett zu meiner Hochzeit gewünscht habe? << Eve nickte und schmunzelte. >> Sicher Rachel. Sie schmolz in der Sonne, schneller als eine Eisskulptur und alle Kinder interessierten sich nicht mehr für den Streichelzoo, sondern badeten in der braunen Pampe. Es war ein Bild für die Götter! Überall Flecken und Fingerabdrücke, auf der gesamten Dekoration. Das Orchester war ganz in Weiß gekleidet, hinterher nicht mehr! << Beide kicherten laut und Rachel vergaß kurz ihre Situation. Ihr tat der Bauch weh vom Lachen. Sie musste husten, doch das gab sich schnell. >> Genau und die Eltern der Kids waren voll aus dem Häuschen! Manche Kinder erkannte man nur an den Augen wieder, und einige wälzten sich darin, bis gar nichts mehr ging. Und weißt du noch, wie der feine Bankdirektor mit seiner asiatischen Geliebten ganz galant daran vorbeischleichen wollte .Die Kids wie auf Kommando auf sie zustürmten und beide in die braune Brühe schubsten! Wie das plumpste! Aber sie nahmen es mit Humor. Wie sie alle Spaß hatten! Am lautesten lachte Mrs. Steward. Ihr Kleid war übersäht mit Fingerabdrücken, weil sie von jedem Kind ein Küsschen wollte. << Wieder kicherte Rachel, bis sie husten musste. Eve klopfte ihr sanft auf den Rücken und sagte. >>Soll ich dir aus dem Automaten unten in Cafeteria was Süßes holen? Du könntest die Kalorien gut gebrauchen! << Rachel nickte dankbar. >> Ich habe kein Bock über Verluste zu heulen! Heißhunger auf Schokolade ist wenigstens lebendig! Sie sollen den verdammten Automaten hier rauf bringen! << Eve lächelte, denn das war ihre Chance. Niemand hinderte sie, den Raum zu verlassen. Madeline übernahm ihren Platz auf dem Bett und sah ihr nicht einmal nach. Michael rauchte auf dem Balkon. Den Stimmen zu urteilen, unterhielt er sich mit einem anderen Patienten und beide prosteten sich zu. Liana lehnte am Geländer, mit dem Rücken zu ihr gekehrt und telefonierte mit Eduard. Eve hörte gerade noch wie sie ihm erklärte, dass sie die Darmgrippe erwischt hätte und sie eine Ablösung benötigte. Dass war Eves Stichwort. Auch sie hatte Eve nicht weggehen sehen. Da vorne waren Umkleideräume und die Tür stand offen, weil ein Putzwagen davor weilte. Die Frau mit Wischmopp reinigte gerade die Personaltoiletten und tippte Eve auf die Schulter. >> Bin sofort fertig. Dann können Sie sich umziehen! << Eve dankte und trat in den Raum für grüne OP Kleidung. Sie griff einfach in ein Fach und zog den Umhang, Kittel und Hose, von Schwester Irmi raus.> Genau meine Größe. Kopfhaube, alles stinkt nach dieser Frau! < . Der Geruch ähnelte Joshuas Duschgel, das sie so verabscheute. Da musste sie nun durch. Als sie den Mundschutz anlegte, kam ein junger Arzt in die Umkleide. >> Ah, da sind Sie ja, Teuerste! Wir werden heute Mrs. Holter doch den Fuß amputieren. Beeilen Sie sich Irmi und ohne Brille sehen Sie einfach super aus! Wir sollten nach Feierabend zum Griechen gehen! Also die OP findet in Raum drei statt, in zehn Minuten. Danach entkommen Sie mir nicht! << Sie nickte, streckte den Daumen hoch. Nur nicht auffallen! Er drehte sich mit erhobenem Kopf um und eilte mit großen Schritten von dannen. Eve griff ihre Leder Tasche und war sich der Komik bewusst. Eine OP Schwester in dunkelgrün und so vermummt, das sie niemand erkennen würde! Eve musste schnell verschwinden. Gleich würde sicher die echte Schwester Irmi den Diebstahl bemerken. Sie verließ den Raum, als sie eine grazile Dunkelhaarige am Türrahmen streifte, die sich die Hände zu waschen begann. Sie achtete nicht auf Eve. Doch kurz darauf folgte wütendes Geschrei und die Putzfrau wurde des Raubes bezichtigt. >> Ihr ollen Taugenichtse könnt doch in eurem Land alles gebrauchen! Los, rück meine Sachen wieder raus! Ich habe gerade zehn Minuten, Elli! Nochmal schütze ich dich nicht, wenn du Klopapier mitgehen lässt!! Diebin! Haltet die elende Diebin! << Die Geschosstür flog auf und die Putzfrau floh wütend die Treppen hinunter. Sie fluchte, dass sie doch gar nix getan hätte! Eve musste sich sputen. Sie verließ gerade rechtzeitig das Treppenhaus zum Erdgeschoss. Zielstrebig ging Eve in die Cafeteria, bat den Schein in Kleingeld umzuwechseln. Sie nahm zur Kenntnis, dass sie angestarrt

273

wurde, wie ein bunter Hund. Sie musste ganz flott agieren, aber sie wollte Rachel nicht enttäuschen. >> Hier Schwester, Ihre Münzen. Seit wann läuft man in voller Montur herum? Sie verschrecken doch die Gäste! << der Kellner schüttelte den Kopf. >> Ach ich habe gleich noch eine Fuß OP, das geht Ratzfatz! Mit der großen Säge, dazu muss ich mich eh noch umziehen. Der Dickdarm von eben war echt riesig und die Milz haben wir auch noch entfernt. Moment ich habe sie noch in der Hosentasche! Oder möchten sie nur die Bilder sehen? << Der junge Mann wurde blass um die Nase und versuchte ein Würgen zu unterdrücken. Andere Gäste ließen das Besteck fallen und verdrehten angeekelt die Augen. >> Oh nee, bloß nicht! Bitte Sie vertreiben hier alle!! << Eve blickte in Runde und dachte, dass es nicht mehr lange dauerte, bis der erste kotzte. Einige tuschelten aufgeregt, als jemand rief. >> Hey ich will das sehen! Lady! << Vor dem Automat stand ein kleiner Junge, fast fünf Jahre und grinste Eve neugierig an. Die Mutter schrie erbost. >> Jonny komm sofort her. Jonny du guckst dir nicht die Eingeweide anderer Leute an! Los komm hierher! << Der Kleine protestierte. >> Wieso, Daddy schaut mit mir auch immer diese Zombiefilme. Bis du sicher auf der Arbeit bist und dann taucht Tante Uschi auf. Nie darf ich die Filme zu Ende gucken, weil Papa bei Uschi kontrollieren will, ob sie auch ein Zombie ist. Sie knurren dann immer so komisch und wälzen sich nackig auf dem Sofa! Ich will diese Gedärme in echt sehen, Mama! << Die Mutter stürmte, fluchend zu ihrem Sohn und zog ihn erbost weg. Eve staunte, wie sehr sie die Frau an Joshua erinnerte. Wie wütend ihre Augen funkelten und das ganze Drama ihrer Familiensituation aufzeigten. Au weier! Die Leute gackerten nun ungeniert und beäugten die beiden wie Zirkus Attraktionen! Der Junge hatte ihr die Show gestohlen! Das Theater kam erst richtig in Fahrt, als Jonny sich losreißen wollte. Eve steckte die Münzen in den Schacht, drückte acht verschiede Tasten und drehte sich zum Ausgang, als wäre sie absolut unbeteiligt. Mit den Tafeln ging zu einer Kellnerin, die Scherben aufkehrte und sie nicht beachtete. >> Bitte geben Sie die für mich in Zimmer P 178 ab. Schöne Grüße von Eve. << Die junge Frau wiederholte es wie ein altes Tonband. >> Klar, ich schick Freddy, der ist heute den letzten Tag Aushilfe da! FREDDY! << Als Freddy aus dem Pausenraum trottete, hatte Eve schon den Fahrstuhl nach unten bestiegen. Sie drückte UG und hoffte so, durch eine Hintertür, nach draußen zu gelangen.

4)

In dem langen Flur ging es rechts zur Pathologie und links zu den OP Räumen. In den anderen Abteilungen waren Medikamente, Putzutensilien und unzählige Umkleideräume ausgewiesen. Sie konnte den Gestank, steriler Desinfektion Mittel eindeutig ausmachen. Von der Pathologieseite aus, erreichte Eve auch ein

Hauch von süßlichen Duftschwaden, die aus den Lagerräumen der Leichen drangen. Die gekachelten Wände und das Leuchtstoffröhrenlicht wirkten deprimierend. Eve wollte hier nur noch raus! Jemand eilte ihr entgegen, hatte die gleiche OP Kleidung an. >> Endlich Irmi, wo bleibst du denn? Der Doktor hat schon angefangen. Die Vene ist verstopft und der Fuß schon schwarz angelaufen. Wenn wir ihr nicht noch das ganze Bein abnehmen müssen, wäre das ein Wunder! << .In Eves Kopf überschlugen sich die Bilder, da wurde ihr übel. >> Moment, ich glaub ich muss noch mal auf die Toilette, mir ist schlecht! Die Kaffeebohnen waren wieder schimmlig! << Die Kollegin nickte und sagte, dass sie so lange den Absaugeschlauch für sie halten würde. >> Peter wird dir gleich den Kittel neubinden, beeile dich bitte, Irmi!!<< Eve hatte das WC Schild entdeckt und der Notausgangpfeil flackerte darunter.

Alle Schleusentüren nach draußen, waren nicht abgeschlossen. Eve eilte die Auffahrt für Rollbetten hinauf, sah sich nicht um, als die Türen hinter ihr einrasteten. Da war sie, ganz in grün und ausgeschlossen! Sie klemmte sich die Ledertasche auf den Rücken und japste angestrengt die Straße hinauf. Ihre Schuhe steckten in Plastikbeuteln und sie eierte wie eine Betrunkene zum Taxistand. Eve überlegte nicht lange, die Luft war schwül und die Sonne brannte ihr heiß auf die Haube, als sie in ein Taxi stieg. Der Fahrer, ein älterer Mann sah sie erschrocken an, als Eve schnaufte und bat, dass er sie zum Eastend Rastplatz, an der Interstate 95 bringen sollte. >> Fahren Sie mich genau da hin! Es geht um Leben und tot! Hier sehen sie, ich habe genug Geld, um sie zu bezahlen, also los! << Perplex nickte er und kratzte sich am Kinn. >> Hey Lady, schon ungewöhnlich das Taxi zu nehmen, in ihrem Aufzug. << Eve zog sich die Haube vom verschwitzten Kopf und erklärte, das es einen triftigen Grund dafür gäbe. Sie war gerade noch rechtzeitig eingestiegen. Das Taxi hatte gerade die Auffahrt zur Interstate passiert, als Joshua und sein Vater mit der dicken, schwarzen Mercedes Limousine, auf der anderen Seite hinunterfuhren, um auf den Privatparkplatz zu gelangen. Eduard war der einzige, der in Eves Richtung blickte.

5)

Freddy klopfte mit einem Teller Schokoriegel an Zimmer P 178 und summte zu dem neusten Song, der noch eingestöpselt war. Die Tür wurde aufgerissen, Eduard packte kräftig zu und er konnte sich hinterher nur noch an die vielen, großen Augen erinnern, die ihn mit seltsamem Ausdruck anstarrten. Als er zu sich kam, lutschte die Patientin im Bett an einem der Riegel. Der Typ mit dem finsteren Ausdruck in den Augen schrie ihn an. >> Wo ist Eve? Was haben Sie mit ihr gemacht? Sie kann doch nicht weg sein, Liana? Wieso wurde sie nicht begleitet? << Freddy verstand nur Bahnhof. Er war nicht der Hellste, doch so viel kapierte er schon. Er musste gerade zwischen die Fronten einer Fehde geraten sein. Ihr Opfer war geflohen!! Der Bodyguard dieser Leute hatte ihn kurz ausgeknockt. Die Mutter weinte neben dem Bett, der Vater starrte aus dem Fenster und grübelte, was passiert sein könnte und schüttelte ständig den Kopf. Der Typ in der Ecke schien angetrunken zu sein und stank bestialisch. Aber dieser finstere, langgewachsene Mann, mit grau-schwarzen Haaren und aggressivem Unterton, schien der Unausstehlichste. Liana versuchte sich zu rechtfertigen, dass sie Eve nicht weggehen sehen hatte. Sie zwangen Freddy sich auf den Hocker zu setzen. Eduard, mit den Tränensäcken, drückte ihn in Verhörmanier gegen die Wand und quetschte ihn aus. >> Ich hab nichts getan! Nadine hat die Sachen von einer Frau angenommen. Ich habe die vermisste Person weder gesehen noch weiß ich, wie die Dame heißt, sorry. Bin nur Praktikant, das habe ich doch schon gesagt! << Freddy hatte schon ewig nicht mehr so viel Angst, wie gerade. Er kam sich vor, als stände die Mafia Familie vor ihm und der alte Pate mit den grauen Eis Augen, samt dem Dünnen überlegten nur noch, wann sie ihn erschossen. >> Los wir werden jetzt in der Cafeteria nachhaken. Irgendjemand muss sie doch gesehen haben! Wie konntet ihr sie auch nur eine Sekunde aus den Augen lassen? Mutter und Michael, ihr habt völlig versagt! Und Liana, Sie sind gefeuert bis ans Ende ihrer Tage! << Joshua hasste sie alle zutiefst, dass sie nicht aufgepasst hatten. Seine Frau war schon wieder weg, ohne ihn und da war es, das schwarze, riesige Loch in seinem Inneren. Es war größer, als je zuvor. Joshua und der Vater schoben Freddy unsanft vor sich her und fuhren mit ihm und Eduard nach unten.

Es gab ein lautes Streitgespräch mit dem Betreiber des Cafés. Die Besucher, die sich hätten noch erinnern können, waren längst gegangen und die Putzfrau, die des Diebstahls bezichtigt wurde, hatte das Krankenhaus verlassen. Ihr konnte nichts vorgeworfen werden. Die echte Schwester Irmi hatte ihre Anzeige zurückgenommen, als auch der junge Dr. Hennington, dem Oberarzt versicherte, dass er dann wohl mit einer Fremden in der Umkleide gesprochen habe.

Der Kellner, der Eve im OP Gewand gesehen hatte, half im Seniorenheim für einen Freund aus und so musste sich der Chef des Hauses um den Schlamassel selbst bemühen. Er bat die Hills in sein klimatisiertes Büro, mit Blick über die gläsernen Reha- Zentren und deutete dabei auf seinen ganzen Stolz, den Solebädern. Nun standen sie vor seinem PC und ein Techniker überprüfte die gesamten Kameraaufnahmen der Cafeteria und des Eingangs. >> Mr. Hill, wenn ihre Frau hier heraus gegangen ist, dann werden wir sie finden! << Joshua lehnte sich gegen den schweren Bücherschrank und seine hilflose Wut konnte kaum größer sein, dass die Augen tränten. Er wischte sich über das Gesicht. Bloß nicht heulen! Ihm war, als hätte sie mit ihrer Flucht, sein Herz mit einem Dolch durchstoßen. Sie war ein raffiniertes Weib! Aber wieso tat sie ihm das nur an? Schon wieder!

Heute Morgen und gestern, da war doch alles gut. Er war so verliebt und dachte, sie sei es auch, wie früher! Nie wäre er darauf gekommen, dass sie ihn immer noch verlassen wollte, nie! So sehr konnte sich keiner verstellen! Aber sie war zweifellos nicht mehr da! Sein Instinkt sagte ihm, dass er wahnsinnig würde, wenn sie ihn wirklich nicht liebte, sondern doch diesen Oldman! Hatte er ihr am Ende die falschen Fragen gestellt? Sie sagte, dass sie ihn liebte, doch sie war nicht bei Sinnen. Der verdammte Doktor hätte die Dosis erhöhen müssen und nicht verringern! Dann wäre er in die Suite, mit Nasenmaske gegangen und hätte Eve zur Vernunft gebracht. Sie war ein Nervenwrack und das hätte viel länger so bleiben müssen. Das Experiment hätte die Bindung zu ihm stärken sollen und nicht das Gegenteil! Joshua hätte Eve an sich ketten lassen sollen, aber sie alle lachten ihn aus. Heimzahlen und abrechnen würde er bald und zwar mit jedem einzelnen, außer seiner Mutter und seinen Geschwistern. Der Vater holte ihn kurz aus den düsteren Gedanken. >> Joshua, hier sieh mal, da ist eine Schwester, vor dem Süßigkeiten Automaten und sie kauft genau die Riegel, die ich eben oben bei Rachel gesehen habe. <<

Joshua fielen fast die Augen aus dem Kopf, als er die Frau genau beobachtete. Der Leiter, Dr. Wallis schüttelte den Kopf. >> Also, das ist nur eine OP Schwester, die holen sich öfter was, damit der Zuckerspiegel nicht so schnell absinkt. Zoomen sie mal näher Sparks! Da, Schwester Irmi! Das ist eine sehr engagierte Person. <<, dabei lächelte er schief. Die beiden Hills hätten ihm für die Reaktion am liebsten den Hals umgedreht. Dr. Wallis, räusperte sich entschuldigend. >> Nun ich werde sie mir vorknöpfen, sobald das möglich ist! Das darf nicht zur Gewohnheit werden, auch wenn man so gut aussieht! Aber glauben Sie mir, hier kommt kein Fremder ungesehen rein oder raus. << Joseph konnte Eve nirgends entdecken, doch Joshua raffte es sofort. >> Vater das ist Eve und nicht diese Schwester, Irmi! Schaue dir doch ihren Gang an, ihre Körpersprache! Sie ist es und ich weiß es genau! Wie kann sie es wagen, mich schon wieder auszutricksen? Was muss ich tun, dass sie es kapiert, was! << Er schrie laut und war außer sich vor wilder Raserei. Joshua stürzte aus dem Büro, nichts hielt ihn dort länger. Dr. Wallis versicherte, das anwesende Personal zu kontaktieren und die Polizei für eine Vermisstenanzeige anzurufen. Vater Hill blickte mit Sorge, was auf dem Spiel stand, alles! >> Nein, lassen Sie bitte erst Mal die Polizei da raus. Wenn sie es wirklich ist, finden wir sie. Es kann nicht so schwer sein, eine Frau auf offener Straße und im OP

Kittel ausfindig zu machen. Sie hat weder Geld noch sonst was mit! Joshua beruhige dich doch! Eduard, sofort zum Auto! Liana hat was gut zu machen. Wenn sie Eve wiederfindet, dann werden wir ein Loblied singen! << Er legte seine Arm um Joshua. Der Vater spürte, wie sich sein Sohn in einen Eisklumpen, mit steinernem Herzen verwandelte. Als sie in den Lift nach unten stiegen, hatte er eine böse Vorahnung!! Joshua schien fest entschlossen zu sein, doch wozu? Er reagierte nicht darauf, als der Vater ihm Mut machen wollte. Als ob er in eine fremde Welt, ohne Zugang abgetaucht wäre. Joshua hatte sich vor aller Augen völlig abgekapselt. Ein Genosse, des Wahnsinns. Seine Augen waren leer, fast tot und doch leuchtete aus ihnen ein irrer Glanz. Den labilen Joshua, der seine Eve liebte und sich bessern wollte, den gab es nicht mehr. Ein neuer war gekommen und hatte seinen geliebten Sohn, in den dunklen, ewigen Abgrund gestoßen.

6)

Eve redete nicht viel, nur das nötigste. Als der Fahrer an der abgelegenen Raststätte anhielt, war er beinahe froh, diese unheimliche Frau bald los zu sein. Sie kramte in ihrer Tasche und würde „Dean", einen Fünfer extra geben, wenn er ihr einen Gefalle täte. >> Ich habe kein Handy mit, Mr! Hier ich schreibe ihnen diese Nummer auf. Rufen sie dort an und verlangen nach Sheriff Spencer Stone. Sagen Sie ihm, das Melinda Sommer Sie gebeten hat, ihn zu kontaktieren. Sagen sie ihm das Code" Black Door" vorgefallen ist. Und sagen sie ihm„ Es führt kein Weg nach Bordertown!"<< Der Taxifahrer runzelte die Stirn und seine Augen hellten sich kurz auf. >> Ach so, junge Dame! Nee, der Weg ist lange zugewachsen. Und die Barrieren dort, sind fast dreißig Jahre alt. Da kommt keiner durch. Wer will da auch hin? Es regiert der Wüstensand. Die Rümpelbude ist schon ewig zu und soweit ich weiß, steht da kein Stein mehr auf dem anderen! Kennen sie die üblen Geschichten nicht? << Dabei spuckte er aus dem geöffneten Fenster. Eve ließ sich nicht beirren. >> Hören Sie, es geht um Leben oder Tod! Wiederholen Sie, was ich eben gesagt habe! << Er wiederholte langsam jene Worte und sie nickte. >> Bitte rufen sie die Nummer erst an, wenn ich ausgestiegen bin. >> Junge Frau ich rufe ihn an, doch warum die Geheimnistuerei? Sind Sie vom FBI, oder haben Sie was auf dem Kerbholz, dass sie es nicht selbst tun wollen? << Eve schüttelte angestrengt den Kopf. >> Nein, ich werde verfolgt und vielleicht abgehört. Ich kann es deswegen nicht selbst tun! Sie sind meine einzige Hoffnung! Versprechen Sie mir, dass sie meine Worte genauso weitergeben? Er wird alles Weitere veranlassen! << Eve war die Verzweiflung anzumerken. Der Taxifahrer hatte einen üblen Ehemann in Verdacht und es musste jemand sein, der viel Einfluss besaß. Deshalb startete er einen letzten Versuch, Eve anderwärtig zu unterstützen. >> Hören

Sie, wie auch immer Sie heißen. Geben Sie mir nur den Betrag, den Rest behalten Sie. Ich könnte sie auch einfach zum Polizeirevier fahren, wenn sie so in Gefahr sind! Dann sind Sie doch in Sicherheit! << Eve hätte fast aufgeschrien. >> Nein, mein Mann ist Polizeiinspektor hier in Durham. Und er hat genug Beziehungen, Bitte, rufen Sie nur diese Nummer an, Sheriff Stone. Er ist der einzige, der mir jetzt helfen kann! << Der Taxifahrer nickte und fühlte sich ziemlich unwohl, als er ausstieg, um Eve die Tür aufzuhalten. Er wünschte viel Glück und steckte die neunzehn Dollar ein. Meldete sich bei der Zentrale, dass er Pause machen wolle und dachte an die Frau, die schon nicht mehr in Sichtweite war. Wohin war sie so schnell gelaufen? Und dann in dem Aufzug? Er zögerte nur kurz, blickte auf den Zettel und wählte mit dem Privattelefon die Nummer. Es dauerte kaum eine Sekunde und eine tiefe Männerstimme vernahm erleichtert seine Aussage.

7)

Sheriff Stone ließ sich äußerlich ruhig und gelassen den Sachverhalt schildern, während er im Büro, unterhalb der Glennstreet, in Durham saß. Agenten vom NoID Center hoben die Daumen und nickten dem Sheriff zu. Sie hatten den Standort von Taxifahrer „Dean", schnell lokalisiert.

>> Mr. Dean, ich komme dorthin, wo Sie sich befinden. Ich lasse Ihre Zentrale wissen, dass Sie Ihrem Land einen großen Dienst erwiesen haben. Bitte sprechen Sie, bis ich eintreffe mit niemandem. Ich werde kein Logo der Durhamer Polizei tragen, aber Sie werden mich erkennen! << Als er auflegte, konnte er sich kaum beherrschen, nicht in Jubelschreie auszubrechen. >> Ina rufen Sie Carl Oldman an. Wir haben einen entscheidenden Tipp für Melinda Sommer bekommen! Tom Sie begleiten mich, los. <<

Während der Fahrt in einem schwarzen Jeep, diskutierte er mit dem Mitarbeiter der Agentur, wie das nächste Vorgehen abliefe. Seine Augen strahlten, als er daran dachte, dass sie wieder schlauer als die gesamte Hill Familie vorgegangen war. Eve hatte sich den besten Ort zum Verstecken ausgesucht! Sie würde sich in der Landschaft umziehen und tarnen, da war er sich ganz sicher und es interessierte ihn brennend, wie die Hills es angestellt hatten, sie vier Wochen einzusperren. Nun würde Joshua Hill die Quittung bekommen und mit einem Haftbefehl gesucht!

8)

Eve hatte sich der grünen Klamotten entledigt und sie hinter einem dichten Busch versteckt. Nun begab sie sich zur Kreuzung, Richtung Pripton und Bloomingville. Kein Auto fuhr hier lang. Die ausgefahrene Straße glänzte in der Hitze und der brüchige Asphalt flimmerte in der Ferne. Dort hinten war damals der schreckliche Unfall geschehen! Als Eve sich an das ganze Blut erinnerte, und den Zustand des

Mannes, wurde ihr übel und das Frühstück von heute Morgen suchte sich einen Weg ins Freie. Sie musste aus der Wärme raus. Eve hatte nur eine Chance, wenn sie den alten Boulevard verließ. Nicht auszudenken, wenn Spencer nicht angerufen würde. Es war zu gefährlich, es selbst zu tun. Sie trank einen Schluck Wasser, um den Magen zu beruhigen und bog dann in die gesperrte Straße, Richtung Pripton. Das dunkle Waldstück würde sich hinter der großen Barriere komplett lichten, das wusste Eve noch von damals. Bis dahin hatte sie Schatten und Sichtschutz. Doch Joshua und seine Spürnasen kannten sich auch hier bestens aus. Wer wusste schon, auf wie vielen Kameras sie gesehen wurde. Von weitem waren plötzlich Motorengeräusche zu hören. Nach einer Weile blinkte es in der Sonne und etwas Größeres kam angebraust. Eve verharrte hinter einer Fichte und beobachtete, wie ein lahmer LKW von einer schwarzen Limousine, in wildem Tempo, laut hupend überholt wurde. Das könnten sie gewesen sein! Puh, sie hatte es geahnt!
Ein einziger, noch bewohnter Hof stand in Pripton. Der Schlot rauchte und viele Hunde bellten, als sie daran vorbei kam. Hinter einem klapprigen Zaun, hatte der Farmer Gemüse angebaut und jätete das Unkraut. Eve schätzte ihn auf achtzig und er sah auch nicht so gut aus. Er ließ die Hunde auf sie los und holte die Flinte. Eve eilte schnell weiter und hatte das schmale Loch im Zaun der Barriere fest im Visier. Sie rannte um ihr Leben, duckte und rollte sich im letzten Moment durch die rostige Öffnung. Landete im Gestrüpp aus Brennnesseln und Dornengewächsen. Sie schlug sich die Knie an Kieseln auf. Die Hose zerriss und Blut tropfte aus den Wunden. Einer der Jagdhunde hatte ein Stück ihrer Tasche erwischt und zog daran. Es brannte wie Feuer und Eve fluchte laut. >> Aus! Lass los, Du! << Sie knurrten und bellten, bis der Alte mit der Flinte in den Himmel schoss und schimpfte. >> Scheiss Kojoten! Sie wollen immer meine Hühner. Wenn ich dich das nächste Mal erwische, hast du einen Arsch voll Schrot, Mist Viech!!<< Er wieherte wie ein wildgewordener Esel und pfiff die Hunde zurück. Eve rappelte erleichtert sich auf. Das war ja gerade noch mal gutgegangen! Sie musste die Wunden reinigen und abbinden, dann würde sie Bordertown in zwei Stunden erreichen. Dort würde sie ein halbwegs sicheres Haus auswählen, die Müdigkeit überwinden und auf Hilfe warten.

24.Kapitel

1)

Als sie Eve auch um sechs Uhr abends noch nicht gefunden hatten, schwand die Hoffnung aller Beteiligten gegen null. Jeder von ihnen wusste, dass das Spiel vorbei war und Eve niemals freiwillig zurückkehren würde. Joshua raste rücksichtslos mit dem Fahrzeug durch Durham und hätte mehrfach Passanten um gemäht. Im letzten Moment bekam er die Kurve und bretterte über Bordsteine und rote Ampeln. Er hörte auf niemanden und seine psychische Verfassung war nicht mehr zu Kontrollieren. Der Vater versuchte immer wieder das Gespräch mit ihm. >> Was, Vater, willst du noch von Mir?! Es ist aus. Mein Leben ist für immer zerstört! Ich habe sie geliebt, auch in den schlechten Zeiten und besonders, als sie das erste Mal weglief. Doch jetzt, gab es keinen Grund, mich im Stich zu lassen! Es sei denn, sie hat draußen doch einen anderen Kerl kennengelernt. Immer war ich der Schuldige für euch! Jedes verdammte Mal hast du mich wegen der kleinsten Scheiße geschlagen, Vater! Mein Leben ist die Hölle geworden und weißt du noch was? Ihr habt mich zu diesem Versager gemacht, nun büßt es! Jetzt bin ich dran! << Joseph versuchte verzweifelt das Wort zu ergreifen, während die Bodyguards sich am liebsten in den Sitzen verkrochen hätten. Es war nur eine Frage der Zeit, wann es zu einem schlimmen Unfall käme! Sein Sohn machte eine abwehrende Handbewegung und mähte die Schranke zum Parkplatz um, durchbrach dann das geschlossene Rolltor und knallte gegen die Mauer. Alle Airbags gingen auf und die Insassen kraxelten verschwitzt und geschockt aus dem Wrack.

Der Vater hatte überall Blessuren von der brutalen Fahrt und die Bodyguards überlegten, ob sie ihren Job, so noch gerecht werden konnten. Die Zerstörung war enorm und das Schlimmste kam erst. Joshua interessierte das alles nicht. Er rannte die Stockwerke zu Fuß hinauf, während der zunehmend hilflose Vater von den beiden gebeten wurde, die Polizei zu verständigen. >> Ach er wird sich schon beruhigen und für Eve finden wir eine Lösung. Ich mach es wieder gut. Sie hatten einfach zu wenig Zeit, sich auszusprechen! Das ist alles! << Eduard schüttelte den Kopf und entsicherte seine Pistole. Er glaubte nicht, dass irgendjemand Joshua Hill noch helfen konnte und wies Liana an, das gleiche zu tun.

Oben angekommen, war das Getöse kaum zu überhören. Es wurde untermalt von animalischem Geschrei, als Gegenstände an die Wände flogen und laut zerbarsten. Als sie geschlossen nähertraten und das ungute Gefühl immer größer wurde, konnten sie das Ausmaß der Zerstörung kaum begreifen. Joshua Hill hatte sich zu einem reißenden Werwolf verwandelt. Er brüllte wie ein Irrer, während er das Beil hob und senkte. Es krachte und knirschte, bis die gesamte Einrichtung des Salons zerkloppt war. Danach ließ er sich an dem Glastisch, allen Spiegeln und Vasen im Flur aus. Die gesamten Aperitif Flaschen aus der Bar mit dem teuren Interieur, hatten schon einen Scherbenteppich hinterlassen. Es stank schlimmer, als in der Kneipe um die Ecke und überall befanden sich bunte Pfützen auf dem hellen Berberteppich. Niemand wagte es einzugreifen. Alle fürchteten sich vor seinen weiteren Ausrastern, die noch lange nicht zu Ende waren. Eduard erfasste gerade noch, dass es zwei Menschen gab, die dringend aus der Gefahrenzone geholt werden mussten.

Der Professor und Isabelle hatten sich im Panikraum verschanzt. Zu spät realisierten die drei, dass sie dort auch hineingehört hätten. Joshua ging systematisch vor. Er setzte in fast jedem Raum ein schlagkräftiges Zeichen. Liana staunte, wie der Mann, der auf sie schmächtig und anfangs kränklich wirkte, so eine Energie haben konnte. Wie vieles im Leben täuschte, wurde ihr nun bewusst. Dr. Rantic hatte schon an ein Blasrohr gedacht und flüsterte, das er ihm Tollwut attestieren würde. Doch Vater Joseph wiegelte ab, als er bat den Code für die Entriegelung einzugeben. >> Sie werden ihn nicht betäuben! Er muss selbst zu sich kommen! Dass ist nur eine Frage der Zeit. Uns wird nichts geschehen! << Was für eine Fehlentscheidung das war, würde sich noch herausstellen. Als der Professor mit Isabelle den Panikraum, durch die Nottreppe verließ, beeilten sie sich sehr. Der Professor sah seine Zeit gekommen. Es überstieg alle Kompetenzen. Viele Weggefährten hatten ihn sowieso gewarnt. Das konnte und wollte er nicht mehr weiter verantworten. Es war alles außer Kontrolle geraten und er würde seine Lizenz verlieren, wenn das rauskäme. Unten auf dem Parkplatz war die Randale bestens zu vernehmen, dass Passanten und Mitarbeiter, aus den umliegenden Büros, an den Fenstern standen und nach oben gafften. Nein, es war zu spät und er musste retten, was noch zu retten war! Professor Rantic kontaktierte, Falcon Brie Eiland und erklärte die Notlage.

Joshua hatte es irgendwie geschafft, ein Glasfenster zu zerstören und warf nun mehrere große Gegenstände durch das zerborstene Loch. Schrankteile ‚Türen, Sessel. Alles was er zu fassen bekam. Einige Büromitarbeiter von Gegenüber filmten ihn, mit ihren Smartphones. Als er es bemerkte, holte Joshua ein großes Zielgewehr für Heckenschützen, mit über hundert Schuss pro Minute und feuerte wild auf die gegnerische Fensterfront. Wie sie kreischten und schrien, sich duckten und auseinanderflohen. Er lachte irre, als er erneut draufhielt, niemand würde ihn nun mehr filmen! Die Menschen von gegenüber hockten unter den Schreibtischen und der Notruf stand nicht mehr still. Erst als die Scheiben dem Kugelhagel nicht mehr standhielten, rannten die Leute um ihr Leben und verschanzten sich im Treppenhaus. Querschläger trafen Autos, deren

Alarmanlagen anschlugen und Straßenschilder wurden wie Siebe durchlöchert. Der Pförtner hatte auch schon Deckung unter dem Häuschen gesucht.

Joshua wanderte von Raum zu Raum, wie ein ruheloses Tier, schrie dabei immer wieder. >> Ihr werdet alle sterben! Ich bin euer Vollstrecker, ein Mann des Gesetzes! << Der Vater, Eduard und Liana berieten unter Todesangst, wie sie ihn stoppen konnten. Es war so konfus und es wollte ihnen kein vernünftiger Gedanke einfallen, als ihn mit einem gezielten Schuss außer Gefecht zu setzen. Doch der Vater beharrte weiter darauf, dass ihnen nichts geschehen würde, weil sich sein Sohn bisher immer abregte. Eduard musste seinen Auftrag erfüllen und sie suchten sich Deckung hinter dem massiven Dielenschrank im Flur.

Joshua feuerte nach einer kurzen Verschnaufpause, mit einer 45 er auf Eves gemalte Bilder. Was für eine Scheiße ging hier bloß ab! Alle drehten durch, weil er ein bisschen herumballerte! Joshua lachte wie von Sinnen und schwang dann erneut die Axt. Zerstörte als nächstes, Eves neues Zimmer. Er hatte sich mit der Gestaltung so viel Mühe gegeben, als sie vier Wochen eingesperrt war. Doch es war einfach vertane Zeit! Sein Leben ohne sie war vorbei, alles weg, für immer! Er fand eine angefangene Whiskeyflasche von Michael, die er aufdrehte und den gesamten Inhalt auf Ex hineinkippte. Die Wirkung setzte schnell ein und nun drehte er so richtig auf! Es flogen wieder schwere Möbelteile aus dem 23.ten Stock und zerschellten mit lautem Aufprall auf der Straße. Die Polizei hatte schon alles rund um den Norge Tower abgesperrt und stellte Barrieren auf. Ein Band wurde gezogen.

Joshua war alles egal. Er konnte Eve nicht haben und dann durfte es auch kein anderer. Vielleicht war sie bald schwanger, aber das konnte ihm nun egal sein. Hier und heute endete das, wofür er gekämpft hatte! Er war ein Hill und nun musste Joshua kapieren, dass es nicht ausreichte. Der Name war einen Dreck wert und sie sollten doch alle zum Teufel gehen. Eduard versuchte ein letztes Mal den Vater und Liana zu überreden, endlich zu fliehen. Es war zu gefährlich, sein Treiben weiter mitanzusehen. Eduard verfluchte den Tag, an dem er diesen Job annahm! Das er seinem Bauchgefühl, es zu lassen, nicht vertraute, wie sonst! Auch für Liana war es zur Farce geworden. Das Angebot hätte ihn abschrecken sollen, denn es war einleuchtend, warum sie Joshua in Falcon behalten wollten. Es war nicht das erste Mal, dass ein Polizist Amok lief. Nach einer Stunde stand Joshua schwer atmend vor Eduard und dem Vater und sank auf die Knie. Ließ die Axt fallen und lehnte sich an den zerborstenen Türrahmen. Das war ihre letzte Chance, aber sie rührten sich nicht. Sie waren gelähmt vor Angst, er könnte trotz Erschöpfungsmerkmalen nochmal so unvermittelt ausflippen. Und sie sollten alle Recht behalten! Joshuas Gesicht war zu einer grotesken Fratze erstarrt, seine Stimme klang euphorisch, der Wahnsinn und Realitätsverlust war nicht zu leugnen. >> Ich werde Eve eigenhändig finden und töten, Vater! Doch zuerst seid ihr dran und alle, die versagt haben! Das hätte ich schon längst machen sollen! << Joseph blieb vor Angst fast das Herz stehen, als Joshua ihn mit kalten Augen betrachtete und er sehen konnte, dass von seinem Sohn selbst, nichts mehr übrig war. Ein Killer, gnadenlos und berechnend rülpste eine Schnapsfahne aus und lächelte verschmitzt. Der Vater gab trotz Brustschmerzen nicht auf. >> Sohn ich bitte dich, hör auf! <<. Er fasste sich an die linke Seite, seine Atemnot war beängstigend. Er spürte die rechte Hand kaum noch. Eduard begriff, dass der Vater kurz vor einem Herzinfarkt stand. Doch bevor er wusste, wie ihm geschah, zog Joshua die nachgeladene 45 er und zielte mit ruhiger Hand auf Eduard. Er drückte dreimal ab. Peng, Peng, Peng!! Die Schüsse hallten bis nach draußen. Eduard blickte ungläubig auf sich herunter. Wie stand er bloß zu? Blutete stark aus der Brust und im Bauch klaffte ein riesiges Loch. Er konnte mit Mühe die herausquellenden Gedärme zurückpressen und stöhnte auf. Die Schmerzen waren grauenvoll und tödlich. Eine schwallartige Lache umgab ihn, als er sterbend zu Boden sank. Joseph konnte nicht begreifen, was hier geschah. Sein Sohn, die tickende Zeitbombe war explodiert. Es war nicht Eves Schuld und er versuchte zu retten, was längst verloren war. >> Vater, du bleibst hier und halt die Fresse! Rappel dich hoch und schaff mir die Leiche aus den Augen. Ist mir egal, ob du dabei krepierst! Eve wird auch bezahlen und nun komme ich zum Totalreinfall, der heute einen ganz miesen Job gemacht hat. Liana! Engel, du bist an der Reihe! << Joshua hatte überall Blut an den Händen und der Kleidung. Sein Gesicht war rotgesprenkelt. Joseph dachte an einen Todesengel aus der Apokalypse. Sein Sohn steckte das nächste Magazin in die Waffe und griff nach der Axt, als er durch den Korridor schlich. >> Liana dein Jackpot, willst du ihn nicht haben?! Eine Reise nach Nirwana, na das ist doch was?! << Sie hatte sich in Eves alter Suite im Flur versteckt und zitterte, das die Zähne klapperten. Die Todesangst hatte längst alle Glieder erfasst und sie konnte nicht mehr weglaufen! Hätte sie blos auf den Doktor gehört! Die Schritte kamen näher. Er blieb vor der Tür stehen. Lianas Gedanken zerfielen in unlogische Fetzten. Ihr Instinkt meldete, dass ihr letztes Stündlein geschlagen hatte. Joshua stieß Eves Suite auf, fackelte nicht lange, schrie verzerrte Laute und zielte direkt auf Lianas Kopf. Er rückte viermal ab. Eine riesige Blutfontäne spritze und Lianas Kopf, zerplatzte in tausend Stücke. Blut und Gehirnmasse klebten an Wänden und Türrahmen. Dort, wo sich einst das Gesicht befand, hing das Fleisch unförmig herunter. Ein Auge lag auf der Fußmatte. Dann kippte der Körper nach hinten, auf die weißen

Fliesen. Joshua feuerte das ganze Magazin auf ihrem bluttriefenden Körper leer und jubelte, wie bei einer Preisverleihung. Josephs stechende, nicht enden wollende Schmerzen in der Brust, verschärften sich zusehends. Er konnte nicht aufstehen, denn er hatte das Gefühl, sein galoppierendes Herz würde jeden Augenblick explodieren. Er wollte nicht erschossen werden, und hatte Todesangst. Das konnte sein Sohn doch nicht tun! Joshua kehrte nach Minuten, die wie Stunden vorkamen in den total verwüsteten Bereich zurück. Äußerlich ruhig, hockte er sich düster lächelnd zu seinem Vater hinunter. Das Blut tropfte aus den Haaren und sein grotesker Gesichtsausdruck ließ die Hoffnung des Vaters schwinden. >> Deine Gesundheitsprobleme interessieren mich nicht. Du hast Mutters Seele auf dem Gewissen. Gleich erlebst du, dass das Beste erst zum Schluss kommt. Ich beende es, dein elendiges Drecksleben! Ich werde ebenfalls in der Hölle schmoren. Aber ich bin bereit. Nun wird es Zeit, adieu zu sagen, Vater! << Er fuchtelte mit seiner Waffe herum und ließ die nach Schwefel stinkenden Patronen auf den Boden fallen. Ein neues Magazin rastete ein, dabei stieg Joshua ohne Gesichtsregung über Eduards Leiche, schob sie mit den Füßen grob beiseite. Dann drehte er sich zu seinem Vater. >> Sag mir jetzt nicht, wie konntest du so grausam sein? Sie taugten eh nix, genauso wenig wie du und der feine Professor. Eve ist trotzdem weg. Ich überlege immer noch, wo sie sein könnte. Sie und dieser Oldman waren früher oft an diesem verfluchten Ort! Sie hat es mir gesagt! Eve ist in Bordertown und wir fahren da jetzt hin und finden sie! << Er kicherte schrill und zeigte mit der blutigen Hand zum Ausgang. Joseph wiegelte ab, flüsterte, dass er erst ärztliche Hilfe benötige. Sein Gesicht war stark angeschwollen und der Kreislauf drohte zu versagen. >> Nein Joshua, für mich ist hier die Reise zu Ende! Ich gehe nirgendwohin, Sohn. Einmal im Leben muss man dafür gerade stehen. Erschieß mich, wenn du meinst, oder ruf einen Arzt. Du hast genug Leid über die Menschen gebracht! Aber ich habe dich trotz allem Geliebt! << Joshua hatte eine Sporttasche mit verschieden Dingen gepackt, das meiste davon waren Gewehre und Pistolen aus dem Waffenschrank. Er reagierte nicht auf die Worte des Vaters. Er lächelte bizarr und entsicherte seine Waffe. >> Ganz wie du willst Vater! Du lügst mich an, aber das interessiert mich nicht mehr!! Du hast mich nie geliebt! Du hast es geliebt, uns alle zu quälen und mir meine Unschuld zu rauben! Durch dich bin ich zu dem geworden, der jetzt vor dir steht. Also trag es mit Fassung! << Der Vater flehte, >> Joshua, bitte! << Sein Sohn lächelte, wie ein unschuldiger Junge und zielte ruhig und gelassen, ohne den Blick von seinem Vater zu wenden. Joshua Hill drückte ab und schoss seinem Vater ungeniert, zweimal in die Brust und einmal in den Unterleib. Dabei brüllte er triumphierend. >> Das ist dafür, dass du mich überhaupt gezeugt hast! Du wolltest doch kein drittes Kind! Aber Rachel und Michael sind genauso unwürdig, die Nachfolge der Hills zu übernehmen! Ihr seid alle wie Ratten in meinem Garten! Nun ernte deine Früchte und stirb! << Seine Augen funkelten dunkel und der sterbende Vater zuckte und zitterte, streckte ihm die Hand entgegen. Er flehte leise und die eisgrauen Augen füllten sich mit blutigen Tränen. >> Ich habe dich geliebt, Junge, trotz allem! <<, mit letzter Kraft versuchte sich Vater Hill auf zurichten. Blut lief ihm aus der Nase und Mund. Sein hellblaues Hemd verfärbte sich mehr und mehr dunkel. Die schwarze Hose schimmerte feucht und die Schmerzen waren kaum zu ertragen. Joshua ergriff die glitschige Hand. Kurz flackerte in seinen Augen etwas wie Erkenntnis und Ungläubigkeit. Er verspürte einen Stich beim Anblick seines Vaters. Was hatte er nur getan? Doch es war zu spät! Joseph fühlte, wie das Leben aus seinem Körper wich.

2)

Während immer mehr Sirenen und Einsatzfahrzeuge Stellung bezogen, kniete sich Joshua vor den leblosen Körper des Vaters und betrachtete ihn eingehend und ohne Regung. Er saß auf Knien vor ihm, malte in der Blutlache und fühlte nichts, als schwarze, endgültige Leere. Er hatte drei Menschen kaltblütig erschossen. Sollen sie doch kommen, die Bullen! Sollten sie es doch versuchen, ihn zu holen! Er würde aus allen Rohren feuern. Sie alle ummäten, bis nichts mehr übrig wäre! Die Gewehre und Knarren lagen schon bereit, um es zu Vollenden. Eve bekäme später ihr Fett weg. Dafür würde er sich ganz viel Zeit nehmen.

Schwerbewaffnete Polizei Einheiten waren im Keller des Norge Center eingedrungen und die Feuerwehr hatte sich auch schon postiert. Man ging vom Schlimmsten aus. Viele Schaulustige standen hinter endlosen Absperrungen, um zu sehen, was geschehen war. Die umliegenden Gebäude wurden evakuiert. Die Presse stand wie eine Karawane, mit ihren Fahrzeugen, dicht am Geschehen und berichtete von Mutmaßungen. Mehrere Helikopter überflogen das Viertel. Zeugen berichteten, was sie in den Büroetagen erlebten. Jemand musste Amok gelaufen sein!

Der Sheriff ließ sich über die Eskalation der Lage informieren und stand in regelmäßigem Austausch mit Inspector Smith. Seine Leute waren sich bewusst, dass der Schütze bis an die Zähne bewaffnet sei. Nach den Vermutungen über mindestens zwei Tote, musste schnell gehandelt werden. Sie hatten den Arzt von Hill festgenommen und würden sich umgehend ein Bild von der Lage machen. Doch hier galt es kein Risiko mehr einzugehen. Und Smith war sich im Klaren, dass sie einen Schießbefehl auf einen Polizisten freigaben, mit dem er einst das Büro teilte. Er dachte dabei an seine Katzen und seine Rosen im Garten. Die Welt musste verrückt geworden sein. Er erteilte

Code rot und wurde später definitiv kotzen, wenn er die Leichen identifizierte.

Carl Oldman saß im Privatjet eines Freundes und landete gerade auf dem Durhamer Airport. In der Abfertigungshalle konnte er den Einsatz am Norge Tower live mitverfolgen. Sie nannten den Irren nicht beim Namen. Nur das es ein Mitglied einer einflussreichen Familie aus Durhamer Kreisen sein sollte. Man wollte es nicht näher bestätigen. Carl schüttelte den Kopf und mochte sich nicht vorstellen, was Eve erneut durchleben musste. Auch Mrs. Klein saß vor dem Fernseher und betete, dass Eve nicht unter den Opfern sei.

Spencer wollte Carl, mit seinem Suchtrupp in Pripton an der Absperrung treffen. Schweres Gerät war schon angerückt und machte sich an den zugewachsenen Barrieren zu Schaffen. Für Carl stand ein Bundesbehörden Helikopter auf dem Rollfeld. Er sollte Spencers Team in das Labyrinth von Bordertown begleiten. Schließlich kannte er den verlassenen Ort, wie seine Westentasche. Eve liebte die schmalen Gässchen und verwilderten Gärten der einzigartigen Wohnhäuschen, im Westen. Irgendwo dort konnte sie sein. Mrs. Hudson, die Rechtsanwältin hatte ihm schon die Daumen gedrückt. Er wäre der einzige, der es schaffte, sie wieder aufzurichten. An den Gedanken musste Carl sich nun Klammern. Hill drohte sogar die Todesstrafe, falls sie ihn lebend fassten. Er trug einen großen Rucksack auf dem Rücken. Das gepolsterte Zelt durfte nicht fehlen. Er hatte Spencer geraten, bis zur Mainstreet vorzurücken und dort zu campieren. Im Dunkeln waren die morschen Häuser eine große Gefahr. Leute vom Straßen Betrieb aus Durham hatten den größten Teil der versperrten Straße freigeräumt.

Der alte Farmer stand mit seinen Hunden am Zaun und fragte jeden Polizisten, der vorbeiging, ob sie Goldschätze in der alten Bude gefunden hätten oder wieso so ein Staatsakt vor seiner Haustür nötig wäre? >> Mann, sie haben da Teile von Atlantis entdeckt. Opa, kümmere dich um deinen Gemüseacker und geh Erbsen zählen! << Wie oft mussten sie ihn noch bitten, die Hunde wegzusperren? Der verwirrte Mann murrte und verzog sich beleidigt in sein Klohäuschen.

3)

Als das Spezialkommando vorrückte, schrie Joshua aus Leibeskräften, dass sie nicht näher kommen sollten, sonst würde er eine Granatsplitter Bombe zünden. Von einem der Polizei Helis, seilten sich zwei neue Einheiten auf dem Dach ab und die ersten Scheiben detonierten. Sie waren drin, genau über ihm und flitzten geübt im Gänsemarsch durch den Komplex. Joshua fühlte sich zunehmend bedroht, nahm das Sturmgewehr und ballerte in die Deckenkonstruktion, bis der Putz bröckelte. Dann krachte ein Teil der Deckenverkleidung auf ihn herunter. Es staubte, wie in einem Sägespanlager. Seine Augen funkelten bereitwillig, bis zum letzten

Atemzug dagegenzuhalten. Der Hass konnte grenzenloser nicht sein. Die Vorhut, sprengte ein Loch durch die Decke, neben dem Fahrstuhl und brüllte über Megaphon >> Mr. Hill hören sie auf zu schießen! Geben Sie auf, sofort! Letzte Warnung! << Joshua lachte gallig. >> Niemals, ihr Schweine, Hurensohne und Kinderficker! Ich werde es euch zeigen! Ihr seid tote Männer!!<< Dann eröffnete er das Feuer mit dem Standfeuergewehr. Einige Beamte erkannten seine Entschlossenheit zu spät, warfen sich getroffen zu Boden, während andere sich neuformierten und ihm über die Feuerleiter auf die Pelle rückten. Sie kesselte ihn geschickt ein und schossen gezielt zurück. Joshua wurde zuerst am Arm getroffen, dann streifte ein Geschoss seine Schulter. Er spürte es nicht wirklich. Ein Querschläger traf ihn am Knie, das er laut fluchte. Was für widerliche Schmerzen, kaum klare Gedanken hafteten in seinem verwirrten Kopf. Das linke Bein war nutzlos und puckerte stark. Er lud nach und verlagerte die Position. Genügend Waffen lagen bereit. Nun verfehlte er die ersten Ziele und musste das Sturmgewehr aufgeben. Joshua robbte bäuchlings vor die Flur Tür zu Eves Suite. Das Blut war unter der Tür hervorgequollen und Fleischfetzen von Lianas Körper verteilten sich im gesamten Bereich. Er trat auf ihre Leber und blickte kurz auf den geplatzten Brustkorb. Dann kroch er neben den Kleiderschrank, um den Blick zum Flur nicht zu verlieren. Joshua zündete eine Handgranate und die Explosion war gewaltig, dass die Luft surrte und etliche Scheiben zerbarsten. Ein Feuer brach aus. Danach kam Geschrei, die Lage unterschätzt zu haben. Eine dritte Gruppe hatte sich Zutritt zum Personalraum verschafft und würde ihn gleich erledigen, so oder so! >> Zurück, Leute, die Verletzten zuerst! Hill, geben Sie endlich auf! Die Feuerwehr soll sich bereithalten! << In diesem Moment stellte sich ein dick vermummter Polizist, mit Durhamer Logo, vor den Schrank, mit den blutigen Schuhabdrücken und feuerte mit seiner Polizeiwaffe auf die Tür, hinter der Joshua in Deckung gegangen war. Andere durchsiebten die Tür mit ihren Waffen. Die vielen Löcher gaben Einblicke auf die Tragödie dahinter. Joshua kippte, wie einst sein Vater, tödlich getroffen nach hinten. Er war in jeder Hinsicht erledigt Der Sterbende spürte das kalte Blei in jeder Zelle seines Körpers. Der Schmerz überlagerte seinen Verstand. Bunte Farben verschwammen zu einer Blumenwiese vor seinen Augen. Das ging alles zu schnell. Die Waffe war ihm aus der Hand gerutscht und er sah nicht mehr die Gesichter, die entsetzt umherblickten. Er lag mit Eve im Gras, nach einer Uni Party. Nur sie beide hatten die Nacht draußen verbracht. Dann hörte Joshua von weit her, wie der Wind, liebliche Musik, Töne aus der Kindheit in seine Ohren blies und das herzliche Lachen seiner Mutter, als sie nach ihm rief! Er wollte zurückrufen, doch kein Laut entrang aus seiner nicht mehr vorhandenen Kehle. Das große Footballspiel, das er von oben betrachtete. Das war vielleicht ein spannender Krimi, den sie damals hochverdient gewannen. Da trank er noch nicht. Es war eines seiner glücklichsten Momente und dann blickte er in Eves wundervolles Gesicht. Ihre Augen würde er nie vergessen, warum hatte er so sehr versagt? Warum musste alles so kommen? Ein warmes Gefühl durchströmte ihn ein letztes, endgültiges Mal. Er sah nicht mehr die Gewehrmündungen, die auf ihn gerichtet waren und auch Smith nicht, der daraufhin drei deformierte Leichen identifizieren musste und weinte, als er den toten Vater in der Küche vorfand. Alle waren sehr geschockt über das Chaos und die ermordeten Menschen. Die Hills hatten hoch gepokert und am Ende alles verloren?! >>Du hättest sie anständig behandeln sollen, Junge! >> seufzte Inspektor Smith und deckte die letzte Plane über Joshua. Die Tatortermittler und Spurensucher begannen erst mit ihrer Arbeit, als das Feuer gelöscht war. Ein Schwelbrand hatte sich in den Trümmern von Eves ehemaligen Schlafzimmer ausgebreitet. Die Sprinkleranlage plätscherte in vollem Ausmaß. Tropfen perlten auf den Körpern der Toten und vermischten sich mit dem Blut des Bodens. Weißgekleidete Männer knieten in der rosa Brühe und fotografierten die Leichen. In schwarzen Plastiksäcken wurden sie im Not Lift aus dem Gebäude transportiert. Zehn verletzte Polizisten aus der Spezialeinheit, wurden auf dem Parkplatz, in einem Zeltlazarett versorgt. Die zahlreichen Schaulustigen wurden mit vereinten Kräften zurückgedrängt. Der Anblick hatte etwas von einem Kriegsschauplatz. Die Presse war nicht zimperlich mit den Fragen über Täter und Motiv. Überall schwebte ein Name durch die Straßen. Die angesehene Hill Familie musste damit fertig werden, dass der jüngste Sohn, suspendierter Polizeichef von Durham und neuer Vorstandsvorsitzender von Hill Company, gerade seinen Vater und zwei seiner Bodyguards erschossen hatte. Den wahren Grund der Tat, kannten nur die Angehörigen und die schwiegen beharrlich.

4)

Eve hatte keinen Schimmer von der Entwicklung, die auf allen Kanälen gesendet wurden und sogar die Radiosender ihre Musik für diese Eilmeldung unterbrachen. Sie hatte längst die Mainstreet von Bordertown passiert und wanderte bereits sieben Kilometer in Richtung Süden, als die Leichen in der Pathologie aufgebahrt wurden.

Käuzchen verkündeten den Abend und Krähenvögel pickten auf den verwilderten Feldern herum. Hier war alles friedlich, fast wie damals. Sie hatte das Gefühl nicht allein zu sein, aber es war keine Menschenseele, die als Schatten zwischen den Gemäuern auf sie wartete. Sie hatte eher das Gefühl, die ganze Stadt freute sich über ihren Besuch. Die Glasscherben der Wäschefabrik schimmerten in der untergehenden Sonne und die Ruinen der Viewstreet flößten ihr diesmal kein Unbehagen ein. Eve pflückte Löwenzahn und wilde Blumen. Sie wanderte durch die leeren Gassen und genoss die frische Abendluft, rein und klar. In einem verwilderten Garten hingen Äpfel und Birnen an alten Bäumen. Das Haus hatte noch intakte Fenster und musste dem Besitzer des Schuhgeschäftes gehört haben. Eve drehte an dem Tür Knauf und er gab knarrend nach. Muffige Ausdünstungen vernebelten ihre Nase und sie hatte schwere Beine und Blasen an den Füssen. Eine Pause wäre hochwillkommen! Das Haus zeigte keine drastischen Schimmelspuren. Eve betrat den Eingang, mit welligen Tapeten, die schon ewig kein Sonnenlicht mehr gesehen hatten. Sie stieg, die mit grünem Teppich ausgekleideten Stufen hinauf in den ersten Stock. Hier rieselte nur der Staub von den Wänden und dicke Spinnenweben verfingen sich in ihren Haaren. Sie streifte sie einfach weg und staunte über die Muster der alten Wandbehänge. So lebten sie hier in den 70ern. Rechts war ein altes Badezimmer mit Toilette, die sie ohne Scham benutzte. Die Wasserspülung gab knarrende Geräusche von sich und rauschte. Die Wasserrohre polterten blechern und hohl. Ein Rinnsal spülte durch die Schüssel. Der damalige Besitzer hatte einen kleinen Wasserturm im Garten, an dem das Haus angeschlossen war. Das Wasser aus dem Waschbecken floss rostig und roch abgestanden und sie konnte einen Brunnen im Garten entdecken. Im Schlafzimmer nebenan, hatten die Motten die Decke zerfressen, aber die Matratze war noch intakt. Eve nahm die Tasche als Kopfkissen und schlief erschöpft ein.

5)

Am frühen Morgen, während sich die ersten Sonnenstrahlen zeigten, krabbelte ein zwanzigköpfiges Team aus ihren Biwak Zelten und redete über das Toppereignis des letzten Tages. Während sie mit Kaffeebechern in den wolkenlosen Morgenhimmel blickten und sich vor den alten Häuserschluchten orientierten, hatten zwei Männer eine schlaflose Nacht in Bordertown hinter sich. Carl trank zwei starke Becher hintereinander und würde nie vergessen, was Eve hier immer faszinierte. Die verlassene Stadt wirkte bei Sonnenaufgang für einen kurzen Moment, lebendig und wunderschön. Doch im nächsten Augenblick war der Zauber vorbei. Spencer kannte die Geschichte nur bruchstückhaft, doch dieser Moment war auch ihm nicht entgangen. Beide Männer schüttelten sich ehrfürchtig und wussten, dass sich der Spuk dem Ende neigte. Carl zeigte Spencer die Routen, die sie früher oft gewandert waren und welche Lieblingsplätze Eve immer wieder besuchte. Er glaubte nicht, dass sie sich, in der Nähe der Wäscherei Ruine versteckt hielt. Niemand würde sich dort freiwillig aufhalten. Carl dachte an die weiter abgelegenen Vorstadthäuschen. Ein Schwarm Saatkrähen kreischten aufgeregt, als ob sie die Besucher ankündigen wollten.

Die Durhamer Nachrichten erklärten, dass die Pathologen einundfünfzig Kugeln, aus dem Körper des Amokläufers operiert hätten. Sie bestätigten viele Vermutungen und dass die Familie die Beerdigung von Vater und Sohn nur im engsten Kreis gestalten wolle. Niemand war zu einem Kommentar bereit. Nur hinter vorgehaltener Hand diskutierte man in Bloomingville, das der Auslöser die Scheidung von Eve und Joshua und eine alte Fehde zwischen Vater und Sohn, das Fass zum Überlaufen gebracht haben könnte! >> Hör zu Spencer, wenn wir Eve finden, weiß sie vielleicht gar nichts von der Entwicklung und wenn sie es erfährt, dann soll sie es von mir hören. << Spencer nickte und steckte sein Funkgerät in die Halterung. Hier gab es keinen Handyempfang. >> Ist in Ordnung. Ich habe schon vorhin um fünf mit Mrs. Hudson über eine Spezialverbindung gesprochen. Der Empfang hier draußen ist grottig, weil die Telefonmasten aus der Steinzeit stammen. Die meisten Kabel sind korrodiert und unbrauchbar. Unsere Melinda Sommer wird sich wohl bald wieder mit Eve Hill anfreunden dürfen, so wie es aussieht. Eve erbt als Witwe mehr, als du mit deiner Firma in den nächsten zehn Jahren verdienst, lieber Carl! Du bekommst also eine reiche Dame. Versprich mir sie gut zu behandeln! << Er grinste Carl offen an. Spencer wollte ihn erst später wissenlassen, dass er nach der Sache, Woulington und Brunswick den Rücken kehren und doch nach Washington gehen würde. Der Sheriff wollte den beiden nicht im Weg stehen. Er könnte seine Gefühle zu Eve nicht ewig verbergen und das würde die jahrelange Freundschaft mit Carl zerstören.
Sie brachen auf, nachdem sie sich in vierer Teams aufteilten. Sie durchstreiften die verwilderten Straßen von Bordertown. Hasen und Rehe hopsten davon und es würde vermutlich mehrere Tage dauern, die Stadt systematisch zu durchkämmen, wenn sie nicht Carl dabei hätten. Bordertown erstreckte sich in der Blütezeit mit fast vierzig Quadratkilometern, in Richtung Süden. Dazu zählten auch die kleinen, total verwilderten, Vorstadtbezirke. Die noch befahrbaren Straßen wurden von einem Kettenfahrzeug durchkämmt. Überall lagen umgestürzte Gebäudeteile und verwitterte Baumstämme. Es dauerte eine Weile, bis die Wege passierbar wurden.
6
Eve wachte erschreckt aus den Träumen. Sie glaubte, die Hills kämen, um sie zu holen. Verängstigt sprang sie aus dem Bett. Eine große Staubwolke wirbelte herum, dass sie husten musste. Da waren überall fremde Geräusche, die sie sich nicht einbildete. Eindeutig, da näherten sich Schritte und laute Stimmen. Sie konnte nicht genau ausmachen, woher sie kamen. Zu sehen war nichts. Sie schienen von allen Seiten nach ihr zu suchen, die Hills! Sie kroch vorsichtig zu den Fenstern, die zur Straßenseite lagen und blickte in verschiedene Richtungen. Überall, wo aufgeschreckte Vögel davonflogen,

vermutete sie, dass draußen Gefahr lauerte. Büsche bogen sich wie von Geisterhand auseinander. Dann konnte sie Polizisten, mit Suchstöcken entdecken. Alte Panikattacken ließen Eves Hände zittern. Wer waren die? Rotoren Geräusche ratterten in der Ferne, als winziger Punkt am Himmel. Ein schwarzer Polizei Heli driftete über den Dächern hin und her. Wer waren die? Feind oder Freund? Ihr Herz hämmerte und ihr Mund wurde trocken.

Ein Mann mit Schirmmütze und Rucksack schlug sich mit einer Machete den Weg in den Garten frei? Joshua? Dann folgten zwei Polizisten und ein Spürhund. Carl? Sie dachte an Halluzinationen. Ein Hund bellte laut und jemand rüttelte unten, an der Tür. Sie murmelten, dass die Stola sie hiergebracht hatte. Dann klirrten in der Küche die Fensterscheiben. Eve stand starr, vor Schreck und lauschte >> Eve, bist du hier? Wir sind da, um dich zu retten! << Das war Carls Stimme und Spencer ergänzte. >> Wir sind hier, um dich nach Brunswick abzuholen. Die Busse fahren hier nur nicht mehr so planmäßig. << Eve erkannte beide Stimmen wieder. Sie kamen die Treppe hinauf und standen nun vor der alten Tür, mit rostiger Klinke. Eve hatte sich auf ihrer Seite mit einem Stuhl und Kommode verbarrikadiert. Der Hund schnüffelte und hechelte, dann bellte er wieder kurz. >> Ist gut Elvis! Eve mach auf! << Sie lauschte panisch und versuchte durch das Schlüsselloch einen Blick zu erhaschen. Carl starrte von der anderen Seite zurück und blinzelte sie an, dass Eve schreiend zurückwich. >> Ihr bringt mich doch nicht zurück zum Norge Tower, oder? << Carl seufzte erleichtert. >> Nein natürlich nicht. Da gibt es für dich nichts mehr, wofür es sich lohnen würde. Kannst du die Tür öffnen, Spencer ist auch hier? << Spencer Stone sagte ihr, dass sie sich nie mehr verstecken müsse und dass Mrs. Fly seit heute bei ihrer Schwester wohnt und sie grüßen lässt. >> Eve sie möchte dich sehen und sie hat versprochen Lasagne zu machen, wenn du vorbeikommst! << Das war das Stichwort und Eve wachte langsam aus der Lethargie auf. Schob die Kommode zur Seite, den Stuhl. Ihre Hände zitterten immer stärker, als sie die Klinke runterdrückte.

Blass und verängstigt blickte sie in die Gesichter. Der Hund wedelte mit dem Schwanz und Tom der Beamte neben dem Sheriff ging als erster ein Schritt auf Eve zu. Blieb an der Schwelle stehen und sagte. >> Hallo, Eve. Das ist Elvis. Er ist ein Spürhund für traumatisierte Menschen. Möchten Sie ihn streicheln? << Sie nickte und winkte den Hund zu sich. Elvis kauerte vor sie auf dem Boden. Sie kniete sich zu ihm und kraulte sein Fell. Elvis war ein gescheckter Border Collie. Carl hätte Eve am liebsten umarmt und hier sofort weg geschafft. Spencers Idee mit Elvis war ein Volltreffer. Er vermutete, dass Eves logischer Verstand nicht gänzlich Realität von Utopie unterscheiden konnte und der Ort hier verstärkte das enorm.

Es dauerte eine Weile, bis Eve sich selbst vertraute und die Männer für die hielt, die sie waren. Spencer betrat als nächstes den Raum und kniete sich neben sie, dann folgte Carl und öffnete den Rucksack. Er hatte Vitaminsaft und Sandwiches dabei. Eve griff danach, ohne ihn anzusehen. Spencer nickte Carl zu, noch Geduld zu haben.

In dem karg eingerichteten Zimmer stand eine Kuckucksuhr. Plötzlich ratterte etwas in dem Gehäuse, alle dachten es wäre eine Maus. Doch auf einmal schlug die Uhr, in einem melodischen Gong, als der Zieger auf neun Uhr sprang und eine Klappe öffnete sich. Ein kleiner Holzvogel kam heraus und rief laut„ Kuckuck"! Das konnte kaum sein! Doch Eve sah es als Bestätigung, aufzustehen und mitzugehen. Die Stadt wollte, dass sie ging, sonst müsste sie für immer da bleiben. >> Wenn ich Elvis mitnehmen darf, komme ich mit euch, sonst nicht! << Alle drei nickten erleichtert und standen langsam auf. Sie ging mit dem Hund vor und Spencer verständigte den Piloten, seinen Heli lokal zu landen.

Auf einer vertrockneten Wiese wartete er und ein Arzt stieg zuerst aus. Eve schreckte zurück. >> Wenn das ein Trick ist, wenn Liana oder dieser Frankenstein Doktor da auftauchen, laufe ich weg. Ich will nie wieder in diese Wohnung eingesperrt werden! Vergesst das! << Spencer deutete Carl, sofort zu reagieren. Er trat auf Eve zu und drückte sie fest an sich. Zuerst versuchte sie sich zu wehren und kniff ihn schmerzhaft. Doch der Geruch war zu angenehm und eigentlich lange vertraut. >> Eve, das wird nie wieder geschehen! Das verspreche ich und Spencer auch. Wir kehren zurück nach Hause und Kira wartet auf dich. << Eve krallte sich an Carl fest. >> Kira, ich habe die Kleine vermisst! Ich habe euch alle sehr vermisst, Carl! << Spencer drehte sich weg, als Carl Eve auf den Mund küsste und sie nicht davor zurückschreckte, es zu erwidern. Sie dachte an sein Haus, das Meer und den Strand. >> Ich möchte wieder arbeiten und frei sein. Bordertown wird das einzige sein, das mir je positiv im Gedächtnis bleiben wird. Ihr habt mich gerettet, oder? Was ist mit Joshua? Haben sie ihn festgenommen? << Sie blickte von Carl zu Spencer. Ein Bruchteil einer Sekunde genügte, um zu begreifen, dass sich etwas Grundlegendes geändert hatte. Während sie mit Elvis in den Heli kletterte und sich vom Arzt untersuchen ließ, überlegten die beiden Männer sich ihre Wortwahl ganz genau. Sie stiegen hinein, nachdem der Arzt ihnen zuwinkte. Carl und Spencer setzten sich zu Eve gegenüber. Erst, als sie sich hoch oben im sicheren Luftraum befanden und die blasse Frau sich deutlich beruhigt hatte, räusperte sich Carl. Er griff ihre Hand und blickte sie direkt an. >> Eve, Joshua ist tot! << Sie begriff die Worte nicht, die Bedeutung von „Tod" konnte sie zunächst nicht mit Joshua in Einklang bringen. Sie zitterte und Elvis legte seinen Kopf auf ihren

Schoss. Tief im Inneren fiel Eve ein Stein vom Herzen und sie verband Joshua mit Zwängen und Ängsten. Diese fühlte sie nicht mehr und das genügte zu glauben, das Carl nicht gelogen hatte. Sie weinte nicht, sah gedankenverloren aus dem Fenster. Sie wollte es nicht wissen, was sich ereignete, nicht jetzt! Der Tag begann sonnig und als sie in Brunswick Airport landeten, wartete Roger mit Kira und Mrs. Fly am Ausgang. Die Kleine rannte auf die drei zu und rief aufgeregt.>> Eve ist wieder da, seht doch Eve ist zuhause!<< Eve drückte zuerst das kleine Mädchen, dann Mrs. Fly, die verweinte Augen hatte und sie an den Ohren zog, dann Roger. Carl legte seinen Arm um Eve und sie gingen zum Parkplatz. Als Spencer sich verabschieden wollte, schob Eve Carls Arm sanft beiseite und folgte ihm. >> Spencer, warte! Ich möchte mich bei dir bedanken. Wärst du nicht gewesen, hätte er mich genauso umgebracht wie Joseph und die Bodyguards. << Spencer nickte und schüttelte ihre Hand. >> Eve du kannst stolz auf dich selbst sein und zwar ganz und gar! Du brauchst dich nicht zu bedanken! Geschickt ausgetrickst hast du sie selbst. Alles andere war mir ein Vergnügen. Und wer könnte es Carl übel nehmen. Er liebt dich schon seit vielen Jahren! Ich müsste lügen, wenn ich mir nicht heimlich einen anderen Ausgang deiner Entscheidung gewünscht hätte. In ein paar Tagen besuche ich euch im Strandhaus, um deine Aussage aufzunehmen und Mrs. Hudson wird sich wegen der Bescheinigungen melden. Eve wir sehen uns! << Dann ließ er Eves Hand los, stieg in sein Auto und fuhr zügig davon. Roger hielt Kira und Eve die Tür auf, Elvis sprang hinein und Carl setzte sich, nachdem Mrs. Fly eingestiegen war, neben seinem Cousin und war einfach glücklich. Kira fragte, ob sie Elvis behalten dürften? Carl nickte und blickte Eve dabei sehr lange an. >> Wir behalten ja auch Eve. Den beiden wird es bei uns gefallen. Du hast mir doch fleißig geholfen, als wir das alte Strandhaus neu gestrichen haben, nicht wahr, Kira? Wir werden dort ein schönes Leben haben! << Eve dachte an den Geruch frischer Farbe und den Sand unter ihren Füßen. Sie musste lächeln und konnte es kaum erwarten. Sie konnte es kaum erwarten, für immer anzukommen und nie mehr wegzulaufen! Sie lächelte so frei und unbefangen, dass Carl die Röte ins Gesicht stieg.
E N D E